Frauen von Gottes eigenes Land

Translated to German from the English version of
Women of God's Own Country

Varghese V Devasia

Ukiyoto Publishing

Alle weltweiten Veröffentlichungsrechte liegen bei

Ukiyoto Publishing

Veröffentlicht im Jahr 2023

Inhalt Copyright © Varghese V Devasia

ISBN 9789358463217

Alle Rechte vorbehalten.

Kein Teil dieser Publikation darf ohne vorherige Genehmigung des Herausgebers in irgendeiner Form, sei es elektronisch, mechanisch, durch Fotokopie, Aufzeichnung oder auf andere Weise, vervielfältigt, übertragen oder in einem Datenbanksystem gespeichert werden.

Die Urheberpersönlichkeitsrechte des Autors sind geltend gemacht worden.

Dies ist ein Werk der Fiktion. Namen, Personen, Unternehmen, Orte, Ereignisse, Schauplätze und Begebenheiten sind entweder der Phantasie des Autors entsprungen oder werden fiktiv verwendet. Jede Ähnlichkeit mit tatsächlichen lebenden oder toten Personen oder tatsächlichen Ereignissen ist rein zufällig.

Dieses Buch wird unter der Bedingung verkauft, dass es ohne vorherige Zustimmung des Verlegers nicht verliehen, weiterverkauft, vermietet oder anderweitig in Umlauf gebracht werden darf, und zwar in keiner anderen Einbandform als der, in der es veröffentlicht wurde.

www.ukiyoto.com

AN

Clara Mathew
Ponnamma Scaria
Leelamma Kuriakose
Valsamma Thomas
Rose Varghese
Alice Varghese
Jansy Dominic, und
Gilsi Varghese.

DANKSAGUNGEN

Bei vielen Gelegenheiten bin ich durch die Länge und Breite von Gottes eigenem Land gereist, einem unglaublich lebhaften Stück Land mit reichlich Grün, Flüssen, Nebengewässern, Lagunen, Hügeln, Tieren und Vögeln. Ich fühlte mich glücklich, hier geboren worden zu sein und lernte, seine schöne Sprache, Malayalam, zu sprechen und zu schreiben. Gottes eigenes Land ist auch wegen seiner Frauen gesegnet; sie repräsentieren meine Geschichte, und ich bin ihnen zu Dank verpflichtet.

In Gottes eigenem Land gibt es mehr Frauen als Männer, die tatsächlich erleuchtet sind. Einhundert Prozent der Alphabetisierung hat zur Erleuchtung geführt, da jede Frau, der ich begegne, Atheistin, Humanistin ist und es vorzieht, Menschenrechtsaktivistin, Sozialarbeiterin, Sozialreformerin, Lehrerin, Rechtsanalytikerin, Ingenieurin, Technologin, Sportlerin, Autorin, Ärztin oder Krankenschwester zu sein. Sie sind überall sichtbar und lieben es, persönliche Bindungen zu Außerirdischen und Fremden aufzubauen. Frauen initiieren intelligentes Tête-à-tête zu jedem Thema, sei es mit NASA-Wissenschaftlern, Genetikern, Rechtsexperten, Architekten, Fischhändlern, Elefantenausbildern, Schlangenbeschwörern, Bauern, Gemüsehändlern, Maoisten, Goldschmugglern, religiösen Dogmatikern, Somnambulisten, Kubisten, New-Gen-Filmregisseuren, nihilistischen Romanautoren, Straßensängern, Astrologen, Ethnographen, Linguisten, Kreationisten, Karikaturisten, Stalkern oder KI-Träumern.

Eine auffällige Tatsache über Frauen in Gottes eigenem Land ist, dass sie Hunde, Katzen und andere Tiere lieben. In jedem Winkel dieses grünen Paradieses sieht man Frauen, die streunende Welpen und Kätzchen füttern. Mit viel Neugier, Staunen und Respekt hatte ich als Kind gesehen, wie meine Mutter täglich Dutzende von Kokosnussschalen mit frischem Wasser füllte, das um unser Dorfhaus gelegt wurde. Es war eine Freude, Hunderte von Vögeln zu beobachten, die in den erbarmungslosen Sommermonaten ihren Durst stillten, bis der Monsun mit Donner und Blitz eintraf.

Sperlinge kamen in großen Gruppen und hatten gelegentlich ein lustiges öffentliches Bad. Ich erinnere mich lebhaft daran, dass unser kluger und treuer Eckzahn Bulgan eine gemütliche Ecke in unserem Haus hatte, die von meinen Schwestern vorbereitet wurde. Er war das glücklichste und verspielteste Mitglied unserer Familie. Ich bin mir sicher, dass das Etikett "God's Own Country" aufgrund der intensiven Liebe von Frauen zu Tieren und Vögeln am treffendsten, populärsten und sinnvollsten ist.

Frauen lieben es, Rebellen in Gottes eigenem Land zu sein. Sie denken, handeln und sprechen, wie sie wollen, und fordern alles heraus, was ihre Freiheit einschränkt. Indem sie das Patriarchat, von Männern eroberte soziale und politische Strukturen, wirtschaftliche Ungleichheiten im Alltag und lächerliche religiöse Diktate in Frage stellen, handeln Frauen überzeugend und überzeugend. Politische Parteien, männliche Politiker, Religionen und religiöse Führer in Gottes eigenem Land sind von Natur aus betrügerisch. Keine Frau hat jemals den Ministerpräsidenten oder das oberste religiöse Oberhaupt erreicht. Männer kontrollieren Politik und Religionen, in der Regel die am wenigsten Gebildeten, Alkoholiker, Korrupten und Verliebten. Es ist nicht selten, dass Frauen Narzissten, Pädophile, Raubtiere, Paranoiker, Drogenhändler, Frauenfeinde und Größenwahnsinnige in Bussen, Zügen, Flügen, Kultstätten, Klassenzimmern, Polizeistationen, politischen Parteiversammlungen, Märkten, Sportarenen und auf Fernsehkanälen herausfordern.

Der Faschismus wächst in einer Demokratie und gedeiht mit Hassreden. Es hat keine getrennte Existenz und sammelt nach und nach Kraft und Macht aus demokratischen Prozessen und Prinzipien. Da Politik und Religion Zwillinge sind, sind Faschismus und Glaube untrennbar miteinander verbunden. Alle Religionen wurden von Männern geschaffen und werden einer imaginären Realität zugeschrieben, einem Produkt des männlichen Chauvinismus, da alle Götter Männer sind. Der Himmel ist nicht ihr vorrangiges Ziel, sondern die Ausbeutung der Frauen auf Erden und im Paradies. Der Fundamentalismus ist eine Fassade jeder Religion, die ständig bereit ist, sich auf Frauen zu stürzen und soziale und wirtschaftliche Chiffren zu zeichnen, die so streng sind, dass das Leben unerträglich wird. Die Kleiderordnung für Frauen ist nur ein Ausdruck fundamentalistischer Frauenfeindlichkeit, da Politik und Religion zunehmend intim geworden und zu einer Einheit verschmolzen sind.

Der Kommunismus hat eine geschätzte Geschichte als Volksbewegung und Ideologie für eine politische Partei in Kerala. Sie kam 1957 als demokratisch gewählte Einheit in God's Own Country, Indiens gebildetstem und aufgeklärtem Staat, an die Macht. Die Menschen hielten es ihnen am Herzen, als EMS Namboodiripad, ein herausragender Führer, der den Puls des Volkes lesen konnte, die erste demokratisch gewählte kommunistische Regierung der Welt leitete. A.K. Gopalan, ein angesehener Parlamentarier; K.R. Gauri Amma, ein engagierter und selbstloser Minister und Aktivist; und E.K. Nayanar, ein ehrlicher und effizienter Ministerpräsident, setzten ihren Kampf für die Befreiung der Unterdrückten und Ausgebeuteten fort. Meine Geschichte erzählt von der Liebe der Menschen zur Kommunistischen Partei in ihren Anfangsjahren. Die jüngste Geschichte lehrt uns, dass sich die Führer allmählich von den edlen Idealen der Gründungsführer abwandten und in Gewalt und Machtmissbrauch eindrangen. So verloren sie Empathie und Zielstrebigkeit und verwandelten sich in Bestien. Das neue Image ist das des Volksfeindes, der Anti-Armen, Anti-Bauern, Anti-Arbeiter, Anti-Höher-Bildung, Anti-Frauen, Anti-Fischer, Anti-Aufklärung, Anti-Investoren und so weiter. Korruption, Kauf und Verkauf gefälschter akademischer Zertifikate, Vetternwirtschaft, Goldschmuggel und selektive Tötung derjenigen, die sich allmächtigen Führern und der Partei widersetzen, entwickelten sich zur neuen Normalität. Die Post-Wahrheit wurde zum Ideal, da die USA und die europäischen Länder, die einst als Anathema galten, zum bevorzugten Ziel für Hochschulbildung, Familienurlaub und die fortschrittlichste medizinische Behandlung wurden, alles auf Kosten der Steuerzahler.

Es ist ein offensichtliches Phänomen der jüngsten Zeit, dass die Marxisten sich als untrennbaren Juniorpartner der Islamisten betrachten und die Islamisten die Marxisten benutzen, um ihre Tentakel der Unterwerfung von Frauen, Hassreden und absurden

Gottesdiktaten zu verbreiten. Der Kommunismus ist zu einem Zweig des Fundamentalismus wie Ultranationalismus, Rechtsextremismus und Autokratie mutiert, der die Rechte und die Gleichheit der Frauen erniedrigt. Als Islamisten einem Professor die Hände abhackten, unterstützte der Bildungsminister von Kerala öffentlich die Islamisten. Der berüchtigte Vorfall, eine herausragende, viel respektierte und geliebte Frau, ein Parteimitglied, zu verbieten, indem sie eine internationale Auszeichnung für ihre beispiellosen Leistungen für die Gesellschaft im Gesundheitswesen entgegennahm, schockierte die Gesellschaft.

Frauen leiden unter dem Joch von Religion und politischen Parteien endlos ohne Flucht. Iran, Afghanistan, Somalia, Sudan, Nigeria, Kuba, Nordkorea und China erzählen bis zu einem gewissen Grad von verderblicher religiöser Diktatur oder politischer Einigkeit. Gottes eigenes Land nimmt häufig Inspiration von ihnen auf.

Paradoxerweise sind Frauen in Gottes eigenem Land frei und machen ihre Freiheit in jedem von ihnen als Füllhorn des Fragens sichtbar. Ihre Freiheit ist niemandes Geschenk, sondern das Ergebnis des ständigen Kampfes, der Bildung, der Verdienstmöglichkeiten, des getrennten Bankkontos, der Erleuchtung und der Ausdauer der Frauen.

Ich danke dem Direktor des Limnologie-Forschungszentrums und der Erken-Labor-Feldstation in Norr Malma, einer Abteilung der Abteilung für Ökologie und Genetik der Universität Uppsala, für die Einladung zu einem Kurs in Erken. Es war eine bereichernde Gelegenheit, mit etwa zwanzig Frauen und Männern von verschiedenen Universitäten auf der ganzen Welt zusammenzuarbeiten. Schweden faszinierte mich jenseits der Vorstellungskraft, seiner Geschichte, Kultur, Unabhängigkeit, menschlichen Beziehungen, Ehrlichkeit, Liebe zur harten Arbeit, Philanthropie, Offenheit, Gleichheit, Freiheit und Geschlechtergerechtigkeit.

Ich danke Gracy Johny John, Mary Joseph, Pathrose Anpathichira, Jills Varghese und Joby Clement für die Lektüre des Manuskripts. White Falcon Publishing hat das Buch veröffentlicht, und ich bin ihnen dankbar.

Feiere den Geist der Freiheit und die Suche nach der Wahrheit.

Inhalt

KAPITEL EINS: DIE EINSAMKEIT EINER FRAU	1
ZWEITES KAPITEL: KUTTANAD ZUM ERKEN-SEE	24
DRITTES KAPITEL: EIN WEISSER STIER UND EINE TANZSCHULE	52
VIERTES KAPITEL: VERMÄCHTNIS EINER TEESTUBE UND EINES EISHOCKEYTEAMS AUF DER STRECKE	87
FÜNFTES KAPITEL: AYYANKUNNU NACH DHARMADOM UND EINE HOCHZEIT AUF MAHÉ	116
SECHSTES KAPITEL: DIE THEYYAM-LEUTE	153
SIEBTES KAPITEL: EINE LIEBESGESCHICHTE UND EINE EINBERUFUNG IN UPPSALA	180
KAPITEL ACHT: MONSUN IN MALABAR	208
NEUNTES KAPITEL: DIE KRONE DER JUNGFRAU	236
ZEHNTES KAPITEL: DIE LEGENDE	258
ÜBER DEN AUTOR	288

KAPITEL EINS:
DIE EINSAMKEIT EINER FRAU

Fünfundzwanzig Jahre nach seinem Tod, als er zum ersten Mal auf dem Friedhof nach dem Grab von Ravi Stefan Mayer, ihrem Ehemann, suchte, war es Narayanan Bhat, Ravis Mörder Ammu. Als Ammu und Ravi ihm an diesem lange verschollenen Morgen beim Aufbau seines Teeladens am Wegesrand halfen, sah Bhat ausgehungert in Lumpen aus. Und sie hätte nie gedacht, dass Bhat eines Tages und innerhalb von fünf Jahren an der Schwelle zum Premierminister vereidigt werden würde.

Ammu befand sich auf dem Friedhof, auf dem die Gemeinde verlassene Leichen begraben hatte, und ihr Mann war einer von ihnen. Ravi war eine Person, die sie immens liebte, unbeschreiblich. Sie liebte ihn wie ihr eigenes Herz, konnte aber nicht an seiner Beerdigung teilnehmen, da sie nie wusste, dass er tot war oder wo sie ihn zur Ruhe legten. Nachdem er lange nach seiner Begräbnisstätte gesucht hatte, war Ammu sicher, dass Ravi irgendwo dort sein könnte. Dornige Büsche und Kletterpflanzen hatten sich überall bedeckt, und es gab hier und da ein paar große Bäume. Es könnte Schilder, ein kleines Namensschild oder etwas Vertrautes geben. Wenn man genau unter die dichte Vegetation schaut, scheint es, als wären alte Beerdigungen gemacht worden. Der Friedhof war fünfundzwanzig Jahre alt, und Ravi gehörte zu den ersten, die dort begraben wurden. Ann Maria hatte Ammu geschrieben, dass es Ravis Leiche sein könnte, und die Gemeinde begrub sie auf dem Friedhof für verlassene Leichen, in der Nähe eines großen Baumes, neben einem Felsbrocken. Der Baum war entwurzelt und verschwunden, aber viele Felsbrocken waren immer noch über das Grab verstreut.

Ammu sah besorgt zu. »Ravi, wo bist du?«, rief sie laut. Sie hatte ihn fünfundzwanzig Jahre lang in sich gesucht und schließlich den Friedhof erreicht. Sie liebte es, ihn zu umarmen, eine warme, untrennbare Umarmung. »Ravi, sag mir, wo bist du?«, fragte ihr Verstand.

Er war immer so stolz auf seinen Namen.

»Ich bin Ravi«, hatte er gesagt, als sie ihn zum ersten Mal am Flughafen Kopenhagen traf. Er war ein großer, leicht dunkler, gutaussehender Mann, ungefähr in ihrem Alter, mit einem Bart und einem spontanen, überaus attraktiven Lächeln. »Ich bin Ammu«, antwortete sie. »Schön, dich kennenzulernen, Ammu«, sagte er. »Ravi Stefan Mayer; S-T-E-F-A-N, nicht

Stephan«, buchstabierte er seinen zweiten Vornamen und lächelte. Sie sah ihn amüsiert an, während sie ihm die Hand schüttelte. Sein Griff war sanft und doch fest. "Schön, dich auch kennenzulernen, Ravi S-T-E-F-A-N Mayer", lachte sie. „Stefan Mayer war mein Vater; er war ein Deutscher aus Stuttgart, dem Geburtsort von Hermann Gundert", waren Ravis Worte präzise und sanft. Sie war etwas überrascht und sah ihn eine Minute lang an, fragte aber nicht weiter.

Sie wartete fünfundzwanzig Jahre lang ununterbrochen auf ihn, ihren Ravi. Und sobald sie den Friedhof betrat, murmelte sie: „Ravi, wir sehen uns heute wieder. Du schläfst nur. Die Suche nach dir war eine unendliche Aufgabe, und ich hatte nur einen Gedanken: dich noch einmal zu treffen. Du warst jeden Tag, jede Stunde millionenfach in meinem Kopf, meinem Intellekt und meinen Träumen. Du warst mein ständiger Begleiter, mein ewiger Freund. Es war unmöglich für mich, ohne dich zu überleben «, wiederholte sie.

"Mehr als hundert Leichen sind dort begraben", sagte der für die Beerdigung der verlassenen Leichen zuständige Gemeindebeamte.

»Hast du Aufzeichnungen über die Begrabenen?«, fragte sie ihn.

Der Beamte sah sie ein paar Minuten lang aufmerksam an und fragte: "Einer Ihrer Verwandten?"» Ja «, sagte sie.

»Wer?«

»Mein Mann«, versicherte sie.

»Dein Mann?«, fragte der Offizier und erhob seine Stimme. »Führen Sie Aufzeichnungen über die Menschen, die hier zur Ruhe gelegt wurden?«, fragte sie erneut. »Nein«, hörte er kurz auf, bevor er fortfuhr, »es waren namenlose Leichen. Wie könnten wir ein Protokoll führen?" Sie fühlte Schwere in ihrem Herzen. »Führen Sie Aufzeichnungen über die Beerdigungsdaten?«, faltete sie die Hände und fragte erneut. "Ja", sagte er, seine Stimme war ziemlich hart. Er ging in sein Büro und Ammu konnte das knarrende Geräusch einer Öffnung eines Eisenschranks hören. Innerhalb weniger Minuten kehrte er mit einem Logbuch zurück. »Überzeugen Sie sich selbst.« Er schob das Buch von einer Ecke seines leeren alten Tisches, der mit Tausenden von Teefleckenkreisen gefüllt war, auf sie zu. „Unseren Aufzeichnungen zufolge wurden einhundertdreizehn verlassene Leichen auf dem Friedhof deponiert. Sie können den datumsmäßigen Eintrag sehen."

Ammu öffnete das Buch in Eile. Die erste Beerdigung fand am dritten Februar vor fünfundzwanzig Jahren statt, die zweite im Juli. Ravi starb im November und war einen Monat in der Leichenhalle. Niemand beanspruchte ihn; wahrscheinlich legte die Gemeinde ihn im Dezember zur Ruhe. Aber es gab zwei Einträge in der letzten Dezemberwoche. „Mein Mann wurde im Dezember beerdigt. Ist es möglich, den genauen Ort zu finden?«, fragte sie. "Es ist unmöglich, weil alle Bestattungen willkürlich durchgeführt wurden, ohne dass ihre Details markiert wurden. Wir haben die verlassenen Leichen dort platziert, wo geeignete Plätze zur Verfügung standen ", sagte der Stadtbeamte und sah sie an.

"Wirst du es bitte finden können?" Flehte Ammu. „Wir pflegen keine Ordnung oder System. Wo immer Plätze zur Verfügung standen, gruben wir eine Grube aus und legten die verlassenen Leichen dorthin ", betonte der Offizier das Wort,, verlassen ". Ammu sah ihn schweigend an. "Außerdem ist es unmöglich, das Grab einer verlassenen Leiche nach fünfundzwanzig Jahren zu lokalisieren. Sie alle starben wie Straßenhunde und wurden wie Straßenhunde begraben. Niemand hatte sie beansprucht und meldete sich, um sie zu besitzen. Du bist der Erste, der nach einer verlassenen Leiche sucht und die Begräbnisstätte findet. Die Gemeinde warf sie ohne Namensschild dorthin, da es sich allesamt um verlassene Leichen handelte ", betonte der Offizier noch einmal das Wort „verlassen". Ammu sah ihn an, als ob sie flehte. "Geh weg. Der Friedhof ist einen Kilometer von hier entfernt ", sagte er. "Sir..." Ammu wollte fragen, ob die Gemeinde vor der Internierung ein Foto gemacht hatte, aber sie hatte Angst, die Frage zu stellen. "Geh weg! Fahre in diese Hölle und suche nach deinem Mann!", rief der Offizier.

Vor dem Friedhofstor hing eine alte, verrostete Tafel mit der Aufschrift „Begräbnisstätte für die Verlassenen". Das Gehen auf dem Friedhof war aufgrund der tief hängenden Äste dorniger Büsche und Kletterpflanzen eine Herausforderung. Unter die Büsche zu kriechen, war für Ammu bequemer. Es dauerte etwa drei Stunden, um eine Runde auf dem Friedhof zu absolvieren. Sie konnte Haufen neuer Erde in einer Ecke sehen, eine neue Begräbnisstätte, und obwohl sie kein Namensschild hatte, war es klar, dass es sich um namenlose Menschen handelte, Individuen, die von der Gesellschaft ohne Verwandte oder Freunde vergessen wurden. Ihre Namenslosigkeit war das von ihnen begangene Verbrechen.

Wieder einmal kroch Ammu unter den Büschen in der Nähe der alten Verbundmauer vorwärts. An vielen Stellen fielen Brownstones von der Wand. Sie konnte die verfallenen Überreste eines alten Baumes in der Nähe des Steinhaufens sehen, und auf der anderen Seite befand sich ein Felsbrocken. Plötzlich hörte sie auf und es gab einen heftigen Schlag in ihrem Herzen. »Hier schläft Ravi«, erinnerte sie sich an die Worte von Ann Maria.

„Höchstwahrscheinlich hat die Gemeinde Adv Ravi Mayer auf dem städtischen Friedhof für verlassene Menschen in der Nähe eines alten

Baumes neben einem riesigen Felsbrocken zur Ruhe gelegt", schrieb Ann Maria vor etwa fünfundzwanzig Jahren. Ammu erhielt es fünf Jahre später, als die Gefängnisbehörden ihr erlaubten, Nachrichten zu erhalten.

Der Brief blieb fünf lange Jahre beim Gefängnisaufseher, und es war der erste und letzte, den Ammu im Gefängnis erhielt. Sie konnte sich noch an die schöne, schräge Handschrift erinnern. Eines Abends rief die Oberin Ammu in ihr Büro und sagte: „Du hast einen Brief. Sie haben fünf Jahre absolviert und haben eine besondere Erlaubnis, Briefe zu erhalten, aber Sie dürfen immer noch keine Kommunikation senden."

"Prof. Ammu Ravi Mayer" stand auf dem Cover, und der Absender war Sr. Ann Maria von den Töchtern der Jungfrau.

Ammu drückte ihre Dankbarkeit mit gefalteten Händen aus und verließ die Häftlingskabine in der Frauenabteilung. Sie öffnete langsam den Umschlag und begann zu lesen: „Sehr geehrter Herr Professor, lassen Sie mich Ihnen mit großer Trauer mitteilen, dass Adv. Ravi Mayer ist nicht mehr unter uns. Ich habe aus zuverlässigen Quellen gehört, dass er vor etwa einem Monat verstorben ist, unmittelbar nachdem du ins Gefängnis gegangen bist. Die Bankbeamten beschlagnahmten Ihr Haus, da Sie das Darlehen oder die Zinseszinsen nicht zurückzahlen konnten. Sie haben Ihren Mann aus dem Haus vertrieben, und er hat das Kind in einigen Häusern oder Einrichtungen zurückgelassen. Es wird angenommen, dass er einige Tage durch die Straßen wanderte und irgendwo in einem öffentlichen Park starb. Höchstwahrscheinlich..." Ammu hatte keinen Mut, weiter zu lesen, also faltete sie den Brief und bewahrte ihn in ihrer Decke auf, um ihn später zu lesen. Sie konnte nicht weinen, da das Weinen seine Bedeutung verloren hatte.

Ammu entfernte langsam die gefallenen Ziegelsteine, einen nach dem anderen. »Mein Ravi könnte unter diesen Steinen sein«, dachte sie zuversichtlich. Sie brauchte lange, um alle Blockaden zu beseitigen. »Jeder Kampf formt dich jenseits deiner Vorstellungskraft«, erinnerte sie sich plötzlich an Ravis Worte. „Ammu, wir müssen für diese Kinder kämpfen und sie von Ausbeutung und Unterdrückung befreien. Sie sollten nicht zwölf bis vierzehn Stunden am Tag arbeiten. Sie müssen zur Schule gehen und lernen, gerne mit ihren Freunden spielen und Zugang zu Nahrung, Unterkunft und Kleidung haben. Lasst uns für sie kämpfen." "Ravi, du hast für die Befreiung von Kinderarbeitern gekämpft, sowohl Jungen als auch Mädchen, die ein elendes Leben führten und für einen Hungerlohn arbeiteten. Du wirst erfolgreich sein ", antwortete Ammu.

Nachdem Ammu die Ziegelsteine entfernt hatte, fiel er flach auf die Begräbnisstätte, wo der Boden erheblich eingebrochen war. Sie küsste die Erde und konnte ihr inneres Schluchzen hören. Sie keuchte, und Schweiß- und Tränenströme waren auf ihrem Gesicht. »Ravi Stefan!«, rief sie ihn noch einmal an. In intimen Momenten nannte sie ihn „Ravi Stefan." "Selbst schlechte Ereignisse können Ihnen helfen, zu wachsen und Ihre Fähigkeiten, Potenziale und Stärken zu verwirklichen, und wir werden diese Todesdrohungen überwinden", erinnerte sie sich an seine Worte. Es dauerte etwa eine Woche, bis die Fanatiker Ravi angriffen. "Ravi, ich bin sicher, du bist unter diesem Boden. Sprichst du mit mir?" Ammu schluchzte. "Sie waren gegen die Ausbeutung von Kindern, die den luxuriösen Lebensstil und die politischen Ambitionen der Unterdrücker beeinträchtigten, und sie waren im Gegenzug grausam zu Ihnen. Aber wie konnten sie Entscheidungen über dein Leben und deine Freiheit treffen? Ihre Entscheidung war es, dich zu eliminieren, und sie nahmen dir das Leben. Aber niemand machte sie dafür verantwortlich. Die Behörden schlossen ihre Augen vor denen, die dein Leben unglücklich gemacht haben. Aber warum wurden sie nicht zur Rechenschaft gezogen?" Ihr Verstand stellte das Justizsystem in Frage.

Er kam als Waise auf diese Welt und starb verlassen. Seine Eltern hatten ihn an einem regnerischen Tag, dem einundzwanzigsten Juni, gegen Mitternacht in einem Bündel zerfledderter Blätter unter einer Brücke des Bahnhofs Kannur gefunden. Es waren einige streunende Hunde in der Nähe, und sie knurrten, als sich etwas in dem Stoffbündel bewegte. »Da ist etwas in dem Bündel«, sagte Emilia zu ihrem Mann Stefan Mayer. „Ja, es bewegt sich", antwortet Stefan Mayer. "Sollen wir es öffnen und sehen?" Schlug Emilia ihrem Mann vor. »Natürlich«, erwiderte Stefan.

Emilia kroch unter die Brücke, und die Hunde waren neugierig, was sie finden würde. Sie packte vorsichtig das Tuchbündel und kroch zurück zur Plattform. Sie stand ganz in der Nähe ihres Mannes und öffnete das Bündel. "Es ist ein Baby!" Beide schrien unisono. "Es ist ein Baby!"

Sie schauten sich um und schrien. Ein paar Leute versammelten sich um sie herum. "Es ist ein Baby! Ist es deins?" Fragte Mayer. "Es ist ein verlassenes Kind", sagte einer von ihnen. Nach und nach verschwanden sie, und Emilia und Stephan wurden in Ruhe gelassen. "Was sollen wir mit dem Baby machen?" Fragte Emilia Stefan. "Was sollen wir tun?" Stefan hatte keine Antwort. Sie sahen einen Polizisten mit einem Schlagstock auf der Plattform gehen, und sie gingen auf ihn zu. "Sir, es ist ein Baby!" Sagte Emilia und zeigte dem Polizisten das Baby. »Wir haben das Baby dort unter der Brücke gefunden«, Stefan zeigte darauf, wo sie das Baby sahen. Der Polizist war überrascht und sah sie an. Er war überrascht, nicht weil es ein Baby gab, das nicht ihr biologisches Kind sein konnte, sondern weil sie auf Malayalam sprachen. »Du sprichst Malayalam?«, fragte der Polizist. "Sir, was sollen wir mit dem Baby machen?" Fragte Stefan. »Welches Baby, wessen Baby?«, fragte der Polizist. "Sir, wir haben das Baby unter der Brücke gefunden, bedeckt mit diesem zerrissenen Tuch. Hier ist es."

Der Polizist zeigte kein Interesse. »Geh zum Bahnhofsvorsteher und frag ihn«, sagte der Polizist und ging weg. „Wo ist das Büro des Stationsleiters?" Fragte Stefan. »Da drüben«, sagte der Polizist, während er von ihnen wegging. Emilia und Stefan gingen auf den Stationsvorsteher zu. »Dürfen wir reinkommen?« Fragte Stefan, nachdem er an die Wicket-Tür geklopft hatte. »Komm herein«, sagte der Stationsvorsteher. Als sie den Raum betraten, sprach der Stationsvorsteher mit einigen höheren Behörden am Telefon und sah sie nicht an. "Sir, wir haben dieses Baby vor etwa fünfzehn Minuten unter der Brücke neben der Plattform gefunden", sagten sie, nachdem sie einige Zeit gewartet hatten. »Ein Baby?« Rief der Stationsvorsteher. »Wo ist das Baby?« Ohne sie anzusehen, fragte er und setzte seine Arbeit fort. »Sir, hier ist das Baby in meiner Hand«, sagte Emilia. Der Stationsvorsteher hob den Kopf und sah sie an. "Bist du Brite?" Fragte er auf Englisch. »Nein, Deutsch«, antwortete Emilia auf Englisch. "Du sprichst perfekt Malayalam. Sir, wir sind seit zwei Jahren in Kannur ", erklärt Stefan. »Wie heißt du?" "Ich bin Stefan Mayer, und sie ist Emilia, meine Frau.» Also, was soll ich für dich tun? «, fragte der Stationsvorsteher. »Was tun mit dem Baby?" "Behalte es bei dir." Der Stationsleiter klang sehr geradlinig. »Bei uns?«, rief Emilia. In ihrer Stimme lag etwas Freude.

„Ist das möglich?" Fragte Mayer. „In Indien ist alles möglich. Es gibt zu viele Babys in unserem Land. Wir haben erst vor zehn Jahren die Unabhängigkeit erlangt. Wir wissen nicht, was wir mit fünfhundertsechzig Millionen Menschen machen sollen. Eine weniger wird kein Problem darstellen ", war der Stationsleiter kategorisch. "Du meinst, wir können das Kind behalten?" Emilia wollte es bestätigen. "Du kannst dem Baby deinen Namen, Nahrung, Kleidung und gute Bildung geben. Es ist dein Baby. Komm nach einer Woche. Ich werde Ihnen helfen, die Papiere für die Adoption zu erledigen, damit Sie, wenn Sie nach Deutschland zurückkehren, das Kind mitnehmen können ", fuhr der Stationsvorsteher fort. "Es ist unser Baby!" Rief Stefan. »Unser Baby!« Rief Emilia laut.

Emilia wickelte das Kind vorsichtig in ihren Schal und drückte ihn gegen ihre Brust, um das Baby warm zu halten. Ihre Freude kannte keine Grenzen, als sie ein Taxi zu ihrem Wohnsitz nahmen. »Unser Baby«, rief Stefan, als sie nach Hause kamen. »Es ist unser Kind, unser Baby«, blubberte Emilia wieder.

Sie entfernte vorsichtig den Schal und das zerfetzte Tuch, in das jemand das Baby gewickelt hatte. „Oh Gott, die Nabelschnur ist noch da", staunte Stefan. »Es ist noch frisch.« Emilia konnte es spüren. „Das Baby wurde in den letzten zwei bis drei Stunden geboren. Siehst du, da sind Blutflecken ", sagte Emilia und zeigte Stefan ihre Hand. "Wird das Baby überleben?" Stefan äußerte seine Zweifel. Plötzlich weinte das Baby. Das ganze Haus hallte mit dem Schrei nach. Es war ein Schrei, der die Ängste in ihrem Leben erschütterte. Es war ein Schrei, der ihnen Freude und ein plötzliches Gefühl der Elternschaft gab. Es war ein Schrei, der ihnen unendliche Hoffnung gab. Es war ein Schrei, der ihre dauerhafte Verbindung zu Indien schuf.

»Dem Baby geht es gut«, rief Emilia. »Aber Stefan«, rief Emilia ihren Mann, und er konnte die verborgene Angst auf ihrem Gesicht erkennen.

»Ja, Emilia«, antwortete er, als würde er darauf warten, von ihr zu hören. „Das Stillen innerhalb der ersten Stunde nach der Geburt ist der Schlüssel zum Überleben eines Neugeborenen", sagte Emilia leise. "Es rettet Leben und bietet andere lebenslange Vorteile", fuhr sie fort. "Was sollen wir tun?" Stefans Frage vermittelte ihre Unfähigkeit, ihr Baby mit lebensrettendem Nektar zu versorgen. „Je länger das Baby wartet, desto höher ist das Risiko. An der Universität habe ich gelernt, dass das Warten auf zwei bis dreiundzwanzig Stunden das Sterberisiko erhöht und das Warten auf einen Tag oder mehr das Sterberisiko um mehr als das Zweifache erhöht. Wir müssen morgen früh eine Frau finden, die unser Baby stillen kann ", drückte Emilia ihren starken Wunsch aus. "Da wir viele Leute hier kennen, und viele von ihnen sind unsere Freunde, werden wir in der Lage sein, eine Frau zu finden, die uns helfen kann." Stefan tröstete seine Frau. »Sicher«, sagte Emilia. "Liebes Baby, du wirst hier unter uns wachsen. Wir werden zusammen singen, zusammen tanzen und zusammen essen. Du, deine Mutter, und ich, unser liebstes Baby, sind eins. Wir lieben dich ", rezitierte Stefan ein Schlaflied auf Deutsch.

Emilia kochte Kuhmilch, verdünnte sie mit warmem Wasser, kühlte sie ab und fütterte das Kind mit einigen Tropfen mit einem winzigen Löffel. "Ist es sicher?" Stefan drückte seine Besorgnis aus. „Was können wir dem Kind jetzt noch geben?" Antwortete Emilia. "Morgen werden wir Kalyani bitten, eine Frau zu finden, die das Baby sechs Monate lang stillen kann", fuhr Emilia fort. Kalyani war eine Gymnasiallehrerin, die Emilia und Stefan mit Theyyam-Tänzern bekannt *gemacht* hatte. Kalyani war ihr Freund und Nachbar.

Das Baby schlief den Rest der Nacht auf dem Bett. Emilia und Stefan schliefen nicht, da sie das Baby zweimal fütterten und auf beiden Seiten ihres

Kindes saßen, das still schlief. Am nächsten Morgen wickelten sie das Kind in warme Kleidung und gingen zu Kalyanis Haus. „Wir haben ein Baby!" Emilia und Stefan jubelten, als Kalyanis Mann Madhavan die Tür öffnete. Als Kalyani den Aufruhr hörte, rannte er zum Haupteingang. Emilia erzählte die Geschichte und bat Kalyani, eine Frau zu finden, die das Kind stillen sollte. „Da ist eine Frau mit einem neugeborenen sieben Häusern von hier. Ihr Name ist Renuka ", sagte Maya, Kalyanis Tochter, die hinter ihrer Mutter stand und das Baby ansah. „Ich kenne Renuka. Sie wird sicherlich zustimmen «, sagte Kalyani zuversichtlich. »Ich kenne ihren Mann«, sagte Madhavan, die *berühmteste* Theyyam-Tänzerin in Valapattanam. Andere *Theyyam-Tänzer* sprachen ihn respektvoll als "Gurukal" an, und Renukas Ehemann, Appukkuttan, lernte die Nuancen des Tanzens von Madhavan. Madhavan hatte viele Jahre in Maharashtra mit seinen Eltern verbracht, die mit Mahatma Gandhi in Sewagram waren. Er lernte *Theyyam* als Kind in Valapattanam tanzen, bevor er sich Gandhi in der Freiheitsbewegung anschloss. "Ich habe Renuka ein paar Mal während des Thirappattu *getroffen*, *Theyyam* singen und tanzen", sagte Emilia glücklich. „Natürlich kenne ich Appukkuttan, Renukas Ehemann. Er hatte viele Male an unseren Studienkursen teilgenommen ", rief Stefan aus. »Lass uns Renuka und Appukkuttan treffen«, sagte Madhavan.

Stefan nahm das Baby in die Hand und ließ Emilia frei laufen. Kalyani, Madhavan und Maya marschierten vorwärts. In der Nähe des nächsten Hauses fragte Geetha, die Jasminblumen sammelte, Kalyani, wohin sie gingen, und sie erzählte die ganze Geschichte. „Ich kenne Renuka gut. Ich werde sie bitten, das Baby zu füttern ", sagte Geetha. »Renuka ist meine Cousine zweiten Grades mütterlicherseits«, sagte Geethas Mann Ravindran, als er sich meldete. Auch Ravindran war eine *Theyyam-Tänzerin*. Er tourte mit Madhavan durch Kasaragod, Mangalore und Südkanara, um junge Menschen im *Theyyam-Tanzen* auszubilden. Ammalu und ihr Ehemann Unnikrishnan schlossen sich der Gruppe im nächsten Haus an, zusammen mit Moideen, Sarah und ihren Kindern. Die Nachbarn waren begierig darauf, sich der Gruppe anzuschließen, da es ein tiefes Gefühl der Einheit und Zugehörigkeit gab. Fast jeder arbeitete *mit* verschiedenen Theyyam-Gruppen in der Fliesenfabrik am Valapattanam-Flussufer. Außerdem waren sie alle Kommunisten, einschließlich Madhavan. Nach der Quit India-Bewegung wurden Madhavan und seine Eltern kommunistische Sympathisanten. »Wir kommen!«, rief Kunjiraman zusammen mit seiner Frau Sumitra aus dem sechsten Haus.

Mehr als fünfundzwanzig Personen waren in der Gruppe, darunter Erwachsene und Kinder. Renuka und Appukkuttan waren überrascht, als sich eine kleine Menschenmenge ihrem Haus näherte. "Was ist passiert? Gibt es ernsthafte Probleme oder Unfälle?" Rief Appukkuttan aus seinem Haus. Als Kalyani Renukas Wohnung erreichte, erklärte er alles kurz und bündig.

»Das Baby muss gestillt werden«, sagte sie am Ende.

»Sicher«, sagte Renuka.

"Ich bin so glücklich", sagte Appukkuttan, Renukas Ehemann.

Dann plötzlich umarmte Emilia Renuka und küsste ihre Wangen. Es war, als würde sie Renuka essen. »Wir sind dir dankbar«, sagte Stefan zu Appukkuttan. Emilia umarmte alle Frauen. Sie alle kannten Emilia und Stefan. »Du bist einer von uns«, sagte Sarah. "Wir sind hier, um alles mit Ihnen zu teilen", fuhr sie fort. Ab und zu schloss sich Moideen Madhavan und Appukkuttan beim *Theyyam-Tanz* an, und Moideen und Sarah waren stolz auf ihre Affinität zur Gruppe. »Ist es ein Junge oder ein Mädchen?« Fragte Renuka plötzlich. »Oh Gott, wir wissen es nicht«, sagte Emilia, und sie schämte sich. Kalyani packte das Baby aus, während Stefan das Bündel hielt. »Es ist ein Junge«, sagte Kalyani. »Ein Junge!«, schrien alle. »Wir werden ihn *Theyyam* lehren«, sagte Madhavan. »Sicher«, sagte Appukkuttan.

Renuka nahm das Baby und ging in ihr Haus. Emilia begleitete sie. Renuka packte das Baby aus und massierte seinen Körper sanft mit Kokosöl, das mit ayurvedischen Heilpflanzenblättern, Stängeln, Blumen und Nüssen angereichert war. Dann legte sie das Baby über kavunginpala, den flexiblen Stiel der Areka-Nussbaumblätter, die den Stamm bedeckten, und gab ihm ein mild-warmes Wasserbad. Nach der Dusche nahm sie ein Stück Goldschmuck, rieb es in Honig, fütterte das Baby mit drei Tropfen davon und sang: „Lass dich ein ergebener Sohn sein, ein guter Mensch. Wachsen Sie als liebender Mensch, als Mensch mit viel Einfühlungsvermögen gegenüber anderen und als gesetzestreuer Bürger in Weisheit und Wissen, seien Sie stark ohne Krankheit, singen Sie wie ein Kuckuck, rennen Sie wie ein Hirsch und tanzen Sie wie ein Pfau. Du bist weise wie ein Elefant und genau wie der König von Malabar." Dann stillte sie das Baby und ihren sechs Monate alten Sohn Aditya. Emilia beobachtete die Rituale mit großer Wertschätzung, Respekt, Ehrfurcht und Neugier. Als Renuka und Emilia mit ihren Söhnen herauskamen, diskutierten Stefan, Madhavan, Kalyani, Appukkuttan, Sarah und andere über eine Feier an diesem Abend. „Wir werden heute Abend die Ankunft des Neugeborenen in meiner Residenz feiern!", verkündete Stefan Mayer mit ungebundener Freude. "Ich werde die Maracheeni *Puzhuku mitbringen*, ein köstliches Gericht aus Tapioka mit geschabter Kokosnuss, grünem Chili, Kurkuma, Kardamom und anderen Gewürzen", sagte Madhavan. "Hammelbiriyani ist von unserem Haus", erklärte Moideen. Wir können beide gut kochen ", behauptete Sarah. "Lass mich Rindfleisch bringen", flehte Ravindran. "Der Kokosnuss-Toddy ist aus meinem Haus", strahlte Kunjiraman aus.

Plötzlich gab es einen riesigen Aufruhr. "Eine Toddy-Party mit Rindfleisch! Auf, auf, hurra! Auf, auf, hurra!«, riefen sie alle vor Freude. Sie tanzten herum und hielten sich an den Händen. Sie waren eine intime Gruppe, die sich gut kannten und Mitglieder der Kommunistischen Partei waren. Sie trafen sich zwei- bis dreimal im Monat in verschiedenen Häusern. Sie diskutierten über die Befreiung armer Menschen und ausgebeuteter Arbeiter vom Joch der Grundbesitzer und anderer Unterdrücker in Malabar. Stefan und Madhavan erklärten die Grundprinzipien des Kommunismus und seine innere Stärke und ermutigten sie, die Unterdrückten aus allen Schattierungen der Unterwerfung zu befreien, da Emanzipation ihr Traum war. Stefan stammte aus einer wohlhabenden Vermieterfamilie in Baden-Württemberg und hatte die philosophischen Implikationen und ideologischen Zähigkeiten des Kommunismus studiert. Seine Masterarbeit an der Universität Berlin beschäftigte sich mit der *Dynamik des Kommunismus im Befreiungsprozess von Bauern und Arbeitern*. Er konnte seine Ideen im keuschen Malayalam mit relevanten Beispielen aus dem Leben unter Berufung auf die tatsächlichen Situationen der Menschen angemessen erklären. Innerhalb von zwei Jahren nach seiner Ankunft in Valapattanam begann er, Artikel in Malayalam über die Bewegungen der Menschen in Malabar zu schreiben. Als er in Malabar landete, war Stefan siebenundzwanzig Jahre alt und konnte in jeder Gruppe leicht Respekt und Aufmerksamkeit einfordern, während er überzeugend im Dialekt des Volkes sprach und schrieb.

Madhavan war hartnäckig darin, Macht für die Machtlosen zu erlangen und eine Stimme für die Stimmlosen zu werden. Im Alter von acht Jahren besuchte er Treffen mit seinem Vater über Indiens Freiheit und befreiende Kraft. In seinen frühen Vierzigern wurde Madhavan zu einer Autorität für die Vision von Volksbewegungen. Er konnte überzeugend und prägnant über die innere Bedeutung jeder ideologischen Position über die Bedürfnisse der Menschen sprechen und auf die unaussprechlichen und unerträglichen Menschenrechtsverletzungen der Unterdrückten reagieren. Er war mit seinem Vater zu Hunderten von Dalit- und Stammesdörfern in Vidarbha und Marathwada gereist, als seine Eltern mit Mahatma Gandhi in Sewagram waren. Madhavan respektierte Gandhi zutiefst, doch er glaubte an den Rüstungskampf und dachte, dass die Armen und Unterdrückten gegen die *Zamindars*, die Grundbesitzer, kämpfen müssten. Für die Menschen war es eine seltene und bereichernde Erfahrung, in seinen Vorträgen anwesend zu sein. Die meisten seiner Freunde waren auch *Theyyam-Tänzer*, die mit Majestät und Kraft tanzten.

Sie fanden keinen Widerspruch darin, verschiedene Götter durch ihren Tanz darzustellen, obwohl der Kommunismus eine „gottvernichtende" Bewegung war, so Stefan Mayer. Die Götter in *Theyyam* repräsentierten gewöhnliche Menschen der vorarischen Ära.

Emilia war fünfundzwanzig Jahre alt, als sie mit ihrem Mann in Kannur ankam. Ihr Vater, Gerhard Schmidt, besaß mehrere Juweliergeschäfte in Frankfurt, Deutschland. Während ihres Studiums las Emilia Hermann Hesses *Siddhartha, Narziss und Goldmund, The Glass Bead Game* und *Journey to the East*, was eine unauslöschliche Faszination für Indien auslöste. Ihr Professor teilte ihr mit, dass Hermanns Großvater mütterlicherseits, Hermann Gundert, viele Jahre in Thalassery verbracht und über vierzehn Malayalam-Bücher geschrieben habe. Die Malayalam-Grammatik und das Englisch-Malayalam-Wörterbuch waren die prominentesten unter ihnen. Entschlossen, Malayalam und die Geschichte und Kultur von Malabar zu lernen, beschloss Emilia, Thalassery zu besuchen.

Als sie an der Universität über die alten Kunstformen von Malabar las, stieß sie auf das exotische Tanzspiel, das als *Theyyam* bekannt ist. Sie erwarb alle möglichen Literaturen in deutscher und englischer Sprache, um mehr darüber zu erfahren. Bei einem Besuch der Berliner Universität traf sie Stefan, und sie verliebten sich. Sie tourten durch ganz Europa und heirateten innerhalb weniger Wochen. Beide waren hoch motiviert, nach Malabar zu reisen, da Emilia es liebte, *Theyyam* zu erforschen, und Stefan wollte die Bewegungen der Menschen durch den Kommunismus beeinflussen. So erlebten Emilia und Stefan einen *Fernweh*, eine Sehnsucht, in ferne Länder zu reisen. Für sie war es Malabar. Sie erreichten Kannur zwei Jahre, bevor EMS Namboodiripad als erster Chief Minister von Kerala vereidigt wurde, um die erste gewählte kommunistische Regierung der Welt zu führen.

Zufällig trafen Emilia und Stefan Mayer Madhavan bei ihrer Ankunft am Bahnhof Kannur. Madhavan lud sie in sein Dorf am südlichen Ufer des Flusses Valapattanam ein, bekannt als *Barapuzha*. Sie fanden ein großes Haus mit Blick auf den Fluss. Emilia und Stefan waren beeindruckt von den Einrichtungen, der Lage und der wunderschönen natürlichen Umgebung voller Kokospalmen, Mangroven und weitem, kargem Land. Da ihr Dorf ganz in der Nähe von Thalassery und Kannur und im Herzen des *Theyyam-Landes* lag, beschlossen sie, sich in Valapattanam niederzulassen, und innerhalb von zwei Jahren wurden sie Eltern eines Babys.

Mayers frittierte große Mengen *Karimeen* für die Abendfeier, einen gefleckten Fisch in Nebengewässern und Flüssen in ganz Kerala. Bis zu diesem Abend war im Hof von Mayers Haus ein bunter Pandal errichtet worden, der die

Barapuzha *überblickte*. Etwa fünfundsiebzig Menschen hatten sich dort um sieben Uhr abends versammelt. Emilia spielte Klavier, und Madhavan und Appukkuttan spielten das *Maddalam*. Kalyani und Geetha sangen aus dem *Vadakanpattu* über die schöne und mutige Unniarcha und die Tapferkeit von Aromal Chevakar. Das Essen war herrlich. Männer, Frauen und Kinder schlürften Rindfleisch mit *Toddy* und genossen das Tapioka-Gericht und das Hammelfleisch Biryani. Die Feierlichkeiten dauerten bis Mitternacht an, und es gab keine Reste. Renuka fütterte das Neugeborene und Aditya dreimal während der Party, und sie war die einzige, die den Kleinen nicht verzehrte. Alle bedankten sich und gingen.

Emilia und Stefan zogen sich mit dem Baby in ihr Schlafzimmer zurück. »Wie sollen wir ihn nennen?« Fragte Stefan Emilia. "Sollen wir ihn Ravi nennen?" Schlug Emilia sofort vor. „Ravi ist ein schöner Name. Es bedeutet *Surya*, die Sonne, die sehr gut für unser Baby geeignet ist ", antwortete Stefan. "Der Name seines Bruders ist Aditya", sagte Emilia. »Wer ist sein Bruder?« Stefan war überrascht, das zu hören. »Aditya, der Sohn von Renuka und Appukkuttan«, sagte Emilia. "Er ist sechs Monate alt, und ich betrachte ihn als den älteren Bruder von Ravi." "Oh, das ist wunderbar. Das Wort Aditya bedeutet Sonne ", fügte Stefan hinzu. In dieser Nacht schliefen sie alle gut, einschließlich Ravi.

Früh am Morgen kam Renuka mit Aditya. Sie massierte beide Babys sanft mit ayurvedischem Öl, gab ihnen ein warmes Bad und stillte sie, bis sie satt waren. Aditya und Ravi befanden sich im selben Kinderwagen, der mit einem Moskitonetz bedeckt war. Während die Babys schliefen, erklärte Renuka Emilia *Theyyam*, einschließlich Gemälden, Farben, komplizierten Gesten, Tanzschritten und Emotionen. Sie sagte, *Theyyam* sei ein integraler Bestandteil von Malabars Volk und umfasse das Gebiet von Vadakara im Süden bis Kasaragod im Norden. *Theyyam* war unter den Menschen von Süd-Canara und Coorg vorherrschend. Aus diesem Grund besuchten Tausende von Menschen aus Coorg, Udupi und Mangalore die verschiedenen Tempel in Kannur und den angrenzenden Gebieten. Emilia notierte sich die kleinsten Details von Renukas Erklärungen und stellte mehrere Fragen. Die Dialoge und Diskussionen waren immer sehr produktiv, lebhaft und lebendig. Emilia liebte es, wie Renuka jede Geschichte erzählte, und sie liebte ihre Ankunft jeden Tag.

Eine Woche verging schnell, und Emilia und Stefan planten, nach Kannur zu gehen, um den Bahnhofsvorsteher zu treffen, um Ravis Adoptionsverfahren abzuschließen. Sie luden Madhavan, Kalyani und Renuka ein, sie zu begleiten, die bereitwillig zustimmten. Der Stationsvorsteher war mit der Arbeit beschäftigt, aber er erkannte sofort die Mayers. »Wie geht es deinem Baby?«, erkundigte er sich. »Er lebt und tritt«, antwortete Emilia. „Das ist wunderbar. Du hast mir nicht gesagt, ob das Baby ein Junge oder ein Mädchen ist", sagte der Stationsvorsteher und sah Emilia an. „Erst am nächsten Tag stellten wir fest, dass es ein Junge war. Wir haben jetzt ein Baby, und das reicht uns. Ob es ein Junge oder ein Mädchen ist, spielt keine Rolle ", erklärte Stefan. "Das ist in Ordnung. Ich werde einen Brief an den Unterregistrar schreiben, dass das Baby verlassen wurde und du ihn unter der Eisenbahnbrücke gefunden hast ", schlug der Bahnhofsvorsteher vor und sah Stefan an. "Das ist großartig, Sir!" Stefan staunte über die scharfe Erinnerung an den Offizier.

Der Stationsvorsteher holte seinen offiziellen Briefkopf heraus. »Übrigens, darf ich Ihren Namen wissen?«, erkundigte sich der Stationsvorsteher.

„Sie ist meine Frau Emilia und ich bin Stefan Mayer. Wir sind deutsche Staatsbürger und wohnen seit zwei Jahren in Valapattanam ", erklärte Stefan und schrieb ihre Namen und Wohnanschriften auf Papier. „Haben Sie Ihre Pässe und Visa dabei?» Das tun wir, Sir «, sagten Emilia und Stefan, als sie dem Stationsvorsteher die Unterlagen übergaben. Dann und dort schrieb der Stationsvorsteher einen Brief an den Unterregistrar und bat ihn, das Adoptionsverfahren abzuschließen. Er nahm alle relevanten Daten über Emilia und Stefan in die Nachricht auf und fertigte zwei Durchschläge an. Er markierte das Original für den Unterregistrar und die Durchschriften für die Indian Railways, Frau Emilia Mayer und Herrn Stefan Mayer. Mit einem breiten Lächeln überreichte er ihnen den Brief. Es war erstaunlich, dass er den gesamten Papierkram innerhalb von fünfzehn Minuten erledigen konnte. Stefan stellte Renuka, Kalyani und Madhavan dem Stationsleiter vor und dankte ihm für seine außerordentliche Mitarbeit und Hilfe.

Das Büro des Unterregistrars befand sich in einem baufälligen Gebäude, etwa zwei Kilometer vom Bahnhof entfernt. Der Unterregistrar, der kurz vor dem Ruhestand stand, wirkte nachdenklich und distanziert. Er las den Brief des Stationsleiters sorgfältig durch. „Mein Büro erhält monatlich drei bis vier Briefe vom Stationsleiter. Manche Eltern lassen ihre Neugeborenen aufgrund von Armut und Hunger im Stich. Für einige liegt es an zu vielen Kindern, und sie lassen ein paar wie tote Katzen im Stich. Es gibt Fälle, in denen unverheiratete Mütter ihre Kinder an Orten zurücklassen, an denen Menschen sie finden können. Es kann mindestens ein halbes Jahrhundert dauern, bis Indien dieses komplexe Problem überwunden hat ", erklärte der Unterregistrar mit Blick auf Emilia und Stefan, als schäme er sich für solche Vorfälle, und Ausländer müssten die schlimme Situation verstehen, in der sich das Land befinde.

Emilia und Stefan sagten nichts und hörten respektvoll auf seine Worte. Sie wollten die unterschriebenen Adoptionspapiere, damit Ravi ihr Kind wird.

"Also, welchen Namen willst du dem Baby geben?", fragte der Unterregistrar Emilia.

»Sir, wir würden ihn gerne Ravi nennen«, antwortete Emilia.

»Warum Ravi? Warum nennst du ihn nicht bei einem deutschen Namen?"

"Sir, Ravi ist ein schöner Name. Sie repräsentiert die Sonne. Außerdem lieben wir Indien und wollen hier leben und sterben ", sagte Stefan. Der Unterregistrar sah Stefan erstaunt an. Er war erstaunt, seine Worte zu hören, da Hunderte von ausländischen Paaren in den letzten Jahren zur Adoption in seinem Büro gewesen waren und keiner von ihnen ihm gesagt hatte, dass sie Indien liebten und für immer in Indien bleiben wollten. Diese Adoptiveltern zogen es vor, das Land mit ihren Babys sofort nach der Adoption zu verlassen. Der Unterregistrar erklärte, dass Mayers der erste Fall war, in dem Adoptiveltern in Indien bleiben wollten. "Die indische Staatsbürgerschaft zu bekommen wird schwierig sein, selbst wenn du bis zum Tod kämpfst. Trotzdem können Sie mindestens ein halbes Dutzend indischer Kinder adoptieren, und wir haben derzeit kein Gesetz, das dies verbietet."

Er bereitete die rechtlichen Adoptionspapiere vor, und das Geburtsdatum des Kindes war der einundzwanzigste Juni, als Mayers Ravi unter der Brücke in der Nähe des Bahnsteigs des Bahnhofs Kannur gefunden hatte. Dann unterschrieb der Unterregistrar und bat Emilia und Stefan Mayer zu unterschreiben. Kalyani und Madhavan waren die Zeugen, und auch sie unterzeichneten auf den gestrichelten Linien. Nach Beglaubigung aller Unterschriften erklärte der Unterregistrar Ravi zum Sohn von Emilia und Stefan Mayer. Renuka, Kalyani und Madhavan gratulierten den Eltern von Ravi mit einem warmen Händedruck. Plötzlich weinte Emilia vor Freude.

Vom Büro des Unterregistrars aus konnten sie das von den Portugiesen errichtete Fort Saint Angelo am Arabischen Meer sehen. Die Festung wurde 1505 von Indiens erstem portugiesischen Vizekönig Francisco D'Almeida erbaut. 1666 besiegten die Niederländer die Portugiesen, eroberten die Festung und verkauften sie an den Ali Raja von Arakkal. 1790 übernahmen die Briten es von den Beevi von Arakkal. Madhavan erzählte Emilia und Stefan Mayer von der Geschichte der Festung, während sie ein üppiges Essen in einem Restaurant mit Blick auf die Festung genossen. Nach dem Mittagessen erkundeten sie die dreieckige Festung, und Emilia erinnerte sich plötzlich an das Heidelberger Schloss, wo Stefan ihr einen Antrag gemacht hatte. Als Emilia „Ja" sagte, umarmte und küsste Stefan sie. "Wir werden für den Rest unseres Lebens in Liebe leben, liebste Emilia", sagte er. »Ich würde gerne für immer bei dir sein, liebster Stefan«, antwortete Emilia. Das war ihr erster Schritt. Jetzt, im St. Angelo Fort, erlebte sie, wie sie ihr Versprechen erfüllte.

Zu Hause trafen Emilia und Stefan alle Nachbarn und verteilten die *Moser Roth Edelbitter und Haselnussschokolade*, die sie am Vortag aus Stuttgart erhalten hatten, um die Adoption und Namensgebung ihres Babys zu feiern. Ravi und Aditya hatten zwei Mütter, Emilia und Renuka, die sie über alle Maßen liebten. Ravi hatte Ammu die Geschichte mehrmals erzählt und genoss es, sie immer wieder zu diskutieren. "Ich war ein verlassenes Baby, aber dann bekam ich zwei Mütter, und sie liebten mich wie ihre Seele", erzählte Ravi die Geschichte mit Stolz. "Ja, liebster Ravi, jetzt suche ich dich auf einem Friedhof, der nach verlassenen Leichen markiert ist", wiederholte Ammu, während er auf einem Felsblock saß. Die Sonne tauchte in den wolkenlosen Himmel ein. Ammu könnte mehr als vier Stunden auf dem Friedhof verbracht haben. Etwas außerhalb des Friedhofs befand sich ein Kokospalmenhain; sie konnte schöne, moderne, doppelstöckige Häuser sehen. Und darüber hinaus führte die Autobahn in die Stadt. Viele Jahre lang war es ihr Zuhause, während sie an der Universität lehrte, und Ravi praktizierte in den Bezirks- und Obergerichten als Menschenrechtsanwältin, hauptsächlich für Kinder, die als Arbeiter arbeiteten.

Das waren Tage der Liebe, des Kampfes, der Qual und des Schmerzes. Jetzt saß Ammu allein auf einem trostlosen Friedhof und suchte nach dem Grab ihres Mannes, den sie wie ihr eigenes Herz liebte.

»Ravi, halte meine Hand«, sagte sie. Da wurde ihr klar, dass sie mit ihrem Sohn Tejas schwanger war. "Ravi, es scheint, dass ich schwanger bin." Es war morgens, bevor wir zur Universität gingen.

Ravi war bereit, zum Obersten Gerichtshof zu gehen. "Komm, lass uns einen Gynäkologen besuchen", sagte Ravi und umarmte Ammu fest. Die Ärztin sah fröhlich und angenehm aus, und nach der ersten Untersuchung sagte sie zu Ravi: „Du wirst Vater." Ravi umarmte Ammu erneut, küsste ihre Stirn und sagte: „Liebling, ich liebe dich für immer." "Ravi, ich liebe dich. Ich liebe dich zu sehr ", sagte sie, als sie flach fiel und das Grab küsste. Sie könnte dort für eine lange Zeit geblieben sein.

"Hallo, was ist mit dir passiert? Geht es dir gut?" Ammu hörte, wie jemand mit ihr sprach.

Sie hob den Kopf und schaute zurück. Da war jemand, und sie konnte sein Gesicht nicht sehen, da die Sonne hinter ihm am westlichen Horizont stand. »Was ist los? Geht es dir gut?« , fragte er noch einmal. Sie hob ihre linke

Hand, streckte seine rechte Hand aus und hielt sie fest. "Du siehst erschöpft aus. Brauchst du Wasser?«, fragte er, nahm eine kleine Flasche Wasser heraus und bot sie ihr an. Ammu öffnete die Flasche und trank die Hälfte des Wassers, ohne zu sprechen. »Danke«, sagte sie zu dem Fremden. Sie sah ihn an; er war ein großer, leicht dunkler, gutaussehender Mann mit Bart. Auf den ersten Blick mochte sie ihn und hatte eine unmittelbare Affinität zu ihm. »Was machst du hier?«, fragte er. „Auf der Suche nach dem Grab meines Mannes." "Hast du es gefunden?" "Das könnte derjenige sein, nehme ich an", antwortete sie. „Das sieht sehr alt aus." "Ja, fünfundzwanzig Jahre alt." "Fünfundzwanzig?" "Ich bin zum ersten Mal hier. Ich wusste nie, wo genau die Gemeinde meinen Mann begraben hatte. Jemand hatte mir vor fünfundzwanzig Jahren geschrieben, dass die Gemeinde meinen Mann auf dem städtischen Friedhof für verlassene Leichen begraben habe. Ich konnte vorher nicht hierher kommen. Ich hoffe, ich komme nicht zu spät «, sagte sie und sah den Fremden an. "Jeder Tag ist nicht zu spät", antwortete der Mann.

"Es ist unsere Anstrengung und Hoffnung, die wichtig ist. Unser Ziel gibt uns Sinn, und die Suche kann uns Ergebnisse liefern. Wenn wir nicht suchen, werden wir nie finden ", fügte er hinzu.

Seine Stimme war überzeugend, fokussiert und angenehm, wie die von Ravi. "Ravi hat früher so gesprochen wie du. Ich habe es immer geliebt, ihm stundenlang zuzuhören. Er hatte eine Vision, ein Ziel. Seine Ideen waren faszinierend. Er war mein bester Freund, mein Ideal «, sagte Ammu und sah den Fremden an. »Wer war Ravi?«, fragte er. »Ravi Stefan Mayer war mein Mann«, antwortete sie. »Okay, und er ist vor fünfundzwanzig Jahren gestorben, und du suchst hier nach seinem Grab. Lass mich dir helfen, den Ort zu finden «, sagte er. "Ich denke, das ist genau der richtige Ort. Die Person, die mir schrieb, hatte erwähnt, dass die Gemeinde ihn in der Nähe eines alten Baumes neben einem riesigen Felsbrocken begraben hatte. Ich glaube, das sind die Überreste dieses alten Baumes und ein riesiger Felsbrocken an seiner Seite. Es gibt hier keine anderen alten Bäume und keine solchen Felsbrocken, die so groß sind wie diese ", erläuterte Ammu. "Es scheint, dass deine Liebe zu ihm unendlich war, und du hast ihn unendlich bewundert", bemerkte er. »Ja, das habe ich. Er war mein Universum. Er war ein Mann mit einem goldenen Herzen. Seine Liebe zu mir war grenzenlos. Wir waren unabhängige Menschen mit einer Seele ", sagte Ammu poetisch. „Darf ich Ihren Namen wissen, junger Mann?» Ich bin Arun Nambiar «, sagte er und streckte die Hand aus. »Schön, Sie kennenzulernen, Mr. Nambiar«, sagte Ammu und schüttelte die Hand.

Seine Hand war genau wie die von Ravi, mit der gleichen Textur und den gleichen Gefühlen. „Ich bin hier, um zu sehen, ob die Gräber Grabsteine haben, aber leider tut es keiner. Also, ich gehe zurück ", sagte er. „Verlassene Leichen liegen hier begraben. Die Gemeinde hat keine Daten über die Toten. Der Offizier sagte mir, es sei unmöglich, die Namen eines von ihnen herauszufinden. Es waren alles verlassene Leichen ", sagte Ammu. „Wo willst du hin? Ich kann dich mitnehmen «, sagte Nambiar. "Ich bleibe hier und verbringe die Nacht mit Ravi. Es wird ein wunderbares Gefühl sein. Ich kann die ganze Nacht mit ihm reden, auf seinen Herzschlag hören, seinen Atem spüren und ihn nach fünfundzwanzig Jahren berühren. Lass mich bis in alle Ewigkeit mit ihm schlafen ", bestand Ammu darauf. "Eine Nacht auf einem einsamen Friedhof verbringen? Wovon redest du? Es können giftige Schlangen und gefährliche Raubtiere in der Nähe sein. Die Nacht wird kalt sein und es könnte regnen. Es ist gefährlich für dich. Komm mit mir. Du kannst bei mir schlafen. Mein Partner wird sich freuen, Sie kennenzulernen. Außerdem fühle ich mich dir nahe ", sagte Nambiar empathisch.

Arun half ihr auf die Beine. Sie sah charmant aus, und ihre großen Augen spiegelten ihre Intelligenz und Reife wider. »Frau Ravi Mayer, ich fühle eine Affinität zu Ihnen«, sagte er. »Danke, Herr Nambiar«, erwiderte Ammu. „Bitte nenn mich Arun. Ich liebe es, von dir bei meinem Vornamen genannt zu werden.„Arun, auch ich fühle eine Anhaftung an dich, als könnte ich dir vertrauen." "Es ist gegenseitig." "Sicher", sagte Ammu. "Du bist vielleicht fast sechzig und musst dich um deine Gesundheit kümmern", sagte Arun. »Du hast recht. Ich bin einundsechzig ", antwortete Ammu. »Tschüss, Ravi. Ich werde wiederkommen. Wir werden zusammen reden und singen und noch einmal feiern ", sagte Ammu und schaute auf das Grab. Arun hatte sein Auto, einen Benz, vor dem Friedhof geparkt. Ammu saß neben Arun. Das Fahrzeug bewegte sich schnell und sanft durch viele Hügel, die mit Kokos- und Areka-Nusspalmen, Jackfrüchten, Mangobäumen und Gummi-Anwesen gefüllt waren. Plötzlich dachte Ammu an die bezaubernden Tage, die sie mit Ravi durch ganz Kerala fuhr. „Frau Mayer, was ist Ihr Beruf?" Fragte Arun.

„Unterrichten. Ich war Professor an der Universität ", antwortete sie.

„Mein Partner und ich sind Computeringenieure. Janaki hat ein Startup auf dem Gebiet des Geldwechsels gegründet, und ich bin auf Datenanalyse und Theoriebildung bei Finanztransaktionen spezialisiert. Oft arbeiten wir zusammen. Unmittelbar nach unserem Abschluss am Indian Institute of Technology begannen wir, für uns selbst zu arbeiten. Es gibt keine Spannung, und wir haben vierundzwanzig Stunden bei uns. Wir reisen oft in ost- und südostasiatische Länder und arbeiten mit der Singapore University an der Datenanalyse mit künstlicher Intelligenz. Wir beide genießen unsere Arbeit, und es ist eine lohnende Erfahrung, da wir nur uns selbst gegenüber verantwortlich sind ", sagte Arun mit Entschlossenheit.

Ammu sah Arun an. Selbstbewusst wusste er, wovon er sprach. Nach einer halbstündigen Fahrt hielt Arun in der Nähe eines Teeladens am Wegesrand an. Der Tee, der in einem Glas serviert wurde, schmeckte hervorragend. Arun überprüfte sein Handy und machte ein paar Anrufe. »In einer halben Stunde sind wir zu Hause«, sagte Arun. Es war schon dunkel. Nach fünfundzwanzig Jahren Haft hatte das Licht von nahegelegenen Häusern und Gebäuden für Ammu eine besondere Bedeutung. "Es sieht wunderschön aus", kommentierte sie. „Wir betreten einen Vorort der Stadt. Unserer ist der zweite Vorort von hier. Wir leben in einer Wohnung mit sieben Häusern ", sagte Arun. Ammu hatte in einer Wohnung gewohnt, während sie in Stockholm recherchierte. In Uppsala teilte sie sich mit drei anderen Forschern ein kleines Haus, und am Erkensee hatte sie ein kleines Haus mit einem Zimmer, einem angeschlossenen Bad und einer Küche, die alle von der Universität zur Verfügung gestellt wurden. »Hier sind wir«, sagte Arun und betrat einen siebenstöckigen modernen Apartmentkomplex. "Wir wohnen im dritten Stock, und jeder Stock enthält nur ein Haus", fügte er hinzu. Arun wischte mit dem Finger an der Tür, und die Tür öffnete sich. »Es kann auch meine Augen lesen«, sagte Arun.

»Willkommen, Professor Ammu Ravi Mayer«, sagte Janaki, eine große, klug aussehende Frau. Sie küsste Ammus Wangen.

„Danke, Janaki. Arun hat ständig über dich gesprochen. Hat mich gefreut, dich kennenzulernen.

"Professor Mayer, Sie haben einen Doktortitel in Fischerei aus Uppsala, einer der besten Universitäten Europas."

»Woher weißt du das?«

„Als Arun deinen Namen erwähnte, habe ich ihn bei Google gesucht. Deine Promotion war über Krebse im Erkensee und Vatternsee und Hummer in Kuttanad."

»Oh, das klingt wunderbar«, sagte Arun.

»Madam, bitte nehmen Sie Platz«, bat Janaki. Janaki und Arun saßen mit Ammu zusammen und tauschten Höflichkeiten aus. Dann stellte Janaki Ammu frische Kleidung zur Verfügung und führte sie in ein Schlafzimmer mit angeschlossenem Badezimmer. Nach einem warmen Bad begleitete Ammu Janaki und Arun zum Abendessen. Das Essen war einfach, aber nahrhaft. Nachdem sie ihre Mahlzeit beendet hatte, zog sich Ammu in den Schlaf zurück.

Nach fünfundzwanzig Jahren schlief Ammu zum ersten Mal in einem Einzelzimmer. Am Vortag hatten die Gefängnisbehörden sie um vier Uhr abends freigelassen. Es war das erste Mal, dass sie das Gefängnis verließ, das sich an einem Ende von Kerala befand. Vor dem großen Tor wartete niemand auf sie; sie war allein in der weiten Welt. Es fühlte sich an, als hätte sich alles verändert. Der Weg zum Bahnhof war anstrengend und umständlich. Sie hatte etwas Geld in ihrer alten, verfärbten Ledertasche - die Vergütung, die sie für ihre fünfundzwanzigjährige Gefängnisarbeit erhielt. Der Tageslohn, den sie erhielt, war so gering, dass nach Abzug des Betrags für ihre persönlichen Bedürfnisse der Restbetrag ein Hungerlohn war - insgesamt siebentausenddreihunderteinundzwanzig Rupien - nicht einmal ein Zehntel des Monatsgehalts, das sie von der Universität erhielt. Das Gefängnis war eine Einrichtung der Ausbeutung, nicht der Korrektur. Es degenerierte manchmal zu einem Kerker für extreme Bestrafung, Abschreckung und Rache.

Ammu hatte dort eine viel bessere Zeit erlebt als viele andere Gefangene, da sie in den ersten zehn Jahren die Alphabetisierung der weiblichen Gefangenen und später der männlichen Gefangenen vermittelte. Sie konnte allen Respekt und Vertrauen entgegenbringen. Innerhalb dieser massiven Mauern hatte sie sich völlig verloren, als sie allmählich unterwürfig, anfällig und körperlich zerbrechlich wurde. Ammu sehnte sich danach, ihr Gesicht zu sehen, um mit ihren eigenen Augen zu sprechen, aber sie sah nie ihr Spiegelbild.

Die Gefangenen hatten keine Freiheit; sie standen immer unter Beobachtung. Die Behörden behandelten den Gefangenen als halbmenschlich; das Schmerzlichste war die völlige Trennung von der Welt. Fünf Jahre lang war es ihr verboten, mit der Außenwelt zu kommunizieren. Später durfte sie Briefe empfangen, aber keine versenden. Das war entmenschlichend, da sie das Gefühl hatte, keinen Wert oder Ehre zu haben, und ihre Würde und persönliche Identität für immer verloren waren. Das Gefängnispersonal behandelte sie von Anfang an gut. Dennoch stand sie immer unter Zwang, erlebte Scham und Anomie, ein Gefühl, das ihre Individualität, Argumentationskraft und Hoffnungen für die Zukunft zunichte machte.

Tage, Wochen, Monate und Jahre verloren an Bedeutung, Intensität und Dynamik. In den Nächten brachten sie tiefe Angst, Traurigkeit und Depressionen mit sich. Die Überwindung der Einsamkeit war eine mühsame Aufgabe, ein ständiger Kampf, aber sie gab indirekt Hoffnung und den aufrichtigen Wunsch, Ravi zu treffen, sogar auf dem Friedhof. Deshalb nahm sie einen Nachtzug in eine andere Stadt; sie kam dort früh am Morgen an und nahm einen Bus in die kleine Stadt, in der sich der Friedhof befand. Sie wartete drei Stunden an der Haupttür des Gemeindeamtes, bevor es öffnete. Der Offizier war ungehobelt und hart, aber sie stand vor ihm als demütige Dienerin mit Gehorsam und Unterwerfung.

Mit Angst, die von unglaublicher Freude umhüllt war, ging Ammu zum Friedhof, um Ravi zu treffen, die sie ewig mit absolutem Vertrauen und Respekt liebte. Seine Liebe war die reinste, die sie erleben konnte. Obwohl er schlief, war es eine glückselige Erfahrung, Ravi auf dem Friedhof zu treffen. Ammu versuchte, in einem gemütlichen und komfortablen Zimmer im Haus zweier Fremder zu schlafen. Diese Leute waren einfühlsam, freundlich und verständnisvoll, und sie fragten nie nach ihren Vorfahren. Die Menschen betrachten das Leben als ein Geschenk, das sie sich selbst geben; in diesem Prozess schaffen sie Glück und Hoffnung. Janaki und Arun taten dasselbe und feierten das Leben.

Für Ammu ging es im Leben um Entscheidungen; einige bedauerten sie, einige waren stolz auf sie und einige verfolgten sie Tag für Tag, Monat für Monat und Jahr für Jahr. Aber man muss alle unangenehmen Vorfälle im Leben überwinden. Es war Mitternacht, und die Wanduhr murmelte zu ihr. Als sie an ihre Lebensereignisse dachte und sich an ihre Erinnerungen an Ravi erinnerte, fiel sie nach fünfundzwanzig Jahren in einen tiefen Schlaf. Und Ammu schlief wie ein Kind. Es klopfte an ihre Schlafzimmertür und Ammu stand sofort auf. Es war halb sieben, sagte ihr die Wanduhr. Sie öffnete langsam die Tür, und es war Janaki mit Bettkaffee und einem bezaubernden Lächeln. »Guten Morgen, Professor Mayer«, begrüßte Janaki Ammu. »Guten Morgen, Janaki«, antwortete Ammu. "Hast du gut geschlafen?" Erkundigte sich Janaki. »Es hat mir sehr gut gefallen«, erwiderte Ammu.

Janaki stellte die Untertasse und den Becher auf den Beistelltisch. »Frühstück um acht«, sagte sie, während sie die Schlafzimmertür schloss. »Danke, Janaki«, sagte Ammu. Der Kaffee schmeckte hervorragend und sein Aroma verbreitete sich um sie herum wie Appus kleine Schritte um die Trommel in der Ölmühle ihres Vaters. Um acht Uhr war das Frühstück fertig. Der Speisesaal hatte zwei große Fenster und viel Licht. Die an den Wänden hängenden Gemälde waren thematisch surreal und mental durchdringend. Der Esstisch und seine vier Stühle sahen elegant und ansprechend aus. Das Frühstück bestand aus Idli, Vada, Sambar, Hafer mit warmer Milch, gekochten Eiern, Kochbananen und Papaya. »Guten Morgen, Professor Mayer«, begrüßte Arun Ammu. »Guten Morgen, Arun«, erwiderte Ammu. "Hast du gut geschlafen?" Fragte Arun. »Ja, von Mitternacht bis halb sieben.,, Normalerweise gehen wir um zehn ins Bett und stehen um vier auf. Das ist unsere Routine ", sagte Janaki. "Oh, das ist großartig. Früh morgens aufzustehen ist gut für Körper und Geist ", antwortete Ammu. „Eine Stunde lang machen wir Yoga, Meditation und Workout. Wir haben ein Laufband im angrenzenden Raum ", sagte Janaki beim Essen.

Nach dem Frühstück räumten sie das Geschirr ab und putzten den Tisch. Ammu schloss sich ihnen an. Teller, Gläser, Tassen und Besteck wurden in die Spülmaschine gestellt. Die Küche war mit modernen Geräten und Annehmlichkeiten ausgestattet. Der Kochherd befand sich in der Mitte der Küche, mit einem ultramodernen Schornstein. Dann brachten Janaki und Arun Ammu in ihren Yogaraum. Die Hälfte davon war für Yoga und Meditation ausgelegt; es war eine große Kammer mit einem Laufband, einem Heimtrainer und einem Ellipsentrainer auf der anderen Hälfte. „Das Crosstrainer ist eine Kombination aus Treppensteigen und Laufband. Es hat zwei Schienen, auf denen wir stehen, und wenn wir unsere Beine benutzen, wird eine elliptische Bewegung erzeugt ", erklärte Arun. Ammu lächelte und sagte: "Es ist in der Tat fabelhaft." "Die moderne Welt hat alle Einrichtungen für ein komfortables und glückliches Leben, aber wir müssen auswählen, was für uns gut ist", sagte Janaki. "Sicherlich sind wir es, die unser Leben gestalten", reagierte Ammu.

Der nächste Raum war ihr Büro. Es war ein riesiger Raum, vier- bis fünfmal so groß wie ein Standardschlafzimmer, und er hatte fast alle modernen Geräte, die mit ihrer Arbeit zu tun hatten. „Wir arbeiten fünf Tage die Woche, von neun Uhr morgens bis acht Uhr abends, mit einer Mittagspause von einer Stunde und fünfzehn Minuten für Tee. Wir arbeiten nicht samstags und gehen normalerweise aus, um uns zu amüsieren. Wir wählen die besten Restaurants, Kinos, Kunstgalerien und Kulturprogramme aus, treffen uns mit Freunden und feiern diesen Tag. Sonntags bleiben wir zu Hause, um zu putzen, zu waschen und alle anderen Arbeiten im Zusammenhang mit unserer Familie zu erledigen.,,Wir machen unsere ganze Arbeit allein in unserem Büro und zu Hause, da wir keinen Helfer haben", erläuterte Janaki und Ammu hörte ihr schweigend zu. „Außerdem machen wir viele geschäftliche Reisen, hauptsächlich nach Singapur, Indonesien, Malaysia, Korea und China. Und einmal im Jahr machen wir eine Tour zu exotischen Orten, vor allem um uns zu amüsieren. Dieses Jahr waren wir in Island. Dort mieteten wir ein Auto und fuhren durch das ganze Land. Es ist eine atemberaubend schöne Insel mit tollen Menschen, wundervollem Essen und modernen Einrichtungen. Millionen von Menschen besuchen diese Insel, besonders nach dem massiven Vulkanausbruch vor ein paar Jahren ", sagte Arun.

Zurück im Wohnzimmer verabschiedete sich Ammu von ihnen und stand auf, um zu gehen.

„Professor Mayer, bitte gehen Sie nicht. Bleib noch ein paar Tage bei uns", flehte Janaki.

„Du bist einer von uns. Bleiben Sie beliebig viele Tage hier. Wir beide genießen Ihre Gesellschaft. Bleib bei uns", sagte Arun.

"Bitte...", sagte Janaki und umarmte Ammu.

„Warum so viel Liebe? Du kennst mich oder meinen Hintergrund nicht", antwortete Ammu.

»Deine Geschichte geht uns nichts an«, war Aruns Stimme voller Liebe.

"Nur unter einer Bedingung: Bitte erlauben Sie mir, nach drei Tagen zu gehen", waren Ammus Worte sanft.

„Wir dachten, du würdest viele Tage bei uns bleiben, essen, arbeiten und an fremde Ufer reisen. Es wäre eine großartige Erfahrung, dich unter uns zu haben", antwortete Janaki.

»Professor Mayer, wie Sie wünschen«, nahm Arun ihre rechte Hand mit beiden Händen und küsste ihre Handfläche.

Es war ein Freitag, und Janaki und Arun waren mit ihrer Arbeit in ihrem Büro beschäftigt. In der Zwischenzeit begann Ammu, die Zeitschriften und Wochenzeitschriften zu lesen, die in ihrer kleinen, aber eleganten Bibliothek verfügbar waren und Bücher über Technik, Computertechnologie, Wirtschaft, Analytik, Finanzmanagement, Geldwechsel, weltliche Meditation, Yoga und andere Themen enthielten. Ammu war neugierig, zwei Bücher im Regal zu sehen: *Women in Sitayana*, verfasst von Mariam Ahmed Kasimwalla, und *Enlightenment Now*, geschrieben von Steven Pinker. Die Titel beschäftigen sich mit komplexen Fragen des Alltags und unseres Engagements in der Gesellschaft, wie die indische Kultur Frauen und Frauenpositionen in der Familie, Bildung, Beschäftigung, Entscheidungsfindung und Governance behandelt. Ammu fragte sich auch, warum Politiker ihre Frauen ohne Scheidung verlassen oder sich sogar darum kümmern, die Existenz der Frauen anzuerkennen, die sie zurückgelassen haben; warum Frauen oft Opfer von Entführungen, Vergewaltigungen, Gewalt, Ehrenmorden und Finanzbetrug in ganz Indien wurden; und warum ihnen immer wieder Gerechtigkeit verweigert wurde und sie häufig solche Fragen gestellt hatten, als Ammu in Schweden war.

Eines Tages sagte Ravi, dass der Sinn der Gerechtigkeit die Natur des guten Lebens sei. Er fuhr vor Gericht, um sich für Kinder einzusetzen, die wie Sklaven behandelt wurden und jahrelang in einer Feuerwerksfabrik arbeiten mussten. Ravi reichte Klage gegen den Fabrikbesitzer ein und forderte das

Gericht auf, die Kinder unverzüglich gegen Entschädigung freizulassen. Ammu besuchte den Hof an diesem Tag als Besucher, da es ein Feiertag für die Universität war. "Eine gerechte Gesellschaft respektiert die Freiheit jedes Menschen, und diese Kinder haben die Freiheit, keine Kinderarbeiter zu sein und nicht ausgebeutet zu werden", argumentierte Ravi. "Bestimmte Pflichten und Rechte sollten unseren Respekt aus Gründen unabhängig von den sozialen Folgen gebieten", erklärte Ravi. Er dachte über menschliche Freiheit, Gerechtigkeit und Würde jenseits des tangentialen Verständnisses nach. „Gerechtigkeit und Menschenrechte sind für das menschliche Leben von grundlegender Bedeutung. Sie vereinen Menschen in allen Situationen. Kinderarbeit ist eine Art Sadismus, Terrorismus, da sie das Leben vieler Kinder tötet ", war er energisch, und der Richter hörte ihm zu.

ZWEITES KAPITEL: KUTTANAD ZUM ERKEN-SEE

Ravi hatte einen scharfen Intellekt, analytische Fähigkeiten und eine Hilfsbereitschaft; sein Einfühlungsvermögen war ein Produkt seiner Argumentation und seines gesunden Verständnisses menschlicher Situationen. Ammu traf ihn am Flughafen Kopenhagen. Nachdem sie ihre Forschungen über Krebse im Erken- und Vatternsee abgeschlossen hatte, kehrte sie nach Kerala zurück.

Zunächst begann Ammu eine Studie über Garnelen und Garnelen in Kuttanad. Garnelen sahen ähnlich aus, unterschieden sich aber in Größe, Geschmack und Nährstoffgehalt. Garnelen waren größer als Garnelen und hatten wie Garnelen krallenartige Beine. Die Garnelen hatten drei Paar krallenartige Beine, während Garnelen zwei hatten. Ersteres hatte verzweigte Kiemen, und letzteres hatte plattenartige Kiemen. Garnelen schmeckten buttrig, während Garnelen wie saftiges Huhn schmeckten.

Später erweiterte Ammu ihr Studium um Hummer. Hummer haben zehn Beine und können bis zu fünfzig Zentimeter lang werden, während Garnelen nur maximal dreiunddreißig Zentimeter erreichen können. Die Produktion selbst kleiner Hummermengen erforderte jedoch anstrengende Anstrengungen, und die Bauern von Kuttanad konnten nur bis zu zweihundertfünfzig Kilogramm Hummer aus einem Hektar Teich ernten. Im Gegensatz dazu konnten die südostasiatischen Hummerzüchter aus einem gleich großen See achthundert bis tausend Kilogramm produzieren. Nach monatelanger Forschung entdeckte Ammu, dass Hummer in Kuttanad nicht die Qualität hatten, sich schneller zu vermehren, wenn ihre Nahrungsaufnahme reduziert wurde, was dazu führte, dass sie viel weniger wiegen als Hummer, die anderswo produziert wurden.

Ammu las einen wissenschaftlichen Artikel in einer internationalen Zeitschrift über Krebse, die im Vatternsee und Erkensee in Schweden reichlich vorkommen. Langusten, auch Langusten genannt, ähneln Miniaturhummern. Die im Erkensee eingeführten Krebse stammten aus den USA und das Experiment war sehr erfolgreich. Wo sich jedoch der Vatternsee und der Erkensee befinden, ist Schweden viel kälter, so dass die gleichen Krebse nicht direkt in Kuttanad eingeführt werden konnten. Nichtsdestotrotz wollte Ammu den Fischzüchtern von Kuttanad helfen und führte viele Gespräche mit ihnen und notierte ihre Vorschläge. Eines Tages, als Ammu durch die Reisfelder von Kuttanad ging, bekam er eine neue Idee und dachte tage- und wochenlang darüber nach. Sie erzählte niemandem, was ihr ursprünglicher Plan war.

Dann schrieb Ammu einen Brief an die Universität Uppsala und fragte, ob sie ein Vollstipendium für ein Doktorandenprogramm in Fischzuchttechnologie in Bezug auf Hummer und Krebse erhalten könne. Innerhalb von zwei Wochen erhielt sie einen Brief von der Universität, in dem sie gebeten wurde, einen ausführlichen Forschungsvorschlag zu senden, in dem die Methodik und die Laborexperimente hervorgehoben werden. Sie arbeitete drei Monate lang an dem Forschungsvorschlag und schickte ihn dann nach Uppsala. Schließlich erhielt sie einen Anruf von der Universität, in dem sie darüber informiert wurde, dass sie mit ihrer Begründung, ihren Zielen, ihren Hypothesen, ihrem Stichprobendesign, ihrem Datenerhebungsprozess, ihrer Analyse und ihren Interpretationsmatrizen der vorgeschlagenen Studie zufrieden war. Die Universität bat sie, sie über die vorgeschlagenen Forschungsausgaben in US-Dollar zu informieren. Nach Rücksprache mit einigen Experten erstellte Ammu einen ausgearbeiteten Budgetvorschlag für drei Jahre ihrer Forschung und reichte ihn an der Universität ein. Innerhalb von drei Wochen erhielt sie ein Annahmeschreiben, in dem sie gebeten wurde, sich beim Universitätszentrum am Erkensee zu melden. Ammu tanzte vor Freude und erreichte innerhalb von zehn Tagen das Erken-Labor.

Ammu hatte sich den Fischzüchtern von Kuttanad verschrieben. Ihr Forschungsziel war es, eine hybride Vielfalt von hochproduktiven Hummern mit den schnell wachsenden Krebsen am Erkensee zu entwickeln, die in Kerala gedeihen könnten. Sie wusste, dass sie Tag und Nacht arbeiten musste, um ihr Ziel zu erreichen. Das Forschungsmilieu im Erken-Labor war hervorragend, mit modernsten Einrichtungen, einem hochqualifizierten, erfahrenen, engagierten und talentierten Forschungsleiter und einem Team von Außendienstmitarbeitern, die immer bereit waren, Ammu in die Innenräume des Sees zu begleiten. Zunächst erhielt sie ein Einzelzimmer mit allem modernen Komfort in einem kleinen Haus, das von vier weiteren Forschungswissenschaftlern aus China, Nigeria, Chile und Vietnam bewohnt wurde. Sie trafen sich beim Frühstück, Mittag- und Abendessen und waren an Diskussionen über verschiedene Forschungsprobleme beteiligt.

Ammus Forschungsleiter war Professor mit einem Doktortitel der Yale University, mit langjähriger Lehr- und Forschungserfahrung und Autor zahlreicher Forschungsartikel in von Experten begutachteten Zeitschriften. Ammu fühlte sich in Uppsala zu Hause und erkannte, dass sie eine weise und umsichtige Entscheidung getroffen hatte, an einer so alten und renommierten Universität zu promovieren. Uppsala hat ihre Ziele und Visionen umgestaltet und neu ausgerichtet, indem sie dazu beigetragen hat, die Integrität ihres Wissens zu testen, ihre Laborfähigkeiten zu schärfen und sie auch im Falle eines Misserfolgs konsequent zu einer positiven Einstellung zu ermutigen.

Das Erken Laboratory, südöstlich des Erkensees gelegen, lag 80 Kilometer nordöstlich von Stockholm. Es war in erster Linie ein Limnologie-Studienzentrum, aber die Universität traf spezielle Vorkehrungen für Ammu, um Krebse im Vatternsee und Erkensee zu studieren. Die Forschung am Erken-Labor konzentrierte sich auf die langfristige Überwachung der Wasserqualität, die Auswirkungen des Klimas auf Wassersysteme, die Nährstoffzirkulation sowie die Populations- und Gemeinschaftsdynamik in Seen. Ammus Studie war die erste Krebsstudie, die dort durchgeführt wurde. Innerhalb einer Woche nach seiner Ankunft in Schweden verliebte sich Ammu in den Erkensee. Obwohl es sich um einen kleinen See im Vergleich zu Hunderten anderer Gewässer im ätherisch bezaubernden Land Schweden handelte, besaß der Erkensee einen einzigartigen Charme. Sein Wasser war immer rein und hellblau, und seine Ufer waren von tiefem Grün umgeben. Eine unendliche Anzahl von Vögeln und Tieren in den angrenzenden Wäldern trug zu seiner Einzigartigkeit bei. Ammu liebte ihre Forschung, und ihr Führer, Vorgesetzte und Kollegen arbeiteten mit ihr als Team, immer bereit zu helfen, und sie schätzten ihre Fortschritte. Sie nahm an allen Partys und Krebsenfesten teil, wo am Wochenende bis Mitternacht getanzt und getrunken wurde.

Die Reise zum Vatternsee war ein unvergessliches Ereignis. Nach dem Frühstück fuhr das Forschungsteam mit dem Kleinbus und legte innerhalb von vier Stunden eine Strecke von zweihundertsechsundachtzig Kilometern in südwestlicher Richtung zurück. Die Landschaft und das Ackerland sahen fabelhaft und atemberaubend schön aus. Krebse waren im Vatternsee reichlich vorhanden. Im Vatternsee wurden zwei Arten von Krebsen gefunden: die edle Krebse, die einheimische Sorte, und die Signalkrebse, die nordamerikanische Sorte. In den 1930er Jahren wurde der Vattern-See von einer Krebspest heimgesucht, die zwei Drittel der edlen Krebse des Sees auslöschte. Später, in den späten 1960er Jahren, wurden nordamerikanische Signalkrebse in den See eingeführt. Die Signalkrebse gediehen im See und waren widerstandsfähiger als die edlen Krebse.

Ammu entdeckte, dass die edlen Krebse in flachen Gewässern lebten. Im Gegensatz dazu lebten die Signalkrebse in tieferen Teilen des Sees und konnten vier bis fünf Jahre lang bis zu fünfzehn Zentimeter, manchmal sogar bis zu dreißig Zentimeter lang werden. Nach Auswertung aller Parameter untersuchte Ammu die Signalkrebse im Vatternsee und Erkensee und entwickelte ihre Kreuzung mit Hummern in Kuttanad.

Das Forschungsteam nahm am Kraftivaler *teil*, einem jährlichen Krebsefestival mit verschiedenen Themen rund um den Vatternsee. Familien, Kinder, Gruppen und Gemeinden genossen das Angeln, Kaufen und Essen. Tausende von Besuchern aus der ganzen Welt besuchten das von den Gemeinden organisierte Krebse-Festival. Die Leute tranken Alkohol und genossen Krebse an den Wochenenden, und die schwedische Spezialität war Brannvin, ein Likör, der aus fermentiertem Getreide oder Kartoffeln destilliert wurde. Mit Kräutern gewürztes Brannvin war als Akvavit bekannt. In Schweden war es relativ ungewöhnlich, vor der Arbeit Alkohol zu konsumieren oder ein Glas Wein oder eine Dose Bier zu trinken. Arbeit galt als Gottesdienst, und die Schweden hatten eine positive Arbeitskultur. Die meisten schwedischen Gemeinden haben das Trinken von Alkohol in der Öffentlichkeit verboten. Viele Schweden verzichteten von Montag bis Donnerstag auf Alkohol, aber sie genossen es am Wochenende.

Ammu und das Forschungsteam führten ihre Experimente zwei Wochen lang am Vatternsee durch, bevor sie nach Stockholm aufbrachen, wo sie an einer dreitägigen Konferenz über Krebs-DNA und Genetik teilnahmen. Experten aus verschiedenen Ländern nahmen an der Diskussion teil. Ammu präsentierte ihre Arbeit über Hummer in Kuttanad und das Potenzial der Entwicklung einer Hybridsorte von Hummern aus Kuttanad und Signalkrebsen, die im Vatternsee und Erkensee gefunden wurden. Ihr Artikel wurde während der Diskussion sehr geschätzt. Auf die von den Experten aufgeworfenen Fragen konnte Ammu überzeugende Antworten geben. Am Ende der Sitzung lud Dr. Rosaline Collins, Professorin an einer Ivy-League-Universität in den USA, die auch die Sitzung leitete, Ammu ein, ihre Universität zu besuchen, um Signalkrebse zu erforschen. Ammu freute sich über die Einladung und dankte Prof. Collins für ihre Großzügigkeit und Freundlichkeit.

Als Janaki und Arun eine Kaffeepause einlegten, lasen Ammu Mariam Kasimwalas Buch "*Frauen in Sitayana*".

"Ein zum Nachdenken anregendes Buch mit einer bemerkenswerten Analyse von Gleichheit, Gewalt, Unterwerfung und Gerechtigkeit", sagte Ammu.

"Es bedeutet, dass es dir Spaß gemacht hat, das Buch zu lesen", kommentierte Arun.

"Natürlich", antwortete Ammu.

„Mariam Ahmed Kasimwalla ist pensionierte Richterin am Obersten Gerichtshof und hat ausführlich über Frauenfragen geschrieben. Viele ihrer Urteile, die von der juristischen Bruderschaft überaus geschätzt werden, lieferten eine umfassende Analyse zu Freiheit, Gleichheit und Gerechtigkeit für Frauen ", bemerkte Janaki.

"Die diskutierten Probleme und die Art der Analyse und Interpretation, die von der Autorin abgeleitet wurden, haben gezeigt, dass sie über fundierte Kenntnisse der alten und modernen indischen Gesellschaft verfügt", fügte Ammu hinzu.

"Sie ist niemand anderes als Janakis Mutter", sagte Arun in einer aufschlussreichen Erklärung.

Ammu war angenehm überrascht, Aruns Worte zu hören und sah Janaki an.

„Meine Mutter war fasziniert von den Frauen in Indien. Ihr zufolge war Sitas Geschichte tatsächlich die Geschichte Indiens. Meine Mutter hatte Mitgefühl mit Sita und hatte das Gefühl, dass sie keine Stimme hatte und von ihrem Ehepartner, Schwager und anderen dominanten männlichen Charakteren ausgebeutet und unterjocht wurde. Meine Mutter liebte Sita und nannte mich Janaki, als ich geboren wurde. Janaki war ein anderer Name für Sita ", erklärte Janaki.

"Ich stimme deiner Mutter zu. Erstaunlicherweise hat sie diesen schönen Namen für dich gewählt ", sagte Ammu.

»Sie ist einer der besten Menschen, die ich je getroffen habe«, sagte Arun.

"Sie ist wie du: sehr fleißig, analytisch, intelligent und eine Person, die ihre Freiheit genießt", kommentierte Janaki und sah Ammu an.

Ammu lächelte. "Du kennst mich nicht. Ich habe eine verborgene Vergangenheit ", sagte Ammu.

„Heutzutage hat die Vergangenheit keine Bedeutung mehr. Dennoch können wir die Zeit als BG und AG teilen, vor und nach Google. Für Google ist alles 'gegenwärtig', und es gibt keine Vergangenheit ", sagte Arun. »Ich stimme Arun zu«, sagte Janaki. »Ich auch«, sagte Ammu. Dann lachten sie alle.

Arun bereitete dampfenden Filterkaffee zu und sein Aroma verbreitete sich überall, wie das Mäandern eines kleinen Baches durch einen Kokosnusshain. »Viel Spaß beim Lesen, Professor Mayer«, sagte Janaki, als er in ihr Büro zurückkehrte. Arun näherte sich Ammu, nahm ihre Handfläche, küsste sie und sagte: "Ich fühle eine mysteriöse Bindung zu Ihnen, Ma'am. Ich fühle mich dir sehr nahe.»Mir geht es genauso, lieber Arun«, sagte Ammu, als sie ihn umarmte. Plötzlich dachte Ammu an Ravi, ihren besten Freund und geliebten Ehemann.

»Ich bin Ravi Stefan Mayer«, sagte er, als sie sich zum ersten Mal am Flughafen Kopenhagen trafen.

„Ich bin Ammu Thomas Pullockaran. Ich komme aus Arlanda, Schweden, und fahre nach Kochi ", antwortete Ammu.

»Ich gehe auch nach Kochi«, sagte Ravi und lächelte. "Ich bin Anwalt und praktiziere am Obersten Gerichtshof von Kochi", fuhr er fort. Dann erklärte Ammu ihm ihre Forschung an der Universität Uppsala. Ravi hörte ihr aufmerksam zu.

Ammu erzählte ihm von Lake Erken, Lake Vattern, der Signalkrebse, ihrem Führer zum Doktorandenprogramm, Forschungsleitern und Kollegen. Sie erzählte ihm auch von ihren Besuchen in den USA. Der aufregendste Teil ihres Gesprächs mit Ravi waren ihre Pläne und der Hybrid-Hummer, den sie für die Kuttanad-Bauern entwickelt hatte. Ravi hat ihre Geschichten sehr genossen. "Wie nennst du deine Hybridkrebse mit Hummer?" Fragte Ravi. »Ich habe es Kuttern *genannt*. Es enthält achtundfünfzig Prozent Kuttanad-Hummer, dreißig Prozent Lake Vattern-Signalkrebse und der Rest ist Lake Erken-Signalkrebse. Ich habe ein Dutzend Permutationen und Kombinationen dieser drei Sorten entwickelt. Letztendlich fand ich einen bestimmten Hybrid, der am produktivsten, widerstandsfähigsten, schmackhaftesten und am besten zu Kuttanads Ökologie, Landwirtschaft und sozialem Milieu passte. Kuttanad-Bauern haben bereits damit begonnen, Kuttern *für* die kommerzielle Produktion auf kleinen Parzellen anzubauen. Das Ergebnis ist hervorragend und die Produktivität hat sich im Vergleich zur früheren Hummersorte verfünffacht. Ich freue mich ", reagierte Ammu. "Es ist eine großartige Geschichte, gefüllt mit klarem Denken, wissenschaftlicher Planung und sorgfältiger Ausführung. Ich gratuliere dir, Ammu. Es ist unglaublich ", sagte er und streckte seine Hand aus, und Ammu liebte seinen Griff.

Eines Tages rief Ravi Ammu an, während sie bei den Fischzüchtern in Kuttanad war. »Ich bin in Alappuzha, und ich würde mich freuen, Sie kennenzulernen«, sagte er. „Ich bin bei den Bauern. Bitte komm ", antwortete Ammu. Sie war in ihrem Büro, neben der Farm, als das Festnetz klingelte. Ravi kam innerhalb von fünfzehn Minuten auf seinem Motorrad an und sah in seiner Jeans und dem eingesteckten Buschhemd gut aus. »Hallo, Ammu«, grüßte er. »Hi, Ravi.« Es war das erste Mal, dass Ammu ihn bei seinem Namen nannte. Das war vor vielen Jahren in Kuttanad. Später wurde sein

Name zu einem festen Bestandteil ihres Lebens; es war das verlockendste Lied, ein elektrisierendes Wort und leidenschaftlicher als das Didrik-Lied.

»Ravi«, rief sie ihn noch einmal an, und sie liebte es, ihn anzurufen. »Wo warst du?«, fragte sie. „Ich war wegen Kinderarbeit vor dem Obersten Gerichtshof. Als das Urteil die Kinder begünstigte, dachte ich darüber nach, dich zu besuchen, da es eine Fahrt von Kochi nach Alappuzha ist. Die Umgebung der Bauernhöfe sieht wunderschön aus. Kuttanad ist vielleicht der bezauberndste Ort der Welt «, sagte er lachend, und es war schön für sie, ihn lachen zu sehen. »Schön, du bist gekommen.« Ammu zeigte ihm die winzige *Kuttern*. Sie wirkten sehr agil. Die meisten werden zwölf bis fünfzehn Zentimeter lang und wiegen innerhalb von zwei Jahren zweihundert Gramm. Innerhalb von vier Jahren wird jedes etwa dreihundert Gramm wiegen. Landwirte können ein Minimum von vierhundert Rupien pro Kilogramm erhalten, und die Exportqualität könnte sechshundertfünfzig Rupien pro Kilogramm erreichen, eine sechsfache Steigerung des Einkommens eines durchschnittlichen Landwirts ", sagte Ammu überschwänglich. »Ich bin so glücklich«, sagte Ravi.

An diesem Tag besuchten sie zusammen mit den Bauern acht weitere Kuttern-Farmen. Ammus Forschung zeigte Anzeichen für einen dynamischen Wandel und eine lebendige Zukunft. "Eine NGO in Schweden hat mich gesponsert, um meine experimentelle Landwirtschaft für zwei weitere Jahre fortzusetzen, und sie unterstützen alle meine Aktivitäten", sagte Ammu.

„Die Schweden sind sehr entwicklungsbewusst, sehr wohlfahrtsorientiert und human", kommentierte Ravi.

„Du hast recht! Die Schweden sind außergewöhnlich. Sie mischen sich nie in die Geschäfte anderer ein, sondern sind immer bereit, Menschen überall auf der Welt zu unterstützen ", fügte Ammu hinzu.

"Komm, lass uns in ein Restaurant gehen, um zu essen. Vielleicht bist du seit acht Uhr morgens erschöpft, wenn du verschiedene Bauernhöfe besuchst ", sagte Ravi und lud Ammu ein, sich ihm anzuschließen.

Die Fahrt mit Ravi war die erste auf einem Motorrad in ihrem Leben. Er war vorsichtig und sanft. Innerhalb von fünfzehn Minuten erreichten sie Alappuzha. Obwohl das Restaurant mit ausländischen Touristen gefüllt war, bekamen Ravi und Ammu einen Ecktisch für zwei. Sie bestellten gedünstete Ente in schwarzem Pfeffer, *bestreut* mit Karipatta, Kardamom, Zimt, grünem Chili, Karimeenbraten und braunem Kuttanadan-Reis.

Ravi sah Ammu an, und für ihn war sie überaus schön. Sie unterhielten sich lange und teilten ihre Bewunderung füreinander. Sie konnte ihm vertrauen; er war die Person, nach der sie seit Jahren gesucht hatte.

Sie genossen das Essen und bestellten *Pradhaman* zum Nachtisch.

"Lass mich dir sagen, Ammu, ich mag dich", sagte Ravi, als das Essen zu Ende war. "Es ist gegenseitig. Lassen Sie uns miteinander in Kontakt bleiben." Ammus Augen funkelten, und Ravi bemerkte es.

"Lass uns einen Schritt machen. Ich werde dich in deiner Herberge lassen «, sagte Ravi und stand auf.

„Danke, Ravi, für den wunderbaren Leckerbissen. Ich werde mich für immer an diesen Tag erinnern. Es war ein unvergessliches Essen ", sagte Ammu ausdrücklich.

„Danke, Ammu, dass du dich mir anschließt, um diesen schönen Abend zu verbringen. Wir werden eines Tages Zeit auf einem dieser Hausboote verbringen ", sagte Ravi und zeigte auf die Hausboote auf der Vembanad Kayal.

"Es wird wunderbar sein", antwortete Ammu.

Die Rückfahrt war angenehm. Die kühle Brise von den Reisfeldern war beruhigend. Sie sprachen über die Backwaters, Hausboote und Kuttanad und genossen die Gesellschaft des anderen.

Als sie das Hostel erreichten, schüttelten sie sich die Hand. Dann sagte Ammu leise: "Ich liebe dich, Ravi Stefan." Als ob Ravi darauf wartete, Ammus Worte zu hören, sagte er: "Ich liebe dich auch, lieber Ammu."

Ammu träumte von *Kuttern*, einer Fülle von ihnen, einem Boot voller *Kuttern*. Ravi war der Bootsmann. Am folgenden Abend erhielt Ammu einen Anruf von Ravi und sagte: „Ich muss mehr Beweise für die Ätiologie der Kinderarbeit in Munnar sammeln. Möchtest du mit mir kommen? Wir können bis zum Abend zurückkommen, und ich gehe davon aus, dass du morgen am Wochenende frei hast, oder?" Ammu sagte: „Ja." „Wir starten um fünf Uhr morgens und frühstücken unterwegs. Ist es in Ordnung?" Fragte Ravi. "Natürlich", antwortete Ammu. Sie war begeistert. Um vier Uhr dreißig morgens war sie bereit, und genau um fünf Uhr kam Ravi an. Er sah elegant in seinem Buschhemd aus, und Ammu trug ein T-Shirt und Jeans. »Du siehst umwerfend schön aus, Ammu«, sagte Ravi. »Du siehst stilvoll aus, Ravi«, erwiderte Ammu das Kompliment.

Ravi war ein vorsichtiger Fahrer, aber sein Fahren hatte Charme. Das Motorrad war glatt und schneidig. Die Landschaft war am frühen Morgen herrlich attraktiv, und die Straßen waren sauber und gut gepflegt. »Es ist ein wahrgewordener Traum, Ravi«, sagte Ammu. "Ist es so? Ich hatte ein wenig Angst, ob du meine Einladung annehmen würdest oder nicht. Aber ich bin so glücklich, denn dies ist das erste Mal, dass wir zusammen reisen ", sagte Ravi. "Lasst es der Beginn einer langen Reise sein", fügte Ammu hinzu. Die Kokosnusshaine, Bananenplantagen und Kautschukplantagen waren auffällig. "Ich würde mich gerne hier niederlassen", enthüllte Ammu ihren Wunsch. „Dieser Ort ist nur etwa fünfzehn Kilometer von der Stadt entfernt. Wir werden ein kleines Haus kaufen und uns hier niederlassen, wenn du zustimmst ", schlug Ravi vor. »Ich bin bereit, mit dir zu leben, Ravi Stefan, überall auf der Welt«, lachte sie. Ravi lachte auch.

Und dann folgte ein langes Schweigen. "Was denkst du?" Fragte Ammu. »Ich denke an uns«, sagte Ravi. Die kurzen Sätze, die er sprach, waren lebendig und voller Erwartungen.

"Ich stimme zu, Ravi. In diesen Tagen denke ich an uns, nur an uns. Ich habe Kuttern *vergessen*. Ich habe nur dich ", sagte Ammu. Ihre Worte waren präzise, hatten aber einen Hauch von verborgenem Schmerz und Angst.

"Was ist mit deinen Eltern?" Fragte Ravi. „Sie sind nicht mehr bei uns." "Es tut mir so leid", sagte Ravi und drückte sein Beileid aus. "Meine Eltern lebten vierundzwanzig Jahre lang in Valapattanam, Kannur", sagte Ravi. "Wo sind sie jetzt?" Fragte Ammu. »Beide leben seit vier Jahren in Stuttgart«, antwortet Ravi. "Ich würde sie gerne treffen", drückte Ammu ihren Wunsch aus. »Eines Tages werden wir sie besuchen«, sagte Ravi. „Warum sind sie nach Deutschland zurückgekehrt? Wollten sie nicht in Indien bleiben?" Fragte Ammu. „Das sind Deutsche. Sie haben keine indische Staatsbürgerschaft. Seit sie nach Indien gekommen sind, haben sie oft die Staatsbürgerschaft beantragt, aber nie erhalten. Lange Zeit waren sie von Ultranationalisten beunruhigt, und die Regierung zögerte, ihr Visum zu verlängern ", erklärte Ravi. »Das ist so traurig«, bemerkte Ammu. „Meine Eltern lieben alles an Indien. Mein Vater hat viele Bücher auf Malayalam geschrieben, und meine Mutter ist eine Autorität auf *Theyyam*. Sie kam nach Indien, um *Theyyam* zu erforschen, also ließen sie sich in Valapattanam nieder. Sie besuchte Hunderte von Kaavu, die kleinen Wälder, die mit Häusern und lokalen Tempeln verbunden sind. Die Granitbilder der alten vorarischen Gottheiten, die auf einem hohen Sockel aufbewahrt werden, nicht zur Anbetung, sondern um ihrem Andenken Respekt zu zollen, sind das zentrale Geheimnis eines *Kaavu*. Angehängt an *die Kaavu werden* Theyyam-Tänze aufgeführt. *Theyyam-Geschichten* sind säkular, obwohl es sich um alte Götter und Göttinnen handelt. In Malabar waren diese Götter Menschen. Später eigneten sich die Arier diese Götter an und verwandelten sie in ihre Gottheiten. Meine Mutter hat ausführlich über *Theyyam* geschrieben und viele Artikel auf Deutsch über diese großartige Kunstform von Malabar veröffentlicht, die einen universellen Reiz hat ", fuhr Ravi fort. »Ravi, ich bin stolz auf deine Mutter«, sagte Ammu.

Nach einer langen Pause sagte Ravi: „Mein Vater war ein engagierter Kommunist und trainierte Tausende von Menschen in Valapattanam. Arbeiter, Bauern, Jugendliche und alle, die in Kannur mit dem Kommunismus verbunden waren, liebten und verehrten meinen Vater." "Deine Familie ist bewundernswert ", sagte Ammu. „Mein Vater studierte die europäische Bauernbewegung an der Berliner Universität im 18. und 19. Jahrhundert. An der Universität hatte er viel über die kommunistischen Bewegungen in Kerala gehört. Er reiste mit seiner Frau nach Malabar, um die Ideologie der Gleichheit, der Chancengleichheit, der sozialen Gerechtigkeit und der Beteiligung der Arbeiter an allem zu erlernen. Er war eine Herausforderung für die Ultranationalisten, und sie waren hinter seinem Blut her ", sagte Ravi, wobei er mit den Details genau war. „Wie heißen deine Mutter und dein Vater?„ „Meine Mutter ist Emilia, mein Vater ist Stefan Mayer." "Du bist ein glücklicher Mann, Ravi", sagte Ammu. "In der Tat ein Glückspilz." Dann erzählte er die Geschichte seiner Eltern, wie sie ihn unter der Brücke auf dem Bahnsteig des Bahnhofs Kannur fanden, und ihre Begegnung mit streunenden Hunden, einem Polizisten, einer kleinen Gruppe von Menschen und dem Bahnhofsvorsteher. "Meine Güte, es ist eine großartige Geschichte", rief Ammu. "Meine Eltern entdeckten erst am nächsten Tag, dass ich ein Junge war, als sich die Nachbarn nach meinem Geschlecht erkundigten", sagte Ravi. „Mein Geschlecht war ihnen völlig egal. Meine Eltern liebten mich wie ihre eigenen." Ravi war stolz, über seine Eltern zu sprechen.

Dann sprach Ravi über Kalyani und Madhavan, Sarah und Moideen, Renuka und Appukkuttan, Geetha und Ravindran, Sumitra und Kunjiraman und seinen Freund und Bruder Aditya. „Ich habe zwei Mütter. Eine ist Emilia, die mich unter der Brücke fand und sich wie ihre eigene um mich kümmerte, und die zweite ist Renuka, die mich ein Jahr lang stillte und mich wie ihren Sohn Aditya liebte. Ich habe bedingungslose Liebe und Fürsorge von Emilia und Renuka erhalten. Ich war ein glückliches Kind, und jetzt bin ich ein glücklicher Mann «, sagte Ravi und lächelte. »Gewiss, du bist der glücklichste Mann«, kommentierte Ammu. »Sollen wir frühstücken?«, fragte Ravi Ammu, als er eine kleine Stadt erreichte. »Natürlich. Ich habe Hunger ", antwortete Ammu. Ravi parkte sein Motorrad in der Nähe eines Restaurants. Sie mochten die saubere Umgebung und hatten weiche *Dosas* , Puttu und gedünstete Bananen. Der Kaffee schmeckte großartig, und Ammu lächelte zufrieden.

„Ich freue mich, dass dir das traditionelle Essen von Kerala gefallen hat. Millionen von Touristen besuchen jedes Jahr Gottes eigenes Land, um es zu probieren ", sagte Ravi.

»Ich stimme dir zu, Ravi«, sagte Ammu.

Wieder starteten sie das Motorrad und kletterten die Hügel hinauf. „Die Natur lädt uns ständig ein, mit ihr zusammen zu sein, nicht in Konflikt, sondern in Harmonie zu leben. Wir müssen die Liebe zurückgeben, die wir von der Natur erhalten ", meinte Ravi. "Wir müssen die Natur lieben, respektieren und schützen, und wir müssen die von ihr erhaltenen Geschenke zurückgeben, indem wir einen ausgewogenen Lebensstil beibehalten, der ihr nie schadet", antwortete Ammu.

Es dauerte fast drei Stunden, um 130 Kilometer zurückzulegen, um Munnar von Kochi aus zu erreichen. „Zuerst gehen wir in ein Lager für Kinder. Etwa vierzig von ihnen sind da ", sagte Ravi. „Vor sechs Monaten kam ich zum ersten Mal hierher, und dies ist der fünfte Besuch, also kennen mich die meisten Kinder. Ihre Arbeit beginnt um neun Uhr und dauert bis acht Uhr abends ", sagte Ravi beim Betreten des Lagers.

»Onkel Ravi, Onkel Ravi!« riefen einige Kinder seinen Namen, liefen auf ihn zu und umarmten ihn. "Hallo, wie geht es dir?" Ravi schüttelte vielen von ihnen die Hand, und sie genossen es. Die Kinder sahen ausgehungert aus. Ravi und Ammu saßen bei den Kindern, etwa dreißig von ihnen. »Wo sind die anderen?«, fragte Ravi. »Ihre Arbeit begann um sechs Uhr morgens«, sagten die Kinder unisono. "Wann werden sie zurückkehren?" Ravi erkundigte sich weiter. »Um acht Uhr abends. Sie haben in den letzten zwei Tagen nicht genug gearbeitet, also hat der Teegartenmanager sie gebeten, sie zu entschädigen ", sagten die Kinder. "Was ist mit ihrem Frühstück?" Fragte Ravi. "Sie bekommen eine *Vada* und eine Tasse Tee um zehn, Reis mit *Sambar* zum Mittagessen und Abendessen um neun. Wieder Reis und *Sambar* «, sagten die Kinder.

"Die Kinder brauchen Befreiung von dieser Sklaverei", schlug Ammu Ravi vor. „Darauf arbeite ich hin. Jetzt werde ich auch deine Hilfe bekommen «, sagte Ravi und sah Ammu an. "In der Tat", antwortete Ammu. "Lassen Sie uns einige Familien besuchen, in denen Kinder arbeiten", fügte Ravi hinzu. "Onkel, komm wieder. Wir brauchen dich ", flehten die Kinder. Die Kinder hatten keine Freiheit und konnten kein gesundes Leben führen. Sie existierten für jemand anderen und lebten als versklavte Menschen. Die Bedingungen, unter denen diese Kinder ihre Tage und Nächte verbrachten, erschreckten rationale Menschen. Es war notwendig, sich mit Bildung, Gesundheitsversorgung, Sicherheit, Wohnraum und Hygiene zu befassen.

„Diese Kinder brechen die Schule ab, bevor sie die fünfte Klasse erreichen. Sie werden einer Kindheit beraubt, ihnen wird die Möglichkeit verweigert, mit ihren Freunden zu spielen, und sie hungern davor, sich mit Kindern in ihrem Alter zu amüsieren. Sie führen ein elendes Leben und arbeiten täglich zehn bis zwölf Stunden ", sagte Ravi zu Ammu, als sie durch die Wohngebiete gingen.

"Sie brauchen Bildung, Erholung und nahrhaftes Essen", kommentierte Ammu.

Es gab Blechdachschuppen mit fünfzehn bis zwanzig Familien in jeder Einheit, und jede Familie hatte eine Ein-Zimmer-Küche. Ravi und Ammu sprachen mit vielen Frauen, und fast alle sprachen Tamilisch. Jede Familie hatte ein paar Kinder, die aus Tamil Nadu stammten oder in Munnar von tamilischen Eltern geboren wurden. Ammu und Ravi besuchten über vierzig Häuser bis zu einem am Nachmittag. In einigen Häusern waren nur ältere Erwachsene anwesend, während andere, darunter Kinder über zehn, zur Arbeit gegangen waren. Die Gesundheitsversorgung war kläglich unzureichend, die Wohn- und Lebensbedingungen unmenschlich. Ammu bemerkte, dass die Menschen an ihre Unterkünfte gebunden waren, was schrecklich war. "Diese Leute sind Sklaven. Sie werden praktisch von ihren Arbeitgebern als Geiseln gehalten ", sagte Ammu laut. „Wir müssen darüber nachdenken, die Kinder zu befreien. Die abgrundtief niedrigen Löhne zwingen sie, Tag und Nacht ums Überleben zu kämpfen. Das Gericht zu überzeugen ist unerlässlich, und wir werden es versuchen ", sagte Ravi. "Das werden wir", versicherte Ammu.

Nach einem sparsamen Mittagessen in Munnar machten sich Ammu und Ravi auf den Weg nach Kochi. Sie sprachen nicht viel, und beide dachten darüber nach, diese Kinder aus der Sklaverei zu befreien. Die reizvolle und idyllische Natur verbarg die schreckliche Wahrheit der Kinderarbeit.

"Gut und Böse können nicht unabhängig von menschlicher Aktivität existieren", sagte Ravi, als sie die Stadt erreichten.

"Der Begriff von Gut und Böse ist für die Gerechtigkeit unerlässlich, aber dieses Konzept muss auf Wissenschaft basieren", antwortete Ammu, als sie vom Fahrrad stieg.

"Ich stimme dir zu, Ammu. Wir sind alle dafür verantwortlich, die Welt zu verbessern, weil Gut und Böse in menschlichen Handlungen immer präsent sind ", fügte Ravi hinzu.

„Die Wissenschaft kann eine bessere Analyse von Gut und Böse liefern. Es ist ein Versuch zu verstehen, was im Universum passiert. Wissenschaft umfasst alle Aktivitäten und deren Ergebnisse. Sein Ziel ist es, zu bestimmen, was wir für das Wohl der Menschheit tun können. Die Suche nach Gerechtigkeit ist ein integraler Bestandteil der Wissenschaft ", analysierte Ammu.

Ravi sah sie an. Ammu war intelligent; ihre Ideenanalysen waren objektiv. "Ammu, danke, dass du mit mir gekommen bist. Ich habe deine Gesellschaft sehr genossen ", sagte Ravi. »Danke, Ravi.« »Tschüss«, sagte Ravi und ging auf sein Fahrrad zu. »Ravi«, rief sie plötzlich. Dann kam Ammu sehr nahe zu ihm und küsste seine Wange.

»Ich liebe dich«, sagte sie.

Ravi war nicht überrascht, aber er sah sie an. Sein Herz pochte. "Ich liebe dich für das, was du bist", fügte Ammu hinzu. Ravi nahm beide Hände in seine Handflächen.

»Ich liebe dich auch, liebster Ammu«, sagte er. Dann beobachtete sie ihn, bis er aus ihren Augen verschwand.

Ammu las *Women in Sitayana,* als Janaki und Arun aus ihrem Büro kamen, um das Mittagessen zuzubereiten. "Professor Mayer, Sie sind in das Lesen vertieft", kommentierte Arun. „Es ist ein fabelhaftes Werk, voller Empathie und Menschlichkeit. Die Autorin analysiert akribisch die brutale patriarchale Gesellschaft, in der *Sita* Opfer von Frauenfeindlichkeit, Hass, Zweifeln und Paranoia ist. Ihr Ehepartner respektierte *Sitas* Identität als unabhängige Frau nie, da er nur an sich selbst dachte, und *Sita* war in seinem männerzentrierten Milieu kein Thema. *Sita* war eine Schachfigur. Wie konnte er sonst *Sita*, seine schwangere Frau, um Mitternacht allein in einem dichten Wald lassen? *Sita* war seine rechtmäßig verheiratete Frau, und ihr Ehepartner verließ sie ohne Empathie oder Rücksichtnahme. Seine Handlungen waren inakzeptabel." Ammus Worte waren scharf und schlicht, aber sie waren objektiv. „Ich stimme Ihnen zu, Professor Mayer. Sein Geschwister missbrauchte Shurpanagha, Ravanas jugendliche Schwester, sexuell und schnitt sich Brüste, Nase und Ohren, was sich kein normaler Mensch vorstellen konnte. So inspirierte er die diskreditierten *Khap Panchayat* in Har*y*ana, die Lynchmobs in Rajasthan, die Vergewaltiger von Dalit-Mädchen in UP und die Schänder überall in Indien. Lankas Ravana war eine edlere Person. Als Rache entführte Ravana, der König von Lanka, *Sita*. Er hat sie nie berührt oder verletzt, sondern ihr Respekt gezollt und sie in einem wunderschönen Palast mit Garten untergebracht ", kommentierte Arun.

Es herrschte eine kurze Stille. "Sitas Mann war ein König, als er seine schwangere Frau unter Raubtieren in einem Wald ohne Skrupel wegen gefälschter Nachrichten und Klatsch verließ. Wir haben solche Politiker, die behaupten, große Führer und Vorbilder sozialer Werte zu sein. Eine Frau ist eine Frau, und ihre Sehnsucht nach ihrem Mann und seiner Nähe ist ihr Recht. In der indischen Gesellschaft können sich die meisten verheirateten Frauen nicht frei mit anderen vermischen. Wir müssen solche Personen entlarven ", sagte Janaki und bat *A mmu*, sich ihnen zum Mittagessen anzuschließen. *Innerhalb von fünfzehn Minuten kochten Ammu, Janaki und Arun Reis, Roti, Fischcurry, Okra, Spinat und Joghurt.* Dann sprachen Janaki und *A*Run mit *A* mmu über die aktuellen sozialen Probleme und religiösen Mythen, die Indien spalten, wie die Desertion verheirateter Frauen, Kuhwachsamkeit, Mob-Lynchen, Ehrenmorde und die Beseitigung des Mädchens. Sie diskutierten Vergewaltigung und Betrug, die von gewählten Vertretern in ganz Indien begangen wurden. Ihr Dialog umfasste individuelle Freiheit, soziale Entscheidungen, Unterdrückung, Unterwerfung, Empathie, Wohltätigkeit und Sozialarbeit. Paul Zacharias Kurzgeschichten, Meeras Aarachaar, *Lupita* Nyog 'o und Chiwetel Ejiofor in *Twelve Years A Slave*, faszinierten *A*mmu. Sie hörte Janaki und *A*Run zu und analysierte gemeinsam Ereignisse und Ideen. Janaki und *A*Run betraten nachmittags um drei wieder ihr Büro.

Ammu verglich Sitas Leben in einem patriarchalischen Haushalt mit der Gleichstellung von Frauen in Schweden. Der Glaube an die Gleichstellung der Geschlechter war in Schweden so stark wie ein Diamant. Unabhängig vom Geschlecht hatte jeder das Recht zu arbeiten, sich selbst zu ernähren, die Früchte einer Karriere und Familie zu genießen und ohne Angst vor Missbrauch oder Gewalt zu leben. Für die schwedische Gesellschaft bedeutete die Gleichstellung der Geschlechter die gleiche Verteilung der Chancen, Positionen und des Reichtums der Gesellschaft zwischen Frauen und Männern in jedem Lebensbereich. Es war qualitativ und stellte das Wissen und die Erfahrung von Frauen und Männern sicher, um den Fortschritt der Gesellschaft zu fördern. Frauen und Männer wurden in Bildungseinrichtungen und am Arbeitsplatz gleich behandelt. Wenn eine Diskriminierung festgestellt wurde, waren Bildungseinrichtungen, Behörden und Arbeitgeber verpflichtet, dies zu untersuchen und vorbeugende Maßnahmen zu ergreifen. Die schwedische Verfassung bestand vor allem aus Religionen, religiösen Überzeugungen, Mythen, Aberglauben und Göttern. Es gab eine Gleichstellungsbehörde, die Gender-Mainstream-Programme organisierte, und das Ziel war die Gleichstellung der Geschlechter in allen Lebensbereichen der Menschen.

„Frau Ammu Thomas, Sie können der Menschheit durch Ihre Forschung helfen, indem Sie Hunger und Armut beseitigen und Gerechtigkeit, Freiheit und Gleichstellung der Geschlechter herbeiführen. Wissenschaft ist für das menschliche Wohlergehen, während Mythen und Aberglaube die Menschheit unterdrücken und rationale Entscheidungen leugnen ", sagte ihr Forschungsleiter, Prof. Johansson, einmal.

"Jeder Einzelne muss mit der globalen Gemeinschaft zusammenarbeiten, um neues Wissen zu entwickeln und intellektuell ehrlich über die Vulgarität von Mythen und Aberglauben zu sein, die Gesellschaften und Nationen zwingen, in Unterentwicklung und obskurantistischen Überzeugungen zu bleiben. Nur nachweisbare Fakten führen den Menschen zu einem glücklichen Leben. Ein solches Wissen über das Universum und das soziale und wirtschaftliche Milieu sorgt für Gerechtigkeit und Freiheit, Gleichheit und Chancengleichheit, Moral und Menschenwürde ", sagte Prof. Johannsson hoffnungsvoll. Er war ein großartiger Wissenschaftler, ein hervorragender Gelehrter, ein herausragender Professor, ein fantastischer Kommunikator und ein aufgeklärter Mensch mit bemerkenswerter Empathie.

Menschen, die Aberglauben, Mythen, männlicher Überlegenheit, Kaste, Religion, Sprache und Nationen vertrauen, haben keinen Sinn für Freiheit. Ihnen fehlt ein ausgeprägtes moralisches Gespür und sie handeln oft gewalttätig. Um ein gutes Leben zu führen, müssen die Menschen also objektiv sein und eine intensive Neugier haben, rationale Entscheidungen zu treffen. Um Wissen zu schaffen, muss man Fakten beobachten, verifizieren und die Erkenntnisse mit Abstand festhalten. Eine Person, die an die Wissenschaft glaubt, ist demütig, ein Sucher und ein Entdecker, während eine Person, die Mythen und Aberglauben folgt, egoistisch, stur und unwissend ist. Ammu erkannte später in ihrem Leben, dass er Recht hatte, absolut Recht.

Innerhalb von sechs Monaten nach ihrer Ankunft im Erken-Labor absolvierte Ammu ihre Grundkurse und begann mit der Laborarbeit. Während dieser Zeit besuchte sie mehrmals den Vatternsee, um Proben zu sammeln, und legte dem Aufsichtsausschuss ihre vorläufigen Beobachtungen vor. Sie fanden ihre Fortschritte zufriedenstellend und baten sie, Proben aus Kuttanad und schwedischen Seen zu testen. Am Ende ihres ersten Jahres schickte Ammu zwei Artikel an begutachtete Zeitschriften zur Veröffentlichung.

Zu Beginn des zweiten Jahres entwickelte sie zwölf Proben für Tests in Kuttanad und kehrte dorthin zurück, um ihre Auswahl zu überprüfen. Mit Hilfe der lokalen Fischzüchtergenossenschaft schuf Ammu zwölf Versuchsteiche, um die Proben zu testen, und diese Teiche erhielten den

Namen Kuttern One, Kuttern Two bis hin zu Kuttern Twelve, die die DNA von Hummern aus Kuttanad und Krebsen aus dem Vatternsee und dem Erkensee in verschiedenen Kombinationen enthielten. Ammu beobachtete das Wachstum ihrer Kuttern genau *und* zeichnete alle wissenschaftlichen Aspekte ihrer Entwicklung auf. Jeder Teich wurde einer kleinen Gruppe von zwei bis drei Bauern anvertraut, wobei ein Bauer als Forschungsassistent fungierte, um ein wissenschaftliches Umfeld zu erhalten und mehr über den Wachstumsprozess von Kuttern zu *erfahren*. Diese Bauern wurden Mitarbeiter und Partner in Ammus Forschung. Der Testzeitraum dauerte ein Jahr. Zusammen mit sechs Bauern, ihren Forschungspartnern, drei Frauen und drei Männern besuchte Ammu einen Monat lang Schweden, um sie dem Krebsanbau in verschiedenen Seen auszusetzen.

Eine NGO sponserte ihre gesamte Tour in Schweden. Die Bauern reisten mit Ammu, besuchten mehr als zehn Seen und beobachteten den Anbau, die Produktion und die Vermarktung von Krebsen. Sie nahmen auch am *Kraftivaler*, dem Krebse-Festival, teil. Die Bauern erfuhren, wie wertvoll die Stimmen der Menschen in der schwedischen Kultur und Wirtschaft waren, indem sie an verschiedenen Seminaren und Konferenzen teilnahmen, die von den lokalen Gemeinden zu Ehren der Besucher aus Kerala organisiert wurden. Ammu begleitete die Bauern zur Universität Uppsala, wo sie sie der Fischereibehörde vorstellte.

Der Besuch in Schweden war ein Augenöffner für die Bauern. Sie lernten immens viel über die Arbeitskultur und die Bedeutung von Ehrlichkeit, Ethik, Gleichheit, Geschlechtergerechtigkeit und Freiheit. Die Bauern bereicherten sich erheblich, indem sie landwirtschaftliche Betriebe und Tierfarmen in verschiedenen Teilen Schwedens besuchten. Sie waren erstaunt, die modernsten Einrichtungen zu sehen, in denen Kühe gehalten wurden, ohne sie zur Gottheit zu erheben. Nach ihrer Rückkehr nach Kuttanad arbeiteten diese sechs Bauern mit der gesamten landwirtschaftlichen Gemeinschaft zusammen.

Erneut reiste Ammu mit einer weiteren Gruppe ihrer Forschungspartner nach Schweden, zu denen drei Frauen und drei Männer gehörten. Sie reisten ausgiebig durch Schweden und wurden in Labors und auf Bauernhöfen geschult. Die Teilnahme an Bauernversammlungen und Ausstellungen landwirtschaftlicher Produkte erwies sich als lehrreich. Die Landwirtschaft in Schweden war stark mechanisiert und wissenschaftlich ausgerichtet, was zu einigen der weltweit höchsten Produktivitätsraten und erstklassigen Agrarprodukten führte. Die Kuttanad-Bauern bekundeten Interesse an dem wissenschaftlichen Ansatz, den die schwedischen Bauern verfolgten. Die Universität lud sie zu einem Treffen mit dem Team ein, das Krebse erforscht.

Ammu sprach fließend Schwedisch und stellte ihre Partner dem Treffen vor, gefolgt von einer Diskussion über Fischzucht und die Rolle der Landwirte bei der wirtschaftlichen Entwicklung in Kerala. Die Universität veranstaltete ein Abendessen zu Ehren der Gäste.

Der Besuch in Schweden war ein denkwürdiges Ereignis für die Bauern. Die Gruppe kehrte mit neuen Ideen, einer neuen Kultur und Hoffnung nach Kuttanad zurück. Sie zeigten eine größere Beteiligung und Eigenverantwortung an den Probenprüfungsinitiativen von Ammu. Die *Kuttern* wuchsen in allen zwölf Teichen schneller, und mit ausgewählten Proben kehrte Ammu nach Uppsala und ins Erken-Labor zurück. Schließlich wählte sie neun von zwölf Fällen für weitere Tests aus.

Am Ende des zweiten Jahres erhielt Ammu einen Brief von Prof. Rosaline Collins, in dem sie eingeladen wurde, ihre Universität in den USA zu besuchen, um auf einer internationalen Konferenz, die innerhalb von drei Monaten organisiert werden sollte, ein Forschungspapier über Signalkrebse vorzulegen. Ammu bereitete einen Artikel vor, der auf ihrer Laborarbeit und der Beteiligung der Bauern in Kuttanad basierte, um Kuttern zu warten und zu *testen*.

Die Landung auf dem Dulles International Airport in der Nähe von Washington, DC, war für Ammu eine bemerkenswerte Erfahrung, da sie zum ersten Mal in den USA war. Die Organisatoren hatten den Transport zum Hotel, in dem die Konferenz stattfand, arrangiert. Etwa vierhundert Delegierte von Universitäten, Forschungseinrichtungen, Organisationen, NGOs, Fischergenossenschaften und Bauerngemeinschaften hatten sich dort versammelt. Ammus Arbeit wurde geschätzt, und sie konnte die Fragen sehr erfahrener Forscher mit Klarheit und Genauigkeit beantworten. Prof. Collins war beeindruckt von der wissenschaftlichen Natur ihrer Arbeit, sowohl im Labor als auch auf dem Feld. Das Testen der Proben auf zwölf Parzellen in Kuttanad unter Beteiligung der Landwirte war einzigartig, und die Bewertung des Wachstums, der Gesundheit und der Beweglichkeit von Kuttern One bis Kuttern Twelve durch *die* Landwirte war beispiellos. Prof. Collins stellte Ammu ihren Kollegen vor, und die wissenschaftliche Gemeinschaft lobte ihre Hartnäckigkeit in der Forschung und ihre Überzeugung, Hunger und Armut zu beseitigen und Wohlstand durch ihre Forschung zu bringen.

Die dreitägige Konferenz war sozial und intellektuell wegweisend, dynamisch und forschungsorientiert. Ammu traf Wissenschaftler, Professoren, Forscher, Fischer, Landwirte, landwirtschaftliche Genossenschaften, einzelne Landwirte und Studenten. Sie erhielt Einladungen von vielen, an

Seminaren und Konferenzen teilzunehmen, hauptsächlich aus Norwegen, Großbritannien, Chile, Japan, den Philippinen, Indonesien und Vietnam. Ammu schätzte jeden Moment, den sie während der Konferenz verbrachte.

Nachdem sie drei Monate in Schweden verbracht und ihre Forschungsergebnisse kodifiziert hatte, kehrte Ammu nach Kuttanad zurück. Sie war begeistert, dass ihre *Kuttern* schnell wuchs und die Gesellschaft der in Schweden ausgebildeten Bauerngemeinschaft genoss. Ihre Forschungsassistenten und die Fischzüchter begrüßten sie mit einer Girlande und teilten ihr mit, dass das Wachstum *von* Kuttern in fünf Probeparzellen phänomenal sei. Ammu testete sie und war mit ihrem Aussehen, ihrer Beweglichkeit, Gesundheit und Vitalität zufrieden. Zusammen mit den Bauern kochte sie sie in irdenen Töpfen und stellte fest, *dass* Kuttern in drei Musterparzellen köstlich war, mit saftigem Fleisch und einem Hauch von Süße. Ammu kehrte mit den fünf Proben nach Schweden zurück und führte mit ihrem Forschungsausschuss detaillierte Tests und Überprüfungen durch. Sie stellte fest, dass drei von *ihnen*, Kuttern Zwei, Acht und Elf, sehr gut für Kuttanad geeignet waren und ihre Landwirtschaft ermutigend war. Ammu teilte die Ergebnisse ihrer Ergebnisse mit ihren Forschungsassistenten und landwirtschaftlichen Gemeinden in Kuttanad, und es gab Jubel und Feiern. Schließlich stimmten ihre Forschungsleiter und ihr Leitfaden ihren Schlussfolgerungen zu.

Sofort begann Ammu, den ersten Entwurf ihrer Forschung zu schreiben. Es war eine mühsame Aufgabe, sie musste die Daten mit verschiedenen statistischen Tests analysieren und die Ergebnisse rational interpretieren. Sie musste ihre mathematischen Fähigkeiten und Denkfähigkeiten intelligent einsetzen. Der Forschungsausschuss überprüfte den ersten Entwurf, machte seine Vorschläge und bat Ammu, sie zu integrieren und erneut einzureichen. Dann arbeitete Ammu intensiv am zweiten Entwurf ihrer Dissertation, füllte die Lücken und reichte ihn erneut beim Forschungsausschuss ein. Der zweite Entwurf wurde mit ausführlichen Kommentaren an Prof. Johansson geschickt. Innerhalb von zwei Wochen rief der Forschungsführer Ammu in sein Büro und diskutierte die Mängel, Analysen und Interpretationen. Danach begann Ammu mit ihrem dritten Entwurf, beendete ihn innerhalb von zehn Tagen und reichte ihn beim Forschungsausschuss ein. Nach eingehender Auswertung der Erkenntnisse und Anregungen wurde die Dissertation erneut an den Forschungsleitfaden weitergeleitet.

An einem Montagmorgen rief Prof. Johansson Ammu in sein Büro. Er sagte ihr, er sei mehr oder weniger zufrieden mit ihrem Studium, aber sie habe nicht erwähnt, welche Proben unter Kuttern Two, Eight und Eleven am besten für die Kuttanad-Umgebung geeignet seien.

„Professor Johansson, alle drei Optionen sind gleichermaßen gut für die Kuttanad-Umgebung. Daher ist es schwierig zu bestimmen, welche die beste ist. Die Statistiken unterstützen diese Schlussfolgerung, und ich habe entsprechend analysiert und interpretiert ", antwortete Ammu.

"Aber welche von ihnen halten Sie Ihrer Meinung nach für die beste?"

Ammu schwieg ein paar Minuten und sagte dann mit viel Überzeugung: "Sir, ich finde *Kuttern* Eight am besten."

»Warum? Geben Sie den Grund an«, beharrte Prof. Johansson.

"*Kuttern* Eight hat einen Hauch von Süße; den anderen beiden fehlt das."

Prof. Johansson lächelte und sagte: „Ich genehmige, dass Ihre Abschlussarbeit zur endgültigen Bewertung weitergeleitet wird."

»Danke, Sir. Ich bin dir dankbar«, sagte Ammu.

"Du hast eine bemerkenswerte Studie gemacht. Nun müssen die Gutachter entscheiden. Vier Gutachter kommen aus dem Ausland und einer aus Schweden " , informierte Ammus Guide sie. Prof. Johansson bat Ammu, zehn Exemplare der Studie an die Universität, fünf Exemplare an die Gutachter und jeweils eines an den Führer, das Forschungskomitee, das Labor, die Universitätsbibliothek und das schwedische Archiv einzureichen. Drei der fünf Gutachter mussten die Dissertation für den Doktorandenpreis annehmen."

An einem Freitag reichte Ammu ihre Abschlussarbeit zur Bewertung ein, und am selben Tag organisierte die Abteilung eine Party für alle, die mit Ammus Forschung in Schweden zu tun hatten. Mehr als siebzig Menschen nahmen an der Party teil, die gegen fünf Uhr abends begann. Das Essen war hervorragend und Krebse gab es in Hülle und Fülle. Bier, Wein und Brannvin wurden serviert. Nach dem Essen begannen die Leute zu tanzen, und es gab laute Musik. Prof. Johansson lud Ammu ein, mit ihm zu tanzen, und er faszinierte sie. Seine Bewegungen waren anmutig, kunstvoll und makellos. Es schien, als hätte er körperliche und emotionale Fitness, geistige Ausdauer, Kreativität und Selbstvertrauen. Er nahm die Hand seines Partners und sein Körper bewegte sich in einem persönlichen Raum, ohne seinen Partner zu berühren. Vor allem war er sehr respektvoll gegenüber der Person, die mit ihm tanzte. Ammu tanzte gerne mit Prof. Johansson. Einige andere Kollegen luden Ammu ein, mit ihnen zu tanzen, und Ammu verpflichtete jeden von ihnen. Der Abend war anmutig und fröhlich, und der Tanz ging bis Mitternacht weiter.

Nach der Lebendigkeitsuntersuchung vor den Experten und der erfolgreichen Verteidigung ihrer These beschloss Ammu, innerhalb von drei Tagen nach Indien zurückzukehren. Sie dankte ihrem Guide, den Forschungsleitern, dem Forschungsausschuss, Kollegen und Freunden für ihre Liebe, Freundschaft und unschätzbare Zusammenarbeit und Hilfe.

Prof. Johansson lud Ammu zum Kaffee in seine Residenz ein. Seine Frau *und* ihre Zwillingstöchter waren zu Hause, als Ammu ankam. Prof. Johanssons Frau war eine Künstlerin, die abstrakte Gemälde malte *und* viele erfolgreiche europäische Ausstellungen hatte. Ihre Töchter Elsa *und* Ebba waren in der High School und sprachen fließend Englisch mit Ammu. Ammu wusste, dass die meisten Menschen im Alter von zehn bis fünfundsechzig Jahren in Schweden Englisch sprachen. Während des Kaffees befragten sie Ammu nach Kerala, Kathakali *und Kalarippayattu* und den Geheimnissen hinter Keralas hoher Alphabetisierungsrate, einzigartigem Gesundheitssystem *und* immenser natürlicher Schönheit.

Elsa und Ebba sangen ein Lied zu Ehren von Ammu auf Schwedisch, das milde war, und Ammu genoss es sehr. Neben dem Gefühl einer unglaublichen Emotion der Liebe, die in Angst und Schmerz getarnt war, war das Lied herzerwärmend, und Ammu gratulierte Elsa und Ebba. Sie erzählten ihr, dass es in dem Lied um die Liebe zwischen einem Jungen namens Didrik und einem Mädchen namens Olivia ging. Sie trafen sich in einem Einkaufszentrum in Stockholm und verliebten sich. Am nächsten Tag nahm Didrik einen Zug nach Göteborg, wo Olivia lebte; als er dort ankam, erfuhr Didrik von Olivias Mutter, dass sie bereits in einen Zug nach Stockholm gestiegen war, um ihre Freundin zu treffen. Bald kehrte er nach Stockholm zurück, das vierhundertachtundsechzig Kilometer entfernt war, und seine Mutter erzählte ihm, dass Olivia dort war und gerade nach Göteborg zurückgekehrt war, um ihn dort zu treffen. Dann sang der Junge ein herzzerreißendes Lied und hoffte, Olivia bald zu treffen. Ammu sah Elsa und Ebba an und sagte: "Liebe ist die ultimative verbindende Kraft zwischen zwei Menschen." Elsa und Ebba stimmten Ammu zu.

Alice, die Frau von Prof. Johansson, überreichte Ammu ein Gemälde mit dem Titel „Love in the Lake Erken". Das Gemälde zeigt ein kleines Boot mit einem jungen Paar. Alice erklärte, dass das junge Paar die gesamte Menschheit repräsentierte, während der Erkensee das Universum symbolisierte. Ammu fand das Gemälde schön, magisch und geheimnisvoll, und sie dankte Alice für das durchdachte Geschenk. Alice umarmte Ammu und beglückwünschte sie zu ihrem charmanten Aussehen. Ammu bedankte sich bei Alice für ihre Gastfreundschaft und ihre freundlichen Worte und bei Elsa Ebba für das mitreißende Lied, das sie zu ihren Ehren gesungen hatten.

Prof. Johansson lächelte, und Ammu dankte ihm für seine Anleitung bei der Promotion.

Etwa zehn Freunde und Kollegen waren am Flughafen Stockholm Arlanda, um sich von Ammu zu verabschieden. Alle umarmten sie und verabschiedeten sich. Ammu dankte ihnen und küsste sie auf die Wangen. Sie flog nach Kopenhagen, wo sich ihr Leben jenseits ihrer Vorstellungskraft und Erwartungen veränderte. Dort traf sie jemanden, der ihr Leben völlig veränderte, für immer in ihr Leben eintrat und untrennbar von ihrer Existenz wurde, eine Person, die mit Ammu in Essenz und Existenz eins wurde. Es war, als hätte sie ihn seit Ewigkeit gekannt, ihn von Beginn des Urknalls und bei der ersten Zellbildung der Evolution kennengelernt. Von Anfang an gefiel ihr, wie er ging und sprach und sein Aussehen, helle Augen, Nase, Ohren, Gesten, dunkler Bart und große Eleganz. Es war Liebe in ihrer Gesamtheit, wie Olivias Liebe zu ihrem geliebten Didrik. Später, als sie verheiratet waren, sang Ammu Liebeslieder auf Malayalam, Englisch und Schwedisch, einschließlich des Didrik-Liedes. Ravi liebte es, immer wieder die herzzerreißende Musik von Elsa und Ebba zu hören. Ravi war Ammus Didrik, und sie war seine Olivia.

Ammu war die Tochter von Thomas Pullockaran, einem wohlhabenden Ölmühlenbesitzer in Thrissur. Er war sehr stolz auf seinen Familiennamen, zu dem viele Priester, Nonnen, ein Bischof, ein paar Polizisten, ein Richter und ein Beamter des indischen öffentlichen Dienstes in der großen Familie seines Großvaters gehörten. Thomas Pullockaran besaß etwa zehn essbare Ölmühlen, die sich über die Bezirke Ernakulam, Thrissur und Palakkad verteilten, und er reiste immer in einem weißen Botschafterauto. Er baute ein Haus in Thrissur, das eine Touristenattraktion war, und spendete Millionen an seine Kirche, die syro-malabarische katholische Kirche. Er besuchte gerne die aramäische Heilige Messe und half den kirchlichen Behörden beim Bau von Kapellen, Seminaren und Krankenhäusern. Er war großzügig zu allen.

Thomas Pullockaran begann mit zehn Jahren als Kokosnusssammler zu arbeiten, um dem Schrecken seines alkoholkranken Vaters zu entkommen. Zunächst besuchte Thomas zu Fuß nahe gelegene Bauernhöfe, kaufte jeweils ein paar Kokosnüsse, trug sie in einem Kokosnussblattkorb auf dem Kopf und verkaufte sie an die traditionellen Mühlenbesitzer. Im Alter von sechzehn Jahren träumte er davon, eine Mühle zu besitzen, und im Alter von achtzehn Jahren kaufte er eine kleine konventionelle Mühle und einen weißen Stier. Weiß war seine Glücksfarbe, und er trug immer weiße Kleidung und malte sein Haus und seine zusammengesetzte Wand weiß, aber er bestand nie darauf, dass seine Frau und seine Tochter weiß trugen. Thomas notierte das Kaufdatum der Ölmühle auf der letzten Seite seiner Bibel. Als er jung war, hatte seine Mutter Maria ihm gesagt, er solle alle wichtigen Ereignisse in seinem Leben in der Bibel niederschreiben, und er folgte ihren Wünschen religiös. Er stellte die in Aramäisch geschriebene Bibel auf einen Stand unter dem Bild des Heiligsten Herzens Jesu.

Thomas pflegte die Kokosnussschale selbst zu scheren, den Samen in zwei Teile zu schneiden, den Kern manuell zu erhitzen, bis er trocken wurde, und ihn dann in ein Chakki zu legen, eine traditionelle feste Trommel, die mit einer drehbaren, an seinem Stier befestigten Trommel ausgestattet war. Zunächst förderte Thomas Pullockaran täglich fünfundzwanzig bis dreißig Liter Öl. Jeden Abend gab er seinem Ochsen ein warmes Bad und fütterte ihn mit grünem Gras, goldenem Heu und ein paar Stücken Kopra-Kuchen, Kokosnuss-Rückstand, nachdem er das Öl extrahiert hatte. Bevor er schlafen ging, küsste er seinen Stier auf den Kopf, und Appu, sein Ochse, genoss es immer und leckte Thomas Pullockarans Gesicht liebevoll. Nach und nach brachten Frauen von nahegelegenen Farmen Kokosnüsse zum Verkauf oder im Austausch für Kokosnussöl. Zunehmend brachten die Bauern Kokosnüsse in Ochsenkarren und Minilastwagen. Thomas Pullockaran war in seinen Geschäften und Geldgeschäften völlig ehrlich und erwarb sich den Ruf der Geradlinigkeit. Innerhalb eines Jahres baute er in der Nähe seiner Ölmühle ein kleines Haus mit zwei Schlafzimmern mit angeschlossenen Bädern, einem Wohnzimmer, einem Wohnzimmer und einer Küche mit geschlossenem Speisesaal. Eines Tages, nach der aramäisch-syrischen Heiligen Messe an einem Sonntag, sah Thomas Pullockaran Anna mit ihrer Mutter in seiner Pfarrkirche. Am nächsten Tag ging er zu Francis Pottan und bat um Annas Hand. Francis hatte vier Töchter und zwei Söhne, und er war sehr erfreut, seine Tochter Anna in die Hände von Thomas Pullockaran anzuvertrauen, da er wusste, dass der junge Mann, der vor ihm saß, fleißig, intelligent, ehrlich und liebevoll war. Francis wusste, dass seine älteste Tochter bei Thomas sicher, glücklich und wohlhabend sein würde.

Die Hochzeit war eine einfache Zeremonie. Thomas Pullockaran bestand darauf, seine Frau direkt von der Kirche zu seinem Haus zu bringen, anstatt, wie es die Tradition verlangte, zum Haus der Braut zu gehen. Aber Francis hatte nichts dagegen, da er wusste, dass seine Tochter nach der Heirat zu ihrem Mann gehörte. Anna fühlte sich nicht schlecht; sie war froh, Thomas als Ehemann zu haben. Thomas schrieb das Hochzeitsdatum und den Namen seiner Frau auf die letzte Seite seiner Bibel. Anna war zwanzig, und ihr Mann war vierundzwanzig, als sie heirateten. Thomas Pullockaran liebte Anna von Herzen, und Anna wusste es. Bald bekamen sie einen Sohn, und die Geburt fand im besten Entbindungsheim in Thrissur statt. Sie nannten ihren Sohn Jose, dessen Taufname Joseph Anna Thomas Pullockaran war, da Thomas darauf bestand, dass der Pfarrer Annas Namen nach dem Vornamen seines Sohnes einbezog. Da Thomas Rafael, den Namen seines Vaters, nicht mochte, gab er seinem Sohn den Namen seines Großvaters, Joseph. Er benutzte nie den Namen seines Vaters mit seinem Vornamen. Thomas schrieb das Geburtsdatum, den Namen und das Taufdatum des Sohnes auf die letzte Seite seiner Bibel.

Von Kindheit an hasste Thomas eine Person: seinen verstorbenen Vater. Er mochte sein Aussehen nicht. In einem alkoholischen Stupor schlug Rafael seine Frau, Thomas 'Mutter, die schweigend litt. Thomas hörte seine Mutter nur einmal laut weinen, als sein Vater ihr in den Bauch trat. Thomas konnte das Echo dieses herzzerreißenden Schreis seiner Mutter sogar im Schlaf viele Jahre lang hören, und es verfolgte ihn tief. Als er vierzehn war, wollte Thomas seinen Vater töten und kaufte einen kleinen Vorschlaghammer in einem Eisenwarengeschäft in Thrissur. Er hielt es in der Ecke des Hauses unter Kokosnussschalen versteckt, um den Kopf seines Vaters zu zerschlagen, während er schlief. Mit dem Vorschlaghammer in der Hand näherte sich Thomas dem Bett seines Vaters, um sich mit einem Schlag den Kopf zu zertreten. Einmal hob er den Vorschlaghammer über den Kopf und hörte plötzlich, wie seine Mutter ihn aus der Küche rief. Bei einer anderen Gelegenheit war seine Mutter in die Kirche gegangen; sein Vater schlief betrunken, und Thomas ging mit dem Vorschlaghammer zu ihm. Dann hörte er die Tönungen der Kirchenglocke und hielt es für unanständig, den Kopf seines Vaters zu zerschlagen, als der Pfarrer die Heilige Eucharistie in ihrer Kirche aufführte.

Die Leute vertrauten Thomas Pullockaran; insbesondere Frauen gaben ihm Geld für die Aufbewahrung, ohne nach Zinsen zu fragen. Solche Zahlungen erfolgten hauptsächlich für den unmittelbaren Bedarf, und Thomas Pullockaran vergaß nie, einen gemeinsamen Zins auf den eingezahlten Betrag zu zahlen. „Lass mein Geld ehrliches Geld sein, die Frucht harter Arbeit", pflegte Thomas zu jedem zu sagen, der seine Ölmühle besuchte. Innerhalb von zehn Jahren verbreitete sich sein Name und Ruhm in ganz Thrissur, und er baute eine neue mechanisierte Ölmühle auf einem Hektar Land neben seinem Haus. Thomas Pullockaran wusste, dass seine Frau Anna und sein Stier Appu die Gründe für seinen großen Namen, Reichtum und Fortschritt waren. Er hielt Appu in der Nähe seines Hauses in einem sauberen und gepflegten Stall. Mindestens einmal pro Woche bediente Thomas Pullockaran persönlich seine alte manuelle Ölmühle mit Hilfe von Appu, damit Appu sich gut bewegen konnte. Außerdem ernannte er einen Helfer, der sich um Appu kümmerte, sich um ihn kümmerte und lange Spaziergänge unternahm.

Nach einem ausführlichen Gespräch mit Anna eröffnete Thomas Pullockaran neue mechanisierte Ölmühlen in Mukundapuram, Talappilly, Chavakkad und Kodungallur. Er ernannte über fünfzig Arbeiter für die Beschaffung, Produktion und Vermarktung von Kokosnussöl. Er fragte Annas Meinung und Rat zu selbst kleinen Dingen, und er erkannte, dass Anna einen sechsten Sinn für ihr Wohlbefinden und Glück hatte. Schon bald wollte Thomas Pullockaran einen Markennamen für seine Ölprodukte. Eines Tages bat er Anna auf dem Bett, einen Namen für ihre Ölmarke vorzuschlagen. Anna dachte eine Weile darüber nach, und dann schlief sie ein. Während des Frühstücks sagte Anna zu ihrem Mann: „Letzte Nacht habe ich von deiner Mutter geträumt. Wir unterhielten uns, und ich bat sie, einen Namen für unsere Ölprodukte vorzuschlagen. Dann sagte sie: "Nennen Sie es, *ziehen Sie den weißen Stier.*" Ich liebte den Namen. Der *Pull* ist die Kurzform von Pullockaran, und der *White Bull* ist unsere Appu." Thomas Pullockaran wiederholte den von Anna vorgeschlagenen Namen ein halbes Dutzend Mal. "Es geht gut", sagte er in Gedanken und war überaus glücklich, den Namen seiner geliebten Frau Anna zu hören. Er konsultierte seinen Wirtschaftsprüfer und registrierte innerhalb weniger Tage den Markennamen seiner Ölprodukte. Es war *Pull the White Bull.*

"*Pull the White Bull*" war ein großer Erfolg, ebenso wie das brüllende Geschäft in ganz Indien. Thomas Pullockaran eröffnete neue mechanisierte Ölmühlen in den Bezirken Palakkad und Ernakulam und erwarb moderne Lastwagen. Er hatte mehr als dreihundert Arbeiter, darunter Techniker, Ingenieure und Lebensmitteltechnologen.

Kurz darauf ging Thomas Pullockaran mit Anna auf eine Südindien-Tour und vertraute die Ölmühlen seinen vertrauten Führungskräften an. Jose war zehn Jahre alt und in der fünften Klasse, also blieb er bei ihrem Helfer zu Hause. Anna und Thomas Pullockaran besuchten Trivandrum, Kovalam, Kanyakumari, Madurai, Chennai, Hyderabad, Goa, Hampi, Bangalore, Mysore, Ooty und Kodaikanal. Es war eine unvergessliche Tour für beide.

Nach Rücksprache mit Anna erweiterte Thomas Pullockaran sein Geschäft um die Verarbeitung und Vermarktung von Jackfrüchten. Er hatte kein Problem damit, ausreichende Mengen an Jackfrüchten zu erwerben, da diese in ganz Kerala leicht erhältlich waren. Er importierte die neuesten Lebensmittelverarbeitungsmaschinen aus Italien und seine verarbeitete Jackfrucht schmeckte wunderbar. Er nannte sie „*The White Bull Jackfruit*" unter dem Banner *Pull the White Bull* und verkaufte sie zunächst in den südindischen Bundesstaaten und Nordindien. Mit Annas Rat kontaktierte Thomas Pullockaran Geschäftspartner im Nahen Osten, in Deutschland, Großbritannien, Spanien, Italien, Österreich und den USA. Bald wurde die

White Bull Jackfruit zu einem boomenden Geschäft. Thomas Pullockaran und Anna besuchten viele Kirchen in ganz Kerala und spendeten riesige Geldbeträge an Pfarreien und Diözesen für Wohltätigkeit und Bildung. Sie wurden bald zu idealen syro-malabarischen katholischen Paaren in allen Kirchen. Während der Sonntagspredigten baten die Pfarrer ihre Gemeinden, Anna und Thomas Pullockarans Großzügigkeit, Spiritualität und Frömmigkeit nachzuahmen.

Der junge, neu ernannte Bischof George besuchte Thomas Pullockaran regelmäßig, hauptsächlich aus finanziellen Gründen. Der Bischof brauchte Geld, um die Seminaristen und die Nonnen der *Töchter der Jungfrau auszubilden und zu erziehen, eine Gemeinde, die* er gegründet hatte. Er benötigte auch Mittel, um seine Reisekosten mit der jungen Mutter Katharina, der Oberin der *Töchter der Jungfrau, in den* Vatikan, nach Rom, Fatima, Deutschland, ins Heilige Land und in die USA zu decken, um Sammlungen und Vergnügen zu finanzieren. Thomas Pullockaran war immer großzügig gewesen und gab dem Bischof große Bündel von Geldscheinen mit einem lächelnden Gesicht. "Lass die Kirche des heiligen Apostels Thomas, besonders die syro-malabarische Kirche, überall wachsen und gedeihen", sagte er oft zu Bischof Georg und küsste seinen heiligen Ring. Bald wurde Thomas Pullockarans *Pull the White Bull* zum Ein-Milliarden-Rupien-Geschäft erklärt.

Innerhalb von zwei Monaten nach ihrer Rückkehr von ihrer Südindien-Tour erkannte Anna, dass sie mit ihrem zweiten Kind schwanger war. Thomas Pullockaran kannte die gute Nachricht und war überaus glücklich und kümmerte sich wie eine Königin um seine Frau. Sie nannten ihr Baby Ammu, geboren in einem bekannten Entbindungsheim in Kochi. Thomas bat Bischof George, Ammu zu taufen, und ihr Taufname war Mary, nach Thomas Pullockarans Mutter. Am Tag der Taufe fand eine große Feier statt, an der alle Mitarbeiter seiner Ölmühlen, seine Freunde, Verwandten und Geschäftspartner teilnahmen. Thomas Pullockaran erklärte ein zusätzliches Tagesgehalt für sein gesamtes Team und schenkte Bischof George ein neues Ambassador-Auto, der sich außerordentlich über seine Geste freute.

Thomas Pullockaran baute ein neues Herrenhaus in den Vororten und nannte es *The White Bull*. Es gab auch einen Stall für seinen Stier, Appu. Jeden Tag, wenn er von der Arbeit zurückkehrte, rief Thomas: „Appu! Appu!" und der Stier würde den Kopf schütteln, um ihn willkommen zu heißen. Nachdem er ihm einige *Kopra-Kuchenstücke* gefüttert hatte, ging Thomas hinein, um seine Frau zu treffen. Für Thomas war es wie eine religiöse Pflicht, Appu mindestens zweimal pro Woche für lange Spaziergänge alleine zu nehmen, und Appu genoss den Weg, da es eine unerklärliche Verbindung zwischen den beiden gab. Als Ammu fünf Jahre alt war, nahmen ihre Eltern sie auf eine Nonnenschule auf. Bis dahin hatte Jose seine Immatrikulation abgeschlossen und schloss sich einer höheren Sekundarschule an, die sich auf Naturwissenschaften und Mathematik spezialisierte, weil er plante, nach zwei Jahren eine Ingenieurschule zu besuchen. Jose und Ammu waren brillante Schüler, brav und mochten ihre Freunde und Lehrer. Ihre Eltern waren stolz auf sie und liebten sie wie Elefanten ihre Kälber.

Thomas Pullockaran bat Anna, ihn zum Bischofshaus zu begleiten, um Bischof George für seine Gebete und seinen Segen zu danken. Anna stimmte ihm jedoch zum ersten Mal nicht zu und erklärte, dass ein Treffen mit dem Bischof im Bischofshaus unnötig sei, da sie eine solche Nähe zum Bischof für ungesund halte. Aber aufgrund von Pullockarans Beharren stimmte Anna schließlich zu, mit ihm zu gehen. Bischof George empfing in der Regel am Abend Besucher, da er ab 11 Uhr Treffen mit dem Generalvikar der Diözese, Pfarrern und Leitern verschiedener Gemeinden hatte. Er hatte seine spezifischen religiösen Aktivitäten und Meditationen bis 10 Uhr morgens. Um 19 Uhr assistierte Mutter Katharina bei seinen Eucharistiefeiern in seiner Privatkapelle neben seinem Schlafzimmer, die eine halbe Stunde dauerten. Sie bereitete dann sein Frühstück in einer kleinen Küche auf der anderen Seite seines Arbeitszimmers zu, da der Bischof es vorzog, nur mit anderen Geistlichen im Hauptrefektorium zu Mittag und zu Abend zu essen. Die Nonne begleitete ihn zum Frühstück, putzte die Küche und das Schlafzimmer, bereitete sein Bett vor, wusch seine Kleidung und reinigte die Gewänder für verschiedene Sakramente.

Mutter Katharina gehörte zu den ersten Nonnen, die sich mit sechzehn Jahren *der Kongregation der Töchter der Jungfrau* anschlossen. Die Gruppe wurde von einem jungen Priester namens George gegründet, und Catherine schloss sich als Neuling an, angezogen von seiner Dynamik, seinem wünschenswerten Verhalten und seiner Frömmigkeit. Catherine verehrte George und fand seinen männlichen Körper und seine faszinierenden Augen faszinierend. Später salbte ihn der Papst zum Bischof. Im Alter von zweiundzwanzig Jahren wurde Katharina eine bekennende Nonne und wurde im Alter von siebenundzwanzig Jahren zur Mutter des Klosters ernannt. Die Gemeinde hatte nur drei Klöster in verschiedenen Ecken der Diözese, jedes mit einem speziell für den Bischof eingerichteten Gästezimmer, und niemand außer der Mutter durfte sie betreten oder darin bleiben. Er blieb im Gästezimmer, wenn der Bischof ein Kloster besuchte. Zunächst sammelte der Bischof das gesamte Geld für die *Töchter der Jungfrau*.

Später gründeten die Nonnen Schulen und Krankenhäuser und wurden durch den Kauf von Grundstücken und Gebäuden in ganz Kerala autark, aber immens wohlhabend. Die Schwestern dankten Bischof George für die

Gründung der Gemeinde und segneten sie mit ihren zeitlichen und geistlichen Bedürfnissen. Er galt als heiliger Priester und später als heiliger Bischof; er blieb Patron, Berater und Vorsitzender der Gemeinde. Er traf alle Entscheidungen über die Ausbildung, Ausbildung, Arbeit, Versetzung und Bestrafung der Nonnen. In ihren frühen Dreißigern war Mutter Katharina, klug und aktiv, bestrebt, dem Bischof täglich zu helfen, und es war ihre Routine, jeden Morgen von sieben bis zehn Uhr drei Stunden im Haus des Bischofs zu verbringen. Alle Nonnen in ihrer Gemeinde betrachteten es als ihre religiöse Pflicht, dem vierzigjährigen Bischof, ihrem Gründer, zu helfen, der, vom Heiligen Geist inspiriert, ihre Gruppe gründete.

Viele Eltern brachten ihre Kinder mit, um von Bischof George gesegnet zu werden. Indem der Prälat das Zeichen des Kreuzes mit Asche auf ihre Stirn zeichnete, weihte er sie. Nach und nach begannen die Gläubigen, das Jesuskind in seinen Armen zu sehen, besonders am ersten Freitag des Monats. Monat für Monat wurden die Schlangen vor dem Bischofshaus immer länger, und Eltern mit ihren Kleinkindern aus fast allen Pfarreien standen Schlange. Sie glaubten, dass alle vom Metropoliten gesegneten Säuglinge gesund blieben, bis das Kind die Pubertät erreichte oder sein Zölibat oder seine Jungfräulichkeit verlor. Da der Bischof ein Gelehrter der Theologie des Jesuskindes war, gab es einen starken Glauben, dass das Baby sich oft mit ihm in der Einsamkeit unterhielt. Der Bischof war glücklich, die Säuglinge zu segnen, da er jeden ersten Freitag beträchtliches Geld erhielt.

Jeden Samstag predigte und leitete Bischof George in der Kathedrale neben dem Bischofshaus ein gebetsvolles Retreat mit Meditation für die Jugend der Diözese. Hunderte von Jugendlichen nahmen an diesen Exerzitien teil. Die Hauptthemen der Gebete waren Keuschheit und Jungfräulichkeit, und er forderte die Jugendlichen auf, ihr Zölibat um jeden Preis aufrechtzuerhalten. „Dein Körper ist rein. Werde niemals ein Sklave des Teufels, der Feind Gottes. Unsere Mutter, die Jungfrau Maria, war immer rein gewesen, und sie blieb es auch nach der Geburt Jesu. Sie wurde vom Heiligen Geist schwanger, und ihr Sohn war der Sohn des Allmächtigen Gottes. Jesus wurde nicht durch ihre Genitalien geboren. Gott gewährte ihr einen besonderen Segen, um Jesus zu befreien, ohne ihre Jungfräulichkeit zu verlieren. Das war ein tiefes Geheimnis, und Gott konnte allen Christen solche Segnungen gewähren. Sie dürfen Sex nur nach Ihrer Ehe haben, und das auch nur mit Ihrem Ehepartner. Sex nur haben, um ein Kind in der Missionarsstellung zu haben. Alle anderen Positionen sind die Schöpfungen des Teufels, die Gott nicht mag. Halte dich rein, indem du keinen Sex hast, bis du ein anderes Kind brauchst. Möge dich die Jungfrau durch unseren Herrn Jesus Christus segnen ", sagte der Bischof, als er den Jugendlichen segnete. Der Name und der

Ruhm des Bischofs verbreiteten sich überall als großer Exerzitienprediger, geistlicher Führer und inspirierender Prälat.

Mutter Katharina nahm in der Diözese an speziellen Vorbereitungskursen für Mädchen teil. Sie sprach über die Jungfräulichkeit und zitierte das Beispiel der Jungfrau Maria. Eine Bescheinigung von Mutter Katharina über den Katechismus, insbesondere über das Geheimnis der Reinheit, war notwendig, damit alle Mädchen die Erlaubnis des Bischofs erhalten konnten, zu heiraten. „Behalte zu Hause immer eine Gebetsatmosphäre. Haben Sie einen Rosenkranz bei sich, besonders wenn Ihr Mann die sexuelle Handlung durchführt, um ein Kind zu bekommen, und rezitieren Sie den Rosenkranz während des heiligen Geschlechts. Wenn er die Vereinigung vollendet hat, bitte ihn, sich dir im Gebet anzuschließen und den Rosenkranz zu beten: „ Mutter Catherine hat die Mädchen gedrängt. Jeder in der Diözese nannte sie Mutter des Heiligen Rosenkranzes. Und die Leute verehrten ihre Frömmigkeit und luden sie in ihre Häuser ein, um den Rosenkranz als Familiengebet zu beten. Sie erhielt Spenden von fünfhundert bis eintausend Rupien pro Besuch von den Katholiken. So behielt Mutter in der Diözese immer eine Gebetsatmosphäre bei. Die Mutter half Bischof George, die Kinder zu segnen, und die Eltern waren dankbar für ihre selbstlosen Dienste. Da das Kloster nur fünf Minuten vom Bischofshaus entfernt war, war es für Mutter Katharina jeden Morgen leicht, sein Haus früh zu erreichen.

DRITTES KAPITEL: EIN WEISSER STIER UND EINE TANZSCHULE

Thomas Pullockaran und Anna besuchten Bischof George gegen fünf Uhr abends, und der Bischof freute sich, sie zu treffen. Sie dankten dem Bischof für seine Gebete und seinen Segen. Nach einem kurzen Gebet sagte der Bischof ihnen, dass er eine Audienz beim Papst im Vatikan für sie arrangieren könne. Thomas Pullockaran war begeistert, das zu hören. "Auch wenn es schwierig ist, eine Audienz beim Heiligen Stuhl zu bekommen, kann ich innerhalb von drei Monaten eine für Sie arrangieren", sagte der Bischof. »Euer Gnaden, wir haben zu viel Glück«, sagte Thomas Pullockaran. "Sie müssen über unsere Diözese an den Vatikan spenden", sagte der Bischof. »Gewiss«, erwiderte Thomas Pullockaran und sah Anna an. "Also, ich werde Ihnen die Details der Flugtickets geben, und Sie müssen sie sofort für Mutter Katharina und mich buchen, gleich nachdem ich die Bestätigung vom Vatikan erhalten habe", sagte der Bischof mit einem Lächeln. »Ja, Euer Gnaden«, sagte Thomas Pullockaran. "Ich werde dich führen", sagte der Bischof.

Nachdem Thomas Pullockaran und Anna den Ring des Bischofs geküsst und ihm ein Bündel von Hunderttausend-Rupien-Währungsscheinen für den Unterhalt des Waisenhauses übergeben hatten, gingen sie. Anna blieb jedoch still, in tiefem Schweigen.

Anna wurde mit ihrem dritten Kind wieder schwanger, und sie war sechsunddreißig Jahre alt. Sie war besorgt, dass ihr Mann begonnen hatte, allen zu vertrauen und zu viel Vertrauen in den Bischof zu haben. Außerdem glaubte er gedankenlos an einige seiner Ingenieure und Lebensmitteltechnologen. In letzter Zeit war Thomas ein Dummkopf geworden, und Anna war besorgt. Sie entwickelte im Laufe der Monate Bluthochdruck und Diabetes. Der Gynäkologe sagte Thomas Pullockaran, dass dies typisch sei, da Bluthochdruck und Diabetes nach der Entbindung verschwinden würden. Thomas ernannte zwei Heimkrankenschwestern, die sich Tag und Nacht um Anna kümmerten. Thomas Pullockaran verbrachte die meiste Zeit seiner wachen Stunden mit Anna, da ihr Wohlbefinden sein Glück war. Er küsste ihre Wangen, wenn sie allein waren. Mit acht Monaten brach Anna im Wohnzimmer zusammen und wurde sofort in das beste Krankenhaus in Thrissur verlegt. Anna lag zwei Tage im Koma und Thomas verlegte sie nach Kochi, wo Fachärzte für ihre Behandlung ernannt wurden.

Thomas Pullockaran blieb immer bei ihr. Am siebten Tag starb Anna im Krankenhaus, während Thomas ihren Kopf in seinen Händen hielt, und er weinte, weil er seine Trauer und seinen Schmerz nicht kontrollieren konnte.

Nach siebzehn Jahren glückseligen Ehelebens wurde Thomas Pullockaran Witwer. Das Leben hatte für ihn all seinen Reiz, Sinn und Ziel verloren, da Anna untrennbar mit seinem Verstand verbunden war. Jeden Morgen und Abend umarmte er Jose und Ammu, erzählte ihnen schöne Geschichten über ihre liebende Mutter und erzählte ihre Worte, Gesten und Blicke. Er wurde sehr beschützend für seine Kinder. Abends suchte Thomas Pullockaran überall nach Anna, rief immer wieder ihren Namen und verlor sich in Erinnerungen. Er konnte nie akzeptieren, dass sie nicht mehr war und dass er sie nie wieder treffen würde. Einige seiner Freunde und Gratulanten baten ihn, wieder zu heiraten, damit die Kinder eine Mutter hätten und er sich von seiner Trauer erholen würde. Aber er weigerte sich, ihre Vorschläge anzunehmen.

Als Jose der Ingenieurschule beitrat, erwartete Thomas, dass Jose nach Abschluss seines BE und MBA die Verantwortung für die Ölmühlen übernehmen würde. Thomas Pullockaran verlor allmählich das Interesse an dem Geschäft.

Obwohl Annas Tod Thomas Pullockaran unerträgliche Schmerzen verursachte und seine Handlungen Distanz zeigten, tat *Pull the White Bull* gut, da die Bilanz eine beträchtliche finanzielle Vitalität und Gesundheit zeigte. Thomas vertraute seinen Ingenieuren, Lebensmitteltechnikern und Verwaltungsmitarbeitern, da sie wussten, was zu tun ist und wie in Krisenzeiten vorzugehen ist. Als Ammu die zehnte Klasse erreichte, trat Jose für ein Jahr Berufserfahrung in ein Ingenieurbüro ein. Als er sich für ein MBA-Programm anmeldete, besuchte Ammu die Sekundarschule. Zuvor besuchte Thomas Pullockaran dreimal im Monat alle seine Ölmühlen, reduzierte jedoch die Häufigkeit seiner Besuche auf zweimal im Monat. Darüber hinaus ernannte er neue Ingenieure und Lebensmitteltechnologen in höheren Positionen, als einige seiner Spezialisten in die USA und nach Australien auswanderten.

Den Neuankömmlingen fehlte es an Erfahrung und starkem Engagement, was sich auf die Beschaffung, Produktion, das Marketing und die Öffentlichkeitsarbeit von „*Pull the White Bull*" auswirkte. Thomas Pullockaran dachte, es sei ein kurzfristiges Phänomen und dass es sich zum Besseren verändern würde, wenn sie mehr Erfahrung sammeln würden. Es gab jedoch einen allmählichen Rückgang, und einige seiner alten Hasen informierten ihn, dass etwas mit *Pull the White Bull* nicht stimmte. Nun wurde Thomas ein besorgter Mann und verbrachte schlaflose Nächte. Er vermisste Annas Vorschläge und Ratschläge. Bevor er schlafen ging, verbrachte er viele Stunden vor Annas Foto und grübelte über die Tage nach, die er mit ihr in ihrem kleinen Haus und später in ihrer Villa, dem *Weißen Stier*, verbrachte.

Nach Abschluss seines MBA trat Jose einer Firma in Bangalore bei, um Erfahrungen zu sammeln, und er versprach seinem Vater, dass er nach einem Jahr *Pull the White Bull* beitreten würde. Nach und nach beobachtete Thomas Pullockaran Veränderungen bei Jose, da er introvertiert geworden war, und er kontaktierte ihn selten telefonisch. Selbst wenn sie redeten, redeten sie nur zwei bis drei Minuten. Nach vier Monaten erschien Jose eines Tages plötzlich zu Hause, und sein Vater erkannte, dass sich Jose bis zur Unkenntlichkeit verändert hatte. Er trug einen langen Bart, und seine Einstellung zu Religion, Ereignissen und Glauben hatte sich geändert. Nachdem er einen Tag geblieben war, ging Jose weg, ohne es seinem Vater zu sagen. Einen Monat später erhielt Pullockaran einen Anruf von Jose, der ihn darüber informierte, dass er seinen Job aufgegeben und begonnen hatte, in Hyderabad Arabisch zu lernen. Es war in der Tat ein Schock für Thomas Pullockaran, und er versuchte verzweifelt, seinen Sohn zu kontaktieren, konnte ihn aber nicht finden. Er wusste nicht, wo Jose war.

Nach zwei Monaten kam Jose nach Hause und war unhöflich zu seinem Vater. Er bat ihn, ihm eine Million Rupien in bar zu geben. Das Sammeln von so viel Bargeld war eine schwierige Aufgabe für Thomas, und er sagte Jose, dass ein so großer Betrag nicht verfügbar sei und dass es unmöglich sei, den Betrag in Währung zu haben. Jose wurde wild und drohte seinem Vater mit schrecklichen Konsequenzen. Thomas Pullockaran erkannte, dass er seinen Sohn verloren hatte. Mit großen Schwierigkeiten sammelte Thomas Pullockaran eine halbe Million Rupien in bar und übergab sie Jose, aber Jose wurde wütend und missbrauchte seinen Vater. »Jose, wenn du mit deinem Vater sprichst, musst du Respekt zeigen«, sagte Thomas Pullockaran. »Nenn mich nicht Jose. Mein Name ist Ali ", antwortete er. Es war ein Schock für Pullockaran. "Jetzt gehe ich, aber ich werde innerhalb eines Monats zurück sein und fünf Millionen Rupien brauchen, und ich erwarte keine Ausreden", rief Jose, als er ging. Die Angst verschlang Thomas. Jose war nicht sein Sohn; er war jemand anderes, dachte er. Wie man mit ihm umgeht, sich ihm beim nächsten Mal stellt und fünf Millionen in bar sammelt. Alle seine Transaktionen erfolgten über Schecks, und es war unmöglich, eine so massive Summe in bar einzuziehen.

Jose kehrte nach einem Monat zurück und bestand darauf, fünf Millionen in bar zu erhalten. Er benahm sich wie ein wildes Tier. Als Ammu ihn sah, weinte er, aber Jose drohte, sie zu töten, wenn sie vor ihm erscheinen würde, ohne einen Hijab zu tragen. "Geh weg von meinen Augen. Eine Frau sollte niemals ohne die Erlaubnis eines Mannes an die Öffentlichkeit treten. Geh weg!", schrie er Ammu an. Dann zerbrach er Bilder des Heiligen Herzens Jesu, des Letzten Abendmahls, der Pieta, des Heiligen Thomas in Kerala und des Heiligen Antonius mit dem Jesuskind und rief: „Ich hasse Götzendiener. Sie brauchen Bestrafung, und ihre Bestrafung ist der Tod." Das Bild des Heiligen Thomas war für Thomas Pullockaran wertvoll, da es ein Geschenk seines Großvaters Joseph Mathew Pullockaran war. Joseph hatte Thomas einmal erzählt, dass der heilige Thomas an die Küste von Malabar kam, sieben Familien taufte und sieben Kirchen in Kerala gründete. Der Heilige stammte aus der Familie Jesu und sprach Aramäisch, die Sprache Jesu, in der syrische Christen ihre heilige Messe darbrachten. „Vergiss niemals den heiligen Thomas und bewahre dieses Bild des heiligen Thomas immer in deinem Haus auf. Der Apostel wird dich segnen ", hatte sein Großvater gesagt.

Sein Herz brach, als Thomas Pullockaran das zerrissene Bild seines geliebten Apostels sah, und er wusste nicht, was er sagen sollte. Er zitterte vor Wut und dachte daran, die Polizei zu rufen, verzichtete aber angesichts der schlechten Publicity, die es erzeugen könnte, darauf. Thomas Pullockaran wurde jedoch plötzlich zu einem verfolgten Mann, der von seinem Sohn Jose, alias Ali, dem Dschihadisten, erschreckt wurde.

"Gib mir das Geld!" Schrie Jose und ging bedrohlich auf seinen Vater zu.

»Lass mir etwas Zeit, und ich werde dich in voller Höhe bezahlen«, flehte Thomas Pullockaran.

"Wie viel Zeit brauchst du, du *Ungläubiger*?" Schrie Jose.

»Mindestens einen Monat«, antwortete sein Vater.

„Ich komme in dreißig Tagen wieder. Denk dran, das Geld muss bereit sein ", schrie Jose vom Tor aus, bevor er ging.

"Papa, was sollen wir tun?" Fragte Ammu.

»Ich weiß es nicht. Es ist schrecklich. Ich denke, Jose ist einigen *dschihadistischen* Gruppen beigetreten ", antwortete ihr Vater.

"Er ist Ali, nicht Jose, und er ist ein Teufel geworden", sagte Ammu.

Pullockaran schwieg. "Sollen wir die Polizei informieren?" Fragte Ammu. »Warte, nicht jetzt. Wenn wir die Polizei informieren, wird es sich negativ auf unser Geschäft auswirken ", sagte Thomas Pullockaran. "Fürchtest du, dass das Geschäft zusammenbricht?" Ammu war ängstlich. "Es besteht eine hohe Wahrscheinlichkeit", antwortete er. "Aber wie wirst du die fünf Millionen

Rupien in bar bezahlen?" Fragte Ammu. „Ich sehe keine andere Möglichkeit, als eine unserer Ölmühlen zu verkaufen." "Welche?" "Die in Palakkad." "Würde es sich nicht auf unser Geschäft auswirken?" "Natürlich. Es mag auch wilde Gerüchte darüber geben, warum ich eine Ölmühle verkauft habe, die uns immer einen guten Gewinn beschert hat ", antwortete ihr Vater. "Warum verkaufst du dann nicht eine Ölmühle im Bezirk Thrissur?" Fragte Ammu. "Palakkad ist weit weg von Thrissur, und ich finde es schwierig, unsere Ölmühle dort so oft wie möglich zu besuchen", antwortete er.

Ammu überlegte und fragte erneut: „Welchen Betrag erwartest du?" "Eine Ölmühle wie die unsere zu kaufen, kann mindestens fünfzig Millionen Rupien kosten. Aber Sie werden nicht mehr als ein Viertel davon bekommen, wenn Sie es für schnelles Geld verkaufen. Das Problem, mit dem wir konfrontiert sind, ist, dass wir Bargeld für fünf Millionen brauchen, und wenn wir auf Bargeld bestehen, werden wir nicht mehr als sieben Millionen bekommen." Thomas Pullockaran vermied es, seine Tochter anzusehen, da er sich schämte, ihr verängstigtes Gesicht zu sehen.

»Ich bin ein besorgter Mann, lieber Ammu«, sagte Thomas. Dann bedeckte er seine Augen mit seiner Handfläche, und zum ersten Mal sah Ammu ihn besiegt.

Thomas Pullockaran verkaufte seine Ölmühle in Palakkad für sechseinhalb Millionen Rupien und erhielt fünf Millionen in bar. Der Verkaufspreis wurde bei der Registrierung mit eineinhalb Millionen Rupien erfasst. Am nächsten Tag veröffentlichten lokale Zeitungen eine Nachricht, in der es hieß: "Pullockaran verkauft Ölmühlen im Wert von fünfzig Millionen für eineinhalb Millionen." Diese Nachricht verursachte Gerüchte über den bevorstehenden Zusammenbruch des Pullockaran-Reiches. Einige sagten: "Pullockaran fällt", während andere kommentierten: "Er ist bereits gefallen." Die Nachricht wirkte sich erheblich auf das Geschäft von *Pull the White Bull aus*. Viele Firmenmagnaten begannen, sich von ihm zu distanzieren, und einige seiner vertrauten Mitarbeiter traten auf der Suche nach grüneren Weiden zurück.

Ali kam, holte sein Geld ein und ging, ohne ein Wort zu sagen. Thomas Pullockaran wurde einsam, deprimiert und untröstlich. Ammu war in ihrem Hostel, nachdem sie an einem Aufbaustudiengang in Fischerei teilgenommen hatte. Eine Woche später erschien eine weitere Nachricht: „Siebzig Personen wurden wegen Verdacht auf Lebensmittelvergiftung ins Krankenhaus eingeliefert." Eine weitere Zeitungsüberschrift lautete: „Lebensmittelvergiftung durch kontaminiertes Kokosöl." Es herrschte absolute Panik bei *Pull the White Bull*. Am selben Tag durchsuchten

Lebensmittelinspektoren der Abteilung für Lebensmittelsicherheit alle Ölmühlen und beschlagnahmten die Marken- und versiegelten Ölbehälter, die mit *Pull the White Bull* erhältlich waren. Es gab Fälle von Lebensmittelvergiftungen von vielen anderen Orten, und infolgedessen wurden alle Ausgänge der Ölmühlen geschlossen und verschlossen.

Eines Abends, während Thomas Pullockaran in seinem Speisesaal saß, klopfte es an seiner Haupttür. Als er die Tür öffnete, stürmten drei bärtige Menschen ins Haus. Sie griffen ihn an und plünderten alle Goldschmuckstücke und Diamanten, die Anna in einem Stahlschrank in Thomas Pullockarans Schlafzimmer aufbewahrt hatte. Während sie das Gold und die Diamanten an ihren Mann übergab, hatte Anna ihm gesagt, dass sie für Ammu waren, nur für Ammu. Als sich alle drei unrasierten Menschen darauf vorbereiteten, mit der Beute zu gehen, trat einer mit dem Bein auf die Bibel, und sie fiel mit einem Schlag vor Thomas Pullockaran. Dann goss ein anderer Benzin auf die Bibel, und der dritte zündete einen Streichholz an. Thomas Pullockaran erkannte den, der die Bibel trat und nannte ihn "Jose...?" Derjenige, der die Bibel trat, schlug Thomas Pullockaran ins Gesicht und rief: "Ich bin Ali!" Nachdem er mit dem Finger auf Thomas gezeigt hatte, schrie er: "Lies nichts anderes als den heiligen Koran."

Sein Pförtner brachte Pullockaran ins Krankenhaus, und die Ärzte baten ihn, drei Tage dort zu bleiben. Ammu kam aus ihrem Hostel und verbrachte eine Woche mit ihrem Vater, als sich die Nachricht verbreitete.

Die Abteilung für Lebensmittelsicherheit hatte einige von *Pull the White Bull* gesammelte Ölproben an drei staatliche Testlabors geschickt. Alle Labore bewiesen zweifelsfrei, dass das aus einer Mühle gewonnene Öl eine giftige Substanz enthielt. Aber Thomas Pullockaran, die Abteilung für Lebensmittelsicherheit, oder jemand anderes wusste nie, dass ein Lebensmitteltechnologe, der in den Kunnamkulam-Ölmühlen von *Pull the White Bull* arbeitete, das Öl vergiftete, nachdem er von einer konkurrierenden Ölfirma eine hohe Summe als Bestechung erhalten hatte. Das Gericht ordnete Thomas Pullockaran an, allen Opfern einer Ölvergiftung eine Entschädigung zu zahlen. Pullockaran musste alle seine Grundstücke verkaufen, einschließlich seiner Villa und seiner Ölmühlen, was ihm mindestens zwei Milliarden Rupien für nur fünfundsiebzig Millionen gebracht hätte. Nach Zahlung von Steuern, Entschädigung an die Opfer von Ölvergiftungen, Gehaltsrückständen an seine Mitarbeiter, Vorsorgekasse und Trinkgeld blieb für ihn und Ammu nicht viel übrig. Thomas Pullockaran mietete ein kleines Haus und verlegte seinen geliebten Appu in sein neues Zuhause.

„Ich will nur mit fairen und ehrlichen Mitteln Geld verdienen", pflegte Thomas Pullockaran zu seinen Geschäftspartnern und Händlern zu sagen. Seine Feinde erkannten, dass sie ihn nur durch Foulspiel niederdrücken oder fallen lassen konnten, und das taten sie so gut.

Thomas Pullockaran starb in seiner Mietsache. Der Arzt des öffentlichen Krankenhauses, in das seine Leiche gebracht wurde, schrieb die Todesursache als Herzinfarkt. Thomas war neunundfünfzig Jahre alt, als er seinen letzten Atemzug tat. Ammu weinte unaufhörlich. Die Kirche begrub Thomas Pullockaran in der gemeinsamen Grabstätte, nachdem Ammu fünfundzwanzigtausend Rupien an die Kirche gezahlt hatte. Der Sarg mit der Leiche wurde in ein Loch geschoben, das mit einem tiefen Brunnen in der gemeinsamen Grabstätte verbunden war. Ammu konnte sich kein einziges Grab leisten, das fünfhunderttausend Rupien kostete, und sie konnte nicht an das mit Granit geklebte dauerhafte Begräbnis denken, für das die Kirche eine Million Rupien verlangte. Etwa zwanzig Menschen nahmen an der Beerdigung teil, und als der Pfarrer an diesem Tag nicht in der Stadt war, verrichtete der Küster die Totengebete gegen eine Gebühr von fünfhundert Rupien. Da eine Taufe mit einer großen Spende auf ihn wartete, nahm Bischof George nicht an der Beerdigung von Thomas Pullockaran teil. Nach drei Tagen verkaufte der Hausbesitzer, in dem Appu gebunden war, Appu, der beträchtlich alt war, für zweihundertfünfundneunzig Rupien an Karim, den Metzger.

Mit zweiundzwanzig Jahren wurde Ammu ein Waisenkind. Sie blieb in der Herberge und schloss ihr Postgraduiertenstudium ab. Im folgenden Jahr ging sie nach Uppsala, nachdem sie ein Stipendium für ihre Promotion in Hummern und Krebsen erhalten hatte.

Es war Essenszeit, und Janaki und Arun verließen ihr Büro. "Wie ist die Lesung?" Erkundigte sich Arun. »Das Buch ist fertig«, antwortete Ammu. »Wie findest du es?«, fragte Janaki.

„Inspirierend. Es wirft Fragen über indische Frauen auf, hauptsächlich über ihren Status in einer von Männern dominierten Gesellschaft, die Art ihrer Gleichheit, wenn überhaupt, Freiheit und Sicherheit zu Hause und auf der Straße ", erklärte Ammu in der Küche.

Arun war der Koch und hatte Roti und gebratenes *Dal* zubereitet, während Ammu den Salat zubereitet hatte. Janaki deckte den Tisch.

»Ich sympathisiere mit Urmila«, kommentierte Arun beim Abendessen.

„Urmila hat immens gelitten, schweigend. Ihr Mann verließ sie und ging mit seinem älteren Bruder und Sita, ohne etwas zu sagen. Er hätte Urmila fragen können, ob sie ihn in den Wald begleiten wollte, aber das tat er nicht, und Urmila wurde vierzehn Jahre lang allein gelassen. Urmilas Ehemann war nicht nur unhöflich, sondern auch grausam. Er repräsentiert die indische Bigotterie, da er ein männlicher Chauvinist war ", sagte Ammu.

»Ich stimme Ihnen zu, Professor Mayer«, fügte Janaki hinzu.

Nach dem Abendessen sahen sie sich einige Zeit *Our News TV* an. Es gab einen Nachrichtenbericht aus Rajasthan: „Ein Opfer von Kuhwachsamkeit wurde in einer Polizeistation in Alwar geschlagen und getötet.", dann hat der TV-Moderator eine Diskussion angestoßen. „Kuh ist heilig. Diesen Rindfleischessern sollte eine Lektion erteilt werden ", sagte der Abgeordnete der Regierungspartei. „Wenn die Herrscher zu Mördern werden, sind die Menschen immer ihr Ziel", kommentierte Arun. "Aber das Böse kann nicht mit einem anderen Bösen konfrontiert werden", sagte Janaki. „Was hat Churchill als Waffe gegen Hitler eingesetzt? Also müssen wir uns wehren ", sagte Arun. "Die Juden in Auschwitz waren hilflos, obwohl sie zahlreicher waren als die Nazi-Soldaten", fügte Ammu hinzu. "In Indien ermutigen die Machthaber stillschweigend Kuhwachsamkeit, Vergewaltigung und Mobgewalt, weil das ihre Taktik ist, Menschen zu spalten und an der Macht zu bleiben", analysierte Arun.

„Gewalt ist der menschlichen Natur inhärent. Das ist die Natur des evolutionären Prozesses. Aber in einer demokratischen Gesellschaft muss Gewalt in produktive Aktivitäten gelenkt werden ", meinte Janaki.

"Sehr wahr. Die herrschenden Politiker brauchen jedoch Gewalt und benutzen sie als Geheimwaffe, während sie sie öffentlich verurteilen. Sie ermutigen es in der Dunkelheit der Nacht ", sagte Ammu.

„Ich stimme dem Mann zu, der sagte, dass Indien sich nur für eine bestimmte Religion zu einem Land entwickelt. Es wird uns in eine Katastrophe führen ", sagte Janaki.

„Leider verstehen die Fanatiker unsere erhabene Philosophie nicht. Lassen Sie sie die Upanishaden lesen, die älteste und eine der heiligsten Schriften der Welt, die von Sehern und Heiligen des alten Indien geschrieben wurden, die zu Buddhas Zeit und viele Jahre vor Jesus lebten. Die tiefe Weisheit, die in diesen Schriften kodifiziert ist, gibt uns eine direkte Erfahrung unserer Existenz, unseres Bewusstseins und unserer Sehnsucht, menschlich zu sein. Sie sagen dir subtil und prägnant, was du bist und das Ziel des Lebens. Aber diese Kuhwache und ihre Führer, die sie ermutigen, zu töten und zu verbrennen, haben vielleicht noch nichts von den Upanishaden gehört ", erklärte Ammu.

Janaki und Arun sahen Ammu bewundernd an. "Ma 'am, Ihre Worte sind Denkanstöße, Ideen der Meditation, Reflexion und Praxis", sagte Janaki.

Bevor sie sich in den Schlaf zurückzogen, hörten sie Mozart, Ilayaraja und A. R. Rahman. »Gute Nacht, Professor Mayer«, sagten Janaki und Arun unisono, als sie Ammus Wangen küssten. »Gute Nacht, Janaki. Gute Nacht, Arun «, antwortete Ammu. Es war die zweite Nacht für Ammu mit Janaki und Arun. Es war, als hätte sie sie seit Jahren, seit Äonen gekannt. Ammu schlief und träumte von der *Liebe im Erkensee,* dem wertvollen Gemälde, das sie von Alice Johansson erhielt.

Während sie früh am Morgen aufstand, erinnerte sich Ammu an ihren Gesang mit Elsa und Ebba, dem herzzerreißenden Lied von Didrik über Didriks Liebe zu Olivia.

Ammu hatte dieses Lied viele Male im Gefängnis gesungen, jeden Tag mindestens einmal. Die Intensität des Songs umfasste ihren Körper und ihre Seele, Emotionen und Gefühle sowie Liebe und Zuneigung. Das Singen dieses Liedes war ein spektakulärer Ausdruck des Geistes, und obwohl es Schmerzen verursachte, sorgte es auch für Erleichterung. Es war überraschend, dass das Leiden an sich Ammu zur Zufriedenheit führte. Ohne Schmerzen hätte sie nicht überlebt, und manchmal lud Ammu Schmerzen ein und erlebte ihre Erfahrung erneut. Der Schmerz gab ihr einen Schatten und schützte sie vor intensiveren Schmerzen. Es wurde zu einem Regenschirm, als sie schreckliche Schmerzen erlebte, die sie vor weiteren Schmerzen schützten. Es war in der Tat eine Lebensweise, ein Prozess, sich selbst zu entdecken, das innerste Selbst, ihre Gesamtheit, ihr Bewusstsein zu verstehen, und das war Ammu. Dann wurde Ammu eins mit der Natur und ihr Schmerz wurde Teil des Kosmos. Sie erlebte Erleichterung, da sie wusste, dass sie die Existenz der Gesamtheit der Realität teilte und dass sie dieses Wesen war. Ihr Schmerz verschwand für eine Weile.

Schmerz und Liebe waren Zwillinge. „Didrik, ich verstehe deine Liebe. Ich erlebe deine Qual. Ich bin deine Olivia, deine Suche, dein Zug nach Göteborg. Olivia, ich bin dein Didrik. Ich bin dein Zug nach Stockholm." Ammu konnte die Intensität der Liebe in den Augen von Elsa und Ebba sehen, als wären sie bei Didrik und suchten nach seiner Olivia. Sie waren seine Olivia und sie suchten nach Didrik. Sie reisten ständig von Göteborg nach Stockholm, auf der Suche nach ihrem Didrik, der Olivia verfolgte, und sie wollten seine Olivia werden.

Auch Alice war verliebt. Ihre Liebe war mystifizierend, magisch und postmodern. Alice wirkte einsam, obwohl ihr Mann und ihre Töchter bei ihr waren. Ihre Augen vermittelten ihre Einsamkeit. Ein Künstler ist immer verliebt, in jemanden verliebt.

Wenn dich jemand liebt, fühlst du dich einsam.

Wenn dich niemand liebt, fühlst du dich einsam.

Du hast dich nach mehr Liebe gesehnt, ohne zu wissen, dass Einsamkeit die Folge der Abwesenheit von Liebe war. Es gab eine Vorstellung von der Fülle der Liebe. Wenn es keine Liebe gab, gab es keine Einsamkeit, und wenn es keine Einsamkeit gab, gab es keine Abwesenheit von Liebe. Sie liebte ihren Mann, wollte aber über die Suche nach Einsamkeit hinausgehen. Alice war ewig auf der Suche nach ihrer Leidenschaft im Erkensee, dem See des Lebens. Ihr Geliebter könnte ein Tourist aus einem fernen Land gewesen sein oder ihr Nachbar, Klassenkamerad oder Maler, den sie irgendwo in Europa während der Ausstellungen ihrer Meisterwerke traf. Aber sie war verliebt, in intensive Liebe.

Prof. Johansson war in seine Frau, ein Konzept oder eine Idee verliebt, und sein Gesicht spiegelte seine ständige Suche wider. Aber er war einsam und verliebt in sich selbst. Er tanzte, weil er sich selbst liebte, und er tanzte mit seiner eigenen Einsamkeit. Als er mit Ammu tanzte, tanzte er mit sich selbst. Vielleicht hat er sich in Ammu gesehen. Er könnte in Ammu verliebt gewesen sein.

Ammu war verliebt. Ihre Liebe war tiefgründig, denn es gab ein Geheimnis und ein Märchen. Es hatte viele Schichten, tausend Beschichtungen und eine Million Glasuren. Jeden Tag konnte sie ein neues Furnier ihrer Liebe zu einer Person, Ravi Stefan, sehen, als hätte Ravi Tag für Tag unbekannte Dimensionen seiner Persönlichkeit offenbart. Es war für Ammu immer bedeutungsvoll und mystifizierend, und Ravi langweilte sie nie. Sie hatte nie das Gefühl, den Gipfel erreicht zu haben, ihn zu erleben, zu verstehen und zu kennen. Außerdem dachte Ammu nie, dass sie unerwünscht war, da Ravi ewig glücklich mit ihr war und sie ermutigte, seine liebe Ammu zu sein, die er am Flughafen Kopenhagen traf. Sie war in allen Tagen seines Lebens dieselbe Ammu. Lebendig und geheimnisvoll war sie eine Person, mit der er frei und ungehemmt sein konnte, und Ammu träumte sogar in ihren wachen Stunden von Ravi.

Sie war bei der großen, dunklen und gutaussehenden Ravi des Kopenhagener Flughafens. Sie schüttelten sich die Hände und lächelten; dann trug er sie in seinen Armen durch die Sicherheitskontrolle.

»Hallo, du trägst sie«, sagte der Offizier am Schalter.

„Ja, sie ist meine geliebte Seele, und ich liebe sie. Sie ist ich, und ich erlebe mich durch sie. Als ich sie sah, wurde mir klar, dass wir Freunde sein könnten. Wir sind von Anfang an befreundet", antwortete Ravi.

Der Beamte sah ihn eine Minute lang an. »Du sprichst wie Soren Kierkegaard«, sagte er, stempelte den Pass ab und gab ihn zurück. Unterwegs klatschten andere Passagiere.

„Ravi Stefan, ich liebe dich. Du bist mein Khalil Gibran«, sagte Ammu.

"Ich liebe dich auch, Ammu. Du bist meine Meera, und wir gehen zu unserem Vrindavan «, sagte Ravi.

Es war eine Freude, am Flughafen von Ravi in seinen Armen getragen zu werden; es war eine beruhigende Erfahrung, und Ammu vergaß alles andere. Nur, dass sie und ihr Ravi in dieser Welt waren; er trug sie immer noch im Aufzug und bis zum Flug. Mit ihm zusammen zu sein war wunderschön. Er war solide und majestätisch, und dann schlief Ammu in seinen Armen. Innerhalb des Flugzeugs standen alle auf und gaben ihnen stehende Ovationen.

"Es ist wunderbar, mit diesem Paar zusammen zu sein; sie sind verliebt", kommentierte ein Passagier.

„Liebe hat keine andere Erklärung. Es ist schlicht und einfach ", bemerkte ein anderer.

Ravi saß neben ihr und sang ein Lied aus dem Film *Chemmeen* von Ramu Kariat: „*Maanasa Maine Varoo, Madhuram Nulli Tharoo*". Es war ein Lied voller Liebe *und Zuneigung, aber auch von Sehnsucht* und verpassten Gelegenheiten.

Dann schlief Ammu bis fünf Uhr morgens. Janaki und Arun machten ihre Yoga-, Meditations- und Laufbandübungen. Sobald sie aufstand, übte Ammu ihr tägliches *Pranayama*, das sie im ersten Jahr im Gefängnis lernte und fünfundzwanzig Jahre lang täglich praktizierte.

Sie hatte lebhafte Erinnerungen an den ersten Tag im Gefängnis. Der alte Polizeiwagen hielt vor dem Haupttor an, und die Polizei hatte ihr die Hände mit einem Seil aus Kokosnussschalen gebunden. Einer der Polizistinnen auf ihrer linken Seite warf sie aus dem Van. Ammu fiel vor das Haupttor und schlug mit der Stirn auf den Zementboden. Als ihre Hände gefesselt waren, war es für Ammu schwierig, aufzustehen, und dieselbe Polizistin trat sie mit ihrem Schuh und befahl Ammu, aufzustehen. Viel jünger als ihr Begleiter half der andere Polizist Ammu aufzustehen und führte sie durch das Haupttor des Gefängnisses. Ihre Umhängetasche mit einigen Kleidungsstücken wurde gründlich überprüft und die Details wurden in ein Logbuch eingetragen. Eine

Offizierin durchsuchte ihre Leiche und brachte sie dann zum Gefängnisaufseher, dem höchsten Offizier dieser Institution. „Normalerweise schlagen wir den Sträfling bei der Ankunft mindestens eine Stunde lang. Das ist Medizin, die den Sträfling demütig und gehorsam macht, aber…«, brüllte der Superintendent. Ammu stand vor ihm, den Kopf gesenkt und still. In seinem geräumigen Zimmer sah der Superintendent winzig aus, und seine rückwärts gekämmten silbernen Haare erschienen wie weit entfernte dunkle Lichter auf der anderen Seite des Erkensees. Ammu spürte nichts Ungewöhnliches. Sie hatte all ihre Gefühle und Sensibilität für Recht und Böse verloren. Es war effektiver, den Sträfling mit zwei bis drei Kerkermeistern auf einmal zu schlagen. Es war eine Tradition der Briten. Sie waren hart und brutal und zeigten niemals Gnade gegenüber Kriminellen. Sie wussten, wie sie ihre Macht zeigen konnten.

Wieder herrschte ein langes Schweigen. Der Sträfling sollte nicht sprechen. Der Dialog des Superintendenten war in der Tat ein Monolog, und er blieb immer ein Monolog. Selbst der Gaoler, der Abteilungsleiter, sollte vor ihm nicht den Mund aufmachen. "Ja, Sir!" Das war die einzige Antwort, die von niedrigeren Offizieren geäußert werden sollte. "Ja, Sir!" Sagte Ammu. Sie kannte die Gefängnisregeln nie; die britische Tradition wurde in ihren vier Wänden immer noch akribisch befolgt. »Halt die Klappe. Du sollst nicht vor mir sprechen, da du ein Sträfling bist. Außerdem stehst du unter meiner Obhut. Ich entscheide, ob du sprichst oder nicht «, rief der Superintendent. Ammu fühlte nichts Falsches; sie hatte schlimmere Demütigungen, Schreie und Misshandlungen erlebt.

"Du bist ein lebenslanger Sträfling. Du wirst niemals aus diesem Gefängnis herauskommen ", sagte der Superintendent kategorisch und fügte hinzu:„Keine Bewährung, kein Erlass, keine Besucher, keine Briefe, die du erhalten kannst, und keine Briefe, die du senden kannst." Ammu stand still. Sie dachte an nichts. Außer Ravi und Tejas gab es nichts zu bedenken. Aber sie trug sie immer in sich, und es bestand keine Notwendigkeit, sie in Betracht zu ziehen.

"Du wirst hier sterben. Das ist dein Ende.«Die Worte des Superintendenten prägten ihr Schicksal endgültig. Er folgte den Anweisungen des Gerichts, aber er konnte das Leben eines Sträflings zur absoluten Hölle machen.

Ammu hatte keinen Ausgang.

Das Gericht hatte entschieden, dass sie bis zu ihrem Tod im Gefängnis bleiben würde. Die Gefängnisbehörden würden ihre Leiche unter den Teakholzbäumen auf dem Gefängnisgelände begraben. Sie hätte ein unmarkiertes Grab ohne Grabstein. Unkraut würde ihr Grab innerhalb eines

Monats bedecken, und die Teakholzbäume würden ihren zersetzten Körper saugen, und sie würde für immer zugrunde gehen. Die Teakholzbäume wuchsen schnell und robust, und Zimmerleute bauten glänzende Möbel aus ihren Stämmen.

"Wenn das das Ende ist. Lass es sein «, tröstete sich Ammu.

»Bringt sie zum Kerkermeister des Frauenflügels«, befahl der Superintendent den beiden weiblichen Wachen, und Ammu ging auf den Frauenflügel innerhalb des Gefängnisses zu, der ein massives Tor und hohe Mauern hatte.

Die Frauenabteilung war ein Mini-Gefängnis innerhalb des Gefängnisses. Männliche Offiziere oder Gefangene durften den Frauenflügel nicht betreten. "Das Gericht hat dir eine lebenslange Haftstrafe zugesprochen, und du wirst dein ganzes Leben hier sein. Nur wer schwere Straftaten wie Mord und Verbrechen gegen das Land begangen hat, wird lebenslang inhaftiert. In gewisser Weise ist das wie die Todesstrafe. Ja, es ist wie die Todesstrafe ", erklärte der Kerkermeister des Frauenflügels. Ammu stand vor ihr wie eine Statue.

»Gib ihr das übliche Bad«, befahl der Gaoler, und die Wachen brachten Ammu in die Ecke des Frauenflügels. Eine kleine Gruppe von Sträflingsfrauen, die verschiedene Arten von Arbeit ausüben. Einige waren Reinigungsutensilien, einige fegten den Schlafsaal, in dem sie schliefen, und andere beschäftigten sich mit Nähen und Schneidern. Ein paar Sträflinge trugen Wassereimer in die Küche. Alle waren verlobt."

Ein großer Wasserhahn stand auf einer zementierten Plattform im offenen Innenhof. "Klettere über die Plattform", befahl einer der Wachen. »Zieh dich aus!«, rief der zweite Wächter. Ammu zögerte. Es war schrecklich, in der Öffentlichkeit Kleidung zu entfernen und allen ihre Nacktheit zu zeigen. »Zieh dich aus!«, schrie die Wache noch einmal. Ammu zog widerwillig ihre Kleider aus.

Ammu war von Kopf bis Fuß nackt, und sie stand still.

»Ich bin die Frau«, flüsterte sie. "Das wahre Ich. Sieh dir die Frau an."

Ammu war nackt wie Jesus Christus vor seiner Kreuzigung.

Die Wache befestigte einen Schlauch am Wasserhahn und öffnete ihn. Wasser strömte so heftig hindurch, dass Ammu auf die Plattform fiel. »Steh auf!«, schrie die Wache, aber es gab nichts, woran sie sich festhalten konnte. Ammu stand auf und versuchte stillzustehen.

"Reinige deine Haare, reinige deine Brüste, reinige deine Achselhöhlen und reinige deine Vagina", brüllte die Wache. Ammu zögerte.

»Reinige deine Vagina!«, rief der zweite Wächter und zielte mit *der* Lathe, also dem Schlagstock, auf Ammu.

Ammu reinigte ihren ganzen Körper wiederholt. "Jetzt runter von der Plattform", sagte die Wache und Ammu kletterte hinunter. "Nimm drei Runden um den Frauenflügel. Gehe zum Tor und komme dreimal zurück «, brüllte die Wache.

Jede weibliche Verurteilte musste ihren nackten Körper anderen weiblichen Gefangenen zeigen, was der Brauch war. Es war eine Tradition, die von den Briten weitergegeben wurde. Es tötete die Neugier eines anderen Gefangenen und zerstörte die Hemmungen des neuen Sträflings.

"Lauf so schnell du kannst!" Ammu begann zu laufen.

Das Frauenflügeltor war mindestens hundert Meter von den Badeplattformen entfernt. Ammu musste drei Runden laufen, die insgesamt sechshundert Meter lang waren. Sie rannte so schnell sie konnte. Wasser tropfte aus ihren Haaren in ihre Augen und machte es schwer zu sehen. "Lauf schneller!!!", kreischte die Wache, als sie die zweite Runde nahm, und einer von ihnen rannte ihr mit ihrem Schlagstock hinterher. Ammu rannte schneller und wusste nie, wann die Rute auf ihre Schultern fallen würde. Als sie ihre dritte Runde beendete, war sie auf dem Boden zusammengebrochen und ihr Körper war mit Erde bedeckt. »Klettere über die Plattform!«, schrie die Wache erneut, und es war etwas unangenehm für Ammu, aufzustehen. Sie kroch über die Plattform. »Steh gerade auf«, befahl die Wache und öffnete den Wasserhahn. Nach dem Bad warf die Wache ein Baumwolltuch nach ihr, und Ammu versuchte, ihr Haar und ihren Körper zu trocknen. "Jetzt geh von der Plattform runter und betritt den Schlafsaal, während du zur Kaserne marschierst", wies die Wache an.

Ammu betrat den Schlafsaal nackt. Es war ein riesiger Saal, in dem mindestens hundert Menschen schlafen konnten. In den äußersten Ecken des Raumes befanden sich zwei Wasserklosetts, und die Menschen schliefen auf dem Boden über ihren Matten. Ammu erhielt zwei Sätze Saris, zwei Bettlaken, ein Baumwolllaken, um ihren Körper zu bedecken, während sie schlief, zwei Handtücher und einen Teppich, die alle im Gefängnis hergestellt wurden. Im Schlafsaal verbrachte Ammu den Rest ihres Lebens. "Trage deine Kleidung und melde dich beim Gaoler", befahl die Wache. Ammu befolgte und stand vor dem Kerkermeister, während sie mit ihrem Logbuch beschäftigt war. "Du bist jetzt der neununddreißigste Sträfling hier. Ich brauche dir nicht zu sagen, was die Regeln hier sind. Aber gehorche ihnen, und das ist gut für dich. Es scheint, dass du eine gebildete Person bist ", sagte die Gaolerin, während sie ihre Zahnpasta aus Kräutern, einem Stück Seife, einem Plastikkamm und einem Nagelschneider übergab, alles im Gefängnis hergestellte Produkte. »Jetzt kannst du gehen«, befahl der Gaoler.

Es war Mittag und Mittagszeit. Ammu schnappte sich eine Stahlplatte, einen Stahlbecher und eine Stahlschale. Das Essen bestand aus dampfendem Reis, Linsencurry, einem Stück Makrele und gebackenem Maniok. Eine kleine Gruppe von Sträflingen servierte das Essen. Obwohl das Essen warm und lecker war, fand Ammu das Essen schwierig, da sie sich an die Menschen und die neue Situation anpassen musste.

In der Halle herrschte Stille, als die Sträflinge in der Schlafsälecke zu Mittag aßen, und niemand sprach beim Essen. Ammu versuchte langsam zu essen, war aber nicht in der Lage, dies zu tun. Trotz ihres Hungers konnte sie nur eine Handvoll Reis konsumieren, bevor sie aufhörte. "Versuchen Sie Ihr Bestes. Iss mehr. Verschwende dein Essen nicht ", kam ein Sträfling, der Essen serviert hatte, auf sie zu und murmelte. Die Frau schien ungefähr im Alter von Ammu zu sein - ungefähr fünfunddreißig. Obwohl sie viele Jahre in diesem Gefängnis verbracht haben könnte, würde sie schließlich freigelassen werden. Ammu hingegen würde dort für immer bleiben, bis sie starb und auf dem Gefängnisgelände in der Nähe eines Teakholzbaums begraben wurde, der schnell, hoch und mächtig wachsen würde.

Nach dem Schneiden schufen die Zimmerleute glänzende Möbel, Tische und Stühle, Sofas und Schränke, Regale und Almirahs.

"Niemand wirft hier Lebensmittel weg, und es gibt keinen Mülleimer für verschwendetes Essen. Iss es ", sagte ein anderer Sträfling leise. "Was soll ich tun?" Fragte Ammu, da noch so viel Essen auf ihrem Teller lag. "Behalte es in diesem Handtuch und mache es zu einem Bündel. Ich werde es in die Toilette werfen «, sagte sie, und Ammu fühlte sich erleichtert. Sie spürte Empathie in ihren Worten.

Ammu goss das Essen in ein Handtuch, machte ein Bündel und reichte es dem Sträfling. Dann brachte sie den Teller und den Becher zum Waschplatz in der Ecke des Schlafsaals. Um sie herum war eine kleine Menschenmenge. »Wie heißt du?" "Ammu." "Woher kommst du?" "Kochi." "Oh, Kochi?" "Ja." "Was hast du getan?" "Jemanden getötet." "Wen?" "Einen Priester." "Oh, ein Priester?" "Ja." "Ein hinduistischer Priester?" "Nein, ein christlicher Priester. Ein Katholik." „ Ihn erstochen?" "Nein. Schlag ihn mit einem Kruzifix." "Mit einem Kruzifix?" "Ja." "Wie kann man jemanden mit einem Kruzifix töten?" "Es war ein Stahlkruzifix, etwa eineinhalb Meter lang, und ich schlug ihn mit einem seiner Arme, und es ging in seinen Kopf." "Tief drinnen?" "Ja, sein Gehirn wurde geschädigt." " Sofort gestorben?" "Sofort." " Zwanzig Jahre Bestrafung?" "Nein, fürs Leben." "Oh, fürs Leben?" Ammu hatte nichts zu verbergen. Sie hatte die gleiche Antwort einem Polizisten und dem Richter hundertmal wiederholt. Es hatte seine Bedeutung für sie verloren. Ammu teilte nie die Gründe für ihr Handeln mit - warum sie einen katholischen Priester tötete, indem sie mit einem Stahlkreuz auf seinen Kopf schlug. Sie wollte das Gelände mit niemandem teilen. Dieser Grund blieb in ihr wie ein verlorenes Flugzeug irgendwo in den Tiefen eines Ozeans. Es würde mit ihr sterben und für immer unter dem Teakholzwald des Gefängnisses verborgen bleiben.

Nach dem Mittagessen putzten sie den Schlafsaal und die Küche, in der das Essen serviert wurde. Die Regierung hatte angeordnet, dass das Gefängnisgelände makellos gehalten werden sollte, und die Gefängnisbeamten waren sehr spezifisch. Nach der Reinigung konnten diejenigen, die sich ausruhen wollten, eine halbe Stunde lang eine Siesta machen. Die Kompetenzentwicklungsprogramme umfassten Nähen, Nähen und Schneiderei. Die männlichen Häftlinge hatten verschiedene Ausbildungsprogramme, darunter Tischlerei, Weberei, Schneiderei, Autoreparatur, Tierhaltung, Geflügelzucht und Landwirtschaft. Es gab etwa eintausend männliche Häftlinge und etwa siebenhundert verurteilte Gefangene; der Rest waren Untergrundprozesse und politische Gefangene. Die Verurteilten hatten getrennte Kasernen, die als Flügel bezeichnet wurden, und durften sich nie mit den Unterprozessen oder politischen Gefangenen vermischen. Die Sträflinge mussten eine Fähigkeit erlernen, um ihren Lebensunterhalt zu verdienen, als sie das Gefängnis nach der Haft verließen. Anstatt eine Institution für Bestrafung, Abschreckung und Rache zu sein, wurde das Gefängnis zu einer Institution für Korrektur und Rehabilitation. Körperliche Strafen wurden den Gefangenen jedoch immer noch ab und zu zugefügt.

Es kam häufig vor, dass ein Sträfling bei der Ankunft geschlagen und geschlagen wurde; die meisten Gefängnisse und Gefängnisbeamten glaubten an eine solche Behandlung. Für sie war es eine Einweihung in das Gefängnissystem, die erforderlich war, um Disziplin in den Köpfen der Insassen zu schaffen. Die zelluläre Inhaftierung war keine Seltenheit und dauerte manchmal viele Monate. Es gab weiterhin Gewalt in Gefängnissen, die manchmal zu schweren Übergriffen und Morden führte. Das Gefängnis war eine totale Institution, und alle Bedürfnisse der Sträflinge wurden innerhalb der Gefängnismauern erfüllt. Ein Sträfling hatte keinen Grund, auszugehen, außer für eine fachärztliche Behandlung.

Die Sträflinge produzierten fast alles im Gefängnis, einschließlich Getreide, Gemüse, Milch, Eier, Fleisch, Kleidung, Bettwäsche und Teppiche. Dieses besondere Gefängnis verdiente beträchtliches Geld mit solchen Produkten und erhielt eine nominale Vergütung.

Ammu wurde vom Gaoler gebeten, sich der Schneiderabteilung der Frauenabteilung anzuschließen. In diesem Abschnitt befanden sich etwa fünfzehn Verurteilte.

Die Trainingsprogramme endeten um fünf Uhr abends, und die Insassen hatten eine Stunde Erholung, Sport und Spiele. Eine Gruppe spielte das Wurfballspiel, während eine andere Tennikoit spielte. Andere saßen in kleinen Gruppen und diskutierten über ihre Familien, Freunde, die Ehen und Pläne ihrer Töchter. Ammu schloss sich dem Wurfballspiel an, und etwa sechsundzwanzig Menschen teilten sich in zwei Gruppen auf. Der Hof wurde mit weißer Kreide halbiert und Grenzen markiert. Die Gefangenen selbst erfanden das Wurfballspiel. Alle Teammitglieder nahmen Positionen auf ihren jeweiligen Plätzen ein, und ein Gummiball, mehr oder weniger die Form und Größe eines Tennisballs, wurde auf jedes gegnerische Teammitglied geworfen. Wenn der Ball einen Spieler traf und zu Boden fiel, warf die Gruppe den Ball und verdiente einen Punkt. Wenn der Ball von jemandem im gegnerischen Team geworfen und gefangen wurde, erhielt er einen Punkt. Sie könnten den Ball einmal zurückwerfen oder an ein beliebiges Teammitglied weitergeben. Die Gruppe, die die ersten dreißig Punkte erreichte, gewann das Spiel. Es gab viel Laufen und die Spieler haben gute Übungen gemacht.

Unmittelbar nach den Spielen war es Zeit zum Baden, und das Küchenteam bereitete das Abendessen zu. Ein Küchenteam bestand in der Regel aus sieben bis acht Personen, die Frühstück, Mittag- und Abendessen zubereiteten und sie anderen servierten. Oft blieb ein Küchenteam für fünfzehn Tage, und ein neues Team übernahm die nächsten fünfzehn Tage. Das Abendessen, das um halb sieben Uhr abends serviert wurde, bestand aus Roti, Dal, einem Gemüse und einem Stück Huhn oder Hammelfleisch. Als Ammu hungrig war, aß sie das Essen und bemerkte, dass jeder ausreichend zu essen hatte. Nach dem Abendessen sahen die Gefangenen fünfundvierzig Minuten lang Fernsehen, Nachrichten und Unterhaltung, bevor sie sich schlafen legten. Sie schliefen auf dem Boden auf ihren Matten, ohne Kissen. Es war Ammus erste Nacht im Gefängnis, und es war schwierig, sich an die neue Situation und die Menschen anzupassen. Das Schlafen ohne Kissen war unangenehm, und Ammu blieb lange wach und hörte dem lauten Schnarchen und anderen Geräuschen wie dem Reinigen von Küchenutensilien aus Messing und Aluminium mit Asche und Kokosnussschale zu.

Ammu blieb bis zu ihrem Tod im Gefängnis, schlief auf einer Matte ohne Kissen und hörte lautes Schnarchen, bis sie starb.

Neue Gefangene würden kommen und neue Spiele erfunden werden, aber sie würde Jahr für Jahr am selben Ort schlafen. Nach ihrem Tod trugen unbekannte Gefangene ihren Körper zur Gefängnismauer. Die Leiche würde Grabgräbern übergeben, um im Teakholzwald begraben zu werden. Die Bäume würden hoch, stark und mächtig werden.

Ammu schlief wie ein Kind, bis sie um fünf Uhr den Weckalarm hörte. Es begann ein neuer Tag im Gefängnis, der zweite Tag ihrer lebenslangen Haft. Jeden Tag brachte es sie ihrem Begräbnis zwischen den Teakholzbäumen näher.

Nach dem Frühstück beschäftigten sich alle mit der ihnen zugewiesenen Arbeit. Stille drang in das Herz ein, als Ammu sich an ihren bettlägerigen Ehemann Ravi und ihren Säugling Tejas erinnerte. Sie konnte an nichts anderes denken. Sie umhüllten sie und beherrschten ihre Gedanken und Handlungen. "Was würde mit ihnen passieren?" Eine Angst drückte ihre Seele.

Ihre Schneiderarbeit wurde mechanisch, und als der Schrei der Sirene die Stille zerstörte, sprang Ammu aus Angst von ihrem Sitz. Nach dem Mittagessen hatte sie eine Siesta für einige Zeit. Dann wieder die Kompetenzentwicklung. Dann gab es den Erkensee und das von Alice geschenkte Gemälde *Das verliebte Paar im Erkensee*. Ammu war immer in Ravi, ihre Geliebte, verliebt. Niemand auf der Welt hätte mit so tiefer Leidenschaft lieben können. Romeo und Julia wären vor Ammu und Ravi verblasst. Didrik und seine liebe Olivia lagen auf dem zweiten Platz.

Gab es eine Liebe, die intensiver war als die Liebe zwischen Ammu und Ravi?

Nein, gab es nicht.

Die größte Liebe der Welt war die von Ammu und Ravi.

Dann sang sie das Didrik-Lied, das sanfte, qualvolle, immerwährende, herzzerreißende Lied in ihrem Kopf.

Der Abend näherte sich, und Ammu ging zum Hof, um Wurfball zu spielen. Sie sah eine gut gebaute, dicke Frau zu sich kommen. Sie zwinkerte Ammu zu. »Du siehst jung und schön aus«, kommentierte die Frau. Ammu war überrascht und dachte: "Ich bin schon fünfunddreißig, und sie könnte fünfundzwanzig sein." "Du hast einen guten Körperbau. Spielen ist gut für den Körper", fuhr die Frau fort. Ammu sah sie an und ihre Augen brannten. Sie dachte: „Da ist etwas Unheimliches. Ich muss vorsichtig sein." "Ich mag es, deine Freundin zu sein, immer deine Freundin ", begann die Frau ein Gespräch. Ammu sagte nichts und ging weiter. „Ich bin Kanakam. Ich kenne deinen Namen. Du bist Ammu. Du bist schon mein lieber Freund.« Es lag etwas Schwere in Ammus Kehle. »Treffen wir uns wieder«, sagte die Frau, als sie wegging. Wieder einmal startete das Wurfspiel mit neuen Teammitgliedern. Da kein Team konstant war, gab es keine Rivalität, Eifersucht oder Feindschaft zwischen den Seiten, da permanente Einheiten möglicherweise zu Konflikten zwischen den Verurteilten geführt hätten. Ammu spielte gut und rannte über den ganzen Platz, und sie fühlte, dass das Spiel belebend und gesund war.

Ammu mochte das öffentliche Bad nicht, in dem fünf bis sechs Personen zusammen duschten. Es war demütigend, unmenschlich und unwürdig. Aber im Gefängnis konnte nicht alles deinen Überzeugungen, Werten und Bedürfnissen entsprechen. Befolge die Regeln, wenn sie dich nicht zutiefst verletzen, dich daran hindern, ein Mensch zu werden, oder deine Menschenwürde ganz und gar zerstören. Während sie ein Bad nahm, war Kanakam neben Ammu, und Ammu war entsetzt, als sie ihren Körper beobachtete. Kanakam war mehr oder weniger nackt. Sie war Exhibitionistin, aber sie hat auch bei Ammu gebrüllt.

Nach dem Abendessen war es Zeit für Erholung, und viele sahen eine halbe Stunde fern. Dann war da noch die Sirene für den Ruhestand. Ammu breitete ihre Matte auf dem Boden aus und fand es schwierig, ohne Kissen zu schlafen. Sie bedeckte ihren Körper und ruhte sich aus. Gegen Mitternacht spürte Ammu eine Schwere auf ihrem Körper, wie einen Stein auf ihrer Brust, und sie hatte Atembeschwerden. Jemand war über sie hinweg und drückte auf ihre Intimpartien. Ammu versuchte, sie wegzuschieben.

„Mach keinen Lärm. Ich werde dir nicht wehtun, aber wenn du weinst, werde ich dir den Kopf zerschmettern ", sagte Kanakam, als sie sie zerquetschte.

Ammus Genitalien schmerzten, als Kanakam sie mit einer Hand drückte und versuchte, an ihrer Brust zu saugen.

Ammu schlug mit aller Kraft mit den Knien auf Kanakams Bauch und ließ sie schreien. Dann stieß und schleuderte sie heftig einen Felsbrocken. Nach zwei Minuten spürte Ammu, dass Kanakam im Dunkeln wegging. Im Schlafsaal herrschte völlige Stille. Viele mögen Kanakam schreien gehört haben, aber sie entschieden sich, still zu bleiben. Ihnen fehlte der Mut, so zu reagieren, als wäre es ein alltägliches Ereignis für Kanakam.

Ammu konnte den Rest der Nacht nicht schlafen. Ihr Körper schmerzte und ihr Geist brannte. Nach einer Woche betraten zwei Wärterinnen und der Gaoler den Schlafsaal. »Ruf alle an«, befahl der Gefängniswärter. Die Wachen riefen alle Sträflinge und standen schweigend vor dem Kerkermeister. »Kanakam!«, rief der Kerkermeister mit lauter Stimme den Namen eines Sträflings. Kanakam kam und stand vor dem Kerkermeister. Eine der Wachen band ihre Hände mit einem Seil von hinten. Die andere Wache hatte einen Schlagstock in der Hand. »Schlage sie«, befahl der Offizier. Mit der Stange fing die Wache an, Kanakams Gesäß zu schlagen. "Schlage sie auf den Rücken", rief der Gaoler. Das Geräusch des schweren Schlags erschütterte die Stille, aber Kanakam blieb stehen, als wäre nichts geschehen. Die andere Wache zählte die Schläge auf. "Zehn", zählte sie. »Noch vier«, sagte der Kerkermeister. »Insgesamt fünfzehn, Madame«, sagte die Wache. "Gib immer einen weniger, damit es keine Kontroverse gibt", sagte der Kerkermeister. Nach zwei Nächten spürte Ammu, wie sich jemand bewegte. Kanakam war auf der Jagd.

Ammu hatte bereits sechs Monate und einen Tag im Gefängnis verbracht, als der Kerkermeister des Frauenflügels sie aufforderte. Sie betrat die Hütte des Gefängniswärters mit zwei Wachen, die aufmerksam standen. "Es scheint, dass du ein gebildeter Mensch bist", bemerkte der Kerkermeister. Ammu sah sie an und sagte nichts, da sie wusste, dass sie kein Recht hatte zu sprechen. „Es gibt drei Analphabetenfrauen. Du bringst ihnen Lesen, Schreiben und Rechnen bei. Ab morgen «, wies der Gaoler an. Ammu schwieg. „Die Unterrichtszeit ist von drei bis fünf Uhr nachmittags. Im Schreinereibereich des Gefängnisses wird eine Tafel gebaut. Sie erhalten das Brett und die Kreiden bis morgen früh. Ich habe die Lernenden gebeten, die Tafeln in meinem Büro abzuholen ", erklärte der Beamte. Ammu hörte aufmerksam zu. "Unterrichte sie gut, damit sie innerhalb eines Jahres lesen und schreiben können. Es ist ein Befehl der Regierung. Es gibt ein Programm, um Kerala innerhalb eines Jahres vollständig zu bilden, und wenn das Ziel erreicht ist, wird es ein großer Erfolg sein. Unserer wird der erste Staat in Indien sein, der vollständig alphabetisiert ist ", fuhr der Kerkermeister fort. Ammu nickte und deutete an, dass sie alles verstand, was der Offizier gesagt hatte. „Deine Arbeit fängt morgen an. Du kannst jetzt gehen «, sagte der Kerkermeister.

Es gab eine Veränderung, eine Anerkennung. Während der Mittagspause am nächsten Tag bemerkte Ammu eine neu gebaute Tafel in der Ecke des Schlafsaals. Nach der Siesta war sie vorbereitet und ihre drei Schüler kamen mit ihren Schieferplatten an.

„Ich bin Ammu", stellte sie sich den Lernenden vor.

»Wir kennen deinen Namen«, sagten sie unisono.

"Ich kenne euch alle. Du bist Suhra, du bist Nabeesa und du bist Rekha ", sagte Ammu. Sie lächelten alle. „Wir sind hier, um Lesen, Schreiben und Rechnen zu lernen. Wir haben Unterricht an sechs Tagen in der Woche von drei bis fünf Uhr nachmittags. In der ersten Stunde lernen wir eine Stunde lang Schreiben, Rechnen und Lesen ", erklärte Ammu. Auf dem Boden sitzend lächelten die Lernenden wieder. Ammu stand in der Nähe der Tafel, nahm die Kreide und begann, das erste Alphabet in Malayalam zu schreiben. Später sprach sie den Buchstaben „Aa" aus, und die Lernenden wiederholten ihn. Dann setzte sie sich zu den Lernenden, schrieb den gleichen Brief mit einem Schieferstift auf ihre Tafeln und sprach ihn als "Aa" aus, ihre Schüler wiederholten dasselbe. Sie hielt Suhras Daumen, Zeigefinger und Mittelfinger, half ihr, den Schieferstift zwischen ihren Fingern zu halten, und veranlasste sie, "Aa" zu schreiben. Sie wiederholte die Übung fünfmal und bat Suhra, den Brief ohne Ammus Hilfe zu schreiben. Dann schrieb Suhra langsam, aber stetig das Alphabet, und sie freute sich und lächelte. Dann las Suhra es laut vor: "Aa." Ammu wiederholte die gleiche Übung mit Nabeesa und Rekha, und auch sie konnten den Brief nach der Einweihung durch Ammu unabhängig schreiben. Dann lasen sie alle „Aa" vor, meldeten immer wieder denselben Brief und füllten den Schiefer. Sie betrachteten ihre Tafel mit Staunen, freuten sich über ihre Leistung und lachten, und Ammu strahlte. Sie lächelte zum ersten Mal seit vielen Jahren.

"Lernen macht Spaß, aber es gibt dir auch Kraft, Stärke und Hoffnung", sagte Ammu. „Wenn du lernst, kannst du auf eigenen Beinen stehen und für deine Rechte kämpfen." Die Lernenden sahen sie an, als wären sie von einem Zauberer fasziniert. »Lerne mit mir - Lesen, Schreiben und Rechnen«, wiederholte Ammu.

Dann schrieb Ammu ein weiteres Alphabet mit weißer Kreide an die Tafel und sprach es „Aaa" aus. Ihre Lernenden wiederholten es, als ob ihnen der Buchstabe und seine Aussprache gefielen. Ammu saß wieder bei ihnen und half jedem, das gleiche Alphabet viele Male zu schreiben und "Aaa" auszusprechen. Es schien, als hätten sie die Übung genossen. Ammu gab ihnen ein Beispiel für den Buchstaben "Aaa", indem sie zwei Buchstaben auf Malayalam schrieb, wie "Aaa" und "Na", und dann sprach sie sie zusammen als "Aaana" aus, und ihre Lernenden wiederholten dasselbe und lachten laut, weil die Bedeutung des Wortes "Aaana" "Elefant" war. Es war eine herausragende Leistung für die Lernenden, zu wissen, wie man "Aaana" schreibt, was "Elefant" bedeutet. Es war, als hätten sie einen Elefanten gefangen, und er war in ihrer Obhut, und sie waren die Besitzer des Elefanten. Sie konnten ein so massives Tier in zwei Buchstaben enthalten, was ihr Bewusstsein bereicherte. Sie verstanden jetzt die Bedeutung von

Ammus Worten: "Wissen ist Macht." Unerwartet erwarben sie eine magische Kraft, und der Elefant war in ihrem Besitz. »Aaana«, schrieben sie alle immer wieder und lasen es laut vor.

Die Lernenden waren begeistert von ihrem neuen Wissen, ihrer neuen Kraft.

Dann wollte Ammu das Wissen der Lernenden testen. "Sag mir ein Wort, das mit 'Aa' beginnt?" Fragte Ammu. »Apfel«, sagte Nabeesa. »Gut!« Ammu gratulierte dem Lernenden. »Noch ein Wort?«, fragte sie erneut. »Ara«, antwortete Rekha sofort. »Gut. Das Wort „Ara" bedeutet Lagerplatz ", gratulierte Ammu dem Lernenden noch einmal und erklärte seine Bedeutung. "Sag mir ein Wort mit 'Aaa'", fragte Ammu. Sie dachten eine Weile nach, und dann antwortete Suhra: "Aaama." "Gut, 'Aaama', was Schildkröte bedeutet", sagte Ammu. "Ein anderes Wort mit 'Aa' ist 'Ari', was Reis bedeutet", fügte Ammu hinzu. "Noch ein anderes Wort ist 'Ala', was Wellen bedeutet, und 'Aaala', was einen Schuppen bedeutet."

Alle lachten. „Die Welt hat einen Sinn, und alles, was wir in dieser Welt sehen, hat einen Namen. Sie können sie erfassen, indem Sie sie im Alphabet aufschreiben. Sie haben Klänge, Farben, Geschmäcker und Individualität. Sie existieren bei Menschen, und wir geben ihnen einen Sinn, wie wir es vorziehen. Es ist schön, in dieser Welt zu sein; alles zu beobachten und mit ihr zusammen zu sein, ist schön. Der Mensch verleiht allem Individualität und Sinn ", sagte Ammu. Für die Lernenden wurde das Lernen unterhaltsam, einfach und kraftvoll. Und sie hatten einen gleichberechtigten Anteil am Lehr-Lern-Prozess, da es sich um eine partizipative Anstrengung handelte.

Nach dieser Übung begannen sie, Arithmetik zu lernen, und Ammu schrieb die Ziffern 0 bis 9 an die Tafel und bat sie, sie auf ihre Tafel zu kopieren. Das Kopieren der Ziffern war für sie im Vergleich zum Alphabet eine einfache Aufgabe. "Fertig", antworteten sie. „Sieh dir jetzt die Zahl 0 an. Als unabhängige Zahl hat 0 keinen Wert, aber sie wird zur wertvollsten und mächtigsten Zahl, wenn Sie sie vor oder nach einer anderen Zahl schreiben. Siehe Ziffer 1. Wenn wir eine 0 nach 1 addieren, wird daraus 10. Sie haben bemerkt, dass der Wert von 1 bis zum 10-fachen steigt. Das ist die Potenz von 0. Die alten indischen Mathematiker entdeckten die Zahl 0. Später lernten die Araber es von Indien und lehrten es den Europäern, und die Europäer staunten über den Einfallsreichtum, die Einsicht, die unendliche Weisheit und das Wissen der Indianer. Das ist also die Potenz von 0. Das ist die Macht des Wissens, und wenn du es weißt, kann dich niemand anketten, besiegen oder überwältigen, und niemand kann dir deine Rechte und Freiheit nehmen. Auch wenn Sie in Eisen gesteckt werden, bleibt Ihr Geist wachsam und frei, wenn Sie lesen und schreiben können. Man schafft also Wissen ", erklärte Ammu.

Die Lernenden waren erstaunt über die Leichtigkeit, mit der Ammu erklärte. Sie liebten es, wie sie sie unterrichtete und Bewusstsein schuf. Ammu öffnete sie für die Realität, die Fakten und wie man die Wahrheit durch Symbole versteht. Ammu half den Lernenden, sich an der Wissensbildung zu beteiligen und genoss die Rolle, die sie spielten. Sie erkannten, dass sie die Eigentümer des von ihnen geschaffenen Wissens waren, da Fachwissen kein gespeichertes, schlafendes Gut war, sondern ein dynamisches Phänomen, das für die menschliche Entwicklung und den Fortschritt genutzt wurde. Ammu gab ihnen am Ende der Sitzungen Hausaufgaben, schrieb auf die Schiefer Aa, Aaa, Ara, Apfel, Aaana, Aaama, Ala, Aaala und kopierte 0 bis 9 Mal. Die Lernenden freuten sich über die Hausaufgaben. Sie entdeckten, dass der Lernprozess für sie alle auch ein Prozess der Selbstfindung war und Menschen und Dinge integraler Bestandteil des Milieus waren, in das sie gehörten.

Am nächsten Nachmittag trafen sie sich alle mit viel Eifer zu lernen und zu teilen, da sie dachten, Lernen sei Teilen, und durch das Teilen wurden die Menschen durchsetzungsfähiger, bewusster und aktueller. Ammu schätzte ihre Hausaufgaben, da sie die Briefe und Wörter ordentlich und ordentlich geschrieben hatten. Sie lernten das Alphabet und seine Verwendung und Anwendung im Leben und bei alltäglichen Aktivitäten. Für sie hob Wissen, das untrennbar mit der Entwicklung von Fähigkeiten verbunden war, sie in einen anderen Lebensbereich, auf eine höhere Ebene des Tuns, und führte sie zum Fortschritt. An diesem Tag half Ammu ihnen, fünf weitere Alphabete und verschiedene Wörter zu lernen, beginnend mit ihren täglichen Anwendungen und Aktivitäten. Ammu erklärte auch, dass Alphabete nicht nur Symbole seien, sondern dynamisch und mit Klängen und Bedeutungen verflochten, die die Realität in präzisen Formen und Gestalten ausdrücken. Menschen prägten Wörter mit enormer Kraft, Richtung und Vitalität durch das Alphabet, was das Leben, Denken und die Orientierung der Menschen verändern könnte. Sie erklärte die Geschichte des Alphabets, des Schreibens, der Macht des geschriebenen Wortes, des Drucks, der Bücher, der Zeitungen, des Fernsehens und des digitalen Universums.

Ammu richtete sie darauf aus, einfache Addition und Subtraktion zu lernen, und die Lernenden erhoben sich zu einer neuen Existenz, Bedeutung und Hoffnung. Sie klärte die Bedeutung der Zahlen in ihrem Leben und die Unendlichkeit, die in ihnen zu finden ist. Die Lernenden staunten über die neuen Wissensdimensionen, die sie erlangten. Später erklärte Ammu die Bedeutung von Geld, wie man Bargeld berechnet und welche Rolle es in der

Gesellschaft spielt. Das Lehr-Lern-Meeting an diesem Tag war für die Lernenden aufregend, und Ammu gab ihnen einige Hausaufgaben, die sie basierend auf dem Lernen des Tages erledigen mussten. Die Lernenden waren begierig darauf, es zu beenden, und fühlten sich durch ihr neu gewonnenes Wissen gestärkt. Innerhalb von drei Wochen lernten sie das Alphabet, die Konsonanten und fünf Wörter, beginnend mit jedem Buchstaben, und ihre Anwendbarkeit in realen Situationen. Sie verstanden, wie Buchstaben und Wörter ihr Verständnis der Welt und ihres Fortschritts verändern konnten. Die Lernenden erkannten, dass das Lernen ihnen half, vollständig menschlich zu werden. Sie spielten gerne mit Subtraktion und Multiplikation und lachten laut, als Ammu ihnen Beispiele von ihrem täglichen Gemüseeinkauf und dem Kochen in ihrer Küche gab. Es war in der Tat eine gelebte Erfahrung für sie.

Nach zwei Monaten begannen die Lernenden, Märchenbücher zu lesen und Briefe an ihre Lieben zu Hause zu schreiben. Sie lasen gerne die *Panchatantra-Geschichten*, weil sie das Leben der Menschen widerspiegelten und tiefgreifende Lektionen zum Lernen und Üben hatten. Diese Geschichten sprachen über den Wert der Arbeit, den Wert des menschlichen Lebens, die Bedeutung von Freiheit, Gerechtigkeit, Liebe, Ehrlichkeit, Pflichten und Verantwortlichkeiten. Der Lernprozess veränderte ihre Sichtweisen, ihre Lebensvision, ihre Beziehungen zu anderen, ihren Selbstwert und ihren Sinn für Hoffnung erheblich. Der Gefängniswärter erkundigte sich nach dem Fortschritt der Alphabetisierungsmission. Ammu berichtete kurz über die Leistungen der Lernenden innerhalb eines Jahres. Sie erwähnte, dass die Lernenden Zeitungen lesen und Briefe an ihre Häuser schreiben könnten. Die Gefängniswärterin war erfreut, den Bericht zu lesen, der prägnant und sachlich war, und sie schickte ihn zur Information an den Gefängnisaufseher. Der Superintendent leitete es an den Generaldirektor der Gefängnisse weiter, die höchste Justiz- und Ordnungsbehörde des Staates. Am Alphabetisierungs-Missionstag im Gefängnis wurde eine kleine Funktion organisiert, die farbenfroh war. Alle Sträflinge versammelten sich im Schlafsaal, der als Halle für solche Zwecke genutzt wurde. Der Gerichtsdiener erläuterte die Ziele der Alphabetisierungsmission in Kerala - damit Kerala vollständig alphabetisiert ist. Als Teil hatte sich der Frauenflügel des Gefängnisses an dieser Übung beteiligt und dieses Ziel innerhalb eines Jahres erreicht. Sie las die Namen von Sulira, Nabeesa und Rekha vor, und sie lasen eine Passage aus dem *Panchatantra* und ihren Teilen gut vor.

Der Gefängnisaufseher war froh, ihre Leistung zu beobachten und gab jedem eine Bescheinigung mit ihrem Namen aufgedruckt. Als sie ihre Namen auf den erhaltenen Dokumenten sahen, lächelten sie. Am Ende sagte die

Gefängniswärterin, dass die Alphabetisierungsmission im Gefängnis ihr Ziel durch die harte Arbeit von Ammu erreicht habe, und sie las den Bericht, den Ammu ihr vorgelegt hatte. Der Gefängniswärter las dann die von Ammu verfasste Beschreibung, die in den von der Regierung veröffentlichten Jahresbericht der Gefängnisse in Kerala aufgenommen wurde. Der Kerkermeister klatschte, und alle Anwesenden im Saal applaudierten. Innerhalb eines Monats erklärte der Chief Minister Kerala zu einem vollwertigen Staat. Suhra, Nabeesa und Rekha lächelten, nachdem sie es gelesen hatten. "Wir sind es, die Kerala zu einem Prozent alphabetisierten Staat gemacht haben", kommentierten sie. Dann zeigten sie Ammu die Nachricht und lachten. Ammu gratulierte ihnen und sagte: "Rekha, Nabeesa, Suhra, ihr seid die Leute, die es möglich gemacht haben. Gottes eigenes Land ist stolz auf dich ", und Ammu konnte einen Funken in ihren „Augen "sehen.

Innerhalb einer Woche wurde Ammu wieder in die Hütte des Häftlings gerufen. „Die Mehrzahl der Sträflinge hier sind Schulabbrecher. Zweiundzwanzig konnten nicht über die vierte Klasse hinausgehen, und unter den anderen schieden elf vor der achten Klasse aus, und sieben konnten ihre zehnte Klasse nicht abschließen. Nur fünf haben sich immatrikuliert. Sie können allen, die die zehnte Klasse noch nicht abgeschlossen haben, helfen, die Prüfung zu schreiben ", sagte der Offizier. Es war eine Herkulesaufgabe und eine beträchtliche Verantwortung, die viele Jahre dauern konnte, um ihnen zu helfen, ihr Ziel zu erreichen. Alleine die Arbeit zu erledigen, war eine herausfordernde Aufgabe.

„Wir verstehen das Problem. Sie erhalten volle Unterstützung von allen, die das zehnte abgeschlossen haben. Plane entsprechend und beginne morgen mit der Arbeit ", sagte der Kerkermeister.

Ammu traf sich sofort mit allen, die die Immatrikulation abgeschlossen hatten: Theresa, Sujatha, Sunitha, Usha und Fatima. Mit ihrer Hilfe teilte sie die Sträflingsfrauen nach ihrem Bildungsstand in drei Gruppen ein: diejenigen, die bis zur vierten Klasse studiert hatten, von der fünften bis zur siebten und von der achten bis zur neunten Klasse. Ammu beauftragte Sujatha und Usha, sich um die erste Gruppe zu kümmern, Sunitha und Fatima um die zweite und Theresa um die dritte. Der Gaoler sammelte Notizbücher, Lehrbücher, Bleistifte, Stifte und andere notwendige Materialien, und zwei weitere Tafeln waren am folgenden Nachmittag fertig.

Der Unterricht begann um drei Uhr nachmittags, wie vom Gefängniswärter angeordnet. Es gab zweiundzwanzig Frauen in der ersten Gruppe, elf in der zweiten und fünf in der dritten. Diese Zahlen würden sich je nach Ankunft der neuen Sträflinge und der Freilassung der alten ändern. Ammu ging in allen Gruppen umher und sprach am ersten Tag mit allen Lernenden. Sie stellte ihre Lehrer der Gruppe vor. Fast alle Lernenden freuten sich, dass sie weiter lernen konnten. Suhra, Nabeesa und Fatima waren in der ersten Gruppe anwesend, und sie lächelten, als sie mit Ammu sprachen. Die Lehrer freuten sich auch, als Ammu jeden einzelnen der Klasse vorstellte.

Lesen, Schreiben und Rechnen waren die Hauptfächer in der ersten Gruppe; Sprachen, Mathematik, Sozialwissenschaften und Naturwissenschaften waren in der zweiten Gruppe wichtig, und Kommunikation, Sozialwissenschaften, Naturwissenschaften und Mathematik waren in der dritten Gruppe. Jeden Tag verbrachte Ammu etwa vierzig Minuten mit einer bestimmten Gruppe. Außerdem unterrichtete sie Englisch und Mathematik in der zweiten und dritten Gruppe. Das Vorlesen in der Klasse wurde in der ersten Gruppe bevorzugt, während in der zweiten Gruppe Schreibübungen gegeben wurden. In der dritten Gruppe halfen die Lehrer den Lernenden, selbstständig zu denken und Probleme zu lösen. Innerhalb von drei Monaten konnte Ammu Veränderungen in den Lernprozessen aller Gruppen feststellen. Der Unterricht in Naturwissenschaften und Mathematik für die zweite und dritte Gruppe war die größte Herausforderung. Die älteren Lernenden konnten nicht viel begreifen; sie blieben in der Gruppe, da es obligatorisch war, den Unterricht zu besuchen, obwohl die Lehrer sehr begierig darauf waren, jedem Lernenden zu helfen. Das schwerste Problem, das Ammu beobachtete, war die Einführung neuer Lernender. Am Ende des ersten Jahres wurden sieben Lernende dauerhaft aus dem Gefängnis entlassen und neun neue Lernende hinzugefügt.

Ammu konnte im ersten Jahr keine Lernenden auf die zehnte Klassenprüfung vorbereiten, aber Theresa und Ammu nahmen es als Herausforderung an. In der Mitte des zweiten Jahres wurde Theresa jedoch aus dem Gefängnis entlassen und hinterließ keinen Ersatz für sie. Zwei Frauen waren begierig darauf, die Immatrikulation zu schreiben, und Ammu versuchte, sie zu coachen. Beide füllten das Antragsformular aus und reichten es über die Gefängnisbehörden beim Prüfungsausschuss ein. Der Gefängniswärter gewährte ihnen mehr Studienzeit und befreite sie von anderen Arbeits- und Kompetenzentwicklungsprogrammen. Ammu war stundenlang bei ihnen und half, ihre Zweifel und Probleme zu lösen. Am Prüfungstag tätschelte sie ihnen die Schultern und wünschte ihnen viel Glück. Die Prüfung dauerte viele Tage, und Ammu und ihre Lernenden warteten sehnsüchtig auf das Ergebnis, das vierzig Tage später erklärt wurde. Dann gab es Feiern in der Frauenabteilung, als die Schülerinnen Maya und Anita das Schulfinale mit höheren Noten abschlossen. Obwohl es verboten war, Gefängnisinsassen zu umarmen, umarmten Maya und Anita Ammu, um ihre Dankbarkeit auszudrücken. Ammu übertrug Fatima die Verantwortung für die dritte Klasse, und Anita würde ihr helfen. Sunitha und Maya waren die Lehrer in zwei und Usha in einem.

An ihrer Tür klopfte es. »Guten Morgen, Professor Mayer.« Es war Janaki. »Guten Morgen, Janaki«, erwiderte Ammu herzlich. "Hast du gut geschlafen?" Erkundigte sich Janaki. "Ja, in der Tat", antwortete Ammu. Nach dem Bettkaffee bereitete Ammu gemeinsam mit Arun und Janaki das Frühstück vor. Sie machten Sandwiches, Omeletts und gebackenen Blumenkohl mit Käse, Hafer und gedünsteten Bananen. „Übst du jeden Tag Yoga?" Fragte Ammu Arun. "Sicherlich ist Yoga ein integraler Bestandteil unserer täglichen Routine, und wir machen es für eine halbe Stunde. "Es gibt dem Körper Geschmeidigkeit, dem Geist Ruhe und die Erzeugung tugendhafter Gedanken, die zu gesunden Handlungen führen", sagte Arun. „Yoga ist aufrecht, wenn es darum geht, das Gleichgewicht im Leben zu erhalten. Du erlebst Gleichmut mit anderen Menschen und dem Rest des Universums ", fügte Janaki hinzu. „Ich praktiziere Yoga jeden Tag unmittelbar nach dem Aufstehen. Es gibt mir Hoffnung ", sagte Ammu. »Sie haben recht, Professor Mayer. Yoga belebt den Geist und erzeugt Energie. Diese spirituelle Energie ist rein säkular, jenseits jeder Religion oder jedes Gottes ", fügte Arun hinzu. „Yoga kanalisiert unser Denken zu einer positiven Lebenseinstellung. Eine Person, die Yoga praktiziert, kann andere nicht hassen, unterdrücken oder unterwerfen, da sie die Gleichheit aller Menschen respektiert ", sagte Janaki.

"Ich stimme dir zu, Janaki. Ein Mensch kann einen anderen Menschen nicht vergewaltigen, wenn Yoga Teil seines Lebensstils ist ", erklärte Ammu.

„Manche Menschen, die behaupten, Yoga zu praktizieren, haben keine Skrupel, Gewalt zu organisieren. Yoga ist gegen Kuhwachsamkeit, Mobgewalt und Hass ", sagte Arun sehr eindringlich.

Es gab eine kurze Pause. „Stoisches Schweigen über Gewalt geht nicht mit Yoga einher. Ein Politiker oder ein Minister, der behauptet, jeden Tag Yoga zu praktizieren und sich Vergewaltigung oder kommunaler Gewalt hinzugeben, ist ein falscher Yogi ", sagte Ammu.

"Yoga spiegelt sich in unseren Handlungen wider und führt zu guten Taten, und ein Yogi kann kein Spinner sein", sagte Arun. "Einige gefälschte Yogis tun das. Außerdem unterstützen sie stillschweigend die Wachsamkeit der Kuh, gefolgt von Lynchen ", bemerkte Janaki. „In jedem Lynchen steckt politische Unterstützung. Jeder politische Mord hat die implizite Ermutigung des höchsten Mannes in seinem Schweigen. Selbst wenn er behauptet, ein leidenschaftlicher Beobachter des Yoga zu sein, erzählt er Lügen ", fügte

Arun hinzu. „Das ist ein Teufelskreis, da sie einander brauchen. Der Politiker und der Lynchmob und das Lynchen und Schweigen der Politiker koexistieren ", sagte Ammu. "Die heutige Zeitung berichtet über Lynchmorde in Haryana und Rajasthan als normales menschliches Verhalten", sagte Janaki. »Das stimmt. Denken Sie an die Gruppenvergewaltigung eines achtjährigen Mädchens in einem Tempelgelände in Kathua für Tage zusammen, und die UNP-Mitglieder unterstützen die Vergewaltigung, und ich frage mich, wie weit Menschen degenerieren könnten ", sagte Arun. "Es war ein schrecklicher Vorfall, bei dem ein achtjähriges Hirtenmädchen von religiösen Eiferern entführt, vergewaltigt und ermordet wurde, und die gewählten Vertreter der UNP unterstützten den Vorfall. Einige Zeitungen und Fernsehsender lobten die Handlungen der gewählten Vertreter, und es zeigt, dass die Sykophanten in jedem Ausmaß gehen könnten, um ihre kriminellen Führer zu loben ", fügte Janaki hinzu. "Es war ein schrecklicher Vorfall", sagte Arun.

Lange Zeit herrschte Schweigen.

"Übrigens, wir werden heute ausgehen", fügte Arun hinzu.

"Zuerst besuchen wir eine Tanzschule und nach dem Mittagessen kehren wir zurück", sagte Janaki.

„Und dann abends an einer Hochzeit teilnehmen. Professor Mayer, wir laden Sie ein, an den heutigen Programmen teilzunehmen ", sagte Arun und blickte auf Ammu.

"Es wird mir ein Vergnügen sein", antwortete Ammu.

Janaki gab Ammu die Hochzeitseinladung, und Ammu warf einen Blick darauf. Die Braut war Anita George, und der Bräutigam war Anil Bhat. Anitas Eltern, Grace und Jacob Joe, waren pensionierte Gymnasiallehrer. Die Mutter des Bräutigams, Dr. Meenakshi Bhat, war ein renommierter Kardiologe, und sein Vater, Dr. Bhat, war der Eigentümer von Bhats Industriegebiet und Präsident der Einheit der Ultra-Nationalistischen Partei (UNP) in Kerala. Er gründete die *Bharat Premi Party*, die später mit der UNP fusionierte. Der Name "Bhat" verursachte in Ammu unerklärliche Ängste. „Wir fangen um halb acht an. Die Tanzschule ist etwa eine Autostunde von hier entfernt ", erklärte Janaki. Janaki betrat ihr Zimmer und brachte einen *brandneuen Salwar-Kameez-Anzug* für Ammu mit. »Dieses Kleid ist für Sie, Professor Mayer«, sagte sie. Janaki in ihrem *Ghagra Choli* und Ammu in einem *Salwar Kameez* sahen wunderschön aus. Arun hatte eine Hose, ein langärmeliges Hemd und eine Krawatte. Janaki fuhr das Auto und lud Ammu ein, sich neben den Fahrer zu setzen. Arun saß hinten.

Es herrschte ein einzigartiges Zusammengehörigkeitsgefühl. »Professor Mayer, die Tanzschule wird von einer besonderen Person geleitet«, sagte Janaki. "Darf ich wissen, wer das ist?" Fragte Ammu. »Diese besondere Person ist Aruns Mutter«, antwortete Janaki. »Oh, lass mich sie kennenlernen«, sagte Ammu. "Ihr Name ist Malathi Nambiar. Sie hat die Schule vor vielen Jahren gegründet ", fügte Janaki hinzu. »Als sie vierundvierzig Jahre alt war, wurde ich ihr Sohn«, sagte Arun. »Eines schönen Morgens sah sie ein Kind, nicht älter als zwei Jahre, in ihrem Tor. Das Kind weinte. Sie informierte die Polizei und suchte überall nach seiner Mutter, aber niemand konnte sie aufspüren. Sie suchte nach seinem Vater, und es gab keine Spur von ihm." Janaki begann, die Geschichte zu erzählen. "Sie behielt das Kind mit Erlaubnis der Polizei bei sich und stellte dann einen Antrag auf Adoption. Auch der Magistrat war bereit, ihr das Baby zur Adoption zu geben. Von diesem Tag an wurde Malathi Nambiar Aruns Mutter ", sagte Janaki. »Was ist mit Herrn Nambiar?« Fragte Ammu. »Das ist eine andere Geschichte«, antwortete Arun. „Meine Mutter heiratete Brigadegeneral Sanjeev Nair, als sie erst sechzehn Jahre alt war. Sie hatten keine Kinder. Da Brigadier Nair häufig in die nordöstlichen Bundesstaaten reisen musste, kehrte meine Mutter nach Kerala zurück und begann eine Tanzschule, und der Brigadier besuchte sie ein paar Mal im Jahr in Kerala. Als meine Mutter vierunddreißig Jahre alt war, kam der Brigadier in den Urlaub. Aber bei ihm war eine Frau mit zwei kleinen Kindern aus Burma, ein Flüchtling. Meine Mutter ließ sich von Brigadier Nair scheiden, zog in ein neues Haus und lebte allein. Nambiar war der Familienname ihres Vaters ", erklärte Arun.

"Dann, eines Tages, fand sie Arun in der Nähe ihres Tors und weinte", sagte Janaki.

»Also, hier bin ich, Arun Nambiar«, lachte Arun.

"Das ist eine tolle Geschichte!" Ammu reagierte.

Bereits hatten sie die Chanchala School of Dancing erreicht. Malathi Nambiar begrüßte sie am Tor und sah anmutig und lebhaft aus, als sie es öffnete. »Amma, ich werde das Tor öffnen«, flehte Arun. Malathi Nambiar umarmte dann Arun. "Lerne Professor Ammu Ravi Mayer kennen", stellte Arun Ammu seiner Mutter vor. "Das ist meine Mutter, Malathi Nambiar", sagte Arun zu Ammu. Ammu und Malathi küssten sich gegenseitig die Wangen. "Janaki, wie geht es dir?" Fragte Aruns Mutter, als Janaki das Auto verließ, nachdem er es geparkt hatte. „Mir geht es gut. Wie geht es Ihnen, Ma'am?" Fragte Janaki. »Mir geht es gut«, antwortete Aruns Mutter. Malathi Nambiar führte sie in eine riesige Halle mit etwa zwanzig jungen Frauen und drei Ausbildern. „Diese jungen Frauen sind sehr talentiert und sehr entschlossen, die alte Kunst des Tanzens zu erlernen. Normalerweise dauert es mindestens fünf Jahre, um es zu beherrschen, aber die meisten Mädchen könnten es innerhalb von drei bis dreieinhalb Jahren nach der Ausbildung schaffen.„Was lernen sie hier?" Fragte Ammu. "Hauptsächlich lernen sie Bharatanatyam, Kuchipudi, Odissi, Manipuri und Mohiniattam. Bharatanatyam ist die beliebteste, eine klassische indische Tanzform. Es ist eine Kunst, die sich auf den menschlichen Körper konzentriert und über zweitausend Jahre alt ist ", sagte Malathi Nambiar. Sie blieb eine Weile stehen und zeigte ein paar *Mudras* mit den Händen. Ihr Körper bewegte sich elegant, was wunderschön war, und zusammen mit den Bewegungen ihres Körpers projizierten ihre Augen verschiedene Emotionen und Gefühle.

"Ma 'am, es ist schön, charmant und gnädig", kommentierte Ammu.

„Danke, Professor Mayer. Der Tanz entstand von Lord Shiva, dem größten Tänzer und eleganten Darsteller. Natya Shastra bietet die theoretische Grundlage des klassischen indischen Tanzes ", erklärte Malathi Nambiar.

Es gab eine Statue von Lord Shiva in *seiner* Tandava-Position. „Seht den Herrn; es ist schön, ihn tanzen zu sehen. Er ist eine ständige Inspiration ", so Malathi Nambiar weiter. "Amma, tanzt du immer noch?" Erkundigte sich Arun. „Gewiss, der Tanz ist meine Seele, mein Leben. Ohne Tanzen kann ich nicht existieren. Wie viele Schüler haben ihr Lernen unter deiner Anleitung abgeschlossen?" Fragte Ammu. „Jedes Jahr absolvieren fünf bis sechs Tänzerinnen und Tänzer *Chanchal*. Ich habe diese Schule vor siebenunddreißig Jahren gegründet. Ich erinnere mich, dass ich aus Jaipur zurückgekehrt bin und es in meinem Wohnzimmer mit einem Schüler begonnen habe. Etwa siebenhundert Studenten haben bereits ihren Abschluss gemacht. Außerdem besuchen viele Schüler und Studenten Kurzzeitkurse mit einer Dauer von zwei Monaten, hauptsächlich während der Ferien. Jährlich melden sich mindestens einhundert Studierende für einen solchen Kurs an. Tanzen ist eine Kunst, und junge Frauen betrachten es als Statussymbol, da es Teil unseres reichen Erbes und unserer Kultur ist ", erklärte Malathi Nambiar. "Schließen sich viele Mädchen *Kuchipudi* an?" Janaki stellte die Frage. „Die Nachfrage nach *Kuchipudi* ist groß. Es ist wie ein Tanzdrama, in dem die Tänzer verschiedene Rollen aus dem Ramayana, Mahabharata, den Mythen und Legenden und den indischen Geschichten spielen ", fügte Malathi Nambiar hinzu.

Dann lud sie drei Mädchen ein und bat sie, einige Szenen aus dem Mahabharata vorzuführen. Arjuna traf sich mit Krishna und drückte seine Angst und Angst vor dem Kampf gegen seine Cousins, Lehrer und Verwandten aus. Schauspiel und Tanz waren so natürlich, es war eine

Performance par excellence. Ammu drückte ihre Dankbarkeit für ihre gnädige Tat aus. „In dieser Halle werden die Grundlagenlektionen und Spezialisierungen in den angrenzenden drei Hallen angeboten. Diese Hallen sind kleiner als diese ", sagte Malathi Nambiar. Dann kamen die Ausbilder und stellten sich vor. Sie waren alle Vollzeitlehrer, hochgebildet und erfahren und auf zwei bis drei Tanzformen spezialisiert.

Malathi Nambiar brachte Ammu zur Bibliothek, und Janaki und Arun folgten ihnen. Die Bibliothek war gut ausgestattet und hatte über fünftausend gedruckte Bücher, Zeitschriften und Zeitschriften in mehr als zehn Sprachen, darunter alte Palimpseste über *Natya Shastra* und tamilische und Sanskrit-Manuskripte über *Bharatanatyam*. Sein digitaler Bereich war der modernste. Malathi Nambiar erzählte Ammu, dass Janaki und Arun mehr als drei Monate damit verbracht hätten, den digitalen Teil der Bibliothek zu entwickeln. „Viele Studenten und Wissenschaftler aus allen Bundesstaaten in Indien und im Ausland besuchen meine Bibliothek, um zu recherchieren. Wir müssen diese Gastwissenschaftler manchmal unterbringen ", sagte Malathi Nambiar. Sie wirkte aktiv, agil und konnte wie eine fünfundzwanzigjährige Frau laufen und sprechen. Sie hatte geplant, *Chanchal* zu einem internationalen Zentrum für Tanz zu entwickeln, das sich auf verschiedene indische Tanzformen spezialisiert hatte. Sie meinte, dass die Finanzierung kein Problem sei, da sie all ihre Ersparnisse nutzen wolle, um das internationale Zentrum zu entwickeln. Malathi Nambiar lud alle zum Mittagessen ein.

Es war eine vegetarische Mahlzeit im traditionellen Kerala-Stil, einschließlich Reis, Thoran, Neyyappam, Aviyal, Sambar, Papad, Achar und *Payasam*. Alle haben das Essen genossen. „Wie managen Sie eine solche Institution?" Fragte Ammu. „Ich habe ein halbes Dutzend Leutnants, die hocheffizient und engagiert sind. Es gab eine Zeit, in der ich alle Hoffnung im Leben verloren hatte. Dann kam Arun in mein Leben. Er gab mir Sinn und Kraft, Vision und Hoffnung. Heutzutage besuchen sowohl Janaki als auch Arun diesen Ort oft. Ich bleibe mindestens einmal im Monat bei ihnen. Beziehungen sind das Geheimnis eines glücklichen Lebens. Wenn ich mich in ihnen sehe, erkenne ich, dass ich ein Ziel im Leben habe, und wenn ich sie in mir sehe, werde ich mir bewusst, dass ich mit ihnen befreundet sein könnte. Ein Elternteil ist ein Freund. Ich bin ihr Freund. Beide bereiten mir viel Freude ", sagte Malathi Nambiar und umarmte Janaki. »Dein Arun ist mein bester Freund«, sagte sie zu Janaki. „Arun, du hast Glück, Janaki zu haben; ich bewundere ihre Qualitäten", kommentierte Malathi Nambiar. Alle lachten. »Lass uns einen Schritt machen«, sagte Arun, als er aufstand.

Janaki und Arun umarmten Malathi Nambiar. »Ma 'am, Sie sind meine Inspiration«, sagte Janaki. »Amma, ich liebe dich«, sagte Arun.

„Professor Mayer, ich freue mich sehr, dass ich Sie kennenlernen durfte. Arun sagte mir, dass du eine Autorität für Krebse und Hummer bist und einen Doktortitel aus Uppsala hast. Du hast auch einen Hybrid entwickelt, der als Kuttern bekannt ist ", sagte Malathi Nambiar, indem er Ammu beide Wangen küsste.

"Madam, es war ein bezauberndes Treffen, und es wird mir noch Jahre in Erinnerung bleiben", antwortete Ammu.

Arun klickte auf einige Gruppenfotos von Janaki und Ammu mit seiner Mutter als Selfies. Malathi Nambiar begleitete sie zum Tor. Arun fuhr das Auto und lud Ammu ein, sich neben ihn auf den Vordersitz zu setzen. »Meine Mutter hat mir das Leben geschenkt«, sagte Arun. "Jetzt gibt mir Janaki Kameradschaft. Sie ist meine beste Freundin «, sagte er zu Ammu. »Oh, Arun«, rief Janaki. „Wir trafen uns auf dem Basketballplatz des Indian Institute of Technology. Ob egozentrisch, egoistisch oder großzügig, Sie können die Persönlichkeit eines Spielers auf einem Basketballplatz leicht beurteilen. Ein reifer Spieler passt den Ball immer zu seinen Mitspielern und hält respektvoll Abstand zu den gegnerischen Teamspielern ", erklärte Arun.

Ammu hörte ihm eifrig zu. "Also habt ihr beide zusammen Basketball gespielt?" Ammu kommentierte. „Ja, Professor Mayer, wir haben oft zusammen gespielt. Basketball ist ein wunderbares, brillantes und hochkoordiniertes Spiel. Jeder Schritt ist zielorientiert. Es sorgt für ausreichend Bewegung ", erklärte Janaki. „Janakis Bewegungen auf dem Platz waren immer anmutig. Ich bewunderte ihre Beweglichkeit und Ausdauer ", meinte Arun. "Wenn man in einem gemischtgeschlechtlichen Team spielt, hat man reichlich Gelegenheit, den Charakter und die Einstellung eines Spielers zur Gleichstellung der Geschlechter und zur persönlichen Würde zu beurteilen", sagte Janaki. „Mehr als Bewertungen und Urteile, persönliche Bewunderung und eine besondere Anziehungskraft haben uns zusammengebracht. Wir mochten uns, und wir konnten stundenlang Geschichten teilen und erzählen ", sagte Arun. »Ihr zwei seid also unzertrennliche Freunde geworden«, kommentierte Ammu. „Ja, Freundschaft hat einen besonderen Reiz. Es ist tiefer als Bewunderung. Es ist der erste Schritt zu einer tiefen, persönlichen Beziehung. Es führt zu einem Engagement, der Vereinigung der Herzen und einem Ziel, das von zwei Individuen definiert wird. Es ist sättigend, einfach und untrennbar ", bemerkte Janaki.

Mit tiefer Aufmerksamkeit hörte Ammu ihnen zu. Ihr Herz war voller Respekt und Liebe für Janaki und Arun, und sie bewunderte ihre Leidenschaft, Freundschaft, Offenheit und Intimität. „Janakis Großeltern stammten aus Kutch in Gujarat, und sie wanderten nach Uganda aus und bauten eine Branche auf, die sehr erfolgreich wurde. Während der Diktatur von Idi Amin mussten sie alles aufgeben und ein Land verlassen, in dem sie viele Jahrzehnte gearbeitet hatten. Sie wanderten nach Großbritannien aus. Nach einigen Jahren kehrte Janakis Vater nach Indien zurück, ließ sich in Mumbai nieder und entwickelte ein Exportgeschäft. Während dieser Zeit traf er eine junge Anwältin, Mariam, und sie heirateten beide ", erzählte Arun. „Meine Mutter war nicht wie viele andere muslimische Frauen. Sie war anders. Es könnte ein besonderes Merkmal der Bohra-Muslime gewesen sein. Sie werden ausgebildet, um Karriere zu machen. Einige von ihnen werden Ärzte, Anwälte, Architekten und Lehrer. Meine Mutter kämpfte für Gleichheit und Chancengleichheit, nicht nur für muslimische Frauen, sondern auch für alle Frauen ", sagte Janaki und war sehr lautstark, als sie es sagte. „Ihr Vater unterstützte seine Frau in jeder Hinsicht und ermutigte sie, zu wachsen und zu gedeihen, ihren Horizont zu erweitern und eine starke Persönlichkeit zu entwickeln. Er ist ein bewundernswerter Geschäftsmann und ein liebevoller Ehemann ", fügte Arun hinzu.

Arun und Janaki waren in ihrer Diskussion offen. "Meine Mutter wurde Sitzungsrichterin und ging als Oberste Richterin des Obersten Gerichtshofs in den Ruhestand. Sie war sehr fasziniert von Sita und schrieb viele Artikel und ein Buch zu verschiedenen Themen auf der Grundlage von ihr. Sita war ein Opfer des indischen Ethos und der indischen Kultur, die für Frauen unterdrückerisch und brutal waren ", sagte Janaki und hob ihre Mutter hervor. „In Indien sind Männer die Hüter von Kultur, Bildung, Religion, Politik und Geld. Viele indische Männer sind Heuchler und führen ein Doppelleben, sagen etwas, das der Öffentlichkeit gefällt, verhalten sich aber privat genau umgekehrt, wie die Führer in der UNP ", sagte Janaki und klang ein wenig traurig. "Ich empfinde immer Mitgefühl für Sita", sagte Ammu. „Das Buch Ihrer Mutter, Women in Sitayana, bietet eine großartige Analyse des alten und heutigen indischen Gemeinwesens und der sozialen Bedingungen. Inder haben eine tyrannische Einstellung gegenüber Frauen. Männer sind nicht bereit, Frauen als gleichwertig zu behandeln, da viele Frauen als bloße sexuelle Objekte betrachten. Lassen Sie uns von Schweden, dem weltweit besten Land, in Bezug auf die Gleichstellung der Geschlechter lernen ", sagte Ammu mit Nachdruck. „Professor Mayer, es ist eine Freude, Ihnen zuzuhören. Du inspirierst uns ", reagierte Janaki. »Ich bewundere dich auch, lieber Janaki«, sagte Ammu.

Sie hatten bereits ihr Zuhause in der Stadt erreicht. »Lass uns ausruhen«, sagte Arun, während er das Auto parkte. „Wir starten um sechs Uhr abends. Zur

Empfangshalle fährt man eine halbe Stunde. Wir werden an der Hochzeit von Aruns Lehrer, Jacob Joes Tochter, teilnehmen ", kommentierte Janaki.

In *den* Kanchipuram-Seiden-Saris sahen Ammu und Janaki anmutig aus. »Die beiden anmutigsten Frauen in ihrer wunderbarsten Kleidung«, kommentierte Arun, während er sie ansah. »Du siehst in deinem schwarzen Anzug und der roten Krawatte elegant aus«, sagte Ammu zu Arun, und sie lachten. Die Empfangshalle war mit Gästen gefüllt, und die Braut und der Bräutigam saßen auf dem Podium, das mit weißem Jasmin und roten Rosen geschmückt war. Die Eltern der Braut empfingen Ammu, Janaki und Arun mit gefalteten Händen und breitem Lächeln. Sie stellten ihre Tochter Anita und ihren Ehemann Anil Bhat vor. Beide waren MBAs von einer Ivy-League-Universität in den USA, wo sie sich trafen und beschlossen, zu heiraten, obwohl Anils Vater dagegen war, dass er die Tochter eines Schullehrers heiratete, die eine Christin war. Anil war zusammen mit seinem Vater Eigentümer von sechs Restaurants, drei Hotels, zwei Krankenhäusern und einer Kette von IT-Industrien, die über die gesamte Malabarküste verteilt waren. Anitas Vater erzählte mit Stolz.

Der Name Dr. Bhat schuf erneut Angst in Ammus Kopf. "Macht nichts", versuchte Ammu sich zu trösten. Anils Eltern, Dr. Meenakshi und Dr. Bhat, waren damit beschäftigt, hochrangige Politiker verschiedener politischer Parteien, Minister der Zentralregierung und Beamte des indischen Verwaltungs- und Polizeidienstes zu empfangen. Dr. Bhat unterstützte und sponserte verschiedene Initiativen und Roadshows prominenter Minister, die der UNP angehörten, so dass er bei privilegierten Politikern beliebt war. Bhat war mehr als zwanzig Jahre lang die einzige MLA der *Bharat Premi Party* in Kerala, die mit der Ultra-Nationalistischen Partei fusionierte, und Dr. Bhat wurde Präsident der Kerala Unit der UNP. Er hatte zahlreiche Heime für Kinder und ältere Menschen gesponsert und Stipendien für Schüler, Mittagessen in der Schule sowie Nieren- und Herztransplantationslager eingerichtet. Dr. Bhat war der Liebling der Gemeinschaft; niemand konnte sich eine Zivilgesellschaft ohne ihn vorstellen. Viele Tausende verehrten und verehrten ihn. Es war eine glitzernde Zeremonie, und die Stadteliten wetteiferten darum, Dr. Bhats Aufmerksamkeit zu erregen. Die Politiker hatten mit mindestens fünf Sitzen für die UNP bei der Landtagswahl am nächsten Tag gerechnet. Dr. Bhat hätte die besten Chancen, stellvertretender Ministerpräsident von Kerala zu werden, wenn sich seine UNP entweder mit der Kongresspartei oder der Kommunistischen Partei verbündet. Da die Kongresspartei oder die Kommunistische Partei keine unabhängige Mehrheit erhalten würden, würde nur mit der UNP eine von ihnen die Regierung bilden. So wurde die Position von Dr. Bhat und seinem UNP intensiv.

Das Essen, zu dem verschiedene vegetarische und nicht-vegetarische Gerichte gehörten, wurde neben verschiedenen Alkoholmarken serviert. Ammu war jedoch etwas überrascht und fühlte sich aufgrund des Namens Bhat unwohl. Nach dem Essen trafen Janaki, Ammu und Arun Anitas Eltern und wünschten ihrer Tochter „ein glückliches und glückliches Eheleben". Ammu erhaschte zufällig einen Blick auf Dr. Bhat, als er eine halbe Sekunde lang auf dem Podium stand. Obwohl er am anderen Ende des Flurs stand, sahen sie sich in die Augen, und es schien, als wären sie beide überrascht, sich zu sehen. Ammu konnte ihn auch nach fünfundzwanzig Jahren wiedererkennen.

Während der Rückfahrt schwieg Ammu. "Professor Mayer, Sie könnten wegen des hektischen Tages müde sein", sagte Janaki. Ammu lächelte. Sie kehrten gegen zehn Uhr dreißig nach Hause zurück. „Arun, bitte sag deiner Mutter, dass ich es genossen habe, Chanchal zu besuchen. Es ist eine großartige Institution, und deine Mutter ist eine bemerkenswerte Frau ", kommentierte Ammu und sah Arun an. »Sicher, Professor Mayer«, erwiderte Arun. "Es scheint, dass meine Mutter sich gefreut hat, dich kennenzulernen. Gute Nacht, Ma 'am ", fügte er hinzu. »Gute Nacht, lieber Arun und Janaki. Es war ein wunderschöner Tag und wir hatten einen wunderbaren Ausflug. Danke für deine Liebe ", sagte Ammu und küsste ihre Wangen. "Professor Mayer, es scheint, dass unsere Beziehung unendlich ist. Ich fühle eine untrennbare Verbindung mit dir. Gute Nacht, Ma 'am." Sagte Janaki und umarmte Ammu.

VIERTES KAPITEL: VERMÄCHTNIS EINER TEESTUBE UND EINES EISHOCKEYTEAMS AUF DER STRECKE

Warum lieben Janaki und Arun sie so sehr? Ammu debattierte in sich selbst. Wie konnte Ammu ihre intensive Zuneigung verstehen und erklären? Es hatte keine Definition; Worte konnten es nicht, wie es von Herzen war, von ihrem innersten Selbst binden. Sie liebten sie, weil das Paar sich liebte. Sie entdeckten die Liebe und machten sie jede Stunde, jeden Moment neu, so dass sie neu blieb. Sie entwirrten das Geheimnis der Liebe, das immer dynamisch, immer wachsend, nie endend und nie statisch oder schal war. Aber Bhat verdarb den Tag und hätte nicht zur Hochzeit gehen sollen. Wer könnte jedoch solche Eventualitäten vorhersagen? Ammu versuchte, ihn aus ihrem Gedächtnis zu entfernen; nichtsdestotrotz blieb sein Gesicht bestehen und verursachte Abscheu.

Er war derselbe Mann, mit dem gleichen Aussehen, so grausam und abstoßend; nur seine Kleidung hatte sich geändert. Er war ein Mann, der eine *Lunge* und eine Weste trug, als er sein Teehaus, Narayanan's Chayakkada, gründete. Es begann als Teestube am Wegesrand auf öffentlichem Land, mit einem Petroleumofen, der von zehn Uhr morgens bis Mitternacht brannte. Bhat hatte immer zwei mit gekochtem Wasser und Teeblättern gefüllte Kessel, in denen zwei Teesorten zubereitet wurden: einer mit Milch und der andere ohne Milch, allgemein bekannt als *Kattanchaya*. Er machte den Tee und servierte ihn seinen Kunden, sprach aber nie mit ihnen. Niemand wusste etwas über ihn, nicht einmal sein Name. Sein Teeshop befand sich an der Nationalstraße, weit weg von der Stadt, mit ausreichend Platz für Lastwagen, Autos und Zweiräder zum Parken. Bhat hatte von Anfang an viele Kunden, vor allem LKW-Fahrer, die sich in seinem Laden unter einem riesigen Banyanbaum wohl fühlten. Der Tee, den er zubereitete, schmeckte immer gut und war leicht berauschend; Kunden mochten ihn früher, und viele bestellten oft zwei Gläser statt eines. Im ersten Monat verkaufte Bhat täglich mindestens fünfhundert Gläser Tee, und sein Geschäft florierte. Als Bhat aus Udupi kam, wanderte er durch die Ecken und Winkel von Kochi, auf der Suche nach Nahrung und einem Job, aber leider fand er keinen. Er schlief auf der *Außenveranda* von Geschäften oder öffentlichen Gebäuden.

Als in der Nacht ein Laden kaputt ging, verhaftete ihn die Polizei unter Verdacht und brachte ihn vor den Magistrat. Er hatte keinen Anwalt, aber an diesem Tag kam Ravi aus dem Gerichtssaal, nachdem er an einem Fall von Kinderarbeit teilgenommen hatte. Er sah einen erbärmlichen jungen Mann, wahrscheinlich in seinem Alter, dessen Hände mit einem Seil gefesselt waren, mit zwei Polizisten spazieren gehen. Seine Kleider waren zerfetzt und er war mit Staub und Schweiß bedeckt. Ravi ging auf ihn zu und erkundigte sich nach ihm. Bhat erzählte seine Geschichte und vermittelte seinen Wunsch nach einem guten Essen, da er seit zwei Tagen nichts gegessen hatte, und einem Job irgendwo in der Stadt. Ravi fragte ihn nach seinen Angaben, damit er ihn vor dem Richter verteidigen konnte.

Bhat erzählte Ravi, dass er heiratete, als er siebzehn Jahre alt war, und seine Frau erst vierzehn Jahre alt war. Bhat wanderte immer und konnte nicht so oft wie möglich bei seiner Frau Sulakshmi bleiben, außer ein paar Mal in den letzten zehn Jahren. Sie war seit Beginn seines Wanderlebens bei ihren Eltern geblieben. Er gestand, dass er unschuldig war und sich nicht bewusst war, dass der Laden kaputt ging. Ravi glaubte seinen Worten, erschien vor dem Richter und verteidigte Bhat und sagte, er sei verheiratet, habe keinen kriminellen Hintergrund und wolle einen anständigen Lebensunterhalt. Bhat hatte nur bis zum vierten Standard studiert und wollte arbeiten und Geld verdienen, um als gesetzestreuer, konstruktiver und selbsttragender Bürger zu leben. Ravi präsentierte den Fall mit Nachdruck, und der Richter war von Bhats Charakter überzeugt und sprach ihn bedingungslos frei, da er den Worten seines Anwalts vertraute. Ravi verlangte von Bhat keine Gebühr, sondern nahm stattdessen seine Brieftasche heraus, gab ihm hundert Rupien und sagte ihm, er solle essen gehen und frische Kleidung kaufen. Ravi bat Bhat, ihn am nächsten Tag in seinem Büro zu treffen.

Gegen zehn Uhr morgens erreichte Narayanan Bhat am nächsten Tag Ravis Büro. Er sah frisch in seinen neuen Kleidern aus. Ravi wusste, dass Bhat nur bis zur vierten Klasse studiert hatte und keinen Job bekommen konnte. Er schlug Bhat vor, einen Teeshop auf der Autobahn zu eröffnen. Bhat mochte den Vorschlag, da er Erfahrung im Verkauf von Tee in vielen Teeläden in Udupi hatte und seit seinem zehnten Lebensjahr in verschiedenen Restaurants in Mangalore und Kasargod gearbeitet hatte. Bhat hatte überall viele Mitarbeiter seines Alters, und er akzeptierte, dass ein Kind arbeiten musste und dass es nichts Falsches daran war, Kinder zur Erwerbsbevölkerung zu ernennen. Bhat drückte seine Unfähigkeit aus, seinen Teeladen ohne Kapital zu eröffnen. Er brauchte mindestens fünfhundert Rupien, um die notwendige Ausrüstung zu kaufen. Ravi bat Bhat, ihn nach zwei Tagen zu treffen.

Ravi erzählte Ammu die Geschichte und erklärte den erbärmlichen Zustand, in dem Bhat gefunden wurde. Ammu erkannte, dass er, wenn sie ihm nicht helfen würden, an einer Straßenecke sterben und seine junge Frau als Witwe zurücklassen könnte. Es war erst der zweite Monat nach der Heirat von Ammu und Ravi, und da es Mitte des Monats war, musste sie noch mindestens fünfzehn Tage warten, bis sie ihr Gehalt von der Universität erhielt. Es war mühsam, innerhalb von zwei Tagen fünfhundert Rupien zu sammeln, was der Hälfte ihres Monatsgehalts entsprach. Sie sagte Ravi, dass er ihre Goldkette, die etwa fünf Gramm wog, verkaufen und den gesamten Erlös an Bhat geben könne.

Die Goldkette brachte sechshundertvierzig Rupien.

Nach zwei Tagen erschien Bhat in Ravis Büro. Bevor er ihm das Geld gab, wollte Ravi herausfinden, wo Bhat seinen Teeladen eröffnen könnte. Der Teeladen könnte Bhat auf der Autobahn, in einiger Entfernung von der Stadt, seinen Lebensunterhalt sichern. Nach dreistündiger Suche auf Ravis Bike konnten sie einen geeigneten Platz unter dem Banyanbaum finden. Ravi war glücklich, und Bhat auch. Dann öffnete Ravi seine Brieftasche, holte sechshundertvierzig Rupien heraus und reichte sie Bhat.

"Starten Sie Ihren Teeshop hier. Du wirst gedeihen«, sagte Ravi.

Ravi sagte Bhat jedoch nicht, dass er die einzige Goldkette seiner Frau verkauft hatte, um das Geld zu sammeln. Das war die Kette, die sie für ihre Hochzeit gekauft hatte.

Bhat öffnete am nächsten Tag seine *Teestube - Narayanan's* Chayakkada.

Ravi und Ammu erreichten die Stelle unter dem Banyanbaum, wo Bhat gegen acht Uhr morgens sein Teeladen eröffnen sollte. Innerhalb von zehn Minuten kam Bhat mit einem Minitruck an, der mit den für den Teeshop benötigten Materialien beladen war. Ravi und Ammu halfen Bhat, die Bambusstangen an den vier Ecken aufzustellen, eine Plastikfolie über die Stangen zu verteilen und die Enden der Folie an verschiedenen Stangen zu binden. Sie nahmen die Ziegel auf, bauten vier kurze Säulen und legten ein Stahlblech als Küchenplattform darüber. Sie stellten etwa zehn Plastikstühle um die Plattform auf, auf denen sie sitzen konnten. Es gab etwa zwanzig Gläser für Tee, zwei Wasserkocher zum Kochen und zwei kleine Plastikbehälter, um Zucker und Teeblätter aufzubewahren. Ravi stellte zwei riesige Plastikdosen unter den Banyanbaum, um sie mit frischem Wasser zu füllen.

Ammu ging etwa fünfzig Meter entfernt zum öffentlichen Brunnen, um Wasser zu schöpfen und den Plastikbehälter zu füllen. Ravi brachte Wasser in zwei Eimern, um die Plastikdose bis zum Rand zu füllen. "Es kann etwa hundert Liter Wasser enthalten", sagte Ravi zu Ammu. Während Ammu die

Wasserkocher wusch, reinigte Ravi die Gläser. Innerhalb von drei Stunden schlossen sie alle Arbeiten ab.

Nachdem Bhat eine bestimmte feste Menge Wasser und Milch in einem Wasserkocher gemischt hatte, zündete er den Petroleumofen an und erhitzte den Wasser- und Milchkocher. Er gab einen Esslöffel Teeblätter hinein und rührte es um, bis es kochte. Nachdem Bhat den Tee aus der Kanne in einen Stahlbehälter mit Griff gegossen hatte, nahm er eine weitere ähnliche Schüssel. Er hielt die Gefäße in beiden Händen und goss den Tee von einem zum anderen, und die Flüssigkeit floss in einem kontinuierlichen Bogen von einem Behälter zum anderen. Er wiederholte die Bogenbildung dreimal. Er trank den Tee in drei Gläser und servierte zwei Gläser an Ammu und Ravi. Der Duft von Tee erfüllte seine Teestube.

"Es ist köstlich", bemerkte Ammu und nippte am Tee.

»Das ist es«, sagte Ravi.

Dann nahm Ravi seine Brieftasche und gab Bhatt eine Zehn-Rupien-Währungsnote. Obwohl die Kosten für zwei Gläser Tee nur eine Rupie betrugen, wurde kein Guthaben zurückerstattet. Aber Bhat sprach von Anfang an kein Wort, denn er schwieg wie ein Stein.

„Nach vier Stunden fuhren Ammu und Ravi nach Hause. Es war ein Sonntag, und sie mussten ihr Haus putzen, ihre Kleidung waschen und Essen kochen. Auf dem Rückweg kommentierte Ammu: „Bhat sprach nicht. Ich finde es seltsam."

»Das ist mir auch aufgefallen. Bhat mag introvertiert sein «, antwortete Ravi.

"Aber mit ihm stimmt etwas nicht. Möglicherweise fehlen ihm grundlegende Manieren, und ich hoffe aufrichtig, dass er allmählich lernen wird ", drückte Ammu ihre Sorgen und Hoffnungen aus.

»Natürlich. Bhats Teeladen wird ein voller Erfolg. Er hat den Scharfsinn, und sein Tee ist hervorragend ", sagte Ravi.

»Du hast recht«, stimmte Ammu ihrem Mann zu.

Nach einer Woche, als Ravi vorbeikam, bemerkte er ein neues Namensschild über dem Laden mit der Aufschrift *"Narayanan's Teashop"*. Bhat hatte das malayalamische Wort "Chayakkada" durch den englischen Begriff "Teashop" ersetzt. Wann immer Ravi vorbeikam, hielt er in der Teestube an, bestellte ein Glas Tee und zahlte eine halbe Rupie. Wie üblich sagte Bhat nichts, als wären sie Fremde. Im Teeladen gab es verschiedene Snacks, die Kundenzahl verzehnfachte sich. In der Nähe von Bhats Teeladen parkten immer viele Lastwagen, Autos und Zweiräder, und sein Geschäft war sehr lukrativ. Bhat hatte zwei Helfer aus Udupi angeheuert, um bei der Zubereitung verschiedener Snacks zu helfen. Innerhalb eines Monats begann Bhat mit der Lieferung von Fleisch- und Fischzubereitungen wie Rindfleisch, Lamm, Huhn, Ente, Schwein, Karimeen, *Ikura* und Pomfret. Die Nachfrage nach nicht-vegetarischem Essen war sehr hoch und Familien und Gruppen besuchten das Restaurant in den Abendstunden in großer Zahl. Bhatt stellte dann zehn weitere Leute aus Mangalore ein, die Experten in der Zubereitung verschiedener nicht-vegetarischer Gerichte waren.

Bhat änderte den Namen seines Teeladens in Narayanan's Restaurant und verwandelte es in ein geräumiges Restaurant mit hellem Interieur, bequemen Stühlen und Tischen. Er installierte fließendes Wasser und zwei Toiletten im westlichen Stil und baute eine separate Kabine, um seine Kunden von seinem Büro und den geparkten Lastwagen, Autos und Zweirädern aus zu beaufsichtigen. Innerhalb eines Monats fügte er dem Restaurant eine moderne Küche hinzu und engagierte erfahrene Köche mit Diplomen von Gastronomieschulen. Bhat hatte bereits auf mindestens zwei Hektar Regierungsland für sein Restaurant eingedrungen. Bald wurde das Restaurant für sein Nachtleben berühmt. Innerhalb eines Jahres nach dem Start der Teestube erlebten Bhat und sein Restaurant ein phänomenales Wachstum. Nach einem Jahr konnte Ravi Bhat nie von Angesicht zu Angesicht treffen, wenn er Narayanans Restaurant besuchte.

Eines Abends beschlossen Ammu und Ravi, auswärts zu essen und fuhren eine halbe Stunde zu Narayanas Restaurant. Sie bestellten ihre Lieblingsgerichte und warteten auf den Zählserver. Plötzlich stand Bhat vor ihnen, und sie konnten ihn für ein paar Sekunden nicht erkennen, als er den neuesten Markenanzug mit einer roten Seidenkrawatte trug.

»Komm, ich will mit dir reden«, sagte er, als er in seine Hütte ging. Ravi und Ammu folgten ihm. Als er sein Büro erreichte, setzte er sich auf seinen Aeron Task Chair und bat Ravi und Ammu nicht, Platz zu nehmen. Sie standen überrascht vor ihm.

„Was hältst du von dir selbst? Warum kommst du und störst mich?" Schrie Bhat sie an.

Es war ein Schock für Ravi und Ammu, als hätte ihnen jemand auf den Hinterkopf geschlagen.

"Du meinst Hunde. Vielleicht denkst du an deine sechshundertvierzig Rupien. Es bedeutet mir nichts. Nimm es mit Interesse und verschwinde." Schrie Bhat und warf ihnen einen Tausend-Rupien-Schein zu. Seine Stimme schüttelte die durchsichtige Brille in der Kabine. Der Geldschein fiel Ammu zu Füßen, aber weder Ammu noch Ravi sagten etwas. Sie kehrten zurück und öffneten die Glastür, ohne den Geldschein in die Hand zu nehmen. Ravi bemerkte zwei Jungen, die einen Tisch in einer Ecke putzten und etwa zwölf oder dreizehn Jahre alt zu sein schienen. "Was machen sie hier?" Fragte sich Ravi. Die Frage beunruhigte ihn mehr als die Demütigung, die er gerade erlitten hatte.

"Ihr Straßenhunde, kommt nie wieder." Ammu konnte Bhat schreien hören. Als sich die Tür hinter ihnen schloss, herrschte absolute Stille.

Sie starteten das Fahrrad und fuhren zurück. Ammu und Ravi konnten nicht sprechen, da sie keine Worte hatten, um ihre Gefühle, Trauer, Angst und Wut zu vermitteln.

„Er ist ein Soziopath. Du hattest recht «, sagte Ravi vor dem Schlafengehen.

„Er kann alles. Wir müssen vorsichtig sein ", sagte Ammu.

„Er fühlt sich gedemütigt, dass wir ihm geholfen haben. Er kann es nicht akzeptieren. Sein Verhalten ist eine Reaktion, eine Reaktion auf den imaginären Verlust seiner Größe ", erklärte Ravi.

"Er hat nicht die geistige Reife, um zu akzeptieren, dass er einmal schwach, hungrig, schäbig, wie ein Bettler und Vagabund aussah. Er will sich von seiner Vergangenheit befreien und uns töten, um seinem selbst entwickelten Gefühl der Demütigung zu entkommen ", erklärte Ammu.

„Wir sind die einzigen, die seinen Hintergrund kennen, wie seine Ehegeschichte und seine Schwächen. Er will es entfernen ", sagte Ravi.

„Das ist nur durch unsere Eliminierung möglich. Bhats falsches Prestige ist sein Ruhm. Seine Größe ist das Bild, das er um sich herum aufgebaut hat, und seine Pracht ist das Gesicht, das er projiziert, das modern, reich, farbenfroh und selbstverliebt ist ", fügte Ammu hinzu.

"Er muss einen neuen Bhat bauen, den alten löschen und zerstören, die Vergangenheit für immer überwinden und der Welt zeigen, dass er immer schlau, brillant und mächtig war. Er will zeigen, dass er übermenschlich ist ", sagte Ravi.

"Um sein Ziel zu erreichen, wird er alles tun, und wir sind sein Ziel geworden", sagte Ammu klar.

"Die Leute zu eliminieren, die ihm geholfen haben, ist sein Bedürfnis, und wir müssen vorsichtig sein." Ammus Worte enthielten einen Hauch von Selbstwarnung.

"Warum waren diese Jungs da? Was meinst du?" Fragte Ravi.

"Sie waren da, um zu arbeiten, ihren Lebensunterhalt zu verdienen, oder sonst? Es scheint, dass sie da waren, um sich an einigen antisozialen Aktivitäten für Bhat zu beteiligen. Er kann alles tun, um Geld zu verdienen, eine persönliche Aura um sich herum zu schaffen, sich einen Namen und Ruhm zu verdienen und seine Geschichte zu ändern. Er muss viele Dinge löschen, wie Menschen, die ihn gründlich kennen, Menschen, die ihm geholfen haben, seinen Hunger zu überwinden, ihn zu bekleiden und sich in ihn hineinzuversetzen. Aber er ist ein Mensch ohne menschliche Gefühle. Er mag ein Mensch ohne Reue sein «, antwortete Ammu.

"Er hat sich vielleicht von Sulakshmi distanziert. Er wird sie für immer ohne Kontakt zurücklassen, wenn Bhat sie nicht töten kann. Bhat denkt vielleicht, dass sie keine Rechte hat, und er hat keine Verantwortung ihr gegenüber ", fügte Ravi hinzu.

"Dann wird er sich an uns wenden, was katastrophal sein wird. Wir wissen das, aber wir sind hilflos, den Geist eines Psychopathen zu verstehen. Sie können sich tausend Möglichkeiten ausdenken und haben am Ende oft Erfolg. Letztendlich können sie aufgrund ihrer Macht, Position, ihres Namens und ihres Ruhms jeder Schuld entgehen. Das ist der Geist eines Psychopathen ", sagte Ammu fest.

"Er ist eine verwundete Kobra, und es ist nicht wichtig, wie groß er ist, sondern wie gefährlich sein Gift ist. Dieses Gift kann mindestens ein halbes Dutzend Menschen mit einem Schlag töten, was lebenswichtig ist. Wir haben seinen Stolz mit unserer Existenz und Präsenz verletzt, während wir seine Geschichte tragen, die er löschen möchte. Was er einst aus seinem Leben streichen wollte, schließt uns beide ein. Ihn zu kennen, ist unser Verbrechen, ein schweres Vergehen, das über die Erlösung hinausgeht. Es kann zur schärfsten Bestrafung führen, nicht zur Abschreckung oder Korrektur, sondern zur Todesstrafe ", murmelte Ammu, unsicher, ob Ravi sie gehört hatte.

Aber Bhat hatte einen Charme, trotzdem oberflächlich. Er besaß Fähigkeiten und plante und organisierte Dinge akribisch und zeigte seine Fähigkeiten. Er zeigte keine Wahnvorstellungen irrationalen Denkens, zeigte nie Nervosität und war nicht neurotisch. Die Erfahrung von Ammu und Ravi zeigte jedoch, dass Bhat unzuverlässig, unwahr und unaufrichtig war und gesunden menschlichen Bindungen keinen Wert gab. Bhats Ego war himmelhoch, und er lächelte oder lachte nie, ohne Zuneigung und Liebe. Als er seine Frau in jungen Jahren verließ und behauptete, dass es sich um eine Kinderehe handelte, nutzte er das Gesetz, wenn es ihm passte. Er weigerte sich, seine Frau zu erwähnen, gab aber zu, verheiratet zu sein, um Rechtsschutz zu erhalten. Seine Vergangenheit war ein Rätsel. Bhat äußerte nie positive Reaktionen und reagierte nie auf Güte und Hilfe. Er war ein Mensch ohne zwischenmenschliche Beziehungen.

"Ammu, ich frage mich, warum es immer eine große Menschenmenge von jungen Leuten, College-Studenten, LKW-Fahrern und Familien in seinem Restaurant gibt? Warum finden sie sein Essen so attraktiv, köstlich und bezaubernd? Warum wollen sie es immer wieder probieren?" Eines Tages stellte Ravi diese Frage Ammu. Sie grübelte darüber nach und analysierte viele Hypothesen für eine mögliche Antwort.

Am nächsten Tag bat Ravi seine Junioren Abdul Khader und Lisa Mathew, sich mit den Restaurantjungen von Bhat in Verbindung zu setzen, ohne ihre Identität preiszugeben. Abdul und Lisa praktizierten unter Ravi in den Bezirks- und Obergerichten in verschiedenen Menschenrechtsfragen. Sie versprachen Ravi, dass sie so viele Informationen über die Jungen wie möglich sammeln und sie Ravi präsentieren würden. Nach ein paar Monaten fand Ravi in der lokalen Zeitung eine Nachricht mit dem Titel "Tourismusminister eröffnet ein Restaurant namens Bhat Melody". Es war ein Artikel mit fünfhundert Wörtern, und es schien, als hätte die Presse der Veranstaltung viel Bedeutung beigemessen. "Bhat, der als Kaiser der Geschmacksknospen gefeiert wird, hat ein neues Restaurant im Herzen der Stadt an der Mahatma Gandhi Road eröffnet. Die Stadtbewohner haben das Glück, dass ein so renommierter Koch ein Restaurant in unserer Stadt eröffnet. Bhat ist ein gut ausgebildeter Koch, der seine Ausbildung in Bologna, Bordeaux, Amsterdam und San Sebastian erhalten hat. Bhat ist auch eine Person, die von Tausenden in ganz Kerala geliebt und respektiert wird. Als Philanthrop schlechthin erhielt er seinen Abschluss in Catering und Hospitality Management von einer bekannten Universität im Norden. Er promoviert in *traditioneller Küche und Tourismus in* Kerala." Ravi zeigte Ammu die Zeitung, und nachdem er das Encomium gelesen hatte, sah Ammu Ravi an, und sie blieben lange Zeit sprachlos.

Bhat erwarb ein weiteres Restaurant in der Stadt und nannte es innerhalb eines Monats Bhat's Rhythm. In der Zwischenzeit kamen Abdul Khader und Lisa Mathew mit ihren Erkenntnissen und trafen Ravi in seinem Büro. "Es scheint, dass Bhat Drogenhandel in großem Maßstab betreibt. Die Jungen arbeiten zusammen mit LKW-Fahrern und einigen College-Jugendlichen als Leitungen. Die LKW-Fahrer bringen Drogen aus Punjab und Manipur, da es in Punjab, Afghanistan und Pakistan viel zu kaufen gibt. Die Manipur-Medikamente kommen aus Birma ", erklärte Abdul. "Was ist mit den Jungs? Was ist ihre Rolle?" Fragte Ravi. "Die Jungen werden für die Verteilung von Drogen in Kerala eingesetzt. Es gibt ein halbes Dutzend Jungen, von denen jeder an seine Restaurants Melody und Rhythm gebunden ist ", sagte Lisa Mathew. »Hast du Beweise?«, fragte Ravi.

„Tatsache ist die Grundlage der Wahrheit. Ich sammle Fakten, um die Wahrheit zu beweisen «, sagte Lisa.

„In einem Gericht sind Tatsachen nichts anderes als Beweise. Wir brauchen unbestreitbare Beweise ", sagte Ravi.

Lisa und Abdul zeigten Ravi Fotos von Jungen, die in verschiedene Teile des Staates reisten und College-Campus und Restaurants besuchten, um Drogen zu verteilen. "Es ist ein ernstes Problem", kommentierte Ravi. "Was sollen wir tun?" Fragte Lisa. »Wir müssen sehr ernsthaft nachdenken«, sagte Abdul. »Wir können niemandem trauen, da wir mit dem Feuer spielen«, sagte Lisa. „Treffen wir uns nach drei Tagen. Denken Sie darüber nach und denken Sie über alle Konsequenzen nach, denen wir ausgesetzt sein werden. Bhat ist standhaft und hat möglicherweise eine kriminelle Bande hinter sich, darunter Politiker, Polizisten und Geschäftsleute, da dies keine Ein-Personen-Show sein kann. Aber es wird unsere jungen Leute zerstören, sogar schulpflichtige Kinder ", meinte Ravi.

An diesem Tag kam Ammu spät von der Universität, da sie Kuttanad mit ihren Studenten besuchen musste, um sie den *Kuttern-Bauern* vorzustellen. Nachdem er gegen acht Uhr abends nach Hause gekommen war, bereitete Ravi das Abendessen zu, und innerhalb einer halben Stunde kehrte Ammu zurück. Am Esstisch diskutierten sie die Erkenntnisse von Abdul und Lisa. "Wir haben Bhat verwundet, da er böse ist. Seine Reaktion wird böswillig sein, und er wird sicherlich erfahren, was wir vorhaben ", reagierte Ammu. Ravi hörte Ammu schweigend zu, aber sein Herz klopfte. Wie man dieses Böse besiegt, es vernichtet; sonst würde es alles verschlingen und zerstören, was in der Gesellschaft richtig und edel ist.

"Ammu, manchmal schäme ich mich für mich selbst und meine Unfähigkeit, gegen solche Monster zu reagieren. Aber wenn wir reagieren, wird er uns töten, und das ist sicher." Ravis Worte waren scharf und durchdringend und enthielten eine Vorhersage ihrer Zukunft.

Sie hatten gerade ihr Familienleben begonnen und nahmen einen Wohnungsbaudarlehen auf, um ein Haus an einem Ort zu kaufen, an dem Ammu ihre Tage und Nächte gerne verbrachte. Der Ort war, wo Ammu erwähnt hatte, ein Haus zu kaufen, als sie nach Munnar gingen, und sie mochte es, mit Ravi an diesem Ort zu sein, in einem kleinen Haus, nach ihrer Heirat. Es war ein Traum, der für Ammu wahr geworden war.

Ravi teilte immer schöne Erinnerungen mit Ammu; ihre Bedeutung, Intensität und tiefe Vitalität umhüllten sie. Sie schufen ein Milieu für sie und brachten neue Dimensionen, nüchterne Farben, sanfte Klänge und ewige Beziehungen in reichen Schichten. Das Paar liebte es, mit ihren täglichen Aktivitäten als Rätsel zu koexistieren und dieses Rätsel immer wieder zu teilen. So blieb es immer frisch, attraktiv und lebendig. Ammu behielt den Munnar-Besuch mit Ravi in ihrem Herzen und teilte seine Bedeutung täglich mit Ravi. Und Ravi liebte es, ihr stundenlang zuzuhören, besonders am Wochenende und wenn sie zusammen waren. Sonntags wanderten sie Hand in Hand über den Hang und die Ufer des Flusses, der sich um die Reisfelder, Pfefferweingüter, Cashewbäume und Mangroven schlängelte.

Am nächsten Tag gingen sie nach Munnar. Ammu rief Ravi an und sagte: "Ravi, es gibt gute Nachrichten. Ich habe eine Einladung aus Uppsala, an der Verleihungszeremonie teilzunehmen, und ich werde während der Zeremonie promoviert." "Herzlichen Glückwunsch, Ammu. Ich bin begeistert. Es resultiert aus Ihren vielen Jahren des Kampfes, und Sie haben hervorragende Forschung geleistet. Du kannst stolz auf deine Kuttern *sein*. Du hast in so jungen Jahren viel erreicht und Tausenden von Bauern geholfen, zu gedeihen und einen anständigen Lebensstandard zu haben", war Ravi begeistert.

Ammu wollte alles mit Ravi teilen. »Danke, Ravi, für die guten Worte; danke für die Wertschätzung«, antwortete Ammu. »Ich bin stolz auf dich, lieber Ammu«, fuhr Ravi fort. "Ravi, es gibt noch eine gute Nachricht für dich. Eine NGO in Stockholm hat versprochen, die Ausgaben für meine Reise nach Schweden neben meinem fünfzehntägigen Aufenthalt dort zu sponsern. Sie haben mich gebeten, zwei Papiere vorzulegen, eines auf einer internationalen Konferenz über Krebse im Vatternsee und im Erkensee. Die andere ist eine Arbeit in einem Seminar über Fischzucht und Wirtschaftswachstum, das auf meiner Studie in Kuttanad basiert", erklärte Ammu.

„Ich bin in der Tat glücklich. Du hast es verdient, Ammu «, antwortete Ravi. "Ravi, noch eine gute Nachricht: 'Das Sponsoring ist für zwei Personen. Ich lade Sie ein, sich mir anzuschließen. Ich wäre der glücklichste Mensch, wenn du meine Einladung annehmen könntest", sagte Ammu. „Deine Einladung anzunehmen, macht mich zum glücklichsten Menschen der Welt. Ich bin bereit «, antwortete Ravi. "Lassen Sie uns so früh wie möglich zusammenkommen und unser Programm besprechen und planen", sagte Ammu. »Dieses Wochenende?«, schlug Ravi vor. "Natürlich", antwortete Ammu. "Ich werde zu deinem Hostel kommen und dich abholen, und wir werden zum Mattancherry Palace gehen, wenn du willst, und in einem guten Restaurant zu Mittag essen und unsere Reise besprechen und planen", sagte Ravi. "Ich bin bereit, mit dir überall auf der Welt zu gehen. Ich genieße jeden

Moment, den ich mit dir verbringe." In ihren Worten lag unendliche Liebe, und Ravi konnte sie spüren. Ravi erreichte Ammus Herberge gegen acht Uhr morgens, und Ammu wartete auf ihn. Er sah fröhlich und glücklich in seiner Jeans und einem eingesteckten T-Shirt aus. Ammu trug Jeans und ein T-Shirt, und sie sah hübsch aus. "Ammu!" Ravi rief an. "Ravi!" In ihren Worten lag so viel Liebe.

Es war eine angenehme Fahrt mit Ravis Fahrrad. Der Ausflug dauerte etwa eine Stunde, um etwa sechzig Kilometer von Alappuzha nach Kochi auf einer Autobahn zwischen dem Arabischen Meer und dem Vembanad-See zurückzulegen. Einer der größten Süßwasserseen Asiens, der Vembanad-See, der sich über etwa zweihundert Quadratkilometer erstreckt, sah auffällig und magisch aus. Als sie Kochi erreichten, gingen sie nach Fort Kochi, südwestlich der Stadt. Während Ravi Ammu das majestätische *China Vala*, die chinesischen Netze, zeigte, erzählte er ihr, dass die Portugiesen dem Raja von Kochi geholfen hätten, gegen Kozhikodes Samoothiri zu kämpfen. Als Geste der Dankbarkeit gewährte der Raja Afonso de Albuquerque 1503 ein Gebiet in seinem Königreich, das es den Portugiesen ermöglichte, Fort Emmanuel zu bauen, um ihr Machtzentrum zu schützen. Ravi erklärte, dass der Name von Fort Kochi von Fort Emmanuel stammt, und in der Nähe des Forts befand sich die St. Francis Church, die 1516 erbaut wurde. Die Holländer besiegten die Portugiesen, eroberten Fort Emmanuel und behielten es bis siebzehnhundertfünf in ihrem Besitz. Dann besiegten die Briten die Holländer und übernahmen die Kontrolle über die imposante Festung. Ammu ging Hand in Hand mit Ravi und hörte seinen Geschichten mit großem Interesse zu.

Von Fort Kochi galoppierten Ammu und Ravi zum Mattancherry-Palast. "Es war ein portugiesischer Palast, aber allgemein bekannt als der niederländische Palast", sagte Ravi zu Ammu und beobachtete seine exquisiten Wandgemälde. "Erbaut um fünfzehnhundertfünfzehn, repräsentiert es die Pracht der Architektur im Kerala-Stil", erklärte Ravi. "Die Paradesi-Synagoge wurde um fünfzehnhundertachtundsechzig erbaut und ist die älteste im alten britischen Empire. Es repräsentiert die historischen Bindungen zwischen den Juden und Kerala ", fügte er hinzu.

Ammu und Ravi bekamen einen zweisitzigen Tisch im Restaurant Arabian Dreams mit Blick auf das Arabische Meer. Ammu lächelte, und ihr heiteres Gesicht sah für Ravi atemberaubend attraktiv aus. "Ammu, erinnerst du dich an unser erstes Treffen?" Fragte Ravi. "Ja, Ravi, Erinnerungen sind das Lebenselixier einer Liebesbeziehung. Wenn es keine Erinnerungen gab, gab es keine Liebe, und wenn man Erinnerungen teilt, teilt man das Leben ", sagte Ammu und lächelte wieder. Ravi liebte ihre Anwesenheit und ihren Geruch, da sie eine seltene hypnotisierende Qualität hatten, eine magische Hartnäckigkeit, um seine Aufmerksamkeit, Konzentration und Liebe zu erregen.

"Ammu, es ist schön, bei dir zu sein. Ich liebe es, mit dir zu reden, dich zu riechen, dich zu schmecken. Ich liebe es, dich zu beißen, dich langsam zu essen, mein ganzes Leben lang, und ich kann mir ein Leben ohne dich nicht vorstellen ", waren Ravis Worte sanft und sanft.

"Ravi, ich habe die gleichen tiefen Gefühle und die gleiche Anziehung zu dir. Es ist unbeschreiblich. Es muss im Herzen erlebt werden, da es über die Sinne hinausgeht. Ich versuche, dich in meinen Gefühlen, Gedanken, meinem Bewusstsein und meinem ganzen Wesen zu verinnerlichen und einzudämmen. Du wirst zu mir, oder ich werde zu dir. Wenn ich dich ansehe, sehe ich mich in dir. Kein Spiegelbild, sondern das ganze Dasein. Dass ich du bin, und du bist ich. Es kann nicht getrennt werden, aber wir sind zwei Personen gleichzeitig. Diese Erkenntnis ist charmant, aufregend, belebend und intellektuell und spirituell befriedigend."

Ammu sprach, als würde sie ein Gedicht aus ihrem Herzen rezitieren, das sie über Ravi und sich allein geschrieben hatte. Sie waren die einzigen Wesen in diesem Universum für sie. Das Gedicht enthielt beides als Ganzes, und seine Einzigartigkeit war außergewöhnlich und beispiellos, aber sie konnte es erleben, beobachten und bewerten.

Ravi hörte Ammu aufmerksam zu. "Ammu, das Leben ist so faszinierend, und wir geben ihm einen Sinn. Wir geben seine Ziele, seine Ziele an, da es nichts vorab Geschriebenes darüber gibt, wie man ein Leben führt und was man daraus erreichen kann. Wenn zwei Menschen zusammenkommen, um eine lebenslange Beziehung zu gestalten, machen sie ihren Zweck, der alles über ihre Orientierung enthält, wohin sie gehen und wie sie es erreichen können. Ihre Entscheidung geht über Regeln und Vorschriften hinaus, aber ihr Vertrauen und ihre Liebe entwickeln Glauben und pflegen eine dauerhafte Bindung. In Endgültigkeit, Liebe und Vertrauen stehen wir zusammen als die Säulen des Lebens, das Ziel, die Ziele, die bloße Existenz und ihr Wesen ", sagte Ravi.

„Ravi, ich schätze dieses Miteinander, diese Einheit, diese Unabhängigkeit, diese einzigartige Individualität. Als Individuen mit voller Freiheit sind wir eins und erfahren unsere Dualität in unserer Einheit. Du bist ein separater Mensch. Deshalb liebe ich dich. Ich bin ein separates Wesen, und du fühlst dich mir nahe. Dieses Gefühl ist das Geheimnis des Lebens. Es ist eine Sehnsucht in unseren Herzen, sich zu treffen, einander nahe zu sein und eins zu werden, wenn auch nur für einige Zeit. Und deshalb erleben Menschen

Sex und Intimität. Auch beim Sex gibt es eine eigene Identität. Ich sehne mich nach dieser Intimität und liebe es, diese getrennte Identität zu schätzen, auch wenn wir Sex haben ", sagte Ammu und sah Ravi an, und es war offensichtlich, dass er über ihre Worte nachdachte.

"Ammu, ich verstehe die tiefgreifenden Auswirkungen dessen, was du gesagt hast. Deine Worte sind eins mit mir geworden. Wenn ich dich kenne, wirst du zu mir, denn Sein ist Wissen. Wenn wir Sex haben, werden wir ganz wir selbst und erleben das „Ich" in dir und das „Du" in mir. In einer intimen sexuellen Beziehung gibt es keinen Egoismus, da die Freude am anderen und die Freude am Selbst die primären Ziele des Geschlechts sind. Sex geschieht als bewusster Akt der intimen Beziehung, als Erfahrung deiner Einzigartigkeit in mir und meiner in dir. Es ist natürlich und doch erhaben. Unsere Beziehung ist auf diese Ebene der absoluten Intimität angewachsen, mit der Sorge um Individualität in Körper, Geist und Erfahrung. Ich liebe dich, weil du als Mensch eine untrennbare Würde hast und du mich in deinem Umgang mit der gleichen Würde behandelst. Selbst in unserem Geschlecht treffe ich dich als Gleichgestellte. Es gibt absolute Gleichheit, positive Freiheit und totale Freiheit. Ja, Ammu, in dieser Einschränkung liebe ich dich. In dieser ausschließlichen Selbstbestimmung reiche ich dir meine Hand und du mir deine. Wir erleben beide die elektrisierende Erfahrung, die Einzigartigkeit unserer Existenz." Ravis Worte waren klar und klar.

»Lass uns etwas essen«, sagte Ravi und fragte Ammu nach ihren Entscheidungen. Das Essen war köstlich und sie genossen es. "Jetzt wollen wir unsere Reise nach Schweden und zurück planen", sagte Ammu. „Das ist natürlich der Hauptzweck unseres heutigen Treffens", antwortete Ravi. „Wir haben insgesamt fünfzehn Tage in Schweden. Die Konfermentzeremonie findet am letzten Maitag an der Universität statt. Also lasst uns Stockholm mindestens zwei Tage im Voraus erreichen ", erklärte Ammu. »Einverstanden«, antwortete Ravi. "Sollen wir am achtundzwanzigsten Mai einen frühen Morgenflug von Kochi buchen? Wir werden am Abend in Arlanda, Stockholm, sein. Dann werden wir am nächsten Tag in dieser schönen Stadt verbringen, und am dreißigsten Morgen werden wir zum Erkensee fahren und dort den ganzen Tag und die ganze Nacht verbringen. Am nächsten Morgen werden wir zur Verleihungszeremonie nach Uppsala fahren ", sagte sie und sah Ravi zur Genehmigung an. „Es ist wunderbar. Ich werde mich freuen, in Uppsala zu sein, um zu sehen, wie Sie Ihren Doktortitel erhalten, eines der größten Ereignisse ", sagte Ravi und blickte auf Ammu. "Die Einberufung oder Graduierung für die neuen Doktortitel wird als Conferment Ceremony an der Universität Uppsala bezeichnet. Es findet zweimal im Jahr statt, im Frühjahr, etwa von Mai bis Juni, und im

Winter, im Januar. Kanonengrüße werden morgens und während der Zeremonie abgefeuert. Im Jahr sechzehnhundert fand die erste Verleihungszeremonie statt. Bei der feierlichen Zeremonie erhalten die Preisträger ihr Ehrensymbol, einen Ring, eine Urkunde und den Lorbeer des Kranzes ", sagte Ammu mit Stolz. »Du wirst wie eine Prinzessin aussehen, lieber Ammu«, sagte Ravi und lächelte, nahm Ammus Handfläche und küsste sie. »Und du, mein bezaubernder Prinz«, fügte Ammu hinzu. „Wann ist Ihr internationales Seminar in Stockholm?" Fragte Ravi. „Das ist am 3. Juni. Also werden wir zwei Tage in Uppsala verbringen und am dritten Morgen mit dem Morgenzug nach Stockholm fahren. Am vierten fahren wir zum Vatternsee und am Abend zum *Kraftivaler*. Ravi, du wirst es genießen ", sagte Ammu.

Ravi sah Ammu an und genoss jedes Wort. "Ammu, ich liebe es, all die Erfahrungen zu teilen, die du gemacht hast, also lass mich zu dir werden", sagte Ravi und lächelte wieder. Ammu mochte sein Lächeln. „Am fünften Morgen fahren wir nach Göteborg, am siebten ist das Seminar. Wir haben zwei Tage Sightseeing. Wir werden die Qual und Ekstase von Didrik und Olivia noch einmal erleben ", sagte Ammu lächelnd.

"Wer sind diese, Didrik und Olivia?" Fragte Ravi.

Ammu erzählte ihm die Geschichte von Didrik und Olivia, ihrer intensiven Liebe und ihrem Treffen in einem Stockholmer Einkaufszentrum. Ammu erläuterte Didriks Zugfahrt am nächsten Tag nach Göteborg, um seine geliebte Olivia und Olivias Zugfahrt nach Stockholm zu treffen, um ihren geliebten Didrik zu treffen. »Es lohnt sich auf jeden Fall zu erleben«, sagte Ravi.

„Am achten nehmen wir einen Zug nach Lund, eine Strecke von zweihundertvierundsechzig Kilometern, und besuchen die Stadt und die berühmte Universität in Lund, und am zehnten kehren wir nach Indien zurück." "Es klingt faszinierend. Ich bewundere Ihre Planung. Aber Ammu, darf ich einen Vorschlag machen?" Ravi sah Ammu an und wartete auf ihre Erlaubnis. »Natürlich, Ravi. Du brauchst meine Zustimmung nicht, um zu sprechen. Ein Zeichen der Liebe ist die Freiheit, alles in deinem Herzen auszudrücken. Bitte sag mir, was du sagen willst ", antwortete Ammu. "Ich habe zwei Dinge zu sagen: Sollen wir über Kopenhagen zurückkehren und den Ort besuchen, an dem wir uns zum ersten Mal getroffen haben? Dich zu treffen war das größte Ereignis in meinem Leben, nachdem mich meine Eltern vom Bahnsteig abgeholt hatten." Ravi war sehr offen. „Ravi, die Begegnung mit dir hat mein Lebensziel erfüllt, und jetzt bin ich ein anderer Mensch mit einer neuen Lebenssituation. Lassen Sie uns nach Kopenhagen gehen und noch einmal erleben, als wir uns zum ersten Mal unterhielten.

Erinnerungen sind wertvoll im Leben. Ein Leben ohne Erinnerung ist ein Leben ohne Liebe. Ich behalte diesen Moment in meinem Herzen und denke immer wieder darüber nach. Es ist zu kostbar. Wir werden da sein, uns treffen, wie die Begegnung zwischen Olivia und Didrik nach ihrer Zugfahrt ", sagte Ammu überschwänglich.

Dann sagte Ravi, als würde er ein Geheimnis erzählen: „Von Kopenhagen fliegen wir nach Stuttgart und treffen meine Eltern. Seit fünf Jahren sind sie dort. Die Ultranationalisten vertrieben sie aus Indien und beschuldigten sie, gegen das Land zu arbeiten. Mein Vater, Stefan Mayer, war ein kommunistischer Ideologe, und Emilia, meine Mutter, war ein Gelehrter auf *Theyyam*. Sie halfen den Ärmsten der Armen in Indien und arbeiteten als Stimme der Stimmlosen. Die Mayers haben Hunderte von Bekannten und Freunden in Kannur, die wie ein Stein bei meinen Eltern standen, aber meine Eltern konnten ihr Visum nicht verlängern, da die Regierung es ihnen verweigerte ",sagte Ravi präzise. "Ravi, du hast mir bereits von deinen Eltern erzählt, aber du hast nicht über ihre Arbeit in Indien gesprochen. Ich würde sie gerne kennenlernen und freue mich auf unser Treffen mit ihnen in Stuttgart. Ich werde sie beide umarmen, da sie mir eine so wunderbare Person in meinem Leben gegeben haben. Sicherlich haben sie einen Platz in meinem Herzen ", sagte Ammu sehr rücksichtsvoll. „Danke, Ammu, dass du meine Einladung angenommen hast. Ich möchte Ihnen auch mitteilen, dass meine Mutter Alzheimer entwickelt hat und niemanden erkennt. Mein Vater und meine Mutter sind unzertrennlich. Er bewegt sich immer um sie herum, auch wenn sie ihn nicht erkennt, und er tut alles für sie. Seine Existenz ist untrennbar mit ihrer eigenen verbunden ", sagte Ravi und erzählte die Geschichte seiner Eltern. "Ravi, es tut mir so leid, von deiner Mutter zu hören. Ich kann es verstehen. Ich habe meine Mutter verloren, als ich sie am meisten brauchte, als ich jung war. Mein Vater liebte sie immens, und ihr Verlust berührte ihn schrecklich, und er war nach ihrem plötzlichen Tod untröstlich. Warum lieben manche Männer ihre Frauen zu sehr? Warum denken Männer, dass sie untrennbar mit ihren Frauen verbunden sind? Warum verlieren sie jede Motivation, nach dem Tod ihrer Frau zu leben?" Fragte Ammu.

Das war eine schwer zu beantwortende Frage. Nachdem er einige Zeit nachgedacht hatte, sagte Ravi: „Das ist auch die Folge der Liebe. Ein Mann in bedingungsloser Liebe hat nur eine Sorge: seine Geliebte. Er unterhält sich immer tief mit ihr, auch in ihrer Abwesenheit. Es ist ein fortwährender Dialog, ein unaufhörlicher Diskurs, Tag für Tag. Der Mann, der sich mit seiner Frau identifiziert, denkt, er sei ein untrennbarer Teil der Frau, die er liebt. Kein Schatten, keine andere Entität, sondern ein koexistierendes

Wesen. Für ihn gibt es nur eine Person im Universum: seine Frau. Er erlebt die Einheit mit ihr, findet sie in sich und fühlt mit ihr. Für ihn gibt es keine Existenz ohne sie. Er atmet wegen ihr und denkt ständig an sie, sehnt sich nach ihrer Kameradschaft. Das ist die psychologische Einheit des anderen, eine Gesamtheit im Zusammenhalt. Philosophisch gesehen bist du der andere, und der andere bist du. Du baust ein Universum mit nur zwei Menschen: dir und deinem Geliebten. Wenn der andere stirbt, hörst du auf zu existieren. Es ist eine bewusste Entscheidung, keine erzwungene Entscheidung und ein natürliches Ergebnis eines untrennbaren Miteinanders. Manche mögen sagen, dass Liebe nicht immer positive Ergebnisse liefert, da sie manchmal dazu führt, dass Menschen nicht in der Lage sind, zwei getrennte Individuen zu unterscheiden. Du wirst der andere, und der andere wird du. Oft verliert man seine Einzigartigkeit. Das sieht man häufig bei Männern, die ihre Frauen zutiefst lieben. Aber Frauen können den Verlust ihres Partners allmählich und stetig überwinden. Sie können den Schmerz überleben und oft ihre Kraft und ihren alten Charme zurückgewinnen, um ein neues Leben zu beginnen. Ihre Vitalität ist anders und ihr Bewusstsein ist unnachahmlich. Ihre Ausgeglichenheit und Schlauheit sind das Ergebnis ihres Unabhängigkeitsbewusstseins. Das ist anders als bei Männern. Frauen sind klüger darin, Getrenntheit zu unterscheiden, aber Männer, die tiefe Liebe erfahren, verstehen die Unterscheidungskraft nicht. Sie scheitern in diesem Kampf, und der Verlust ihrer Geliebten wirkt sich tragisch auf sie aus."

"Ich stimme dir zu, Ravi. Selbst eine schwangere Frau betrachtet ihr ungeborenes Kind als eine separate Person und nicht als einen Teil ihres Körpers. Wenn Männer schwanger werden könnten, könnten sie anders über ihre Geliebte denken. Frauen verfügen über mehr mentale Stärke, inneres Gleichgewicht und Erholungswachsamkeit. Sie bauen einen neuen Sinn im Leben auf und können dies tun, auch wenn das Abrufen länger dauert. Einmal erreicht, wird es so fest wie ein Diamant ", sagte Ammu, während er nach dem Mittagessen Filterkaffee trank.

"Ammu, sollen wir uns bewegen?" Schlug Ravi vor.

"Sicher, es ist Zeit zu gehen", antwortete Ammu.

Die Rückfahrt war angenehm und die Brise vom Vembanad-See war beruhigend. Ammu liebte es, Ravi von hinten auf dem Fahrrad zu sehen. »Danke, Ravi«, sagte sie, als sie ihr Hostel erreichten. "Ich liebe es immer, mit dir zusammen zu sein. Es ist eine auslöschende Erfahrung ", antwortete Ravi. „Wenn ich bei dir bin, fürchte ich, dass die Zeit zu schnell vergeht, und wenn ich weg bin, sehne ich mich danach, dich wiederzusehen. Es ist paradox, mit der Person zu leben, die ich liebe ", sagte Ammu. "Ammu, du bist immer bei

mir, und ich spreche ständig mit dir, da du ein untrennbarer Teil meines Lebens geworden bist. Du faszinierst mich immer ", fügte Ravi hinzu.
„Danke, Ravi, dass du bei mir bist und dein Leben teilst. Ich erlebe diese lebendige Realität, die mir hilft zu wachsen und das zu erreichen, was ich bin. Diese Erfahrung ist eine unendliche, kostbare Begegnung, die ich ständig neu erlebe. Ich liebe dich dafür, wer du bist und was du aus mir gemacht hast. Du hast mir Hoffnung gegeben, und ich bin stärker geworden «, sagte Ammu.

Plötzlich umarmte Ammu Ravi leidenschaftlich, und Ravi hielt sie fest; Ammu hatte zum ersten Mal einen Mann umarmt. Sie konnten die Herzschläge des anderen hören und ihre tiefe Atmung spüren. Die erste Umarmung war die beste Erfahrung, die sie je gemacht hatten - eine beruhigende, warme und pulsierende Beteiligung. Sie blieben lange Zeit still und schätzten die Neuheit, Zweisamkeit und enge Umarmung des Aktes. Dann senkte Ravi den Kopf und küsste ihre Lippen.

„Danke, liebster Ammu. Du machst mich zu einer Person, die vor Liebe glitzert ", sagte er, als er sein Fahrrad startete und davonfuhr. Ammu beobachtete ihn lange beim Fahren.

Selbst nachdem er aus ihren Augen verschwunden war, suchte sie nach ihm, als könnte sie ihn noch reiten sehen. Ammu dachte an Didrik und sang die ersten beiden Zeilen des Liedes, die Musik für seine geliebte Olivia.

Die Vorbereitungen für ihre Reise nach Schweden begannen eifrig. Ravis erste Reise nach Schweden entwickelte ein unglaubliches Interesse an diesem wunderschönen Land. Er begann, über seine Geschichte, Sprache, Literatur, Kultur, soziale und wirtschaftliche Umgebung und Geographie zu lesen. Der Flug war für den frühen Morgen des 28. Mai geplant, und sie würden am selben Tag um 16:00 Uhr in Arlanda ankommen. Ammu sah in ihrer Jeans und ihrem halbärmeligen Hemd charmant aus, und Ravi war imposant in seiner Jeans und seinem T-Shirt. Sie umarmten sich am Flughafen, als würden sie sich nach langer Zeit treffen. Sie hatten nebeneinanderliegende Sitze, und es war das erste Mal, dass sie zusammen flogen. Obwohl sie unzählige Male ins Ausland gereist waren, hatte dieser Flug eine besondere Bedeutung. Sie würden für immer zusammen touren, und der Flug würde nicht landen; sie würden bleiben, um einander die Hände zu halten, während sie reden, lächeln, teilen und bis ans Ende ihres Lebens planen. Es war Freude in Aktion, das Gefühl der Einheit und das Gefühl der Nähe ohne seine Endlichkeit.

»Ammu«, rief Ravi sie oft. "Mit dir zusammen zu sein, ist die letztendliche Freude im Leben. Nichts ist darüber hinaus. Wir erleben diese enorme Zufriedenheit der Einheit in der Intimität."

"Ravi, ich bin es, der die Fülle deiner Existenz in mir erfährt. Du und ich sind eins, wenn wir zusammenkommen ", sagte Ammu.

Ravi sah ihr Gesicht mit großen, schönen dunklen Augen an. Ihr Gesichtsausdruck war immer angenehm. Es war ein tiefes Gefühl des Zusammenhalts, der Freude und der Erfüllung in Ammus Gegenwart, als ob sie in einer anderen Dimension seiner Existenz wären.

Ravi erlebte immer tiefe Gefühle in Ammus Gegenwart und drückte seine Gefühle als Freude in Aktion aus. Im Alter von sechs Monaten war er Emilia und Renuka zutiefst verbunden. An vielen Tagen erreichte Renuka gegen sechs Emilias Platz und nahm Ravi mit nach Hause. Nach der ayurvedischen Ölmassage und einem warmen Bad stillte Renuka Aditya und Ravi. Sie liebte sie sehr, und die Babys erkannten ihre Liebe und zahlten sie liebevoll zurück. Um zehn brachte Renuka die Babys nach Emilia zurück, oder Stefan ging zu Renuka und holte die Kinder ab. Aditya und Ravi begannen Emilia und Renuka "Amma" zu nennen. Sie wussten lange nicht, wer ihre „wahre Mutter" war. Beide Mütter erkannten, dass Ravi eine besondere Liebe zu ihnen hatte und drückten dies mit seinem kleinen Lächeln und seinen Gesten aus.

Da die Mayers ein großes Haus hatten, hatten Aditya und Ravi die meiste Zeit ihrer wachen Stunden dort verbracht, liefen hier und da und manchmal mit anderen Kindern aus ihrer Nachbarschaft. Sie spielten zusammen im Hof und Garten. Als die Kinder drei Jahre alt waren, begann Stefan ihnen Deutsch beizubringen, und sie lernten beide schnell die Sprache und unterhielten sich mit Emilia und Stefan auf Deutsch. Als sie vier Jahre alt waren, brachte Kalyani ihnen das Malayalam-Alphabet bei, das sie mühelos aufnahmen, da alle Malayalam sprachen. Sie wussten nicht, dass Kalyani aus Vidarbha stammte und dass ihre Muttersprache Marathi war. Sie beobachteten auch die "Studienklassen", die in den Häusern ihrer Nachbarn zu verschiedenen Themen im Zusammenhang mit dem Kommunismus und der Bauern- und Arbeiterbewegung in Malabar organisiert wurden.

Unmittelbar nachdem Aditya und Ravi ihren fünften Geburtstag gefeiert hatten, wurden sie in einen Kindergarten in Kannur geschickt, und die Mayers sponserten Adityas Ausbildung. Stefan nahm Aditya und Ravi jeden Tag gegen sieben Uhr dreißig morgens in seinem Auto mit, da ihr Unterricht um acht Uhr begann. Es war eine neue Erfahrung für Aditya und Ravi, am Unterricht teilzunehmen. Obwohl sie sich anfangs etwas unwohl fühlten, machte es ihnen später Spaß. Die Lehrerin war eine anglo-indische Frau, die einwandfreies Englisch sprach. Aditya und Ravi kamen im folgenden Jahr in die erste Klasse der St. Michael's Anglo-Indian School, einer renommierten

Bildungseinrichtung, die von Jesuiten geleitet wird. Die Klassen wurden bemerkenswert gut abgehalten, und hochqualifizierte und ausgebildete Lehrer unterrichteten sie von neun bis vier Uhr nachmittags. Aditya und Ravi nahmen aktiv an allen Sportarten und Spielen teil und zeigten eine besondere Neigung zum Hockey; sie repräsentierten oft ihre Schule in den *All Kerala Hockey Turnieren*. Aditya und Ravi dienten dem Kerala-Hockeyteam dreimal hintereinander in der High School bei Inter-School-Hockeyturnieren auf allen indischen Ebenen. Stefan ging abends zur Schule und wartete geduldig auf die Eishockeyspiele, damit er beide Kinder abholen konnte. Während Ravi Stefan „Papa" nannte, sprach Aditya ihn mit „Onkel Stefan" an.

Viele Tage verbrachte Aditya Zeit mit Emilia, Stefan und Ravi in ihrem Haus, als wäre er ein Familienmitglied. Aditya hatte ein Zimmer im ersten Stock des Hauses neben Ravis, und beide liebten es, zusammen zu sein. Sie liebten sich und ihre Freundschaft war unzerbrechlich. Von der Veranda aus beobachteten sie oft den Valapattanam-Fluss, auch Barapuzha genannt. Der Fluss war immer majestätisch und ruhig, mit Fliesenfabriken und Holzmühlen auf beiden Seiten. Massive Holzstämme wie Teakholz, Palisander und Anjali waren auf den westlichen Ghats, die als Sahyadri bekannt sind, verfügbar, insbesondere in Ayyankunnu, Aralam und Kottiyoor. Diese Holzstämme, die durch den Fluss Bavalipuzha *transportiert* wurden, stammen aus der nördlichen Ecke von Wayanad. Die *Barapuzha* begann jenseits von Ayyankunnu im Coorg- oder Kodagu-Distrikt von Karnataka. Die *Bavalipuzha* schloss *sich* der Barapuzha in der exotisch schönen Stadt Iritty an, wo die Briten 1933 eine Stahlbrücke gebaut hatten. Aditya und Ravi verbrachten lange Stunden damit, die Bewegungen der Baumstämme im Fluss und die sich verändernde Natur des Flusses im Sommer, in der Regenzeit und im Winter zu beobachten.

Zusammen mit Stefan und Emilia lernten sie, im Fluss zu schwimmen, und die Überquerung des Flusses machte Spaß. Allmählich entwickelten sie eine hingebungsvolle Verbundenheit und Bewunderung gegenüber dem *Barapuzha* und seiner Umgebung.

Am Wochenende blieben Ravi und Aditya bei Renuka, und Appukkuttan und Renuka bereiteten köstliches Rindfleisch-Biriyani zu, das sie genossen.

In der Sekundarstufe II bildete Aditya mit seinen Freunden in Valapattanam eine Eishockeymannschaft. Er konsultierte Ravi zu seinem Namen, und Ravi schlug das Eishockeyteam der Gebrüder Valapattanam vor, das Aditya gefiel. Sie nannten es kurz „VBHT". Die Brüder wollten einen Spielplatz zum Spielen und Organisieren von Hockeyspielen, also konsultierten sie Emilia und Stefan bei der Entwicklung eines Mini-Stadions. Hunderte Hektar karges

Land am Flussufer gehörten dem Fliesenfabrikanten. Stefan, Emilia, Renuka, Appukkuttan, Aditya und Ravi besuchten den Grundbesitzer. Stefan erklärte Muhammed Haji, dem Grundstückseigentümer, Adityas und Ravis Wunsch, einen Eishockeyspielplatz zu haben. Er fragte, ob sie zwei Hektar Land am Flussufer bekommen könnten, um einen Eishockeyspielplatz zu bauen. Haji rief sofort seinen Manager an und bat ihn, zwei Hektar Land am Flussufer abzugrenzen und als Eishockeyspielplatz zu entwickeln.

Der Spielplatz wurde innerhalb von fünfzehn Tagen fertiggestellt und verfügt über einen großen Schuppen, zwei Umkleideräume und zwei Toiletten. Etwa fünfundvierzig Jungen traten im ersten Monat in den Club ein, und abends begann das regelmäßige Spiel. Die VBHT lud das *Hockey-Team von Thalassery* (HTT) ein, am 15. August, dem Unabhängigkeitstag Indiens, ein Freundschaftsspiel zu spielen. Mohammed Haji wurde als Hauptgast und Stefan Mayer als Vorsitzender eingeladen. Mohammed Haji versprach fünftausend Rupien für das Siegerteam, und Stefan Mayer versprach viertausendneunhundertneunundneunzig Rupien für den Zweitplatzierten. Der Schiedsrichter war ein Armeekapitän, der Hockey für die indische Armee gespielt hatte. Etwa eintausend Menschen versammelten sich, um das Spiel zwischen VBHT und HTT zu verfolgen. Beide Mannschaften spielten außergewöhnlich gut, ohne Tore in der Halbzeit. In der zweiten Halbzeit erzielte HTT das erste Tor, aber VBHT reagierte schnell mit einem eigenen Tor. Kurz vor dem Schlusspfiff erzielte VBHT das Siegtor, was zu ihrem Sieg führte. Die Spieler feierten mit Tanz und Gesang und trugen ihren Kapitän Aditya über den Boden. Mohammed Haji gratulierte beiden Teams zu ihrer Sportlichkeit und ihrem hervorragenden Spiel und drückte seinen Wunsch aus, jeden Unabhängigkeitstag ein Hockeyspiel mit derselben Gruppe zu organisieren und bot einen Preis in Höhe von zehntausend Rupien an. Stefan Mayer bedankte sich bei Mohammed Haji für die Schenkung des Spielplatzes und des Preisgeldes und erhöhte den Zweitplatzierten auf neuntausendneunhundertneunundneunzig Rupien.

Das Eishockeyspiel war ein großartiges Ereignis in Valapattanam, und Aditya und Ravi wurden zu Helden, als sie jedes Tor im Spiel erzielten. Der Kapitän der HTT war Alwin Jacob Bernard. Er gratulierte Aditya und Ravi zur Organisation des Spiels, des Fairplays und des Sportsgeistes. Alwin lud die VBHT ein, am Weihnachtstag ein Freundschaftsspiel in Thalassery zu spielen.

Das Thalassery-Hockeyspiel wurde von Alwin und seinen Freunden hervorragend organisiert. Etwa zweihundert Menschen aus Valapattanam sahen sich das Spiel an, darunter Mohammed Haji, die Mayers, Madhavan, Kalyani, Renuka, Appukkuttan und fast alle Jugendlichen aus der

Nachbarschaft. Mohammed Haji war so freundlich, seine beiden Busse zu geben, um das Team und ihre Familie und Freunde zu transportieren. Von August bis Dezember organisierte Aditya tägliche Übungen für zwei Stunden am Tag, vier Tage die Woche, und sein Team war in ausgezeichneter Form. Die HTT begrüßte die VBHT als Royals, und Jennifer Jacob Bernard, die jüngere Schwester von Alwin, dem Kapitän der HTT, leitete ein kurzes Kulturprogramm.

Alle schätzten das Spiel, und die HTT erzielte drei Tore, während die VBHT nur zwei erzielen konnte, obwohl Aditya und Ravi ihr Bestes gegeben hatten. Es war eine Gelegenheit für sie zu erkennen, dass es gute Spieler außerhalb von Valapattanam gab, und die Thalassery-Jungs waren entschlossen, das Spiel zu gewinnen. Alwins Führung war hervorragend, und seine Eltern und Schwester Jennifer ermutigten ihn und die anderen Spieler vom Zuschauerstand aus. Aditya verstand, dass die mentale Vorbereitung und Ermutigung durch andere neben den Fähigkeiten und Taktiken in einem Hockeyspiel eine wichtige Rolle bei der körperlichen Fitness spielte, um ein Spiel zu gewinnen. Aditya mochte sein wünschenswertes Verhalten. Er begann das HTT und Alwin zu bewundern.

Aditya konnte nicht verstehen, ob die Bewunderung auf Jennifer oder eine spontane Reaktion auf die Leistung des Teams zurückzuführen war. So entstand über viele Jahre eine gesunde Rivalität zwischen VBHT und HTT. Es war ein denkwürdiger Tag für Aditya, da er während der Preisverleihungszeremonie mit Jennifer sprechen konnte, und er hätte nie gedacht, dass sie eines Tages seine Frau sein würde. Er würde sie immer "JJ" nennen, und sie würde ihn liebevoll "AA" nennen.

Im Februar organisierte die Mahe Hockey Players Association (MHPA) ein Eishockeyturnier und lud drei Teams von außerhalb von Mahe zur Teilnahme ein. Die Teilnehmer waren die MHPA, VBHT, HTT und das Vadakara Hockey Team (VHT). Das Preisgeld von fünfzigtausend Rupien wurde vom französischen Gouverneur von Pondicherry gesponsert. Mahe ist eine kleine Stadt am Arabischen Meer, etwa neun Kilometer von Thalassery entfernt auf dem Weg nach Kozhikode. Früher als Mayyazhi bekannt, hatten die Franzosen dort in siebzehnhundertvierundzwanzig Jahren eine Festung gebaut. Die wichtigste Institution in Mahé ist der Schrein der Heiligen Theresia von Avila, der um siebzehnhundertsechsunddreißig erbaut wurde. Jahre später heiratete Aditya Jennifer Jacob in dieser Kirche, obwohl ihr Vater sich der Ehe widersetzte, da Aditya von Geburt an Hindu und Kommunist war, eine Person, die nicht an Gott glaubte. Während Aditya bereit war, seinen Atheismus zu vergessen, um Jennifer zu heiraten, fand er die charmanteste und liebevollste Person, die er je getroffen hatte. Jennifer war bereit, sich jeder mentalen Folter für Aditya zu unterziehen. Sie träumte von einem Tag, an dem Aditya Ministerpräsident von Kerala wurde, gewählt unter dem Banner der Kommunistischen Partei Indiens, und er sich an kommunistische Prinzipien anpassen würde, um Jennifers Träumerei zu erreichen.

Das Turnier war ein großer Erfolg. Der Hauptgast war der Gouverneur von Pondicherry, und fast jeder in Mahé beobachtete das Spiel. Die Finalisten waren VBHT und HTT. Unter der Kapitänschaft von Aditya war die Leistung des Teams hervorragend und besiegte HTT mit drei Treffern zu eins; Aditya erzielte zwei und Ravi erzielte einen. Obwohl Alwin Jacob den Best Player Award gewann, gratulierte der Gouverneur Aditya und seinem Team zu dem brillanten Spiel. Während des Turniers sah Aditya Jennifer wieder, zusammen mit ihren Eltern. Jacob Bernard, Jennifers Vater, war ein hochrangiger Offizier in der Regierung von Pondicherry, und ihre Mutter war die Schulleiterin in Mahé. Bernards Urgroßvater gehörte zu den ersten Konvertiten zum Christentum in Mahe, als einige französische Seeleute die Kirche St. Theresa gründeten. Amelie Martin, Jennifers Mutter, stammte aus Marseille und kam als Touristin nach Mahe, als sie zweiundzwanzig war. Amelie traf dort Jacob Bernard während einer Bootsfahrt in der *Mayyazhipuzha*. Amelie liebte den exotischen Charme von Mahe und der *Mayyazhipuzha* und die Einfachheit und Offenheit von Jacob Bernard. Sie traf den Administrator von Mahé und drückte ihre Bereitschaft aus, dort einen Job anzunehmen, und die Regierung von Pondicherry ernannte sie, um den Schülern der High School Französisch beizubringen. Sie heiratete Jacob innerhalb von zwei Monaten in der Kirche St. Theresa, und sie hatten zwei Kinder, Alwin und Jennifer. Alwin Jacob Bernard kam als Student des Brennen College in Thalassery zu HTT und blieb fünf Jahre lang dessen Kapitän.

Innerhalb einer Woche nach Erreichen von Valapattanam erhielt Aditya einen handschriftlichen Brief auf Französisch. Er konnte nur eine Sache verstehen - Jennifer Jacob Bernard hatte die Botschaft verfasst. Aditya zeigte Stefan den Brief, aber Stefan konnte ihn nicht entziffern. Er täuschte Ignoranz vor, damit Aditya Jennifer persönlich treffen konnte. Aditya reiste nach Mahe, um die Bedeutung von Jennifers einsamen Satz zu finden, und zeigte ihn einem Gemeindebeamten, der ihn für Aditya ins Englische übersetzte.

"Ich liebe dein Hockey. Du auch, Jennifer."

Der Offizier sah Aditya lange an, weil Jacob Bernard sein Chef war. Als er Valapattanam erreichte, schrieb Aditya einen Brief auf Deutsch, in dem es hieß: „Lieber JJ, danke für die Nachricht. Ich liebe dich zu sehr. Du bist die charmanteste Person, die ich je getroffen habe. Aditya Appukkuttan."

Innerhalb von zehn Tagen erhielt Aditya einen Brief auf Deutsch: „Liebe AA, ich habe Ihren Brief erhalten. Ich bewundere dich. Ich sehe eine große Zukunft für dich. Eines Tages wirst du der Chief Minister von Kerala, Gottes eigenem Land, sein. Dein JJ."

Jennifer war immatrikuliert, als sie den Brief an ihren AA schrieb, und sie wusste nie etwas über Aditya, außer dass er ein großartiger Hockeyspieler war. Die Botschaft wirkte sich tiefgreifend auf Aditya aus und inspirierte ihn, an Jennifers Worte zu glauben. Er hielt sich tagelang, wochenlang, monatelang und jahrelang an ihrem Brief fest, und es wurde sein zweitwichtigstes Ziel, der Hauptminister von Gottes eigenem Land zu werden. Aditya glaubte, dass er dieses Ziel eines Tages erreichen würde, da Kommunisten die Hartnäckigkeit haben, Größe und Arbeit von der Basis aus zu erreichen. Auf der anderen Seite hatte Jennifer noch nie vom Kommunismus gehört, da sie in einer anderen Welt lebte und den Luxus des Einkommens ihrer Eltern und die Gewissheit eines großen Erbes von ihren Großeltern in Marseille genoss, die sie jedes Jahr während ihres Urlaubs besuchte.

Jennifer war nicht überrascht zu erfahren, dass Aditya aus einer einkommensschwachen Familie stammte und dass sein Vater als Handarbeiter arbeitete und ein *Theyyam-Tänzer* war. Reichtum reizte Jennifer nicht, da sie genug Wohlstand hatte, um viele Generationen zu überleben. Sie fühlte sich zu Aditya und seiner Magie hingezogen, und das war es, was ihr am wichtigsten war.

Aditya verehrte Jennifer; seine Liebe wuchs täglich und er entwickelte großes Vertrauen in sie und ihre Worte. Er spürte, dass Jennifer blendete, und sie konnte Ereignisse und Ideen mühelos analysieren, und was sie sagte, hatte eine tiefgreifende Bedeutung und Wirkung. Für Aditya war Jennifer kein gewöhnliches Mädchen. Als Aditya Amelie zum ersten Mal traf, zeigte sich, dass die Menschen ihr Leben elegant leben konnten. Sie könnten im Denken verfeinert werden, eine spezifische Philosophie über Lebenssituationen und Ereignisse entwickeln und ihr Milieu entsprechend gestalten. Amelies Lebensvision war philosophisch, und Aditya verstand, dass solche dynamischen Gedanken sein Leben durch Jennifer beeinflussen konnten. Nachdem sie mit ihrer Mutter die Grundbegriffe des Kommunismus besprochen und viele französische und deutsche Bücher gelesen hatte, sagte Jennifer Aditya, dass sie eine kommunistische Sympathisantin werden würde, indem sie AA unterstützt. Jennifer lehnte die philosophischen und wirtschaftlichen Grundlagen des Kommunismus ab, akzeptierte aber immer noch seine Möglichkeiten, die Träume von AA zu erfüllen. Sie sagte Aditya offen, dass der Kommunismus ein Betrug sei. Es war verräterisch und hatte eine erniedrigende Endgültigkeit, da es kläglich versäumte, Menschen mit Würde zu behandeln. Jennifers Worte waren für Aditya noch viele Jahre ein Euthyphro-Dilemma.

Jennifer ermutigte Aditya, Menschen zu beobachten und Ideen aus Lebensereignissen zu generieren. Es gab keine vorab geschriebenen Ideen oder gottgegebenes Wissen, da der Mensch alle Konzepte und Kenntnisse schuf und ihre Anwendung und ihr Wert sich konsequent mit den Anforderungen änderten. Es gab keine statische Wahrheit, da die Menschen sie ständig weiterentwickelten. Die Tatsache war ständig im Fluss. Auch wenn Menschen nicht vom menschlichen Zustand trennbar waren, konnten sie ihn durch konsequente Bemühungen transformieren. Daher gibt es kein Phänomen, das vom Menschen unbeeinflusst bleibt, weil der Mensch alles geschaffen hat. Jennifer sagte Aditya, sie befänden sich in einer Welt der Flüssigkeit, einer sich ständig verändernden und immer dynamischen Welt, und wenn er an den dekadenten Konzepten baumeln würde, würde er zugrunde gehen. Der Kommunismus muss wachsen und sich entsprechend den Bedürfnissen und Erwartungen des Tages verändern. Aditya musste vor neuem Denken sprudeln, und nur eine solche Umgebung konnte die Menschen verändern. Aditya hörte JJ immer mit Neugier, Anbetung und Respekt zu. Bestimmte Ideen von Jennifer schufen jedoch in Aditya Qualen; wenn er Macht erlangen sollte, müsste er dauerhafte Beziehungen vergessen.

Sowohl Aditya als auch Ravi schlossen ihre Abiturprüfungen mit hohen Punktzahlen ab. Ravi äußerte seinen Wunsch, einen Bachelor of Law an der renommierten juristischen Fakultät in Bangalore zu absolvieren. Gleichzeitig wollte Aditya seinen Abschluss in Kunst am Brennen College in Thalassery machen. Sie entschieden sich, zum ersten Mal verschiedene Wege zu gehen, um eine Zukunft zu gestalten. Emilia und Stefan Mayer versprachen, alle Kosten für Adityas Studie zu übernehmen. Renuka und Appukkuttan waren glücklich; die Mayers hatten Aditya seit dem Kindergarten gesponsert. Für Emilia war Aditya ihr Sohn, wie Ravi, und es war ihre Pflicht, Geld für seine Ausbildung auszugeben.

Dennoch wussten Emilia, Stefan, Renuka und Appukkuttan nie, warum Aditya das Brennen College, Thalassery, für den Abschluss wählte. Ravi wusste es und schätzte es, da er glücklich war, dass sein Bruder wahnsinnig verliebt war, und es war für Aditya leicht, Jennifer jeden Tag zu treffen, wenn er in Thalassery war. Aber Ravi konnte nie verstehen, warum sich Menschen in eine andere Person verliebten, bis er Ammu am Flughafen Kopenhagen traf.

Als Aditya zum Brennen College kam, hatte Alwin Jacob bereits seinen Abschluss gemacht und zog nach Frankreich. Jennifer hatte das College begonnen, als Aditya in seinem letzten Jahr war. Seit seinem ersten Jahr am College traf sich Aditya regelmäßig mit JJ in Mahe, wo sie stundenlang Bootsfahrten in der Mayyazhipuzha unternahmen und viel Zeit damit verbrachten, französische Küche in französischen Restaurants zu essen. Jennifer genoss französischen Wein, vor allem *Chateau Raya*, genau wie ihre Mutter Amelie, nach dem Essen. Aditya weigerte sich jedoch, alkoholische Getränke zu konsumieren, die in diesem winzigen Paradies namens Mahé reichlich vorhanden waren. Jennifer lachte Aditya oft wegen seines Abstinenzler-Verhaltens aus. Dennoch glaubte Aditya fest daran, dass er als Alkoholiker niemals Ministerpräsident von Kerala werden würde, sein zweiter Traum. Sein erster Traum war es, ein Leben mit seinem geliebten JJ zu führen. Er versprach JJ, dass er das Ereignis mit ihrem erlesensten Wein, *Cotes du Rhone*, feiern würde, sobald er als Chief Minister von Kerala einen Eid ablegte. JJ lachte.

Aditya war ein kluger Schüler und ein talentierter Sportler. Er zeigte bewundernswerte organisatorische und politische Fähigkeiten und bildete den Jugendflügel der Kommunistischen Partei (YWCP). Innerhalb weniger Monate wurde fast die Hälfte der College-Studenten Mitglieder des YWCP. Als Jennifer sich am College einschrieb, trat sie dem YWCP bei, aber sie erzählte ihren Eltern nie von ihrer Mitgliedschaft, da ihr Vater dagegen war; er war ein praktizierender Katholik. Jacob Bernard nahm regelmäßig an den eucharistischen Gottesdiensten im Heiligtum der heiligen Theresia teil. Täglich früh am Morgen von seinem Haus zur Kirche zu gehen, war seine Gewohnheit. Sein erster Vorfahre, der zum Christentum konvertiert war, als die Franzosen Mahe annektiert hatten, war ein analphabetischer Fischer, und er nahm einen französischen Namen an - Gabriel Bernard. Aus eigener Erfahrung erkannte Jacob Bernard, dass die Franzosen viel kultivierter und sanfter waren als die Briten. Viele Bürokraten in der britischen Regierung in Malabar waren halbgebildete Schläger aus Englands Land und Wales. Zur gleichen Zeit waren einige Tiere und Sklavenhändler von den karibischen Inseln, Britisch-Guayana und Suriname. Sie hatten kein Konzept von Gleichheit und Menschenwürde, weil die Briten nie einen Rousseau hatten.

Die Franzosen behandelten Gabriel Bernard und seine Frau gleichberechtigt und halfen ihren Kindern, Universitäten in Frankreich für die Hochschulbildung zu besuchen. Schließlich sicherten sie sich alle

Arbeitsplätze bei der französischen Regierung in Mahé und Pondicherry, und viele wanderten später nach Frankreich aus. Die meisten ihrer Nachkommen genossen einen luxuriösen und komfortablen Lebensstil und integrierten sich vollständig in die französische Kultur, Sprache und Philosophie. Nach zwei Jahrhunderten glaubte Jacob Bernard, dass Gott die Franzosen nach Mahé geschickt hatte, um die Bernarden zu retten. Er dachte, der Gott der Bibel habe die Bernhardiner speziell ausgewählt, um die Früchte der französischen Besatzung in dieser winzigen Tasche in Malabar zu genießen. Jacob Bernard hatte einen starken Glauben an die rettende Gnade Jesu, der am Kreuz starb, um Menschen wie ihn zu retten, und er wollte Jesus für seine ewige Liebe danken, dass er ihm ein so würdiges Leben gewährt hatte. Er dankte auch der Heiligen Theresa von Avila für ihre Fürsprache, Amelie zu treffen und ihnen zwei Kinder zu schenken, Alwin und Jennifer.

Aber Amelie war anders; sie war eine unersättliche Leserin und ein Produkt der französischen Aufklärung. Sie analysierte den Humanismus ausgiebig und war tief von französischer und deutscher existentieller Fiktion und Philosophie beeinflusst. Amelie respektierte die absolute Macht und transformative Fähigkeit der Vernunft, die Unantastbarkeit des Individualismus und die Majestät des Skeptizismus sehr. Sie betrachtete sich als liberal und humanistisch, unterstützte die von Simone de Beauvoir hervorgehobenen Vorstellungen und glaubte, dass der Katholizismus Gott gegenüber sklavisch sei. Die katholische Kirche vernichtete die Freiheit, insbesondere für Frauen, und ihre Hierarchie war illiberal, weil ihre Dogmen entmenschlichten, obwohl viele Kleriker im Privaten sexuelle Raubtiere waren. Seine unterdrückerische Haltung gegenüber Frauen hatte keine Parallelen außer im Islam.

Amelie glaubte, dass sie allein den Sinn ihres Lebens definierte und die Familie für irrational und an sich bedeutungslos hielt. In der Ehe kann man jedoch einen Sinn finden, indem man eine rationale Entscheidung über seine Existenz trifft. Amelie hat sich nie in die religiösen Ablässe ihres Mannes eingemischt. Darüber hinaus gab sie ihrem Sohn und ihrer Tochter absolute Freiheit zu denken und rationale Entscheidungen zu treffen, die ihr Leben beeinflussten. Sie liebte ihren Mann und ihre Kinder von ganzem Herzen und erlaubte ihnen, ihre Existenz, ihren Raum und ihre Entscheidungen zu haben. Amelie glaubte, dass sich Literatur, Kunst, Philosophie und sogar Wissenschaft je nach Vernunft ändern müssten. Als sie erheblichen Reichtum von ihrem Vater erbte, hatte Amelie ein angenehmes Leben, das es ihr erlaubte, zu denken und zu philosophieren. Sie besuchte oft Frankreich mit ihrem Mann, und Bernard lernte, wie man mit den Hochgebildeten in Paris interagiert.

Amelie hatte eine Bibliothek mit einem bestimmten Abschnitt ihrer beliebtesten Bücher. Sie waren *Sein und Zeit* von Martin Heidegger; *Haus der Blätter* von Mark Danielewski; *Irrationaler Mensch* von William Barrett; *Die Metamorphose* und der *Prozess* von Franz Kafka; *Warten auf Godot* von Samuel Beckett; *Sein* und Nichts und die *Übelkeit* von Jean-Paul Sartre; und *Der Fremde* und die *Pest* von Albert Camus. Ihr Lieblingsautor war Albert Camus, und *Der Fremde* war der außergewöhnlichste und zum Nachdenken anregendste Roman, der jemals geschrieben wurde. Jennifer lernte Französisch und Deutsch von ihrer Mutter in ihrer Kindheit, und Amelie stellte Jennifer auch Albert Camus, Simone de Beauvoir und Jean-Paul Sartres Schriften vor.

Jennifer stellte Aditya ihren Eltern vor und sagte ihnen, dass sie ihn gerne heiraten würde, sobald sie ihr Aufbaustudium über die französische Widerstandsbewegung während des Zweiten Weltkriegs und ihren *Einfluss* auf die *Literatur* an der Universität Paris abgeschlossen habe. Als Existentialistin hatte Amelie kein Problem damit, dass Jennifer einen Atheisten heiratete, da alle ihre Lieblingsschriftsteller Atheisten waren, einschließlich Albert Camus. Jacob Bernard lehnte die Entscheidung seiner Tochter jedoch entschieden ab. Er glaubte, dass der Katholizismus göttlich sei, da Jesus sein kostbares Blut für Sünder, einschließlich Atheisten, vergoss. Aber Jennifer nahm die *Rebellin* und das *Zeitalter der Vernunft* in ihre rechte und linke Hand und schwor feierlich, dass, wenn sie jemals heiraten würde, es nur ihre geliebte AA sein würde. Aditya sagte Jennifer, dass er bereit wäre, bis zum Ende seines Lebens zu warten, um bei seinem lieben JJ zu sein.

Nach seinem Abschluss engagierte sich Aditya in Vollzeit-Aktivitäten der Kommunistischen Partei, und Jennifer reiste mit ihm durch ganz Malabar. Sie schätzten die Überzeugung, das Engagement und die Hingabe der jungen Kommunisten an ihre Befreiungsideologie. Jennifer traf sich oft mit Emilia, Stefan, Renuka, Appukkuttan, Madhavan und Kalyani während ihres Aufenthalts in Valapattanam mit ihrem AA. Sie liebte es, in Valapattanam zu bleiben, um mehr über Theyyam zu erfahren, und beteiligte sich außerdem an "Studienkursen", die von Stefan und Madhavan organisiert wurden, und an der Landwirtschaft auf "zwanzig Hektar Land rund um das Haus der Mayers". Renuka liebte Jennifers Einfachheit, während Emilia ihre intellektuelle und ideologische Suche schätzte. Jennifer sprach Renuka und Emilia mit „Mama" an und war stolz darauf, drei Mütter zu haben.

Aditya nahm sie mit auf lange Bootsfahrten in der *Barapuzha*, verbrachte viel Zeit mit Angeln und war begeistert, verschiedene Fische zu fangen. Emilia und Stefan veranstalteten Partys zu Ehren von Jennifer und Aditya und servierten Tapioka, Rindfleisch und *Toddy* als Unikate. Jennifer liebte es, mit Emilia, Kalyani, Renuka, Suhra, Stefan, Madhavan, Ravindran, Kunjiraman,

Moideen und Appukkuttan zu trinken. Jennifer und Aditya legten besonderen Wert auf solche Versammlungen und schätzten ihre innere Bedeutung und Dynamik, die die Befreiung und Freiheit der Frauen widerspiegelte, wie sie von Simone de Beauvoir ins Auge gefasst wurde. Jennifer verstand, dass viele dieser Männer, die noch nicht einmal ihre Immatrikulation abgeschlossen hatten, im modernen Denken weit voraus waren als ihr Vater, Jacob Bernard. Für Aditya waren Geschlechtergerechtigkeit, Freiheit und Gleichberechtigung der Frauen integraler Bestandteil des Kommunismus als Ideologie. Es könnte Menschenwürde und Humanismus in alltäglichen Situationen, auch in Dörfern, herbeiführen. Aber Jennifer fragte Aditya oft, warum es in Kerala, Bengalen, Kuba oder China keine kommunistischen Führerinnen gab, und er hatte keine rationale Antwort auf ihre Frage. Der Kommunismus hatte eine ebenso unterdrückerische Ideologie in Bezug auf Frauen, ähnlich wie Faschismus und Nationalsozialismus. Darüber hinaus war der Kommunismus eine frauenunterjochende Religion wie der Katholizismus und der Islam, analysierte Jennifer.

Jennifer war eine bodenständige Person. Sie besuchte viele Häuser in Valapattanam allein oder mit Emilia, Kalyani, Geetha oder Renuka und erkundigte sich nach Frauengesundheit, Bildung, Ernährungsgewohnheiten und Beschäftigung. Sie sprach mit Frauen in der Landwirtschaft, Einkommensgenerierung und politischer Teilhabe. Jennifer half vielen Frauen bei produktiven Aktivitäten wie der Aufzucht von Ziegen, Schweinen, Kühen und Hühnern und der Entwicklung von Küchengärten. Die Frauen warteten sehnsüchtig auf ihre Besuche, und innerhalb von drei bis sechs Monaten gab es erhebliche Veränderungen in den sozialen und wirtschaftlichen Perspektiven und Aktivitäten der Frauen. So wurde Jennifer ein integraler Bestandteil der Valapattanam-Gemeinschaft.

Jennifers Idee war der Frauenflügel der Kommunistischen Partei (WWCP) in Valapattanam. Sie hatte eine Woche lang darüber nachgedacht, bevor sie mit Aditya über die Machbarkeit diskutierte, der sie ermutigte, das Konzept umzusetzen. Sie beriet sich dann mit Emilia, Stefan, Renuka, Appukkuttan und Madhavan, und sie alle erkannten, dass es eine starke Vermutung war und Frauen zugute kommen würde. Jennifer lud eines Abends etwa 25 Frauen aus ihrer Nachbarschaft ein, sich in Emilias Haus zu versammeln. Dort erläuterte sie die Ziele, den Zweck und die Ziele der WWCP, und die meisten Frauen nahmen an einer lebhaften Diskussion teil. Jennifer war kraftvoll in ihrer Präsentation und ihre Leistung war überzeugend und realitätsorientiert. Ihr Malayalam war hervorragend und sie verwendete angemessene Worte, die die Fantasie und das Potenzial der Frauen, die sich dort versammelten, anregen konnten. Sie alle einigten sich darauf, sich wieder zu treffen, als Jennifer einen Entwurf der Verfassung der WWCP vorlegte. Nach dem Treffen lud Emilia alle zum Abendessen auf die Terrasse ihres Hauses ein. Die kühle Brise aus dem *Barapuzha* war beruhigend, und sie konnten die Lichter der Stadt Kannur sehen. Das Essen, das von Emilia und Stefan zubereitet wurde, war köstlich und die Hauptgerichte waren Tapioka, Hammelfleisch, Rindfleisch und *Toddy*.

Wie geplant kam Jennifer nach einer Woche von Mahe, um die Verfassung der WWCP zu präsentieren. Es war gut geschrieben, prägnant und mit der Entwicklungsagenda imprägniert. Rund fünfundvierzig Frauen aus Valapattanam nahmen an der Versammlung teil und stimmten einstimmig dem Gesetz zu und erklärten, dass es alle Frauen unter der Kommunistischen Partei in Kerala befreien würde. Die Versammlung wählte ein fünfköpfiges Komitee, um die Organisation effektiv zu führen, wobei Renuka einstimmig als Präsident, Geetha als Sekretärin und Kalyani, Suhra und Sumitra als Mitglieder gewählt wurden. Jennifer drückte ihre Unfähigkeit aus, an dem Treffen teilzunehmen, als sie plante, für ein höheres Studium nach Paris zu gehen. Aditya war begeistert von der Gründung der WWCP und kooptierte Renuka und Kalyani in das Bezirkskomitee der Kommunistischen Partei, um Frauen zu vertreten. Aditya glaubte, dass Frauen eine entscheidende Rolle beim Wachstum, der Expansion und der Aufrechterhaltung der Macht der Kommunisten in Kerala spielten. Die WWCP gratulierte Jennifer zu ihrer Rolle bei der Gründung und machte sie zu einem bekannten Namen in der Valapattanam-Gemeinschaft.

Aditya bewunderte JJs intellektuelle Schärfe und gleichzeitig ihren bodenständigen Ansatz. Er dachte, Jennifer könnte sein Ideologe, Berater und Führer in Angelegenheiten im Zusammenhang mit dem Kommunismus sein, als er Ministerpräsident wurde. Aditya ermutigte Jennifer, eingehende Studien über die Rolle des Kommunismus in den französischen Widerstandsbewegungen durchzuführen. Dazu gehörte die Nähe des Kommunismus zum Existentialismus und zur Phänomenologie. Und vor allem der Einfluss des Kommunismus in der französischen Literatur. Ihre Studie sollte modern sein und sich auf die sozialen, wirtschaftlichen und politischen Situationen der Menschen in Kerala beziehen.

FÜNFTES KAPITEL: AYYANKUNNU NACH DHARMADOM UND EINE HOCHZEIT AUF MAHÉ

Jennifer verstand die praktische Ausrichtung ihres Studiums, die von AA vorgeschlagen wurde, und die Liebe, das Vertrauen und die Zuversicht, die er ihr geschenkt hatte. So wurde der französische Widerstand zu ihrem Hintergrund, und der Existenzialismus und die französische Literatur waren die Werkzeuge, um Aditya auf die höchste Position zu heben. Jennifer konsultierte AA in allen Fragen ihrer Entscheidungsfindung und er überzeugte sie, dass beide eine glorreiche Zukunft in Kerala haben würden, da sie scharfsinnig und gewissenhaft auf ihr Ziel hinarbeiteten: Eroberte Aditya die Macht durch die kommunistische Bewegung in Kerala? Sie waren sich bewusst, dass sich der Kommunismus innerhalb von zwanzig bis fünfundzwanzig Jahren erheblich verändern würde. Bis dahin würde Aditya aufgrund seiner langjährigen fleißigen Arbeit an der Basis, ideologischen Veränderungen und des rationalen Beitrags seines geliebten JJ an der Spitze der kommunistischen Partei in Kerala stehen.

In der Endgültigkeit glaubte Aditya, dass der Kommunismus nur ein Werkzeug sei und dass die Menschen das ultimative Ziel seien. Er bat JJ, eine Nische zu schaffen, um einen Paradigmenwechsel hin zu dieser Denkweise zu entwickeln, die dann in die Tat umgesetzt werden könnte. Aditya glaubte, dass der Kommunismus absterben würde, sobald Gerechtigkeit und Freiheit erreicht seien. So versuchte Jennifer, Existenzialismus, Kommunismus und französische Literatur zu verbinden, um sich von den dynamischen Beispielen des französischen Volkes während der Widerstandsbewegungen inspirieren zu lassen, die eine robuste, logische Grundlage für rationales Denken im Kontext von Kerala bieten würden.

Jennifer und Aditya waren füreinander geschaffen, auch wenn sie eine Ideologie entwickelten, die in realen Situationen praktiziert wurde, und sie waren untrennbar miteinander verbunden.

Jennifer ging nach Paris, um höhere Studien in der französischen Widerstandsbewegung während des Zweiten Weltkriegs und ihrem *Einfluss* auf die *Literatur* zu absolvieren. Sie schrieb täglich Briefe an ihren geliebten AA in deutscher Sprache aus Paris, und Aditya antwortete auf Malayalam, Englisch und Deutsch an seine Geliebte JJ. An der Universität Paris studierte

Jennifer ausgiebig die Widerstandsbewegungen gegen die Nazis, die Rolle der Kommunisten und die Befürworter der existentiellen Philosophie und Literatur in den Widerstandsbewegungen. Sie erfuhr, dass La Resistance eine Bewegung für soziale, kulturelle, philosophische, intellektuelle, wissenschaftliche, künstlerische, literarische und bewaffnete Veränderungen war, die gegen die Nazi-Besatzung in Frankreich kämpfte. Es war auch eine Bewegung gegen das Vichy-Regime, das mit den Nazis zusammenarbeitete.

La Resistance hatte viele Mittel, und Jennifer entdeckte, dass sie Graswurzel-Nicht-Kooperation beinhaltete. Es konzentrierte sich auf Propaganda gegen die Nazi-Besatzung, den Kampf mit Gewehren, Bomben und sogar Händen und die Rückeroberung von Dörfern, Städten und Gemeinden. Es war inspirierend, etwas über Jean Moulin und die Rolle seiner Gefährten zu erfahren, die zahlreiche Gruppen zu einer stabilen Organisation vereinten, um an verschiedenen Fronten gegen die Gestapo zu kämpfen. Die Nazis folterten Jean Moulin vor seiner Hinrichtung. JJs neues Wissen half ihr, die Maguis als den Frauenflügel der kommunistischen Partei zu identifizieren, die sie in Valapattanam gründete. Obwohl die Gestapo viele gefangen nahm, waren die Maguis energisch und erfolgreich gegen die Nazis. Jennifer war erfreut zu erfahren, dass die Widerstandsbewegungen auch aus Gefangenen mit Waffen bestanden, und sie besiegten die Nazi-Lagerorganisatoren und befreiten Tausende von Gefangenen.

In ihrem letzten Studienjahr an der Universität konzentrierte sich Jennifer auf den Existenzialismus und die französische Literatur. Sie entdeckte, dass viele Existenzialisten gegen die Besatzung Frankreichs durch die Nazis kämpften und Gedichte, Kurzgeschichten, Romane, Theaterstücke, Leitartikel und Artikel verfassten, um die Freiheitskämpfer zu unterstützen. Sie informierten die Menschen, dass die nationalsozialistische Besatzung dem Individualismus, der persönlichen Freiheit und den individuellen und gesellschaftlichen Entscheidungen entgegensteht. Die deutsche Besatzung zerstörte ihre geschätzten Werte des Humanismus, und nur durch die Existenz konnte ein Individuum die Fülle des Humanismus erfahren, die allen anderen Vorteilen vorausging. Jennifer glaubte, dass AA sich zu einer humanistischen Organisation entwickeln musste, nicht zu einer kommunistischen.

Jennifer enthüllte, dass französische Schriftsteller eine dynamische Kampfgruppe gegen die Nazis bildeten, die ihnen half, Ideen und Visionen zu entwickeln, die alle zum Handeln ermutigten. Die beredteste und inspirierendste Literatur in Französisch in der Mitte des zwanzigsten Jahrhunderts stammte von den Widerstandsschriftstellern, die unendliche Energie, bemerkenswerte Entschlossenheit und hervorragende organisatorische Fähigkeiten hatten. Tausende kamen zusammen und entwickelten Literatur mit einem Thema: die Nazis zu besiegen, Frankreich zu befreien und einige der besten Schriften zu produzieren. Solche Literatur konzentrierte sich hauptsächlich auf Freiheit, Gerechtigkeit und Einheit.

In der Zwischenzeit schrieb Aditya an Jennifer über die wachsende Gewalt zwischen der Ultra-Nationalistischen Partei (UNP) und den Kommunisten im Bezirk Kannur. Die UNP schlachtete gnadenlos Dutzende von Kommunisten in ihren traditionellen Hochburgen ab, und der Amoklauf war zu einer alltäglichen Angelegenheit geworden. Die UNP glaubte an ein Indien, das sich auf ihrer Karte von Afghanistan über Kambodscha und Tibet bis nach Sri Lanka erstreckte, und sie schufen ein imaginäres Bharat und stellten Indien als Göttin dar. Das Ziel der UNP war es, ihren "verlorenen Ruhm aufgrund von Hunderten von Jahren iranischer, mongolischer, britischer, französischer, niederländischer und portugiesischer Eroberung" Indiens wiederzuerlangen. "Den verlorenen Ruhm des Mutterlandes zurückgewinnen" war ihr Slogan, und sie bestanden darauf, dass alle ursprünglichen Indianer einer bestimmten Religion angehörten, um sich zu vereinen. Sie mussten nur massenhaft zu dieser Religion und der UNP zurückkehren. Die UNP betrachtete Muslime als eine ernsthafte Bedrohung für ihre Einheit und Integrität, indem sie sie aufforderte, in Pakistan oder Bangladesch und Christen, die weniger als drei Prozent der Gesamtbevölkerung ausmachten, nach Rom zu verschwinden, da "sie in den letzten zweitausend Jahren eine ernsthafte Missionierung betrieben".

Diejenigen, die sich weigerten, die Ideologie und Religiosität der UNP zu akzeptieren, wurden sogar am helllichten Tag angegriffen und abgeschlachtet. Sie brannten viele Häuser nieder; Frauen und sogar junge Mädchen wurden vergewaltigt. „Vergewaltigt die Frauen und Mädchen anderer Religionen" war der Ausspruch von Savarkar, der den Maratha-König Shivaji geißelte, weil er die Schwiegertochter des muslimischen Gouverneurs von Kalyan zurückgeschickt hatte, die Shivaji besiegt hatte. Savarkar rechtfertigte Vergewaltigung als legitimes politisches Instrument. Vergewaltigung war eine „Tugend", wie in seinem Buch *Six Glorious Epochs of India History*, geschrieben in Marathi, behauptet wird. Die UNP-Schläger waren unwissend über historische Fakten, wissenschaftliche Erkenntnisse und rationales Denken und kümmerten sich nie um Objektivität. Sie drückten dies durch ihre Worte und Taten aus, denen die Ideale der Menschenwürde, der sozialen Gerechtigkeit und der Freiheit fehlten. Sie hätten sich nicht geschämt, lächerliche Geschichten, Mythen und Aberglauben zu verbreiten, erklärte Aditya Jennifer. Für die UNP war Gewalt ein Mittel, um ihr Ziel zu erreichen: ein Indien mit nur einer Religion und

„Kastenmenschen" als Herren. Der Missbrauch ereignete sich in den vier Wänden der Familien, wo die UNP ohne Respekt oder Schuld in die Privatsphäre eingriff. Schulen, Hochschulen, Universitäten und sogar Krankenhäuser wurden zu ihren Kindergärten der Indoktrination. Laut Aditya war die UNP zu einer wachsenden Bedrohung und Herausforderung für die Kommunisten in Malabar geworden.

Jennifer führte eine eingehende Analyse der von der UNP geschaffenen Situation und ihrer ideologischen Implikationen für den Kommunalismus durch. Sie konzentrierte sich darauf, wie sich die UNP auf die Führung von AA und sein Ziel, Keralas Chief Ministerschaft zu erreichen, auswirken würde. Sie schrieb an Aditya, um die Menschen davon zu überzeugen, dass der Kommunismus der Gipfel des Humanismus sei, mit Freiheit als Rückgrat, Gerechtigkeit als Gehirn und Gleichheit im Blut. Der Kommunismus zielte darauf ab, die ungerecht behandelten Arbeiter, Bauern, Dalits und Unterdrückten zu erheben, die ohne Hoffnung oder Ausgang an ihre Existenz gefesselt waren. In diesem Zusammenhang war der Kommunismus unerlässlich, und seine Handlungen waren eine philosophische Revolte und die totale Befreiung der Menschen. Der kommunistische Aufstand war wie die Französische Revolution und der Kampf gegen die Nazis. Jennifer wusste, dass der Kommunismus genauso ekelhaft war wie die UNP, wenn es darum ging, Mitmenschen abzuschlachten. Es fehlte ihr an Empathie; ihre Vorstellungen von Menschenwürde waren leer, und Menschenrechte gab es nicht. Sie schrieb ausführliche Briefe an Aditya über die entmenschlichende Rolle des Kommunismus in zukünftigen Gesellschaften, es sei denn, er befreite sich von Gewalt.

So interpretierte Jennifer, dass zwei böse Kräfte das Volk von Gottes eigenem Land unterdrückten, obwohl die Individuen von Kerala in einem Ozean des Determinismus frei waren. Aber der Begriff der Freiheit und des Determinismus war relativ, da es Grenzen der Demokratie gab, und dasselbe galt für Gerechtigkeit und Gleichheit. Ein solches Verständnis führte zu einer Mäßigung der rationalen Erwartungen, um Entwicklung und Fortschritt zu erreichen, da es keinen absoluten Wert gab und alles Unendliche antimenschlich war. Sie schrieb, dass die von der UNP und den Kommunisten verübte Gewalt gegen den Humanismus und den Evolutionsprozess gerichtet sei. In diesem Zusammenhang war das, was sie getan hatten, ein Verbrechen gegen die Menschlichkeit. Jennifer war kategorisch klar, dass AA Gewalt nicht als Reaktion annehmen sollte, und was andere tun, selbst seine Kommunisten, war nicht seine Sorge. Aber er konnte sich nicht durch Zerstörung verraten, was seine Chancen und seinen persönlichen Zweck verderben könnte. Individuelle Ziele waren ebenso wichtig wie die Ziele der Gruppe, aber als Kommunist konnte er nicht ohne Wahlmöglichkeiten existieren. Ein gewaltsamer Weg für eine utopische Gesellschaft könnte nirgendwohin führen, da die UNP und die Kommunisten immer mehr Menschen töten könnten und der Humanismus dabei absterben würde. Jennifer riet Aditya, sich vorsichtig von Morden fernzuhalten. Es bedeutete nicht, dass er das Schicksal akzeptieren und blind unter Missbrauch leiden musste. Widerstehen Sie der Gewalt, ohne sich persönlich einem Mord hinzugeben, auch wenn der Kader reagieren und ein Auge um ein Auge und einen Zahn um einen Zahn nehmen könnte.

Nichtsdestotrotz musste AA sich von Lynchmorden fernhalten, da Mord den Humanismus zunichte machte. Jennifer schlug eine Option vor, um Gewalt zu überwinden - er könnte verhandeln und Dialoge mit der UNP führen, um zusammenzuarbeiten, um menschlichen Fortschritt zu erreichen und es ihnen zu ermöglichen, bis zu einem gewissen Grad die Macht zu genießen, sogar die Oberhand. *Der Rebell* von Albert Camus beeinflusste Jennifer zutiefst, und ihre Briefe an Aditya spiegelten oft seine Ideen wider. Dennoch dachte Aditya, was sie sagte, sei Kantianisch.

Innerhalb von zwei Jahren nach ihrem Studium in Paris besuchte Aditya Jennifer sechsmal und führte ausführliche Gespräche mit ihr. In der Zwischenzeit wurde er Sekretär der Kommunistischen Partei in Kannur. Aditya sagte Jennifer, dass ihre These die Haltung und das Handeln der kommunistischen Ideologie projizieren und ihre Grundsätze sorgfältig interpretieren müsse, um das Wachstum neuer Ideologien und die Position junger Menschen in einer zukünftigen Regierung zu visualisieren, wenn hochrangige Führer von der Bühne verschwinden würden, und dass der Konflikt zwischen Freiheit und Gerechtigkeit kontinuierliche Anpassungen, politische Weisheit und praktischen Scharfsinn erfordere. Wie Jennifer antwortete, könnte das Akzeptieren des Unbekannten Freiheit, Wahl und Wahrheit einschränken; nur die jüngere Generation könnte eine solche Eventualität verstehen.

„Es war unmöglich, die Unterdrücker zu beseitigen und den Arbeitern und Bauern im wirklichen Leben die Autonomie zurückzugeben, da das befreite Volk die Unterdrücker von morgen werden würde. Viele kommunistische Führer waren Unterdrücker und Mörder, wie Lenin, Stalin, Chruschtschow, Mao, Ceausescu und Fidel Castro. Sie genossen ihre Macht über andere, da sie sie töten konnten. Mit Ausnahme von Namboodiripad, dem ersten Ministerpräsidenten von Kerala, glaubten alle anderen kommunistischen Führer an das Töten in verschiedenen Farben, da sie an Gewalt glaubten. Gewalt und Kommunismus sind untrennbar miteinander verbunden und können nicht ohne Mord koexistieren. Es ist die Grundphilosophie des Kommunismus, dass ein Kommunist ohne Gewalt leben könnte, was ein utopisches Ideal ist, und es würde niemanden geben, der jemals völlig frei vom Töten wäre. Überall, wo der Kommunismus an der Macht war, litten die Menschen und wurden zu machtlosen Bettlern. Es würde keine absolute Gerechtigkeit geben ", meinte Jennifer und Aditya hörte ihr mit Ehrfurcht zu. Jennifer analysierte in diesem Zusammenhang die Gewalt in Kerala. „Genieße die Existenz und erlaube anderen, ihre Existenz zu genießen", war die persönliche Philosophie, die Jennifer für Aditya entwickelt hatte, und Aditya akzeptierte sie von ganzem Herzen. Innerhalb von fünfundzwanzig Jahren konnte er sein Ergebnis erleben, als würde er der Hauptminister von Gottes eigenem Land werden, und Jennifer würde seine Frau, Freundin, Mentorin und Führerin bleiben.

Nach ausführlichen Lesungen, Diskussionen und Analysen versuchte Jennifer, die Auswirkungen der existentiellen Philosophie auf Widerstandsbewegungen in Beziehung zu setzen. Die existentiellen Philosophen kämpften mit ihren Stiften gegen die Nazis, da sie sehr scharf waren und die Menschen, insbesondere die Jugend, dazu bringen konnten, über den Wert der Freiheit nachzudenken. Sie erzählten Teenagern, Intellektuellen und Schriftstellern, dass die Gestapo-Regel für ihre geschätzte Existenz, persönliche Freiheit und Entscheidungen ein Gräuel sei. Jennifer erinnerte sich an Amelie, die Einstellungen, Werte und den Lebensstil ihrer Mutter, die eindeutig mit dem übereinstimmten, was Albert Camus hochhielt. Daher analysierte Jennifer Frankreichs Nazi-Besatzung im Kontext des Lebens und der Werte ihrer Mutter, und ihr Respekt und ihre Liebe für Amelie wuchsen vielfältig.

Amelie und Jacob Bernard besuchten ihre Tochter viele Male in Paris. Als sie ihren Master abschloss, besuchten sie einige Weinberge wie das Loiretal, das Elsass, Bordeaux und den Jura, wo Amelie einige ihrer Lieblingsweine kaufte. Jennifer war traurig, dass Aditya nie Wein getrunken hatte. Später fuhren Amelie und Jacob Bernard mit Jennifer mit der Bahn von Paris nach Marseille. Obwohl es etwa sieben Stunden dauerte, war die Reise durch und durch angenehm und faszinierend, da die Landschaft ein herrliches Schauspiel war. In Marseille lernten sie Amelies alternde Eltern Simona und Louis Martin kennen und umarmten und küssten ihre Wangen. Sie hatten ein geräumiges Haus mit Blick auf den Golf von Löwen, und die Landschaft war atemberaubend. Louis Martin war in seiner Jugend ein erfolgreicher Händler und war viel mit dem Schiff in verschiedene afrikanische und asiatische Länder und nach Amerika gereist, wo er Glück anhäufte.

Marseille liegt am Mittelmeer und verfügt über einen großen Hafen, der vor vielen Jahrhunderten von griechischen Seeleuten gegründet wurde. Louis Martin erzählte seiner Enkelin, dass dieser Hafen den Franzosen half, weltweit zu reisen, auch nach Indien. Jacob Bernard war freundlich zu Simona und Louis Martin; sie tranken alle gerne Liter Wein. Amelie und Jennifer nahmen an den Feierlichkeiten teil und gönnten sich Garnelen, saures Schweinefleisch, Austern und Weißfisch. Die Weinparty dauerte mehr als zwei Stunden. Louis Martin prahlte damit, dass er jedes Jahr mindestens zweihundert Liter Wein trank, und Amelie behauptete, dass der Schwiegersohn ihres Vaters ihn beim Weintrinken besiegen könne, und alle lachten herzlich.

Jacob Bernard war froh, dass die Heimat seiner Frau katholisch war und viele Kirchen hatte. Zusammen mit Simona, Louis Martin, Amelie und Jennifer besuchte er die Kathedrale Sainte Marie-Majeure de Marseille und die Abbaye Saint-Victor, und überall kniete Jacob Martin nieder und dankte Jesus dafür, dass er ihm Amelie geschenkt hatte. Der beträchtliche Reichtum, den sie von den Martins und ihren Eltern geerbt hatte, fesselte Jacob Bernard. Sie hatten Bouillabaisse in einem Restaurant, und Louis Martin lachte und lachte, während er sein Lieblingsgericht mit Wein aß. Zu Hause aßen sie zu Abend. Louis Martin nahm Benediktiner, Jacob Bernard bevorzugte Chartreuse, Simona hatte einen Calvados und Amelie genoss Grand Marnier. Jennifer begnügte sich mit einem Glas Chateau Moulon Rothschild Pauillac. In dieser Nacht schliefen alle gut.

Am nächsten Tag, nach dem Frühstück, wollten die Bernhardiner gehen. Die Martins umarmten sie alle mit Wärme und Liebe, und beide weinten. Amelie umarmte und küsste ihre Eltern und versprach, sie bald zu besuchen. Jacob Bernard bedankte sich für die Liebe und den Wein. Die Bernards mieteten einen SUV für eine zweitägige komfortable Fahrt durch die Côte d'Azur. Als die Martins darauf bestanden, dass sie die Taxikosten bezahlen würden, akzeptierte der Chauffeur Jacob Bernard sofort. Der Ausflug an die Küste entlang des Mittelmeers war fantastisch und faszinierend. Später besuchten die Bernhardiner Lyon, da sich Amelie für die dort hergestellten exquisiten Seiden interessierte. Nach dem Kauf der schönen Seidenprodukte suchte Jacob Bernard nach Lyonnaise-Küchen wie Entenpastete und gebratenem Schweinefleisch zum Mittagessen. Von Lyon flog Jacob Bernard mit seiner Familie nach Lourdes und Fatima, um der Jungfrau für all ihren Segen zu danken, insbesondere für Amelie und den enormen Reichtum der Martins.

Nach ihrer Rückkehr nach Mahé trat Jennifer ihrer örtlichen AA als Vollzeitbeschäftigte für die Kommunistische Partei bei, obwohl sie viele Stellenangebote erhalten hatte, unter anderem von der französischen

Botschaft und mehreren französischen Unternehmen, die in Indien mit einer ansehnlichen Vergütung arbeiten. Sie lehnte alle ab, weil sie nur ein Ziel hatte: mit Aditya zu arbeiten und immer an seiner Seite zu sein. Jennifer begann, einen Sari zu tragen, der in einer von kommunistischen Sympathisanten geführten Handwerkskooperative in Kannur gewebt wurde. Jacob Bernard war mit ihrem Lebensstil und ihrer Karriere unzufrieden, aber Amelie äußerte sich nicht. Stattdessen las sie Werke von Alexander Kojeve, Louis Althusser, Claude Levi-Strauss und Henri Lefebvre, um ihre Tochter besser zu verstehen.

Jennifer und Aditya machten einen detaillierten Plan, um mindestens sechsunddreißig *Panchayats* zu besuchen, bei denen es sich um Dorfgruppen handelte, die sich hauptsächlich im Bezirk Kannur befanden. Jennifer und Aditya wollten in jedem Panchayat zehn Tage bleiben, am liebsten bei Familien. Sie beschlossen, nichts außer Kleidung mitzunehmen, aber sie hatten kein Geld oder Luxus. Jennifer und Aditya nannten ihren Plan „*Wissen und Lernen aus unseren Dörfern*" für dreihundertfünfundsechzig Tage. Sie beschlossen, nach Mahe und Valapattanam zurückzukehren, um ihre Eltern, Verwandten und Freunde zu besuchen oder in eine Stadt zu gehen, nur nachdem sie mit Menschen in sechsunddreißig Panchayats gelebt hatten. Sie diskutierten die Einzelheiten ihres Programms mit Renuka und Appukkuttan, Kalyani und Madhavan sowie Amelie und Jacob Bernard. Jacob Bernard tadelte Jennifer für ihre "wilde Entscheidung", aber Amelie schwieg vorsichtig.

Da Emilia und Stefan bereits nach Stuttgart aufgebrochen waren, konnten Jennifer und Aditya ihren Plan nicht besprechen. Sie trafen Ravi in Kochi, da er gerade als Menschenrechtsanwalt dem Obersten Gerichtshof beigetreten war.

"AA, du gehst nicht als Kommunist in die Dörfer, sondern als Sucher. Eine bescheidene Person, die von den Menschen lernen will ", sagte Jennifer.

„Ich verstehe den Zweck unseres Projekts", antwortete Aditya.

"Ich bin kein Kommunist, aber ich liebe es, mit dir zu leben und mit dir zu arbeiten, wie ich dich bewundere und dir vertraue", fügte Jennifer hinzu.

„Ohne dich bin ich niemand. Du bist meine Priorität, dann der Kommunismus. Ich bin bereit, alles für dich zu hinterlassen ", erklärte Aditya.

"Der Kommunismus ist dein Lebenselixier; ohne ihn bist du leer", kommentierte Jennifer und sah Aditya an.

»Ohne dich werde ich ohne Ziel umherwandern«, fügte Aditya hinzu.

Aditya und Jennifer begannen ihr neues Experiment in Ayyankunnu, am *Sahyadri* im Kerala-Viertel Kannur. Dieses Gebiet ragt in den Kodagu-Bezirk von Karnataka, etwa zwölf Kilometer von Iritty entfernt. Sie entdeckten, dass mehr als die Hälfte der geografischen Lage von Ayyankunnu auf drei Seiten, der Barapuzha und der Vempuzha, von Wald umgeben *war*. Fast alle Bewohner von Ayyankunnu waren Siedler aus Travancore. Die ersten erreichten es im Jahr neunzehnhundertfünfundvierzig. Nachdem sie Land vom Vermieter Mammad Haji gekauft hatten, begannen sie, das Buschland zu räumen und Reis, Tapioka, Bananen, Cash Crops, Kokosnuss-, Gummi- und Cashewbäume anzubauen. Viele Siedler starben aufgrund von Malaria und mangelnder Gesundheitsversorgung, und insbesondere Frauen starben während der Schwangerschaft und der Geburt. Es gab keine Straßen, Verkehrsmittel oder Bildungseinrichtungen. Die Siedler ergriffen mit ihren Bemühungen die Initiative, in jedem Dorf eine Schule zu gründen. Zwei Siedler, Thazhaganattu Mani, ein ausgebildeter Lehrer, und Vayalamannil Varghese, ein Bauer, reisten nach Calicut, um den Malabar-Sammler in neunzehnhundertfünfzig zu treffen. Sie baten den Sammler, eine Schule in Angadikadavu zu gründen. Die Regierung von Madras war ihnen gegenüber sehr rücksichtsvoll, da Malabar bis 1956 ein Teil von Madras war. Bald gründeten sie eine untere Grundschule in Angadikadavu, die erste Schule in Ayyankunnu, mit Mani als Schulleiterin und Managerin der Schule. In den frühen achtziger Jahren, als Aditya und Jennifer Ayyankunnu besuchten, war es ein viel entwickelterer Ort mit zwei Gymnasien, eine in Angadikadavu und die andere in Karikkottakari.

In den ersten Jahren war Alkoholismus ein ernstes Problem unter den Siedlern, und es gab sporadische Gewalt in Vaniyapara, Randankadavu, Kacheri Kadavu und Palathinkadavu. Ein Schläger wurde von einem anderen Einwanderer erschossen. Obwohl es anhaltende Konflikte gab, lernten Jennifer und Aditya viel von den Menschen. Die Siedler planten akribisch für ihre Landwirtschaft und zeigten großes Interesse an der Ausbildung ihrer Kinder. Aditya und Jennifer besuchten alle Dörfer unter Ayyankunnu Panchayat, übernachteten bei Familien und aßen Mägen voller Tapioka und Rindfleisch, Reis, Fischcurry, *Kaachil, Chena,* Jackfrüchte und Mangos. Die Leute waren freundlich und unterstützten sie, und sie spielten oft Volleyball mit den Jugendlichen, was in Ayyankunnu ein beliebter Sport war.

Während Aditya mit den Männern auf dem Feld arbeitete und lernte, Gummibäume zu zapfen, arbeitete Jennifer mit den Frauen in der Küche und half ihnen manchmal, Kühe und Ziegen zu melken und sich um ihre Hühner, Hunde und Schweine zu kümmern. Die ersten vier Tage blieben sie in Angadikadavu und hörten geduldig den Lebensgeschichten, Ängsten und

Träumen der Menschen zu. Jennifer teilte mit ihnen ihre Erfahrungen, insbesondere mit den Frauen in Valapattanam. An manchen Abenden fanden Familientreffen statt, bei denen hauptsächlich gegessen, Arrak getrunken, geteilt und geredet wurde. Jennifer nahm aktiv an allen Veranstaltungen teil, und alle fühlten sich Jennifer und Aditya nahe. Beide besuchten Gottesdienste auf Aramäisch-Syrisch und Malayalam und sangen gemeinsam Hymnen und rezitierten Gebete, da die meisten Siedler Katholiken waren. Aditya und Jennifer blieben die nächsten drei Tage bei einer Familie in Karikkottakari. Abends halfen sie den Kindern bei den Hausaufgaben und wurden bald Freunde.

Ein paar Mal besuchten Aditya und Jennifer verschiedene Schulen im Dorf und staunten über das Engagement der Lehrer, die von ihnen betreuten Schüler zu erziehen. Die Organisation von Treffen mit Jugendlichen und Studenten und die Diskussion mit ihnen über die Bedeutung von Entwicklung und Beschäftigung in ländlichen Gebieten war in der Tat eine aufschlussreiche Erfahrung. Sie erkannten, dass Frauen einen hohen Status unter den Siedlern genossen und gleichberechtigte Partner bei der Schaffung von Wohlstand, der Erziehung von Kindern und der Schaffung eines glücklichen und zufriedenen Familienlebens waren. In den letzten drei Tagen waren Jennifer und Aditya bei einer Familie in Randankadavu am Vaniyappara Rivulet. Sie waren überrascht zu hören, dass vor ein paar Jahren Gymnasiasten jeden Tag mehr als zwanzig Kilometer gingen, um eine High School in Edoor in Aralam *Panchayat* zu besuchen. Viele Frauen umarmten und küssten Jennifer, als sie ging, und baten sie, sie noch einmal zu besuchen. Aditya und Jennifer empfanden die zehn Tage, die sie in Ayyankunnu verbracht hatten, als eine bemerkenswerte Erfahrung - eine der denkwürdigsten.

Der nächste *Panchayat*, den sie besuchten, war Kottiyoor, wieder auf dem *Sahyadri*, am nordwestlichen Hang des Wayanad. Die *Bavalipuzha* war das Lebenselixier dieser Gegend, mit mehreren Stammespopulationen neben einigen Siedlern und einigen Einheimischen. Kottiyoor war ein berühmtes Pilgerzentrum, das Tausende von Pilgern aus Kerala, Karnataka und Tamil Nadu anzog. In Kottiyoor blieben Jennifer und Aditya bei den Stämmen. Einige Einheimische informierten sie, dass diese Stämme wahrscheinlich die Nachkommen der verlorenen Soldaten von Kaiser Alexander waren, da sie den Griechen ähnelten. Sie waren jedoch durch Jahrhunderte der Ausgrenzung und Unterdrückung verarmt. Ihre Verbindung mit dem Pazhashi Raja, der gegen die Briten kämpfte, hatte sie im vorigen Jahrhundert berühmt gemacht.

Jennifer und Aditya stellten fest, dass die Bedingungen der Stämme miserabel waren, obwohl sie die ursprünglichen Siedler waren. Unter den Stämmen besaß niemand Land oder ein Haus. Die überwiegende Mehrheit von ihnen waren Analphabeten, insbesondere Frauen. Kinder gingen selten zur Schule oder brachen innerhalb von zwei bis drei Jahren nach dem Eintritt ab. Die Kindersterblichkeit war sehr hoch, und viele Todesfälle von Frauen ereigneten sich während der Schwangerschaft und Geburt. Das Gesundheitssystem war abgrundtief schwach. Jennifer und Aditya diskutierten, warum die Regierung nicht am Wohlergehen der Stämme interessiert war. Sie hatten viele Tage lang lange Gespräche mit den Stämmen über Hunger und Armut. Die Hütten, in denen sich die Stämme aufhielten, hatten kein fließendes Wasser, keine geeigneten Küchen, keinen Strom und keine Toiletten. Sie alle nutzten offene Flächen oder Flussufer für den Stuhlgang, was verschiedene Krankheiten bei Kindern verursachte. Obwohl sie es genossen, täglich in *der* Bavalipuzha zu baden, waren ihre Kleider schmutzig, alt und zerfetzt, da sie keine Ersatzkleidung zum Umziehen hatten. Frauen gingen zum Fluss, um ihre Kleidung zu waschen, trockneten sie in der Sonne und trugen wieder die gleichen Kleider.

Die Stämme kochten im Freien auf Tontöpfen mit Brennholz und aßen einmal am Tag eine sparsame Mahlzeit, die hauptsächlich aus seltenen Wurzeln, Blättern und Tapioka, selten Reis- oder Weizenprodukten, bestand. Kinder fühlten sich immer hungrig und waren auf der Suche nach Nahrung. Einige Kinder gingen zum Tempelgelände, um zu betteln oder die Essensreste zu sammeln, die den Göttern angeboten oder nach heiligen Ritualen geworfen wurden. Die Stämme waren glücklich, ihr dürftiges Essen mit Jennifer und Aditya zu teilen, und sie aßen Nahrung von der Verbreitung von Blättern, die aus dem Wald auf dem Boden gesammelt wurden. Sie gingen mit Männern und Frauen in den Wald und lehrten Jennifer und Aditya, Wurzeln, Blätter, Stängel, Blumen, Nüsse und Früchte für Nahrung und Medizin zu sammeln. Jennifer und Aditya lernten auch von den Stämmen, wie man Öl aus Blättern und Nüssen extrahiert.

An bestimmten Tagen gingen Jennifer und Aditya mit den Stämmen, um Fische zu fangen, die in bestimmten Becken in der Bavalipuzha, tief im Wald, reichlich vorhanden waren. Sie gingen auch mit den Stammesangehörigen in den Wald, um Honig und Brennholz zu sammeln. Ab und zu jagten die Stämme in großen Gruppen und fingen Kaninchen, Hirsche, Wildschweine und Hühner. Sie kochten das Essen und aßen es zusammen mit *Arrak*, während Männer und Frauen als Gemeinschaft zusammen tranken und ihre Einheit und Einheit durch Tanzen, Singen und Trommeln feierten. Jennifer und Aditya nahmen von ihnen Grundunterricht im Trommeln. In der Nacht tanzten die Stämme vor ihren Hütten und schliefen am Flussufer um ein Lagerfeuer herum. Jennifer und Aditya genossen es, an diesen Veranstaltungen teilzunehmen.

Jennifer unterrichtete die Stämme in grundlegenden Hygienestunden, einschließlich des Kochens von Lebensmitteln, ohne ihren Nährstoffgehalt zu verlieren und sie vor und nach dem Kochen zu konservieren. Sie erklärte ihnen, insbesondere Müttern, wie sie ihre Kinder vor Krankheiten und Unfällen schützen können. Eine der wichtigsten Lektionen von Aditya und Jennifer für die Stämme war das Lesen und Schreiben des Malayalam-Alphabets und ihrer Namen. Etwa fünfzig Erwachsene und zwanzig Kinder nahmen am Alphabetisierungsprogramm teil. Die Stämme sammelten sauberen und funkelnden Sand aus dem Flussbett und verteilten ihn vor ihren Häusern, und Jennifer und Aditya brachten ihnen bei, wie man mit dem Zeigefinger in den Sand schreibt. Es war unterhaltsam, und die meisten waren begierig darauf, ihren Namen in den Sand zu schreiben.

Aditya und Jennifer zeigten den Stämmen, wie man reines Trinkwasser aus Regenwasser sammelt. Unter aktiver Beteiligung von Männern und Frauen errichteten sie vier Stangen, banden die losen Enden sauberer Textilien an jeden Stock und hielten einen kleinen Stein in der Mitte. Wasser tropfte aus dem Tuch in den irdenen Topf, der bei Regen unter dem Stoff aufbewahrt wurde. Das gesammelte Wasser war sauber, und viele Stämme versuchten, es nachzuahmen, indem sie unabhängig Regenwasser sammelten. Zehn Tage vergingen schnell, und Jennifer und Aditya lernten viel von ihrer Erfahrung, mit den Stämmen zu leben und zu arbeiten, was einzigartig war. Als sie sich von ihnen verabschiedeten, gaben ihnen die Stämme viele Geschenke, meist Muscheln, pflanzliche Medikamente und Honig. Kinder umarmten sie mit vollkommener Liebe, und Frauen vollbrachten eine gewisse Magie, um Jennifer vor allen Arten von bösen Geistern zu schützen.

Innerhalb von sechs Monaten besuchten Jennifer und Aditya achtzehn *Panchayats*, und überall wo sie bei Familien wohnten, nahmen sie an ihren Aktivitäten, Feiern und Kämpfen teil. Die nächste Gruppe von Dörfern, die sie auswählten, gehörte zum Block Koothuparamba, etwa fünfundzwanzig Kilometer von Kannur entfernt. Es wurde wegen politischer Gewalt und religiösem Fanatismus als "Killing Field of Kerala" bezeichnet. Die Organisatoren der Lynch- und Mafiaangriffe waren die in Nordindien ansässige Ultra-Nationalistische Partei und die Kommunisten. Es gab starke Bemühungen seitens der UNP, Menschen einer bestimmten Religion, die Mitglieder der kommunistischen Partei waren, anzulocken.

Die UNP, eine radikale Organisation, die gegründet wurde, widersetzte sich dem indischen Nationalkongress, der von Mahatma Gandhi und Jawaharlal Nehru geleitet wurde. Die Kongresspartei war gegen den Fundamentalismus und Antisäkularismus, den die UNP in allen Lebensbereichen an den Tag legte. Während des Freiheitskampfes unterstützten die Ultranationalisten die Briten, um den Herrschenden zu gefallen und in ihren guten Büchern zu stehen. Außerdem half es der britischen Politik des Teilens und Herrschens, bei einigen Menschen in Nordindien Fuß zu fassen. Die UNP versuchte, religiösen Hass gegen Muslime zu schüren, und ihr Beitrag zur Erlangung der Freiheit für Indien war fast gleich Null. Nach der Unabhängigkeit behauptete die UNP, dass Indien aufgrund ihrer unermüdlichen Bemühungen unabhängig wurde, aber ihr Ruf für Fälschungen war bekannt. Ihre Führer behaupteten gewaltsam, dass sie die wahren Freiheitskämpfer und die engagierten Vertreter der Kultur des Landes seien. Sie versuchten sogar, sich viele Märtyrer und politische Führer anzueignen, die für die Freiheit kämpften, wie Subhash Chandra Bose und Sardar Vallabhai Patel, die der Kongresspartei angehörten. Die UNP behauptete, dass Bose und Patel lautstark behaupteten, der Kongress habe nichts mit ihnen zu tun. Die bizarrste Behauptung war, dass die UNP fast alle Freiheitskämpfer ausgebildet habe, um unter ihrer Vormundschaft gegen die Briten zu kämpfen.

Die Wahrheit existierte nie im Wörterbuch der UNP, und es gab keine Führer, die Indiens Freiheitskampf unterstützten. Niemand von der UNP kämpfte mit Mahatma Gandhi, um gegen die Briten zu kämpfen. Sie verspotteten Gandhi, beschuldigten ihn, Pakistans Freund zu sein, und erschossen ihn während eines Gebetstreffens. Einige der UNP-Mitglieder waren Verräter, da sie mit den Briten zusammenarbeiteten und gegen den Freiheitskampf arbeiteten. Die Freiheit Indiens war nicht ihre Priorität, aber der Kampf gegen Muslime und Christen war es. Aber als die UNP in einigen Staaten die Macht eroberte und zur Regierungspartei wurde, brauchten sie dringend Märtyrer und politische Führer, um den Menschen zu zeigen, dass Freiheitskämpfer Mitglieder der UNP waren. Die UNP lehrte Schulkinder, dass Gandhi aus Frustration Selbstmord beging.

Die Psychologie der UNP entwickelte sich aus Schuld und Scham. Die UNP begann, den ersten Premierminister, Nehru, zu missbrauchen, um ihren Minderwertigkeitskomplex zu decken. Aber die Menschen des Landes waren sich voll bewusst, dass Indien wegen Nehru eine Demokratie blieb. Er versuchte, Armut, Hunger, Analphabetismus und schlechte Gesundheit in einem jungen Land mit fast dreihundertzweiundsechzig Millionen Menschen, deren Alphabetisierungsrate nur zwölf Prozent betrug, zu beseitigen. Indiens

BIP nach der Unabhängigkeit betrug im selben Jahr nur drei Prozent des weltweiten BIP. Die Geburtenrate betrug achtzehn pro tausend Lebendgeburten mit einer Lebenserwartung von zweiunddreißig Jahren. Aufgrund von Nehru erzielte Indien im Vergleich zu vielen neu unabhängigen Staaten, einschließlich Pakistan, bemerkenswerte Fortschritte. Nehru baute Dutzende von Dämmen und gründete das Indian Institute of Technology in großen Städten und anderen Institutionen wie dem Indian Institute of Management und dem All India Institute of Medical Science. Indiens Teilung hatte tiefe Wunden durch das Massaker an etwa zwei Millionen Menschen und die Vertreibung von zwanzig Millionen Menschen verursacht. Nehru gelang es, die Probleme zu überwinden und das Land zum Fortschritt zu führen. Bis 1962 hatte China Indien unerwartet angegriffen, viele indische Soldaten getötet und ein riesiges Landgebiet besetzt. Nehru konnte es nicht glauben, und er starb bald als trauriger Mann. Aber die UNP begann, gefälschte Nachrichten gegen Nehru, den Kongress, seinen Beitrag zur Unabhängigkeit und die Fortsetzung einer demokratischen und säkularen Kultur in Indien zu verbreiten. Nach Nehrus Tod nutzte die UNP die Leere, die durch seine Abwesenheit entstanden war, um an die Macht zu kommen.

In Kerala entwickelte sich die Kommunistische Partei zu einer starken Kraft, die vielen Menschen half, sich von grausamer Unterdrückung und Unterwerfung zu befreien. Die Unterdrückten erlebten einen Hoffnungsschimmer, und es gab eine neue Vision von Gleichheit, Chancengleichheit, Frauenbefreiung und den ernsthaften Wunsch, eine volksfreundliche Regierung zu genießen.

Die UNP, die in vielen nördlichen Staaten allmählich zu einer politischen Kraft wurde, konfrontierte Keralas Kommunisten als ihre Hauptgegner. Die Kommunisten hatten einen engagierten Kader, ideologischen Zusammenhalt und ein Engagement für die Entwicklung des Humanismus in jedem Lebensbereich. Überall in Kerala entstand eine heftige Gruppe von Jugendlichen, die bereit waren, die Partei zu verteidigen. Sie vertrauten und respektierten ihre Führer, wie EMS Namboodiripad und A. K. Gopalan. Die Zerstörung des zusammenhängenden Kaders der kommunistischen Partei war notwendig, damit die UNP in Kerala Fuß fassen und auf lange Sicht an die Macht kommen konnte. Durch die Verbreitung gefälschter Nachrichten gegen andere Religionen und politische Parteien webte die UNP Geschichten über Gewalt und Morde durch Aurangzeb im Norden und Tipu Sultan im Süden. Das erleuchtete Volk von Gottes eigenem Land verstand die Mythen, die von der UNP geschaffen wurden.

Es gab gewalttätige Reaktionen gegen die Aktivitäten der UNP, hauptsächlich von den Kommunisten in Kannur und den umliegenden

Gebieten. Der Widerstand entstand, als die UNP Morde, Vergewaltigungen, Lynchmorde und Mobgewalt verübte und Unwahrheiten gegen Führer anderer politischer Parteien und Organisationen verbreitete. In einem solchen Szenario unternahmen Jennifer und Aditya einen mutigen Schritt, um in einem *Panchayat* in Koothuparamba zu bleiben, um von den Menschen zu lernen und Kerala zu Fortschritt, Entwicklung, Einheit und Frieden zu führen. Sie gaben ihre Identität nicht preis und vermischten sich mit allen Kategorien von Menschen, insbesondere den Jugendlichen und Frauen in drei verschiedenen Familien. Sie erfuhren, dass die meisten Morde in den vier Monaten von November bis Februar während Feiern, Festen und politischen und religiösen Versammlungen stattfanden. Außerdem feierten die Kommunisten und die UNP in diesen Monaten den „Märtyrertag" aufgrund der Morde ihrer Anhänger und Aktivisten, hauptsächlich in diesen Monaten.

Jennifer und Aditya wussten, dass die Kommunisten und die UNP Schwerter, Eisenstäbe und vom Land hergestellte Rohbomben für ihre Angriffe benutzten. In vielen Häusern wurden große Mengen an Sprengstoff in Granitsteinbrüchen verwendet, was zur Entstehung von Waffen und Bombenbau als Heimindustrie für Jugendliche, Arbeitslose und Studenten führte. Die UNP brachte viele Jugendliche in den nördlichen Bundesstaat Uttar Pradesh an der nepalesischen Grenze, um ein fortgeschrittenes Bombenbau-Training zu absolvieren. Nach ihrer Rückkehr behandelte der UNP-Kader sie als Helden. Jennifer und Aditya entdeckten jedoch, dass viele Todesfälle auftraten, während die sogenannten ausgebildeten UNP-Helden Bomben bauten. Aber die UNP versuchte, die Todesfälle auf die Angriffe der Kommunisten zu schieben und informierte die Polizei. Während der Herrschaft des indischen Nationalkongresses in Kerala führten die Strafverfolgungsbehörden zahlreiche Razzien durch und erhielten schlüssige Beweise dafür, dass es bei der Montage von Bomben durch die UNP-Bombenkommandos zu Todesfällen kam. Die UNP-Bombenbau-Teams erhielten regelmäßig finanzielle, technische und physische Unterstützung von ihren einflussreichen Führern in Nordindien.

Die ersten vier Tage blieben Jennifer und Aditya im Haus eines pensionierten Armeemanns, der etwa siebzig Jahre alt war. Die anderen Familienmitglieder waren seine Frau, die Witwe seines Sohnes und ihre kleine Tochter. Der ältere Mann hatte drei verheiratete Töchter und einen Sohn namens Ramesh, der Anfang dreißig war und eine Zeitungsagentur in Koothuparamba betrieb. Ramesh war ein aktiver Kommunist, und seine Tage begannen um vier Uhr morgens, als er Zeitungsbündel in verschiedenen Orten verteilen musste, was er religiös tat. Er organisierte bis acht Uhr nachmittags Menschen, die gegen Ungerechtigkeit, Ausbeutung und Unterdrückung kämpften. Er ermutigte

Jugendliche und College-Studenten, die die kommunistische Partei verlassen hatten und der UNP beigetreten waren, zu ihrer ursprünglichen Herde zurückzukehren. Die UNP erkannte, dass Ramesh eine Bedrohung für ihr Wachstum in Koothuparamba darstellte. Eines frühen Morgens, als er auf sein Geschäft zufuhr, warf jemand eine Bombe auf ihn, und Rameshs Körperteile verteilten sich über die ganze Straße, und sein zertrümmerter Kopf war unter seinem verstümmelten Zyklus. Nach drei Tagen verhaftete die Polizei zwei UNP-Mitglieder: Rameshs Nachbarn und seine alten kommunistischen Kollegen, etwa fünfhundert Kilometer entfernt in Tamil Nadu. Sujatha, schwanger mit Rameshs zweitem Kind, weinte bitterlich, als sich die Geschichte entfaltete. Jennifer umarmte sie mit Wärme.

Die zweite Familie, bei der Jennifer und Aditya blieben, war eine Witwe von etwa sechzig Jahren. Ihr Mann wurde vor etwa vierzehn Jahren von der UNP gelyncht. Vor zwei Jahren wurde ihr Sohn Byju, der etwa 35 Jahre alt war, auf einem Fischmarkt von der UNP mit Schwertern angegriffen, was zu achtzehn tiefen Wunden am ganzen Körper führte. Die Tötung erfolgte, weil Byjus Vater vor etwa zwanzig Jahren zwei UNP-Mitglieder getötet hatte, und durch die Tötung von Byju konnte die UNP der Welt zeigen, dass sie die Mörder niemals begnadigen und ihre Märtyrer niemals vergessen würde.

Ein pensionierter Lehrer, Abdulla Madathil, lud Jennifer und Aditya ein, drei Tage in seinem Haus zu bleiben. Abdullas Frau Noorjahan war ebenfalls Lehrerin. Ihre beiden Söhne waren zusammen mit ihren Familien in den VAE. Ein Sohn arbeitete für eine Bank in Dubai, der andere war bei einem Schiffbauunternehmen in Abu Dhabi beschäftigt. Abdullas Töchter waren Ärzte in einem privaten Krankenhaus in Kozhikode. Abdulla informierte Jennifer und Aditya, dass, obwohl die Kommunisten und die UNP gleichermaßen für die Gewalt und die Morde verantwortlich waren, der UNP-Kader zu Experten für die Montage von Sprengstoffen geworden war. Die Kommunisten fielen oft ihren Bomben zum Opfer, die sie manchmal in ihren Küchen herstellten. Polizeidaten zeigten ausdrücklich, dass es in den letzten fünf Jahren dreiundsiebzig politische Morde im Bezirk Kannur gab, wobei siebenunddreißig Opfer Kommunisten und sechsunddreißig UNP-Mitglieder waren.

Jennifer und Aditya trafen einige Jugendliche, die ihnen erzählten, dass die UNP und die Kommunisten eine Einheit mit zwei Gesichtern seien und sich zu einer starken Kraft beim Töten und Verstümmeln ihrer Gegner entwickelt hätten. Sie töteten sich gegenseitig wie Erdmännchen. Der Bombenbau florierte in Koothuparamba, als die UNP die Macht in mehr Staaten in Nordindien eroberte. Einige UNP-Sympathisanten stellten klar, dass der Bombenbau eine Heimindustrie unter den Kommunisten in Kerala sei. Ihr mörderisches Verhalten hatte keine Parallele in der Geschichte von Gottes eigenem Land, und was UNP tat, war reine Selbstverteidigung. Für die UNP war jede Person, die bei der Montage von Rohbomben in ihren Häusern starb, ein Balidani - *Märtyrertum*- für das Mutterland. Immer wenn ein hochrangiger Führer der UNP Kerala besuchte, kam es zu weiteren Morden an Kommunisten, und die Kommunisten rächten sich sofort mit gleicher Grausamkeit. Selbst Schulkinder in den Haushalten der UNP und Kommunisten schwelgten im Bombenbau.

An diesem Abend kochte Noorjahan Rindfleisch-Biryani, und Abdulla, Jennifer, Noorjahan und Aditya aßen vom selben Teller.

"Alle Menschen haben das gleiche Gesicht, aber unterschiedliche Namen", sagte Noorjahan und sah Aditya beim Abendessen an.

"Ja, Madam, die Menschen kamen aus demselben Lager", kommentierte Aditya.

»Aditya, du hast recht. Sechsunddreißig Jahre lang unterrichtete ich Gymnasiasten. Ich habe ihnen gesagt, dass wir alle verwandt sind und Einwanderer nach Indien sind ", fügte Noorjahan hinzu.

"Ich stimme Ihnen zu, Ma 'am. Wir stammen alle aus Australopithecus, der gleichen Mutter, vor etwa dreieinhalb bis vier Millionen Jahren in Ostafrika, und die Saga unserer Reise begann dort. Es gab viele menschliche Spezies, und Homo sapiens war unter ihnen. Wir konnten die Neandertaler und den Homo erectus nur besiegen, weil wir in großen Gruppen waren, und sie waren in kleinen Gruppen ", analysierte Jennifer.

„Du hast recht, Jennifer. Die Reise des Homo sapiens in verschiedene Ecken der Welt verlief schneller als die anderer menschlicher Spezies. Ihre soziale Entwicklung hing von unterschiedlichen Lebensstilen, einzigartigen Kulturen und Visionen je nach ihrer Umgebung und Geografie ab. Aber es gibt keine schriftliche Geschichte des Homo sapiens, die mehr als sechstausend Jahre alt ist. Menschen im Namen der Religion zu töten und zu behaupten, dass eine bestimmte Religion alt und überlegen ist, ist brutal. Fehlende historische Fakten, Ignoranz, Fanatismus und Aberglaube veranlassten die UNP, unsere Mitmenschen im Namen der Religion zu eliminieren ", analysierte Abdulla. "Einige Führer der UNP beanspruchen Göttlichkeit in ihrer Kultur, obwohl viele Atheisten sind. Diejenigen, die versuchen, die Überlegenheit ihrer Kultur zu verbreiten, versuchen, Indiens Vielfalt zu zerstören. Kultur ist ein gesellschaftliches Artefakt, und einer Kultur die Überlegenheit über eine andere zu geben, ist irrational, aber der Mensch ist der ultimative Wert ", sagte Noorjahan.

Nach einer kurzen Stille sagte Abdulla: „Sehr wahr, Noor. Der Humanismus proklamiert das. Ich möchte hinzufügen, dass sogar Religionen innerhalb von zweihundert Jahren vollständig verschwinden werden. Wir haben uns zu Menschen entwickelt und entwickeln uns weiter. Wir wissen nicht, welcher Zukunft wir gegenüberstehen werden, aber ich bin sicher, dass uns die künstliche Intelligenz überholen wird. Nach einigen Jahren werden sich digitale Wesen entwickeln und das ganze Szenario wird sich ändern. Ultra-Nationalismus und Kommunismus werden nicht einmal in fünfzig Jahren von Dauer sein, da sich unsere Prioritäten ändern werden und eine neue Zukunft uns prägen wird."

„Hunderte unserer Schüler sind auf der ganzen Welt verteilt. Viele von ihnen kommen zu uns, wenn sie Indien besuchen, und wir genießen ihren Besuch. Diese Schüler haben große Visionen und denken an die Menschheit, wo es keinen Hunger oder Armut, keine Krankheit oder Analphabetismus und keine Spaltung aufgrund von Religion oder Politik gibt. Sie sprechen von einem Indien, in dem die Wissenschaft regiert, nicht von den Mythen und der Magie, die von der UNP gepredigt werden ", erklärte Noorjahan und projizierte ihre Zukunft.

„Auch wir arbeiten auf ein Indien ohne Armut und Hunger hin, unser oberstes Ziel. Dann stellen wir uns ein säkulares Indien vor, in dem Humanismus der ultimative Wert ist, nicht Obskurantismus und Aberglaube. Der einzige Weg, dieses Ziel zu erreichen, ist nichts anderes als Wissenschaft und Vernunft, wo die Helden erleuchtete Menschen sind ", sagte Jennifer.

„Lasst uns für ein solches Indien arbeiten und Fortschritt und Entwicklung erreichen", drückte Noorjahan ihre Hoffnung aus.

"Kuhwachsamkeit, Mobgewalt und Vergewaltigung junger Mädchen und Frauen im Namen von Religion, Kultur oder sogar der Gefälligkeit der Götter haben in unserem Indien keinen Platz", sagte Abdulla mit Nachdruck.

Aditya sah Abdulla an, beeindruckt von seinen Worten. "Sir, Sie haben uns erleuchtet. In dir sehen wir eine Vision für Indien. Dein Name spielt keine Rolle, aber deine Ideen, deine Mission und dein Humanismus schon ", sagte Aditya. „Wir haben viel von Ihnen gelernt, Ma'am, und wir sind dankbar für Ihre Liebe, Fürsorge, Ihr Vertrauen und Ihre Offenheit. Es gibt einen wunderbaren Menschen in dir, der jeden respektiert ", sagte Jennifer zu Noorjahan. "Wir machen uns selbst, und nur wir können uns selbst machen", sagte Abdulla. „Wir sind für unser Handeln verantwortlich. Sie massakrierten Tausende im Namen von Politik, Kaste und Religion, und nur wenige wurden dafür verantwortlich gemacht. Hunderte von Hütten, die Stämmen und Minderheiten gehörten, wurden niedergebrannt, und niemand wurde bestraft. Wir müssen Indien verändern ", kommentierte Noorjahan. "Was uns menschlich macht, ist unsere Fähigkeit, richtig von falsch zu unterscheiden", sagte Jennifer. „Du hast recht, Jennifer. Das Schwierigste auf dieser Welt ist, auf eigenen Beinen zu stehen und die Wahrheit zu sagen ", fügte Noorjahan hinzu. „Wahrheit ist Gewissheit. Sie kann nur aus Fakten abgeleitet werden ", sagte Abdulla. "Eine Person, die Fakten hochhält, klatscht nie für einen Lügner", sagte Aditya. „Richtig, Freiheit ist Autonomie. Es ist ein Erfahrungsstatus, der Sie und Ihre Entscheidungen respektiert, und niemand sollte ihn leugnen. Sie können Rindfleisch essen, Wein trinken und mit Ihren Freunden, Frauen und Männern tanzen. Das ist dein Recht, deine Wahl und deine Freiheit ", sagte Jennifer.

Wieder einmal herrschte Stille, als ob sie nachdachten. »Ich stimme dir zu, Jennifer«, sagten Abdulla und Noorjahan unisono. "Danke, Ma 'am. Danke für deine Liebe ", sagte Jennifer und umarmte Noorjahan. „Sie sind bei uns jederzeit willkommen. Das ist dein Zuhause. Kommen Sie und verbringen Sie Zeit mit uns. Wir genießen Ihre geistige Schärfe, Offenheit und Ihr gesundes Denken. Ihr beide werdet eine große Zukunft haben ", sagte Abdulla. »Danke, Sir«, antwortete Jennifer. "Wir haben von dir gelernt, gute Menschen zu sein", fuhr sie fort. "Das Leben ist eine Reise, und auf dieser Reise begegnen wir Licht und Dunkelheit, sehen Diamanten und Steine, und du bist eines der besten Juwelen, die Licht verbreiten, das wir je getroffen haben", sagte Aditya zu Noorjahan und Abdulla. "Armut, Hunger, Analphabetismus, schlechte Gesundheit, Rache, Unsicherheit und Angst vor der Zukunft waren in Koothuparamba groß, und seine Tötungsfelder schrien ständig nach Blut und mehr Blut. Als die Führer der UNP ihrem luxuriösen Privatleben in Neu-Delhi, Nagpur, Ahmedabad und Varanasi frönten, tappten Hunderte von Analphabeten, Halbilliteraten und arbeitslosen Jugendlichen in ihre Falle der Rache und Abschreckung. Sie nahmen das Märtyrertum an, indem sie andere lynchten und ihren Lebenspartnern die Witwenschaft schenkten. Viele junge Männer, die an Fake News, Mythen, Ultranationalismus und Magie glauben, bieten sich ihren Führern an und drücken ihre Bereitschaft aus, ihre imaginären Feinde zu töten. Die einzige Lösung besteht darin, die UNP in den nördlichen Staaten zu belassen und Kerala zu erlauben, ihr Ethos und Eidos des Säkularismus, der Demokratie und des Humanismus zu pflegen ", sagte Abdulla. "Komm aus einem Raum des Friedens, und du wirst in der Lage sein, mit allem fertig zu werden", war Noorjahans letzte Botschaft.

Zehn Tage von Jennifers und Adityas Aufenthalt in Koothuparamba waren augenöffnend. Während sie in einem Bus zum nächsten *Panchayat* fuhr, erklärte Jennifer die Sinnlosigkeit von Gewalt, Töten und die Sinnlosigkeit von Rache. Sie wiederholte den *Rebellen*. Jennifer war der festen Überzeugung, dass keine Partei lange mit Blut überleben konnte. Aditya wurde von Jennifers Argumenten überzeugt, als sie sich eine kommunistische Partei ohne Gewalt, Töten und Rache vorstellte. Aditya versprach ihr, dass er, sobald er Keralas Hauptminister wurde, Gewalt aus Gottes eigenem Land verbannt sehen würde. Jennifer und Aditya hatten bereits zehn Monate mit Menschen in ihrem *Knowing and Learning from Our Village-Programm verbracht* und beschlossen, ihren zweiunddreißigsten *Panchayat* zu besuchen. Sie wählten Payyannur, etwa sechsunddreißig Kilometer von Kannur entfernt, und wollten bei einer Handweberei-Gemeinschaft bleiben. Die Weber zeichneten sich durch eine gröbere Vielfalt für Einrichtungsgegenstände und Textilien aus. Einige der Webergenossenschaften bestehen seit neunzehnhundertsiebenundvierzig.

Chirakkal, Azhikode und Payyannur sind bekannt für ihr traditionelles Weben von Handwebstuhlprodukten mit exquisiten Kunstwerken. Weberinnen in Payyannur erzählten Jennifer und Aditya, dass ihre Kunden in den USA, Europa, Australien, Neuseeland und Japan ihre Produkte zu schätzen wissen. Sie behaupteten, dass ihre Gewebe eine bemerkenswerte Einzigartigkeit in Struktur und Textur aufweisen. Jennifer und Aditya waren überglücklich, die hervorragenden Farbkombinationen zu sehen, die auffällig und angenehm waren. Die Handwerkskunst war überragend, mit einem Schwerpunkt auf Umweltfreundlichkeit.

Sowohl Sumitra als auch ihr Ehemann Ashokan waren Weber. Jennifer und Aditya blieben die ersten vier Tage bei ihnen. Während Ashokan ein „Insider"-Weber war, war Sumitra ein „Außenseiter". Diejenigen, die in den Einrichtungen der Genossenschaften webten, wurden Insider genannt. Diejenigen, die das Material zu ihren örtlichen Einheiten oder eigenen Häusern brachten, waren als Außenweber bekannt. Sumitra hatte einen Webstuhl in ihrem Haus und sie webte farbenfrohe Handwebstoffe wie Bettwäsche, Bettbezüge, Kissenbezüge und Handtücher in Exportqualität. Sie stand regelmäßig gegen vier Uhr morgens auf, bereitete Essen zu, wusch Kleidung, putzte das Haus und ihren Webstuhl, fütterte die Kinder, setzte sie in ihrer Schule ab, fütterte ihren Mann und begann um neun Uhr auf dem Webstuhl zu arbeiten. Sumitra genoss ihre Arbeit und verdiente genug Geld für ein komfortables Leben. Ashokan ging gegen neun Uhr morgens zur Arbeit und trug seine Lunchbox in seiner Umhängetasche. Er arbeitete bis sieben Uhr abends, und andere Weber dachten, Ashokan sei einer der besten Weber in Payyannur, um wunderschöne *Saris* zu weben, die in allen Städten Indiens verkauft wurden. Obwohl Ashokan täglich ein oder zwei Whiskeys zu sich nahm, war er ein liebevoller Ehemann und fürsorglicher Vater und behielt einige Einlagen auf der Bank für die Ausbildung und Ehe ihrer Kinder.

Jennifer und Aditya beobachteten eifrig, wie Sumitra an ihrem Webstuhl arbeitete; sie war gut darin. "Hunderte von Frauen und Männern arbeiten als Weber", sagte Ashokan, als er am Abend zurückkehrte. Sie arbeiteten auf verschiedenen Ebenen: Färben, Wickeln, Fügen, Strahlen und Weben. Sowohl Sumitra als auch Ashokan waren Weber, obwohl sie alle Produktionsstufen kannten. Sie wollten jedoch nicht, dass ihre Kinder zu Webern werden. Stattdessen hofften sie, dass ihre Kinder Ingenieure, Anwälte oder Ärzte werden würden, was sie für lukrativere und bequemere Berufe hielten.

Nach drei Tagen blieben Jennifer und Aditya bei Gomathy und Kannan, die älter waren. Gomathy hatte viele Jahre lang einen Webstuhl in ihrem Haus, und sie arbeitete über zwanzig Jahre daran. Kannan arbeitete immer noch als Insider, ein Experte für Einrichtungsstoffe. Da ihre Kinder in Katar gewachsen waren und genug Geld verdient hatten, brauchte Gomathy kein zusätzliches Einkommen, und das Einkommen aus Kannans Arbeit war für sie ausreichend.

"Wenn du kein Alkoholiker bist, kannst du mit dem Handwebstuhl mehr als genug Geld verdienen", sagte Kannan zu Jennifer und Aditya.

Aber jeden Abend, als er von der Handwebmühle der Genossenschaft nach Hause kam, brachte Kannan eine Flasche Whisky mit, die er mit gebratenem Rindfleisch oder Fisch genoss. Gomathy genoss zusammen mit ihrem Mann auch einen Haken. Kannan lud Jennifer und Aditya ein, sich ihm bei der Fertigstellung der Whiskyflasche anzuschließen, und Jennifer hatte keine Hemmungen. Gomathy und Kannan gratulierten Jennifer zu ihrer Vorwärtsbewegung. Viele glauben, dass das Weben als Beruf im siebzehnten Jahrhundert in Chirakkal in der Nähe von Payyannur begann, als die Kolathiri Raja ein paar Weberfamilien aus Cheranadu, Tamizhakam, mitbrachten. Nachdem sie sich in Kadalayi niedergelassen hatten, begannen sie, Stoffe für die Könige und den Tempel zu weben. In all ihrer Pracht, Schönheit und Dimensionen lehrten sie die Einheimischen die Kunst, und allmählich verbreitete sich das Weben als eine wichtige und respektierte Beschäftigung in Chirakkal und Payyannur. Kannan erklärte den Ursprung des Webens in Kannur.

Rund achtzehnhundertvierundvierzig, die Basel Mission importiert Rahmen Webstühle aus Deutschland. Das Weben wurde für viele Familien zu einem weit verbreiteten und gewinnbringenden Beruf, der Hunderten ein menschenwürdiges Leben ermöglichte. Während des Freiheitskampfes und nach der Unabhängigkeit gaben soziale Reformbewegungen dem Weben als Industrie eine organisierte Struktur. Viele Genossenschaften entstanden und halfen Webern, gesund und wohlhabend zu werden. „Arbeitest du gerne in einer Genossenschaft?", fragte Jennifer. "Sicherlich gab es uns Unterstützung, Freiheit, Lebensunterhalt und Status", sagte Kannan. »Sieh dir unser Haus an. Sie ist das Ergebnis unserer Arbeit. Die Genossenschaft hat uns geholfen, dieses Haus zu bauen. Wir sind stolz auf die Genossenschaft und ihre Mitglieder ", sagte Gomathy mit enormem Stolz. "Kannur-Krebs ist seit Jahren das beliebteste Handwebstuhl in Amerika", sagte Kannan. "Die Sallya-Gemeinschaft in Payyannur stellte reine Handwebstoffe aus Baumwolle von höchster Qualität für den Export her. Frauen engagieren sich in großer Zahl beim Weben auf einem Rahmenwebstuhl und tragen einen erheblichen Teil zum Familieneinkommen bei. Frauen haben bei uns also einen hohen Stellenwert ", erklärte Gomathy stolz.

Die nächsten drei Tage blieben Jennifer und Aditya bei einem jungen Paar, Kiran und Kelan, die keine Weber waren, sondern an der Verwaltung ihrer Genossenschaft beteiligt waren. Obwohl sie ein finanziell angeschlagenes Paar waren, da sie erst vor ein paar Jahren angefangen hatten zu arbeiten, hatten sie ein enormes Interesse und Engagement, ihr Leben besser und ihre Genossenschaft finanziell gesund zu machen. Jennifer und Aditya besuchten gemeinsam verschiedene Genossenschaften für Weber. Kiran hatte einen MBA-Abschluss und verwaltete die Handwebstuhlgesellschaften, während sich Kelan mit dem Finanzmanagement befasste. "Die Handwebindustrie in Kannur basierte hauptsächlich auf drei Verwaltungsstrukturen, wie Genossenschaften, *Khadi* und unorganisierten Einheiten", sagte Kiran. „Die Handwebindustrie stand vor zahlreichen Problemen", erklärt Kelan. „Die Umsatz- und Gewinnschwankungen waren am gravierendsten", bemerkte Kiran. "Oft hat die falsche Politik der Regierung in der Handwebstuhlindustrie Verwüstungen angerichtet, da Bürokraten, die Handwebstuhl nicht kannten, zu Entscheidungsträgern innerhalb der Regierung wurden", fügte Kelan hinzu. „Veränderungen im internationalen Szenario hatten ihre Auswirkungen und wirkten sich negativ auf den Export von Fertigprodukten aus", so Kiran. "Hohe Produktionskosten spiegeln sich in der Gewinnzielung und der Aufrechterhaltung der Konsistenz bei der Einkommensgenerierung von Webern und anderen Arbeitskräften wider", meinte Kelan. "Die Wirtschaftspolitik der Regierung, ohne tiefgreifende Überlegungen über ihre Auswirkungen auf die Handwebstuhlindustrie, verursachte bei Genossenschaften und Webern erhebliches Sodbrennen", klagte Kiran. Jennifers und Adityas Besuch in den Payyannur-Handwebereien, der Aufenthalt bei drei Familien, das Treffen mit Dutzenden von Webern, das Diskutieren mit ihnen und das Lernen von ihnen war ein einzigartiges Ereignis. Es ließ sie intellektuell, emotional, sozial und kulturell wachsen. Sie konnten viel von den Menschen lernen, was ihr Ziel war.

Jennifer und Aditya wählten den letzten Panchayat, Dharmadam, in der Nähe von Thalassery aus und beschlossen, fünfzehn Tage bei den Menschen zu bleiben. Sie hatten bereits dreihundertfünfzig Tage in fünfunddreißig *Panchayats* verbracht und lebten bei mehr als hundert Familien. Sie hatten überall eine lohnende und herausfordernde Zeit, und es war, als würden sie auf praktische und hochwissenschaftliche Weise eingehende Studien über Dörfer in Kerala durchführen. Es war partizipatives Lernen, das Menschen in die Schaffung von Wissen einbezog, und die Menschen konnten Eigentümer des von ihnen geschaffenen Wissens werden. Es war auch ein dynamischer Prozess der Interaktion mit Menschen, des Kennens, Analysierens und Verstehens ihrer Dörfer, Ereignisse und Situationen. Jennifer und Aditya lernten sich über ihre Vorstellungskraft hinaus kennen und halfen ihnen jeden Tag, sich intensiver zu lieben. Sie waren überrascht zu sehen, dass Liebe und Zuneigung wachsen können, wenn sie sich verstehen. Für sie war Liebe kein statisches Gefühl, sondern ein emotionales Bewusstsein für den anderen und die Betrachtung des anderen als echten Menschen. Es gab auch mehr Bewunderung füreinander, da sie ihre Qualitäten entdecken und bestimmte Verhaltensmuster ändern konnten, die korrigiert und verbessert werden mussten.

Die Menschen standen im Mittelpunkt ihres Programms „Wissen und Lernen aus unseren Dörfern". Für Jennifer und Aditya trug jede Person zum Fortschritt, zur Entwicklung und zum Wandel der ländlichen Gemeinschaft bei. Jeder hatte etwas zu sagen und wollte von anderen gehört werden. Infolgedessen respektierten Jennifer und Aditya die Menschen, mit denen sie interagierten, sehr, da sie das Zentrum ihres Universums waren. Aditya war erfreut, Dharmadom *panchayat zu besuchen,* wo er und Jennifer am Brennen College in Dharmadom studiert hatten. Er war in seinem letzten Abschlussjahr ein Jahr bei seinem geliebten JJ. Jennifer war viel glücklicher und erinnerte sich an ihr Engagement im Jugendflügel der Kommunistischen Partei. Für ihr Programm wählten sie Pallissery, ein Fischerdorf. Die ersten drei Tage blieben sie im Haus von Maniyan, einem wohlhabenden Fischer. Er besaß vier Kanus, ein mechanisiertes Boot, ein zweistöckiges Gebäude, zwei Minilastwagen und ein Auto. Er beschäftigte etwa zwanzig Mitarbeiter.

Maniyan studierte nur bis zur Grundschule und hatte als Jugendlicher angefangen, mit anderen Fischern ans Meer zu gehen. Er erhielt einen Tageslohn vom Kanubesitzer, wo er angeln ging. Nach und nach wurde Maniyan aufgrund seiner harten Arbeit und der richtigen Planung zu einem der reichsten Fischer in Pallissery. Seine Frau Revathi hatte ihre Immatrikulation abgeschlossen, und sie führte die Konten ihres Mannes sorgfältig, kümmerte sich um die Finanzen und bezahlte die Fischer, die mit ihrem Mann arbeiteten. Maniyan vertraute ihren Fähigkeiten, und Revathi zeigte den Fischern viel Freundlichkeit und Respekt. Sie schenkte ihren Frauen oft neue Kleidung, Küchenutensilien und Musikkassetten des Malayalam-Films Chemmeen und lud sie ein, Festivals wie *Onam*, *Vishu* und Bakrid zu *feiern*. Sie wusste, dass die Aufrechterhaltung einer gesunden Beziehung zu ihren Mitarbeitern für ihr Geschäftswachstum unerlässlich war. Revathi hatte sich sehr für die Erziehung ihrer drei Kinder interessiert. Nach dem Abschluss begannen ihre beiden Kinder bei einer Fischverarbeitungsfirma in Thalassery zu arbeiten, und das jüngste, ein Mädchen, machte ihren Abschluss am Brennen College. Das Mädchen, Sushma, hatte viele Gespräche mit Aditya und Jennifer, insbesondere über die Rolle der Frauen in der Politik, da sie daran interessiert war, sich der aktiven Politik anzuschließen, um für die Kommunistische Partei zu arbeiten.

Revathi kochte Reis und verschiedene Fischgerichte zum Mittag- und Abendessen, und sie aßen alle zusammen. Nach dem Abendessen genoss Maniyan ein Glas Rum mit der Fischbrut, die Sushma speziell für ihren Vater zubereitet hatte. Während Festen und Feierlichkeiten bot er Revathi und Sushma jeweils ein Glas an und sagte, dass ein guter Kommunist die Freuden der Welt mit anderen teilte. Jennifer probierte zum ersten Mal in ihrem Leben Rum, aber sie mochte ihn nicht. Sie liebte jedoch die Fischbrut von Sushma. Revathi fragte Jennifer, ob sie daran interessiert sei, ihren ältesten Sohn, einen leitenden Angestellten in einer Fischverarbeitungsanlage in Thalassery, zu heiraten. Jennifer lächelte und umarmte Revathi.

Maniyan und Revathi nahmen Aditya und Jennifer mit, um die Häuser aller Fischer zu besuchen, die mit ihnen arbeiteten. Sie waren überrascht, dass sie alle saubere Wohnungen mit fließendem Wasser und Toiletten hatten. Die Frauen waren mit verschiedenen Aktivitäten im Zusammenhang mit dem Verkauf oder der Verarbeitung von Fisch beschäftigt und verdienten ein Einkommen. Kein Kind blieb zu Hause und besuchte keine Schule. Maniyan erklärte, dass sie sich im Land des Kommunismus in Aktion befanden, und Dharmadam war das beste Beispiel für die Erfüllung von Marx 'Traum. Am fünften Tag luden Maniyan und Revathi ihre Fischer und die Familien der Nachbarn zu einer Abendparty ein. Etwa achtzig Menschen nahmen daran teil, und Maniyan *errichtete* eine Schamiana vor seinem Haus. Frauen und Männer schlossen sich Revathi und Sushma bei der Zubereitung von Rindfleisch-Biryani, Fisch und Tapioka an. Maniyan hatte ein halbes Dutzend Flaschen Rum. Rindfleisch Biryani und Rum waren die Hauptattraktionen für alle, auch für Frauen. Sie alle unterhielten sich stundenlang mit Jennifer und Aditya. Jennifer sang einige Filmsongs in Malayalam, darunter Kadlinakkare *Ponore aus* Ramu Kariats Film Chemmeen, und fast alle Frauen und Männer schlossen sich ihr an. Sushma sang einige von Madonnas Liedern, die begeisterten Beifall erhielten.

Jennifer und Aditya hatten eine lohnende und aufschlussreiche Zeit mit Maniyan, Revathi, Sushma und ihren Fischern. Sie verbrachten die nächsten fünf Tage mit einer Witwe, Padma, deren Mann auf See verschwand, während er mit seinem Freund auf einem Katamaran fischte. Der Suchtrupp konnte ihre Leichen nie bergen, aber der Katamaran war intakt. Padma war ungefähr fünfundvierzig Jahre alt, und alle drei ihrer Söhne arbeiteten; der älteste war verheiratet, und seine Frau und sein Kind blieben bei ihr. Obwohl sie finanziell gesund war, verkaufte sie täglich fünf bis sechs Stunden lang Fisch von Tür zu Tür, etwa zwanzig bis fünfundzwanzig Kilometer von Thalassery entfernt. Es waren sieben Frauen bei ihr, und alle nahmen Fische direkt vom Kanu oder Boot, und es gab einen kleinen Pickup, der sie abholte und in den dafür vorgesehenen Dörfern absetzte. Padma mochte ihren täglichen Ausflug mit ihren Freunden, um Fisch zu verkaufen, und machte täglich einen hundertprozentigen Gewinn. Am zweiten Tag schlossen sich Jennifer und Aditya ihren Freunden an und reisten in die Dörfer, um Fisch zu verkaufen. Sie fanden die Gemeinden wohlhabend und lebendig, sprachen mit vielen Männern, Frauen und Jugendlichen und teilten ihre Erfahrungen. Viele Jugendliche erzählten ihnen, dass sie es liebten, mit Jennifer und Aditya in ihrem Programm „*Wissen und Lernen aus unseren Dörfern*" zusammenzuarbeiten.

Padma stellte Jennifer und Aditya ihren Freunden vor, und sie luden sie ein, ihre Häuser am letzten Tag ihrer Rückkehr aus den Dörfern zu besuchen. Zusammen mit Padma sahen sie sieben Familien; alle waren Nachbarn von Padma. Die Frauen hatten einen Chit-Fonds gebildet, bei dem jeder jeden Tag zehn Rupien einzahlte, damit sie sechs Tage lang siebzig Rupien pro Tag und vierhundertzwanzig Rupien sammeln konnten. Der Betrag wurde einer Person gegeben, auf deren Namen das Chit in dieser Woche fiel. Das erhaltene Geld wurde von allen gut genutzt. Jennifer und Aditya erfuhren, dass Chit-Finanzierung an sechs Tagen in der Woche ihren Mitgliedern in einer ehrlichen Gruppe erheblich helfen könnte. Sie tranken Tee zusammen mit ein paar Snacks.

Die nächste Familie, die Jennifer und Aditya akzeptierte, war Imbichi Abubakar und seine Frau Aisha. Sie beschlossen, fünf Tage bei ihnen zu bleiben. Imbichi hatte sein Kanu, seine Netze und andere notwendige Ausrüstung. Er hatte drei Partner, und alle hatten einen gleichen Anteil.

Gemeinsam gingen sie zur See, während Aisha zurückblieb und vier Stunden täglich in einer Fischverarbeitungsanlage in der Nähe ihres Hauses arbeitete. Alle Mädchen und ihre drei Kinder gingen in eine Schule, die von Nonnen geleitet wurde. Am letzten Tag gingen Jennifer und Aditya mit Imbichi und seinen Angelpartnern. Das Meer war ruhig, und das Kanu fuhr schnell. Sie breiteten ihr Netz aus und warteten eine Stunde. Imbichi sagte Jennifer und Aditya, dass es *Chaakara-Saison* sei und es eine hohe Wahrscheinlichkeit gebe, große Fische zu fangen. Dann frühstückten sie in kleinen Aluminiumbehältern und teilten es mit Aditya und Jennifer. Nach dem Essen rauchten sie *Beedis*.

Krishnan, Imbichis Partner, begann ein Gespräch mit Jennifer und Aditya. "Die Fischer von Dharmadom sind fleißige und mutige Menschen, und jeder Tag ist ein Kampf für sie. Wenn sie zum Meer gehen, gibt es so viel Unsicherheit, dass sie sich nicht bewusst sind, wie sich das Meer an diesem Tag verhalten wird, welche Art von Fisch sie fangen werden und ob sie mit leeren Händen zurückkehren werden. Sie arbeiten vom frühen Morgen bis spät in die Nacht und bleiben manchmal tagelang im Meer. Also ist Planung notwendig, bevor man ans Meer geht."

"Bist du in der Lage, deine Familie durch Angeln zu ernähren?" Fragte Jennifer.

„Gewiss, deshalb haben wir diesen Beruf aufgenommen. Wenn du fleißig, regelmäßig und alkoholfrei bist, kannst du ein ziemlich komfortables Leben führen ", sagte Moosa, ein weiterer Partner von Imbichi.

"Aber viele tappen in die Falle des Alkoholismus und sind dann mit Schulden, Familienstreitigkeiten und Gewalt konfrontiert. Es ist ein endloser Prozess ", sagte Imbichi.

"Du musst das Meer lieben, von ihr lernen, sie respektieren und versuchen, eins mit ihr zu sein", sagte Kumaran und rauchte einen *Beedi*.

"Es braucht Zeit, um das Verhalten des Meeres zu lernen, und sie ist sehr komplex, wie eine gute Frau", lachte Moosa.

Dann gab es plötzlich etwas Bewegung im Netz. Alle beobachteten es für einige Zeit. Später wurde alles still. „Da ist nichts. Wir müssen warten. Schon drei Stunden sind vergangen ", sagte Krishnan. »Noch eine Stunde, wahrscheinlich zwei oder drei. Wir können nichts sagen. Oft spielt das Meer Verstecken. Sie liebt diejenigen, die geduldig sind und ihre geringsten Bewegungen, innersten Wünsche und ihre Sprache verstehen können ", sagte Kumaran. „Kumaran ist ein Dichter unter uns. Er kann viele Dinge spüren, die vor anderen verborgen sind", sagte Imbichi und klopfte Kumaran auf die

Schultern. „Wir haben viele Jahre Freundschaft. Wir vertrauen einander wie unser Atem, und wir vier sind mehr als Brüder. Wir geben unser Leben in die Hände eines anderen. Natürlich sind wir bereit, füreinander zu sterben ", sagte Imbichi. „Wir sind Freunde, weil wir Kommunisten sind", sagte Krishnan. „Der Kommunismus ist wie das Meer. Es bietet alles, einschließlich unserer Nahrung, unserer Hoffnung ", fügte Imbichi hinzu. "Es bestraft uns, was plötzlich und brutal ist", sagte Moosa. „Der Kommunismus verbindet uns. Seine Bindung ist stark und unzerbrechlich ", kommentierte Kumaran. "Sehen Sie, dieser Imbichi ist ein lebenslanger Kommunist. Er ist unser Held. Eines Tages waren wir drei in diesem Kanu auf See ", sagte Moosa und zeigte auf Imbichi und Kumaran. „Das Meer wurde sehr rau, sehr schnell. Es gab einen Sturm. Riesige Wellen waren über unseren Köpfen. Wir beide sind vom Kanu gefallen. Der Tod war sicher. Und dieser Imbichi sprang ins Meer, suchte nach uns und rettete uns. Wir waren bewusstlos, also band er unsere Körper gegen das Kanu. Es dauerte die ganze Nacht, bis er das Ufer erreichte. Das ist unser Imbichi ", fügte Moosa hinzu. »Imbichi ist unser größter Held«, sagte Kumaran. »Warte, etwas bewegt sich«, sagte Imbichi. »Ja, da ist etwas«, sagte Krishnan. »Es ist *Aagaoli*, Pomfret!«, rief Imbichi. »Es scheint, das Netz ist voll«, sagte Moosa.

Sie fingen alle an, daran zu ziehen. Auch Jennifer und Aditya halfen mit. "Es ist zu schwer. Ich denke, das Netz ist voller *Aagoli* ", sagte Imbichi. „Imbichi kennt schon die kleinsten Bewegungen von Fischen. Er hat einen sechsten Sinn für Angeln ", sagte Kumaran. »Zieh ihn gerade, zieh ihn aus den Ecken, zieh ihn zusammen«, sagte Imbichi. Sie alle zogen das Netz langsam und stetig mit Hoffnung und Entschlossenheit, und es dauerte mehr als eine Stunde, um den großen Fang in die Nähe des Kanus zu bringen. Sobald das Netz das Kanu erreichte, sprangen Kumaran und Moosa ins Meer und schoben das Netz von hinten. "Sei vorsichtig! Das Netz darf nicht kaputt gehen!" Rief Imbichi. Dann warf Krishnan das lose Ende eines anderen Netzes in Richtung Kumaran und Moosa, tauchte unter den Fang und gab dem Netz eine weitere Bedeckung. Es war eine schwierige Aufgabe und dauerte mehr als eine halbe Stunde. Dann warf Krishnan das Ende des Netzes von allen Seiten in Richtung Imbichi und Imbichi band sie mit einem Kokosnussschalenseil zusammen. Jennifer und Aditya halfen Imbichi, das große Bündel Fische zum Kanu zu ziehen, und Moosa und Kumaran schoben es von den anderen Enden zum Einbaum.

Krishnan tauchte unter den Fang und versuchte, ihn anzuheben, aber er konnte es nicht, da er viel schwerer war, als er erwartet hatte. »Komm rein, Krishnan«, rief Imbichi. Krishnan sprang ins Kanu. Ziehen wir es von einem Ende zum anderen ", schlug Imbichi vor. Imbichi, Krishnan, Jennifer und

Aditya zogen dann das Netz, das einen massiven Fang von Pomfret enthielt, in das Kanu. Es dauerte eine Stunde, um den Fisch, der zusammen mit dem Netz gefangen wurde, anzuheben und im Boot zu verteilen. "Es ist ein riesiger Haken!" Bemerkte Imbichi, als Kumaran und Moosa das Kanu aus dem Wasser kletterten. "Du hast es geschafft, Imbichi!" Sagte Moosa. "Wir haben es alle zusammen geschafft", antwortete Imbichi. »Es müssen mindestens vier Zentner sein«, sagte Kumaran überrascht. »Es sind etwas mehr als fünf Zentner«, sagte Moosa. "Ich denke, es werden fast sieben Zentner sein", sagte Imbichi.

Alle sahen Imbichi an. Sie konnten den reinen weißen Pomfret sehen, einen runden Fisch, der in Dubai, Abu Dhabi, Katar und Kuwait sehr gefragt ist. »Sieh sie dir an. Alle sind gleich groß. Nicht zu groß, nicht zu klein ", fuhr Imbichi fort. „Es ist von Exportqualität. Es kann mindestens neunzig Rupien pro Kilo bringen ", sagte Moosa. „Viel mehr als das. Wir werden es nicht für weniger als einhundertzwanzig Rupien pro Kilo verkaufen ", sagte Imbichi. "Komm, lass uns schneller gehen. Wir müssen das Ufer vor 17 Uhr erreichen und es in den Auktionen um 18 Uhr verkaufen. Jennifer, Aditya, dies ist das erste Mal, dass wir so viel Aagoli an einem einzigen Tag gefangen haben. Ihr seid unsere glücklichen Maskottchen «, sagte Imbichi und sah Jennifer und Aditya an.

„Wir freuen uns sehr, mit Ihnen angeln zu gehen. Danke, Imbichi Onkel ", sagte Jennifer.

„Wir sind begeistert. Vielen Dank für die hervorragende Gelegenheit, mit Ihnen zusammenzuarbeiten ", sagte Aditya.

"Aber du hast uns geholfen; außerdem hast du uns einen so großen Fang gebracht", sagte Krishnan.

»Wir sind über Nacht reich geworden, und du hast uns geholfen, reich zu werden«, sagte Kumaran.

Das Kanu kam gegen fünf Uhr fünfzehn abends am Strand an. Plötzlich verbreitete sich überall die Nachricht, dass Imbichi und sein Team mehr als sechshundert Kilo schwere Aagoli gefangen hatten. Überall wurde gefeiert, und das Auktionsteam kam bald darauf an. Die Auktion begann bei fünfundachtzig Rupien pro Kilo und ging bald über einhundertzwanzig Rupien hinaus. „Beste Exportqualität!", rief jemand in der Menge. Der Schlusskurs betrug einhundertfünfundvierzig Rupien pro Kilo, und der Fang wog siebenhundertachtundzwanzig Kilo. "Es wird eine Summe von 105.560 Rupien bringen", berechnete Imbichi in seinem Kopf. "Wir alle vier werden jeweils etwas mehr als fünfundzwanzigtausend Rupien bekommen, was gutes Geld ist", fügte Imbichi hinzu.

An einem typischen Tag verdienten sie etwa siebenhundert bis achthundert Rupien, aber dieser Tag brachte enormes Glück. Sie feierten in Imbichis Haus; Kumarans, Moosas und Krishnans Familien nahmen daran teil, und Jennifer und Aditya waren besondere Gäste. Wieder einmal wurden Rindfleisch, Tapioka und Toddy in Hülle und Fülle serviert. "Rindfleisch, Tapioka und *Toddy*, diese drei, sind die Symbole des Kommunismus in Kerala", sagte Imbichi. "Es repräsentiert Freiheit, Gerechtigkeit und Gleichheit", sagte Aisha, Imbichis Frau. »Du hast recht«, stimmte Imbichi zu. "Wo immer es in Kerala Rindfleisch, Tapioka und *Toddy* gibt, wird der Kommunismus überleben, und niemand kann uns besiegen", sagte Kumaran. „Deshalb versucht die UNP, Rindfleisch von unserer Speisekarte zu verbannen. Sie wissen, dass Tapioka und Toddy verschwinden werden, sobald das Rindfleisch weg ist, und nach und nach wird der Kommunismus zu einem Papiertiger, einem Mythos ", sagte Moosa. "Rindfleisch, Tapioka und Toddy repräsentieren auch Säkularismus, da jeder an einer rindfleischfressenden Party teilnehmen kann und Freundschaft, Respekt, Zusammengehörigkeit und Hoffnung existieren. Sobald es verloren ist, wird der Säkularismus zusammenbrechen. Es ist so wichtig wie *die* Onam-Feier."

Jennifer und Aditya reflektierten tief über die Bedeutung des Gesprächs zwischen Imbichi, Aisha, Krishnan, Kumaran und Moosa, und sie verstanden, dass sie die Wahrheit aus ihrer Erfahrung sprachen. Am nächsten Tag, früh am Morgen, waren Aditya und Jennifer bereit, nach dreihundertfünfundsechzig Tagen ihres gigantischen Experiments nach Valapattanam und Mahé zurückzukehren. Sie trafen Tausende von Menschen, sprachen mit ihnen, diskutierten mit ihnen und teilten ihre Ängste, Träume und Bestrebungen. Sie hatten sechsunddreißig *Panchayats* besucht und bei mehr als hundert Familien übernachtet; sie hatten ziemlich viel über Menschen gelernt, die in verschiedenen Ecken des Bezirks Kannur lebten. Es war eine bedeutende Beteiligung. Das *Programm „Kennenlernen und Lernen von unseren Dörfern"* war ein außergewöhnlicher Erfolg und ein bahnbrechendes Unterfangen.

Krishnan, Moosa und Kumaran kamen, um sich von Jennifer und Aditya zu verabschieden. Nach dem Frühstück äußerten Imbichi und Aisha ihre besten Wünsche. »Ihr seid als Fremde gekommen, und jetzt geht ihr als Freunde«, sagte Aischa. "Beziehungen sind ein Produkt des Herzens, nicht des Kopfes", sagte Imbichi. "Jetzt hast du einen festen Platz in unseren Herzen", fügte er hinzu. „Danke, Aisha *Chechi*. Danke, Imbichi, Onkel «, sagte Jennifer. "Wir sind Ihnen dankbar, dass Sie uns einen Platz in Ihrem Zuhause gegeben haben, uns wie Ihr eigenes behandelt haben, uns Essen gegeben haben, uns auf See mitgenommen haben, uns gezeigt haben, wie man Fische fängt, und uns vor allem gesagt haben, dass wir alle gleich sind, und das ist das Geheimnis des Kommunismus", sagte Aditya. "Wir respektieren dich nicht wegen deines Hintergrunds, sondern wegen deiner Menschlichkeit", sagte Krishna zu Jennifer und Aditya. »Komm wieder und bleib bei uns«, sagte Kumaran. »Wann immer Bedarf besteht, sind wir für euch beide da«, sagte Moosa.

Aisha umarmte Jennifer und sagte: „Religion wird uns niemals trennen, weil wir Kommunisten sind. Das ist die bindende Kraft. In Dharmadam ist jeder ein Kommunist. Diejenigen, die hierher kommen, kehren als Kommunisten zurück.»Du hast recht, Aischa«, sagte Imbichi. Dann nahm Imbichi zwei Geldscheine zu je tausend Rupien und sagte Jennifer und Aditya: „Bitte akzeptieren Sie es. Es ist ein Symbol unserer Freundschaft, Zuneigung und Beziehung." Jennifer nahm das Geld und sagte: „Wir brauchen kein Geld, aber wir können es nicht ablehnen. Wenn wir es ablehnen, versuchen wir, deine Freundschaft abzulehnen. Wir schätzen Ihre Beziehung, spenden diesen Betrag jedoch für eine Sache, vorzugsweise für die Bildung von Kindern." "Danke, Jennifer und Aditya, dass ihr das Geld angenommen habt. Wir sind so glücklich. Du hast uns akzeptiert. Du hast uns als gleichwertig behandelt ", sagte Aisha. Jennifer und Aditya verabschiedeten sich von allen, und Jennifer umarmte Aisha erneut. »Du bist jetzt meine Schwester, meine eigene«, sagte Jennifer zu Aisha.

Im Bus sah Jennifer Aditya an und lächelte. "AA, jetzt habe ich das Gefühl, dass ich weiß, wer du bist, viel besser, als als ich meinen ersten Brief an dich geschrieben habe", sagte sie. „Danke, JJ, für deine Kameradschaft. Es war wegen dir, dass ich all diese Härten ertragen konnte. Du hast mir Mut und Hoffnung gegeben ", antwortete Aditya. "Aber AA, Kommunikation ist die Lebensader einer Ehemann-Frau-Beziehung. Wenn man aufhört zu kommunizieren, verblasst die Beziehung und eines Tages stirbt sie für immer. Also lasst uns auch nach der Hochzeit weiter als Freunde reden ", sagte Jennifer. "JJ, ich kann mir mein Leben ohne dich nicht vorstellen", antwortete Aditya. "AA, du bist ein Kommunist. Ich behaupte nicht, einer zu sein, aber wenn ich es bin, dann wegen dir. Du musst dich daran erinnern, dass ein guter Kommunist ein sozialistischer Kapitalist ist ", sagte Jennifer und Aditya sah sie an. Es herrschte eine tiefe Stille. "Lassen Sie uns aus unseren Erfahrungen in all diesen sechsunddreißig *Panchayats* lernen. Denken Sie an Ayyankunnu, Kottiyoor, Peravoor Irikur, Dharmadam und Payyannur. Überall waren menschliche Beziehungen und Geld die wichtigsten Anliegen. In Koothuparamba war es jedoch Macht ", erklärte Jennifer.

"Ja, JJ, ich stimme dir zu. Geldverdienen ist überlebenswichtig, und für gewöhnliche Menschen, selbst für diejenigen, die an der Macht sind, ist Geld das Höchste. Neben Geld brauchen wir auch positive Beziehungen zu Menschen ", sagte Aditya.

"Man muss also ein Kapitalist sein, der wie ein Kommunist aussieht", fügte Jennifer hinzu. Aditya reagierte nicht.

„Der Kommunismus ist im Kopf, und niemand kann im Herzen Kommunist sein, da er brutal ist. Es ist eine hoffnungslose Lebensweise, gespickt mit ideologischem Jargon. In gleicher Weise ist der Kapitalismus unterdrückerisch und gemein. Beiden fehlt es an Empathie, da die Menschen zu Bauern in ihren Tentakeln werden. Wir brauchen eine Verschmelzung von beidem und lehnen Brutalität und Hass ab ", erklärte Jennifer.

»Ich verstehe dich, JJ«, sagte Aditya. „Predige wie ein Kommunist, aber handle wie ein Kapitalist. Kommunismus ist der Austausch von verstecktem Geld, der Genuss brutaler Macht und die stillschweigende Ausbeutung der Armen. Sie liebt Luxus und ein gutes Leben für ihre Anführer. Fast alle kommunistischen Herrscher der untergegangenen UdSSR verfügten über Villen der Superlative am Schwarzen Meer und verblüffende Einlagen bei den europäischen Banken. Mao lebte wie ein moderner Kangxi-Kaiser. Schauen Sie sich Keralas kommunistische Führer an; zum Beispiel sind einige Milliardäre mit versteckten Bankkonten im Golf. Sie gehen zur medizinischen Behandlung in die USA und europäische Länder, genießen Ferien mit öffentlichen Geldern und trinken den teuersten Whisky und Rum. Ihre Kinder studieren an Universitäten der Ivy League, was sie gewöhnlichen Parteimitgliedern verweigern. Es gibt keinen Unterschied zwischen Marxismus und Ultranationalismus. Beide sind eins. Sei wie Deng Xiaoping. Er ist der praktischste Mann der Welt. Niemand konnte Veränderungen herbeiführen wie er. Er veränderte das Schicksal von mehr als einer Milliarde Menschen. Sein Kapitalismus gab dem Kommunismus in China Hoffnung. Brillant und dynamisch predigt er den neuen Kommunismus, den Kapitalismus. Er zerstörte Maos Elend, lobte aber seinen Mentor, was für das chinesische Volk notwendig war. Sobald du Ministerpräsident von Kerala geworden bist, tu, was Deng getan hat." Sagte Jennifer kategorisch.

„Nur Geld kann mehr Geld generieren. Wir brauchen intelligente Analysen, bessere Richtlinien, wissenschaftliche Planung und unzerbrechliches Engagement. Die Kombination all dieser Faktoren kann Armut, Hunger, Analphabetismus und Krankheiten beseitigen. Außerdem brauchen wir auch Wissenschaft, Technologie und eine Vision für die Zukunft. Ich werde versuchen, all dies zu erreichen ", sagte Aditya. "Aber warte geduldig auf die Macht. Selbst in letzter Minute kann etwas passieren, das dir die Macht raubt.

Nichtsdestotrotz sollte eine Person nicht in Panik geraten. Ihre Chance wird kommen, wenn Sie anderen eine Chance geben. Sobald Sie es erhalten haben, können Sie nach Ihrem Willen entscheiden. Akzeptieren Sie also bei Bedarf die zweite Position. Deine zweite Position wird dich zur ersten führen ", sagte Jennifer, die lautstark, einflussreich und logisch war. "Sicher, JJ", verpflichtete sich Aditya.

Sie wollten nach einem Jahr nach Valapattanam gehen, um Adityas Eltern zu treffen. Seit zwölf Monaten gab es keine Kommunikation mehr mit ihnen. „Ihr beide habt euch sehr verändert. Wie war Ihr Programm „*Wissen* und *Lernen* von unseren *Dörfern*"? "fragte Renuka und umarmte Jennifer. "Es war fabelhaft. Wir haben viel gelernt ", antwortete Jennifer. »Wie geht es dir, Amma?«, fragte sie. »Mir geht es gut«, antwortete Renuka. Aditya umarmte seine Mutter. Jennifer und Aditya erzählten Appukkuttan von ihren Erfahrungen, als er von der Arbeit zurückkehrte. Jennifer traf alle ihre Nachbarn und genoss ihre Wärme und Zuneigung. Nach drei Tagen gingen Aditya und Jennifer nach Mahe, um Amelie und Jacob Bernard zu treffen. Sie freuten sich sehr, ihre Tochter zu sehen. Amelie umarmte Jennifer, schüttelte Aditya die Hand und erkundigte sich in sechsunddreißig *Panchayats* nach ihrem einjährigen intensiven Lernprogramm. Aditya und Jennifer erzählten von ihren verschiedenen Erfahrungen und Vorfällen von Ayyankunnu bis Dharmadom.

Aditya drückte seinen Wunsch aus, Jennifer zu heiraten. Jacob Bernard sagte Aditya, dass er nur ein Absolvent ohne Beruf oder Einkommen sei. Bernard sagte kategorisch, er sei nicht daran interessiert, Aditya die Hand seiner Tochter zu geben. Jennifer sagte ihrem Vater jedoch, dass Aditya eines Tages der Ministerpräsident von Kerala sein würde. Sie fügte hinzu, dass Aditya ein großartiger, liebevoller, rücksichtsvoller und demütiger Mensch sei, der Frauen respektiere und reife Beziehungen zu allen pflege. Als exzellenter Organisator und fesselnder Malayalam-, Englisch- und Deutschsprecher wäre er der Liebling der Massen, Akademiker und der Industrie.

Jacob Bernard war froh zu hören, dass Aditya mühelos mit Englisch und Deutsch umgehen konnte.

"Wann wird er Chief Minister von Kerala?" Jacob Bernard war naiv, die Frage zu stellen.

»Jetzt ist er Politiker, und seine Zeit wird kommen«, antwortete Jennifer auf die Frage ihres Vaters.

"Was wirst du für die Menschen in Kerala tun?" Fragte Jacob Bernard Aditya. "Jetzt werde ich die Menschen in Kerala organisieren, besonders im Bezirk Kannur. Ich kenne Tausende von ihnen. Fast jeder kennt mich in der Hälfte der Panchayats in Kannur, da ich jeweils zehn Tage in sechsunddreißig *Panchayats* bei ihnen geblieben bin. Sobald ich die politische Macht erhalte, werde ich das Gesicht von Kerala verändern ", sagte Aditya.

„Aditya, was weißt du über Karl Marx?" Fragte Amelie.

Er sah Amelie an und sagte: „Madam, unter den Erleuchteten hat jeder eine andere Perspektive auf Karl Marx. Karl Marx war ein vollendeter Philosoph, ein bemerkenswerter politischer Analytiker, ein herausragender Ökonom, ein erstaunlicher Denker und ein Reformer par excellence. Er wollte das verabscheuungswürdige Leben der Arbeiter, der Armen, der Analphabeten, der Migranten, der Ausgegrenzten, der Stimmlosen und der Unterdrückten erhöhen. Die Wirkung von Marx ist so tiefgreifend wie die von Jesus Christus und Albert Einstein."

„Gut, du bist eine Person, die Ereignisse und Ideen denken und analysieren kann. Ich habe kein Problem damit, dass meine Tochter dich als ihren Lebenspartner auswählt. Ich weiß, dass du sie liebst, und sie liebt dich. Deine Beziehung ist untrennbar. Das reicht mir, und Geld ist keine Überlegung. Ich brauche einen liebevollen Ehemann für sie, der auch intelligent und in der Lage ist, ein rationales Gespräch mit Jennifer zu führen ", sagte Amelie.

Amelie näherte sich Aditya und küsste seine Stirn. „Ich habe auf die richtige Person für meine Jennifer gewartet. Jetzt weiß ich, dass ich einen gefunden habe ", fügte Amelie hinzu. »Danke, Mama«, antwortete Jennifer. „Jetzt verstehe ich deinen Kopf und dein Herz. Sie sind die besten der Welt ", fügte sie hinzu. Jacob Bernard sah seine Frau erstaunt an. "Bitte lade deine Eltern ein. Lass uns sie treffen ", sagte er zu Aditya. Innerhalb einer Woche kam Aditya mit Renuka, Appukkuttan, Kalyani, Madhavan, Suhra, Moideen, Geetha, Ravindran, Sumitra und Kunjiraman an. Aditya informierte auch Emilia und Stefan, die in Deutschland waren, über das Ereignis und sie drückten ihr Glück aus. Ravi stammte aus Kochi, wo er nach einem fünfjährigen LLB-Studium in Bangalore und einem einjährigen Diplom in Menschenrechtsrecht in Stuttgart als Rechtsanwalt tätig war.

Amelie und Jacob Bernard begrüßten alle, die aus Valapattanam kamen. Nach einem fabelhaften Mittagessen diskutierten sie über die Ehe von Jennifer und Aditya. Jacob Bernard bestand darauf, die Hochzeit in der St.-Theresien-Kirche in Mahé zu feiern, wobei der Hauptzelebrant ein Bischof aus Pondicherry oder Calicut war. Appukkuttan informierte Jacob Bernard, dass alle von ihnen, außer Moideen und Suhra, geborene Hindus waren, aber Kommunisten und Atheisten praktizierten, und niemand an Religion oder Gott glaubte. Deshalb wollten sie keine Zeremonie in der Kirche haben. Jacob Bernard konsultierte seine Frau und bat Amelie zu sprechen. „Religion ist nur eine kulturelle Facette des menschlichen Lebens. Obwohl der Mensch alle Kulturen entwickelt hat, überschatten bestimmte Kulturen unsere Existenz, wie Familie, Nation, Geld, Handel, Wissenschaft und Religion, die wir nicht über Nacht ablehnen können. Daher wird Religion zu einem entscheidenden Faktor.

Nichtsdestotrotz nimmt es uns die Freiheit. Auch der Kommunismus ist eine Religion. Das Wichtigste sind nicht ihre Rubriken und Rituale, sondern die Menschenwürde. Lassen Sie uns akzeptieren, was wir in unserem Milieu als am würdevollsten empfinden ", sagte Amelie.

Jacob Bernard sah Amelie an und sagte: „Wir brauchen keinen Bischof einzuladen, der Hauptzelebrant zu sein. Wir können einen Priester bitten, die Ehe durchzuführen." „Für uns ist eine kirchliche Ehe nicht lebenswichtig, sondern ein wichtiger Faktor für Sie. Die Hochzeitszeremonie sollte jedoch einfach sein ", sagte Renuka. »Wir müssen von Aditya hören«, fuhr sie fort. "Wenn Jennifers Vater sich aufgrund der kirchlichen Zeremonie glücklich fühlt, begrüße ich es", sagte Aditya. »Was meinst du?« Fragte Amelie ihre Tochter. »Wir bevorzugen eine einfache kirchliche Zeremonie«, sagte Jennifer und wollte ihren Vater nicht enttäuschen. "Die ganze Veranstaltung muss ohne Pomp und Pracht sein", beharrte Appukkuttan. "Wir werden die Hochzeitszeremonie in Mahé haben, da wir alle an Mahé hängen", sagte Amelie, um Jacob Bernards Gefühle zu unterstützen. Jacob Bernard lächelte. »Es ist die Ehe von Jennifer und Aditya«, sagte Jacob Bernard.

Sie entschieden sich für den Hochzeitstag, das Datum und die Uhrzeit: den zwölften des Monats um elf Uhr in der St.-Theresien-Kirche in Mahé. „Bitte, ihr alle kommt am Vortag. Wir werden für deinen komfortablen Aufenthalt in Mahé sorgen ", sagte Jacob Bernard und lud alle ein. „Mahe ist nicht weit von Valapattanam entfernt. Es sind nur sechsunddreißig Kilometer und es dauert weniger als eine Stunde auf der Straße. Also, wir werden um zehn Uhr hier sein ", sagte Renuka. »Wie du willst«, sagte Amelie und dachte, sie solle sich nicht in die persönliche Freiheit anderer einmischen. Ravi schwieg tief, da er der jüngste der Valapattanam-Gruppe war. Als die Gespräche vorbei waren, stellte Aditya Jennifer Ravi vor.

"JJ, das ist Ravi, mein Bruder. Er ist um sechs Monate jünger als ich ", sagte Aditya. „Aditya und ich waren etwa siebzehn Jahre zusammen. Wir waren unzertrennlich, bis er dich traf. Plötzlich wollte Aditya zu seinem Abschluss nach Thalassery gehen. Als er dich liebte, war es, dich kennenzulernen «, sagte Ravi zu Jennifer.

"Ich weiß es. Das erste Ziel meiner AA war es, mich zu heiraten. Jetzt wird es innerhalb weniger Tage erfüllt sein ", sagte Jennifer.

»Er ist der glücklichste Mann der Welt«, sagte Ravi.

"Ich bin die glücklichste Frau im ganzen Universum", antwortete Jennifer.

Aditya und Ravi lachten.

Es war ein sonniger Morgen am Hochzeitstag. Jennifer konnte das blaue Wasser des Flusses Mayyazhipuzha von ihrem Zimmer aus sehen, mit zahlreichen Kanus am Ufer und dem Fluss, der zum Arabischen Meer fließt. Sie dachte an ihren Aditya, den Mann, der sieben Jahre lang eine lebendige Präsenz in ihrem Leben aufgebaut hatte. Jennifer konnte die Schritte der Gäste aus Marseille hören, die an der Hochzeit teilnahmen. „Fast fünfzig Gäste aus unserer Familie werden an der Hochzeit aus Marseille, Paris, Pondicherry und Mahé teilnehmen. Dann, etwa hundert enge Freunde aus Mahé, Thalassery, Vadakara und Calicut ", erinnerte sich Jennifer an die Worte ihres Vaters. "Alle Bewohner von Mahé sind unsere Freunde", antwortete Amelie. „Wir hätten sie alle eingeladen. Die Kirche wäre mit Freunden und Verwandten überfüllt gewesen, aber Adityas Leute wollten eine einfache Zeremonie haben ", drückte Jacob Bernard seine Bestürzung aus. "Fast jeder unter dreißig in Mahe ist meine Schülerin", sagte Amelie. „Wir hätten mehr als zweitausend zur Hochzeit einladen können. Das ist ein einmaliges Ereignis ", sagte Jacob Bernard mit Traurigkeit in der Stimme. Etwa fünfundzwanzig Personen werden an der Zeremonie aus Valapattanam teilnehmen, teilte Aditya mit.

Die Kirche war auf Französisch geschmückt, und der Chor begann, das französische Eingangslied zu singen. Es war eine Einladung an Jesus, in ihrer Mitte zu sein, und ein schönes Lied wurde in einem alten französischen katholischen Stil gesungen. Jennifer sah Aditya am Eingang der Kirche und seine Eltern; Ravi war sein Trauzeuge. Aditya trug einen roten Krawattenanzug, und Ravi sah aus wie sein Zwillingsbruder. Es begann damit, dass Braut und Bräutigam gemeinsam den Gang entlang gingen. Amelie, Jacob Bernard, Renuka und Appukkuttan waren Teil der Prozession, ebenso wie alle ihre Verwandten und Freunde. Jennifer trug ein wunderschönes weißes Hochzeitskleid mit einem Schleier für katholische Frauen, das in Marseille bestellt wurde, und Amelie wählte es aus. Das Lied der Prozession war in Malayalam, was bedeutet, dass das Paar sich liebt und eine dauerhafte, liebevolle Ehe wünscht. Tradition stand im Vordergrund, zwei Zeugen waren anwesend. Die Blumenmädchen sahen cherubisch aus, als sie mit Jennifer spazieren gingen, und die Kirche war von einer spirituellen Atmosphäre erfüllt. Hauptzelebrant war der Pfarrer, der in Malayalam einen Einführungsvortrag hielt und mit einem Bibelzitat abschloss: „Die Frau und der Mann verlassen ihre Eltern und werden ein Fleisch." Keiner aus der

Valapattanam-Gruppe verstand jedoch die Bedeutung. Die Hochzeitszeremonie gab Gott die Ehre, heiligte die Braut und den Bräutigam und begründete eine mächtige geistige Vereinigung mit Jesus Christus, um ein christliches Leben zu führen.

Vor der Lesung aus dem Alten Testament gab es einen Hymnus auf Französisch. Jacob Bernard las den Psalm auf Französisch, und während der Lesung betrachtete er oft die Gemeinschaft der Gläubigen in der Kirche. "Obwohl die Kirche wimmelt, ist sie nicht voll mit seinen Freunden und Verwandten", dachte er beim Lesen. Bevor wir die Apostelgeschichte lasen, gab es einen Hymnus in Malayalam. Amelie hielt die zweite Lesung auf Englisch; darin erinnerte der heilige Paulus seine Gemeinde in Korinth daran, dass sie die auserwählten Kinder Gottes waren und in den Augen Jesu Christi ein heiliges Leben führen mussten. Der Chor spielte vor der Lesung des Evangeliums eine französische Hymne. Der Pfarrer las es in Malayalam aus dem Matthäusevangelium. Nach dem Evangelium hielt er eine kurze Predigt in Malayalam, und sein letzter Satz war auf Französisch, wobei er das Paar anwies, viele Kinder zu haben, um im Weinberg des Herrn zu arbeiten.

Jennifer und Aditya tauschten ihre Gelübde in Malayalam aus und versprachen einander, ein Leben zu führen, das in den Augen Gottes würdig ist, und dass sie sich bis zu ihrem letzten Atemzug lieben würden. Aditya legte einen einfachen goldenen Ring auf Jennifers Finger inmitten der Gebete der Gemeinde. Nach katholischer Überlieferung waren sie jetzt Ehemann und Ehefrau, und der Priester erklärte sie im Namen des Herrn Jesus Christus für rechtmäßig verheiratet. Aditya küsste seine Frau leidenschaftlich und markierte den ersten Kuss seines Lebens. Er war stolz darauf, bis zu diesem Tag ein zölibatäres Leben geführt zu haben. Jennifer wusste, dass sie zum ersten Mal mit einem Mann zusammen sein würde, mit dem sie ein Fleisch werden würde.

Aditya und Jennifer unterzeichneten das Heiratsregister in Anwesenheit des Pfarrers. Jennifer war vierundzwanzig, und Aditya war sechsundzwanzig an ihrem Hochzeitstag. Dann gab es Umarmungen, Küsse, Fotos posieren und Essen und Trinken. Am selben Abend beschlossen Jennifer, Aditya, Renuka und Appukkuttan, nach Valapattanam zu gehen. Jacob Bernard umarmte seine Tochter und weinte laut, aber Amelie schwieg existenziell. Während Jacob Bernard seinen Schwiegersohn umarmte, sagte er ihm, er solle seine Tochter vor allen Gefahren schützen. Amelie umarmte Aditya mit Wärme und Liebe und bat ihn, sie noch einmal zu besuchen. Jennifer schluchzte unaufhörlich.

In Valapattanam war das Leben nüchtern und gelassen. Jennifer und Aditya beschlossen, nicht in die Flitterwochen zu gehen. Stattdessen begannen sie sofort, ein Buch über ihr Experiment "Wissen und Lernen aus unseren Dörfern" zu schreiben. Es dauerte sechs Monate, bis Aditya und Jennifer alle Daten von sechsunddreißig *Panchayats* kodifiziert hatten, die während ihres einjährigen Aufenthalts in den Dörfern gesammelt wurden. Beide nahmen umfangreiche Notizen zu den Parametern Hunger und Armut sowie zu den sozialen, wirtschaftlichen und pädagogischen Dimensionen der Beteiligung an nachhaltiger Entwicklung vor. Aditya schrieb den ersten Entwurf des Buches in Malayalam, und Jennifer war erstaunt, seine überzeugende Analyse der Situationen der Menschen in verschiedenen Kategorien zu beobachten. Aditya war prägnant bei der Interpretation der verborgenen Tatsachen, und seine Erklärungen der Ereignisse waren objektiv. Er hatte einen fesselnden Erzählstil, und sein Malayalam war lebhaft und situativ und spiegelte die Bestrebungen der Menschen wider. Jennifer las den Entwurf zweimal und führte ausführliche Gespräche mit Aditya, Renuka und Appukkuttan. Vor dem Abendessen saßen sie bei ein paar Toddyflaschen und Rindfleisch zusammen und diskutierten übersichtlich die Nuancen faszinierender sozialer Faktenpräsentationen. Appukkuttan und Renuka waren so glücklich zu sehen, dass ihre Schwiegertochter einen scharfen analytischen Verstand hatte, und als sie Rindfleisch und Gerede genoss, erschien sie wie eine Göttin in *einem* Theyyam-Tanz.

SECHSTES KAPITEL:
DIE THEYYAM-LEUTE

Es gab Theyyam Trommelschläge in jedem Kaavu, als Aditya Jennifer traf. Feiern, Essen und Trinken dauerten bis zum frühen Morgen an, da das Leben ein Fest der Zusammengehörigkeit von Menschen und Göttern war. Aditya kannte die komplexen Symbole aller Schritte und aller Töne, da Theyyam eine Kunst über die beispiellose Einheit von Menschen mit Göttern war, da alle Götter Menschen waren. Es enthielt das gesamte Universum, seine Farben, Klänge, Geheimnisse und Magie.

In Theyyam hat das Universum spezifische Konnotationen dessen, was es ist und was nicht. Menschen und das Universum haben zusammen existiert, da sie einzeln irrelevant waren. Aditya wurde in all seinen Handlungen aufgrund seiner nuancierten Beherrschung von Theyyam, die er von seiner Mutter Renuka, Emilia und Madhavan gelernt hatte, akribisch. Jennifer war klug genug, Adityas fundiertes Wissen und seine Anwendung im Leben zu erkennen.

Aditya wollte die Rolle von Frauen in der Entwicklung betonen und war bestrebt, die Datenanalyse entsprechend einzubeziehen. Jennifer stellte zahlreiche Fragen: „Wie sehen Sie den Strukturwandel der indischen Gesellschaft und die Entwicklung der Frauen?" "Die Transformation in der Gesellschaft von Kerala ist anderen Staaten in Indien weit voraus. Sie ist gigantisch und umfasst Kultur, Institutionen, Politik und Beziehungen. Diese Veränderung ist in allen *Panchayats* zu beobachten, in denen wir gearbeitet haben. Bescheidene Veränderungen der Werte von Institutionen sind zunächst für den sozialen Wandel unerlässlich und werden die demokratische Teilhabe von Frauen einleiten. Sehen Sie die Frauen in Ayyankunnu, Payyannur und Dharmadom, wie sie einen besonderen Status genießen. Der dynamische Prozess, den wir in der Gesellschaft beobachten, ist auf das Wertesystem dieser *Panchayats* zurückzuführen. Frauen müssen mehr und mehr Demokratie, Gleichheit, Gerechtigkeit und Freiheit genießen. Das wird zu wirtschaftlichen, sozialen und kulturellen Veränderungen in anderen *Panchayats* wie Koothuparamba führen, denn Demokratie, Gleichheit und Freiheit sind Notwendigkeiten. Die UNP wollte es durch Gewalt leugnen, was in Koothuparamba offensichtlich war ", erklärte Aditya. "Wie sehen Sie die Rolle von NGOs bei der Transformation der Gesellschaft im Kontext der destruktiven Politik der UNP, insbesondere im Fall von Frauen?" Jennifer warf eine weitere Frage auf.

Aditya dachte lange darüber nach. Er sah Jennifer an und sagte langsam: „Die Einbeziehung sozialer Gruppen ist für die Teilhabe der Menschen, insbesondere von Frauen, unerlässlich. Die Menschen werden in diesem Prozess unabhängig und mächtiger, aber die UNP will es nicht. Wenn die Menschen autark sind, verliert die UNP ihren Halt. Das Volk wird Obskurantismus, Mythen, Fanatismus und Fundamentalismus ablehnen. Das wird eine ernste Bedrohung für die UNP sein, da sie Gewalt im Namen des Schutzes der indischen Kultur entfesseln. Wenn man Rindfleisch isst und eine Toddy-Flasche hat, kommen die Menschen zusammen und teilen ihre Ideen und Pläne, was zu einem gesellschaftlichen Zusammenhalt führt. Eine solche Situation wird das Fundament der UNP für Menschen erschüttern, die über richtig und falsch nachdenken können. Wir müssen die Ideologie zerstören, die auf Kaste, Geburt, Religion, Region, Sprache und Geschlecht basiert. Ein solcher Prozess hat bereits in Kottiyoor, Ayyankunnu und Payyannur stattgefunden. Bei den Stämmen waren Geschlecht, Religion, Geburt, Kaste und Klasse keine Themen. Ihr Wirtschafts- und Bildungsniveau wird sich schrittweise mit einer durchdachten Planungsmethode verbessern und die Menschen entwickeln. In vielen anderen indischen Bundesstaaten hat die UNP gewaltsam versucht, die Stämme unter ihren Daumen zu halten und behauptet, dass sie versucht, die indische Kultur zu schützen." Es war eine tiefgründige Analyse, dachte Jennifer.

Aber sie wollte noch mehr Fragen stellen. "Warum gibt es ungleichmäßige strukturelle Veränderungen für Frauen in all diesen Panchayats?" Jennifer versuchte, Aditya weitere Analysen zu entlocken. „Der soziale Wandel wirkte sich auf andere Familienmitglieder aus, manchmal negativ auf Frauen. Zum Beispiel wurden in vielen Dörfern Jungen ermutigt, ein höheres Studium zu absolvieren, während Mädchen gezwungen wurden, zu Hause zu bleiben, um sich um ihre jüngeren Geschwister zu kümmern. Eltern hatten oft nur Geld für die Ausbildung ihrer männlichen Kinder, was ihre Töchter davon abhielt, ein höheres Studium zu absolvieren. In einigen Dörfern beobachteten wir, wie Mädchen und Frauen schweigend in den vier Wänden ihrer Familien litten, da sie keine Freiheit hatten, Lebensentscheidungen zu treffen. Mädchen hatten für ihre Eltern keine Priorität in Bezug auf Bildung, wirtschaftliche Möglichkeiten, die Auswahl eines Lebenspartners oder sogar die Nahrungsaufnahme. Natürlich haben sich einige Frauen über ihre traditionellen Rollen hinaus entwickelt. Schau dir Aisha und Revathi in Dharmadom, Sumitra und Gomathy in Payyannur und Noorjahan in

Koothuparamba an. Sie waren aktive und selbstmotivierte Vorbilder für alle Frauen weltweit ", analysiert Aditya. "Wie beobachten Sie die Identität von Frauen in Dörfern wie Angadikadavu und Karikkottakari?" Fragte Jennifer. „In Ayyankunnu *Panchayat* haben wir alle Dörfer besucht. Obwohl die Siedler wirtschaftlich angeschlagen waren, genossen Frauen gleiche gesellschaftliche Positionen. Die Einstellung einer Frau zu ihren Rollen beeinflusste ihre Lebenszufriedenheit und ihr Identitätsgefühl in der Gemeinschaft, zu der sie gehörte. Es ist offensichtlich in Angadikadavu. Hier war das soziale und wirtschaftliche Vermögen der Männer nicht begrenzt." Jennifer hörte Aditya in studierter Stille zu.

Sie liebte es, mehr über die Gleichstellung von Frauen zu hören. "Zusammen mit Männern trafen Frauen fast alle Entscheidungen, die die Familie betrafen, ohne die Freiheit, Gleichheit und Gerechtigkeit der Frauen zu verleugnen. Wir haben gesehen, dass geschlechtsspezifische Rollen, Beziehungen und der Zugang zu Vermögenswerten für den Schutz des sozialen und wirtschaftlichen Kapitals unerlässlich waren. Frauen genossen solche Rechte in Angadikadavu und Karikkottakari. Unsere Analyse zeigt, dass Frauen in den Dörfern in Ayyankunnu nicht anfällig für Unterwerfung und Marginalisierung waren. Der Kommunismus sieht strukturelle Gleichheit vor, die in Ayyankunnu vorhanden war, obwohl die meisten Menschen keine Kommunisten waren. Es war eine Tatsache, dass die überwiegende Mehrheit der Menschen in Ayyankunnu der Kongresspartei angehörte ", sagte Aditya und sah Jennifer an. Jennifer lachte. „Wir müssen noch viele Jahre warten, um die Gleichstellung der Frauen zu erreichen, die wir in Ayyankunnu in anderen *Panchayats* gesehen haben. Sobald Sie Chief Minister von Kerala werden, werden wir es versuchen ", sagte Jennifer zuversichtlich in ihrer Reaktion.

Jennifer glaubte daran, Sondierungsfragen zu stellen. "Glaubst du nicht, dass Frauen an bestimmten Orten zu Waren geworden sind? Was sind die Gründe, und wie können Sie sie beseitigen?", fragte sie. "Es ist so traurig, dass eine Frau, um als" wertvoll "angesehen zu werden, sich an eine Reihe von Standards halten muss, die von Männern festgelegt werden. In einigen Dörfern beobachteten wir, dass Frauen nicht nur für sich selbst existierten; sie wurden zu Waren, und Männer gaben ihnen ein Preisschild. Ihre sozialen und wirtschaftlichen Kämpfe entfernten die Etiketten, die sie trugen. Wir haben beobachtet, dass die Degradierung von Frauen ein Versagen bei der Umsetzung der Demokratie war, und die UNP forderte und bestand auf einer solchen Degradierung. Wir können also vorschlagen, dass Frauen Freiheit brauchen, was einen Schritt über die Gleichstellung hinausgeht ", sagte Aditya, und es herrschte ein langes Schweigen.

"Ich schätze Ihre Analyse, intellektuelle Kraft, Schärfe in der Interpretation und gesunden Menschenverstand. Ich bin stolz, deine Lebenspartnerin zu sein ", sagte Jennifer wieder lachend.

„Gemeinsam können wir ein Leben aufbauen. Gemeinsam können wir der Gesellschaft helfen, zu wachsen und sich zu entwickeln ", fügte Aditya hinzu. Jennifer umarmte ihn, und Aditya spürte es in seinem Herzen."

Der zweite Entwurf des Buches war innerhalb von vier Monaten fertig, und der endgültige Entwurf dauerte zwei Monate. Ein renommierter Verlag in Calicut übernahm den Druck, die Produktion und das Marketing. Aditya bestand darauf, Jennifer als Erstautorin anzuerkennen, aber sie widersetzte sich. Trotzdem war Aditya unnachgiebig, und auf dem Buchcover war Jennifer Jacob Bernard die Hauptautorin, und Aditya Appukkuttan war die zweite. Das Buch war innerhalb von drei Monaten in den Regalen. Es war ein dreihundertfünfzigseitiges Buch, attraktiv gebunden, mit einem attraktiven Cover, das eine Dorfszene von Frauen darstellt, die in einer kleinen Gruppe diskutieren. Die englische Übersetzung des malayalamischen Titels des Buches lautete „Learning from People: An Experiment in Participatory Communism". Das Buch wurde zu einem sofortigen Hit in ganz Kerala, unter allen Kategorien von Menschen, da es die erste wirklich partizipative Analyse der Situationen von Menschen in sechsunddreißig *Panchayats* war. Nicht nur Kommunisten und Sozialisten, sondern auch ein großer Teil der Kongressparteimitglieder lesen es kritisch. Die meisten schätzten und bewunderten seinen menschenzentrierten Ansatz, seine rücksichtslose Offenheit gegenüber politischen Situationen und seine Auswirkungen auf das Leben der Menschen. Das Buch befasste sich auch mit Gewalt und Lynchen unter den Kommunisten und UNP, religiösem Fanatismus und Fundamentalismus, der politische Triumphe ermutigte. Die UNP kaufte Hunderte von Exemplaren des Buches und verbrannte sie öffentlich in verschiedenen Teilen Keralas, insbesondere in Kasargod, Koothuparamba, Palakkad und Trivandrum.

Berühmte Buchrezensionen erschienen in vielen malayalamischen und englischen Zeitungen und Zeitschriften, und das nationale Fernsehen zeigte viele Geschichten über das Buch und seine Autoren. Infolgedessen wurden Aditya und Jennifer unter Keralas Intellektuellen, Akademikern und gewöhnlichen Menschen bekannt. Viele Universitäten in Kerala nahmen das Buch als Referenzmaterial in ihre Bibliotheken auf, um die Soziologie der Entwicklung, die ländliche Wirtschaft, die Beteiligung der Menschen und die partizipative Forschung zu studieren.

Jennifer übersetzte das Buch ins Französische, und Amelie las und bearbeitete den Entwurf. Das Buch wurde in Paris veröffentlicht. Mit Ravis Hilfe übersetzte Aditya das Buch ins Deutsche und sie schickten es an Stefan Mayer in Stuttgart zur Bearbeitung. Stefan Mayer freute sich über den Inhalt des Buches und gratulierte Jennifer und Aditya. Kurz nach der Veröffentlichung des Buches in Stuttgart reisten German, Aditya und Jennifer nach Deutschland, um Emilia und Stefan Mayer zu treffen. Emilia war begeistert, ihren Sohn Aditya und ihre Schwiegertochter Jennifer zu sehen. Obwohl Emilias Gesundheit nicht gut war, verbrachte sie viel Zeit mit ihnen und kochte viele Lebensmittelsorten. Stefan und Emilia brachten sie in viele Restaurants, Museen, Kunstgalerien und Bibliotheken. Jennifer und Aditya trafen ihren Verleger, bevor sie nach Paris gingen. Sie erzählte ihnen, dass das Buch in Deutschland populär geworden sei, insbesondere bei Akademikern und Intellektuellen.

Aditya und Jennifer machten einen Zwischenstopp in Paris. Sie hatten ein Publikum mit ihrem Verleger, der über die Begegnung mit den Autoren überschwänglich war und darum bat, dass sie ein Buch schreiben, das ihrem vorherigen ähnlich ist und die Relevanz des Kommunismus im 21. Jahrhundert interpretiert. Nach Paris besuchten sie die Martins. Simona und Louis Martin erschienen gebrechlich, aber sie hießen Jennifer und Aditya herzlich willkommen und drückten extreme Freude und Glück aus. Sie baten ihren Chauffeur, ihnen ihre charmante Stadt zu zeigen. Nachdem sie drei Tage mit ihren Großeltern verbracht hatten, brachen Jennifer und Aditya nach Valapattanam auf.

In Valapattanam organisierten Stefan, Madhavan, Appukkuttan, Kunjiraman, Ravindran und andere schon vor der Geburt von Aditya und Ravi Bauern- und Arbeiterbewegungen, indem sie Versammlungen in kleinen Städten und Dörfern abhielten. Sie bildeten Dutzende von Jugendlichen und Studenten und hatten "Studienklassen" über den Marxismus, das Bedürfnis nach Befreiung, die Früchte der Gleichheit und die Unterströmungen der Freiheit. Die "Studienklassen" fanden hauptsächlich in den Nachbarschaftsgemeinden statt, und etwa zwanzig bis fünfundzwanzig Männer und Frauen nahmen an solchen Versammlungen teil. Jeder kannte die weitreichenden Folgen der Ausbeutung und Unterwerfung der Armen und Unterdrückten und die Notwendigkeit, eine Stimme gegen ihre Demütigung zu erheben. Um ihre Argumente zu untermauern, zitierten Stefan und Madhavan Das Kapital und das Kommunistische Manifest. Sie könnten ihr Publikum davon überzeugen, gegen die Unterdrücker zu revoltieren, um Gleichheit, Chancengleichheit und Gerechtigkeit zu erreichen. Die Teilhabe von Frauen wurde auf allen Ebenen gefördert und viel Respekt und Würde entgegengebracht. In neunzehnhundertsiebenundfünfzig wurde eine kommunistische Regierung in Kerala an die Macht gewählt. Es war die erste demokratisch gewählte kommunistische Regierung weltweit. Stefan, Madhavan und ihre Begleiter erkannten, dass die Kommunisten aufgrund ihrer Hingabe, Entschlossenheit und ihres Bewusstseins an die Macht kamen. Sie verschaffte den Mitgliedern der Kommunistischen Partei enorme Selbstachtung.

Es war unerlässlich, an der Macht zu bleiben, Millionen von Menschen zu befreien, die seit Jahrhunderten gelitten hatten, viele Analphabeten auszubilden und ihnen Gesundheitsversorgung sowie physischen und psychologischen Schutz zu bieten. Ausgebeuteten Frauen zu helfen, Würde zu genießen, war ein wesentliches Ziel der ersten kommunistischen Regierung Keralas, das die Kongresspartei nicht erreichen konnte. Stefan, Madhavan und ihre Begleiter teilten das gleiche Ziel. Madhavans Eltern, Asha und Karunakaran, waren Kommunisten mit einem Kongressherz. Sie waren aktive Mitglieder des indischen Nationalkongresses, der von Allan Octavia Hume, einem Mitglied des kaiserlichen öffentlichen Dienstes in Indien, gegründet wurde. Madhavans Eltern schlossen sich Mahatma Gandhi in seinem Vaikom Satyagraha an. Sie liebten die Einfachheit, Offenheit und Bodenständigkeit des Mahatma. Sie reisten mit seiner Gruppe und verbrachten ein Jahr in Sabarmati in der Nähe von Ahmedabad und sechs Jahre in Sevagram in der Nähe von Wardha in Vidarbha. Bei Sevagram half Asha Kasturba Gandhi jahrelang, das Haus zu putzen und für viele Menschen zu kochen. Mahatma Gandhi beobachtete Ashas Engagement für die Sache der Freiheit in Indien und begann, sie Ashadevi zu *nennen*.

Gandhi übernahm die Führung des Kongresses, sobald er aus Südafrika zurückkehrte. Innerhalb weniger Jahre leitete er die Vaikom Satyagraha, einen gewaltfreien Protest gegen die Unantastbarkeit in der hinduistischen Gesellschaft. Im Shiva-Tempel in Vaikom trafen Karunakaran und Asha, beide Anwälte, Gandhi zum ersten Mal. Sie wurden Mitglieder des Sevagram Ashrams, als Gandhi ihn gründete, und sie blieben sieben Jahre bei Gandhi. Ein Jahr nach dem Quit India Movement verließen Ashadevi und Karunakaran inoffiziell den Kongress.

Madhavans anfängliche Ausbildung war in Kannur, und er machte seinen Abschluss in Pune. Als seine Eltern in Sevagram waren, schloss er sich ihnen an und begann, Dörfer in Yavatmal, Chandrapur, Bhandara, Gondia, Nagpur und Amravati zu besuchen. Sie wollten mehr über die Bedingungen von Bauern, Dalits und Stämmen erfahren, wie sie vom Mahatma gewünscht wurden. Sie sahen in Vidarbha, in Zentralindien, einer der rückständigsten Regionen Indiens, die schlimmsten Formen von Armut und Hunger. Menschen in Armut, Dalits und Stämme wurden von Vermietern,

Geldverleihern, Zamindaren und Feudalherren ausgebeutet, was dazu führte, dass Menschen ihr Land, Vieh, Kinder und sogar Frauen verkauften. Zu Karunakarans Überraschung waren viele der Ausbeuter Mitglieder der Kongresspartei. Einige von ihnen hatten hohe Positionen in der Organisation inne, als sie sich dem Kongress anschlossen, um ihr Fehlverhalten zu verbergen, Unterstützung von den Menschen zu erhalten und einen Heiligenschein der Ehrlichkeit und Integrität zu tragen. Die Bedingungen der Stämme in Gadchhiroli, Ramtek und Melaghat waren erschreckend, da sie nichts zu essen hatten als Gras, Blätter, Wurzeln und Stängel. Viele ihrer Kinder starben vor dem zweiten Lebensjahr, und die Müttersterblichkeit war sehr hoch. Es war eine Herausforderung für einen Stamm, das Alter von fünfunddreißig Jahren zu überqueren. Außerdem war die Ausbeutung der Menschen durch das britische Regime auf ihrem Höhepunkt. Schließlich verloren die Bauern, Bauern, Handwerker, Dalits, Stämme und Tagelöhner die Hoffnung auf ein anständiges Leben.

Karunakaran erzählte Geschichten von den schrecklichen Bedingungen, unter denen Stämme, Dalits, Bauern und Arbeiter in Vidarbha-Dörfern während der lokalen Kongressparteiversammlungen lebten. Niemand schien sich jedoch für die Armen, Ausgebeuteten oder Stimmlosen zu interessieren. Für eine kurze Zeit schloss sich Karunakaran der Bewegung an, die von Bhimrao Ambedkar angeführt wurde, einem Dalit, einem brillanten Ökonomen und einer juristischen Koryphäe, die an der Columbia University und der London School of Economics in Wirtschaftswissenschaften promoviert hatte. Als Anhänger von Ambedkar kämpfte Karunakaran für die Rechte der Dalits, aber sein Herz war bei den Bauern. Er erkannte, dass er die Bauern organisieren, für sie kämpfen und sie befreien musste. Das Ergebnis war seine Suspendierung von der Kongresspartei für sechs Jahre. Karunakaran versuchte mehrmals, Gandhi zu kontaktieren, aber der Mahatma war nicht verfügbar, als er nach Bihar und Uttar Pradesh reiste. Enttäuscht zogen Karunakaran, Ashadevi und Madhavan über Vidarbha und organisierten viele Bauernversammlungen. Alle konnten sich mühelos in Marathi und der Landessprache Waradi verständigen. In der Zwischenzeit traf Karunakaran einige kommunistische Sympathisanten und trat der Kommunistischen Partei bei. Obwohl Karunakaran und Ashadevi in ihren Herzen Kongressleute waren, wurden sie Kommunisten.

Karunakaran und Ashadevi arbeiteten mit mehreren kommunistischen Sympathisanten in Nagpur und Amravati zusammen. Sie reisten ausgiebig mit ihnen durch ganz Maharashtra und gründeten Einheiten der Kommunistischen Partei. Es war schwierig, Menschen dazu zu verleiten, Kommunisten zu werden, weil die meisten Mitglieder der Kongresspartei oder Anhänger von Bhimrao Ambedkar waren. Einer von Karunakarans engsten Freunden war Anand Nene, ein praktizierender Anwalt am Obersten Gerichtshof in Nagpur, und seine Frau Kusum war ebenfalls Anwältin und eine leidenschaftliche Kommunistin. Die Nenes hatten eine Tochter, Kalyani, die ihre Lehrerausbildung an der Universität Nagpur absolvierte.

Madhavan hatte gerade sein Postgraduiertenstudium abgeschlossen, und Karunakaran und Ashadevi dachten, Kalyani könnte der richtige Lebenspartner für ihren Sohn sein. Sie diskutierten die Angelegenheit mit Kusum und Anand Nene und arrangierten ein Treffen zwischen Kalyani und Madhavan in Nene's Residenz. Die Ehe von Kalyani und Madhavan wurde innerhalb von zwei Wochen beim Standesbeamten der Gemeinde Nagpur registriert. Kalyani lernte, Malayalam tadellos zu lesen und zu schreiben, sogar in Nagpur. Als Madhavan und Kalyani ein Jahr vor der Unabhängigkeit des Landes nach Kerala gingen, hielten die Menschen in Valapattanam sie für eine geborene Malayali. In Valapattanam wurde Madhavan Vollzeitmitarbeiter der Kommunistischen Partei, und Kalyani wurde Gymnasiallehrer.

Sobald er Valapattanam erreichte, schloss sich Madhavan der Bauern- und Arbeiterbewegung an. Er wusste, dass soziale Veränderungen in Malabar und Travancore für die Entstehung des Kommunismus in Kerala notwendig waren. Im Dezember neunzehnhundertneununddreißig trafen sich kommunistische Sympathisanten, darunter linke Sozialisten in der Kongresspartei, in Pinarayi, in der Nähe von Thalassery, und gründeten die Kommunistische Partei sieben Jahre vor Madhavans Ankunft bei Kalyani in Valapattanam. Es waren jedoch die organisatorischen Fähigkeiten, die Planung und die Bildung kleiner Gruppen kommunistischer Sympathisanten in verschiedenen Teilen Malabars durch Menschen wie Madhavan und Stefan, die zum Sieg der Kommunisten bei der Wahl in Kerala und zur Schaffung der ersten kommunistischen Regierung führten.

Zwischen den Häusern von Madhavan und den Mayers gab es fünfzig Hektar Land, das sich bis zum Ufer von Barapuzha *erstreckte*. Stefan überlegte, einen Teil der Fläche in seiner Freizeit zu bewirtschaften. Stefan schätzte, dass der Boden fruchtbar war und reichlich Reis, Tapioka und Gemüse produzieren konnte. Nach Rücksprache mit Emilia traf er sich mit dem Vermieter und sicherte sich das Grundstück für fünfzehn Jahre, wobei er sich bereit erklärte, zu Beginn eines jeden Jahres einen festen Betrag im Voraus zu zahlen. Die Eintragung erfolgte auf Madhavans Namen, da Stefan, ein Ausländer, solche Grundbucheintragungen nicht unterzeichnen konnte. Der gezahlte Betrag war bescheiden, und da das Land viele Jahre lang unfruchtbar geblieben war, war jedes Einkommen, das Stefan daraus erzielen würde, ein Gewinn. Er glaubte, dass der Vermieter und andere Beteiligte mit der Vereinbarung zufrieden waren.

Bald importierte Stefan zwei Traktoren und verschiedene landwirtschaftliche Geräte aus Deutschland. Als der Monsun im Juni kam, dachte Stefan daran, fünf Hektar Reisfeld, einen Hektar Bananenstauden, zwei Hektar Tapioka und einen halben Hektar Gemüse wie Okra, bittere Kürbisse, Bohnen und Auberginen anzubauen. Er lud alle seine Freunde und Nachbarn ein, sich ihm als gleichberechtigte Partner anzuschließen. Aber niemand schloss sich an, und alle entschuldigten sich. Sogar Madhavan sagte, die Landwirtschaft liege ihm nicht im Blut; nichtsdestotrotz seien die zwanzig Hektar Land fünfzehn Jahre lang für landwirtschaftliche Zwecke gepachtet worden. Nachdem er den Landlosen etwa fünfzig Hektar Land gespendet hatte, bevor er sich Mahatma Gandhi anschloss, hatte Madhavan zehn Hektar Land, das er von seinem Vater geerbt hatte.

Zusammen mit Emilia erstellte Stefan einen detaillierten Plan ihrer beabsichtigten Landwirtschaft, schrieb alles detailliert auf und bewilligte Mittel für jede Woche und jeden Monat. Stefan nahm seinen Traktor und begann zu pflügen, und Emilia schloss sich ihm auf dem zweiten Traktor an und arbeitete bis zwei Uhr nachmittags. Die Nachbarn waren überrascht zu sehen, wie Emilia und Stefan das gesamte Feld umdrehten, und sie versammelten sich um die Strecke, um zuzusehen, wie sie zusammenarbeiteten. Innerhalb von fünf Tagen hatten Stefan und Emilia alle zwanzig Hektar Land gepflügt. Dann begannen sie mit Hilfe von Arbeitern, das Feld für Reisfeld zu ebnen und die Pflanzarbeiten für fünf Hektar innerhalb von fünfzehn Tagen während der ersten Tage des Monsuns abzuschließen. Stefan sammelte geeignete *Nenthran-* und Poovan-Bananenschösslinge von Mattanur und pflanzte sie auf einem Hektar. Die Tapioka-Stängel waren in Angadikadavu reichlich vorhanden, und Stefan brachte einen kleinen Lastwagen voll davon und pflanzte sie auf zwei Hektar. Schließlich bauten sie Gemüse auf einem halben Hektar Land an.

Emilia und Stefan arbeiteten zwei Stunden auf dem Bauernhof, und nach der Arbeit ging Emilia mit ihren Freunden zu verschiedenen Arten von Kaavu, *um* Daten über *Theyyam* zu sammeln. *Kaavu* ist ein kleiner Wald neben Häusern oder antiken Tempeln, wo die Granitstatuen von vorarischen Göttern, Tieren und sogar Schlangen auf Sockeln aufgestellt sind. Diese Gottheiten sind säkular und haben eine mysteriöse Beziehung zu den Menschen und ihrem Wohlergehen. Die Menschen verehren sie nicht, sondern respektieren sie; es besteht eine mysteriöse symbiotische Beziehung. Solche Gottheiten sind für eine friedliche, harmonische und glückliche menschliche Existenz unerlässlich.

Kaavu repräsentiert das menschliche Leben und seine integrale Beziehung zur Natur als Ganzes sowie die Miniatur-Ökosysteme um Menschen, Tiere und Pflanzen herum, zusammen mit dem sozialen Milieu, das sie bildeten, wie Emilia entdeckte. Mensch und *Kaavu* waren miteinander verbunden und entwickelten sich als integrale Einheiten in der Einheit der Natur. Die *Theyyam-Tänze* werden typischerweise in einem solchen Milieu aufgeführt, in und um ein *Kaavu*. Emilia erkannte, dass *Theyyam* keine Tempelkunst war, sondern eine Kunst des gewöhnlichen Volkes, basierend auf Volksliedern, die von den Menschen über die Natur, ihre Beziehung zu ihr und die vielfältigen Phänomene, die mit dem Leben verbunden sind, entwickelt wurden. Es war eine komplizierte Kunst, die sich aus dem Austausch zwischen Menschen entwickelte. Die *Theyyam-Tänzer* malten ihre Gesichter in exotischen Farben und symbolischen Mustern und repräsentierten eine Welt von Gottheiten, die verstorbene Menschen waren, ein wesentlicher Bestandteil der menschlichen Existenz. Sie tanzten im schwachen Licht von Fackeln aus Heu oder Kokosblättern und drückten verschiedene menschliche Aktivitäten, Wünsche und Gefühle durch Gesichtsausdrücke, Gesten und Schritte aus.

Für Emilia war *Theyyam* eine Verschmelzung von Mensch und Umwelt. So wurden beide eins, und diese Einheit war die Seele von *Theyyam*. Von Pazhayangadi im Norden bis nach Kasargod war es Kolam-Kaliyattam. Im Gegensatz dazu waren es von Pazhayangadi bis Valapattanam im Süden *Theyyam* und Valapattanam bis Vadakara Thira. Emilia erfuhr, dass es mehr als vierhundertfünfzig verschiedene *Theyyam-Tänze* gab, von denen etwa einhundertzwölf die wichtigsten waren. Emilia wusste von ihren ausgiebigen Besuchen in Süd-Kanada, Kasargod, Kannur, Nadapuram in Kozhikode, Coorg oder Kodagu in Karnataka, dass es vier Arten von Theyyam-Tänzen gab, die auf ihrem Charakter, ihrer Natur und ihren Themen beruhten. Sie waren Bhagavati *Theyyam*, Shaiva-Vaishnava *Theyyam*, *Manushika Theyyam* und Purana *Theyyam*.

Emilia spielte in ihrer Freizeit Bach, Beethoven und Mozart auf ihrem Klavier und brachte Aditya und Ravi mühelos bei, sie zu spielen. Sie liebte Bach, darunter die *Brandenburgischen Konzerte* und die *Goldenberg-Variante*, und die Kinder verbrachten lange Stunden mit Emilia, während sie ihr beim Klavierspielen zusahen. Emilia versuchte auch, viele *Theyyam-Volkslieder* auf der Tastatur zu spielen. Sie nahm Aditya und Ravi oft mit, wenn sie weit entfernte Orte besuchte, um *Theyyam* zu beobachten. Emilia glaubte, dass die Kinder die Kulturen und Lebensstile der gewöhnlichen Menschen kennenlernen, Liebe und Respekt für die Menschen entwickeln und ein tiefes Verständnis für die Umgebung entwickeln mussten, in der sie lebten.

Während ihrer langen Fahrstunden sagte sie ihnen, dass Menschen keine andere Einheit als die Natur haben könnten. Daher mussten sie die Umwelt lieben und respektieren und jede Manifestation des Lebens und des Volkstanzes vor der Landschaft schützen.

Nach und nach liebten es Aditya und Ravi, am Wochenende mit Emilia zu reisen, wenn sie keinen Unterricht hatten. Sie liebten es, Kodagu zu besuchen, um das einzigartige *Theyyam* in dieser malerischen Landschaft zu beobachten. Ihre Besuche in Madikeri, Virajpet, Gonikoppal und Ponnampetta waren voller Farben, Geräusche, Gerüche und Geschmäcker. Die hügeligen und weitläufigen Kaffeeplantagen, die Gärten mit schwarzem Pfeffer und die Reisfelder in Kodagu boten ihnen einen angenehmen Anblick. Sie sahen erstaunt zu, wie die pulsierenden Schritte von *Theyyam* in diesem Land der Kampfkünste tanzten. Emilia liebte es, einen Sari im Kodagu-Stil zu tragen, und die Glocken von Kodagu waren immer bestrebt, ihr zu besonderen Anlässen und Feierlichkeiten zu leihen. Emilia entwickelte an fast allen Orten, die sie besuchte, eine besondere Liebe zu Frauen, und sie lernte schnell, sich mit ihnen in ihren lokalen Dialekten zu unterhalten. Früher nahmen Frauen Emilia mit in ihre Küche, um ihr zu zeigen, wie sie verschiedene Speisen zubereiteten, und sie aß oft mit ihnen und hockte sich mit ihnen auf den Boden. In Kodagu zeigte Emilia ihnen in ein paar Häusern, wie man Schweinefleisch im deutschen Stil, bekannt als *Bratwurst*, kocht, und Männer und Frauen genossen das Schweinefleisch, das sie kochte.

Innerhalb von fünf Jahren nach ihrer Ankunft in Valapattanam sammelte Emilia umfangreiche Daten über *Theyyam*. Innerhalb von zehn Jahren veröffentlichte sie sechs Artikel in deutschen Fachzeitschriften und zwei Bücher und wurde so zu einem Referenzmaterial an deutschen Universitäten. Als Aditya und Ravi zehn Jahre alt wurden, begannen sie, die Bücher und Artikel ihrer Mutter über Theyyam mit Stolz zu lesen, und beide baten Madhavan, ihnen die Grundlagen des *Theyyam-Tanzens* beizubringen. Im Alter von fünfzehn Jahren schlossen sich Aditya und Ravi den *Theyyam-Truppen* an und traten zusammen mit erwachsenen Tänzern in Kaavu *und* bei gesellschaftlichen Zusammenkünften auf. Emilia erzählte ihnen, dass sie einen natürlichen Stil im *Theyyam-Tanz* und exquisite Bewegungen hatten. Sie liebten es, ihre Gesichter von Ravindran malen zu lassen, der es gemeistert hatte, *Theyyams* Gesichter zu malen. Emilia bewertete ihre Leistungen objektiv, und Renuka schätzte Emilias intensives Training für ihre Söhne. Vor vielen Jahren hat Emilia ihre Grundlektionen in *Theyyam* von Renuka gelernt. Innerhalb von fünf Jahren war Emilias Verständnis der Feinheiten von *Theyyam* als Kunst viel tiefer und wissenschaftlicher als das von Renuka, und sie war stolz auf Emilias Leistung. Beide Kinder freuten sich über die tiefe Freundschaft zwischen ihren Müttern.

Renuka und Emilia umarmten ihre Kinder oft, um ihre intensive Beziehung zu zeigen. Die Kinder hielten ihre Mütter für Zwillinge, und Aditya und Ravi waren unzertrennliche Geschwister wie ihre Mütter. Aditya und Ravi lernten ihre ersten Lektionen der Liebe und des Respekts von Renuka und Emilia, und beide entwickelten einen tiefen Respekt vor Frauen. Zusammen mit Madhavan, Ravindran, Kunjiraman und Appukkuttan tanzten sie häufig im Hof der Mayers, und die ganze Nachbarschaft versammelte sich dort mit gebratenem Rindfleisch, Tapioka und *Toddy*. Sie hatten eine eigene Welt, und sie alle genossen ihre einzigartige Existenz. Die Einheit, Freundschaft, Zusammengehörigkeit und das Teilen waren einzigartig, intensiv und mit ihrem Denken und Fühlen verbunden.

Emilia und Stefan arbeiteten weiter auf ihrem Hof. Innerhalb eines Monats sah die Farm üppig grün aus, und es war ein überaus schöner Anblick von Mayers Haus aus, um ihren Reisfeld, Bananen, Tapioka und Gemüseanbau zu beobachten. Das Land war so fruchtbar, dass kein Dünger benötigt wurde und keine Pestizide verwendet wurden. Die Mayers ernannten jeden Tag fünf Arbeiter, um auf ihrer Farm zu arbeiten. Sie zahlten fünfundzwanzig Prozent mehr Löhne als die durchschnittliche Vergütung, die den Arbeitern anderswo gezahlt wurde. Immer mehr Arbeiter gingen zu ihnen, um Arbeit zu suchen, und die Mayers versprachen, dass sie versuchen würden, ihnen Arbeit zu geben, wenn sie in den kommenden Jahren mehr Land bewirtschaften würden.

Der Reisfeld war in fünf Monaten bereit zum Ernten, und es war ein goldener Anblick, die Felder zu sehen. Viele Landwirtschaftsoffiziere der Landwirtschaftsuniversität besuchten die Farm, um die Techniken der Mayers zu erlernen. Fünf Arbeiter konnten die Ernte innerhalb von zehn Tagen abschließen, und die Reisigstengel wurden zum Dreschen im Hof der Mayers aufbewahrt. Die Drescharbeiten dauerten bis zum späten Abend, und es war wie ein Fest, und es gab eine Feier im Haus der Mayers. Er lud alle seine Nachbarn zu Festlichkeiten, Essen und Trinken ein. Hunderte von Reissäcken überraschten die Nachbarn und sie staunten über den Einfallsreichtum der Mayers. Die Mayers wollten ihnen zeigen, dass sie mit Hingabe und harter Arbeit reichlich Reis produzieren konnten. Sie könnten fast einhundertzwanzig Zentner Reisfeld von fünf Hektar Land produzieren, eine ziemlich gute Ausbeute. Stefan sagte seinen Nachbarn, er wolle ihnen den Reis zum halben Marktpreis verkaufen, und erst nach ihrem Kauf würde er den restlichen Reis auf dem Markt in Kannur verkaufen. Die Mayers wollten den Reis nicht umsonst verschenken, da sie denken könnten, dass alles ohne Arbeit verfügbar wäre. Etwa zwanzig seiner unmittelbaren Nachbarn kauften den größten Teil des Reises, von dem sie dachten, dass er ein Jahr halten würde. Die Mayers behielten den Rest, um die Arbeiter zu ernähren, bis die nächste Ernte fertig war.

Die Tapioka-Ernte war ausgezeichnet; der Ertrag betrug etwa fünfzig Zentner pro Hektar, und die Mayers schenkten jedem ihrer Nachbarn zehn Kilogramm. Da die Tapioka innerhalb von fünfzehn Tagen verderblich war, verkaufte Stefan sie auf dem Markt in Kannur, was etwa vierzigtausend Rupien von zwei Hektar ergab, ein erheblicher Betrag, da die Gesamtausgaben nur siebentausend Rupien für zwei Hektar betrugen. Der Gemüseertrag war gleich gut. Die Bananenernte war außerordentlich gut, da das Produkt fast vierhundertfünfzig Zentner von einem Hektar betrug und die Mayers es für vierhundert Rupien pro Quintal verkaufen und etwa zweihunderttausend Rupien erhalten konnten. Die Gesamtkosten betrugen nur fünfundzwanzigtausend Rupien. Madhavan, Kunjiraman, Unnikrishnan, Ravindran, Appukkuttan und andere waren erstaunt, den hervorragenden Ertrag und den großen Geldbetrag der Mayers aus der Landwirtschaft zu sehen. Sie äußerten ihren Wunsch, sich den Mayers in der nächsten Saison mit geteilter Landwirtschaft anzuschließen und beschlossen, es das Valapattanam Shared Farming Experiment (VSFE) zu nennen.

Der Monsun kam früh in diesem Jahr, und die Mayers und ihre Begleiter begannen eifrig mit der Farmarbeit. In dieser Monsunzeit gab es vierundzwanzig Partner in ihrer kollektiven Landwirtschaft. Sie alle beschlossen, auf zwanzig Hektar Land zu bewirtschaften, mit zehn Hektar Reisfeld, fünf Hektar Tapioka, vier Hektar Banane und einem Hektar Gemüse. Emilia und Stefan arbeiteten wie gewohnt an ihren Traktoren und vollendeten das Pflügen innerhalb von zwölf Tagen. Die VSFE ernannte zehn Arbeiter, um täglich mit ihnen zu arbeiten, und Madhavan beaufsichtigte sie. Ravindran, Appukkuttan, Kunjiraman und andere arbeiteten auf den Reisfeld-, Tapioka- und Bananenfarmen. Stefan Mayer arbeitete mit zwei Arbeitern im Gemüsegarten. Alle Partner waren an der Planung und Umsetzung beteiligt, da es einer besseren Betreuung und eines wissenschaftlichen Ansatzes bedurfte. Es gab eine Fülle von Regen und reichlich Sonnenschein, und die Ernte war viel besser als im Vorjahr, und der Ertrag war viel höher als erwartet. Die Scheunen waren voll und der Anteil für die Partner wurde zu gleichen Teilen aufgeteilt. Emilia und Mayer nahmen nur einen Anspruch an. Es gab genug Reis für alle für ein Jahr, und die restlichen fünfzig Zentner wurden auf dem freien Markt verkauft. Sie verkauften Tapioka und Bananen auf dem Markt. Jeder Gesellschafter erhielt zweiundzwanzigtausend Rupien als seinen Anteil. Der Garten bot sechs

Monate lang genug Gemüse für alle Familien, und die restlichen Produkte wurden in großen Mengen auf dem Markt verkauft, wobei jeder Partner rund dreitausend Rupien erhielt. Die ganze Erntezeit war für sie eine Zeit der Feste und Feiern.

Die VSFE beschloss, für das kommende Jahr eine kleine Erntemaschine zum Ernten, Dreschen und Winden aus Deutschland zu importieren, die rund dreihunderttausend Rupien kostete. Sie einigten sich auch auf eine Tierhaltung hauptsächlich für Milch, Kuhdung als Gülle und eine Kuhdunggasanlage, um allen Aktionären Kochgas zur Verfügung zu stellen. Innerhalb eines Monats baute die VSFE einen großen Kuhstall mit allen modernen Einrichtungen auf Madhavans zwei Hektar großem Land und kaufte fünf Jersey-Kühe und fünf Haryanvi-Büffel. Es gab genug Heu als Futter für die Tiere und grünes Gras. Innerhalb eines Jahres begann die Tierfarm, viel Milch für alle vierundzwanzig Haushalte zu produzieren, und die restliche Milch wurde in Kannur verkauft. Die VSFE kaufte einen kleinen LKW, um dort Milch zu einer Molkerei zu transportieren. Die Mitglieder bauten mit Hilfe von Experten aus Coimbatore eine Kuhdung-Gasanlage, die in allen Häusern ausreichend Gas zum Kochen produzierte.

Innerhalb von sechs Monaten hatten sie zehn weitere Büffel hinzugefügt. Studierende und Lehrende der Agraruniversität besuchten die VSFE häufig zu akademischen und Forschungszwecken. Die VSFE stellte fünfunddreißig Mitarbeiter in verschiedenen Positionen als Vollzeitbeschäftigte ein, die alle zehn Prozent mehr Lohn erhielten als ähnliche Positionen anderswo. Die Erträge aus der Tierfarm übertrafen ihre Erwartungen, was zu einer deutlichen Steigerung des Einkommens aller Partner führte. Als Aditya und Ravi in der Sekundarstufe II waren, registrierte sich die VSFE als Genossenschaft, und Madhavan wurde als ihr Präsident, Ravindran als Sekretär und Renuka als Schatzmeister gewählt. Die Aktionäre beantragten einstimmig, dass die Mayers Teil des Leitungsgremiums sein sollten, und Stefan Mayer nahm die Position widerwillig an.

Dann erschienen in Valapattanam einige Flugblätter, die die Mayers beschuldigten, enorme Geldbeträge aus dem Ausland zu erhalten, um den Kommunismus zu verbreiten. Sie behaupteten, dass die als Einkommen aus Landwirtschaft und Tierzucht ausgewiesenen Mittel aus externen Quellen stammten. Obwohl Stefan und Emilia die Vorwürfe nicht ernst nahmen, waren die Aktionäre der VSFE etwas überrascht, die Flugblätter zu sehen. Innerhalb eines Monats erschienen in Valapattanam Banner, die die Mayers aufforderten, Indien aufgrund ihrer angeblichen Beteiligung an antiindischen Aktivitäten sofort zu verlassen. Allmählich erkannten Madhavan und seine Freunde, dass sich eine starke Bewegung gegen die Mayers bildete, und die

Kräfte gegen sie wuchsen täglich. An einem regnerischen Tag stürzte ein mit Milchdosen von der VSFE nach Kannur gefüllter Lastwagen um, und der Fahrer wurde von Schlägern angegriffen. Plötzlich erschienen Flugblätter im Namen der UNP, in denen die VSFE beschuldigt wurde, Verbindungen zu Maoisten und extremistischen Organisationen in Bengalen zu haben, die sich bereits in vielen Teilen des Landes verbreitet hatten. Allmählich wurde der Konflikt zwischen den Kommunisten und der UNP zu einem offenen Krieg.

Eines Morgens kamen Beamte der Bundesregierung zum Haus der Mayers, erkundigten sich nach der Quelle der Finanzen für die VSFE und befragten Mayers mehr als sechs Stunden lang. Die Offiziere trafen sich auch mit Madhavan, Ravindran und Renuka und fragten nach ihren angeblichen Verbindungen zu den Maoisten. Innerhalb einer Woche rief die Polizei Emilia und Stefan zur Befragung auf die Polizeistation, und nach zehn Stunden erlaubte der Polizist ihnen, zurückzukehren. Aber Madhavan, Ravindran und Renuka hatten nicht so viel Glück. Nachdem sie sie auf der Polizeistation verhört hatten, wurden sie festgenommen und für eine Nacht wegen nicht offengelegter Straftaten eingesperrt. Am nächsten Tag produzierte die Polizei sie vor einem Richter und warnte sie, bevor sie sie freiließen. Aditya kehrte vom Brennen College zurück, und Ravi kehrte aus Bangalore zurück, um sie zu treffen, und sie waren sehr beunruhigt über die Situation. Sobald Renuka Aditya und Ravi sah, weinte sie bitterlich und umarmte sie, und Emilia und Renuka erzählten ihnen, dass das Gehirn hinter den Vorfällen niemand anderes als die UNP war.

Proteste gegen VSFE wurden sichtbar, als junge Männer aus fernen Ländern auftauchten und anfingen, ihre Mitarbeiter anzugreifen, was Emilia und Stefan Mayer das Leben schwer machte. Die landwirtschaftlichen und tierischen Tätigkeiten gingen zurück, da sich die Arbeiter aus Angst vor körperlichen Angriffen weigerten zu arbeiten. Eines Tages, während der Arbeit auf ihrem Bauernhof, wurden Stefan Mayer und Appukkuttan mit Stöcken und Steinen angegriffen, und beide wurden mit Verletzungen an Kopf und Beinen ins Krankenhaus gebracht. Die Polizei konnte die Täter nicht aufspüren, und die Verletzten wurden nach einer Woche entlassen, ohne dass ein Verfahren gegen die namenlosen Täter eingeleitet wurde. In Valapattanam herrschte wieder Ruhe und Frieden, als wäre nichts geschehen. Die Mitarbeiter der VSFE setzten ihre Arbeit auf den Feld- und Tierfarmen fort, und in diesem Jahr war der Ertrag der Farmen gut. Es gab ein Lächeln auf den Gesichtern von Emilia, Stefan, Madhavan, Renuka, Appukkuttan und anderen, und sie begannen, die Wärme des Miteinanders während der Feierlichkeiten wieder zu teilen und zu genießen.

Eines Abends arrangierte Emilia eine *Theyyam-Aufführung* im Hof ihres Hauses, und etwa einhundertfünfundsechzig Leute aus der Nachbarschaft nahmen daran teil. Im *Theyyam* ging es um die Legende von Kathivanur Veeran, und Madhavan und Ravi führten Regie. Aditya, Appukkuttan, Ravindran, Kunjiraman und Moideen tanzten zu den Melodien der Maddlam-Spieler, während Stefan Mayer die Küche überwachte.

„Ich liebe dieses Miteinander, diese Einheit, diese Feiern", sagte Emilia zu Stefan Mayer.

„Ich liebe es auch. Ich wünschte, es würde für immer so weitergehen ", so Stefan Mayer.

„Wir haben das Glück, mit so wunderbaren Menschen zusammen zu sein. Sieh dir Madhavan an. Obwohl er der Älteste unter uns ist, nimmt er an allen Aktivitäten teil, genau wie Ravi und Aditya ", sagte Emilia. „Ich bewundere ihn. Madhavan ist ein großartiges Beispiel für Kommunismus. Er hat Entschlossenheit, Engagement und ein klares Ziel ", erklärt Stefan Mayer. "Sieh dir an, wie aktiv Kalyani, Geetha, Suhra, Renuka und andere sind. Das Leben mit ihnen ist bedeutungsvoll und faszinierend ", sagte Emilia. "Sie alle betrachten uns als eine Familie, eine große Familie. Es gibt keinen Unterschied, Eifersucht, Klasse oder Glauben unter uns. Sie ist das Ergebnis langjähriger Zweisamkeit ", erklärt Stefan. "Das ist der Sinn unserer Existenz, unser Lebenszweck", fügte Emilia hinzu. „Wir haben einen Zweck geschaffen, geplant und in die Praxis umgesetzt. Deshalb haben wir ein so sinnvolles Leben. Niemand ist arm oder leidet unter Unterdrückung, Ausbeutung oder Unterwerfung. Wir haben gekämpft, um hierher zu kommen. Du kannst nirgendwohin gelangen, wenn du nicht kämpfst. Wir müssen wachsam sein und uns um das Wohlergehen, den Komfort und das Glück anderer kümmern, und das ist die Bedeutung des Kommunismus ", erklärte Stefan.

Dasselbe gilt für *Theyyam*, wo jeder Einzelne einzigartig ist und eine Rolle zu spielen hat. Ohne ihren Teil ist *Theyyam* unvollständig. *Theyyam* repräsentiert die Glaubwürdigkeit des Lebens, wobei diejenigen, die tanzen und Musikinstrumente spielen, eine tiefe Sensibilität dafür ausdrücken. Die Einheit, das Miteinander und die Dynamik des Lebens gehen von der Erfahrung aus und machen jeden Darsteller zu einem Gott. *Theyyam* zeigt die Bedeutung des Lebens, seine Größe und einen klaren Sinn für Gleichheit und Gerechtigkeit. "Sehen Sie das heutige *Theyyam*, die Legende von Kathivanur Veeran, da es im Wesentlichen um die Gesamtheit des menschlichen Lebens geht", erzählte Emilia.

„Emilia, ich bin glücklich. Es war so schön, dass wir nach Malabar kamen und mit diesen Leuten arbeiteten und lebten. Ich hätte in Stuttgart ein komfortables und luxuriöses Leben geführt, das wertlos gewesen wäre. Hier in Valapattanam erlebe ich den inneren Sinn des Lebens und die engsten menschlichen Beziehungen ", sagte Stefan klar. „Es war toll, dass wir uns in Berlin getroffen haben. Wir waren damals Fremde, und jetzt bleiben wir nach einem Vierteljahrhundert beste Freunde ", sagte Emilia offen.»Ich denke oft darüber nach, liebe Emilia. Das Leben nimmt seinen Lauf, wenn es fließt. Ich bin so gesegnet, dich zu haben. Du bist mein bester Freund." Sagte Stefan und teilte seine warmen Gefühle. „Stefan, ich hätte nie einen Menschen wie dich finden können. Du bist so rücksichtsvoll, so liebevoll. Ich sehe mich in jedem Moment in dir. Also, du warst mir nie fremd «, sagte Emilia leise, ihre Worte waren voller Wärme.

Lautes Singen und Tanzen dauerte bis Mitternacht, auch nach dem Abendessen. Nachbarn und Freunde kamen nach Emilia und erzählten ihr, dass die Aufführung der Legende der *Kathivanur Veeran* aufregend war, und Emilia bedankte sich bei allen. Nach dem *Theyyam* schlossen sie sich Emilia und Stefan Mayer an, um das Geschirr zu reinigen. Emilia begann wieder Klavier zu spielen. Sie zog es vor, Aretha Franklin zu spielen, ein großer Hit, als Ravi und Aditya zehn Jahre alt waren. Emilia spielte "Do Right Woman, Do Right Man", "Don 't Play That Song", "You Make Me Feel Like a Natural Woman", "I Say a Little Prayer", "Love Is a Serious Business" und "I Never Loved a Man the Way I Love You". Stefan saß immer bei ihr, um zu schätzen, wie Emilia Klavier spielte.

Emilia und Stefan hatten die Verlängerung ihres Visums beantragt. Eines Tages erhielten sie einen Brief von der Regierung, in dem sie aufgefordert wurden, das Land sofort zu verlassen, da ihr Antrag auf Verlängerung des Visums abgelehnt worden war. Die Nachricht verbreitete sich sehr schnell, und alle in Valapattanam waren schockiert. Nach vierundzwanzig Jahren ununterbrochenem Aufenthalt in Valapattanam mussten sie gehen. Ravi und Aditya hatten bis dahin ihren Abschluss gemacht, und sie eilten nach Valapattanam, um ihre geliebte Mutter und ihren geliebten Vater zu sehen. Emilia umarmte sie beide und schluchzte, und Stefan behielt eine stoische Stille bei und zeigte keine Angst, obwohl er hinein platzte. Es gab eine große Menschenmenge in Valapattanam, als Emilia und Stefan gingen. Kalyani, Geetha, Suhra, Renuka und andere weinten laut, und Madhavan konnte den Schmerz nicht ertragen und weinte bitterlich. Eine Busladung Menschen begleitete Emilia und Stefan zum Flughafen in Calicut. Aditya umarmte seine Mutter. Emilia umarmte Kalyani, Renuka, Geetha, Suhra und alle ihre anderen Freunde, und sie baten sie, nicht zu gehen, obwohl sie wussten, dass sie nicht mehr bei ihnen bleiben konnte.

In Valapattanam gab es eine große Lücke, und niemand konnte die Abwesenheit von Emilia und Stefan Mayer ausfüllen. Niemand konnte sich eine Welt ohne das Paar vorstellen, das seit etwa vierundzwanzig Jahren ein integraler Bestandteil der Gemeinschaft war. Sie kamen als Fremde und gingen als ihre engsten Verwandten, Freunde und Mentoren, nachdem sie einen einzigartigen Charme in ihren Interaktionen geschaffen hatten. Sie liebten und respektierten jeden und betrachteten andere als ihre unzertrennlichen Gefährten. Sie lehrten viele wertvolle Lektionen und profitierten von ihrer Nähe zu anderen. Der einzige Zweck ihres Aufenthalts in Valapattanam war es, das Wohlergehen der Unterdrückten und Ausgebeuteten zu fördern.

Madhavan versuchte sein Bestes, um mit der gemeinsamen Landwirtschaft und der Tierfarm fortzufahren und ermutigte seine Begleiter, ihn in all ihren Arbeitsbereichen zu unterstützen. Alle übrigen Gesellschafter waren bestrebt, die von Emilia und Stefan Mayer begonnene Arbeit fortzusetzen. Sie erinnerten sich immer daran, wie die Mayers mit jeder Situation umgegangen sind, alle mitgenommen und Probleme gelöst haben.

Sobald Emilia und Stefan Mayer Stuttgart erreichten, schrieben sie einen ausführlichen Brief an ihre Freunde in Valapattanam, und Madhavan las die Nachricht, als alle Nachbarn anwesend waren. Es herrschte absolute Stille, und viele von ihnen schluchzten, als er den letzten Absatz des Briefes las.

Es war: „Hier fühlen wir uns einsam, weil wir dich schrecklich vermissen. Wir wissen, dass ihr alle da seid und euch um euch selbst kümmert. Ein glückliches Leben ist ein Leben, das Freunde hat. Wir erinnern uns an all die Gesichter und die Liebe, die wir von jedem einzelnen erlebten, was einzigartig war. Wir können dich nie vergessen, denn du bist immer in unseren Herzen. Emilia und Stefan Mayer."

Die Stille hielt einige Zeit an. Aber Kalyani und Renuka konnten sich nicht zurückhalten; sie weinten lange.

Ravis Anwesenheit hatte Emilia und Stefan Mayer viel Freude bereitet. Er war die Fortsetzung und der Höhepunkt ihres Lebens in Valapattanam und repräsentierte die Fülle ihrer Liebe, Zusammengehörigkeit und Hoffnung. Immer wenn sie Renuka und Appukkuttan, Kalyani und Madhavan, Aditya und die jüngere Generation, *Theyyam* und die "Studienklassen", die Valapattanam-Farm und die Barapuzha sahen, erinnerten sie sich an die Jahre, die sie in diesem Land der Freundschaften und Feiern verbrachten. Sie wussten jedoch, dass diese Tage nie wiederkehren würden; sie waren für immer vorbei. Nachdem er etwa drei Monate bei seinen Eltern geblieben war, kehrte Ravi nach Kochi zurück, um ein Jahr lang bei einem leitenden Anwalt zu praktizieren.

Emilia begann, viel Zeit mit dem Klavierspielen zu verbringen; Mozart war ihr Favorit. Sie spielte wiederholt Sinfonien fünf, fünfundzwanzig, einunddreißig, vierzig und einundvierzig und entführte Emilia und Stefan in eine neue Welt der Klänge und Gefühle. Emilia liebte es, Stefan an ihrer Seite zu haben und zu genießen, wie Emilia Klavier spielte. Beim Spielen dachte Emilia an Barapuzha, die Abende, die sie mit Stefan, Ravi und Aditya auf der Terrasse ihres Hauses verbracht hatte, die Zusammenkünfte und Partys mit Kalyani, Geetha, Suhra, Renuka und anderen Freunden. Emilia erinnerte sich an *die* Theyyam-Tänzer, die im Kaavu, dem *Innenhof* ihres Hauses, sangen und tanzten, und an das jubelnde Publikum. Sie erinnerte sich an ihre lange Reise mit Ravi und Aditya nach Coorg und an die vielen Tage, die sie mit den Frauen von Coorg verbracht hatte. Sie dachte an Stefan und ihr erstes Treffen mit ihm an der Berliner Universität, ihre Reise, um Deutschland zu entdecken, und Stefans Vorschlag, sie im Heidelberger Fort zu heiraten.

Alles entwickelte sich zu einer Mozart-Symphonie für Emilia - robust und kraftvoll, melodiös und göttlich, ohrenbetäubend und nüchtern, schillernd und unvergleichlich. Für sie war das Leben wie das Klingeln der Kirchenglocken im Frankfurter Bartholomäusdom - nie endend und nie zur Ruhe gekommen. Sie erinnerte sich, dass ihr Vater sie montags auf die Spitze der Kirche gebracht hatte, wo sie ganz Frankfurt sehen konnte. Ihr Haus, ein riesiges Herrenhaus, war etwa zwei Kilometer von der Kirche entfernt, wo ihre Mutter im Chor war; sie spielte Kirchenmusik und hatte Emilia das Klavierspielen beigebracht. Plötzlich dachte Emilia an das Haus ihrer Eltern, in dem sie geboren wurde, und wurde aufgefordert, den Ort zu besuchen. Sie teilte ihren Wunsch, Frankfurt zu besuchen, mit Stefan, der bereit war, am nächsten Tag dorthin zu gehen. Nach dem Frühstück starteten sie mit dem Auto von Stuttgart, etwa zweihundertzehn Kilometer nach Frankfurt, wobei Stefan fuhr. Emilia beobachtete die Landschaft, als sähe sie sie zum ersten Mal und war aufgeregt wie ein Kind. Sie erzählte Stefan viele Geschichten über die grünen Felder, Flüsse, überquerten Brücken und Villen, die überall auf beiden Seiten der Straße verstreut waren. Frankfurt, das Finanzzentrum Deutschlands, sah am majestätischen Main majestätisch aus.

Sobald sie die St. Bartholomäus-Kathedrale erreichten, nahm Emilia die linke Hand ihres Mannes mit ihrer rechten Hand und ging zügig auf die Kirche zu. Sie erinnerte sich an ihre faszinierende Kindheit und Jugend, als sie jeden Sonntag mit ihrer Mutter und ihrem Vater diesen Ort der Anbetung betrat. Der Besuch der Kirche war ein gesellschaftliches Ereignis; sie sehnte sich danach, da sie viele ihrer Freunde in der Nähe treffen konnte, von denen einige Chormitglieder waren. Sie übten Hymnen für die Messe und Feste und sangen sie mit Pomp und Pracht. Ihr Vater hatte ihr erzählt, dass Deutschlands Könige in der als Dom bekannten Kathedrale gekrönt wurden. Ihre Mutter erklärte weiter die kaiserlichen Wahlen, die in der *Wahlkpelle*, einer Kapelle auf der Südseite des Chores, abgehalten wurden. Die Krönung der Könige fand auf dem Zentralaltar statt. Es bestand die feste Überzeugung, dass ein Teil des Kopfes des heiligen Bartholomäus am Eingang des Chores verankert war.

Emilia nahm Stefan mit auf den Chorboden, wo sich die Chormitglieder zum Singen versammelt hatten, begleitet von einer Band. Stolz zeigte sie ihm das Klavier, auf dem ihre Mutter fast dreißig Jahre lang Kirchenmusik spielte, und Emilia spielte acht Jahre lang. Als sie zwölf Jahre alt war, war Emilia im Kammerchor, sang a *cappella* und wurde nach einem Jahr zum Klavierspielen im Choral eingeweiht. Obwohl Emilias Mutter nie zu einem Konzertchor ging, was eine persönliche Entscheidung war, wurde Emilia Mitglied des Konzertchores und wurde in Frankfurt berühmt. „Der Chor in der Kathedrale Saint Bartholomew war ein musikalisches Ensemble, das von der Kirche ausgewählt und ausgebildet wurde", sagte Emilia zu Stefan.

Chormusik war ein aufregendes Erlebnis, als Emilia sich dem Chor anschloss, um mit ihrer Mutter Klavier zu spielen. Oft gab es eine verstärkte Band, als sie jung war. Der Chorist hatte sie zunächst zum Singen ermutigt und sie später gebeten, Klavier zu spielen, wenn ihre Mutter abwesend war. Normalerweise erinnerten sich einundzwanzig Sänger bei der Sonntagsmesse, einschließlich des Chors, an Emilia. An Festtagen nahm die Zahl der Chorsänger zu, und am Fest von Sant Bartholomäus traten einhunderteinunddreißig Sänger auf.

Emilia küsste das Klavier des Chores der Kathedrale St. Bartholomäus. „Stefan, ich liebe dieses Chorloft, es hat mir so viel Erfüllung geschenkt. Das waren die goldenen Tage, wie unsere in Valapattanam ", sagte Emilia und sah Stefan an. „Ich kann deine Gefühle spüren, liebe Emilia. Du bist in deine Kindheit und Jugend zurückgekehrt, als du hierher gekommen bist ", antwortete Stefan. "Es ist schön, zu unseren Erinnerungen zurückzukehren. Oft denke ich an dich und an den Tag, an dem ich dich an der Universität Berlin kennengelernt habe. Es war der glücklichste Tag meines Lebens «, sagte Emilia, nahm Stefans Hand und küsste sie. »Emilia, ich liebe dich«, sagte Stefan und küsste ihre Handfläche.

»Stefan, lass mich dich eines fragen«, sagte Emilia und kletterte wie am Montag auf die Spitze der Kirche.

»Ja, Emilia«, erwiderte Stefan.

"Lasst uns zu Hause eine Klavierschule gründen, da wir ein großes Klavier und genug Platz haben", sagte Emilia.

„Sicherlich werde ich der glücklichste Mensch sein, der all deine Wünsche erfüllt", antwortete Stefan.

"Es sollte eine Schule für Kinder im Alter von zehn bis sechzehn Jahren sein, was die beste Zeit ist, um Klavier zu lernen. Außerdem liebe ich es, einige Theyyam-Lieder *auf* meinem Klavier zu spielen und sie den Kindern beizubringen, was einzigartig sein wird ", erklärte Emilia. „Das ist eine tolle Idee. Wir werden eine große Anzahl von Kindern anziehen. Stuttgart ist eine Stadt, die Kinder ermutigt, Musik zu lernen, da sie eine große Musik- und Kunstgeschichte hat ", sagte Stefan.

Sie waren bereits oben auf der Kirche, und von dort aus konnten sie einen großen Teil von Frankfurt und dem Main sehen, der sich wie ein Blitz zwischen den dunklen und leuchtenden Wolken vor dem Donner schlängelte. Schau nach draußen. Du kannst das Haus meiner Eltern sehen. Jetzt sind mein Bruder und seine Familie da «, sagte Emilia und zeigte auf ein entferntes, elegantes Herrenhaus. »Ja, ich kann es sehen«, sagte Stefan. "Wir werden es besuchen und meinen Bruder und seine Familie treffen. Wir hatten das Haus unmittelbar nach unserer Heirat und ein halbes Dutzend Mal besucht, als wir Deutschland von Malabar aus besuchten ", erinnerte Emilia Stefan. „Ich erinnere mich an alles. Ich werde nie alles vergessen, was nach unserem ersten Treffen passiert ist. Diese Vorfälle waren die bereicherndsten in meinem Leben, und Sie und ich können uns ein Leben getrennt voneinander nicht vorstellen ", sagte Stefan.

Emilia sah Stefan an, dachte kurz nach und sagte: „Für mich bist du der größte Schatz, und ich werde dir alles hinterlassen." Stefan reagierte: „Emilia, ich spüre die Fülle des Lebens in dir. Es ist ein Gefühl, das ich nicht durch Worte ausdrücken kann. Es ist ein intimes Erlebnis ", reagierte Stefan. "Nun, lass uns meinen Bruder und seine Familie besuchen", sagte Emilia und kletterte hinunter. Stefan half ihr, nach unten zu klettern, und er war bei jedem Schritt vorsichtig. Das Haus war ein weißes Herrenhaus, doppelt so groß wie das Haus von Stefan und Emilia in Stuttgart. Emilias Bruder Alex Schmidt und seine Frau Mia waren zu Hause. Alex umarmte Emilia und Stefan herzlich, und Mia umarmte und küsste Emilia. Sie sprachen lange, vor allem über ihre verstorbenen Eltern. Mia und Alex baten Emilia und Stefan, mit ihnen zu Mittag zu essen, und das Essen wurde auf funkelnden Silbertellern serviert. Sie hatten gebratenen Rindereintopf, Schweineknöchel, gegrillte Würste, Kartoffelpfannkuchen, fermentierten Kohl, Eiernudeln und

Dessert. Es wurde kein Wein oder Bier serviert, aber nach dem Mittagessen wurde heißer Kaffee getrunken.

Gegen fünf Uhr abends wollten Emilia und Stefan gehen. »Emilia…«, rief Alex. "Ja, Alex?" Emilia antwortete. „Sie haben einen Anteil an unserem Grundstück. Unsere Eltern haben ein Testament ausgeführt, das Ihnen den halben Anteil ihres gesamten Vermögens gibt. Ich kümmere mich nur um dich. Du kannst es jederzeit beanspruchen ", sagte Alex. »Ich werde es dich wissen lassen, wenn es soweit ist«, antwortete Emilia. Emilia umarmte Alex und Mia und küsste ihre Wangen, und Stefan schüttelte Mia und Alex die Hand. Die Rückfahrt war angenehm. Emilia erzählte Stefan viele Geschichten über ihre verstorbenen Eltern, ihre Kindheit, ihre Schulen und ihr College. Gegen acht Uhr erreichten sie ihr Zuhause in Stuttgart.

Stefan beobachtete allmähliche Veränderungen in Emilias Gesundheit und machte sich Sorgen um sie. Im Laufe der Zeit wurde Emilia launisch und traurig, und ihr Leben war von langen Perioden der Stille erfüllt. Sie vermisste die Menschen mehr als *Theyyam*, und Stefan tat es leid, seine Frau in einem solchen Zustand zu sehen. Er verbrachte viele Stunden mit Emilia, um sie glücklich zu machen und ihren hängenden Geist, ihre Begeisterung und ihren Eifer, ein glückliches Leben zu führen, wiederzubeleben. Er setzte sich zu ihr und las die *Siddharta*, wie sie Hermann Hesse liebte. Obwohl sie das Buch als Studentin gelesen hatte, gab es Stefan, der es für sie gelesen hatte, einen einzigartigen Charme, und manchmal gab es neue Bedeutungen und Offenbarungen.

Gautama, die Hauptfigur in Siddhartha, war nicht der Buddha, sondern der Buddha-ähnliche Gedanke an Emilia. Er fand den Weg zur Erleuchtung, indem er die Existenz eines unendlichen Wesens leugnete, was ihn dazu ermutigte zu glauben, dass jeder Einzelne Bewusstsein und Sinn im Leben erreichen kann. Während Stefan Mayer las, wanderten Emilias Gedanken zu weit entfernten Orten in Kannur, Mangalore und Kodagu. Emilia fragte sich, ob sie die Erwachte oder die Tatsächliche oder die Imaginäre war. Sie begann zu debattieren, um festzustellen, dass ihr Leben in Malabar Fiktion war, was nie geschah. Emilia diskutierte den Unterschied zwischen real und unwirklich und ob real so genau existieren könnte. Allmählich dachte sie, das Reale und das Vorgestellte seien dasselbe wie Unterscheidungen, die zu einer verschmolzen, und der Versuch, weitere Unterschiede zu finden, wurde bedeutungslos. Für Emilia verloren Konzepte an Bedeutung, und Ideen konnten jede Selbstidentität tragen, ähnlich wie in *Theyyam*. Es war schwierig für sie, das Reale von der Legende in *Theyyam* zu trennen, da beide gleich waren. Als die Legende zum Leben wurde, verwandelte sich das Leben in eine Legende. Daher bestand Emilias Reise nach Malabar darin, *Theyyam* zu erleben und sich selbst zu treffen und Menschen zu verlassen, die zu lokalen Göttern und Legenden wurden. Für sie waren Kalyani, Renuka, Geetha, Suhra, Madhavan, Ravindran, Appukkuttan, Kunjiraman, Moideen und andere ebenfalls zur Folklore geworden, und Emilia nannte sie die Legenden von Valapattanam.

Stefan setzte seine Lektüre fort, und dazwischen stellte Emilia spezifische Fragen, die Stefan geduldig auf jede ihrer Fragen beantwortete. „War Buddha eine reale Person oder eine Legende?" Fragte Emilia. "Gautama, auch bekannt als Siddhartha, war der Prinz von Kapilavastu in Nepal. Er verließ sein Königreich, wanderte durch ganz Bihar, saß unter einem Banyanbaum und meditierte jahrelang, bis er Erleuchtung erlangte. Er sprach über Leben, Geburt, Krankheit, Trauer, Alter und Tod. Manche sagen, er sei Atheist gewesen. Für mich erleuchtete Buddha das menschliche Bewusstsein. Später hat man ihn zur Legende gemacht ", erwiderte Stefan.

„War Gautama in Herman Hesses , Siddhartha 'der Buddha?" Fragte Emilia.

„Viele sagen, dass Gautama in Herman Hesses Roman , Siddhartha 'kein Siddhartha war, sondern ein Buddha", erwiderte Stefan Mayer.

"Ist es mir möglich, ein Buddha zu werden?" Fragte Emilia.

„Um ein Buddha zu werden, brauchst du Erleuchtung; dafür musst du deinen Mann verlassen und die Welt ablehnen", antwortete Stefan Mayer.

»Ich werde dich nie verlassen, auch wenn ich die Welt ablehne«, sagte Emilia und umarmte ihren Mann.

"Ich liebe dich zu sehr. Ich weiß nicht, ob ich real bin, du real bist oder wir beide real sind. Wir werden erst real, wenn wir zusammen sind. Getrennt können wir nicht existieren ", sagte Emilia philosophisch klingend. Stefan Mayer dachte lange über ihre Worte nach. Für sie war die einzige Realität ihre Existenz im Miteinander.

Ab und zu fuhren Stefan und Emilia abends in die Stuttgarter Innenstadt. Stefan erzählte Geschichten über Stuttgarts Herkunft, Denkmäler, Flüsse, Landschaften und Institutionen. Am Abend fuhr er sie an den Neckar, denn Emilia liebte es, das fließende Wasser zu sehen, ähnlich wie die *Barapuzha* in Valapattanam. Sie fragte ihn nach Gutamas Gefühlen am Fluss Ganga und warum seine Kindheitsfreundin Govinda auch nach vielen Jahren der Bootsführer blieb. Stefan erklärte, dass Gautama und Govinda die menschliche Rasse repräsentierten und eine Person mit zwei Facetten darstellten. Die Geschichte handelte von Selbstfindung, einer Reise ins Innere und der Entdeckung des Sinns der eigenen Existenz. Der Fluss Ganga stand für Zeitlosigkeit und das Boot für menschliches Leben. "Also,

Gautama und Govinda waren Freunde wie du und ich, aber sie waren die gleichen", kommentierte Emilia. "Sicher, wie du und ich, waren sie eine Person. Sie konnten nicht getrennt werden, obwohl sie zwei Namen hatten. Gautama reiste durch ganz Indien wie Siddhartha, der Buddha, und hatte neue Erfahrungen und neues Bewusstsein, aber er war derselbe Gautama. Govinda blieb der Bootsmann. Er überwand Zeit, Raum, Bewegungen und Tod und wurde ein Buddha ", sagte Stefan. „Stefan, da Individualität der Kern von Siddhartha ist, lasst uns Buddhas werden." Emilia legte ihre Hand auf Stefans Hals und sprach. „Emilia entwickelt sich als Kind und bis ins Erwachsenenalter. Obwohl sie ein einzigartiges Individuum ist, kann sie sich nicht von ihrem Ehemann trennen, und das ist ein Dilemma ", sagte Stefan Mayer in seinem Kopf. "Lass es uns versuchen. Das Leben überall ist eine Selbstfindung, eine Suche, eine Erkenntnis, und am Ende werden wir alle auf unsere Weise Buddhas ", antwortete Stefan.

Emilia wollte nach Calw, dem Geburtsort von Hermann Hesse, reisen. Im Auto erzählte sie Stefan, dass Hermann Hesse nach Indien reisen wollte und ein Schiff genommen hatte, das aber nach Indonesien und Malaya fuhr. Malabar, wo seine Großeltern Julie und Herman Gundert und seine Eltern Marie und Johannes Hesse jahrelang gearbeitet hatten, konnte er nie erreichen. Plötzlich erinnerte sich Emilia daran, Illikkunnu in Thalassery mit Stefan in der Residenz der Gunderts besucht zu haben. Sie erinnerte Stefan daran, wie überrascht er war zu sehen, wie viel Arbeit die Gunderts in Malayalam geleistet hatten. Plötzlich erkannte Stefan, dass Emilia ein scharfes Langzeitgedächtnis hatte, und sie schätzte jedes Ereignis in seinen kleinsten Formen und lebte in einer Welt der Erinnerungen.

In Calw besuchten Emilia und Stefan das Hermann-Hesse-Museum. Emilia war so aufgeregt, alle Bücher ihres deutschen Lieblingsautors zu sehen und kaufte Exemplare von *Rosshalde*, *Gertrude*, *Demian* und *Knulp*. Sie gingen zu dem Haus, in dem Hermann Hesse geboren wurde, und Emilia schwieg lange. Dann drückte sie ihren Wunsch aus, Nagold zu besuchen, wo Hesse ihn inspiriert hatte, über den Fluss Ganga und den Bootsmann Govinda zu schreiben. An seinem Ufer sagte Emilia zu Stefan: „Der Fluss Nagold mündet in den Fluss Enz, und auch im Leben sind alle Ereignisse miteinander verbunden und fließen in die Ewigkeit." Stefan hörte ihr mit Liebe und tiefer Aufmerksamkeit zu und wusste, dass Emilia neue Wahrnehmungen hatte.

Nachdem sie *Siddhartha* gelesen hatte, bat Emilia Stefan, *Rosshalde* zu lesen, da sie es liebte, dass er an ihrer Seite saß und las. Während er las, schaute sie in sein Gesicht und war erstaunt über seine Mimik. Sie liebte seine Stimme, Intonation und Tonhöhe, weil sie reich und natürlich war. Sie genoss es, stundenlang neben ihm zu sitzen, manchmal bis zum Mittagessen. Die

Geschichte von *Rosshalde* erschütterte Emilia, doch sie wollte, dass Stefan sie ihr wiederholt vorlas. Es war die Geschichte eines verheirateten Mannes, der zwischen seinen Verpflichtungen gegenüber seiner Frau und seinem jungen Sohn und seiner nostalgischen Sehnsucht nach spirituellen Erfahrungen jenseits seiner Familie, weit weg von seinem Anwesen *Rosshalde*, hin- und hergerissen war.

Als Stefan *Rosshalde* las, saß Emilia ganz in seiner Nähe und legte ihre rechte Hand um ihn, damit er nicht wie Johann Veraguth, die Hauptfigur der Geschichte, die seine Frau und sein üppiges Anwesen verließ, vor ihr weglief. Veraguth war seiner erfolgreichen Künstlerfrau entfremdet, liebte aber seinen kleinen Sohn. Er wollte, dass sein Sohn aufwächst und seinen Reichtum erbt, aber die Tragödie ereignete sich, und sein einziges Bindeglied zu *Rosshalde* verließ ihn für immer. Schließlich gab Veraguth seine Frau und seinen Nachlass auf. Dann reiste er nach Indien, um die wahre Bedeutung seiner Existenz zu erfahren, und die Geschichte schmerzte Emilia, weil Johann Veraguth seine Frau verließ. »Stefan, du kannst niemals ein Johann Veraguth sein, und ich werde dir niemals erlauben, mich zu verlassen«, sagte Emilia in ihrem Kopf.

Stefan spürte ihre Not und umarmte sie und fuhr sie zu verschiedenen Zielen in ganz Deutschland. Emilia wurde von Flüssen und Booten fasziniert und teilte Bootsfahrten mit Stefan. Sie reisten auf kleinen Kreuzfahrtschiffen durch die zentralen Teile Deutschlands, durch den Rhein und die Donau in Österreich, von Berlin nach Prag durch die Elbe. Sie beobachtete, wie das Wasser zum Meer floss und dachte an Gautama, Govinda und Johann Veraguth. Stefan war immer bereit, jeden Wunsch von Emilia zu erfüllen, und er wusste, dass sie sich veränderte und sich von ihrem Erwachsenenleben zu einem Kind entwickelte. Emilia bat Stefan, ihr weiterhin die anderen Bücher vorzulesen, die sie im Museum gekauft hatte. Beim Lesen hat Emilia die Geschichten nachgebildet und sich Landschaften mit Ebenen, Tälern, neuen Ländern, Flüssen, Hügeln und Bäumen mit frischen Blättern vorgestellt. Nach und nach flog Emilia allein über sie hinweg und vergaß sogar ihren geliebten Stefan. In der neuen Welt, die sie geschaffen hatte, fühlte sich Emilia nicht mehr einsam, sondern sie erlebte eine Existenz ohne Empfindungen, Gefühle oder das Bewusstsein von Kälte und Dunkelheit. Die *Barapuzha*, ihr Haus am Ufer, die *Theyyam* und die Tänzer, Aditya und Ravi, ihre Freunde und Bekannten und der Aufenthalt in Kodagu und Mangalore gerieten in Vergessenheit und erschienen nicht wieder. Emilia veränderte sich geistig und psychisch.

Als Ravi nach einem Jahr als Anwalt bei einem leitenden Anwalt von Kochi zurückkehrte, beobachtete er die allmählichen Veränderungen seiner Mutter.

Er übernahm alle Koch-, Reinigungs- und Waschaufgaben zu Hause bei Stefan. Emilia liebte das dosa, vada, uppma, appam und meen Curry, das Ravi zum Frühstück zubereitete. In der Zwischenzeit hatte sich Ravi für einen einjährigen Kurs in Menschenrechtsrecht an einer Universität eingeschrieben und zog es vor, jeden Morgen von zu Hause zu pendeln, um bei seinen Eltern zu bleiben. Abends, wenn er von der Universität zurückkehrte, trug Ravi seine Mutter auf den Armen und sang malayalamische Wiegenlieder, die Emilia immer wieder gerne hörte. Er nahm sie oft mit auf Spaziergänge entlang der langen Gänge des Mayer Herrenhauses.

Während sie sang, schlief Emilia manchmal in Ravis Hand, und er legte sie langsam in ein Kinderbett und setzte sich neben sie und beobachtete, wie sie schlief. Wenn sie wach war, bat Emilia Ravi, verschiedene Wiegenlieder zu singen, wie "*Kannum Poottiurnaguka* Kunje", "*Pattu Paadi Urakkam* Njan", "Kanmaniy e Karayathurangumo", "Ambadi Thannilorunni" und "Aaraaro Aariraro". Ravi liebte es, immer bei seiner Mutter zu sein und interessierte sich dafür, dass sie saubere und elegante Kleidung trug. In seinen Handlungen lag Freude, und er umarmte seine Mutter immer wieder mit unendlicher Liebe. Stefan und Ravi brachten Emilia zu den besten Ärzten in Stuttgart und stellten fest, dass sie die ersten Symptome einer Demenz hatte. Allmählich zeigten sich sichtbare Anzeichen einer Verschlechterung. Emilia begann, Informationen zu vergessen, die Namen von Ravi und Stefan zu ignorieren und die Bedeutung von Daten und Ereignissen in ihrem Leben aus den Augen zu verlieren. Emilia hatte Schwierigkeiten, Tagespläne zu machen und fiel es schwer, nach dem gleichen Rezept zu kochen und sich auf Details zu konzentrieren. Sie konnte kein Geld zählen, als sie mit Ravi und Stefan Geschäfte besuchte. Emilia hörte auf zu fahren, weil sie die Regeln vergaß und nicht zwischen Kupplung und Bremse unterscheiden konnte. Sie wurde allmählich desorientiert und verirrte sich schnell.

Stefan konsultierte Spezialisten für Demenz in Stuttgart, die nach wiederholten Tests aussprachen, dass Emilia die frühen Anzeichen von Alzheimer hatte. Stefan und Ravi fanden es unerträglich, und ihr Universum endete plötzlich. "Es gibt keine Heilung dafür", erklärte der Arzt. "Die Behandlung kann manchmal den Beginn verschlimmern." Sie enthüllten Emilia die Befunde der Ärzte nicht, und sie zeigte auch kein Interesse daran, es zu erfahren. Emilia vergaß, wohin sie gegangen war und ob Stefan oder Ravi bei ihr war. Wie sie an einen bestimmten Ort gelangte, war für sie wieder ein Problem. Sie fand es extrem schwierig, die Entfernung zu beurteilen. Am schmerzhaftesten war ihr Alltag, und Emilia brauchte Hilfe bei der Toilettenbenutzung. Sie konnte nicht mehr lesen oder schreiben, und Stefan und Ravi lasen ihr vor, aber sie konnte sich nicht länger als eine Minute konzentrieren und konnte nicht verstehen, was sie gehört hatte. Nach und nach verlor Emilia die Fähigkeit, Farben zu unterscheiden, und nichts machte Sinn. Sie war in einen fast vegetativen Zustand geraten.

Ravi verbrachte viele Stunden mit seiner Mutter - vom frühen Morgen bis spät in die Nacht. Als er an die Universität ging, übernahm Stefan die Verantwortung für sie. Ravi musste verschiedene Orte besuchen, insbesondere in Indien, um seine Studie über Kinderarbeit und daraus resultierende Menschenrechtsverletzungen abzuschließen. Stefan Mayer sagte ihm, dass Ravi für zwei Monate zur Datenerhebung nach Indien zurückkehren könne. Stefan sagte, er werde zwei Heimkrankenschwestern ernennen, die sich um Emilia kümmern.

SIEBTES KAPITEL: EINE LIEBESGESCHICHTE UND EINE EINBERUFUNG IN UPPSALA

Ravi kehrte nach Kochi zurück und sammelte Daten von verschiedenen Teeläden, Restaurants, Krankenhäusern, Ingenieurbüros, Werkstätten, Büroräumen, Plantagen und Fabriken in ganz Kerala. Es fiel ihm nicht schwer, zweihundertfünfzig Kinder im Alter zwischen zehn und sechzehn Jahren zu finden, die Kinderarbeit verrichteten. Obwohl Ravi sich über die Situation aufgeregt fühlte, konnte er sie nicht beheben. Als er seine Forschung an der Universität beendete, beschloss er, zurückzukehren und für Gerechtigkeit für die Kinder zu kämpfen. Es war eine feste Entscheidung, und Ravi opferte all seinen Trost, um sein Ziel zu erreichen.

Nach der Datenerhebung kehrte Ravi nach Stuttgart zurück. Er stellte fest, dass sich Emilias Zustand verschlechtert hatte, obwohl die Heimkrankenschwestern sich lobenswert um sie kümmerten. Stefan verbrachte die meiste Zeit mit Emilia, fütterte sie mit seiner Hand und dachte, er sei Emilia geworden. Sein Gesicht spiegelte keine Traurigkeit wider, aber er war meistens still. Ravi führte die statistische Analyse und Interpretation seiner Daten durch, die darauf hindeuteten, dass Armut, Analphabetismus und das mangelnde Bewusstsein der Eltern Kinder zu Kinderarbeit zwangen. In vielen Fällen wurden Kinder gezwungen, Arbeiter zu werden; viele wurden entführt und an weit entfernte Orte gebracht, wo sie unfreiwillig als Sklaven arbeiteten. Ihre Lebensbedingungen waren erbärmlich; sie bekamen oft nicht genug zu essen und hatten keine medizinischen Einrichtungen. Infolgedessen verlieren Kinder ihre Kindheit und Freunde. Sie bekamen nie die Gelegenheit, mit anderen Kindern zu spielen, und wurden harten körperlichen Strafen ausgesetzt, wie Treten, Schlagen, Schlagen und Schlagen mit einem Stock oder Schlagstock sowie Verweigerung von Essen und Schlaf. Ein weiteres wichtiges Ergebnis war, dass Kinderhandel ein integraler Bestandteil der Kinderarbeit war und Kinder oft als Kanäle für den Drogenschmuggel verwendet wurden. Viele Kinder fingen an, Drogen zu nehmen und starben in jungen Jahren. Ravi schwor, gegen Kinderarbeit zu kämpfen, während er sein einjähriges Diplom in Menschenrechtsrecht abschloss. Bevor er nach Indien zurückkehrte, kontaktierte er viele NGOs und internationale Organisationen, um seine

Erkenntnisse über Kinderarbeit und wie man sie verhindern und abschaffen kann, zu diskutieren. Er erhielt erhebliche Ermutigung und Unterstützung von NGOs für seine zukünftigen Bemühungen.

Nachdem er sein Diplom erhalten hatte, blieb Ravi noch einen Monat bei seinen Eltern, um seine Mutter zu unterstützen. Wieder begann er, sie zu tragen, aber Emilia spürte keine Empfindung. Ravi ging um die Korridore und auf die Terrasse ihres riesigen Herrenhauses, aber Emilia reagierte nicht, und es gab keinen Ausdruck auf ihrem Gesicht. Sie erlebte Ravis Anwesenheit oder Liebe zu ihr nicht, da er sie so liebevoll trug. Ravi begann Schlaflieder aus alten Malayalam-Filmen zu singen, ihren Favoriten aus Valapattanam. Sie hörte ihnen in ihrer Freizeit zu, saß auf ihrer Hausterrasse und beobachtete die Kanus und Boote in der *Barapuzha*. Ravi erkannte, dass seine Mutter nichts wusste, nicht einmal ihre Existenz. Trotzdem umarmte Ravi sie oft mit Wärme, da seine Liebe zu ihr unschätzbar war.

Es war Zeit für Ravi, nach Indien zu gehen, und Stefan Mayer sagte seinem Sohn, dass er alles schaffen würde. Außerdem gab es zwei Heimkrankenschwestern, die sich um Emilia kümmerten. Stefan erinnerte seinen Sohn daran, dass es für ihn unerlässlich sei, eine erfolgreiche Karriere aufzubauen. Sein auserwählter Beruf hatte viele Möglichkeiten, den Unterdrückten und Unterdrückten zu helfen, da er sein volles Engagement und seine ständige Unterstützung brauchte. „Die Kinderarbeiter von Kerala werden stark ausgebeutet. Und niemand, nicht einmal Politiker und religiöse Organisationen, kümmert sich um sie, da sie kein Wählerverzeichnis oder eine Gruppe wohlhabender Gläubiger darstellen ", sagte Stefan zu seinem Sohn. Ravi umarmte seine Mutter und küsste ihre Wangen. Er umklammerte seinen Vater und verabschiedete sich von ihm.

Nach seiner Rückkehr nach Kochi begann Ravi in den Bezirks- und Obergerichten zu praktizieren. Er nahm Fälle für Kinderarbeiter auf und begann, sie in Teeläden und Restaurants am Wegesrand zu kontaktieren, die in ganz Kerala reichlich vorhanden waren. Er reiste ausgiebig in und um Kochi, Alappuzha, Kottayam und Thrissur, um den Kindern zu helfen. Dann machte Ravi detaillierte Berichte mit Fallstudien und reichte beim High Court einen Antrag als PIL-Public Interest Litigation ein. Ravi nannte solche Fälle gerne Social Action Litigation oder SAL, da sie das Engagement der Gesellschaft für den Schutz der Menschenrechte und die Verhinderung von Verstößen darstellten. Da es niemanden gab, der Ravi finanziell unterstützte, musste er Tag und Nacht arbeiten. Fast alle beim Bezirksgericht und Obergericht eingereichten Fälle erzielten positive Ergebnisse zugunsten der Kinderarbeiter, und Ravi war glücklich. Die Rehabilitation der Kinder war mit starken Einschränkungen verbunden. Das Treffen mit den

Kinderhilfsverbänden und Regierungsstellen, die sich um Schutz, Pflege und Wiederherstellung kümmerten, war herkulisch.

In vielen Fällen waren Regierungsbeamte korrupt. In einigen Fällen unterstützten sie Teestuben, Restaurantbesitzer oder Industrielle und schufen Ravi zahlreiche Hürden, um das Urteil zur effektiven Rehabilitation von Kindern umzusetzen. Dabei machte sich Ravi immer mehr Feinde, die die Menschenrechte von Kindern verletzten. Zu seinem Erstaunen stellte Ravi fest, dass die meisten Politiker die Verletzer unterstützten und ermutigten. Ravi begann, Einzelfälle anzunehmen, um Geld zu verdienen, um zu überleben, seine PILs zu finanzieren und die Rehabilitationsarbeiten zu leiten. Er war sehr besonders, dass kein Kind in den Sumpf der sozialen, politischen und wirtschaftlichen Laster gesaugt werden sollte, sobald das Gericht das Kind befreit hatte. Ravis Argumente waren gut vorbereitet, objektiv, präzise und basierten auf dem Gesetz, und er spielte nie mit Emotionen und Sympathien. Er war sehr daran interessiert, die Bestimmungen der indischen Verfassung und der Allgemeinen Erklärung der Menschenrechte zu erläutern. Die Anwälte der Rechtsverletzer fanden es schwierig, Ravis Argumenten entgegenzuwirken, die immer überzeugend und vernünftig waren. Jeder Richter liebte es, Ravi zuzuhören, der seinen Fall um das Gesetz herum aufbaute, was für seine Gegner unschlagbar war. Die Richter haben in den meisten Fällen eine positive Entscheidung getroffen. Bald wurde Ravi zu einem sehr begehrten Anwalt, und eine riesige Menschenmenge war immer im Gerichtssaal anwesend, um seinen Argumenten zuzuhören. Selbst hochrangige Anwälte fanden Zeit, anwesend zu bleiben, wenn Ravi einen Fall argumentierte.

Nach und nach entdeckte Ravi schwere Menschenrechtsverletzungen gegen Kinder in traditionellen Fabriken, Hüttenindustrien, Landwirtschaftssektoren, Fischverarbeitungseinheiten, Schulen und Häusern. Viele Familien in ganz Kerala beschäftigten Kinder im Alter von zehn bis sechzehn Jahren, um zehn bis zwölf Stunden am Tag gegen eine geringe Vergütung Hausarbeit zu verrichten. Darüber hinaus erhielten viele dieser Kinder nicht genügend Nahrung und Ruhe. Andere Kategorien von Kindern, die gezwungen wurden, als Haushaltshilfe zu arbeiten, waren Mädchen, Waisen, Kinder ohne Eltern, Kinder aus desorganisierten Familien oder Kinder mit unterschiedlichen Fähigkeiten. Diese Kinder landeten bei einigen Familien und blieben den ganzen Tag und die ganze Nacht bei ihnen. Sie mussten gegen vier Uhr morgens aufwachen und bis elf Uhr abends arbeiten. Schwere Arbeitsbelastungen, wie die Reinigung des Hauses, das Waschen von Utensilien, das Waschen von Kleidung, die Betreuung von Säuglingen, die Pflege von Hunden, Katzen, Kühen und Büffeln und manchmal die Arbeit auf dem Bauernhof, haben die Gesundheit der Kinder vollständig erschöpft und ihre Ruhe ruiniert. Oft wurde ein Kind von der Frau verprügelt und schwer bestraft und von Jugendlichen und erwachsenen Männern sexuell missbraucht. Viele Mädchen flohen aus solchen Häusern, fielen oft Menschenhändlern zum Opfer und landeten im Fleischhandel. Für Ravi war das ein ernstes Problem. Es gab Tausende solcher Vorfälle, und Ravi stieß jeden Tag auf Dutzende solcher Fälle, und er beschäftigte sich vollständig mit Kinderrechtsfragen und PILs zu Menschenrechtsverletzungen.

Bei bestimmten Gelegenheiten luden Schulen, Hochschulen, Universitäten und NGOs Ravi ein, über seine Erfahrungen mit Kinderrechten, Rechtsstreitigkeiten im öffentlichen Interesse, Verfassungsbestimmungen zum Schutz und zur Förderung der Menschenrechte und Gesetze zum Kinderhandel zu sprechen. Es gab immer große Versammlungen, um Ravi zuzuhören. Die Konferenzen, Seminare, Kolloquien und Diskussionen, an denen er teilnahm, boten Gelegenheit zur nüchternen Reflexion und Analyse des Rechts. Ravi erhielt Einladungen von NGOs und Universitäten im Ausland, um Papiere über Kinderarbeit zu präsentieren, ihre Auswirkungen auf Bildung und das körperliche und geistige Wohlbefinden von Kindern zu untersuchen und zu diskutieren. NGOs zahlten eine stattliche Vergütung, die Ravi half, seine PIL- und Kinderrehabilitationsprogramme zu finanzieren. Ravi besuchte Genf, Kopenhagen, Helsinki und Oslo, um an akademischen und Forschungsbemühungen teilzunehmen.

Bei einer Gelegenheit traf Ravi Ammu am Kopenhagener Flughafen, und das Treffen änderte den gesamten Verlauf seines Lebens. Auch nach seiner Rückkehr nach Kochi traf Ravi Ammu weiter, wann immer er sie sehen wollte, und diese Wünsche nahmen täglich zu. Er genoss es, ihr zuzuhören und seine Fälle zu teilen, und Ravi fand in Ammu einen freundlichen Begleiter, der ein einfühlsames Herz für Kinder hatte. Als Einzelperson respektierte Ravi Ammu und liebte ihre Nähe und Präsenz. Er war begeistert, von ihrer Forschung zu *Kuttern* und der wissenschaftlichen Strenge der Forschung zu erfahren. Ihre Treffen wurden zu einer regelmäßigen Angelegenheit, und Ammu sehnte sich nach Ravi. Sie genoss es, mit ihm zu sprechen und ihre tiefsten Wünsche mit ihm zu teilen. Eine solche Gelegenheit war ihr Besuch bei den Kinderarbeitern in Munnar.

Ammu und Ravi planten ihre Treffen als Teil ihrer Arbeit, entweder in ihren experimentellen Fischfarmen in Kuttanad oder während der Sammlung von Beweisen für Kinderarbeit für Ravis Fälle vor dem Obersten Gerichtshof. Sie interessierten sich persönlich für die Arbeit und das Leben des anderen und fügten ihrem inneren Selbst Freude hinzu. Jetzt hatten sie jemanden, um den sie sich kümmern und den sie als ihren eigenen lieben konnten. Es war eine Sehnsucht, ein Wunsch, für immer vereint zu sein. Ammu und Ravi waren begeistert, gemeinsam nach Schweden und Deutschland zu reisen, um an Ammus Konferenzzeremonie an der Universität Uppsala teilzunehmen und Ravis Eltern, Emilia und Stefan, in Stuttgart zu treffen. Gegen vier Uhr abends landeten sie am Flughafen Arlanda bei Stockholm. Sie hatten ein Zimmer in einem Hotel mit Blick auf das Stockholm Konserthuset gebucht. Zum ersten Mal blieben sie bei einer Person des anderen Geschlechts. Aber in diesem Fall war dieser jemand die Person, die ihr Lebenspartner sein würde.

Ammu lächelte, umarmte ihren geliebten Ravi und sagte: "Willkommen in Stockholm, und danke, dass du akzeptiert hast, für den Rest meines Lebens bei mir zu leben."

"Ammu, dieser Traum ist wahr geworden, und du bist mein Traum. Ich bin bereit, überall auf der Welt bei dir zu bleiben «, antwortete Ravi. Seine Berührung war weich und sanft, so dass Ammu nicht verletzt werden würde, wenn er sie gegen seine Brust drückte.

"Ravi, ich bin so gesegnet, dich zu haben."

Sie gingen hinaus, um die Stadt zu sehen. Was Ravi betrifft, so war es sein erster Besuch in Stockholm, und sie gingen zum Stockholmer Konserthuse, der Konzerthalle. Ammu erzählte Ravi, dass Ivar Tenghom das majestätische Gebäude im griechischen Stil entworfen habe. Ravi war überrascht, dass in der Konzerthalle jährlich über zweihundert Konzerte stattfinden. „In neunzehnhundertzweiundzwanzig Jahren entstand die Stockholm Concert Society, um regelmäßige Konzerte in Stockholm zu geben", fügte Ammu hinzu. »Wie ist es möglich, so viele Veranstaltungen in einem Jahr zu organisieren?«, fragte Ravi. „Die Schweden sind exzellente Planer und setzen ihre Pläne „akribisch um ", kommentierte Ammu. "Ich kann die Anzahl der hier organisierten Veranstaltungen verstehen", sagte Ravi und ging um das Gebäude herum. „Das Gebäude ist ein architektonisches Meisterwerk, das im sechsundzwanzigsten Jahrhundert eingeweiht wurde. Das Konserthuset ist Gastgeber der Nobelpreisverleihung ", sagte Ammu. "Es ist schön, hier zu sein, und das auch bei dir, Ammu", antwortete Ravi. »Ich fühle dasselbe, Ravi«, sagte Ammu.

Dann gingen sie zu den Haupteinkaufsstraßen - Drottinggatan und Sturegatternian. Die Straßen waren voller Menschen, da es der Beginn des Sommers war. Alle liebten es, durch die Straßen der Stadt und an den zahlreichen Stränden, Parks und Museen zu spazieren. Die Restaurants waren überfüllt, als ob überall Festlichkeiten gewesen wären. Ammu und Ravi gingen zum Mälarsee hinauf und sahen Hunderte von Paaren, die die Brise genossen und Hand in Hand gingen. Es gab Dutzende von Jugendlichen, die sich umarmten und küssten. Ammu und Ravi gingen auf die Straßen von Norrmalm und Norr Mälarstrand. Die Menschen feierten den Beginn des Sommers, und viele waren in kleinen Gruppen beim Essen. »Die Schweden nehmen ihr Abendessen zwischen halb acht und sieben ein«, sagte Ammu. »Also, lasst uns zu Abend essen«, sagte Ravi.

Sie gingen in ein offenes Restaurant am Ufer des Malarensees. Viele Menschen kamen aus fast allen Kontinenten, und es war ein Buffet. Ammu und Ravi hatten ein *Sammelsurium* aus Fleischbällchen, Prinskorvar, Miniwürsten und Lachs. Sie probierten auch Janssons *Frestelse*, zubereitet aus Sahne-, Kartoffel- und Sardellenauflauf. An einem zweisitzigen Tisch saßen sie und sprachen über das Nachtleben und die Schönheit Stockholms.

"Schweden ist eines der sichersten Länder weltweit", sagte Ammu.

„Ich habe gehört, dass die Schweden friedliebend und ehrlich sind", bemerkte Ravi.

"Sehr wahr. Ich habe es erlebt «, antwortete Ammu.

Nach dem Abendessen zogen sie mit der Menge durch die Biblioteksgatan und Bondegatan und kehrten um halb neun ins Hotel zurück. Das Zimmer war warm und sie entspannten sich, während sie die BBC beobachteten. „Ammu, es war ein angenehmer Ausflug. Stockholm ist fabelhaft und der menschliche Aspekt ist inspirierend. Obwohl es eine kleine Stadt ist, kommen viele Touristen und Besucher von außerhalb. Ich freue mich, hier zu sein und freue mich, mit dir zusammen zu sein ", sagte Ravi. Ammu kam und setzte sich mit ihm auf das Sofa, nahm seine Hand und küsste seine Handfläche. »Ich liebe dich, Ravi«, sagte sie. Ravi legte seine Hand hinter Ammus Rücken, hielt sie in der Nähe und küsste sie langsam. Seine Geste war warm und sanft, und Ammu hatte das Gefühl, dass Ravi eins mit ihr wurde. Ihre Lippen gingen in seinen Mund und saugten an seiner Zunge, und sie fühlte eine tiefe Intimität, als würde sie einen Mann in sich erleben. Ammu wollte ihre Lippen nicht entfernen. "Lass es lange dort bleiben", dachte sie. "Lass es Ravi genießen und sich mit seiner Kraft, Kraft und Liebe drehen."

Langsam standen sie auf, und Ravi hielt sie in der Nähe seines Herzens. Er konnte ihren Herzschlag hören, der rhythmisch und lebhaft war, und wusste, dass ihr schönes Herz mehr Blut von den Zehen bis zum Kopf in ihren Körper pumpte. Ravi konnte ihre Atmung spüren und die warme Luft aus ihren Nasenlöchern spüren. Dann hob er sie langsam an und hielt sie in seinen starken Händen. Er fühlte, dass er die Gesamtheit ihrer Existenz in sich erlebte und mit ihr als eine Person verschmolz. »Ammu…«, rief er. »Ravi

Stefan...«, antwortete sie und rief seinen Namen. »Ich liebe dich, meine Liebste«, sagte er. "Ich liebe dich auch", antwortete sie. Ihre Worte waren wie das Zwitschern eines Spatzen, und Ravi erkannte, dass sie einen seltsamen, aber angenehmen Geruch hatte, der so sinnlich war. Er drückte sie sanft an seine Brust und murmelte ihr ins Ohr: „ Ich liebe dich, Ammu." Ihr Gesicht war karmesinrot, ihre Nasenlöcher weiteten sich leicht und sie sah wunderschön aus. Er konnte ihre großen Augen sehen, voller Liebe und Verlangen.

Ammu öffnete seine Hemdknöpfe und küsste seine Brust. Dann half Ravi Ammu, sich auszuziehen, und sie sah überaus attraktiv aus. Ravi zog seine Jeans und Unterwäsche aus. Ammu zog sein Hemd aus, und sie umarmten und küssten sich wiederholt. Sie fühlten sich wie ein Körper und ihre Individualität verschmolz zu einem. Er trug sie sanft zum Kinderbett, legte sich neben sie und drückte sie auf ihn. Ammu versuchte, ihn zu erforschen, und auch Ravi versuchte, dasselbe zu tun. Es war die bezauberndste Erfahrung, die sie je gemacht hatten. Ravi drückte sich langsam, und sie empfing ihn mit einem leichten Beckenschub. »Ammu...«, rief er. "Ravi...", antwortete sie.

Ravi schloss sich Ammu nach und nach vollständig an und sie revanchierte sich mit gleichen, sanften Bewegungen nach oben. Es war ein Ausdruck extremen Glücks und ätherischer Freude. Sie konnten spüren, wie ihre Beine, Hände und Körper zu einem verschmolzen. Ihr ganzer Körper und verschiedene Teile waren auf ihre Weise aktiv. Es war die Vereinigung zweier Menschen und ihres inneren Wesens. Ravis Nähe zu Ammu war eine Sensation, als hätte sie sie von Beginn ihres Lebens an erlebt. Die Vereinigung war der Höhepunkt ihres Bewusstseins. Ravi dachte an Ammu, ihre schöne Existenz mit ihm, ihre Zusammengehörigkeit und ihre Einheit. Dann plötzlich weinte Ammu, ein leises Jammern, der Höhepunkt ihres Orgasmus, und sie zitterte leicht in Ravis Armen. Bald ließ Ravi sich tief in ihr verlieren, die Essenz seiner Liebe. "Ravi, ich liebe dich." Ihre Stimme war schwach, aber voller Sorge um ihren Partner. "Ich liebe dich, mein Ammu", antwortete er. Sie lagen lange zusammen, leckten und umarmten sich langsam. Dann schliefen beide eine Weile. Bis zum frühen Morgen liebten sich Ammu und Ravi und erkannten, dass Sex eine verbindende Kraft war, die so schön und berauschend war, dass sie zwei Menschen zu einem Fleisch vereinte.

Sie standen gegen zehn Uhr morgens auf. Ammu lächelte strahlend, und Ravi umarmte und küsste sie. Beide machten sich bereit und gingen zum Frühstück aus. Sie verbrachten den ganzen Tag damit, die Stadt und ihre Denkmäler, Museen und Parks zu sehen. Ammu sah bezaubernd in ihrer Jeans und ihrem T-Shirt aus, und Ravi trug Jeans und ein T-Shirt. »Du siehst so gut aus, Ravi«, sagte Ammu. "Ammu, ich habe keine Worte, um dein wunderschönes Aussehen zu beschreiben", antwortete Ravi. In einem Freiluftrestaurant gab es Knäckebröd, gekochte Eier, Kartoffelpüree, Rahmsauce und Preiselbeeren mit heißem Kaffee zum Frühstück. Dann gingen sie nach Gamla Stan, um die Storkyrkan-Kathedrale zu besichtigen. "Sein offizieller Name ist die Kirche des Heiligen Nikolaus", sagte Ammu, als er die Kathedrale betrat. "Die Architektur ist atemberaubend und das Dekor ist atemberaubend", kommentierte Ravi. „Die Kirche wurde im 13. Jahrhundert erbaut und war Schauplatz zahlreicher Krönungen und königlicher Hochzeiten", fügte Ammu hinzu. "Aber ich denke, diese Tage sind vorbei. Jetzt sieht es aus wie ein Geschäftszentrum ", sagte Ravi.„Nur sehr wenige Schweden besuchen an diesen Tagen Gottesdienste. Eine große Anzahl von Menschen sind Atheisten oder Ungläubige. Viele sind der Religion gegenüber gleichgültig ", fügte Ammu hinzu.

»Das ist normal. Die Religion verschwindet hinter dem Vorhang, wenn die Vernunft zum entscheidenden Faktor im Leben wird. Eine Gesellschaft, die auf Wissenschaft aufgebaut ist, hat keinen Platz für Gott; selbst das Konzept von Gott ist bedeutungslos, da Gott kein Objekt sein kann ", analysierte Ravi.

„Gott war ein Bedürfnis in einer Gesellschaft, die unwissend und ungebildet war und keine Ursache-Wirkungs-Beziehungen begründen konnte. Gott war auch notwendig für eine Gemeinschaft ohne Konzept von Gerechtigkeit, Freiheit oder Menschenwürde ", erklärte Ammu.

»Ich stimme dir zu«, sagte Ravi.

„Heutzutage organisiert die Storkyrkan-Kathedrale Konzerte und Aufführungen mit Künstlern und Musik, um Geld zu sammeln. Es gibt keine Anbetung mehr, sondern einen Fokus auf das menschliche Wohlergehen. "Das sollte das Ziel des menschlichen Lebens sein", meinte Ammu.

"Ammu, ich glaube, ein Mensch ist von höchstem Wert, und wir entwickeln uns zu besseren Menschen, um Gerechtigkeit und Menschenrechte zu erreichen", sagte Ravi.

"Gott sollte den Menschen und den menschlichen Bedürfnissen untertan sein", sagte Ammu.

„Wir erreichen ein Stadium, in dem Gott aus allen Bereichen des menschlichen Lebens und menschlichen Strebens verschwindet. Wir brauchen keinen Schutz oder keine Fürsorge von jemand anderem ", sagte Ravi mit Nachdruck.

Ammu und Ravi gingen zum Königspalast Kungliga Slottet, der Residenz des schwedischen Königs. "Es sieht majestätisch aus", sagte Ammu, als sie das Haupttor betraten. »Die Innenräume sehen prächtig aus«, fügte Ravi hinzu. »Das ist Riksaalen, die Staatshalle. Du kannst dort Königin Kristinas Krone sehen «, sagte Ammu und zeigte auf die Krone. "Es hat komplizierte Arbeit", kommentierte Ravi. "Die Ordenssalarna ist die Halle der Ritterorden", fuhr Ammu fort. Ravi fand das Gustav III Tre Kronor Museum einzigartig. "Reste der Tre Kronor Burg, die durch Feuer zerstört wurde, sind hier ausgestellt", fügte Ammu hinzu. "Die Exponate sind wertvoll und zeigen, wie viel Schmerz die Schweden genommen haben, um historisch bedeutendes Material zu bewahren. Es besteht keine Notwendigkeit, Mythen über die eigene Geschichte zu fabrizieren, wenn es genügend Beweise gibt ", erklärte Ravi. »Ich stimme dir zu, Ravi«, sagte Ammu. Dann nahmen sie ein Boot, um ein Gartenrestaurant mitten auf einer kleinen Insel zu erreichen. Das Restaurant war überfüllt und sie bestellten Fleischbällchen, marinierten Lachs mit Kartoffeln und Schnittlauch und Sauerrahm.

Sie fuhren in einem Boot zu verschiedenen Inseln in ganz Stockholm, und eine von ihnen hatte ein Konzert, und etwa zweihundert Leute waren da, um es zu sehen. Obwohl es ein Open-Air-Auditorium war, kauften die Leute immer noch Tickets, um es zu sehen, und Ammu und Ravi nahmen ihre Eintrittskarten. Es war eine Violinsymphonie, und das Orchester bestand aus einem Pianisten und einem Cellisten, die den Geiger begleiteten. Die Sonate zeigte anschaulich die Fähigkeiten und Ausdruckskraft des Geigers und dauerte anderthalb Stunden; es war in der Tat ein fabelhafter Abend. Das Publikum schwieg während des Konzerts, und die Geigerin, eine Frau in den Dreißigern, erhielt am Ende stehende Ovationen. Ammu und Ravi hatten ein leichtes Abendessen, bestehend aus Prinzessinnenkuchen und Kaffee. Sie genossen Stockholms Sehenswürdigkeiten, Klänge und Farben bis zehn Uhr und kehrten in ihr Zimmer zurück.

Am nächsten Tag, nach dem Frühstück, machten sie sich auf den Weg zum Erkensee, und Ammu war außerordentlich glücklich und dachte an einen der bezauberndsten Orte, an denen sie je verbracht hatte. Der Erkensee sah herrlich aus, umgeben von viel Grün und voller Leben. »Ravi, sieh dir den Erkensee an. Er ist einer der schönsten Seen der Welt. Ich bin so glücklich, hier bei dir zu sein ", sagte Ammu. „Ich bin dir dankbar, Ammu, dass du mich hierher gebracht hast. Es sieht so fesselnd und schön aus, hier zu sein ", antwortete Ravi. Ammu stellte Ravi dann Prof. Johansson vor und machte ihn vertraut. Prof. Johansson freute sich, sowohl Ammu als auch Ravi kennenzulernen. Er sagte ihnen, dass er am nächsten Tag nach dem Frühstück nach Uppsala fahren würde, und sie waren willkommen, sich ihm anzuschließen, wenn sie frei wären. Ammu dankte ihm für seine Freundlichkeit.

Ammu traf ihre Kollegen und Forschungsleiter im Labor und war stolz darauf, ihnen Ravi vorzustellen. Ravi freute sich, Ammus Freunde und Bekannte zu treffen. Ammu und Ravi machten eine Bootsfahrt auf dem See. Ammu sprach mit Ravi über tausend Dinge über den Erkensee, darunter Krebse, Algen im Wasser, das Verhalten des Sees zu verschiedenen Jahreszeiten und die Tage, an denen sie Daten für ihre Promotion gesammelt hatte. "Erken bedeutet auf Schwedisch"glänzend "", sagte Ammu zu Ravi und aß in einem Strandrestaurant zu Mittag. Sie planten eine Fahrradtour um den Erkensee. Hunderte von Mädchen, Jungen und Jugendlichen radeln um den See, um im Sommer ihre Liebe und Zuneigung zu feiern. Ammu und Ravi mieteten sich ein Fahrrad, um den See zu umrunden, und eine solche Fahrt war als "Wikinger-Route" bekannt, und sie starteten von Norrtalje aus. Ammu saß in der Nähe von Ravi und genoss es, Sozius zu reiten. Sie fuhren durch das landwirtschaftliche Gebiet rund um das Dorf Loharad und wandten sich nach Westen in Richtung Kristineholm. Nachdem sie eine Stunde lang langsam gefahren waren und die natürliche Schönheit der Gegend genossen hatten, hielten sie in Svanberga an, wo es ein Open-Air-Restaurant gab. Dutzende junger Menschen waren zu zweit da. Ammu und Ravi hatten ein paar Snacks und heißen Kaffee. In der Nähe gab es ein Wikingerdorf, und sie besuchten es. Während des Sommers war das Wikingerdorf für Studenten und Jugendliche geöffnet, die dort Wochen verbrachten, den alten Wikinger-Lebensstil erlebten und sich hauptsächlich mit Eisenhütten, Modellschiffbau und vielen anderen Wikinger-Bemühungen beschäftigten. Ammu und Ravi gingen durch das Wikingerdorf und waren erstaunt, den Einfallsreichtum der Wikinger in der Werft zu sehen.

Nach einiger Zeit erreichten sie die Stätte mit den Ruinen der Karlskirche. "Diese Kirche im römischen Stil wurde im dreizehnten Jahrhundert erbaut", sagte Ammu. Einige Studenten der Universitäten Uppsala und Lund beschäftigten sich dort mit archäologischen Studien. Nachdem sie das Dorf Marjum erreicht hatten, ritten sie nach Skaltorpsvagen. Später betraten sie ein ländliches Zentrum namens Soderbykarl, wo ein Boot aus dem 11. Jahrhundert ausgegraben und im offenen Museum ausgestellt wurde. Gegen sieben Uhr abends erreichten sie das Touristenheim, wo sie eine Sauna hatten. Dann gab es eine Mittsommerfeier mit gegrilltem, kräutermariniertem Lamm-Entercote mit gerösteten Tomaten, Balsamico-gewürzten Nüssen, Samen, gegrillten Schalotten mit Dill, Kohlrabi-Kartoffelsalat, gepökeltem Lachs und heißem Kaffee. Sie gingen an den Strand und betrachteten die fernen Lichter und ihr Spiegelbild im See. „Ammu, wir sind hier, weit weg von Kochi, aber wir sind zusammen. Das ist das Schöne an einer Beziehung. Selbst wenn wir weg sind, tragen wir uns in unseren Herzen, was die Hübschheit der Liebe ist ", sagte Ravi und war leicht poetisch. „Ravi, wir sind wie die Lichter, die wir weit weg sehen; manchmal sind wir ihr Spiegelbild. Es ist schwer zu sagen, was real und was unreal ist. Aber andererseits existiert das Unwirkliche in Wirklichkeit nicht. Alles ist real. Der Erkensee, das Wasser, die Wellen, die Krebse im Wasser, die riesigen Bäume an seinen Ufern und wir, die wir auf dieser Bank sitzen, sind echt. Wir bleiben real und unsere Liebe füreinander wird real ", erklärte Ammu.

Ravi schaute weit in den See und sagte: „Die Gesamtheit der Gewässer im Erkensee bildet den Erkensee. Die Wellen am anderen Ufer des Erkensees und die Wellen an diesem Ufer des Sees sind die gleichen. Und wir, die wir hier sitzen, die beiden Individuen, verschmolzen zu einem, existieren immer noch als verschiedene Personen, was die Vorzüglichkeit einer Beziehung ist.„Liebe entsteht, wenn zwei Individuen sich ineinander sehen, wenn ihre Fremdheit in das Bewusstsein des anderen in der Einheit übergeht. Das ist uns passiert. Wir sind uns bewusst, dass wir unabhängig voneinander existieren, aber wir sehen einander, und dass Bewusstsein die zentrale Bedeutung unserer Liebe, unseres Vertrauens und unserer Existenz ist ", fügte Ammu hinzu. Ravi schlug vor: "Es gibt eine kühle Brise, also lass uns ins Zimmer gehen." Das Zimmer war warm, und Ravi umarmte Ammu mit Liebe, und Ammu küsste ihn. Dann hatten sie Sex in ihrer Privatsphäre und schliefen bis zum Morgen.

Nach einem ausgiebigen Frühstück starteten Ammu und Ravi mit Prof. Johansson im Auto. Der ausgedehnte Waldabschnitt war wunderschön und spiegelte die immense Liebe des Schweden zur Natur wider. Uppsala strahlte in der Morgensonne. Ammu und Ravi bedankten sich bei Prof. Johansson und gingen in ihr Hotelzimmer. Aus dem Fenster konnten sie das majestätische Universitätsgebäude sehen, in dem führende Wissenschaftler, Intellektuelle und ebenso brillante Studenten Skandinaviens untergebracht waren. Sie beobachteten die gestrandeten, weißen und grau gefärbten mittelalterlichen und modernen Universitätsgebäude. Ammu freute sich, dass sie ihren Doktortitel von einer so großartigen Institution erhalten würde. »Ammu, ich bin stolz auf dich«, sagte Ravi. „Danke, Ravi, dass du mit mir gekommen bist. Ich fühle mich durch deine Anwesenheit geehrt«, antwortete Ammu. "Es ist gegenseitig, Ammu", sagte er und umarmte sie. „Im Jahr 1625 wurde das erste Universitätsgebäude auf dem östlichen Teil der Kathedrale errichtet", sagte Ammu und zeigte auf die hoch aufragende Kathedrale. "Damals war Bildung ein integraler Bestandteil der Religion", sagte Ravi. »Du hast recht. Die Theologie war eine wichtige Abteilung der Universität ", fügte Ammu hinzu. »Ich verstehe«, sagte Ravi.

Ammu zeigte auf das Hauptgebäude der Universität und sagte: „Es wurde 1880 erbaut. Heute beherbergen die Gebäude verschiedene Schulen und Abteilungen in der ganzen Stadt.»Wer war der Architekt dieses majestätischen Bauwerks?«, fragte Ravi. „Herman Teodor Holmgren war der Architekt des Hauptgebäudes, und dieses Gebäude wird immer noch für Konferenzen, Konzerte und Universitätszeremonien genutzt", antwortete Ammu. »Der Baustil scheint romanischer Renaissance zu sein«, sagte Ravi. »Du hast recht, Ravi. Das Foyer ist genau das eines Römers, der prächtig und geräumig ist. Das dort untergebrachte Grand Auditorium bietet Platz für mehr als eintausend siebenhundertfünfzig Personen ", fügte Ammu hinzu. »Das ist eine große Zahl«, sagte Ravi. "Über dem Eingang des Hauptgebäudes, auf der Aula, steht ein Zitat von Thomas Thorid:" Frei zu denken ist großartig, aber richtig zu denken ist größer ", sagte Ammu. „Wo findet die Verleihungszeremonie statt?" Fragte Ravi. "Die Zeremonie, die den Grad eines Doktortitels verleiht, wird im Grand Auditorium mit dem Lorbeerkranz abgehalten, der als die größte Ehre für einen Studenten gilt, eine Tradition, die mit der Gründung der Universität begann", erklärte Ammu.

Ammu trug für die Zeremonie einen Kanchipuram-Seidensari, und über dem Sari ließ sie sich das formelle Kleid von der Universität geben. »Du siehst elegant aus«, sagte Ravi und schätzte Ammu in einem grauen Anzug und einer roten Krawatte. Kanonengrüße wurden abgefeuert, was den Beginn der Zeremonie an der Universität Uppsala anzeigte, gefolgt von zahlreichen alten Traditionen, Symbolen und Feierlichkeiten während der Konferationszeremonie. Das Grand Auditorium war vollgepackt und es war glitzernd. Ammu war die elfte Person, die auf die Bühne gerufen wurde, um ihren Ring, ihr Abschlusszeugnis und ihren Lorbeerkranz zu erhalten, und für Ammu und Ravi wurde ein Traum wahr. Nach der Konferationszeremonie gab es ein Bankett in der Staatshalle auf Schloss Uppsala. Ammu wurde eingeladen, und sie und Ravi kamen pünktlich an. Etwa siebenhundert Menschen, darunter die Royals, hohe Beamte aus der Stadt Uppsala, neue Doktoranden, ihre Gäste, geladene Ehrengäste, die Führer für die Doktoranden und die Universitätsprofessoren waren anwesend. Das Bankett war ein großartiges Ereignis, und Ammu und Ravi trafen weltweit viele Würdenträger.

Vor Mitternacht erreichten Ammu und Ravi ihr Hotel. »Herzlichen Glückwunsch, Dr. Ammu Thomas Pullockaran«, sagte Ravi und umarmte Ammu.

„Danke, lieber Ravi Stefan Mayer, dass du an der Zeremonie und dem Bankett teilgenommen hast", antwortete Ammu.

"Es war eine Ehre, ein unvergessliches Ereignis und ein Meilenstein in unserem Leben", fügte Ravi hinzu. »Natürlich, Ravi. Ich bin so glücklich, und ich bin glücklich, dass du bei mir bist." Ammus Worte waren sanft und sie küsste Ravi leidenschaftlich. Ravi umarmte sie, ein Ausdruck seines ultimativen Seins, seiner Gesamtheit der Existenz mit Ammu. Er erlebte sein Wesen, als hätte Ammu ihn besessen, und er teilte nicht nur die kleinsten Zellen ihres Körpers und ihre Gefühle und Emotionen, sondern auch ihre Gesten, Ausdrücke, Wünsche und Träume.

"Ich liebe dich, mein Ammu. Ich liebe dich zu sehr. Du zeichnest dich in allem aus", sagte Ravi.

"Ich liebe dich, mein Ravi", sagte sie, als sie leicht auf seine Brust klopfte.

Am nächsten Tag, nach dem Mittagessen, gingen sie Sightseeing. »Gehen wir zur Kathedrale von Uppsala, die als *Domkyrka* bekannt ist«, sagte Ammu. "Ich habe gelesen, dass der Bau in 1270 Jahren abgeschlossen wurde, und es ist das größte Kirchengebäude in Skandinavien", sagte Ravi. »Du weißt schon viel über Schweden«, erwiderte Ammu. »Gewiss, ich stehe seit sechs Monaten in ständigem Kontakt mit dir, lieber Ammu«, sagte Ravi. »Auch ich weiß viel über dich, lieber Ravi. Ich weiß, dass du die freundlichste und freundlichste Person weltweit bist ", sagte Ammu. "Das liegt an deiner Nähe, Ammu", antwortete Ravi. »Du bist mein Held«, sagte Ammu. „Du bist mein Licht und mein Klang, mein Geschmack und meine Berührung, meine Gefühle und mein Bewusstsein. Du machst mich zu einem Menschen ", antwortete Ravi. "Das sind schöne Worte, sehr ermutigend und hoffnungsvoll", bemerkte Ammu. „Wir sind ein glückliches Paar. Sobald wir wieder in Kochi sind, müssen wir heiraten ", sagte Ravi. „Ich bin so aufgeregt, über unser Familienleben nachzudenken. Meine Eltern liebten sich so sehr. Sie hatten keine andere Existenz als einander. Mein Vater konnte den Tod meiner Mutter nicht ertragen, und er folgte ihr bald. Ich habe viel von ihnen gelernt ", erklärte Ammu. „Ammu, ich fühle mich geehrt, deine Eltern gekannt zu haben. Sie waren großartige Liebhaber. Ihre Liebe war intensiv. Meine Eltern lieben sich, und ich habe keine Worte, um ihre Liebe zueinander zu erklären. Aber unsere Liebe ist einen Schritt höher als die Liebe zwischen deinen Eltern und die Liebe zwischen meinen Eltern. Ich nenne es tiefe Liebe, und ich erlebe sie. Ich glaube, kein anderes Paar auf der Welt hat sich so sehr geliebt ", sagte Ravi und umarmte Ammu.

Sie befanden sich bereits auf dem Gelände der Kathedrale. „Unsere Liebe wird viel länger dauern als das Alter dieser Kirche", kommentierte Ammu.

"Unsere Liebe wird für immer andauern. Die Menschen werden Gedichte über die Liebe zwischen Ammu und Ravi schreiben. Sie werden über Generationen hinweg Lieder über unsere Liebe singen, bis zum Ende der Welt ", kommentierte Ravi. "Ich weiß, Ravi. Unsere Liebe ist tief, solide, weitreichend, breiter, tiefer, stärker, kraftvoll, lebendig und intensiv als die Liebe zwischen Didrik und Olivia ", sagte Ammu. "Unsere Liebe ist für uns emotional und intellektuell erfüllend, was das Kriterium einer Beziehung ist", sagte Ravi. Dann, am Haupteingang der Kathedrale stehend, sang Ammu das Didrik-Lied und drückte seine intensive Liebe zu seiner geliebten Olivia aus. »Meine Ammu, ich liebe dich«, küsste Ravi lange ihre Lippen und drückte die Gefühle seines Herzens aus. Sie gingen Hand in Hand in der gewaltigen Kirche. "Es ist im französischen gotischen Stil", sagte Ravi. »Du hast recht, Ravi. Es wurde vom französischen Architekten Etienne de Bonneuil entworfen ", sagte Ammu. Dann zeigte Ammu Ravi das Denkmal, das für Dag Hammarskjöld innerhalb der Kathedrale gebaut wurde.

Sie schlenderten Hand in Hand zum Ufer des Sees. Danach machten sie eine Bootsfahrt für eine Stunde. "Uppsala ist voll von zahlreichen Gewässern, Buchhandlungen, Cafés und Restaurants", sagte Ravi. "Es gibt auch Parks, die ein Gefühl von tiefer Ruhe und Frieden vermitteln", fügte Ammu hinzu. Sie konnten sehen, wie sich Jugendliche, Jugendliche, Männer und Frauen überall auf Fahrrädern bewegten. Ammu und Ravi nahmen zwei Fahrräder und besuchten die bemerkenswerte Gamla Uppsala, die Grabstätten von über dreihundert Königen, Königinnen, anderen Royals und Wikingerhelden. Von dort radelten sie zum Gamla Uppsala Museum. Die Mythen, Legenden und die Kultur der Wikinger spiegelten sich in jedem dort ausgestellten Artefakt wider.

Ein Paar Mitte dreißig kam mit dem Fahrrad an und begrüßte Ammu und Ravi und winkte ihnen zu. Auch sie winkten dem Paar zu. Sie näherten sich und fragten, ob Ammu und Ravi Touristen seien. Ammu erklärte, dass sie zur Zeremonie in Uppsala war, und Ravi war ihr Gast, der am Vortag am Programm teilgenommen hatte. Das Paar drückte seine Freude aus, indem es ihnen die Hand schüttelte. Ravi fragte, ob sie Touristen seien, und die Frau antwortete, dass sie Kulturministerin in der schwedischen Regierung sei und ihr Begleiter ihr Ehemann, ein Grundschullehrer, sei. Am Sonntag begleitete er sie zu den Einrichtungen, die Touristen in Gamla Uppsala zur Verfügung gestellt wurden. Der Minister teilte ihnen mit, dass die schwedische Regierung alle Einrichtungen sauber und touristenfreundlich halten wolle. Schließlich dankte der Minister Ammu und Ravi für ihren Besuch in Gamla Uppsala. „Die Wikinger waren Einwohner Schwedens, Norwegens und Dänemarks und sprachen nordisch. Sie waren eine mächtige Kraft, bevor das

Christentum Skandinavien erreichte ", sagte Ammu. „Ich habe gehört, dass die Wikinger großartige Schiffbauer waren. Sie waren für ihre hervorragende Hygiene bekannt, verwendeten eine einzigartige Flüssigkeit, um Brände zu entfachen, und trugen überall Feuer. Sie begruben ihre Toten in Booten. Wikingerinnen genossen die gleichen Grundrechte wie ihre Männer ", erklärt Ravi. „Die Menschenrechte haben dir geholfen, viele Dinge zu wissen, Ravi", bemerkte Ammu. „Einige Historiker glauben, dass das Christentum die Wikingerreiche in den nordischen Regionen vollständig ausgelöscht hat. Jetzt steht das Christentum vor dem gleichen Schicksal, da unter den jungen Menschen eine neue Lebensweise entsteht, da sie Menschenrechte, Gerechtigkeit, Freiheit und Offenheit respektieren ", bemerkte Ravi.

Ammu und Ravi aßen in einem riesigen schwimmenden Restaurant zu Abend. Sie hatten *Gubbrora*, gelbe Erbsensuppe, Krebse, gebratenes Rindfleisch, schwedische Pfannkuchen und Dessert. Um Mitternacht hatten sie das Hotel erreicht. »Ravi, ich hatte letzte Nacht einen Traum«, sagte Ammu zu Ravi, als sie aufstand. "Was war es, Ammu?" Fragte Ravi. „Ich habe von dir und mir geträumt. Nach unserer Hochzeit und der Überquerung des Periyar-Flusses fuhren wir mit einem Kanu in der Nähe von Aluva. Das Wasser stieg, der Wind war stark und es fiel uns schwer, den Fluss zu überqueren. Aber ich weiß nicht, ob wir es überquert haben. Dann öffnete ich meine Augen. Aber es war ein schrecklicher Traum«, erzählte Ammu ihre Geschichte. „In den letzten Tagen sind wir mit Booten und Fähren gereist, da hat man natürlich von einem Fluss geträumt. Es ist auch natürlich, dass du von dir und mir gemeinsam geträumt hast. Natürlich ist es schwierig, während des Monsuns von Kerala einen Fluss zu überqueren, besonders auf einem Landboot. Nach unserer Hochzeit werden wir sicherlich den Fluss mit einem Kanu überqueren ", sagte Ravi. »Aber der Traum hat mich traurig gemacht«, sagte Ammu. "Kein Grund, traurig zu sein. Wir sind zwei starke Individuen. Ich habe bereits einen Beruf und kann nach meinen Kinderrechtsaktivitäten und PIL ausreichend Geld verdienen, um mich um unsere Familie zu kümmern. Außerdem haben Sie sich für die Stelle eines Assistenzprofessors an der Universität beworben, und wenn Sie dort eine Stelle bekommen, haben wir eine ausreichende finanzielle Grundlage, um voranzukommen. Also, Ammu, bitte mach dir keine Sorgen ", versuchte Ravi, Ammu zu trösten. „Aber, Ravi, Geld ist nicht alles für ein sicheres Leben. Es gibt viele andere Faktoren, wie unsere Sicherheit vor Feinden, imaginär und real. Als Menschenrechtsanwalt kann man viele mächtige Feinde haben, wie die Politiker, die Parteifunktionäre, andere Anwälte und Industrielle, die Kinder zur Arbeit zwingen ", schaute Ammu Ravi an und erklärte. "Ich verstehe, Ammu. Jeder kann sich Feinde schaffen, bekannte und unbekannte, individuelle Feinde und ideologische Feinde, wobei die ideologischen gefährlicher sind. Aber wir werden den Fluss Periyar überqueren." Ravis Worte waren voller Hoffnung.

Ammu lächelte, was wie lautes Lachen klang, und Ravi umarmte sie und drückte sie gegen sein Herz. Sie standen lange Zeit da und hörten die Musik des inneren Selbst des anderen. Dann stellten sie sich vor, dass sie die andere Person waren; Ammus war Ravi, und Ravi war Ammu. Sie hatten nicht nur ihre Körper ausgetauscht, sondern auch ihre Gefühle und ihr Bewusstsein. Ammu sah sich als neugeborenes Kind mit einer neuen Nabelschnur, die in ein altes, zerfetztes Tuch unter der Eisenbahnbrücke gewickelt war. Sie hatte das Gefühl, dass sie jemand mit warmen, weichen Händen abgeholt hatte. Sie erlebte die Fürsorge, den Schutz und die Liebe von Emilia und Stefan. Sie konnte Renuka, Appukkuttan und Aditya sehen. Sie war Ravi und schwamm mit Aditya *über* die Barapuzha bei Valapattanam. Alles war so prächtig, so mystisch. Sie wuchs mit Emilia und Stefan auf, tanzte *Theyyam*, besuchte „Studienklassen", arbeitete auf dem Bauernhof und spielte Hockey. Und sie war an der St. Michael's Anglo-Indian School in Kannur und reiste mit Emilia und Stefan nach Stuttgart. Ammu wurde allmählich zu Ravi - transformierend und sich entwickelnd.

Ravi erlebte es, als wäre er Ammu mit Anna und Thomas Pullockaran. Er sah den weißen Stier, die Ölmühle und ihr Herrenhaus. Ravi sah sich mit Anna und Thomas Pullockaran in die Kirche gehen und traf den Bischof, der ihr Haus wegen Geschenken, Geldern, Spenden und Bargeld besuchte. Er spürte, wie Ammu in der Schule mit Freunden spielte, Zeuge des Todes ihrer Mutter, des Sturzes ihres Vaters und ihres Begräbnisses in einem Grab für die Armen wurde. Ravi erlebte Ammus Freude über das Stipendium an der Universität Uppsala. Er war stolz auf ihre Forschungen am Erkensee, Vatternsee, die Krebse, ihre experimentelle Fischfarm in Kuttanad, ihr Treffen mit Ravi in Kopenhagen und ihre erste Radtour von Alappuzha nach Munnar; alles war wunderschön und bezaubernd. Ravi wurde zu Ammu, seinem geliebten Ammu. »Ammu«, rief Ravi leise. "Mein Ravi", antwortete Ammu. »Ich bin du.« »Du bist ich.« »Nenn mich Ammu«, sagte Ravi. »Nenn mich Ravi«, antwortete Ammu. „Ich bin du. Du bist ich." "Du und ich sind eins. Du und ich sind eins."

Ammu und Ravi küssten sich lange Zeit, ohne zu wissen, wer oder wo sie waren, als wären sie in einer anderen Dimension des Lebens und hätten neue Erfahrungen gemacht. Es war eine Transformation in eine neue Identität und Lebenswelt. Sie gingen hinaus, und es war bereits Mittag. Nach dem Mittagessen besuchten Ammu und Ravi das Linnaeus-Museum und den riesigen Garten, der vom Botaniker Carl von Linne angelegt wurde. Ein Spaziergang durch den herrlichen Park war für Ammu und Ravi ein außergewöhnliches Erlebnis. Im Besucherbuch schrieb Ravi: "Ich bin Ammu", und Ammu schrieb: "Ich bin Ravi. Der Garten ist großartig." Ammu und Ravi waren überglücklich, den Stadtsgarden, "Die Insel der Glückseligkeit", mit Tausenden von verschiedenen und aufregenden Blumenfarben und dem nahe gelegenen Freilichttheater zu sehen. Sie kehrten um zehn Uhr zum Hotel zurück, nachdem sie Bror Hjorths Haus, das Uppland Museum und ein Abendessen in einem Gartenrestaurant besucht hatten.

Am nächsten Tag, am frühen Morgen, nahmen sie den Zug nach Stockholm, um an einer internationalen Konferenz teilzunehmen. Ammu hatte auf der Grundlage ihrer Doktorarbeit eine wissenschaftliche Arbeit erstellt, wie von den Organisatoren der Konferenz gefordert. Ammus Papier war eines der Themenpapiere, und sie musste es bei der Eröffnungszeremonie des Treffens mit drei anderen Forschern aus den USA, Südafrika und den Philippinen präsentieren. Sie erhielt zwanzig Minuten für die Präsentation und zehn Minuten für die Frage-Antwort-Sitzung und sprach auf Englisch. Sie konnte alle Fragen mit Klarheit, Demut und Würde objektiv erklären. Ammu erhielt am Ende ihres Vortrags stehende Ovationen. Während der Pause trafen sich viele Forscher, Gelehrte und Akademiker enthusiastisch mit Ammu und tauschten Höflichkeiten aus. Sie erhielt Einladungen zu Besuchen und Präsentationen von Forschungsarbeiten an der Stanford University, der University of Amsterdam und der National University of Singapore. Ammu erhielt auch Anfragen, zwei verschiedene Forschungsarbeiten in von Experten begutachteten Zeitschriften einzubringen und Mitglied des Redaktionsausschusses einer internationalen Zeitschrift für Krebse und Hummer zu sein. Ammu stellte Ravi stolz allen vor. Den ganzen Tag über nahmen Ammu und Ravi an verschiedenen Konferenzsitzungen teil. Sie trafen sich mit den Organisatoren, die ihre äußerste Zufriedenheit mit Ammus Präsentation zum Ausdruck brachten und sie darüber informierten, dass sie regelmäßig zu ihren zukünftigen Jahreskonferenzen eingeladen werden würde.

Nach dem Konferenzessen, zurück im Hotel, umarmte Ravi Ammu und sagte: „Herzlichen Glückwunsch, Ammu, du hast es so gut gemacht. Ich bin stolz auf dich. Ich dachte, ich würde die Zeitung präsentieren, als du auf dem Podium warst. In diesen Tagen kann ich dich nicht von mir unterscheiden." "Als du im Publikum saßt, hatte ich das Gefühl, ich wäre du geworden. Deine Gefühle gehören mir, und meine Gefühle gehören dir. Dies kann eine Wachstumsphase unserer Liebe sein ", antwortete Ammu. "Ammu, auf der höchsten Stufe der Liebe gibt es keine Trennung, da zwei Menschen eins werden, aber es gibt Individualität, Selbstachtung und Würde. Das ist das

Geheimnis der Liebe ", erklärte Ravi. „Es ist eine Erfahrung der Einheit, und um sie zu erfahren, muss man verliebt sein, ohne Egoismus, ohne Selbstgefühl, aber es gibt die Individualität der Existenz. Es ist Wachstum. Es ist Erleuchtung ", antwortete Ammu. „Du hast recht, Ammu. Meine Mutter sprach oft über Hermann Hesses Siddhartha. Gautama erlangte Erleuchtung und fühlte sich eins mit seinem Milieu, eins mit seinem Freund Govinda, dem Fluss Ganga und dem ganzen Universum. Meine Mutter sagte mir, es sei Liebe, schlicht und einfach. Wenn du den anderen liebst, wirst du der andere, und der andere wird du. Wenn du dich im anderen siehst, weißt du, dass der andere dein Freund ist, und wenn du den anderen in dir spürst, respektierst du den anderen, wie du dich selbst respektierst. Es gibt keine Trennung, noch gibt es eine Trennung. Ammu, ich sehe dich immer in mir und respektiere dich über Worte hinaus; es begann, als ich dich zum ersten Mal am Flughafen Kopenhagen traf. Jeden Tag wächst es, da es keine Decke gibt, keine Grenze für sein Wachstum ", murmelte Ravi, und dann umarmte er sie wieder und trug sie durch den Raum.

"Ravi, ich fühle eine immense Freiheit mit dir und erlebe meine Freiheit täglich. Es ist Glück, Freude und Offenheit. Es ist Einheit ", sagte sie, sah ihn an und lächelte.

Wie ein Geheimnis sagte Ravi: "Ammu, ich trug meine Mutter in meinen Armen, als ich sechzehn war. Zu dieser Zeit war ich stark und gut gebaut. Ich sang Malayalam-Filmsongs für sie, als meine Mutter in meinen Armen war, und manchmal sang ich sogar Wiegenlieder. Meine Mutter ist ein großer Fan von Malayalam-Filmsongs, also habe ich viele Lieder gesungen, als ich bei ihr war. Sie liebte mich von ganzem Herzen, und ich wollte diese Liebe erwidern, aber ich konnte nicht einmal ein Zehntel davon erwidern. Wenn ich dich sehe, sehe ich ein Spiegelbild meiner Mutter. Aber ich weiß, dass du anders bist. Ich kann dich jedoch genauso lieben, wie ich meine Mutter geliebt habe, wenn nicht sogar mehr. Die Liebe wächst immer. Wir können verschiedene Menschen lieben, aber genug Liebe bleibt für die ganze Welt."

Ammu war immer noch in seinen Händen, und Ravi sang ein malaiisches Wiegenlied für sie, und Ammu schlief wie ein Kind. Dann legte er sie sanft auf das Bett, und Ravi schlief neben ihr, wobei er seine geliebte Ammu in der Nähe seines Herzens hielt.

Sie reisten nach Hjo, einer Gemeinde in Gotland County, um den Vattern-See am nächsten Tag zu sehen und zu erleben. „Der Vatternsee ist der zweitgrößte See Schwedens, 135 Kilometer lang und 35 Kilometer breit", sagte Ammu. „Ich habe irgendwo gelesen, dass viele Gemeinden direkt aus dem Vatternsee reines Trinkwasser beziehen", sagte Ravi. »Das stimmt.

Vattern kommt von *Vatten*, dem schwedischen Wort für Wasser, wie viele Gelehrte behaupten ", sagte Ammu. Sie schwammen zusammen in dem Bereich, der zum Baden vorgesehen war, und es gab Dutzende von Menschen, die in warmem Wasser schwammen. Während sie entlang gingen, konnten sie viele Radfahrer sehen, die den See, bekannt als *Vatternrundan*, umrundeten, und die Entfernung betrug etwa 350 Kilometer. Ammu und Ravi schlossen sich einer Krebsparty an, *der* Kraftivaler, die am Abend mehr als drei Stunden dauerte. Die Nacht war angenehm, und sie gingen kilometerweit am Ufer des Sees entlang; beide fühlten, dass der Spaziergang erfrischend war, und sie erlebten Glück im Miteinander.

An einem folgenden Tag, nach dem Mittagessen gegen drei Uhr, nahmen sie einen Bus nach Göteborg, der Stadt von Olivia, der Geliebten von Didrik. In der Limousine bat Ravi Ammu, das Lied von Didrik für ihn zu singen, und Ammu sang es. Ravi liebte es, es wiederholt zu hören, und Ammu sang es erneut für Ravi; sie hätte es mindestens ein Dutzend Mal gesungen. Die Fahrt war angenehm, und der Bus legte innerhalb von dreieinhalb Stunden zweihundertvier Kilometer von Hjo über Jonkoping nach Göteborg zurück. Ammu und Ravi aßen in einem Restaurant in ihrem Hotel auf Gota Alv zu Abend. Dieser Fluss entsprang dem Vatternsee, der durch Göteborg in das Meer von Kattegat mündet. Sie bestellten gebratenen Lammrumpf, Jalapeño-Salsa, gerösteten Knoblauch, gedünstete Karotten, Blattgemüse und heißen Kaffee. Ammu war von morgens bis mittags damit beschäftigt, sich auf ihr Seminar vorzubereiten, und Ravi saß bei ihr und half ihr, ihr Denkmuster und ihre Präsentation zu arrangieren. Ammu liebte seinen Schritt-für-Schritt-Ansatz und die Erklärungen für jedes Problem, jedes Problem und jede Lösung. "Warum liebst du mich so sehr?" Dann fragte Ammu ihn plötzlich.

Ravi sah sie eine Weile an und sagte: "Weil du du bist." Er hielt einen Moment inne und fuhr dann fort:

„Ich liebe dich, weil ich dich liebe. Es mag wie eine Tautologie klingen, aber es hat eine tiefere Bedeutung. Ich habe mich in dich allein verliebt, in die Gesamtheit von dir; daher steht außer Frage, warum ich dich liebe. Ich liebe dich in der Gegenwart, ohne mich um die Vergangenheit oder Zukunft zu kümmern. Es ist lebendig und glänzend, und seine Farben verblassen oder verdunsten nie."

„Ravi, ich habe so viel von dir gelernt. Deine Persönlichkeit und du als Ganzes ziehen mich immens an. Es gibt keinen Vergleich; es gibt niemanden wie dich. Wenn ich an dich denke, wenn ich dich sehe, kommt nur eine Person zu meinem Bewusstsein, und das bist du ", antwortete Ammu.

"Ammu, es ist dasselbe für mich. Du bist alles für mich: mein Horizont, meine Grenzen, Höhen, Tiefen und Unendlichkeit. Nichts kann über dich hinaus existieren. Mein ganzes Universum besteht aus dir, und ich habe den Mut, meine tägliche Arbeit, Planung und Zukunft zu tun ", erklärte Ravi. "Aber oft frage ich mich, ob ich dich nicht getroffen hätte!" Ammu stellte eine Frage. „So eine Situation kann es nicht geben. Ich habe dich getroffen, weil du da warst. Meine Existenz besteht darin, dich zu treffen, dich zu verlieben und ewiges Leben zu haben. Ammu ist das Konzept der Fülle. Weil es Vertrauen gibt, führt uns das Bewusstsein dieses Vertrauens dazu, Glück und Freude zu erleben. Es ist die Erfahrung unseres Seins, das Wissen, dass ich verliebt bin, dass ich eine andere Person habe, die eine Totalität für sich ist, und dass Totalität das ist, was ich bin. Ohne dich bin ich also unvollständig, was die Essenz der Liebe ist ", kommentierte Ravi und umarmte seinen geliebten Ammu.

Plötzlich sagte Ammu mit kindlicher Einfachheit: „Wenn du mich umarmst, fühle ich die Wärme von dir, ich fühle dich, ich erlebe dich und ich spüre deine Nähe, die untrennbar ist. Aber warum fühle ich mich so?" Ravi antwortete: "Die Liebe erwartet nichts, noch gibt sie etwas, weil sie nichts bietet, nicht einmal die Person. Liebe bedeutet, eine Person in ihrer Fülle zu akzeptieren, so wie du bist, und diese Person so zurückzugeben, wie sie ist, ohne Veränderung oder Modifikation. Aber es gibt zwei Personen, nicht eine. Totale Akzeptanz ist hier die Gesamtheit der Person. Es ist mehr als Glaube. Es gibt keinen Widerspruch in der Liebe oder im Konflikt; es ist reine Glückseligkeit, weil es keinen Austausch gibt. Sie akzeptieren die Gesamtheit einer Person. Du nimmst diese Person, ohne an positive oder negative Lebensdimensionen zu denken. Du akzeptierst dich selbst. Wenn ich sage: „Ich liebe dich", ist Liebe keine Handlung, sondern das Leben. Liebe ist die Erfahrung des eigenen Lebens. Liebe ist das Glück des Lebens. Es ist die Lebensfreude. Liebe ist das Bewusstsein der eigenen Existenz, wie wir sagen: „Ich bin." Es bedeutet, dass ich dich liebe. Hier, du bist ich, und ich bin du. Es gibt keine Trennung, keine Grenze. Liebe ist alles, woran ein Mensch denkt, fühlt, begehrt und begeht." Mit diesen Worten umarmte Ravi Ammu noch einmal.

Sie gingen hinaus und gingen durch die Straßen. Es herrschte eine kühle Brise vom Gota Alv River. Sie konnten Hunderte von jungen Menschen beim Flanieren sehen; für sie waren sie allein wichtig, und niemand sonst existierte in diesem besonderen Moment. „Ravi, sieh dir diesen Fluss an. Es ist in der Tat der Vatternsee, die bloße Existenz, aber eine andere Essenz ", sagte Ammu. „Du hast recht, Ammu. Aber in der Liebe liebt man eine Person und entwickelt sich allmählich zu dieser Person ", sagte Ravi. Ammu lächelte, und ihr schönes Gesicht spiegelte die Lichter der Straßenlaternen wider. Ravi lächelte, und sie gingen zu unbekannten Ufern, aber überall fühlten sie sich vertraut, als wären sie schon einmal dort gewesen und kannten den Ort. "Warum habe ich das Gefühl, dass ich schon einmal an diesem Ort war?" Fragte Ravi. „Weil wir uns kennen und diese tiefe Vertrautheit unsere Wahrnehmung verändert, dass wir alles um uns herum wissen. Wenn wir zusammen sind, haben wir nichts zu befürchten. Nichts entfremdet uns ", antwortete Ammu. Ravi lächelte. »Ammu, du faszinierst mich«, sagte er. Dann umarmte er sie und stand am Ufer des Flusses.

Sie konnten viele junge Paare sehen, die sich umarmten, küssten und Einheit erlebten. "Liebe ist jenseits von Zeit und Raum", sagte Ammu. "Ammu, Liebe ist so. Es ist jenseits von Zeit und Raum. Es hat keine Form oder Größe und ist der kraftvollste Ausdruck unserer Existenz und der Ganzheit unserer Essenz. Im ultimativen Sinne ist Liebe so groß wie das Universum, und das Universum ist Liebe." Ravi war klar in seinen Worten. Die Nacht war sanft und schön. Ammu und Ravi erreichten das City Auditorium für das Seminar gegen halb acht Uhr morgens. Die Eröffnungsfeier war von einem Viertel bis neun, und Vertreter von fast allen Universitäten, NGOs und Regierungsabteilungen aus skandinavischen Ländern waren anwesend. Ammu sprach ausführlich über *ihre* Kuttern-Landwirtschaftsexperimente in Kuttanad, die Beteiligung der Bauern und die Notwendigkeit eines partizipativen Fischereiaufwands. Ein solcher Versuch hatte das Potenzial für eine höhere Produktion, eine bessere Vermarktung und einen enormen Gewinn. Mit viel Zuversicht beantwortete Ammu die gestellten Fragen. Es war in der Tat eine gut geschätzte Präsentation. Die Vorsitzende der Sitzung lobte Ammu für die genaue Art ihres Experiments und die aktive Teilnahme an der Fischzucht. Ravi hörte Ammu mit Freude und Stolz zu. Er erkannte, dass Ammus Präsentation gut angenommen wurde, da ihre Daten beobachtbar und überprüfbar waren.

Ammu und Ravi trafen sich während des Mittagessens mit Forschern, Akademikern und Gelehrten. Der Bürgermeister von Göteborg veranstaltete ein Abendessen, und Ammu unterhielt sich mit dem Bürgermeister Anfang dreißig. Ammu stellte Ravi dem Bürgermeister vor, der, als er erfuhr, dass Ravi eine Menschenrechtsanwältin war, mitteilte, dass sie eine professionelle Anwältin war, die an der National Law School Bangalore studiert hatte und sich für die Menschenrechte von Kindern interessierte. Nach dem Abendessen kehrten Ammu und Ravi um elf Uhr zum Hotel zurück. Ravi nahm Ammu in seine Arme und sang das Didrik-Lied im Raum. Ammu war überrascht, ihn mit einem perfekten Akzent, einer perfekten Aussprache und Klarheit auf Schwedisch singen zu hören, wie er es auf seiner Reise von Hjo nach Göteborg auswendig gelernt hatte. "Ravi, du bist ein schneller Lerner!" Rief Ammu. »Sicher, weil du dieses Lied liebst, Didrik und Olivia«, antwortete Ravi. »Du bist mein Didrik und vieles mehr«, sagte Ammu. "Du bist meine Ammu, und es gibt keinen Vergleich", sagte Ravi und küsste ihre Stirn. Ravi sang wieder das Didrik-Lied, und Ammu schlief in seinen Armen.

Am nächsten Tag fragte Ravi Ammu beim Frühstück: "Hast du irgendeine Veränderung in dir gespürt, körperlich, geistig und emotional, nachdem du mich getroffen hast?" Ammu sah ihn an und lächelte. "Ich habe wesentliche Veränderungen in mir erlebt, als ob ich mich in eine neue Person verwandelt hätte", sagte Ammu und sah Ravi an. „Lassen Sie mich die körperlichen Veränderungen erklären, die in mir stattgefunden haben. Als ich dich zum ersten Mal in Kopenhagen traf, erlebte ich chemische Veränderungen in meinem Gehirn. Ich hatte neue und lebendige Wahrnehmungen von anderen Menschen und Objekten. Ich fühlte, dass ich besser sehen konnte, als hätte sich meine Pupille erweitert, und ich konnte die Farben in ihrer Fülle sehen. Mein Geschmack nahm zu und ich fühlte mich stärker, wenn ich etwas berührte. Außerdem habe ich erlebt, dass mein Körper gleichzeitig geschmeidig und stark geworden ist."

Ravi fragte: „Warum diese Änderungen?" Es war, weil es eine Begegnung der Liebe war, dich zu treffen, und es reduzierte meine Angst, meinen Schmerz, meine Sorgen, meine Traurigkeit und meine Hoffnungslosigkeit ", erklärte Ammu. "Wie hast du sie erlebt, Ammu?" Fragte Ravi. „Meine Liebe zu dir hat mein Selbstvertrauen gestärkt, der Welt zu begegnen. Liebe verstärkte meine Hoffnung. Meine Liebe zu dir hat sich als Therapie für ein besseres Leben entwickelt ", analysierte Ammu. "Oh, das ist großartig. Aber wie messen Sie Ihre Liebe, und ist es möglich, sie zu messen?" Ravi stellte eine weitere Frage. „Natürlich kannst du es so messen, wie ich das Wachstum meiner Kuttern gemessen *habe*. Liebe hat bestimmte objektive, überprüfbare Eigenschaften ", erklärte Ammu wissenschaftlich. »Wie?« Fragte Ravi. „Meine Liebe zu dir hat meine Leistung gesteigert. Ich könnte meine Forschungsergebnisse besser analysieren und interpretieren. Meine Liebe zu dir gab mir Richtung und Sinn in meinem Leben. Es gibt ein Ziel, für immer mit dir zu leben ", antwortete Ammu.

"Noch etwas?" Fragte Ravi. „Natürlich gibt es viel mehr beobachtbare Fakten, wie zum Beispiel, dass ich agiler wurde, meine Schritte weich wurden und meine Bewegungen eine Orientierung hatten. Ich könnte besser und minutiöser planen. Ich konnte Farben in ihrer Fülle erkennen, meine Geschmacksknospen wurden aktiver, und ich konnte winzige Veränderungen in der Lebensmittelqualität erkennen und den letzten Bissen genießen. Selbst wenn du weit von mir entfernt wärst, könnte ich dich riechen, und deine Stimme schuf Hoffnung, Verlangen und Stärke in mir. Körperlich bin ich stärker, geistig wacher und psychisch ausgeglichener und sensibler geworden. Außerdem verbessert meine Liebe zu dir meine Stimmung und ich erlebe mehr Freude und Freude, da ich motiviert bin, ein besseres Leben zu führen. Ich erlebe eine positive Beteiligung an allen Objekten, denen ich begegne, Ereignissen, denen ich begegne, Konzepten, über die ich nachdenke, und Ideen, die ich generiere ", erklärte Ammu.

Als Ravi Ammu ansah, sagte er: "Das klingt wunderbar."

»Noch eine Sache, Ravi. Meine Liebe zu dir hat meine Liebe zu mir selbst verstärkt. Meine Zweisamkeit mit dir ist zu Glückseligkeit geworden. Das war eine religiöse Erfahrung, wenn ich religiöse Terminologie verwenden könnte, obwohl ich nicht an das Konzept von Gott glaube. Der Himmel ist nichts als Glückseligkeit in der Liebe, und Gott ist nichts als Zusammengehörigkeit in der Liebe. Die Ewigkeit ist nichts anderes als die Harmonie der Einheit in der Liebe ", sagte Ammu mit einem Lächeln. „Es ist wunderbar zu hören, wie du über Liebe sprichst. Ich fühle mich durch deine schönen Worte aus deinem Herzen und Verstand bereichert. Ich bewundere deine Sensibilität und dein Bewusstsein für deine körperlichen, emotionalen und psychischen Veränderungen, aber ich liebe dich dafür, wer du bist ", antwortete Ravi.

Sie nahmen einen Zug nach Lund. Ihr Hotel lag am Fluss Hoje. Sie konnten den Hackebergasee in kurzer Entfernung sehen, von dem der Bach stammte. "Der Hoje-Fluss ist in der Tat der Hackeberga-See in einer anderen Dimension", sagte Ammu. »Natürlich. Das Öresundmeer ist ein See, in dem sich der Fluss Hoje entleert. Letztlich ist alles gleich. Alles ist eins. Aber diese Einheit hat Vielfalt, inklusive Vielfalt, Gleichheit und Freiheit der Vielfalt ", kommentierte Ravi. Sie konnten Reflexionen von Lunds Lichtern im Fluss und im See sehen, als ob die Lumineszenz nicht vergänglich wäre. "Sogar die Reflexionen sind letztendlich real", sagte Ammu. „Was wirklich und was unwirklich ist, hängt vom Standpunkt des Betrachters ab. Wenn zwei Menschen die gleiche Sichtweise haben, werden sie Freunde und Liebhaber. Wie du und ich ", sagte Ravi. "Also, die Wahrnehmung ist wichtig", sagte Ammu.

Nach dem Frühstück besuchten sie die Lund University, den Botanischen Garten, das Historische Museum, das Mittelalterliche Museum, den Lund Garden Park und das Museum of Life. "Ammu, soweit ich weiß, ist Schweden die beste Wohlfahrtsgesellschaft der Welt", sagte Ravi während eines Besuchs der Universität Lund. "Ja, der Begriff der Gerechtigkeit ist in jeder Handlung des schwedischen Staates inhärent", antwortete Ammu. "Sehen Sie, diese Universität basiert auf den Prinzipien von Gerechtigkeit,

Gleichheit und Freiheit", sagte Ravi. »Ich stimme dir zu, Ravi«, sagte Ammu. „Schweden lehnt den Utilitarismus insgesamt ab. Ich glaube, dass jeder Mensch eine Unverletzlichkeit besitzt, die auf Gerechtigkeit beruht. Das ist das Geheimnis des schwedischen Sozialsystems. In diesem Land ist Gerechtigkeit unveräußerlich ", sagte Ravi mit Nachdruck.

Ammu hörte ihm schweigend zu, als sie durch die langen Gänge der majestätischen Abteilung für Sozialwissenschaften und Philosophie gingen. "Selbst das Wohlergehen des schwedischen Staates negiert nicht die Gerechtigkeit eines Individuums", sagte Ravi kategorisch. "Ich verstehe, was du meinst. Die Wohlfahrt in Schweden konzentriert sich auf den Einzelnen, nicht auf den Staat ", sagte Ammu. „Du hast recht, Ammu. Die Rechte des Einzelnen in Schweden unterliegen nicht der Verhandlung sozialer Interessen. Parlamentarier und Gesetzgeber können keine gesellschaftlichen Gesetze erlassen und die Rechte und die Gerechtigkeit der Menschen ignorieren. Individualität ist also nicht verhandelbar ", fügte Ravi hinzu.

„Siehst du, diese Mauern der Universität schützen jeden Studenten, der hier Aufnahme findet. Ihre Stimme ist so mächtig wie die Stimme des Staates oder übertrifft sie manchmal sogar ", sagte Ammu.

„Gerechtigkeit ist der menschlichen Existenz inhärent und koexistiert mit der Menschenwürde. Es ist kein tatsächlicher Vertrag zwischen Menschen notwendig, um Gerechtigkeit als separates System zu etablieren. Es ist von dem Moment an präsent, in dem wir geboren werden. Die Grundprinzipien der Gerechtigkeit existieren bereits, bevor wir sie entwickeln, und wir wissen, was für uns am besten ist, ohne zu wissen, welche Rolle wir in der Gesellschaft spielen, welche Karriere wir haben oder welchen Beruf wir annehmen werden. Daher ist die Schönheit der Gerechtigkeit, dass sie nie geboren, geschaffen oder entwickelt wird, aber wir alle kennen die Grundprinzipien, sobald wir existieren. Dieser Wachstumsprozess leugnet niemals auch nur ein Jota Gerechtigkeit für andere, unabhängig von ihrer Kaste, ihrem Glauben, ihrer Religion, ihrer Sprache, ihrem Herkunftsort, ihrer Hautfarbe, ihrer politischen Zugehörigkeit, ihrer Karriere, ihrem Beruf, ihrem Beruf, ihrer ethnischen Zugehörigkeit oder sogar ihrem Namen." Erklärte Ravi und ging durch die riesige Bibliothek der Universität.

Ammu und Ravi konnten viele Frauen in der Bibliothek, ihren Korridoren und ihrer Cafeteria sehen.

„Ravi, das ist das beste Beispiel für Geschlechtergerechtigkeit. In Schweden gibt es keinen Unterschied zwischen einem Mann und einer Frau. Frauen müssen hier keinen Hijab tragen, nicht gezwungen werden, ihren Körper in dicker Kleidung zu verstecken, nicht gezwungen werden, sich einer

Genitalverstümmelung zu unterziehen, nicht dazu verleitet werden, Keuschheitsgürtel zu tragen, und niemals Opfer von Ehrenmorden werden. Schwedische Männer verhalten sich in Haryana, Rajasthan und Madhya Pradesh nicht wie Tiere, noch vergewaltigen sie Frauen wie Monster in UP und Gujarat. Schwedische Frauen müssen nicht in offenen Bereichen wie Frauen in Mathura oder Varanasi defäkieren. Männer in Schweden respektieren Frauen und moderne Toiletten sind für alle gebaut. Vergewaltigung ist schwedischen Frauen fremd. Das ist die Schönheit der Menschenwürde, die diese große Nation schätzt ", erklärte Ammu.

"Ammu, ich bewundere deinen Sinn für Gerechtigkeit und Wertesystem. Selbst in Kerala, dem aufgeklärtesten und zivilisiertesten Staat Indiens, ist eine Frau im Zeitalter der Menstruation, einem natürlichen und biologischen Phänomen, vom Betreten eines bestimmten Tempels ausgeschlossen. Einige denken, der Gott im Tempel, angeblich ein Zölibat, könnte sexuell verführt werden und sein Zölibat verlieren. Es ist die Höhe der Irrationalität. Eine Frau daran zu hindern, einen Tempel zu betreten, um die Keuschheit eines Gottes zu schützen, ist ein lächerliches Argument. Tempel wurden von Menschen geschaffen, nicht von Göttern, und entwickelten sich, um Menschen zusammenzubringen, um Ideen auszutauschen. Ein Tempel war ein Treffpunkt für die Menschen, um eine bessere Ernte, Erfolg bei der Jagd und Kriege gegen den Feind zu feiern und zu genießen. Leider entwickelte sich diese Versammlung zu einer Unterwerfungsarena, um die Gleichstellung und gleichberechtigte Vertretung von Frauen zu verweigern. In der Antike ergab sich aus einer Debatte oder einem Argument, dass menstruierende Frauen nicht gezwungen werden mussten, die Versammlungen der Menschen zu besuchen, da sie es ermüdend fanden, lange Stunden in solchen Situationen zu verbringen. Und so wurde nach und nach eine zeitliche Entscheidung in eine göttliche umgewandelt, was sie im Namen eines Gottes sakrosankt machte. Im Laufe der Zeit wurde es anwendbar, einige Teile der Bevölkerung zu demütigen und lächerlich zu machen, die als "untere Kaste und Ausgestoßene" angesehen wurden. Dieser kulturelle Evolutionsprozess unterstützte die herrschenden Eliten dabei, ihre Macht, ihre Positionen und ihre sexuelle Dominanz aufrechtzuerhalten. Es war, als würde man eine Frau vergewaltigen, um sie "rein", unterwürfig und verfügbar zu machen, als ob einige Männer "höherer Kaste" das Recht hätten, eine Frau "niedrigerer Kaste" zu vergewaltigen, um sie körperlich "sauber" zu machen. Ich glaube, kein Gott kann sich gegen Menschen und Menschenrechte stellen. Indem die Menschen alle Götter schufen, formten sie sie und gaben ihnen Leben. Gott kann nicht zum entscheidenden Faktor werden, wenn es darum geht, menschliches Handeln, Erfolg und Misserfolg und was richtig oder falsch ist, zu messen. Entsprechend den menschlichen Bedürfnissen muss sich ein Gott so verhalten, wie niemand den Menschen Gerechtigkeit verweigern kann ", war Ravi kategorisch.

»Du hast es gut erklärt«, bemerkte sie.

Sie befanden sich bereits im botanischen Garten. „Das Betreten eines Tempels, eines jeden Tempels, ist das Grundrecht jeder Frau in Indien und aller Frauen weltweit. Männer können sie nicht leugnen, denn wenn Männer es können, können auch Frauen es. Ihre Genitalform sollte nicht darüber entscheiden, ob Frauen es vermeiden sollten, eine Kultstätte zu betreten. Die Anwesenheit einer menstruierenden Frau würde wahrscheinlich den emotionalen Gleichmut des Gottes in Frage stellen, ein irrationales Argument. Diese Argumentation verstößt gegen den verfassungsmäßigen Grundsatz der Gerechtigkeit für alle ", sagte Ammu. "Die Genitalverstümmelung, die von Nigeria bis Marokko, von Kairo bis Teheran, von Kabul bis Karatschi, von Dhaka bis Jakarta und von Kuala Lumpur bis Istanbul praktiziert wird, ist äußerst abscheulich. Ehrenmorde werden gefördert, und die Hinrichtung in Indien ist brutal. Die Verweigerung der Bildung für das Mädchen und die Amniozentese zur Überprüfung des Geschlechts eines ungeborenen Kindes, um das Mädchen zu vernichten, ist eine unmenschliche Praxis, die in Gujarat und Rajasthan vorherrscht ", fügte Ravi hinzu. "Gleichheit hat eine ursprüngliche Position: die Gleichheit von Männern und Frauen, von Reichen und Armen, von Schwarzen und Weißen, und niemand kann sie leugnen", sagte Ammu. "Das ist richtig, Ammu. Die Prinzipien der Gerechtigkeit sind der menschlichen Existenz inhärent. Wir alle stimmten dem zu, als wir als Menschen geboren wurden. Diese Grundsätze verpflichten uns, andere zu respektieren, auch wenn wir keinen schriftlichen Vertrag abgeschlossen haben. Aber ein schriftlicher Vertrag, sagen wir die Verfassung eines Landes, ist möglicherweise kein eigenständiges moralisches Instrument ", sagte Ravi. "Warum fehlt es einer schriftlichen Verfassung an der Fähigkeit, ihre Bedingungen zu rechtfertigen?" Ammu stellte eine Frage, als sie das Geschichtsmuseum erreichten.

Sie schlenderten durch das Museum. Dann sagte Ravi zu Ammu: "Ein tatsächlicher Vertrag oder die schriftliche Verfassung eines Landes ist möglicherweise kein autarkes moralisches Instrument, um allen Gerechtigkeit zu verschaffen. Die schriftliche Verfassung oder der Vertrag eines Landes garantiert möglicherweise nicht vollständig die Fairness der Vereinbarung. Zum Beispiel erlaubte die Verfassung der USA die Fortdauer der Sklaverei. Die Verfassung von Indien sagte nie etwas gegen Ehrenmorde, Kinderehen, die Behandlung der Dalits schlimmer als Tiere, das Verlassen einer Frau, das Werfen einer Witwe nach Vrindavan oder in Tausende anderer Pilgerzentren, wie ein epischer Held, der seine schwangere Frau im Wald verlässt. Die Verfassung der USA oder Indiens ist eine vereinbarte Verfassung, ein unterzeichneter Vertrag, aber sie hat die vereinbarten Gesetze nicht festgelegt." " Was ist dann die moralische Kraft einer Verfassung?" Fragte Ammu. "Die Verfassung der USA, Indiens oder eines anderen Landes verpflichtet die Menschen dieses Landes, soweit sie zum gegenseitigen Nutzen arbeiten. Es ist eine freiwillige Handlung. Unsere Entscheidung basiert auf unserer Autonomie. Wenn eine Person einen Vertrag abschließt, wird die Verpflichtung selbst auferlegt, so dass es eine moralische Verpflichtung gibt. Es gibt Gegenseitigkeit, weil die Entscheidung zum gegenseitigen Nutzen getroffen wird ", analysierte Ravi. "Ravi, wie siehst du die moralische Grenze der Verfassung eines Landes?" Fragte Ammu. „In bestimmten Situationen reicht die Verfassung eines Landes möglicherweise nicht aus, um Fairness unter den Menschen herzustellen. Manche Leute haben vielleicht mehr bekommen, andere weniger. Wir müssen also über eine schriftliche Verfassung hinausgehen. Schweden ist über seine Verfassung hinausgegangen, um den Menschen zu helfen, und hat große Fortschritte in den Bereichen Menschenrechte, soziale Gerechtigkeit und Freiheit erzielt. Es ist eine integrative Gesellschaft. Auch Migranten gehören dazu. Das ist der Unterschied zwischen Indien und Schweden oder den USA und Schweden."

Ravis Worte waren stark. „Schweden geht über seine Verfassung hinaus. Was die Regierung betrifft, so ist die stillschweigende Zustimmung keine notwendige Bedingung, sondern eine Verpflichtung. Die Regierung erhält viel Unterstützung vom Volk, ohne irgendwelche Verträge zu haben. Das verpflichtet die Regierung, den Menschen auch ohne ihre aktive Zustimmung zu helfen. Sehen Sie, in Indien hat die Regierung eine höhere und stärkere Verhandlungsmacht. Es könnte von einem Fanatiker, einem religiösen Fanatiker, einem Spinner oder einem Rassisten, der die ultimative Macht ist, gegen das Volk missbraucht werden. Daher wird die Idee der Gegenseitigkeit zu einer Fata Morgana für gewöhnliche und schwache Menschen. Außerdem verfügt die Regierung über mehr Wissen, und das fehlt einem einfachen Bürger. Die Regierung hat einen großen Äquivalenzwert und unterwirft die Menschen im Namen der Verfassung. Wir müssen also über die Verfassung hinausgehen, um Gerechtigkeit, Freiheit und Gleichheit zu gewährleisten. Jeder Bürger in Indien sollte der Regierung gleichgestellt sein. Jeder Bürger sollte Gleichheit untereinander genießen, was echte Gerechtigkeit ist." "Schweden hat es geschafft ", sagte Ravi beim Mittagessen im Lund Garden Park. „Ammu, wir müssen unseren Standpunkt zur Gerechtigkeit ändern. Kinder in Indien sind erwachsenen Menschen nicht gleichgestellt, daher brauchen sie ein besonderes Privileg, um Gerechtigkeit zu genießen.

Gleichheit ist nur unter Gleichen möglich. Gutartige Diskriminierung zugunsten von Kindern ist unerlässlich. Es ist auch für Frauen in Indien unerlässlich ", erklärte Ravi.

Ammu konnte die tiefe Sorge um die Menschenrechte in Ravis Worten spüren.

„Als ich Tausende von verlassenen Witwen im Tempel von Vrindavan sah, war ich schockiert über die mangelnde moralische Verpflichtung der Regierung und die Misshandlung von Kindern und Frauen, denen oft ihre Würde verweigert wurde. Sogar die Kühe in Indien werden besser behandelt, da einige UNP-Mitglieder Kühe halten, um ihren Urin zu trinken ", fügte Ravi hinzu.

"Was ist der Fluchtweg aus diesem erbärmlichen Zustand?"

„Wir müssen eine Bedingung für die Gleichstellung von Frauen und Kindern schaffen, die es ihnen ermöglicht, nicht Opfer des Unterschieds in Macht und Wissen zu werden, den die Elite und die Regierung genießen. Macht, Geld und Wissen werden zu einem Mittel, um die Unterprivilegierten, die Stimmlosen und die Schwachen auszubeuten, was zu Ungerechtigkeit und Ungerechtigkeit führt. Wie Schweden ist eine gleichberechtigte Gesellschaft für Indien notwendig ", sagte Ravi, während er nach dem Mittagessen heißen Kaffee genoss.

KAPITEL ACHT: MONSUN IN MALABAR

Ammu und Ravi gingen Hand in Hand durch die Gänge des Museums des Lebens. Zahlreiche Eltern und Kinder waren da, um die Exponate zu sehen und sich über die Fakten des Lebens zu informieren. Die Eltern erklärten den Kindern anhand von Bildern die Einzelheiten des Fortpflanzungsprozesses. "Ammu, was ist das Leben?" Fragte Ravi. „Es ist schwer, den Sinn des Lebens zu begreifen. Es gibt viele Erklärungen, wie biologische, philosophische und sogar metaphysische. Aber es ist logischer, das Leben als biologische Tatsache zu betrachten als alles andere, weil wir unseren Körper biologisch nennen ", antwortete Ammu. "Warum nennst du es biologisch?" Fragte Ravi. „Nennen wir es biologisch, weil wir unter diesem Namen versuchen, einen lebenden Organismus zu verstehen. Aus dem Nichts entstand das Universum als physische Einheit. Aufgrund von Milliarden von Jahren chemischer Veränderungen entstanden Organismen ", erklärte Ammu. "Warum ist das Leben Leben, Ammu?" Fragte Ravi. „Der Begriff Leben ist ein Konzept, und der Mensch hat ihn erfunden, um eine bestimmte Bedeutung zu vermitteln, dass er nicht anorganisch ist. Es unterscheidet sich als organischer Stoff von einem anorganischen Stoff. Aber die Definition des Lebens ist möglicherweise nicht genau, obwohl sie eine gewisse konzeptionelle Klarheit bietet ", erklärte Ammu. „Wie unterscheidet man physisch von biologisch?" Fragte Ravi.

Ammu sah Ravi an und sagte: "Manche sagen, das Universum sei organisch. Es ist das Leben an sich. Diese Definition stammt aus dem Verständnis, dass Leben vom Leben stammt und die Gesamtheit des Universums Leben ist. Aber wir können das Universum nicht so handhaben, wie es ist, also versuchen wir, die kleineren Aspekte des Universums zu sehen. Wir versuchen, die größeren zu bestätigen, indem wir die kleineren Aspekte überprüfen. Aber für einige ist das Universum reines Bewusstsein und stellt ein Problem dar, wenn es darum geht, den Unterschied zwischen Leben und Bewusstsein zu verstehen. Das Universum ist jedoch physisch, wie wir es spüren, und wir wissen nicht, ob es andere Dimensionen hat oder ob wir diese Dimension Bewusstsein nennen können. Es führt uns zu dem Verständnis, dass Unterschiede ihre getrennten Identitäten in ihrer Ganzheit verlieren. Daher kann Leben gleichzeitig chemisch, biologisch und physikalisch sein. In einem anderen Bereich kann es Bewusstsein in seiner Fülle sein. Aber oft versuchen wir, die kleinsten Dinge zu sehen, um ein Konzept zu verstehen, wie Tierleben, Pflanzenleben usw." "Ammu, wie siehst du den Ursprung des menschlichen Lebens?" Fragte Ravi. „Die menschliche Eizelle bildet sich im Eierstock. Es kann zu einem Menschen heranwachsen, wenn es mit menschlichem Sperma befruchtet wird. Eine reife Eizelle wandert in den Eileiter und wartet auf das Sperma. Eine Milliarde Spermien bewegen sich vorwärts, um das Ei in einer einzigen Ejakulation zu treffen. Dann verschmelzen normalerweise Eizelle und Sperma zu einer Zygote ", erklärte Ammu.

Ravi sagte: "Also, du und ich wurden aus einem einzigen Sperma gebildet, das mit einer einzigen Eizelle verschmolz, und der Rest der einen Milliarde Spermien wurde abgelehnt." "Das stimmt, Ravi. Zusammen mit den ersten Spermien bildet die Vereinigung der Eizelle ein neues Leben, wächst und entwickelt sich als neuer Mensch. Der gesamte Prozess resultiert aus Millionen von Jahren der Evolution ", sagte Ammu. „Die Eizelle und das Sperma müssen sich vereinen, um neues Leben zu bilden, das wachsen und gedeihen kann. Die Eizelle ist Leben, aber ohne Sperma kann sie nicht wachsen. In ähnlicher Weise ist das Sperma Leben, aber es kann ohne eine Eizelle kein Wachstum erreichen. So können zwei Lebensformen zusammen neues Leben erzeugen. Habe ich recht?" Fragte Ravi. »Du hast recht, Ravi. Innerhalb von fünf Wochen entwickelt sich das Herz, der Kreislauf beginnt sich zu bilden, der Darm innerhalb von sechs Wochen und die Fortpflanzungsorgane innerhalb von neun Wochen. Es ist wunderbar, die Entwicklung eines neuen menschlichen Lebens zu beobachten, und das Baby hat eine eigene Persönlichkeit. Jetzt ist es jenseits von Eizelle und Sperma. Es ist sogar mehr als die Gesamtheit aus Eizelle und Sperma. Jede Sekunde wächst und entwickelt sie sich ", erklärte Ammu und sah Ravi an. "Ammu, es ist schön, dir zuzuhören und zu wissen, wie du und ich uns entwickelt haben. Ich kann es spüren, sehen und berühren «, sagte Ravi und legte seine rechte Hand um Ammu. Sie gingen zusammen, umarmten sich und eine Gruppe von Kindern reiste mit ihren Lehrern an ihnen vorbei.

Ammus Worte waren sanft. "Siehst du, Ravi, das ist die wahre Bildung. Diese Kinder fragen ihre Eltern und Lehrer nach dem menschlichen Leben, ihrem Fortpflanzungssystem, wie eine Eizelle befruchtet wird, wie das Sperma auf die Eizelle trifft und wie es sich zu einem neuen Leben entwickelt. Es gibt keine Hemmung, und die Eltern und Lehrer sind bereit, ihren Kindern und Schülern das sogenannte Geheimnis des Geschlechts zu erklären. In Schweden beginnt die Sexualerziehung in der ersten Klasse. Eltern und Lehrer bilden Kinder aus, um wissenschaftliche Erkenntnisse zu vermitteln. Das ist einer der wirklichen Gründe für Geschlechtergerechtigkeit und Gleichstellung in Schweden. Vergewaltigung ist unbekannt und sexuelle Gewalt ist sporadisch. Aber denken Sie darüber nach, was in Indien passiert.

Wir sind nicht bereit, unseren Schülern Sexualerziehung anzubieten, auch nicht an Colleges. Die Schüler lernen es auf der Straße, und Sex wird zu einer Obsession, einem Geheimnis und einer Leidenschaft, etwas, das es zu erobern gilt. So wird Vergewaltigung zur Norm des Lebens und Mädchen und Frauen werden zu Sexobjekten. Indien ist keine offene Gesellschaft. Die indische Gesellschaft misshandelt Frauen im Namen des Geschlechts. Viele indische Epen, Mythen und Geschichten stellen Frauen als sexuelle Objekte dar, und es war in Ordnung, dass Männer eine Frau sexuell angriffen. Du liest von einem frustrierten verheirateten Prinzen, der dem jungen Shurpanagha, der Schwester von Ravana, im Wald Ohren, Nase und Brüste schneidet, als wäre es sein Recht, eine Frau anzugreifen." "Ammu, Indien respektiert die Menschenrechte nicht. Viele indische Männer, insbesondere religiöse Führer und Politiker, halten die Rechte eines Individuums nicht für sakrosankt, als ob jeder Mann ein Recht auf den Körper einer Frau hätte. Sex gilt als ein Akt der Eroberung eines weiblichen Körpers, ein Angriff. Religionen und Kulturen nehmen die Würde des menschlichen Lebens als selbstverständlich hin. Kinderarbeit ist ein Beispiel für diese erbärmliche Situation und verletzt die Menschenrechte ", erklärte Ravi.

Mit tiefer Überzeugung fügte Ammu hinzu: „Eltern und Lehrer müssen Kindern und Schülern von klein auf die Würde des menschlichen Lebens, die Schönheit der Vereinigung von Frau und Mann, die Entwicklung eines Babys im Mutterleib und das Wachstum eines Babys in der Mutter erklären. Erlauben Sie Schülern auf Gymnasialniveau, den Entbindungsprozess in einem Arbeitsraum zu beobachten, und lassen Sie den Arzt sowohl Jungen als auch Mädchen die Fakten der Geburt erklären. Es wird eine großartige Bildungsexposition für Kinder zwischen zehn und fünfzehn Jahren sein. Da ein Kind in diesem Alter zum Geschlechtsverkehr fähig ist, ist es wichtig, Kindern wissenschaftliche Erkenntnisse über Sex zu vermitteln, um ihnen zu helfen, reife Entscheidungen in ihrem Sexualleben zu treffen ", erklärte Ammu. "Ich stimme dir zu, Ammu. Sexualerziehung ab der ersten Klasse ist unerlässlich. Eltern und Lehrer müssen zu guten Eltern und Lehrern erzogen und ausgebildet werden. Es wird ein großer Dienst für die Kinder sein. Außerdem ist Sexualerziehung ein Menschenrechtsanliegen, da ein Kind ein Recht darauf hat, wissenschaftlich erzogen zu werden ", fügte Ravi hinzu. »Ja, Ravi. Lassen Sie die Kinder die Fakten über Sex erfahren. Wissen ist immer ein Gewinn. Sexualwissen würde Kindern helfen, ihren Körper, ihre Würde, ihre Persönlichkeit und ihre Individualität zu respektieren. Wenn ein Schüler feststellt, dass ein Embryo im Alter von zehn Wochen ein entwickeltes Herz hat, entwickelt der Schüler Respekt vor dem menschlichen Leben. Innerhalb von sechzehn Wochen werden die Knochen eines Babys stark und die Muskeln bilden sich. Und lassen Sie einen Grundschüler beobachten, wie ein

Baby in etwa achtzehn Wochen seiner Entwicklung im Mutterleib tritt und rollt. Es ist großartig, Kindern dieses Wissen zu vermitteln ", sagte Ammu.

Ammu konnte Ravi lächeln sehen. „Wir müssen den Lehrplan in Indien umschreiben. Sie sollte wissenschaftlich und menschlich orientiert sein. Das Vermitteln von beobachtbarem Wissen, das die Probleme angeht, mit denen wir heute konfrontiert sind, ist die Notwendigkeit der Stunde, anstatt Mythologien und Fabeln zu lehren, wie die jungfräuliche Geburt oder den Ursprung von einhundert und einem Kauravas. Geschichten von Epen und Paulusbriefen, die Frauen missachten, die jüngere Generation entmenschlichen und sie zu einer von Männern dominierten Gesellschaft führen, müssen für immer verworfen werden. Wir lehnen eine Gesellschaft ab, die gefälschtes Wissen über Sex eher aus Mythen und Phantasien als aus wissenschaftlichen Erkenntnissen ableitet. Wir lehnen eine Gesellschaft ab, die an gewalttätige Äußerungen von Sex glaubt, anstatt die Würde von Kindern und Frauen zu respektieren. Eine Gesellschaft, die die Sexeskapaden von Göttern und Göttinnen preist, leidet unter Psychopathie. Um die Welt vor der Sünde zu retten, ist Gott, der Vater, ein zwölfjähriges Mädchen zu schwängern, ein sexueller Übergriff, kein erlösendes Verhalten ", bemerkte Ravi. "Ich stimme dir zu, Ravi. Kindern müssen wissenschaftliche Fakten vermittelt werden. Sie müssen wissen, dass das Gehirn eines Babys innerhalb von dreißig Wochen Millionen von Neuronen enthält, und zu diesem Zeitpunkt ist das Baby bereits ein neuer Mensch geworden, und die Haare und Nägel wachsen weiter. Den Schülern zu erlauben, in einem Kreißsaal zu sein, ist sozial, emotional und psychisch gesund, weil sie als Personen wachsen würden, die Mädchen und Frauen respektieren ", fügte Ammu hinzu.

Die Nacht war angenehm, und Ammu und Ravi gingen durch die Straßen von Lund. Sie konnten überall eine kleine Menschenmenge sehen, während die Menschen den Beginn des Sommers genossen. Es gab Eltern mit ihren Kindern, Paare Hand in Hand, Liebende und Jugendliche, und alle feierten. Ammu und Ravi hatten ihr Abendessen in einem Restaurant am See, ihre letzte Mahlzeit in Schweden, da sie am nächsten Morgen nach Kopenhagen und von dort nach Stuttgart fliegen würden. Sie hatten Entenwürste, Flankensteak, Krebse, Steinbutt und schwedisches Brot. Der heiße Kaffee war nahrhaft. Im Hotel packten sie vor dem Schlafengehen. Ammu und Ravi standen früh auf und ein Taxi zum Flughafen erwartete sie.

„Danke, mein geliebtes Schweden, für die Liebe und Fürsorge. Danke, dass du mich die ewigen Werte der Geschlechtergerechtigkeit und der Menschenwürde gelehrt hast. Danke an Schweden für das Stipendium, das mir geholfen hat, meine Forschung abzuschließen und die Feldexperimente in Kuttanad durchzuführen. Danke an Professor Johansson, meinen Forschungsführer, einen der besten Menschen, die ich je getroffen habe. Danke, Schweden, für Alice und ihre Malerei, Elsa und Ebba, und Didrik und Olivia, die mich die Tiefe der Liebe gelehrt haben. Vielen Dank, meine Kollegen und Freunde, für die bereichernde Zeit in Schweden und die schönen Tage, Monate und Jahre, die ich hier verbracht habe. Vielen Dank, Uppsala, für die Promotion, die Verleihung und das schöne Bankett. Vielen Dank, lieber Erkensee, Vatternsee, Flusskrebse, Sonne, Sterne, Mond, Lichter, Klänge, Geschmäcker und Luft der bezaubernden Landschaft, des schönen Waldes, des Grüns und der Felder. Vielen Dank für Ihre Sanftmut, Ihre Kultur und Ihren zivilisierten Umgang. Ich habe alles auf deinem lebendigen Boden genossen, liebes Schweden. Vor allem danke ich Ravi, die ich auf dem Heimweg kennengelernt habe. Vielen Dank, geliebtes Schweden. Vielen Dank für alles. Lass mich deine heilige Erde küssen ", rezitierte Ammu ihre Danksagung, während sie sich auf den Boden warf.

Hasslanda war ein privater Flughafen, und die Seminarsponsoren hatten zwei Tickets für Ammu und Ravi in einem achtsitzigen Privatflugzeug zum Flughafen Kopenhagen arrangiert. Der gepflegte große Flughafen in Kopenhagen war reisefreundlich und sie zogen mit dem Aufzug in den Abflugbereich. Das saubere und glänzende Wartezimmer war Ammu und Ravi so vertraut, und sie gingen langsam und elegant dorthin, wo sie sich zum ersten Mal getroffen hatten, da sie den Ort richtig kannten. Dieser Ort hatte eine Geschichte eines Lebens - lebendig und lebendig, schwanger mit Hoffnung und Freude. "Ammu", rief Ravi seinen geliebten Ammu. »Ravi«, antwortete Ammu.

Plötzlich hob Ravi sie in seine Arme, was für Ammu nicht überraschend war. Es war ihnen nie wichtig, was die anderen Passagiere denken würden oder ob andere sie beobachteten, als wären sie allein in diesem pulsierenden Abflugbereich des Flughafens. Langsam küsste er sie, und sie antwortete, indem sie sich mit beiden Händen an seinen Hals klammerte, und plötzlich sagte sie leise: "Ich liebe dich, Ravi."

Er legte sie langsam hin, und sie stand mit einem strahlenden Lächeln vor ihm. Dann kniete er vor ihr nieder, nahm einen mit Diamanten besetzten Platinring aus seiner Tasche, hob sein Gesicht und fragte sie: "Ammu, willst du mich heiraten?"

Ammu antwortete mit sanfter Stimme: "Ja, Ravi, ich werde dich heiraten."

Ravi steckte langsam den Ring an ihren Finger, küsste ihre Handfläche und sagte: "Danke, Ammu."

»Danke, mein Ravi Stefan«, sagte Ammu.

Ravi umarmte Ammu und sie fühlten, dass der Moment eine Ewigkeit war. Dann trug Ravi sie zum Eingang, und der Passprüfer sagte ihnen, er könne einen Rollstuhl für Ammu arrangieren. Ravi sagte, der Offizier würde es vorziehen, Ammu in seinen Armen und das Flugzeug zu haben. Ammu schlief in Ravis Armen und Ravi brachte sie zum Hubschrauber. Andere Passagiere gaben ihnen Platz, um durchzugehen, und diejenigen, die langsam im Flugzeug saßen, standen auf, um ihren Respekt zu zeigen, was eine stehende Ovation war. Ravi setzte sie auf ihren Sitz und nannte sie „Ammu". Sie öffnete langsam die Augen und sagte: „Ravi Stefan." Der Flug nach Stuttgart war angenehm, und die Flugbegleiter kümmerten sich besonders um Ammu. Sie ging mit Ravi zum Flughafen.

Stefan Mayer wartete auf Ravi und Ammu auf dem Portikus seines Hauses, und er umarmte Ravi und rief seinen Namen. "Papa, das ist Ammu." Ravi stellte Ammu seinem Vater vor. „Stefan Mayer küsste Ammu die Stirn und sagte:„Ammu, willkommen. Wir haben viel über Sie gehört. Du bist einer von uns." "Papa, ich liebe es, dich kennenzulernen ", sagte Ammu und umarmte Stefan Mayer. »Wo ist Amma?« Fragte Ammu. »Emilia ist drinnen und wartet auf euch beide«, antwortete Stefan. »Komm, lass uns reingehen«, sagte Ravi. Emilia saß im Rollstuhl. Ihr Gesicht war leer und hatte keinen Ausdruck. »Amma«, rief Ravi und kniete vor seiner Mutter nieder. Er küsste ihre Wangen. »Amma«, rief er erneut. Emilia saß einfach da.

"Amma, sieh, wer gekommen ist, um dich zu sehen. Sie ist Ammu, deine Schwiegertochter «, sagte Ravi.

Ammu kniete vor Emilia nieder und küsste ihre Wangen.

»Amma«, rief sie.

"Ich bin Ammu." Es waren Tränen in Ammus Augen. „Ich freue mich so, dich kennenzulernen, Amma. Auf diesen Anlass habe ich lange gewartet. Dich heute zu treffen, war der glücklichste Vorfall in meinem Leben. Amma, ich liebe dich ", sagte Ammu wieder. »Komm, lass uns in dein Zimmer gehen«, sagte Stefan und führte Ammu und Ravi in ihr Zimmer. Ravi schob den Rollstuhl, und Emilia setzte sich einfach darauf. In der Nähe der Treppe übernahm die Hausschwester den Rollstuhl, und Ravi und Ammu gingen zusammen mit Stefan die Treppe hinauf zu Ravis und Ammus Zimmer.

Das Abendessen war gegen sieben Uhr abends fertig. Stefan begrüßte Ammu und Ravi zum Abendessen. Emilia saß in ihrem Rollstuhl, in der Nähe von Stefans Stuhl, und Stefan fütterte seine Frau mit einem Löffel. Ammu bemerkte, dass Emilia saubere und ordentliche Kleidung trug, frisch und ordentlich aussah und ihr Haar gekämmt war. Am nächsten Tag übernahm Ravi die Betreuung von Emilia und half Stefan beim Kochen. Ammu schloss sich ihnen an und wusch nach jeder Mahlzeit Geschirr, Teller und Geschirr. Sie halfen Stefan, morgens und abends das ganze Haus zu putzen. Stefan hatte ein lächelndes Gesicht und zeigte keine Angst oder Depression. Er sprach mit Ammu und Ravi und erzählte viele Geschichten über seine Eltern und ihre landwirtschaftlichen Betriebe in Baden-Württemberg. Nach dem Mittagessen schloss sich Ammu Stefan und Ravi an, um Karten zu spielen. Emilia war immer bei Stefan, und er hat sie nie allein gelassen.

Ab und zu trug Ravi seine Mutter in der Hand und ging durch den riesigen Garten vor ihrem Haus. Er erzählte ihr viele Geschichten über seine Kindheit, Valapattanam, Barapuzha und Theyyam sowie über ihre Besuche in Mangalore, Coorg, verschiedenen Dörfern und *Kaavu* in Malabar. Ammu ging mit Ravi spazieren und sang manchmal Filmsongs für Emilia, besonders von *Chemmeen*. Ravi und Ammu saßen stundenlang mit ihrer Mutter zusammen und ließen sie nur, wenn sie schlief. Stefan würde gegen zehn schlafen und früh aufstehen, gegen vier. Er war sehr besonders, dass Emilia in seinem Bett schlief und geschützt war, während sie schlief. Ravi gab seiner Mutter jeden Morgen ein Schwammbad, trocknete ihren Körper mit einem weichen Handtuch und kämmte ihre Haare. Er trug sie in seinen Armen, ging auf die Terrasse des Hauses und zeigte ihr die Wolkenkratzer, Kirchtürme, Brücken, den Neckar und den Glen, die Felder, die fernen Wälder und die fernen Berge. Er erzählte ihr Geschichten auf Deutsch und Malayalam, während Ammu mit Emilia in Malayalam sprach.

Ravi massierte Emilias Beine und Hände mit mildem *ayurvedischem* Öl, das er ihr aus Kerala mitgebracht hatte, damit seine Mutter nicht an Krämpfen litt. Während sie mit Emilia sprachen, knieten Ammu und Ravi vor ihr nieder, um ihr Gesicht zu sehen, und sie liebten es, dies zu tun. Ammu las Emilia ihr erlesenstes Buch, Siddhartha, Kapitel für Kapitel vor. Ammu dachte, Emilia sei Gautama, als sie las, und sie war Govinda. Obwohl Ammu ein Exemplar von Rosshalde gesehen hatte, las sie es nicht für Emilia, da Ravi ihr gesagt hatte, dass Emilia über seine Geschichte traurig sei. Stefan, Ravi und Ammu nahmen Emilia für lange Fahrten mit. Während der Fahrt saß Emilia neben dem Fahrersitz und Stefan erklärte die verschiedenen Gebäude, Felder, Flüsse, Hügel und Berge, die sie überquerten. Er sprach ununterbrochen mit immenser Sorgfalt und Zuneigung mit ihr, da er wusste, dass Emilia nicht verstehen konnte, was er sagte. Aber seine Liebe zu Emilia war so groß, dass er nicht aufhören konnte, mit ihr zu reden. Sie machten Bootsfahrten auf Rhein, Donau, Elbe und Oder. Da Emilia Flüsse liebte, *war* Barapuzha immer in ihren Gedanken.

Die fünfzehn Tage, die Ammu und Ravi mit Emilia und Stefan verbringen wollten, endeten. Stefan informierte sie, dass es keine Schwierigkeiten gab,

Emilia zu managen, da zwei Heimkrankenschwestern sich in seiner Abwesenheit um sie kümmerten. Stefan erinnerte Ravi daran, dass sein Beruf als Menschenrechtsanwalt für die Gesellschaft unerlässlich sei und er mehr Zeit für den Kampf gegen Kinderarbeit aufwenden müsse. Am Vorabend ihrer Abreise nach Indien rief Stefan seinen Sohn und Ammu an. Er teilte ihnen mit, dass Emilia unmittelbar nach ihrer Rückkehr von ihrem letzten Besuch bei ihrem Bruder Alex Schmidt bereits ein Testament für ihr Eigentum in Frankfurt in den Namen von Ravi und Ammu gemacht hatte. Stefan informierte Ammu und Ravi auch darüber, dass er ein Testament für sein gesamtes Eigentum in ihrem Namen ausgeführt hatte. Ravi und Ammu waren jedoch stark dagegen, dass Stefan die Wahl umsetzte, da er noch viele Jahre vor seinem sechzigsten Geburtstag hatte. Stefan antwortete, dass er nicht vorhersagen könne, was in der Zukunft passieren werde. Sowohl Ammu als auch Ravi umarmten ihren Vater und küssten seine Wangen. Am Morgen gaben sie Emilia ein Schwammbad, massierten ihren Körper mit ayurvedischem Öl, wechselten sie, kämmten ihr Haar, knieten vor ihrer geliebten Mutter nieder und umarmten und küssten ihre Wangen. Ravi warf sich vor Emilia nieder und küsste ihre Füße, während Ammu kniete und ihre Füße küsste. „Amma, wir lieben dich", sagten sie, bevor sie sich von Emilia und Stefan verabschiedeten.

Es regnete, als Ammu und Ravi nach Kochi zurückkehrten und Ammu in ihr Hostel in Alappuzha ging. Ravi war in seinem Büro in Kochi und überprüfte seine Post, seine schriftlichen Mitteilungen und seine Akten. Am Abend rief Ammu Ravi an, um ihm mitzuteilen, dass sie eine Nachricht von der Universität erhalten hatte, um für ein Interview für die Stelle eines Assistenzprofessors in der Abteilung für Fischerei zu erscheinen. Am Interviewtag holte Ravi Ammu am Morgen von ihrem Hostel ab und brachte sie mit dem Fahrrad zur Universität, da das Treffen gegen 10 Uhr geplant war. Ravi wartete draußen, während Ammu zum Interview hereinkam. Eine strahlende Ammu kam gegen Mittag heraus und sagte Ravi, dass sie gute Leistungen erbracht habe. Der Interviewausschuss stellte ihr viele Fragen zu ihrer Forschung an der Universität Uppsala, ihrer Feldforschung am Erken und Vatternsee, den experimentellen Fischfarmen in Kuttanad und Kuttern -den von ihr entwickelten Hybridhummern.

Nach zwei Wochen erhielt Ammu eine Mitteilung von der Universität, in der sie als Assistenzprofessorin ernannt wurde, und sie und Ravi feierten mit einem Abendessen in einem Restaurant in Alappuzha. Am nächsten Tag trat Ammu der Universität bei; ihre Lehre umfasste Theorie, Forschung und Feldforschung. Ammu und Ravi beschlossen zu heiraten und riefen Stefan Mayer an, der sein größtes Glück ausdrückte und sie einlud, Stuttgart zu besuchen, um mit Emilia zu feiern. Ravi und Ammu besuchten auch Valapattanam, um Madhavan, Kalyani, Renuka, Appukkuttan und andere zu sehen. Der landwirtschaftliche Betrieb und die Tierhaltung waren jedoch aufgegeben worden, da sich niemand um sie kümmern konnte. Madhavan war aufgrund des hohen Alters bettlägerig, und Kalyani, der sich bereits aus dem Unterricht zurückgezogen hatte, war nicht bei guter Gesundheit. Renuka und Appukkuttan waren mit Aditya und Jennifer für einen längeren Besuch nach China gereist, während Suhra und Moideen mit ihren Kindern dort in Dubai arbeiteten. Kunjiraman war der UNP beigetreten und hatte den Ort mit Sumitra und ihren Kindern verlassen. Geetha und Ravindran wanderten nach Shimoga aus, nachdem sie dort landwirtschaftliche Flächen erworben hatten. Leider war niemand verfügbar, um an Ravis Hochzeit teilzunehmen.

Ravi und Ammu besuchten ein paar Häuser in der Nähe von Kochi, damit Ammu die Universität und Ravi schnell den Obersten Gerichtshof besuchen konnten. Schließlich fanden sie einen Ort an der Kochi-Munnar-Straße, etwa fünfzehn Kilometer von der Stadt entfernt, an dem Ammu ihren Wunsch geäußert hatte, ein Zuhause für sie zu haben, als sie zum ersten Mal zusammen nach Munnar reisten. Sie mochten das Haus auf einem Zehn-Cent-Grundstück mit etwas Kokosnuss, einer Mango, zwei Jackfruchtbäumen und einem kleinen Garten. Es war ein zweistöckiges Gebäude, und im Erdgeschoss befand sich ein ziemlich großer Raum, den sie als Ravis Büro für die Rechtsberatung nutzen wollten. Es gab ein Schlafzimmer, eine Essküche und ein Wohnzimmer im Erdgeschoss. Im ersten Stock befanden sich zwei Schlafzimmer und ein Arbeitszimmer. Ammu und Ravi waren mit dem Preis des Hausbesitzers zufrieden und kauften ihn mit einem Bankdarlehen. Ammu und Ravi statteten die Wohnung mit den notwendigen Möbeln aus. Das Haus hatte Strom, Gasanschlüsse und fließendes Wasser. Mit einem Bankkredit kauften sie einen Kleinwagen für Ammu.

Ein Beamter der Gemeinde Alappuzha feierte die Hochzeit von Ammu und Ravi an einem Donnerstag gegen 10 Uhr. Nach der Unterzeichnung der Dokumente beaufsichtigte Ammu die Feldforschung ihrer Schüler, die die experimentellen Fischfarmen in Kuttanad sehen wollten. Ravi ging zum Obersten Gerichtshof. Am Abend, gegen sieben Uhr, kamen Ammu und Ravi gemeinsam nach Hause. Ammu hatte alle ihre Habseligkeiten in drei Koffern aus ihrem Hostel in ihrem Auto mitgebracht. Ravi hatte nur ein paar Kleider dabei. Sie umarmten sich und standen vor der Haustür ihres neuen Hauses. Die erste Mahlzeit, die sie zubereiteten, war ihr Abendessen, bei dem es sich um Reis- und Fischcurry handelte. Während Ammu den Reis zubereitete, kochte Ravi den Fisch mit etwas Soße. Ammu und Ravi liebten ihr Haus. Die Umgebung war sauber und friedlich. Obwohl es innerhalb der Stadtgrenzen lag, war es wie ein Dorf mit unabhängigen Villen. Für sie war es eine Freude, zusammen zu sein. Sie arbeiteten alle zusammen, reinigten das Haus, wuschen Kleidung, kochten Essen, aßen und analysierten verschiedene Ereignisse und Probleme im Land und in der Welt. Sie diskutierten Ammus Lehraufträge und Forschungsprojekte. Rechtliche Probleme, Menschenrechte, Kinderrechte, Gleichstellung der Geschlechter und Gerechtigkeit waren integraler Bestandteil ihres täglichen Dialogs. Ein tiefes Gefühl strahlte in ihnen aus, dass sie ihre Zusammengehörigkeit schätzten.

Ammu und Ravi liebten es, zusammen zu sein und sehnten sich nach der Gesellschaft des anderen. Jede Nacht schliefen sie zusammen und umarmten sich. Ravi bereitete täglich Bettkaffee für seine geliebte Ammu zu, als sie gegen vier Uhr aufstanden. Sie gingen dreiviertel Stunden lang kräftig von fünf zu Fuß, kochten jeden Morgen gemeinsam Frühstück und nahmen Lunchpakete mit zur Arbeit. Ammu und Ravi waren ganz besonders daran interessiert, um sieben zurückzukehren. Sie kauften samstags ein, und sonntags gab es Entspannung und Feiern. Ammu genoss ihren Theorieunterricht und ihre Forschung. Die Feldarbeit mit ihren Schülern war eine reiche und lohnende Erfahrung. Im Rahmen ihrer Tätigkeit begann sie, Forschungsstudenten bei ihrer Promotion zu begleiten. Sie knüpfte neue Beziehungen zu ihren Schülern und Kollegen, die ihr Wissen, ihre Fähigkeiten, ihr Engagement für den Beruf und ihre Integrität schätzten. Ammu veröffentlichte mehrere weitere Artikel in von Experten begutachteten Zeitschriften, nahm an nationalen und internationalen Seminaren und Konferenzen teil und präsentierte evidenzbasierte Papiere.

Ravi wurde ein sehr erfolgreicher Anwalt. Er teilte seine Zeit zwischen den Klienten auf und argumentierte von ganzem Herzen für ihre Fälle, und die finanziellen Erträge aus seiner Praxis waren sehr ermutigend. Er gab etwa zwei Drittel seines Einkommens für seine Public Interest Litigations (PIL) und den Kampf gegen Kinderarbeit und Kinderhandel aus. Innerhalb weniger Monate nach ihrer Heirat traf Ravi einen Vagabunden in der Nähe eines Amtsgerichts, der von der Polizei wegen Ladenbruchs und Raubüberfalls festgenommen worden war. Ravi meldete sich freiwillig, um ihn vor dem Richter rechtlich zu schützen, da er elend aussah, in zerfetzten Kleidern verhungerte und keinen Anwalt hatte, um seinen Fall zu verteidigen. Der Name der verhafteten Person war Narayanan Bhat. Ammu und Ravi halfen ihm, innerhalb weniger Tage einen Teeshop auf der Autobahn zu eröffnen.

Im ersten Jahr von Ammus Unterricht war Ann Maria Nonne in ihrer Klasse. Ammu erfuhr von Ann Maria, dass sich ihr Kloster in der Nähe von Ammus Haus befand. Ann Maria war eine kluge Studentin und sehr aktiv in der Feldforschung in Kuttanad, wo Ammu ihre experimentellen Fischfarmen hatte.

Eines Tages sah Ammu Ann Maria darauf warten, dass ein Bus zur Universität fährt. Ammu hielt das Auto an, fuhr sie mit und sagte ihr, sie sei willkommen, jeden Tag zur Universität zu fahren. Nach Abschluss ihres Studiums begann Ann Maria mit Fischzüchtern in Kuttanad an einem Projekt mit Ammu zu arbeiten.

Nach einem Jahr Ehe wollten Ammu und Ravi ihre Eltern in Stuttgart besuchen und hatten ihre Flugtickets reserviert. Aufgrund der Auflistung einiger bemerkenswerter Fälle von Kinderarbeit beim Obersten Gerichtshof konnte Ravi jedoch keinen Urlaub nehmen und musste ihre Reise nach Deutschland absagen. Als er aus dem Gericht kam, nachdem er für einen Fall argumentiert hatte, traten zwei junge Anwälte an ihn heran und baten ihn, sie als seine Junioren zu akzeptieren. Sie interessierten sich sehr für Menschenrechts- und Kinderarbeitsprobleme. Ravi hatte ein kurzes Interview mit ihnen und stellte fest, dass sie bemerkenswert klug und der Anwaltschaft und den Menschenrechten verpflichtet waren. Die jungen Anwälte waren Lisa Mathew und Abdul Khader, und bald bauten sie eine starke Beziehung zu Ravi auf. Er mochte sie und die Qualität ihrer Arbeit.

Lisa Mathew und Abdul Khader erschienen in allen von ihm eingereichten Fällen neben Ravi. Sie lernten die Nuancen der Rechtspraxis kennen, als Ravi seine Mandanten interviewte, den Inhalt entwarf, einreichte und den Fall vor Gericht argumentierte. An allen Werktagen waren Lisa Mathew und Abdul Khader von sieben Uhr morgens bis neun Uhr abends in Ravis Büro in der Nähe des Obersten Gerichtshofs anwesend. Sie aktualisierten alle Fallakten und erstellten entsprechende Auflistungen und Unterlagen. Beide reichten nach Ravis Zustimmung Gerichtsverfahren ein, und Ravi konnte ihnen in allen Aspekten der rechtlichen Verfahren für eine Anhörung oder ein Gerichtsverfahren vertrauen. Ravi vertraute Lisa Mathew und Abdul Khader einen Fall von Drogenhandel an, in dem Bhat involviert war. Sie trafen Ravi nach etwa einem Monat mit umfangreichen Daten über Drogenhandel und die Verwendung von Kindern als Kanäle. Abdul Khader verfolgte diskret drei Jugendliche, wahrscheinlich im Alter von vierzehn bis sechzehn Jahren, über zwanzig Tage mit dem Zug und Bus in verschiedene Städte, darunter Alappuzha, Kottayam, Kollam und Trivandrum. Abdul Khader erzählte Ravi, dass diese Jungen Gymnasien, Colleges, Herbergen, Restaurants und

Hotels in diesen Bezirken besuchten, um Drogen zu verkaufen, und Fotos von ihrem Umgang mit Schülern, Jugendlichen und sogar Lehrern zeigten.

"Diese Jungs haben ein umfangreiches Netzwerk aufgebaut, viel mehr, als wir uns vorgestellt haben", sagte Abdul Khader.

"Siehst du noch jemanden, der diesen Jungen als Drogenträger folgt?" Fragte Ravi.

"Ab und zu habe ich zwei junge Leute gesehen, die diesen drei Jungen diskret mit Umhängetaschen gefolgt sind, und ich nehme an, dass ihre Taschen Schmuggelware enthielten", antwortete Abdul Khader.

Er fügte hinzu, dass andere Jungen und junge Männer in den von Bhat ernannten illegalen Handel verwickelt sein könnten und eine Kette von Menschen beteiligt sein könnte. Allerdings konnte er keine Daten über Drogenhandel in den nördlichen Bezirken von Ernakulam wie Thrissur, Palakkad, Malappuram, Kozhikode, Wayanad, Kannur und Kasargod sammeln. Abdul Khader ging davon aus, dass Bhat Tamil Nadu, Karnataka und Goa in sein Drogengeschäft einbezogen haben könnte. Wahrscheinlich erhielt er das illegale Material aus Afghanistan und Pakistan über Gujarat und Punjab. Es gab Möglichkeiten, dass Bhat selbst aus Birma über Manipur Drogen bekommen würde, fügte Abdul Khader hinzu. "Aber ohne starke Beweise für die Beteiligung von Bhat werden wir nicht in der Lage sein, eine Klage gegen ihn vor dem Obersten Gerichtshof einzureichen", sagte Ravi.

»Wie sammle ich es?«, fragte Abdul Khader.

»Ich habe einige Fakten über Bhat«, sagte Lisa Mathew.

»Was sind das?« Fragte Ravi.

"Eine Person, die als N. Bhat bekannt ist, hatte vor etwa zwei Jahren einen Teeshop am Wegesrand auf der Autobahn." Nach einem Jahr kaufte er ein Restaurant in der Stadt und danach fügte er zwei weitere Restaurants hinzu. Er hat kürzlich eine politische Partei gegründet, die Bharat Premi Party (BPP), und plant, die nächsten Parlamentswahlen unter ihrem Banner anzufechten. Politische Führer anderer Parteien, Polizisten und Regierungsbeamte besuchen regelmäßig seine Restaurants. Einige gehen unter seiner Schirmherrschaft in Luxusresorts und Touristenzentren ", fügte Lisa Mathew hinzu.

»Wer ist Bhat?«, fragte Ravi und täuschte Unwissenheit vor.

„Über seine Kindheit und Jugend liegen keine Angaben vor. Es scheint, dass er seine Immatrikulation abgeschlossen hat, aber ich habe keine Details dazu. Er ist ausgiebig durch Indien gereist. Er beherrscht es, Menschen zu seinem

Vorteil zu überzeugen und kriminelle Netzwerke aufzubauen. Er hat zahlreiche fantastische Ideen, nicht um Wohlstand zu generieren, sondern um das Geld anderer zu sammeln. Ob er nach seiner Immatrikulation eine weitere formale Ausbildung hatte, ist unbekannt, einige Leute glauben, dass er auf den Autobahnen etwa zwanzig Kilometer von Kochi entfernt einen Teeshop am Wegesrand eröffnet hat, aber es gibt keine stichhaltigen Beweise. Unter dem Namen Harmony Restaurant gibt es ein Restaurant, das von einer Person aus Udupi geführt wird, die behauptet, Bhat nicht zu kennen. Das Land, etwa zwei Hektar, auf dem das Restaurant gebaut wurde, gehört der Regierung, aber der Besitzer sagt, dass es ihm gehört. Einige LKW-Fahrer sagen, dass eine Person, die als Narayanan Bhat bekannt ist, dort einen Teeladen gegründet hat, aber ich kann nicht beweisen, ob Narayanan Bhat und N. Bhat die gleichen Leute sind. Ich habe das Gefühl, dass N Bhat höchstwahrscheinlich seine Vergangenheit auslöschen wollte. Ich konnte einige Daten sammeln, und vor etwa einem Jahr gab es einige Jungen, die auf diese Weise mit Drogen hausieren gingen ", erklärte Lisa die Fakten, die sie gesammelt hatte.

Ravi hörte Lisa Mathew aufmerksam zu.

"Lisa, wir müssen beweisen, dass Narayanan Bhat tatsächlich N Bhat ist und dass er Kinder als Drogenhändler engagiert hat. Darüber hinaus engagiert er immer noch Kinder im Drogenhandel ", sagte Ravi.

"Ich werde mein Bestes geben", sagte Lisa Mathew, "aber du musst sehr vorsichtig sein. Bhat kann dir schaden, und es scheint, dass er ein hartgesottener Verbrecher ist. Er wollte einen neuen Namen, eine neue Identität establieren. Innerhalb kurzer Zeit wollte Bhat alles ändern. Er könnte ein Soziopath und ein Größenwahnsinniger sein, der bereit ist, jedes Verbrechen zu begehen. Er ist vielleicht bereit zu töten, um sein Ziel zu erreichen, was ihn nicht betrifft ", warnte Ravi Lisa Mathew und Abdul Khader. Die drei vereinbarten, sich nach zwei Wochen zu treffen, um das gleiche Thema zu besprechen. Wieder einmal sammelten Lisa Mathew und Abdul Khader Beweise über N. Bhats angebliches Drogenschieben und die Beteiligung von Kindern als Kanäle.

In der Zwischenzeit nahm Ravi ein Verfahren gegen Kinderarbeit in einer Fliesenfabrik in der Nähe von Thrissur auf. Sechzehn Kinder zwischen elf und sechzehn arbeiteten bis zu zwölf Stunden am Tag. Zusammen mit Ravi gingen Lisa Mathew und Abdul Khader zu den Kindern in der Fliesenfabrik und sprachen mit ihrem Besitzer, der drohte, sie anzugreifen. Ravi versuchte, ihn davon zu überzeugen, dass Kinderarbeit illegal sei und die Kindheit, Bildung und Zukunft der Kinder zerstörte. Ravi forderte den

Fliesenfabrikbesitzer auf, die Kinder unverzüglich mit angemessener Entschädigung freizulassen. Ravi sagte dem Besitzer auch, dass es wichtig sei, für die Bildung, das Gesundheitswesen und die geschützte Kindheit der Kinder zu sorgen. Der Besitzer der Fliesenfabrik weigerte sich, die Kinder freizulassen. Ravi sagte ihm, die einzige Möglichkeit sei, einen Rechtsstreit im öffentlichen Interesse vor dem Obersten Gerichtshof einzureichen, um die Freiheit der Kinder wiederherzustellen und eine Entschädigung für ihre verlorene Kindheit zu verlangen. Der Fabrikbesitzer warnte das Menschenrechtsteam vor schlimmen Folgen.

Lisa Mathew und Abdul Khader sammelten diskret alle relevanten Daten, und Ravi half ihnen bei der Erstellung der Fallakte für ein PIL, das gegen den Fabrikbesitzer wegen Kinderarbeit und Grausamkeit gegenüber Kindern eingereicht wurde. Ravi ermutigte Lisa Mathew, den Fall vor dem Obersten Gerichtshof zu verhandeln, ihren ersten Fall vor dem Richter. Sie präsentierte die Beweise objektiv, logisch und definitiv. Sie stützte sich auf die einschlägigen Gesetze, die Verfassung Indiens, die Allgemeine Erklärung der Menschenrechte und alle anderen entsprechenden Erklärungen der Vereinten Nationen, die Indien unterzeichnet hatte. Abdul Khader und Ravi unterstützten sie. Lisa Mathew konnte Argumente gegen den Anwalt des Fabrikbesitzers überzeugend entgegnen und die vom Gericht aufgeworfenen Fragen zu seiner vollsten Zufriedenheit beantworten. Das Gericht verkündete sein Urteil und entließ alle sechzehn Kinder aus der Fliesenfabrik mit angemessener Entschädigung durch den Fabrikbesitzer. Lisa Mathew, Abdul Khader und Ravi freuten sich über den Erfolg des Falles. Nach Rücksprache mit Ammu lud Ravi Lisa und Abdul am Wochenende zum Abendessen bei sich ein, um das positive Urteil und den zweiten Jahrestag der Zusammenarbeit von Lisa und Abdul mit Ravi zu feiern.

Ammu und Ravi kochten das Abendessen, und die *Hauptgerichte* waren Vellayappam, Hammelcurry, Hühnerbiryani, Quark, Stachelbeergurke, Gemüsesalat und *Payasam*. Lisa Mathew und Abdul Khader kamen gegen sieben Uhr abends an. Zum ersten Mal traf Ammu sie, und sie klickten sofort. Sie diskutierten Literatur, Filme, Schachspieler und Tennisspielerinnen am Tisch. Lisa Mathews Lieblingsfilme waren *Alien* und *Moonraker*. Abdul Khader sagte, er mochte *Mad Max*, während Ammu *Apocalypse* bevorzugte. Ravi hörte eifrig zu, gestand aber, dass er kein Filmbeobachter war, obwohl er Filmsongs liebte.

Ravi erzählte ihnen, dass er Romane liebte, und seine besten Bücher waren *Der Name der Rose* und *Mitternachts Kinder*. „Natürlich liebe ich alle Bücher von Hermann Hesse", fügte Ravi lächelnd hinzu. Ammu lächelte. "Warum lächelst du?" Fragte Abdul Khader. „Herman Hesse ist der Lieblingsautor seiner Mutter", sagte Ammu. »Ich liebe Siddhartha, Gertrud, *Narziss und* Goldmund«, fügte Ammu hinzu. »Ich habe keine Bücher von Hermann Hesse gelesen«, sagte Lisa. "Aber mein Lieblingsautor ist Ernest 'Hemingway, und ich liebe seine Fiktion, *The Old Man and the* Sea, *For Whom the Bell* Tolls, und *A Farewell to the* Arms. Hemingway ist einer der größten Schriftsteller. Ich habe es genossen, sein Meisterwerk *The Snows of* Kilimanjaro zu lesen, eine exquisit geschriebene autobiografische Novelle. Es ist eine elegante Interpretation einer Frau-Mann-Beziehung und der Konflikte, die daraus entstehen könnten ", erklärte Lisa Mathew. Ammu genoss die Worte von Lisa. »Lisa, du sprichst schön gut«, antwortete Ammu. »Danke, Ma 'am«, antwortete Lisa. "Für mich ist der beste Roman 'Randidangazhi, Two Measures of Rice' von Thakazi, dem größten malaiischen Schriftsteller", sagte Abdul Khader. »Ich liebe Thakazis Arbeit«, sagte Ravi. "Ich hatte mindestens zweimal Chemmeen und Thottiyude *Makan gelesen,* als ich in der Schule war", fügte Ravi hinzu. „Letzte Woche habe ich *Der Schlüssel zu* Rebecca gelesen. Es ist ein großartiger Roman, und ich habe es genossen ", sagte Abdul Khader.

Ammu servierte *allen* payasam, und sie alle genossen es. "Spielst du Tennis?" Fragte Ammu Lisa Mathew und Abdul Khader. »Nein, Ma 'am. Aber ich schaue es mir gerne an. Ich liebe die Spiele von Martina Navratilova, Chris Evert und Steffi Graf ", sagte Abdul Khader. "Sie sind in der Tat großartige Spieler; Ich liebe ihr Spiel. Ich liebe auch Billie Jean King und Evonne Goolagong ", sagte Ravi. "Ravi war ein guter Eishockeyspieler in der Sekundarstufe II und spielte zweimal bei den National Games", sagte Ammu zu Lisa und Abdul Khader. "Oh, das ist großartig", sagte Abdul Khader. "Hockey ist ein großartiges Spiel, das von den Briten erfunden und den Indianern beigebracht wurde, und wir haben es lange Zeit gut gespielt", kommentierte Lisa Mathew. »Das stimmt«, sagte Ravi. Nach dem Abendessen saßen sie im Zimmer und Ravi servierte ihnen heißen Kaffee. „Kaffee ist Ravis Favorit. Er bereitet unseren Bettkaffee jeden Tag gegen vier Uhr morgens zu, und ich genieße ihn gründlich ", sagte Ammu. »Du hast so ein Glück«, kommentierte Abdul Khader. "Ich habe so viel Glück. Ammu bin ich ", sagte Ravi.

Lisa sah Ammu und Ravi an und sagte: "Es ist ein ontologisches Argument von Anselm, das andere in dir zu sehen."

„Ontologie ist ein Mythos, aber ich liebe es, andere in mir zu sehen", sagte Abdul Khader. „Ich halte Ontologie für ein bedeutungsloses philosophisches System. Aber ich schätze alles, was mit Gerechtigkeit zu tun hat. Denn wenn ich mich in anderen sehe, respektiere ich ihre Würde und Rechte, und ein solches Argument hat einen menschlichen Wert ", erklärte Lisa Mathew.

"Wir brauchen keine Vorstellung von Gott, um menschliche Anliegen, Werte und Menschenrechte zu erklären", sagte Abdul Khader.

"Ich stimme dir zu. Wir sind nicht Sisyphus, der Gründer und König von Korinth, der von den Göttern zu einer Ewigkeit verurteilt wurde, in der er einen Felsbrocken bergauf rollt, zuschaut, wie er wieder herunterrollt, und die gleiche Aufgabe für alle Ewigkeit wiederholt. Jetzt sind wir den Göttern überlegen und können sie dazu verurteilen, für immer in der Hölle zu leiden." Lisa Mathew war energisch.

"Sicher, wir sind wie Prometheus, der Titan, der der Sohn von Iapetus und Themis und ein großer Held der Menschen war, als er Zeus, dem mächtigen Gott, das Feuer stahl", erklärte Abdul Khader.

„Kein Gott kann Menschen besiegen, weil alle Götter tote Menschen sind", argumentierte Lisa Mathew.

"Das ist eine bedeutende Aussage", sagte Abdul Khader.

"Es stimmt, wenn ich mich in anderen sehe, werde ich ihnen niemals Gerechtigkeit vorenthalten", kommentierte Ammu.

"Wenn ich anderen erlaube, das zu genießen, was ich genieße, kommt Gerechtigkeit von dort", sagte Ravi.

Dann lachten alle. „Dieser Kaffee ist köstlich", kommentierte Abdul Khader. »Sicher«, sagte Lisa Mathew. Jetzt war es Zeit für Abdul Khader und Lisa Mathew zu gehen. »Danke, Ma 'am, und danke, Sir, dass Sie uns eingeladen haben«, sagte Abdul Khader. "Wir haben das Abendessen sehr genossen", sagte Lisa Mathew. „Wir hätten gerne noch viele solche Abende mit dir hier", sagte Ravi. Es war gegen zehn Uhr, und die Straßenlaternen brannten hell. Lisa Mathew startete ihren Roller, während Abdul Khader sein Fahrrad hatte. Ammu und Ravi wuschen die Teller und anderes Geschirr, putzten die Küche und den Speisesaal und gingen dann um elf Uhr schlafen. Morgens klingelte das Telefon, und Ravi hob es auf. Es war Stefan Mayer. »Ravi«, rief er mit nüchterner Stimme. »Ja, Papa«, antwortete Ravi. "Ravi, deine Amma ist nicht mehr. Emilia ist vor fünf Minuten abgelaufen." "Papa, meine Mutter. Ich liebe sie. Papa, wir kommen «, sagte Ravi schluchzend. Ammu war bereits aufgestanden, und Ravi erzählte ihr die traurige Nachricht. Ammu umarmte Ravi, um ihn zu trösten.

Gegen dreißig Uhr morgens flogen Ravi und Ammu von Kochi nach Frankfurt, dann wieder nach Stuttgart. Eine kleine Menschenmenge war vor dem Haus der Mayers und ein paar Polizisten. Ravi und Ammu waren überrascht, sie zu sehen.

„Ich bin Ravi Stefan Mayer, Sohn von Emilia und Stefan Mayer, und das ist meine Frau Ammu", sagte Ravi, als sie sich dem Polizisten vorstellten.

„Herr Ravi Mayer, ich muss Ihnen leider mitteilen, dass Ihre Eltern verstorben sind. Unmittelbar nach dem Tod deiner Mutter erschoss sich dein Vater. Hier ist eine Notiz, die Herr Stefan Mayer für Sie und Ihre Frau Ammu geschrieben hat. Wir haben die Obduktion gemacht, und alle Papiere, einschließlich der Sterbeurkunden, sind fertig. Der Staat wird sich um die Einäscherung kümmern ", sagte der Polizist und übergab die handschriftliche Notiz in deutscher Sprache an Ammu und Ravi Mayer.

Liebe Ammu und Ravi,

Ich bedauere, Ihnen mitteilen zu müssen, dass Ihre Amma verstorben ist. Mein Lebensziel war es, glücklich mit Emilia zu leben, und ich habe es jetzt erreicht. Es hat keinen Sinn, ohne meine Emilia zu leben. Bitte verzeihen Sie mir, dass ich Ihnen beiden Schmerzen und der Öffentlichkeit Unannehmlichkeiten bereitet habe. Der Staat wird die Einäscherung nach dem Gesetz durchführen, und Sie können die Urnen mit der Asche auf einem öffentlichen Friedhof ohne Grabstein begraben. Der Wille ist im Bankschließfach und du kannst tun, was du willst. Ich liebe dich, meine Ammu und Ravi.

Papa, Stefan Mayer.

Ammu und Ravi gingen hinein. Die Leichen von Emilia und *Stefan* Mayer waren da. *Stefan* und Ammu küssten die Stirn ihrer Eltern und dann ihre Füße vor der Einäscherung. Etwa zehn Personen waren dabei, darunter Mia und Alex Schmidt. Am nächsten Tag sammelten Ravi und Ammu die Asche in zwei Gefäßen und begruben sie im selben Grab auf einem öffentlichen Friedhof ohne Grabstein. Dann weinten Ravi und Ammu und küssten das Grab, bevor sie gingen. Auf dem Friedhof waren zwei Gemeindebeamte anwesend. Nach drei Tagen gingen Ammu und Ravi zur Bank, um das Testament abzuholen. Es gab zwei Testamente; *Stefan* Mayer hatte den ersten in Ammus und Ravis Namen für einundvierzig Millionen DM hingerichtet. Emilia *Stefan* vollendete den zweiten in Ammus und Ravis Namen für neunundvierzig Millionen Deutsche Mark. Ammu und Ravi diskutierten, was sie mit dem Geld für die nächsten zwei Tage machen sollten und beschlossen, keines anzunehmen. Ammu und Ravi dachten, der gesamte Betrag müsse an die Menschen der Welt gehen, wo immer bedürftige Menschen existierten. Sie diskutierten, wie das Geld am besten für das Wohlergehen der Menschen verwendet werden kann, und beschlossen schließlich, zwei Stiftungen zu gründen, indem sie sie im Namen ihrer Eltern schenkten. Dementsprechend war die erste eine Stiftung, die nach ihrem Vater benannt wurde -*Stefan Mayer*

Stiftung für verlassene Kinder. Die andere Stiftung wurde nach ihrer Mutter benannt - Emilia *Stefan* Mayer Stiftung für verlassene Frauen.

Mit Hilfe deutscher Rechtsexperten machten Ammu und Ravi zwei separate Memoranden *für* die vorgeschlagenen Stiftungen. Oberstes Ziel der *Stefan Mayer Stiftung* war es, verlassene Kinder in entsprechenden Wohneinrichtungen zu betreuen. Ebenso wichtig war es, sie mit Liebe, Nahrung, Kleidung, Bildung und Gesundheitsfürsorge zu versorgen. Die *Emilia Stefan Mayer Stiftung für verlassene Frauen* stellte Wohneinrichtungen *für* Frauen mit sozialem, psychologischem und emotionalem Wohlbefinden zur Verfügung, um ein würdevolles Leben zu führen. Beide Memoranden wurden nach den einschlägigen Gesetzen registriert. Ammu und Ravi haben die deutsche Regierung uneingeschränkt ermächtigt, die notwendigen Mittel aus den jedes Jahr angefallenen Zinsen an NGOs aus Entwicklungsländern freizugeben, nachdem sie ihre Referenzen wie Integrität und Ehrlichkeit überprüft hatten. Die NRO mussten der Regierung einen jährlichen geprüften Jahresabschluss vorlegen, der von einem Wirtschaftsprüfer erstellt und unterzeichnet wurde, zusammen mit einem Bericht über die geleistete Arbeit. Eine jährliche Inspektion der NRO, die von den Sponsoren finanziell unterstützt wurde, war ebenfalls obligatorisch. Ammu und Ravi nannten ihre Namen in keiner Position auf den Fundamenten.

Bevor sie nach Indien aufbrachen, besuchten Ammu und Ravi den Friedhof und legten Rosen auf die Gräber ihrer Eltern. Dann küssten sie die Erde und verabschiedeten sich von Emilia und Stefan. Am sechzehnten Tag ihrer Abreise aus Kerala kehrten sie nach Kochi zurück. Ammu ging zur Universität und Ravi zum Obersten Gerichtshof. Abdul Khader wartete darauf, Ravi im Büro zu treffen, und er erzählte Ravi, dass Lisa Mathew eine Woche vor seiner Ankunft einen Unfall hatte. Der Unfall war nicht schwerwiegend, und das Krankenhaus entließ Lisa nach zwei Tagen. Ravi erkundigte sich, wie sich der Unfall ereignet hatte. Abdul Khader erzählte ihm, dass ein Van ihren Roller von hinten am Stadtrand traf, als sie gegen neun Uhr das Büro verließ. Nach dem Unfall raste der Lieferwagen weg, ohne eine Weile anzuhalten. Lisa fiel in einen Graben voller Matsch, entkam aber schweren Verletzungen, indem sie einen Helm trug.

Zusammen mit Abdul Khader besuchte Ravi Lisa Mathew in ihrer Residenz, etwa zwanzig Kilometer von der Stadt entfernt. Lisas Eltern waren zu Hause, und mit Hilfe eines Streuners konnte Lisa herauskommen und Ravi und Abdul begrüßen. „Hallo Lisa; schön dich kennenzulernen. Aber Gott sei Dank geht es dir gut«, sagte Ravi, während sie sie begrüßte. „Der Unfall hat mich überrascht. Der Lieferwagen kam von hinten und traf mein Zweirad, hielt aber nicht sofort an. Aber hundert Meter weiter blieb es zwei Minuten lang stehen. Das hat mich verblüfft «, sagte Lisa. „In einer normalen Situation hätte das Fahrzeug sofort anhalten sollen, aber das ist nicht passiert", reagierte Ravi. "Es könnte ein Unfall gewesen sein; ich versuche es zu glauben. Der Fahrer des Fahrzeugs könnte betrunken gewesen sein ", sagte Lisa Mathew. „Es war ein einsamer Ort, und es war schön, dass das Fahrzeug nicht sofort angehalten hat und der Fahrer davongefahren ist. Es hätten andere Leute im Van sein können ", sagte Abdul Khader. Lisa und Ravi sahen Abdul an, und es herrschte eine lange Stille. "Ich fiel in einen Graben, der Dreck hatte, und der Fahrer konnte mich von seinem Van aus nicht sehen, wahrscheinlich hat er mir geholfen. Wenn ich auf den Bürgersteig gefallen wäre und der Fahrer sein Fahrzeug sofort angehalten hätte ", sagte Lisa und sah Ravi und Abdul an. »Es kann kein Unfall sein«, sagte Abdul Khader. »Warum?« Fragte Ravi. „Das Fahrzeug hielt etwa hundert Meter vor uns an. Der Fahrer verifizierte, was mit dem Opfer geschehen war. Da er das Opfer nicht sehen konnte, hätte er vielleicht gedacht, dass es nicht nötig sei, an die Unfallstelle zurückzukehren und das Schicksal des Opfers zu überprüfen ", analysierte Abdul Khader. „Als ich meinen Kopf leicht anhob, konnte ich den stehenden Van ein wenig weiter sehen. Also stand ich nicht auf, blieb wie tot im Sumpf und stand erst auf, nachdem der Van weg war. Der Roller fiel in den Graben, so dass die Leute im Van ihn nicht sehen konnten ", sagte Lisa.

Ravi schwieg; er dachte nach. Lisa zu treffen und ihr zuzuhören, wie sie über den Unfall sprach, schockierte ihn. Die Art des Knalls und die folgenden Ereignisse, auch wenn es sich nicht um ein vorsätzliches Verbrechen handelte, hatten Ravi in Schock versetzt, und er diskutierte es mit Ammu. „Es klingt nach einem geplanten Unfall. Lisa muss während der Fahrt oder auf Reisen aufpassen. Ich habe das Gefühl, dass es gefährlich sein könnte, alleine auf der Autobahn zu fahren, selbst für eine kurze Strecke nach sieben Uhr abends. Lisa muss um sieben Uhr abends nach Hause zurückkehren, und sie sollte die öffentlichen Verkehrsmittel statt eines Fahrrads benutzen ", schlug Ammu vor. Ravi bat Lisa, um sieben Uhr abends mit öffentlichen Verkehrsmitteln für einige Zeit nach Hause zurückzukehren und bat Abdul Khader, sie mitzunehmen, wann immer sie zusammen gingen, um Beweise für einen Fall zu erhalten. Wieder einmal wurde Lisa Mathew aktiv und fröhlich. Sie ritt mit Abdul Khader, um Daten über Kinderarbeit und Kinderhandel zu sammeln, und Ravi gab ihnen viel mehr Möglichkeiten, Fälle vor Gericht zu bringen. Sie argumentierten energisch und überzeugend über die rechtlichen Aspekte und überzeugten den Richter von der Rechtmäßigkeit der von ihnen behandelten Fragen. Lisa Mathew, Abdul Khader und Ravi entdeckten viele weitere Vorfälle von Kinderarbeit in verschiedenen Teilen Keralas, und sie reisten ausgiebig zusammen, um die notwendigen Informationen und Beweise zu sammeln. Ihre PILs waren sehr erfolgreich und wurden unter der juristischen Bruderschaft bekannt.

Lisa und Abdul überlegten, einen Verein für von Kinderarbeit befreite Kinder zu gründen, um eine angemessene häusliche Betreuung, Bildung, Gesundheitseinrichtungen und Freizeitmöglichkeiten zu gewährleisten. Sie diskutierten die Angelegenheit mit Ravi, der es für eine gute Idee hielt und vorschlug, dass der Verein in der Anfangsphase nur Kinder umfassen sollte, die vom Gericht durch die von ihnen allein eingereichte PIL befreit wurden. Innerhalb von drei Monaten konnten Lisa und Abdul Khader die Namen von einhundertsiebenundachtzig Kindern in ihre Vereinigung aufnehmen. An einem Wochenende organisierten sie ein Beisammensein für alle Kinder im Rathaus, an dem einhundertsechsundzwanzig Kinder teilnahmen. Es gab verschiedene Kulturprogramme und ein von Ravi und Ammu gesponsertes Mittagessen. Die meisten Kinder genossen die Veranstaltung sehr, und Ravi, Ammu, Lisa und Abdul sprachen mit allen Kindern, bevor sie sie in ihre Wohneinrichtungen zurückbrachten.

Ammu und Ravi feierten ihren fünften Hochzeitstag mit einem einwöchigen Ausflug mit dem Auto nach Kovalam und Kanyakumari, wobei Ammu fuhr. Es war ihr erster Urlaub seit ihrer Hochzeit. Sie passierten Kottayam, Changanassery, Kollam und Trivandrum, die Hauptstadt des alten Travancore-Königreichs, das atemberaubend schön war. "Es war als Padmanabhapuram bekannt und war die Hauptstadt der königlichen Familie von Travancore, die im Jahr fünfzehnhundert gegründet wurde", sagte Ravi. „Die Travancore Royals waren englischstämmig und sehr progressiv. Deshalb wurde Kerala zu einem der am weitesten entwickelten Staaten Indiens, mit fast hundertprozentiger Alphabetisierung und einem Gesundheitssystem, das so gut ist wie die Schweiz, Österreich, Norwegen und Schweden ", kommentierte Ammu. Ammu und Ravi schwammen zusammen am Strand von Kovalam und fuhren mit einem Boot an der Kreuzung des Arabischen Meeres, des Indischen Ozeans und der Bucht von Bengalen in Kanyakumari. Sie besuchten auch den Padmanabha Swami Tempel in Trivandrum und waren erstaunt über die exquisiten Schnitzereien an den Tempelwänden.

Ammu und Ravi fühlten sich verjüngt, als sie zurückkehrten und ihren Alltag wieder aufnahmen. Innerhalb eines Monats bemerkte Ammu, dass ihre Brüste leicht zart und geschwollen geworden waren und leichte Müdigkeit erlebten. Sie hatte auch Krämpfe in ihren Beinen und Händen und fühlte sich übel, als sie aufwachte. Ammu sagte Ravi, dass sie den Bettkaffee nicht trinken könne, da er ihr das Gefühl gab, sich zu übergeben. Vor dem Frühstück hatte sie Kopfschmerzen, Verstopfung und

Stimmungsschwankungen. Ravi entdeckte, dass Ammus Blutdruck leicht gesunken war und ihr Blutzucker ebenfalls niedrig war, als er ihn maß. Ammu fühlte sich leicht schwindelig; ihre Körpertemperatur stieg an und sie vermutete, dass sie schwanger sein könnte. Als Ravi erkannte, dass es an der Zeit war, einen Gynäkologen zu konsultieren, vereinbarte sie sofort einen Termin für neun Uhr morgens. Ammu und Ravi kamen zehn Minuten vor der geplanten Zeit in der Klinik an. Nach der ersten Untersuchung informierte der Gynäkologe Ravi mit strahlendem Lächeln, dass er Vater werden würde. Ravi war überglücklich, und er umarmte und küsste Ammu wiederholt, unfähig, seinen Ohren zu trauen.

Die Schwangerschaft von Ammu war eine fantastische Erfahrung für Ravi, da sich im Körper seiner Geliebten ein neues Leben entwickelte. „Die Schwangerschaft ist eine neunmonatige Reise." Ravi stellte sich vor, wie Ammu ovulierte, ihre Eierstöcke ein Ei freisetzten, die Eizelle mit seinem Sperma befruchtete und sofort das Geschlecht des Babys bestimmte. Ammu sagte ihm, dass es drei bis vier Tage dauerte, bis sich der Embryo in die Gebärmutterschleimhaut bewegte und sich in die Gebärmutterwand implantierte. "Das Baby wächst dort", streichelte Ravi aufgeregt Ammus Bauch. An diesem Tag nahm Ammu einen beiläufigen Urlaub, den ersten, den sie in ihrer fünfjährigen Universitätskarriere nahm. Ebenso blieb Ravi bei Ammu; er verwandelte sich in ihre Mutter, Schwester und Ärztin. Am nächsten Tag ging Ammu zur Universität, und Ravi ging vor Gericht, aber sein Geist war voller Ammu. Anfangs brachte Ravi Ammu alle fünfzehn Tage zum Gynäkologen. Er erlaubte Ammu in den ersten drei Monaten keine Hausarbeit, was kritisch war. Ravi fuhr sie jeden Morgen zur Universität und holte sie ab, als sie vom Hof zurückkehrte. Ravi fand es faszinierend, mehr Zeit mit Ammu zu verbringen, und er hörte ihr zu, als würde sie zum ersten Mal mit ihm sprechen. „Jetzt ist Ihr Baby etwa sieben bis zehn Zentimeter lang und wiegt etwa achtundzwanzig Gramm", sagte die Gynäkologin, als Ammu und Ravi sie im dritten Schwangerschaftsmonat besuchten.

Ammu erzählte Ravi, dass ihr Baby am Ende von vier Monaten immer aktiver wurde und sie leichte Bewegungen spüren konnte. Jeden Tag beugte sich Ravi zur Gebärmutter und hielt seine Ohren nahe am Bauch, um das Baby zu fühlen, und er spielte leise Musik, damit das Baby aufwachsen und dem Klang der Musik lauschen konnte. Er ermutigte Ammu, mit dem Baby zu sprechen, um die Stimme der Mutter zu erkennen. So wuchs das Baby im Mutterleib von Ammu, und Ravi wuchs als Vater heran und umarmte Ammu. Ammu fühlte sich während ihrer sechsmonatigen Schwangerschaft extrem glücklich, energisch und aktiv. Sie und Ravi besuchten am Wochenende verschiedene Orte mit dem Auto und konnten am Abend zurückkehren. Sie aß gerne auswärts und genoss Fischzubereitungen. Zu dieser Zeit war die kommerzielle Produktion *von* Kuttern in Kochi verfügbar, und sie kaufte es und lagerte es eine Woche lang in ihrem Kühlschrank. Ammu und Ravi luden Lisa Mathew und Abdul Khader oft zum Wochenendessen ein und bereiteten Kuttern im schwedischen Stil zu; sie alle genossen es. Lisa und Abdul luden sie zum Mittag- oder Abendessen bei sich ein. Der Besuch war eine angenehme Erfahrung für Ammu und Ravi, da sie immer einen sehr aktiven und aufregenden Austausch über verschiedene Ereignisse und Ideen hatten.

Im neunten Monat bat die Gynäkologin Ammu, sich von ihrer Lehrtätigkeit an der Universität zu verabschieden. Gelegentlich rief Ravi Ammu vom Gericht an, um ihre Stimme zu hören. Eines Sonntagmorgens, als Ravi zu Hause war, erlebte Ammu geringere Rückenschmerzen und leichte Kontraktionen, die zunehmend stärker und häufiger wurden. Die Anzeichen der Entbindung begannen drei Tage vor dem erwarteten Fälligkeitsdatum des Gynäkologen, was Ravi dazu veranlasste, Ammu zum Entbindungsheim zu bringen. Der Arzt verlegte Ammu dann in den Arbeitsraum, wo Ravi bei ihr bleiben durfte, nachdem er seinen Wunsch geäußert hatte, anwesend zu sein. Die Geburt war Standard, und Ravi war Zeuge, wie das Baby geboren wurde. Der Arzt nahm den Kopf des Babys in die Hände, zog ihn vorsichtig heraus und schnitt die Nabelschnur mit einer Schere ab.

Plötzlich weinte das Baby. »Unser Baby…«, murmelte Ammu. »Unser Baby!« Wiederholte Ravi. Ravi setzte sich und küsste Ammus Stirn. »Ammu!«, rief er. »Unser Baby!«, sagte er noch einmal. Die Krankenschwester reinigte das Baby und übergab es Ammu. »Es ist ein Junge«, sagte sie. Ammu sah Ravi an und berührte sanft den Kopf des Babys. »Du darfst das Baby stillen«, sagte der Arzt zu Ammu, und sie tat es. Ravi fragte den Arzt, ob er das Baby halten könne, und der Arzt legte ein weiches, weißes Tuch in seine Hand und legte das Baby darauf. »Unser Baby!« Sagte Ravi laut. Ammu blieb drei Tage im Entbindungsheim. Lisa und Abdul Khader besuchten Ammu und das Baby am letzten Tag. Sie halfen Ravi, sowohl die Mutter als auch das Baby in ihren Wohnsitz zu verlegen. Ammu und Ravi nannten ihren Sohn Tejas.

Lisa Mathew und Abdul Khader sammelten weitere Informationen über den Drogenhandel in Kochi, insbesondere über Kinder, Jugendliche und Jugendliche, die am Drogenhandel beteiligt waren. Sie erhielten Informationen über neunundzwanzig Kinder und Jugendliche, die direkt am Drogenhandel beteiligt waren. Nach den gesammelten Beweisen waren neun dieser Kinder entweder Waisenkinder oder aus anderen Staaten und hatten die Schule abgebrochen. Lisa und Abdul erhielten diskrete Daten von der Teestube am Wegesrand, die später als *Harmony Restaurant* bekannt wurde, wo sie entdeckten, dass drei Kinder von LKW-Fahrern gehandelt wurden, die oft das Restaurant besuchten. Aber Lisa und Abdul Khader konnten den Besitz des Restaurants nicht überprüfen, obwohl sie vermuteten, dass Bhat es indirekt besaß. Es wurde festgestellt, dass einige Schulkinder und College-Jugendliche, die am Drogenhandel beteiligt waren, an Bhats Restaurants in der Stadt beteiligt waren, aber sie wussten nicht, wer der Dreh- und Angelpunkt des Drogenhandels war. Da sie nicht über ausreichende Beweise verfügten, um eine PIL einzureichen, beschlossen Lisa Mathew, Abdul Khader und Ravi, sich mit Inspektor Antony D'Souza auf der Polizeistation zu treffen, um die Angelegenheit vertraulich zu besprechen und weitere Informationen zu sammeln. Antony D'Souza, der Inspektor der Polizei, und Ravi sagten ihnen, sie sollten mit D'Souza sprechen. Antony D'Souza sagte, da Bhat eine aktive und einflussreiche Person sei, würde er sich nicht mit dem Fall befassen. Also schlug er Lisa Mathew und Abdul Khader vor, sich an den stellvertretenden Superintendenten der Polizei (Dy SP) zu wenden. Antony D'Souza versprach, die Angelegenheit vertraulich zu behandeln und niemals ihre Namen an Dritte weiterzugeben.

Am nächsten Tag, ohne Ravi zu kontaktieren, der Tejas und Ammu zum Kinderarzt gebracht hatte, vereinbarten Lisa und Abdul einen Termin mit dem Dy SP. Er gewährte ihnen zehn Minuten, um ihn gegen neun Uhr morgens in seinem Büro zu treffen. Der rund 45-jährige Dy SP, Ahmed Kunj, hörte ihnen zwei Minuten lang zu und sagte ihnen, dass Drogenhandel eine schwere Straftat sei. Sie hätten sich direkt an ihn wenden sollen, ohne den Polizeiinspektor Antony D'Souza zu kontaktieren. Der Dy SP versprach, sofort geeignete Maßnahmen zu ergreifen, sobald wesentliche Beweise gesammelt wurden, indem Bhat in Gewahrsam genommen wurde. Ahmed Kunj wies Lisa und Abdul strikt an, die Angelegenheit niemandem, auch nicht dem Polizeiinspektor Antony D'Souza, zu offenbaren, da ihr Leben in Gefahr wäre.

Nach zwei Tagen rief Abdul Khader Ravi am frühen Morgen an, um ihm mitzuteilen, dass Lisa Mathew am Vorabend nicht nach Hause zurückgekehrt war und dass ihre Eltern besorgt waren. Ravi bat Abdul Khader, sofort zu ihm zu kommen. Innerhalb kurzer Zeit gingen beide zu Lisas Haus. Ihre Eltern, Lehrer im Ruhestand, waren in Qualen und äußerten tiefe Angst über das Verschwinden ihrer Tochter. Lisas Eltern hatten nur zwei Töchter; die Ältere war bereits verheiratet und arbeitete in Bangalore als Ärztin. Ravi brachte Lisas Eltern zur Polizeistation und meldete an, dass ihre Tochter seit dem Vorabend vermisst wurde, da sie nicht vom Gericht zurückgekehrt war. Ravi schrieb an die Polizei, dass Lisa bis sechs Uhr abends zusammen mit ihm und Abdul Khader in seinem Gerichtsbüro war und normalerweise einen

Bus vom nahe gelegenen Busbahnhof nahm. Die Polizei versprach Lisas Eltern, alle mögliche Hilfe zu leisten, um ihre vermisste Tochter zu finden.

In den nächsten zwei Tagen passierte nichts. Lisas Eltern hatten Angst. Ravi, Ammu und Abdul suchten überall und informierten alle Zeitungen über die vermisste Person. Am vierten Morgen fand jemand, der mit seinem Hund spazieren ging, die Leiche einer Frau am Flussufer von Periyar. Lisas Eltern erkannten die Leiche als die ihrer Tochter. Es dauerte zwei Tage, bis die Autopsie abgeschlossen war, und die Leiche wurde am nächsten Nachmittag an die Eltern übergeben. Sie fanden Lisas Intimbereich verstümmelt und ihre Brustwarzen abgetrennt. Am ganzen Körper gab es schwarze Flecken, und die Polizei registrierte einen Fall von Entführung, Vergewaltigung, Körperverletzung, Verstümmelung von Körperteilen und Mord an einem unbekannten Kriminellen. Der Dy SP, Ahmed Kunj, kümmerte sich direkt um den Fall, und er tröstete Lisas Eltern und sagte, er würde den Verbrecher innerhalb von ein oder zwei Tagen verhaften.

Die Gemeindemitglieder begruben Lisa am selben Abend auf dem Friedhof der Orthodoxen Kirche, und ihre Eltern weinten bitterlich. Ihre ältere Tochter brachte sie ins Krankenhaus, weil sie das Bewusstsein verloren hatten. Ravi und Abdul begleiteten sie ins Krankenhaus. Eine große Menschenmenge nahm an der Beerdigung teil und ging später zur Polizeistation, um gegen die Nachlässigkeit der Polizei bei der Bearbeitung des Falls zu protestieren. Sie forderten, dass Dy SP Ahmed Kunj von seinem Posten zurücktritt, weil er die Opfer von Entführung, Vergewaltigung und Mord nicht schützt. Gegen Mitternacht am selben Tag durchsuchte die Polizei Abdul Khaders Haus in der Nähe von Fort Kochi und verhaftete ihn wegen Mordes an Lisa Mathew. Am nächsten Tag besuchte der Dy SP, Ahmed Kunju, Ravis Büro im Gericht, fragte ihn nach Details über Abdul Khader und informierte ihn, dass Abdul Khader verhaftet wurde. Ravi war überrascht, dies zu hören, und verlegte sofort das Gericht, um Abdul Khadar freizulassen. Das Gericht wies das Plädoyer jedoch zurück, da die Polizei das Gericht darüber informierte, dass es stichhaltige Beweise gegen Abdul Khader gab, dass er Lisa Mathew entführt hatte, bevor er sie vergewaltigte und ermordete. Das Gericht legte Abdul Khadar für sieben Tage in Polizeigewahrsam. Ravi und Ammu glaubten, dass die Polizei Abdul reingelegt hatte und dass jemand Mächtiges hinter Lisas Ermordung und Abdul Khaders Verhaftung steckte.

Ravi ging zur Polizeistation, aber der Beamte weigerte sich, Abdul Khader zu treffen. Ravi konnte den quälend lauten Schrei von jemandem im Gefängnis der Polizeistation hören. Es war ein herzzerreißendes Geräusch, der Schrei eines jungen Mannes, der viele Stunden andauerte. Obwohl der Schrei Ravis

Herz durchbohrte, konnte er nichts tun. Ravi empfand die Ereignisse als schrecklich und zwang ihn, die Niederlage vor einer brutalen Gewalt zu akzeptieren, die von Ahmed Kunj, dem Dy SP, verfasst und wahrscheinlich von N. Bhat entworfen wurde. Das Jammern von Abdul Khader zerstörte Ravis Würde und den Glauben an die Menschlichkeit, und zumindest für ein paar Minuten zweifelte er an der Fairness des Gerichts. Als Ravi nach Hause kam, konnte Ammu Tränen in seinen Augen sehen, und sie hatte Schwierigkeiten, ihn zu trösten. Am achten Tag brachte die Polizei Abdul Khader vor Gericht. Ravi erkannte, dass Abdul Khader nicht gehen konnte, ohne einen Korb zu halten. Sein Gesicht hatte blaue Flecken, seine Augen waren geschwärzt, und er wirkte psychisch brutalisiert und emotional zerschlagen. Die Staatsanwaltschaft argumentierte, dass Abdul Khader illegale Verbindungen zu kaschmirischen Terroristen hatte, weil er ein islamischer Fundamentalist war. Es gab Hinweise darauf, dass eine Gruppe von Menschen an der Entführung, Vergewaltigung und dem Mord beteiligt war, und wenn er freigelassen werden sollte, gab es jede Chance, die Beweise zu vernichten, da er ein praktizierender Anwalt war.

Vor dem Richter produzierte die Polizei Fotos von Lisa Mathew, die einen Sozius auf Abdul Khaders Fahrrad fuhr. Fünf Zeugen hatten das Opfer mit Abdul Khader am Vorabend in einem Restaurant am Vembanadsee gesehen. Das Gericht weigerte sich, Ravis Argumente zu berücksichtigen, dass Abdul Khader an der Entführung, Vergewaltigung und Ermordung von Lisa Mathew nicht beteiligt war. Über den Staatsanwalt Ahmed Kunj informierte der Dy SP das Gericht, dass eine Gruppe von Pakistanern, die die kaschmirischen Terroristen unterstützten, in Kerala eingedrungen war und in der vergangenen Nacht den Polizeiinspektor Antony D'Souza bei einer Begegnung getötet hatte. Es war also gefährlich, Abdul Khader freizulassen. Das Gericht schickte Abdul Khader als Untergericht ohne Kaution in eine abgelegene unabhängige Zelle abseits von anderen Gefangenen ins Gefängnis. Zum ersten Mal verlor Ravi ein Verfahren gegen einen Plädoyer der Regierung. Der Mord an Lisa Mathew war ein dauerhafter Schlag für Ammu und Ravi, und das Sorgerecht und die Brutalisierung von Abdul Khader in Polizeigewahrsam schufen unvorstellbare Bedrängnis. Bald reichte Ravi einen Rechtsstreit im öffentlichen Interesse über die wachsende Bedrohung durch den Drogenhandel in Kochi und die Beteiligung von Politikern ein. Er sammelte beträchtliche Beweise für Drogenhandel in der Stadt und reichte das PIL innerhalb eines Monats ein. Ravi flehte das Gericht an, ihm zu erlauben, Abdul Khader zu treffen. Er sammelte Material über den Drogenhandel durch die mächtigen Eliten der Stadt, die Kinder als Kanäle benutzten, und Studenten und Jugendliche wurden hauptsächlich ihre Opfer.

Innerhalb von drei Tagen nach Einreichung des Falles vor Gericht erschien eine Nachricht in einer lokalen Zeitung: "Ein Untergericht namens Abdul Khader, ein mutmaßlicher Terrorist und Mörder, beging in seiner Zelle Selbstmord, indem er mit seiner Bettdecke aufgehängt wurde."

Ravi wusste nicht, wie er reagieren sollte, und überall war Dunkelheit herabgestiegen. Sofort kehrte er vom Gericht zurück und rief Ammu, die an der Universität war, wegen Abdul Khadars Tod an und bat sie, auf sich selbst aufzupassen. Plötzlich veränderte sich die Welt für Ammu und Ravi drastisch. Sie hörten in den Abendstunden auf auszugehen. Ammu sagte dem Ayah, er solle die Haupttür nicht öffnen, wenn sich Fremde nähern, und das Baby nicht mitnehmen, wenn sie zur Arbeit weg sind. In der Nacht begannen sie, ihr Haupttor und ihren Parkplatz abzuschließen. Der sechs Monate alte Tejas musste in ihrem Bett zwischen Ravi und Ammu schlafen. Die grundsätzliche Wahrnehmung von Leben und Wohnen wurde plötzlich umgeworfen.

Sie erkannten, dass Bildung und Wissen angesichts eines politisch mächtigen Tieres bedeutungslos geworden waren. „Gerechtigkeit wurde komplett verweigert. Angst und Unsicherheit sind groß, und es ist schwierig geworden, zu beweisen, was wahr und falsch ist ", sagte Ravi zu Ammu. "Unser Leben hat sich völlig verändert; wer wird uns Gerechtigkeit und Vertrauen geben?" Fragte Ammu. „Wie lange können wir noch so leben?" Ravi hinzugefügt. "Das ist nicht natürlich, sondern künstlich, und so können wir nicht weitermachen", sagte Ravi. "Wir können dieser Angst vor dem Tod, dieser psychologischen Niederlage nicht entkommen", sagte Ammu. "Meinst du, wir sollten in ein anderes Land auswandern?" Fragte Ravi Ammu. "Nein, aber es ist schwierig, hier weiter zu leben", antwortete Ammu. „Wir haben kein Problem damit, uns anderswo ein neues Leben aufzubauen, da wir jung und gebildet sind. Unser Wissen, unsere Fähigkeiten und Einstellungen werden uns anderswo belohnen. Dort können wir Ruhe, Freude und Würde haben ", sagte Ravi. „Aber was ist mit den Kindern, den Kinderarbeitern, den Opfern des Kinderhandels, den Stimmlosen und den Ausgebeuteten? Sie brauchen uns, und wir müssen zu ihnen stehen und für sie arbeiten ", antwortete Ammu.

Ravi befand sich in einem Dilemma. Er wusste, dass es keinen Ort gab, an dem er sich verstecken konnte. Der Verbleib in Kochi war jedoch gefährlich. „Ich verstehe dich und respektiere deinen Standpunkt. Aber Bhat wird uns nicht erlauben, hier zu leben. Wir können nicht für diese Kinder kämpfen, wenn Bhat eine politische Partei hat. Niemand kann Kinderarbeiter für ihre Befreiung verteidigen, wenn Bhat in den Drogenhandel verwickelt ist und Kinder für seine schändlichen Aktivitäten missbraucht. Wir helfen Kindern nicht bei der Rehabilitation, wenn die Polizei bei Bhat ist. Wir können uns nicht gegen Bhat stellen, wenn Mitglieder der Oppositionspartei Bhat beitreten. Wenn unser Leben bedroht ist und sie uns eliminieren, werden unsere Tejas allein sein. Denken Sie über eine solche Situation nach", erklärte Ravi. "Ravi, ich bin mir dessen voll bewusst", nahm Ammu seine Hand in ihre eigene, sagte Ammu. „Ammu, wenn wir nach Deutschland oder Schweden gehen würden, wären wir dort willkommen. Dort werden wir ein Leben in Sicherheit führen. Ich kann in einer Anwaltskanzlei anwaltlich tätig sein, und Sie können an einer Universität arbeiten. Ich bin mir sicher, dass wir dort erfolgreich sein werden. Aber ich habe keine Lust, Indien zu verlassen, da ich immer an diese Kinderarbeiter und ihr Wohlergehen denke ", sagte Ravi.

"Ravi, wenn ich mich an einer Universität in Schweden beworben hätte, würde mir dort sicherlich eine akademische Stelle angeboten werden. Unsere Karrieren sind also kein Problem. Aber wie konnten wir Indien verlassen? Es ist unser Land ", sagte Ammu.

„Ammu, ich liebe mein Indien und bin indischer Staatsbürger, obwohl meine Eltern Deutsche waren. Aber dieser Hass, die Ausbeutung, die Unterwerfung, der Ultranationalismus und die ständige Angst vor dem Tod übersteigen in unserem Land meine Grenzen. Ich kann es nicht mehr ertragen. Ich bin kein Politiker, der falsche Versprechungen macht, sich der Korruption hingibt, Menschen tötet und ein lächelndes Gesicht zeigt. Es geht über mich hinaus ", sagte Ravi.

Auch Ammu verstand den Ernst der Lage. „Wir sind in einem so erbärmlichen Zustand. Wir sind zu Flüchtlingen in unserem eigenen Land geworden, jenseits meines Verständnisses. Wir sind zu Ausgestoßenen geworden. Bhat steht da, um uns die Todesstrafe oder die Todesstrafe mit einer Eisenstange oder einem Messer zuzusprechen! Es gibt keinen Ausgang ", sagte Ammu. „Wir befinden uns in einer Situation, die jenseits der Erlösung liegt. Es gibt kein Entkommen. Unser Schlüssel zur Gerechtigkeit in Indien ist für immer verloren. Bhat hat unsere Boote verbrannt! Wir sehen überall in Indien zerfallene Leichen von Kinderarbeit und Kinderhandel, Korruption und Grausamkeit, Entführung, Vergewaltigung, Körperverletzung, Mord, Kuhwachsamkeit und Lynchmord. Keine verschlossene Tür konnte ihm standhalten. Sie haben uns verurteilt, und wir sind verurteilt worden." Ravi zitterte vor Hoffnungslosigkeit.

Ammu umarmte Ravi. »Ravi, mein Ravi, ich liebe dich«, schniefte sie. „Lassen Sie mich an eine Anwaltskanzlei in Stuttgart und eine weitere in Frankfurt schreiben. Sie kennen mich gut und respektieren mich. Ich kann dort eine leitende Position bekommen. Außerdem ist mein Deutsch ausgezeichnet, genau wie mein Englisch. Eine Lehr- und Forschungsstelle können Sie sicher in Stuttgart oder Frankfurt an der Universität bekommen. Vergessen wir alles hier in Indien. Lass es eine alte Geschichte sein ", sagte Ravi. „Gewiss, Ravi, ich bin immer bei dir. Ich bin stolz auf dich. Sie können in Deutschland sehr erfolgreich sein, weil Sie das Talent, den juristischen Scharfsinn und eine positive Einstellung haben. Ich kann dort einen Job an der Universität oder bei der Regierung haben. Unsere Tejas können eine gute Ausbildung, ein förderliches Milieu zum Aufwachsen und ein sinnvolles Leben in einer säkularen Umgebung haben ", fügte Ammu hinzu. Ravi schickte am nächsten Tag einen Brief an eine Anwaltskanzlei in Stuttgart und Frankfurt. Ammu schickte eine Mitteilung zusammen mit ihren Biodaten an eine Universität in Stuttgart.

Es regnete viele Tage lang, und es gab Donner und Blitze, die den Beginn des Monsuns in Malabar markierten.

NEUNTES KAPITEL: DIE KRONE DER JUNGFRAU

Ravi erhielt innerhalb von zwei Wochen Briefe von beiden Kanzleien in Deutschland. Die Stuttgarter Anwaltskanzlei bot Ravi eine Position als Rechtsberaterin an, um Spender und Sponsoren aus Deutschland im Umgang mit Wohlfahrtseinrichtungen, Wohltätigkeitsorganisationen und NGOs in südasiatischen Ländern zu beraten, die sich mit Frauen- und Kinderhilfsprogrammen und Entwicklungsarbeit unter der ländlichen und Stammesbevölkerung befassen. Im Rahmen seiner Aufgaben musste der Rechtsbeistand in einem Jahr maximal zwanzig begünstigte Agenturen in Südasien besuchen. Die Vergütung beinhaltete einhundertdreißigtausend DM pro Jahr und dreißigtausend DM in anderen Leistungen.

Das Angebot der Frankfurter Rechtsanwaltskanzlei war sehr verlockend. Die Kanzlei hat die Automobilindustrie, vor allem Automobilhersteller in Deutschland und Indien, rechtlich beraten. Die Stellenbeschreibung bestand darin, sich mit indischen Autohändlern in allen großen Städten und Großstädten Indiens zu befassen und Indien dreimal im Jahr für Geschäftsverhandlungen zu besuchen. Die Vergütung umfasste zweihundertfünfzigtausend DM als Gehalt und fünfzigtausend DM als andere Leistungen, einschließlich kostenloser Gesundheitsversorgung, Unterkunft und eines Autos. Ammu erhielt einen Brief von einer Universität in Stuttgart, in dem sie darüber informiert wurde, dass sie sich freue, ihre Bewerbung und ihre Biodaten willkommen zu heißen. Ammu war hochqualifiziert, und sie konnten ihr eine Professur nach den Standardverfahren der Universität anbieten. Sie baten darum, dass sie innerhalb von zwei Monaten zu einem persönlichen Gespräch anwesend sein sollte. Ravi und Ammu freuten sich außerordentlich über die Briefe und beschlossen, innerhalb von zwei Monaten nach Deutschland zu gehen. Sie hatten zwanzig Jahre lang einen Kredit von einer Bank in Anspruch genommen, um ihr Haus zu kaufen, und beschlossen, die monatlichen Raten aus Deutschland weiter zurückzuzahlen, damit das Haus in ihrem Namen bleiben würde. Wann immer sie Indien besuchten, konnten sie zu Hause bleiben. Ammu wollte lieber eine verlängerte Beurlaubung von ihrer Universität für zwei Jahre nehmen, als zurückzutreten. Ravi wollte alle seine

Fälle anderen Anwälten übergeben, die sich für Menschenrechte interessieren.

Nach einem Gespräch mit Ammu schrieb Ravi an die Stuttgarter Anwaltskanzlei und sagte, dass er die vorgeschlagenen Bedingungen akzeptiere und innerhalb von zwei Monaten in die Kanzlei eintreten werde. Ammu schrieb auch an die Universität und sagte, sie freue sich über die Mitteilung und werde innerhalb von zwei Monaten vor ihnen zu einer Diskussion erscheinen. In der Zwischenzeit erhielt Ravi eine Einladung von einer NGO, an ihrem Gründertag innerhalb einer Woche einen Vortrag zu halten. Das vorgeschlagene Thema der Diskussion lautete *Affirmative Action for Justice in Educational Institutions*. Ammu ermutigte Ravi, die Einladung anzunehmen, da dies seine tägliche Routine verändern und es ihm ermöglichen würde, Menschen mit neuen Ideen und Orientierungen zu treffen. Ravi bereitete sich gründlich auf die Veranstaltung vor. Als das Gespräch am Wochenende stattfand, begleitete Ammu Ravi. "Einkommen, Reichtum, Chancen und gute Dinge im Leben brauchen Verteilung", begann Ravi seinen Vortrag. „In einer demokratischen Gesellschaft können die Menschen von ihrem Glück profitieren, aber der Nutzen muss zum Vorteil der am wenigsten Wohlhabenden in der Gesellschaft sein. Diejenigen, die mehr Einkommen erzielen und erheblichen Wohlstand schaffen, müssen zugunsten der am wenigsten Wohlhabenden besteuert werden. Die von Natur aus Begünstigten sollten nicht von allen ihren Einkünften profitieren, nur weil sie begabter sind. Sie müssen für Aus- und Weiterbildung bezahlt werden und ihre Stiftungen nutzen, um den weniger Glücklichen zu helfen, und die Steuersätze sollten entsprechend angepasst werden. Die Besteuerung der Begabten, der Reichen und der Reichen sollte den Benachteiligten nicht schaden, da die Reichen aufhören werden, mehr Einkommen zu generieren. Und das sollte das Kriterium für die Besteuerung sein ", fügte Ravi hinzu.

Ravi argumentierte: "Gerechtigkeit ist keine Frage der Belohnung von Menschen nach ihrer Tugend, und daher berücksichtigt die Politik des positiven Handelns der Gesellschaft den Hintergrund einer Person, wie zum Beispiel die Korrektur der Auswirkungen von Bildungsnachteilen. Eine demokratische Gesellschaft mit dem Glauben an eine positive Politik geht über Testergebnisse und Noten hinaus ", sagte Ravi kategorisch. "Der Ausgleich für vergangenes Unrecht ist ebenso wichtig, um Gerechtigkeit zu erreichen", fügte Ravi hinzu und betrachtete sein Publikum. „In der indischen Situation haben die Dalits und die Stämme seit etwa viertausend Jahren, seit die Arier in das Industal einmarschierten und es eroberten, massiv und ausgiebig gelitten. Diese arischen Angreifer kamen aus Kleinasien über den Iran und Afghanistan. Sie waren Tausende von Jahren gereist. Indiens ursprüngliche Siedler hatten einen blühenden Lebensstil und entwickelten eine Wirtschaft, die auf einer reichen Landwirtschaft und Hüttenindustrie basierte. Die Arier, Nomaden, eine zerstörerische Kraft und im Vergleich zu den Menschen von Mohenjo-Daro unzivilisiert, besiegten die ursprünglichen Siedler und vernichteten alles, was die ursprünglichen Indianer über Jahrhunderte harter Arbeit entwickelt hatten. Ein Teil der Bevölkerung floh in die zentralen Teile Indiens, und später wurden sie Stämme genannt. Ein anderer Teil des Volkes wurde zu Sklaven der Arier und wurde als Ausgestoßene behandelt. Die Arier entmenschlichen sie. Als die Arier in großer Zahl reisten, hatten sie mehr Waffen. Sie konnten die Bewegungen der Sterne und anderer Himmelskörper besser lesen und ihre Kriege entsprechend planen, was die ursprünglichen Indianer nicht effektiv tun konnten. Aber die heutigen Stämme und Dalits, die die ursprünglichen Siedler Indiens waren, waren intelligenter als die Arier. Sie waren friedliebend und besser zivilisiert. Durch jahrtausendelange Unterdrückung und Ausbeutung verschlechterten sich die Lebensbedingungen der ursprünglichen Siedler. Die Nachkommen der Arier müssen die Zerstörung der blühenden Zivilisation der Vorfahren der Stämme und der Dalits kompensieren ", erklärte Ravi.

Ravis Worte waren objektiv und stimmten mit historischen Beweisen überein. „Viele Gelehrte glaubten, die Harappaner seien Draviden. Sie hatten eine entwickelte Sprache, Kunst, Wissenschaft und Kultur, und Sie können die Spuren der dravidischen Sprache und ihrer schönen Kunst in den Ruinen von Harappa sehen. Die tamilische Sprache ist viel älter und reicher als Sanskrit und hat eine blühende Literatur. Allmählich liehen sich die Arier die Götter der Dravidier, der Dalits und der Stämme wie Shiva, Vishnu, Kali, Ganapati, Krishna und Hunderte von anderen. Der *Theyyam* ist ein Volkstanz, der an die alten Götter erinnert, und die Arier versuchten, sich diese Götter anzueignen. Es war, als ob die UNP versuchte, sich Sardar Patel, Subhash Chandra Bose und viele andere Helden und Märtyrer des Freiheitskampfes anzueignen. Die UNP nahm nie an der Unabhängigkeitsbewegung teil. Aber nachdem sie an die Macht gekommen waren, manipulierten sie die Bildungspolitik zu ihrem Vorteil. Daher ist es eine Voraussetzung für Gerechtigkeit, vergangenes Unrecht zu kompensieren ", betonte Ravi. „In einer Bildungseinrichtung ist es wichtig, eine vielfältige Studentenpopulation für eine bessere Bildungserfahrung zu haben. Es hilft auch, eine breitere Gesellschaft innerhalb der Bildungseinrichtung zu haben. Es führt zu einem sozialen Ziel, Zusammenhalt und Gemeinwohl ", fuhr Ravi fort. „Sobald eine Bildungseinrichtung ihre Mission im Kontext der Gerechtigkeit definiert und ihre Zulassungskriterien in Bezug auf diese Mission formuliert und Richtlinien entsprechend formuliert, werden positive Maßnahmen Realität und bleiben nachhaltig. Nach dem Affirmative-Action-Prinzip verdient niemand etwas, aber Menschen haben Anspruch nach Kriterien, die auf der Grundlage ihres Leitbilds entwickelt wurden. Mehr als Einkommen und Vermögen sind also die Prinzipien der Chancen bei affirmativen Maßnahmen wichtig. Machen Sie Chancen für die Benachteiligten, und sie werden alle Hindernisse überwinden ", sagte Ravi und schloss seinen Vortrag. Er gab mehrere Beispiele aus indischen Situationen und versuchte, seinen Standpunkt in seiner Rede zu beweisen, die neunzig Minuten dauerte.

Eine lebhafte Frage-und-Antwort-Sitzung folgte dem Vortrag. Als Ravi und Ammu sich ihrem Auto näherten, kamen einige College-Studenten und Jugendliche und diskutierten mit Ravi. Ammu wartete eine Weile und hörte ihnen zu. Als es spät wurde, dachte sie daran, weiterzumachen, und Ravi folgte ihr. Langsam ging Ammu auf das Auto zu. Plötzlich hielten zwei Motorräder vor ihr an und zwei Sozillionen Fahrer sprangen heraus. Eine packte Ammu und die andere zog ihren Sari und ihre Bluse heraus. Ammu war sprachlos und bewegungsunfähig, nicht in der Lage zu reagieren. Als der Sari herauskam, zogen sie ihre Unterwäsche aus, und Ammu war innerhalb einer Minute nackt. Die Jugendlichen sprangen auf die Fahrräder und rasten mit dem Sari und der Unterwäsche davon. Plötzlich versammelte sich eine kleine Menschenmenge. Als Ammu sah, wie sie versuchte, ihre Nacktheit zu verdecken, liefen einige junge Frauen auf sie zu und bildeten mit ihren Händen einen Kreis um sie herum. Als Ravi den Aufruhr hörte, rannte er auf die Menge zu und sagte: „Ammu! Ammu!" Bis dahin hatten einige junge Frauen in der Gruppe Ammu in ihre Dupattas gewickelt - eine Art Schal.

Ravi trug Ammu in seinen Armen und ließ sie im Auto sitzen. Er fuhr schnell, bis sie nach Hause kamen. Ammu erschrak und zitterte vor Angst, Scham und Schuld. Sie bekam plötzliches Fieber, konnte nicht sprechen und blieb launisch und verloren. Ravi bat die Ayah, zu Hause zu bleiben, um sich um Tejas zu kümmern, auch nachts. Am nächsten Tag rief er einen Arzt zu sich nach Hause. Nach einer ersten Diagnose und Untersuchung meinte der Arzt, dass Ammu sich zwei Wochen ausruhen müsse und dass Ravi immer bei ihr bleiben müsse. Der Arzt verschrieb Ammu bis auf wenige Fiebertabletten keine Medikamente.

Ravi erkannte, dass Ammu Liebe und Fürsorge brauchte, um ihre Angst zu überwinden. Er umarmte und küsste ihre Wangen, trug sie in seinen Armen und ging durch das ganze Haus. Ravi begann, ihre vielen Schlaflieder zu singen, die er für seine Mutter Emilia komponierte. Ammu schlief in Ravis Armen, und er fühlte sich nie müde, sie zu tragen. Manchmal drückte Ravi sie gegen seine Brust, um ihre Atmung und ihren Herzschlag zu spüren. Er liebte den Rhythmus ihres Herzens - die innere Musik von Ammu. Dann begann Ravi, das Didrik-Lied zu singen. Nach und nach starrte Ammu ihn an, als ob es ihr gefiele, wie er das Lied sang. Hin und wieder sah Ammu ihm in die Augen, und Ravi erkannte, dass sie die Musik liebte und drückte ihr Glück aus. Abends trug er sie auf die Terrasse und sang das Didrik-Lied. Als er ihr ein Schwammbad gab, sang er es erneut. Ravi sang es für sie am Tisch beim Frühstück, Mittag- und Abendessen. Nach einer Woche begann Ammu zu lächeln, und am fünfzehnten Tag begann sie zu reden. »Ravi…«, rief sie. "Ammu?" Ravi antwortete. »Ich liebe dich, Ammu«, sagte er. »Ich liebe dich, Ravi«, antwortete Ammu. Dann erkannte Ravi, dass sich sein geliebter Ammu von dem Trauma erholt hatte.

Ravi nahm sie am nächsten Tag mit ins Auto, und sie fuhren durch die Stadt. Sie gingen zum Vembanad-See und saßen Seite an Seite. Er erzählte ihr die Geschichte ihres ersten Treffens in Kopenhagen und wie sie lächelte und sich die Hände schüttelte. Ammu liebte seine Stimme, sein Sprechen, sein Aussehen, wie er sein Haar kämmte, und seinen französischen Bart. Sie liebte ihn über alles. Er hatte eine seltene Süße, eine liebevolle Präsenz und Attraktivität. "Ravi, ich liebe dich zu sehr. Ich kann nicht ohne dich leben. Wenn du stirbst, bevor ich sterbe, werde ich mein Herz mit dir begraben«, umarmte sie ihn. "Wir werden zusammen sterben, und sie werden uns zusammen begraben. Wir sind eins und werden immer zusammen sein ", antwortete Ravi. Sie haben alles andere vergessen. Ammu und Ravi bereiteten sich auf die Abreise nach Deutschland vor, machten Flugreservierungen und beschlossen, nur die notwendigen Dinge mitzunehmen - etwas Kleidung und ein paar Dokumente. Innerhalb einer Woche würden sie Indien verlassen, wahrscheinlich für immer.

Ravi und Ammu gingen auf den Markt, um ihren täglichen Bedarf zu decken, einschließlich Gemüse, Obst und Fisch. Nach dem Einkaufen gingen sie Seite an Seite zu ihrem Auto. Ammu öffnete die Fahrertür und Ravi öffnete die gegenüberliegende. Plötzlich traf jemand Ravi von hinten mit einer Eisenstange. Ammu sah, wie Ravi fiel und seine Stirn das Auto traf. »Ravi!!!«, schrie sie und sprang aus dem Fahrzeug. Ravi lag unbeweglich auf dem Boden und sein Kopf war in der Nähe des Rades. Blut sickerte aus seinem Hinterkopf. "Ravi!!!" Ammu weinte laut und versuchte, den Kopf zu heben. »Ravi!!!«, schrie ihre Stimme. Seine Augen blieben offen und Blut an seiner Stirn tropfte allmählich in seine Augen. Die Leute vom Markt eilten zur Stelle. "Jemand hat meinen Mann geschlagen!!! Bitte helfen Sie!!!" , schrie Ammu. Sie schrie um Hilfe, aber ihre Worte wurden aufgrund ihres hektischen Zustands unklar.

Jemand in der Menge hob Ravi hoch, und Ammu bemerkte, wie Blut aus seiner Nase tropfte. Ammu fuhr mit dem Auto zum nahegelegenen

Krankenhaus, und die Ärzte brachten ihn schnell in die Notaufnahme. Ammu ging hinein. "Es scheint, dass das Rückenmark am Hals beschädigt wurde, und es gibt eine tiefe Wunde am Hinterkopf. Eine sofortige Operation ist erforderlich ", sagte der Arzt. Die Operation dauerte mehr als vier Stunden, und es gab ein Team von drei Ärzten. „Wir können jetzt nichts sagen und müssen mindestens zehn Stunden warten, um etwas zu sagen. Sie haben Glück, wenn der Patient innerhalb dieser Zeit das Bewusstsein wiedererlangt ", sagte der Chirurg zu Ammu. Ammu war allein. Sie wartete außerhalb der Intensivstation (ICU). Durch das Glas konnte sie Ravi sehen; sein Körper war an vielen Schläuchen und Kabeln befestigt, und sie wusste nicht, ob er atmete. Ihr Verstand war leer und sie vergaß Tejas und die Welt. Gegen elf Uhr nachts erzählte eine Krankenschwester Ammu, dass ihr Mann ohne die Maschine zu atmen begonnen habe. Aber er war immer noch in Gefahr, und Ammu musste bis zum nächsten Nachmittag warten. Ammu saß da und schlief nicht. Sie dachte an nichts anderes. Sie schaute Ravi nur auf der Intensivstation an.

Ammu wusste nie, dass es Morgen war; nach vier Stunden sah sie eine Gruppe von Ärzten auf die Intensivstation gehen, und sie kamen nach einer halben Stunde heraus. Als die Ärzte gingen, näherte sich einer von ihnen Ammu und sagte: "Ihr Mann hat das Bewusstsein wiedererlangt, aber er kann nicht sprechen, und es scheint, dass er nicht verstehen kann, was um ihn herum passiert. Du kannst ein weißes Kleid tragen und hineingehen, und aus einem Meter Entfernung kannst du ihn ansehen." Eine Krankenschwester gab ihr ein weißes Kleid zum Anziehen, und nachdem sie ihre Hände und Füße gereinigt und ihre Sandalen entfernt hatte, ging Ammu auf die Intensivstation. Ihr Ravi war da. Sie konnte ihn atmen sehen; viele Schläuche waren an Mund, Nase, Brust und Händen befestigt. »Ravi«, rief sie. »Mein Ravi.« Jetzt war es Zeit für sie, auszugehen. Sie saß eine weitere Stunde draußen und fühlte sich allein und hilflos. Plötzlich dachte sie an Ann Maria, ihre Studentin, die Nonne war. Ammu rief von der Telefonzelle an der Ecke des ICU-Blocks an. Ann Maria war am anderen Ende, und Ammu erzählte alles. Innerhalb einer Stunde kam Ann Maria mit einer anderen Nonne an.

Ann Maria umarmte Ammu und erkundigte sich nach Ravi. Als sie merkte, dass Ammu seit über einem Tag nichts mehr gegessen hatte, eilte sie zur Kaffeeecke und kaufte ein paar Snacks und Kaffee für Ammu. Ann Maria fragte sie nach Tejas und bat Ammu, nach Hause zu gehen, da sie und ihre Begleiterin warten würden, bis Ammu nach Hause zurückkehrte. Ammu eilte, und es war schon sieben Uhr abends. Die Ayah wartete in der Nähe der Tür. Sie machte sich Sorgen darüber, warum Ammu und Ravi auch nach einem Tag nicht zurückgekehrt waren. Tejas weinte, als er Ammu sah, und sie hob ihn hoch und küsste seine Wangen. Ammu erzählte der Ayah von Ravi und sagte, sie würde ins Krankenhaus zurückkehren, und die Ayah müsse noch viele Tage bei Tejas bleiben. Innerhalb einer Stunde wurde Ammu zurück ins Krankenhaus gebracht. Ann Maria und die andere Nonne warteten in der Nähe der Intensivstation und drückten ihre Bereitschaft aus, die ganze Nacht bei Ammu zu bleiben. Sie baten Ammu zu schlafen, und sie würden sich um Ravi kümmern. Ammu breitete ihren Schal auf dem Boden aus und schlief bis zum frühen Morgen. Gegen acht Uhr wurde Ammu in die Verwaltung des Krankenhauses gerufen und gebeten, sofort zweihunderttausend Rupien zu hinterlegen. Ammu bezahlte das Geld per Scheck.

Die Krankenhausverwaltung teilte Ammu mit, dass der Patient möglicherweise noch zehn Tage dort bleiben müsse. Sie saß vor der Intensivstation und beobachtete Ravi und dachte den ganzen Tag an nichts anderes. Sie dachte nur an Ravi. Ann Maria kam abends mit einer anderen Nonne und bestand darauf, dass Ammu nachts mindestens sechs Stunden schlief. Ammu schlief von elf bis vier Uhr morgens. Ann Maria und die andere Nonne verließen um sechs Uhr morgens und versprachen, gegen fünf Uhr abends wiederzukommen, damit Ammu für einige Zeit nach Hause gehen konnte, um Tejas zu sehen. Der Chirurg und die anderen Ärzte, die Ravi operierten, sagten Ammu, dass sich Ravis Zustand leicht verbesserte. Er könnte weitere Operationen in einem Superspezialkrankenhaus benötigen, das sich mit Rückenmarksverletzungen befasst. Ann Maria kam gegen vier Uhr abends mit ihrer Begleiterin Nonne, und Ammu eilte nach Hause. Tejas ging es gut mit der Ayah, und Ammu umarmte und küsste ihren Sohn. Nachdem er den täglichen Bedarf für die Ayah und Tejas gedeckt hatte, kehrte Ammu gegen acht Uhr abends ins Krankenhaus zurück.

Ammu bemerkte einige leichte Bewegungen in Ravi. Am nächsten Tag kam das medizinische Team, um ihn zu beobachten. Nach einer längeren Diagnose sagte die Chirurgin Ammu, sie könne Ravi am nächsten Tag in ein Spezialkrankenhaus zur Behandlung von Rückenmarksverletzungen verlegen. Später an diesem Tag rief die Krankenhausverwaltung Ammu an, um die dreihundertsechsundzwanzigtausend Rupien zu räumen. Ammu bezahlte das Geld per Scheck. Ann Maria hatte versprochen, am nächsten Tag ins Krankenhaus zu kommen, während sie Ravi in das Spezialkrankenhaus verlegte. Gegen zehn Uhr morgens brachten Ammu und Ann Maria Ravi in das neue Krankenhaus. Das Spezialkrankenhaus lag am Ufer des Vembanad-Sees. Bei der Ankunft bat das Krankenhaus Ammu, dreihunderttausend Rupien zu hinterlegen, die Ammu bezahlte. Nach einer ausführlichen Diagnose und Untersuchung war der Krankenhausverwalter der Meinung, dass der Patient eine Reihe von Operationen an seinem Rückenmark benötigte. Ravi musste wahrscheinlich drei Monate im Krankenhaus bleiben, sagte der Chirurg zu Ammu, da die Kopfverletzung eine Operation erforderte.

Die Operation am Kopf wurde innerhalb von zwei Tagen durchgeführt, und das Krankenhaus forderte Ammu auf, einen Betrag von zweihunderttausend Rupien zu zahlen, was sie sofort tat. Innerhalb von zwei Tagen zahlte Ammu wieder einen Betrag von zweihunderttausend Rupien. Das Krankenhaus teilte ihr mit, dass die Kopfoperation erfolgreich war und keine weitere Operation erforderte. Ann Maria kam jeden Abend nach Ammu, und sie war allein, da ihr Vorgesetzter im Kloster ihr erlaubt hatte, allein zu gehen, da Ammu ihr Lehrer an der Universität war. Ammu schrieb Briefe an die Stuttgarter Rechtsanwaltskanzlei und die Universität, in denen sie um eine Verlängerung des Beitrittsdatums um weitere vier Monate bat, und erhielt von beiden positive Antworten. Ammu ging jeden Abend nach Hause, um Tejas und die Ayah zu sehen, und blieb zwei bis drei Stunden bei ihnen. Ravi hatte sichtbare Veränderungen nach der vierten Operation im Superspezialkrankenhaus, und für jede Operation zahlte Ammu zweihunderttausend Rupien. Als die sechste Operation am Rückenmark abgeschlossen war, war Ravi bereits seit zwei Monaten in der Superspezialklinik. Die Krankenhausverwaltung teilte Ammu mit, dass vier weitere Operationen erforderlich seien.

Die Finanzierung der medizinischen Kosten war für Ammu zu einer erheblichen Belastung geworden. Ihre Bankeinlagen erschöpften sich schnell. Da Ammu einen zweijährigen Urlaub von der Universität genommen hatte, hatte sie kein Monatsgehalt und Ravi hatte kein Einkommen. Ammu hatte bereits einen Betrag von zwei Millionen Rupien für Ravis Behandlung bezahlt. Sie wusste, dass nach der Bezahlung der folgenden vier Operationen und Krankenhauskosten kein Geld mehr übrig bleiben würde. Ravi hatte bis zum Ende des dritten Monats vier weitere Operationen, und Ammu zahlte zweihunderttausend Rupien für jede Operation. Jetzt konnte Ravi auf dem Krankenhausbett sitzen, aber er konnte seinen Kopf nicht heben. Er hatte auch seine Fähigkeit zu sprechen verloren. Am vorletzten Tag von Ravis Aufenthalt im Krankenhaus wurde Ammu gebeten, neunhunderttausend Rupien für Behandlung, Medizin, Zimmermiete und Lebensmittelkosten zu zahlen. Aufgrund eines unzureichenden Bankguthabens verkaufte Ammu ihren Diamantring, den Ravi ihr am Flughafen Kopenhagen geschenkt hatte, in einem berühmten Juweliergeschäft in Kochi. Sie bekam dreihunderttausend Rupien für den Ring. Ammu wusste aus der

Bescheinigung eines Amsterdamer Juweliers, dass die ursprünglichen Kosten des Rings einer Million Rupien entsprachen.

An diesem Abend sagte Ann Maria zu Ammu, dass die Medizin allein den Patienten nicht heilen könne; das Gebet sei ebenso wichtig. Ammu antwortete, dass sie nicht an die Wirksamkeit des Gebets glaube, da ihre Mutter vergeblich gebetet habe. Sie hatte einen starken Glauben an Jesus und die Jungfrau Maria, und jeden Sonntag und an Festtagen der Heiligen nahm Ammu mit ihrer Mutter an der Eucharistiefeier teil. Ihre Mutter starb jedoch an einer unbekannten Krankheit, und niemand konnte sie heilen. Ann Maria sagte Ammu, dass ihre Argumente die Macht des Gebets und die Liebe Gottes nicht negierten.

"Bete jeden Tag zu Gott für die Genesung von Ravi, und du wirst Wunder sehen."

Ammu sagte nichts, da sie keinen Glauben an Gott hatte. Nach dem Tod ihres Vaters wurde Ammu Agnostikerin. Ann Maria erzählte Ammu, dass sie jeden Tag vor dem Schlafengehen für Ravi gebetet und ihm einen Rosenkranz angeboten habe und dass die Jungfrau Ravi geholfen habe, weshalb er sich setzen könne. Ammu wusste, dass Ravi mit ihrer Hilfe auf dem Bett sitzen konnte, aber er konnte nicht den Kopf heben oder reden. Die Bewegungen seiner Hände waren nicht frei.

Am Tag der Entlassung zahlte Ammu dem Krankenhaus die Schlussrechnung in Höhe von neunhunderttausend Rupien. Der Arzt teilte Ammu mit, dass es mindestens zwei bis drei Jahre dauern könnte, bis Ravi seinen Kopf hebt und dass keine spezifische Behandlung erforderlich sei. Er musste jeden Tag trainiert werden, mindestens jeweils fünfzehn Minuten lang, viermal täglich, und sein Nacken und seine Hände mussten morgens und abends von einem Physiotherapeuten massiert werden. Der Arzt sagte ihr weiter, dass es zwei bis drei Jahre dauern könnte, bis Ravi anfing zu sprechen, und er brauchte Übungen, um seine Kiefer und Lippen zu bewegen. Für seine Genesung war eine ständige Pflege unerlässlich. Das Krankenhaus bat Ammu, den Patienten einmal alle drei Monate für eine vollständige Untersuchung zurückzubringen, was fünfzigtausend Rupien pro Besuch kosten könnte. Ammu hatte bereits fast vier Millionen Rupien für Ravis Behandlung ausgegeben. Innerhalb von vier Monaten war ihr Bankguthaben fast gleich Null, und Ammu wusste nicht, wie sie vorgehen sollte.

Ann Maria besuchte am Morgen das Krankenhaus und half Ammu, Ravi nach Hause zu bringen. Nach vier Monaten war Ravi endlich wieder zu Hause. Er konnte jedoch Tejas nicht heben und konnte nicht mit ihm sprechen. Ammu war dafür verantwortlich, das Haus zu reinigen, Kleidung zu waschen, Essen zu kochen, sich um Ravi zu kümmern, seinen Hals und seine Hände zu massieren und ihm zu helfen, seine Kiefer zu trainieren. Sie setzte sich zu ihm und las laut Bücher, damit er seine Lippen und Kiefer entsprechend den Bewegungen von Ammus Lippen und Kiefern bewegen konnte. Sie gab ihm ein Schwammbad und erzählte ihm jeden Abend Geschichten aus seiner Kindheit. Sie erinnerte ihn an ihr Treffen in Kopenhagen, ihre Reisen nach Munnar und Schweden, die Verleihungszeremonie in Uppsala, ihre Radtour um den Erkensee und ihren Aufenthalt am Vatternsee. Sie erinnerte sich sogar daran, als er sie während ihres zweiten Besuchs in Kopenhagen anhob, während sie zum Flugzeug ging. Ravi hörte ihr mit großem Interesse zu. Er verstand Ammus Worte, konnte aber weder sprechen noch seine Hände frei bewegen. Ab und zu sang Ammu das Didrik-Lied, und aus Ravis Augen wurde ihr klar, dass er die Musik liebte und genoss. Er versuchte sogar, zusammen mit Ammu zu singen, und sie sang einige malayalamische Filmsongs, die Ravi für seine Mutter Emilia zu singen pflegte. Ammu wusste, dass Ravi sich erholte, aber es war ein langer und schmerzhafter Prozess.

Ann Maria kam jeden Morgen, und fast jeden Tag brachte sie etwas Gemüse und Obst - unter anderem Bananen, Guaven, Ananas und Mangos - aus ihrem Klostergarten. Obwohl Ammu ihr sagte, sie solle es nicht tun, brachte Ann Maria sie trotzdem mit. An manchen Tagen, während sie gegenüber von Ravi saß, las Ann Maria laut vor, um ihm zu helfen, seine Lippen und Kiefer zu trainieren. Sie half der Ayah auch bei der Fütterung von Tejas. „Das Gebet ist ein Dialog mit Gott", sagte Ann Maria eines Tages zu Ammu. „Ann Maria, ich glaube nicht an Gebete. Ich glaube nur an empirische Fakten, die ich beobachten und analysieren kann ", antwortete Ammu. „Als Kind hast du mit deiner Mutter gebetet. Kehre nun in deine Kindheit zurück und bete aufrichtig und offen zu Gott. Er wird dir zuhören «, beharrte Ann Maria.

"Ich habe Gott vor langer Zeit verlassen, da Gott den Menschen nicht helfen kann. Wir haben Gott erschaffen ", sagte Ammu.

"Du musst demütig sein. Bete nicht für dich selbst; bete für Ravi. Lass ihn davon profitieren. Bete einfach. Das Gebet ist billig ", sagte Ann Maria.

„Mein Vater wurde von den Priestern und einem Bischof ausgebeutet. Ich will nicht noch einmal die gleiche Situation haben ", sagte Ammu.

"Ma'am, Sie sollten für Ihren Mann beten. Das ist alles. Ich weiß, dass du willst, dass es ihm besser geht, dass er mit erhobenem Kopf sprechen und geradeaus gehen kann. Bete zur Jungfrau, und sie wird für dich Fürsprache einlegen «, versuchte Ann Maria Ammu zu überzeugen.

Ammu überlegte eine Weile und gab keine Antwort. Nach drei Monaten brachten Ammu und Ann Maria Ravi zur gründlichen Untersuchung in das Spezialkrankenhaus, wie vom Krankenhaus angewiesen. Die Diagnose und der Test dauerten etwa sechs Stunden, und der Arzt erklärte, dass er mit dem Fortschritt zufrieden sei, aber Ravi musste die Untersuchung alle drei Monate für die nächsten zwei Jahre fortsetzen. Ammu zahlte den Betrag von fünfzigtausend Rupien für die vollständige Untersuchung. Ammus Bankguthaben war fast leer. Sie erkannte, dass es innerhalb eines Monats schwierig sein würde, die Ayah zu bezahlen und Familienvorräte zu kaufen. Ann Maria sagte Ammu, sie könne ihr Wissen und ihre Fähigkeiten in der Forschung nutzen, um etwas Geld zu verdienen, was ihr helfen könnte, Familienvorräte zu kaufen. Eine kleine Anzeige in der Lokalzeitung, dass eine professionelle Beratung für Forschungswissenschaftler und Doktoranden zur Verfügung stehen würde. Eine solche Hilfe wurde benötigt, um Forschungsthemen, Probleme, Ziele und Hypothesen zu formulieren und die Begründung, das Stichprobendesign und die Methodik einer empirischen Studie zu entwickeln. Ann Maria überzeugte Ammu, täglich zwei bis drei Stunden zu verbringen und täglich fünfhundert Rupien zu verdienen, was in ihren schwierigen Zeiten vernünftig war.

Ammu schaltete eine Anzeige in der Lokalzeitung, und am selben Tag gab es ein halbes Dutzend Anfragen. Studierende, die in verschiedenen Wissenschaften promovierten, wandten sich an sie, um professionelle Hilfe zu erhalten. So verbrachte Ammu jeden Morgen und Abend eine Stunde damit, Wissenschaftlern und Doktoranden zu helfen. Im ersten Monat konnte Ammu etwa zwölftausend Rupien verdienen; im zweiten Monat stieg er auf fünfzehntausend. Aber der Betrag reichte nicht aus, um die Ayah zu bezahlen und Vorräte für das tägliche Leben zu kaufen. Ammu berechnete, dass sie monatlich mindestens vierzigtausend Rupien brauchte, um die Ayah, die täglichen Ausgaben, Wasser, Strom und Telefon zu bezahlen. Die Kosten für die komplette Kontrolle von Ravi alle drei Monate zu bezahlen, war schwierig. Es gab keine andere Einnahmequelle, und Ammu fühlte sich manchmal deprimiert. Sie wollte, dass Ravi besser wird und arbeitet, aber sie musste zwei Jahre mit Physiotherapie, Massage und einer dreimonatigen Gesamtuntersuchung warten, wie vom Krankenhaus vorgeschlagen.

Ann Maria sagte Ammu am nächsten Tag, dass sie eines Tages mit ihr in die Kirche der Jungfrau gehen wolle. Eine Statue der Jungfrau Maria befand sich in einem Retreat-Haus, das an die Kirche angeschlossen war, und viele Menschen besuchten die Statue der Jungfrau Maria täglich, weil sie ein Pilgerzentrum war. Ann Maria erzählte Ammu, dass in der Kirche aufgrund der Statue der Jungfrau und einer von Fatima mitgebrachten Krone viele

Wunder geschehen seien. Ammu nahm einen Bus zum Pilgerzentrum, um Ann Maria glücklich zu machen. »Fatima ist in Portugal«, sagte Ann Maria. "Ich weiß", antwortete Ammu, "da ich bis zum Tod meines Vaters praktizierender Katholik war."

»Du musst in die Kirche zurückkehren, und die Jungfrau wird dich segnen«, sagte Ann Maria.

»Lass mich sehen«, sagte Ammu.

"Es gibt ein Pilgerzentrum in Fatima, bekannt als Nossa Senhora de Fatima. Die Heilige Jungfrau Maria erschien drei Hirtenkindern im Alter von neunzehnhundert und siebzehn Jahren und gab ihnen drei Geheimnisse. Dort, wo die Erscheinung stattfand, wurde ein Bild der Jungfrau errichtet «, erzählte Ann Maria.

"Okay", antwortete Ammu.

"In sechsundvierzig Jahren hat Papst Pius XII. die Krönung des Bildes der Jungfrau von Fatima vollzogen", erklärte Ann Maria.

Der Busbahnhof befand sich in der Nähe des Rückzugshauses. Tausende Frauen und einige Männer sangen laut und beteten den Rosenkranz. Es war, als hätten die Menschen ihre Vernunft verloren, und viele waren in Trance. Ann Maria brachte Ammu zum Exerzitienhaus, und es gab eine lange Schlange, um die Statue der Jungfrau zu sehen, die eine Krone hatte. Nachdem sie etwa eine Stunde in der Schlange gestanden hatten, erreichten sie die Statue. Die Menschen rollten auf dem Boden und lobten die Jungfrau in vielen Sprachen. Für Ammu war es eine chaotische Szene. Sie glaubte, dass es mehr Aberglaube und Angst als Spiritualität war. "Die Krone im Exerzitienhaus stammte aus Fatima und ist eine Nachbildung der Krone der Jungfrau Maria in Fatima", sagte Ann Maria. „Warum braucht die Jungfrau eine Krone? Sie war eine gewöhnliche Frau aus einem Dorf ", sagte Ammu. "Wenn du die Krone trägst und zum Altar gehst, wird die Jungfrau all deine Wünsche erfüllen", sagte Ann Maria, ohne auf Ammus Frage zu antworten.

Die Menge drängte sie, und sie hatten keine Zeit, still zu stehen und die Jungfrau oder ihre Krone zu beobachten. „Hier geschehen jeden Tag Wunder. Du brauchst Glauben, Glauben, wie ein Kind. Das ist der totale Glaube an die Jungfrau und ihre Macht. Sie ist die Mutter Gottes. Sie kann dir alles geben, jeden deiner Wünsche ", sagte Ann Maria wie eine Litanei. Nachdem sie die Jungfrau und ihre Krone besucht hatten, nahmen Ammu und Ann Maria einen Bus. „Ich werde unsere Oberin in Thrissur informieren, dass ich dich zur Jungfrau gebracht und dir die Krone gezeigt habe. Sie wird begeistert sein ", sagte Ann Maria, als sie im Bus saßen. »Wer ist deine Mutter

Oberin?«, fragte Ammu. „Sie ist Mutter Catherine. Unser Bischof George, der Gründer unserer Gemeinde, hat sie gesegnet ", sagte Ann Maria.

Ammu erzählte Ann Maria nicht, dass sie Mutter Catherine als Gymnasiastin kannte. Mutter Katharina und der Bischof hatten einen Vortrag über die Tugend der Jungfräulichkeit gehalten. "Sie ist fast achtundvierzig und besucht den Bischof immer noch täglich religiös, um ihm zu helfen. Der Bischof hat fünfundfünfzig überschritten, und er ist aktiv und besucht verschiedene Orte, darunter den Vatikan, Fatima, das Heilige Land, und unsere Mutter Oberin begleitet ihn, um bei seinen spirituellen Aktivitäten zu helfen ", fügte Ann Maria hinzu. Ammu kehrte vor Einbruch der Dunkelheit nach Hause zurück, und Ann Maria kehrte in ihr Kloster zurück. Ravi wartete auf Ammu und sie erklärte ihren Besuch im Pilgerzentrum. Ammu sagte ihm jedoch nicht, warum sie zur Krone der Jungfrau ging. Es war das erste Mal, dass sie etwas vor Ravi versteckt hatte.

Am nächsten Tag, als Ann Maria ankam, erzählte sie Ammu, dass sie in der vergangenen Nacht von der Jungfrau geträumt hatte. Die Jungfrau hatte ihr gesagt, dass sie Ravi heilen würde, wenn Ammu die Krone der Jungfrau tragen würde. Ammu sah Ann Maria an, sagte aber nichts. Sie wollte Ravi um jeden Preis wieder zu einem gesunden Leben verhelfen. Wie jeder andere Anwalt wollte sie, dass er herumläuft, seinen Fall streitet und gewinnt. Er hatte viele Jahre vor sich. Als er seine Gesundheit wiedererlangte, dachte sie, sie würde mit ihm nach Deutschland gehen, um ein friedliches Leben zu führen. Allerdings steckte sie in einer schweren Finanzkrise. Obwohl seit Ravis Angriff ein Jahr vergangen war, hatte Ammu ihn nur einmal zu der vom Krankenhaus vorgeschlagenen vollständigen Untersuchung mitgenommen. Aber Ammu hatte kein Geld zu bezahlen. Ein Betrag von fünfzigtausend Rupien war für sie eine so beträchtliche Summe, und es gab keine Möglichkeit, diesen Betrag zwei Jahre lang alle drei Monate zu erhöhen. Selbst die täglichen Ausgaben waren unüberschaubar geworden. Sie konnte mit ihrer Forschungsberatung monatlich etwa zwanzigtausend Rupien verdienen, und das war alles. Ammu hatte viele wesentliche Dinge vergessen, weil sie sie sich nicht leisten konnte. Sie dachte, dass Ravi und Tejas nicht unter Hunger leiden sollten und beschloss, zwei weitere Stunden mehr Studenten professionell zu beraten, damit sie ein paar Rupien mehr pro Tag verdienen konnte.

In der Zwischenzeit erhielt Ammu eine Mitteilung von der Bank, dass sie die Darlehensrückzahlung in den letzten acht Monaten nicht geleistet hatte. Wenn das Geld nicht jeden Monat gezahlt würde, würde die Bank rechtliche Schritte gegen Ammu und Ravi, die Kreditnehmer, einleiten. Es war unmöglich, so viel Geld zu verdienen, und es gab keine Quelle, um den

Betrag zu verdienen. Aber Ammu war Ann Maria dankbar, dass sie ihr die Idee einer Forschungsberatung gegeben hatte, da Ammu fast tausend Rupien pro Tag verdienen konnte, indem sie ihre Forschungsstudenten anführte. Es war jedoch schwierig, vier Stunden zu sparen, da sie mindestens sechs Stunden mit Ravi zum Füttern, für körperliche Übungen, zum Massieren seiner Hände und zum Baden verbringen musste. Die Ayah drückte ihren Wunsch aus, den Job zu verlassen, da sie es lästig fand, in einer solchen Situation weiterzumachen. Aber Ammu flehte sie an, noch einige Monate zu bleiben. Ann Maria könnte Recht haben. Ein Gebet könnte seine unbekannten Vorteile haben, dachte Ammu. Es gab eine plötzliche Entscheidung in ihrem Herzen, die Statue der Jungfrau zu sehen. Sie wollte sich nach dem Prozess des Tragens der Krone als spirituelle Übung erkundigen. Ammu dachte, die Krone der Jungfrau könnte ihr helfen, ihre tiefsitzenden Probleme zu überwinden und Ravi zu helfen, sich von seinen Rückenmarksverletzungen zu erholen. Ihr Glaube veränderte sich allmählich von einem ungläubigen Zustand zu einer gläubigen Situation.

Ammu dachte an ihre Mutter, die aufrichtig an die Heilige Jungfrau glaubte. Ihre Mutter verpasste nie eine Sonntagsmesse, war aber nicht abergläubisch wie ihr Vater, der keinen festen Glauben hatte, sondern an Rituale und Rubriken glaubte. Er war stolz auf seinen syrisch-christlichen Hintergrund, und der Glaube seines Großvaters schärfte ihn ein. Er dachte, St. Thomas, der Apostel, der nach Kerala kam, um das Evangelium Jesu zu predigen, habe in 52 n. Chr. neun Brahmanenfamilien bekehrt und neun Kirchen gegründet. Ammus Vater hatte Geld verdient, war aber nicht klug, es auszugeben, und er gab der Kirche, Priestern, Nonnen und dem Bischof riesige Summen. Sie wurden nie für irgendetwas belohnt, und der Bischof war nicht einmal dankbar. Aber Ammu dachte, dass der Glaube eine Bedeutung haben könnte. Ein Glaube wie der ihrer Mutter - echt und zuverlässig, reif und sanft - könnte ihr helfen, ihre Probleme zu überwinden. Sie beschloss, an einem Sonntag ohne Nachforschungen oder Beratung zum Pilgerzentrum zu gehen. Ammu wollte Ann Maria bei ihrem Besuch am nächsten Tag mitteilen, dass sie an der Zeremonie teilnehmen wolle und gerne die Krone der Jungfrau tragen wolle. An diesem Abend rief Ann Maria Ammu an und informierte sie, dass der Vorgesetzte ihrer Mutter sie in das Haupthaus in Thrissur verlegt hatte. Ann Maria musste dem Bischof bei seiner täglichen heiligen Messe helfen, da ihre Mutter Oberin Katharina erkrankt war. Ann Maria war glücklich, ins Haupthaus zurückzukehren, fühlte sich aber traurig, Ammu, Ravi und Tejas in schwierigen Zeiten zu verlassen.

Ammu vertraute Ravi der Ayah an und ging. Sie stand einige Zeit vor der Statue der Jungfrau. Ammu fand heraus, dass die Jungfrau mit der Krone wie eine Königin aussah. Der Pfarrer des Exerzitienhauses sagte Ammu, dass sie zwei Wochen Buße brauche. Den Rosenkranz fünfzehn Tage lang jeden Tag auf den Knien zu beten, war unerlässlich. Fisch und Fleisch nicht zu essen und keine sexuellen Beziehungen zu haben, auch nicht mit ihrem Ehemann, war Teil der Bußaktivitäten. Sie musste dem Priester des Exerzitienhauses alle Sünden beichten, die sie möglicherweise begangen hatte. Ammu erwog, sich den Bußdiensten zu unterziehen, und war bereit, zu leiden, um der Jungfrau zu gefallen. Sie wusste, dass sie viele Jahre lang nie gebeichtet hatte, weil sie es nicht mochte, ihre Geschichten einem Mann zu erzählen, der im Beichtstuhl saß und sie gierig beobachtete.

Das Tragen der Krone der Jungfrau wurde als Krönung bezeichnet. Der Priester setzte die Krone inmitten von Gesängen und Gebeten auf ihr Haupt. Das Tragen eines blauen Kleides, das die Jungfräulichkeit der Jungfrau auch nach der Geburt Jesu darstellt, war Teil der Zeremonie. Mit einem Rosenkranz in der Hand und den Altarjungen, die auf beiden Seiten Gewänder trugen und von einem Priester geführt wurden, ging sie zur Kirche, empfing die heilige Kommunion und kehrte dann zur Statue der Jungfrau zurück, wo der Priester die Krone entfernte und sie wieder auf das Haupt der Jungfrau setzte. Ammu war glücklich; sie hoffte, dass es Ravi bald besser gehen würde. Die Krone auf ihrem Kopf würde Ravi von seiner Rückenmarksverletzung heilen. "Ravi wird sofort gesund. Er wird in Zukunft keine Probleme haben, und die Jungfrau wird ihn segnen, und er wird sich vollständig und vollständig erholen." Ammu erinnerte sich an die Worte von Ann Maria. Ammu tat alles für Ravi, und sie war bereit, für ihn zu sterben.

Am Ende der Untersuchung sagte der Priester zu Ammu, dass sie der Kirche vor der Krönung ein kleines Geschenk machen müsse. Sie diente dazu, die Statue der Jungfrau in Pracht und Herrlichkeit zu erhalten.

»Natürlich werde ich ein Geschenk machen«, sagte Ammu und sah den Priester an.

»Das ist Sitte, ein kleines Geschenk«, wiederholte der Priester.

"Wie hoch ist der Betrag?" Fragte Ammu.

»Hunderttausend Rupien«, sagte der Priester.

Ammu war schockiert und konnte einige Zeit nicht reagieren.

"Du musst das Geschenk in diesem Büro deponieren, eine Quittung einholen und es im Exerzitienhaus vorlegen. Sie werden dann mit der Krönung fortfahren ", fuhr der Priester fort.

»Danke, Vater«, sagte Ammu, als sie sich umdrehte.

Wie und von wo kann man dieses Geld verdienen? Ammu überlegte. Im Bus fühlte sie sich traurig und niedergeschlagen und dachte darüber nach, wie sie Ravi helfen und die Jungfrau davon überzeugen könnte, dass Ravi ihren Segen brauchte. Die Krönung der Krone auf ihrem Kopf war die einzige Möglichkeit, Ravi zu helfen. "Lass Jesus ihn mit der Gnade der Jungfrau von der Rückenmarksverletzung heilen", grübelte Ammu. Als Ammu nach Hause kam, schlief Ravi nicht. Er sah elend aus, dachte Ammu. Er konnte langsam herumlaufen, aber seinen Kopf nicht heben, seine Hände nicht richtig benutzen und nicht sprechen. Ravi brauchte die Segnungen der Jungfrau unbedingt. "Gegrüßet seist du, Maria, voll der Gnade, der Herr ist mit dir, gesegnet bist du unter den Frauen, und gesegnet ist die Frucht deines Leibes, Jesus", rezitierte Ammu in der Küche.

"Heilige Maria, Mutter Gottes, bitte für uns Sünder, jetzt und in der Stunde unseres Todes." Sie schwieg und sagte dann laut: "Amen!"

"Liebe Jungfrau, bitte hilf mir, den Betrag zu erhöhen", betete Ammu. "Bitte hilf meinem Ravi, wieder normal zu werden und sich vollständig zu erholen", setzte sie ihr Gebet fort.

Ammu nahm den weißen Rosenkranz, den Ann Maria ihr gegeben hatte. Ein weißer Rosenkranz. Seine Perlen waren blau und leuchtend, mit einem Kreuz, an dem Jesus hing. Ammu erinnerte sich an Ann Marias Worte: "Er gab sein Leben für die Sünden der Menschheit auf." Sie betete: „Jungfrau Maria, bete für meinen Ravi. Herr Jesus, hilf meinem Ravi, dieses Elend zu überwinden." Die Ayah war im Wohnzimmer mit Tejas beschäftigt, also kniete Ammu in der Küche nieder und begann, ihren Rosenkranz zu rezitieren, eine Tradition, die sie seit vielen Jahren mit ihrer Mutter geteilt hatte. Sie knieten vor dem Bild der Jungfrau nieder und beteten von Herzen mit Glauben und Liebe. Ammu hatte alle Rosenkranzgeheimnisse auswendig gelernt und sie schnell rezitiert, als sie aus ihrem Herzen kamen. Sie schloss die Augen, faltete die Hände und betete für Ravi.

"Heilige Jungfrau, bitte hilf meinem Ravi; lass ihn vollständig genesen."

Jeden Tag, während Ammu in der Küche Ravi fütterte, seine Hände massierte und ihn badete, rezitierte er den Rosenkranz viele Male schweigend. Nun war der Rosenkranz ihr Didrik-Lied geworden.

Ravi bemerkte eine Veränderung in Ammu. Sie war ruhiger, ruhiger und manchmal traurig geworden. Während er eine Leseübung gab, hatte er das Gefühl, dass Ammu langsam las. Zuvor war sie lauter und schneller.

Nachdem sie seinen französischen Bart getrimmt hatte, was Ammu zweimal pro Woche tat, küsste sie Ravis Wange. »Du siehst so gut aus, Ravi«, sagte sie und bemerkte, dass Ravis Augen feucht waren. Ammus Forschungsstudenten kamen regelmäßig, und sie war glücklich, dass sie ein Einkommen für ihren täglichen Bedarf hatte und für Strom, Wasser, Telefonrechnungen und das Gehalt der Ayah bezahlte. Erneut erhielt Ammu von der Bank eine Mitteilung, dass die monatlichen Raten für das Wohnungsbaudarlehen in den letzten zwölf Monaten nicht gezahlt worden waren. Ammu fühlte sich, als würde sie zittern, und die Aufmerksamkeit überwältigte sie. "Heilige Jungfrau, hilf mir... hilf mir, meinem Ravi zu helfen", betete sie. Als Ammu in der Küche war, hörte sie ein Geräusch aus dem Schlafzimmer und rannte zu Ravi, als sie bemerkte, dass er zusammengebrochen war. Sie hob ihn an und schob ihn trotz seines Gewichts auf das Bett. »Was ist mit dir passiert, Ravi?«, fragte sie und tätschelte sein Gesicht. Ammu bemerkte, dass Ravi schwer atmete. »Heilige Jungfrau, hilf meinem Ravi«, sagte Ammu laut. Ravi sah sie an, obwohl er seinen Kopf nicht heben konnte. In seinem Gesicht lag ein Gefühl des Erstaunens. »Der alte Glaube bricht manchmal wie ein Vulkan aus«, sagte Ammu und sah Ravi an. „Heutzutage fühle ich mich oft völlig ausgelaugt und hilflos. Ich brauche etwas Schutz vor jemandem. Selbst wenn ich rational bin, ist es schwierig, allein zu stehen «, fügte Ammu hinzu und nahm Ravis Hand in ihre.

Ravi versuchte zu zeigen, dass er ihre Qualen, Schmerzen, Ängste, Überzeugung und Liebe verstand - ihre hypnotisierende Leidenschaft für ihn. "Ammu, ich liebe dich. Ich liebe dich zu sehr. Aber ich habe nichts, um deine Liebe zurückzuzahlen. Natürlich braucht die Liebe nichts dafür. Es ist Akzeptanz, total und vollständig ", versuchte Ravi zu sagen, aber seine Lippen zitterten, und es gab kein Geräusch.

„Ravi Stefan, ich verstehe, was du sagst. Du sagst mir, dass du mich liebst, mich zu sehr liebst. Du solltest mir meine Liebe nicht vergelten, da du mich als Person und Individuum wie dich akzeptiert hast. Du und ich sind eins ", sagte Ammu.

Dann umarmte sie ihn lange Zeit fest. Sie fühlte sich, als würde sie Kraft von ihm bekommen, als würde etwas von ihm fließen und in ihren ganzen Körper eindringen. Es war mehr als nur ein elektrischer Schlag; es war angenehm, lieblich, magisch und geheimnisvoll. Ammu glaubte, dass Ravis ganzheitliche Existenz und Bewusstsein in sie eindrangen. Sie küsste seine Wangen und fühlte, dass es Zeit war, seinen Bart zu schneiden, den schönen französischen Bart, den sie zweimal pro Woche machte. Sie konnte seine Nase, seine Lippen, seinen Hals und seine Brust spüren. Sie hatte ihn tausende Male umarmt und immer das gleiche Gefühl von Einheit, Einheit und Liebe empfunden.

„Ravi, du bist mir immer lieb. Ich kann mir keinen Moment weit weg von dir vorstellen. Du gibst mir Kraft und Macht. Du gibst mir Hoffnung und die Sehnsucht nach einem besseren Leben «, sagte Ammu, der sich an seine Brust klammerte.

Ravi konnte Ammu fühlen - das gleiche Gefühl, das er erlebt hatte, als er sie zum ersten Mal am Flughafen Kopenhagen traf. Es war das gleiche Gefühl, als sie mit ihm nach Munnar reiste; das gleiche Gefühl, als er mit ihr nach Schweden ging; das gleiche Gefühl, als sie ihr erstes Liebesspiel in einem Stockholmer Hotel hatten - das erste für sie beide, die Vereinigung von Körper und Geist, die Vermischung ihrer Liebe. Ravi liebte es, so zu bleiben, aber er konnte sie nicht umarmen, da sich seine Hände nicht bewegten. Er wollte sein ganzes Leben bei Ammu bleiben, bis in alle Ewigkeit. Ravi versuchte, näher an Ammu heranzukommen, und sie erkannte das und spürte, dass sie ihn enger umarmte. Sie hatte einen schönen Geruch - den Duft ihrer Person, einen Strauß ihrer Weiblichkeit und einen Duft ihrer Existenz - und er genoss diesen Geruch und hielt seine Nase in der Nähe ihres Halses. Es war berauschend, und nach und nach vergaß er die ganze Welt. Er konnte ihre trägen, hellen Augen sehen, und sein Ammu sah sinnlich und schön aus. Ammu und Ravi wollten bis ans Lebensende so bleiben. Plötzlich klingelte es an der Tür. Es war der Postbote und ein Brief aus dem Superspezialkrankenhaus.

"Sie haben alle bis auf eine Gesamtuntersuchung verpasst. Wir können Ihnen einen Rabatt von zehntausend Rupien gewähren. Du zahlst vierzigtausend statt fünfzig ", las Ammu.

»Ich habe nicht einmal vier Rupien in der Hand«, sagte Ammu zu sich selbst.

Das Leben war zu einer echten Herausforderung geworden. Sie brauchte Geld, und nichts konnte es ersetzen. Sie musste es schaffen, oder sie musste ein Bankkonto mit Banknoten haben.

Aber es war wichtig, sofort eine bessere Behandlung für Ravi zu bekommen. Ein Segen der Jungfrau würde es tun und könnte all ihre Pannen, Traurigkeit, Sorgen, Krankheiten und Verletzungen auslöschen. Sie benötigte sofort hunderttausend Rupien, um der Kirche ein Geschenk für die Krönung mit der Krone der Jungfrau zu machen. Es gab einen Baumeister namens Mohammed Koya, erinnerte sich Ammu. Er hatte Ann Marias Kloster, Schulen, Krankenhäuser, Seminare und andere Institutionen gebaut. Innerhalb von zehn Jahren war er in der Stadt bekannt geworden. Ammu dachte daran, ihn um einen Kredit in Höhe von hunderttausend Rupien zu bitten, damit sie ihn der Kirche schenken konnte. Plötzlich war Ammu begeistert. Ammu hatte das Büro von Koya gesehen - es war auf dem Weg zu ihrer Universität. Nachdem Ammu Ravi gefüttert hatte, setzte er sich zu ihm und erzählte ihm viele Geschichten von ihren Reisen durch Europa. Sie besuchte drei ihrer Forschungsstudenten, bevor sie Mohammed Koya traf.

Sein Büro befand sich in einem eleganten Gebäude, das er etwa drei Kilometer von Ammus Haus entfernt gebaut hatte. Koya war im Büro, und nachdem er fünfundvierzig Minuten gewartet hatte, rief er sie an. »Hallo, Madame, guten Abend. Was kann ich für dich tun?«, fragte ein lächelnder Koya Ammu. »Ich brauche einen Kredit, eine Summe von hunderttausend Rupien«, sagte Ammu ohne jede Vorstellung. „Kein Problem. Wir berechnen achtzehn Prozent Zinseszinsen, die alle drei Monate berechnet werden. Sie können das Darlehen gegen Gold, die Registrierungspapiere Ihres Hauses oder andere Immobilien aufnehmen ", antwortete Koya. "Es gibt kein Gold, und wir haben von der Bank einen Kredit für unser Eigentum aufgenommen", antwortete Ammu. "Also brauchst du das Geld, ohne eine Immobilie zu verpfänden?" Sagte Koya. "Ja...", antwortete Ammu. „Kein Problem. Lass mich darüber nachdenken. Wie auch immer, ich muss dir helfen, da du wegen des Geldes gekommen bist. Ich will dich nicht mit leeren Händen zurückschicken." Koya war sehr offen, und Ammu spürte es. "Also, was soll ich tun?" Fragte Ammu. "Triff mich nach einer Woche. Ich gehe aus und kehre nach einer Woche zurück, und Ihr Geld wird in Ihrer Hand sein, wenn ich zurück bin. Das ist sicher." Koya schrieb seine Telefonnummer auf ein Blatt Papier. »Hier ist meine Telefonnummer«, sagte Koya lächelnd und gab sie Ammu.

Ammu fühlte sich so glücklich. Nach vielen Monaten kehrte sie mit einem lächelnden Gesicht zurück. Sie kaufte Gemüse, Milch, Eier, Obst und andere Dinge des täglichen Bedarfs. Als er nach Hause kam, bereitete Ammu Kaffee für Ravi zu und half ihm, langsam daran zu nippen. "Ravi, ich liebe dich. Bald geht es dir gut ", sagte Ammu, während er Ravi half, Kaffee mit einem Esslöffel zu trinken. Dann reinigte sie seine Lippen mit einem weichen Tuch. Sie nahm Tejas 'Hand, sprach mit ihm und setzte sich neben Ravi.

"Tejas wird innerhalb einer Woche zwei Jahre alt", sagte sie zu Ravi, und sie konnte einen Funken in seinen Augen sehen.

Ammu hatte am Abend zwei weitere Forschungsstudenten und verbrachte bis acht Uhr etwa zwei Stunden mit ihnen. Ammu war sehr darauf bedacht, die Ayah bei Laune zu halten, und zahlte ihr regelmäßig eine Vergütung. Aber nachdem sie alle notwendigen Zahlungen geleistet hatte, blieb nichts mehr in ihrer Handtasche. Ammu fuhr mit ihrem Fasten und ihrer Buße fort. Nach der Geburt von Tejas war sie abstinent. Sie rezitierte den Rosenkranz täglich auf den Knien und betete zur Jungfrau, um Ravi zu helfen, seine

Rückenmarksverletzungen zu heilen. Als sie betete, schloss sie die Augen und faltete die Hände, und sie dachte, die Jungfrau höre ihr Gebet. Sie war sich sicher, dass ihr Ravi unmittelbar nach der Krönung mit der Krone der Jungfrau völlig in Ordnung sein und wie normale Menschen gehen und sprechen würde. Dann würden sie weltweit reisen und das Leben in seiner ganzen Fülle genießen. Sie dachte an eine kleine Familie, die sich in Stuttgart niederließ: Ravi, Tejas und sich selbst.

Sie glaubte, dass die Jungfrau Wunder tun würde und dass die Krone der Jungfrau ihr Leben verändern würde.

Eine Woche verging, und Ammu kehrte in Mohammad Koyas Büro zurück. »Guten Abend, Madam«, begrüßte Koya sie mit einem breiten Lächeln. »Guten Abend«, antwortete Ammu. "Also, du brauchst hunderttausend Rupien ohne Pfand gegen eine Immobilie", sagte Koya und sah Ammu an. Ammu blickte zu Koya zurück. „Aber ich gebe kein Geld ohne ordentliche Unterlagen oder Dokumente. Ich habe jedoch einen Freund, der ohne jede Aufzeichnung Geld gibt ", fuhr Koya fort.

"Also, soll ich ihn treffen?" Fragte Ammu.

»Ja. Ich bringe dich zu meinem Freund. Er ist ein guter Mann «, sagte Koya.

"Was meinst du damit?" Fragte Ammu.

„Sein Geld ist kein Kredit. Es besteht kein Interesse. Du brauchst es nicht einmal zurückzugeben ", sagte Koya.

»Warum?« Fragte Ammu.

"Du verstehst nicht, was ich sage. Es ist einfach ", sagte Koya und lächelte wieder.

»Sag es mir deutlich«, sagte Ammu. "Da er das Geld ohne Aufzeichnungen und Zinsen gibt, müssen Sie ihm etwas ohne Aufzeichnungen zurückgeben", erklärte Koya. »Aber ich werde das Geld zurückgeben«, sagte Ammu offen. "Er braucht das Geld nicht. Aber du kannst ihm etwas zurückgeben «, sagte Koya. "Was ist los?" Fragte Ammu. "Du bist jung und du bist schön. Du wirst hunderttausend Rupien in deiner Hand haben. Gib dich meinem Freund für eine Nacht ", sagte Koya. "Was sagst du da?" Sagte Ammu und stand von ihrem Platz auf.

"Niemand wird einhunderttausend für eine Nacht bezahlen. Dein Geld ist sicher ", fügte Koya hinzu.

Ammu sagte nichts; sie ging hinaus. Als sie nach Hause kam, war sie überrascht, Ravi langsam herumlaufen zu sehen. »Ravi!«, rief sie. "Es gibt einige Verbesserungen in dir!" Ammu küsste seine Wangen und sagte. Sie nahm seine beiden Hände und stellte sicher, dass es eine Verbesserung gab. "Ich bin sicher, dass du innerhalb eines Monats richtig gehen kannst, und du wirst die Dinge bald in der Hand halten", sagte Ammu und drückte ihr Glück aus. Ravi versuchte zu sprechen, aber er konnte nicht. »Es wird dir gut gehen, lieber Ravi«, sagte sie und legte ihre Handflächen auf beide Seiten seines Gesichts. Am nächsten Tag kamen zwei Bankbeamte. Sie sagten Ammu, dass die Bank nicht länger warten könne, und wenn alle achtzehn Raten nicht innerhalb eines Monats bezahlt würden, würde die Bank sie aus dem Haus vertreiben und in Besitz nehmen. Ammu wusste nicht, wie er reagieren sollte. Es gab keine Möglichkeit, Geld zu verdienen. Die Universität hatte eine andere Person an ihrer Stelle für zwei Jahre ernannt, so dass sie warten musste, bis ihr Urlaub endete.

Wenn es Ravi bald besser gehen würde, wäre alles in Ordnung, und er brauchte den Segen der Jungfrau. "Lass mich die Krone der Jungfrau um Ravis willen tragen", dachte Ammu. In dieser Nacht, nachdem sie Ravi gefüttert, ihn gereinigt, seine Hände und Kiefer massiert, seine Haare gekämmt, ihn in seinen Pyjama verwandelt, das ganze Haus gereinigt, das Tor und den Parkplatz verschlossen, die Haupttür verschlossen und ihren Rosenkranz rezitiert hatte, umarmte Ammu Ravi. Sie konnte jedoch nicht schlafen. Sie dachte darüber nach, dem finanziellen Sumpf und der täglichen Plackerei zu entkommen und Ravi zu helfen, die Verletzung zu überwinden, um ein gesundes Leben zu führen. Ammu erkannte, dass es eine herkulische Aufgabe war und wandte sich an die Jungfrau um Inspiration. Sie dachte an die Jungfrau. Dann fühlte sich Ammu plötzlich von der Jungfrau inspiriert, das Magnificat zu rezitieren.

„Meine Seele preist den Herrn, und mein Geist freut sich an Gott, meinem Retter, denn er hat die Einsamkeit seines Knechtes mit Gnade angesehen. Von nun an werden mich alle Geschlechter selig preisen, denn der Mächtige hat Großes an mir getan, und heilig ist sein Name. Seine Barmherzigkeit gilt denen, die ihn von Generation zu Generation fürchten."

Die Jungfrau war mit Joseph verlobt und hatte versprochen, ihn zu heiraten, und Joseph liebte sie und vertraute ihr. Obwohl sie verlobt waren, widersprach die Jungfrau nicht, dass Gott seinen Sohn in ihr hatte. Ja, die Jungfrau empfing ein Kind durch göttliches Eingreifen, und es war zu einem Zweck – die Welt vor der Sünde zu retten – und sie hatte kein selbstsüchtiges Motiv. Ammu glaubte, dass die Jungfrau keinen Egoismus hatte und dass ihr Gebet für Ravis Heilung nicht zum persönlichen Vergnügen war. Sie brauchte dringend einhunderttausend Rupien, um der Kirche ein Geschenk zu machen, damit sie die Krone der Jungfrau tragen konnte, die die Krönung mit der Krone von Fatima war. Dann sagte Ammu „ja", wie die Jungfrau von Nazareth „ja" zum Engel Gabriel sagte.

Die Jungfrau hat nicht gesündigt. Stattdessen löschte sie die Sünden der Menschheit durch ihren Sohn Jesus aus, dessen Vater Gott war. Dann hatte Ammu eine Vision von der Erscheinung der Jungfrau und des Engels Gabriel und informierte Gott, dass er mit ihr und ihrer Vereinigung mit Gott zufrieden war, und die Jungfrau wurde schwanger. Joseph war immer bei ihr, stellte Maria nie in Frage und vertraute Gottes Plan.

Ammu glaubte, dass sie der Jungfrau Maria ähnlich war und fühlte sich gezwungen, genug Geld zu sammeln, um die Kirche zu bezahlen, um die Krone der Jungfrau Maria zu tragen. Plötzlich verstärkte sich Ammus Vision, und sie spürte erneut, wie die Jungfrau eine körperliche und geistige Vereinigung mit Gott hatte. Es war eine unglaublich körperliche Erfahrung, eine Verschmelzung von Sexualität und Göttlichkeit, die die Erfahrung der Jungfrau in eine tiefe Freude verwandelte, ähnlich wie Ammus Orgasmus mit Ravi während der Geburt Jesu.

Manchmal verklärte sich Ammu in die Jungfrau Maria und erlebte, wie sie Jesus in ihrem Schoß trug. In diesen Momenten würde sie jedes äußere Bewusstsein verlieren und eine wiederkehrende, aber kurze sexuelle Euphorie haben. Ihr Sinn für Zeit und Raum würde verschwinden, aber es existierte eine schöne und heilige Einheit. Sie erlebte Gott als Person, und Sex mit ihm zu haben war wie die Erschaffung des Universums, die sieben Tage dauerte. Am letzten Tag würde sie eine Trance erleben, und schließlich würde Gott ruhen.

ZEHNTES KAPITEL: DIE LEGENDE

Ammu war von Gott berauscht und glaubte, dass Gott sie vollendet hatte, wie die Jungfrau mit dem Heiligen Geist. Es war eine quälende körperliche Vereinigung, eine eschatologische und dauerhafte sexuelle Erfahrung, eine durchdringende Liebe zu Gott, das Ertrinken in Gott, das Eintauchen in Gott und die Rückkehr zu Gott. Ammu entwickelte ein tiefes Vertrauen in Mohammad Koya, den neuen Gabriel, und rief ihn an, um ihn wissen zu lassen, dass sie bereit war.

Nachdem Ammu Ravis Hände massiert und ihn am Morgen gefüttert hatte, sagte sie ihm, dass sie zu Ann Marias Kloster gehen würde, um über Nacht zu beten und sich mit den Nonnen zurückzuziehen. Ravi wusste bereits, dass Ammu sich an einer Anbetung beteiligt hatte, also zeigte er keine Emotionen auf seinem Gesicht, obwohl er kein Vertrauen in Gebete hatte. Er wusste, dass Ammu alles für seine Genesung tat. Ammu fühlte sich jedoch tief verletzt, als sie Ravi eine Lüge erzählen musste, die erste Lüge, die sie ihm jemals erzählt hatte. Trotzdem erledigte Ammu die ganze Arbeit zu Hause, massierte Ravi, gab ihm Übungen, fütterte ihn und putzte ihn, was ihr Freude bereitete. Sie wies die Ayah an, sagte ihr, dass sie für eine Nacht ausgehen würde, und küsste Tejas herzlich. In ihrem Schlafzimmer umarmte sie Ravi und bemerkte, dass er mit einem französischen Bart elegant aussah. Ammu nahm dann einen Bus zu Mohammad Kayas Büro, wo er mit seinem Mercedes wartete.

"Wir müssen etwa fünfzig Kilometer von hier in Richtung Hügel fahren", sagte er zu Ammu.

Ammu sagte nichts, aber sie sah glücklich aus. Es lag die Erwartung auf ihrem Gesicht, dass sie hunderttausend Rupien bekommen würde, um die Kirche dafür zu bezahlen, die Krone der Jungfrau zu tragen. Sie glaubte, dass die Jungfrau Ravi sofort heilen würde. Es gab Straßenlaternen, obwohl sie außerhalb der Stadt waren.

"Mein Freund ist ein junger, kluger Junggeselle, etwas älter als du. Er verdient jeden Monat Millionen und ist sehr großzügig ", fuhr Mohammad Koya fort.

Ammu hörte ihm schweigend zu, als sie durch ein riesiges Gummigelände in einer hügeligen Gegend fuhren. „Wir sind seit zehn Jahren befreundet. Ich leite alle seine Bauarbeiten. Mit ihm zu arbeiten ist eine Freude ", fügte Mohammed Koya hinzu. „Ich suche für die nächsten zehn bis fünfzehn Jahre einen Partner für ihn. Es wird meine Belastung verringern, jeden Monat eine zu suchen ", sagte Mohammad Koya im Rückblick. „Ich bin bereit, für jeden Besuch einhunderttausend zu bezahlen." Ammu antwortete nicht. Plötzlich blieben sie vor einem eleganten Herrenhaus stehen. „Es ist mein Gästehaus. Es gibt niemanden außer meinem Freund, der heute Abend gekommen ist. Es gibt einige Diener, aber sie werden dich nie sehen. Morgen früh wird mein Fahrer hier auf dich warten «, sagte Koya und betrat das Gebäude. »Hier ist es«, sagte er, als sie eine schwach beleuchtete Tür erreichten und ein Bündel Geldscheine übergaben.

Koya öffnete die Tür, aber es gab nicht genug Licht. Ammu wurde klar, dass es sich um eine Suite handelte. »Warte hier. Er wird jeden Moment hier sein ", sagte Koya, als er die Tür schloss. Ammu saß auf dem Sofa und hörte einen weichen Schritt. Plötzlich war er da. Ammu konnte ihn nicht klar sehen, aber er war so groß wie Ravi und bärtig. Er stand vor Ammu, streckte seine Hand aus und sagte: "Willkommen." Dann umarmte er Ammu sanft. »Komm«, sagte er, hielt ihre Hand und führte sie ins Schlafzimmer. Das Schlafzimmer hatte ein angeschlossenes Badezimmer. Er umarmte Ammu erneut, küsste ihre Wangen und Lippen, zog sie aus und küsste lange Zeit ihre Brustwarzen, ihren Nabel, ihre Schamlippen und ihre Klitoris. Im Bett war er anfangs rücksichtsvoll und sanft, aber manchmal war er brutal. Ammu erkannte bald, dass er viel erfahrener war als sie. Sie experimentierten mit vielen Positionen, und seine Stöße, Grunzen und Gymnastik setzten sich bis zum frühen Morgen fort.

Sie war um sieben Uhr morgens bereit, und er schlief nackt mit seinem Gesicht auf dem Bett. Ammu öffnete die Tür langsam, schloss sie und ging hinaus. Der Fahrer wartete in der Nähe des Gates. Ammu bat den Fahrer, das Auto etwa einen Kilometer vor ihrem Haus anzuhalten. Als das Auto anhielt, ging sie zu ihr nach Hause. Sie war so glücklich, Ravi Schritt für Schritt flanieren zu sehen; sein Kopf war gesenkt und versuchte, beide Hände zu bewegen. "Die Jungfrau hat uns gesegnet! Die Zeichen sind da. Ich muss das Geld in der Kirche als Geschenk hinterlegen und die Krone der Jungfrau tragen «, dachte Ammu. »Ravi…«, rief sie, umarmte und küsste ihn auf die Wangen. "Du wirst besser, Ravi. Ich bin so glücklich ", fügte sie hinzu.

Ravi versuchte, ihr Gesicht anzusehen, aber sein Kopf hing immer noch. Die Ayah fütterte Tejas, und Ammu küsste ihn. Nach einem Bad bereitete Ammu das Frühstück zu und fütterte Ravi. Nach dem Essen half Ammu ihm herumzulaufen, und sie brachte Tejas, um Ravi zu helfen, ihn zu halten. Nach vielen Versuchen konnte Ravi Tejas behalten, aber sein Griff war nicht sicher. Dann reinigte Ammu das ganze Haus und wischte es ab. Drei ihrer Schüler kamen an. Sie begann ihre Forschungsberatung mit ihren Studenten für die nächsten zwei Stunden, durchlief ihren Dissertationsentwurf und half ihnen, ihre Daten besser statistisch zu analysieren und die zugrunde liegenden statistischen Werte überzeugend zu interpretieren.

Ammu hatte ihr Fasten und ihre Buße bereits seit über drei Monaten abgeschlossen, obwohl nur ein Monat obligatorisch war. Sie hatte geplant, bis Ende der kommenden Woche zu beichten und dann ein Geschenk von hunderttausend Rupien an das Retreat-Zentrum zu machen, das die Krone der Jungfrau trägt, um Ravi von seiner Rückenmarksverletzung zu heilen. Die Woche war angenehm und Ammu fühlte sich glücklich. Ravi konnte Tejas nun für ein paar Minuten in der Hand halten. Ammu erledigte am frühen Morgen ihre Hausarbeit, einschließlich der Hilfe für Ravi bei seiner täglichen Routine. Sie hatte nur noch einen Monat Zeit, um ihren zweijährigen Urlaub an der Universität zu beenden, und beschloss, sich wieder anzuschließen. Wenn Ravi sich vollständig erholt hatte, würden sie nach Deutschland gehen, oder Ravi würde seine Praxis am Obersten Gerichtshof wieder aufnehmen. Sie hatte völlige Hoffnung auf eine bessere Zukunft. Vorbei waren die Tage des Leidens und des Schmerzes. Ammu glaubte, dass zwei Jahre der Not ein Auftakt zu vielen Jahren anhaltenden Glücks sein würden.

Ihr Sohn Tejas war im Begriff, innerhalb von drei Jahren in die Schule zu gehen, und Ammu glaubte, dass er sich akademisch auszeichnen würde. Sie hoffte auch, dass er in die Fußstapfen seines Vaters treten und gewissenhaft werden würde, bereit, den Unterdrückten und Opfern zu helfen. Ammu stellte sich Tejas vor, die sich für die Armen und Bedürftigen einsetzen, für ihre Rechte kämpfen und letztendlich ein gutes Leben führen. Sie glaubte, dass das Leben für andere Sinn und Ziel hatte. Ammu stellte sich vor, dass Tejas Menschenrechtsanwalt wird und mit seinem Vater vor Gericht steht, um ihr Wissen und ihre Fähigkeiten des Gesetzes zu demonstrieren und seine verborgene Bedeutung zu enthüllen. Sie glaubte, dass die Menschenrechte mit der Gerechtigkeit für die Richter zusammenhängen würden und dass sie letztendlich den Sieg erringen würden. Ammus Sorgen waren tief und schmerzhaft, aber sie blieb hoffnungsvoll für Tejas Zukunft.

Ammu vergaß den Schmerz, Ravi und Tejas zu verlassen, und ging zum Exerzitienhaus. Sie hatte Ravi versprochen, für ihre bessere Zukunft zu beten. Im Bus dachte sie an die Krone und Krönung der Jungfrau. Der Priester setzte ihr die Krone auf den Kopf, und sie trug sie und ging in Begleitung der Altarjungen und des Priesters auf die Kirche zu. Es herrschte eine geistlich aufgeladene Atmosphäre und es wurde in der Kirche gebetet. Der Duft von Weihrauch erfüllte die Luft, und der Altarjunge übergab das Wasser dem Priester, der es zum Altar hin wackelte, um Gott anzubeten. Das aromatische Parfüm würde im Räuchergefäß brennen, und der freigesetzte

Duft würde Gott gefallen, der Ravi durch die Fürsprache der Jungfrau segnen würde.

Ammu wusste, dass sie die Krone der Jungfrau für Ravi tragen würde, in der Hoffnung, dass die Jungfrau ihn heilen würde. Als sie im Exerzitienhaus ankam, betete eine große Menschenmenge um die Fürsprache der Jungfrau, vor allem um die Heilung ihrer Lieben. Sie sah das Bild der Jungfrau auf einem hohen Sockel am Eingang und trug die Krone.

Ammu kniete vor der Statue der Jungfrau nieder und betete für sie, um Ravi zu helfen, ein gesundes Leben zu führen. Dann ging sie zum Beichtstuhl und hielt ihre Handtasche in der Nähe ihrer Brust, die ein Bündel von Hunderttausend-Rupien-Geldscheinen enthielt. Sie wartete eine Stunde in der Warteschlange, bis sie an der Reihe war. Ammu war sich nicht sicher, was sie dem Priester während der Beichte sagen sollte und wie sie sich auf die sexuelle Begegnung beziehen sollte, die sie vor zwei Wochen gehabt hatte. Für Ammu war es Gottes Wille, Geld für das Geschenk zu sammeln. Und es war für die Kirche; sie hatte dem Willen Gottes gehorcht, so wie die Jungfrau dem Willen Gottes gefolgt war, Jesus, den Sohn Gottes, zu empfangen.

Im Beichtstuhl kniete Ammu nieder und sagte: "Im Namen des Vaters und des Sohnes und des Heiligen Geistes." Sie rezitierte auch einmal das Vaterunser und das Ave Maria.

Ammu bemerkte, dass der Beichtstuhl wie ein Kabinett war, und sie war seit fast achtzehn Jahren in einem Beichtstuhl.

»Segne mich, Vater«, sagte sie.

"Ja, meine Tochter, im Namen des Vaters, des Sohnes und des Heiligen Geistes", hörte Ammu den Priester sagen. Sie konnte sehen, wie er mit seiner rechten Hand das Kreuzzeichen machte.

"Vater, ich gebe dieses Geständnis nach achtzehn Jahren", sagte Ammu.

»Nach achtzehn Jahren?«, rief der Priester.

Durch das kleine Loch des Beichtstuhls sah Ammu den Priester an. "Er sieht aus wie er", sagte sie in ihrem Kopf. "Er kann nicht er sein", argumentierte sie mit sich selbst.

"Vater, einmal hatte ich Sex mit jemandem, der nicht mein Ehemann war", sagte sie.

"Meine Tochter, Sex mit jemand anderem als deinem Ehemann zu haben, ist Ehebruch. Es ist eine Kardinalsünde und eine Verletzung des sechsten Gebotes Gottes. Du hast eine schwere Sünde begangen ", sagte der Priester.

"Aber Vater, die Jungfrau."

"Nein, meine Tochter, es war eine schwere Verletzung des Gebotes, des Gesetzes, das Mose von Gott gegeben wurde. Du musst Buße tun und durch die Fürsprache der Jungfrau beten ", fügte der Priester hinzu.

Wieder einmal schaute Ammu durch das Loch des Beichtstuhls. Sie konnte sein Gesicht leicht sehen. "Er sieht aus wie er... er ist es!" Sagte Ammu in ihrem Kopf. »Meine Tochter, du hast gesündigt«, hörte sie den Priester sagen. »Seine Stimme ist vertraut«, dachte Ammu. »Es ist seine Stimme.« Sie erinnerte sich plötzlich daran, wie er sagte: „Willkommen.» Aber er kann nicht er sein «, dachte Ammu. »Er kann nie er sein«, tröstete sich Ammu. "Du brauchst Fasten und Buße für die nächsten drei Monate, und bitte Gott um Gnade und bete zur Jungfrau. Das ist die Strafe. Ich vergebe dir deine Sünden im Namen des Vaters, des Sohnes und des Heiligen Geistes ", sagte der Priester und segnete Ammu. »Danke, Vater«, sagte Ammu. »Aber er kann nicht er sein«, sagte Ammu tausendmal in ihrem Kopf. Sie ging ins Retreat-Hausbüro, um die hunderttausend Rupien, das Geschenk und das Bündel Geldscheine zu bezahlen, das sie in ihrer Handtasche aufbewahrt hatte. Der Priester, der das Geld erhalten hatte, war abwesend. Wieder ging sie hinaus und bewegte sich mit der Menge, den Anhängern der Jungfrau. Sie musste die Geldquittung vorzeigen, um die Krönung der Jungfrau und die Gebete der Kirche vor dem Altar zu haben.

Nach einer Stunde ging sie wieder los, um das Geschenk zu bezahlen. Vor ihr standen ein paar Leute in der Schlange. Sie wusste, dass der Priester drinnen saß, das Geld erhielt und eine Quittung ausstellte. Sie stand Schlange, und ein paar Leute waren hinter ihr, als sie die Tür erreichte. Es war noch eine Person vor ihr, und der Priester erhielt das Geld und stellte die Quittung aus. Sie konnte ein großes Kruzifix auf seinem Tisch sehen, wahrscheinlich aus Stahl, mit einem Bild des gekreuzigten Jesus. Sie nahm die Geldscheine aus ihrer Handtasche und stand vor dem sitzenden Priester.

"Vater...", rief sie.

Plötzlich sah er sie an.

»Er ist es«, sagte sie in Gedanken.

Das Notenbündel fiel ihr von der Hand auf den Boden. Ammu packte das Kruzifix in ihrer Hand. Es war ziemlich schwer, und sie schlug ihm mit aller Kraft auf den Kopf. Sie konnte sehen, wie der rechte Arm des Kruzifixes tief in den Kopf des Priesters eindrang, sein Gehirn durchbohrte und dort blieb. Ein Tumult, Schreien und Schreien hinter ihr dauerte den Rest ihres Lebens. Eine riesige Menschenmenge versammelte sich, und bald darauf erschienen

Polizeifahrzeuge. In dieser Nacht wurde Ammu eingesperrt, und am nächsten Tag brachte die Polizei sie zum Magistrat. Da es sich um einen Mord handelte, gab es keine Kaution, und Ammu war drei Monate lang unter Prozess. Die Gefängnisbehörden hielten sie in einer Zelle fest, weil sie in der gefährlichsten Kategorie war. Sie hatte während des Prozesses keinen Anwalt und weigerte sich, einen Wohltätigkeitsanwalt zu akzeptieren.

Die Staatsanwaltschaft war unnachgiebig und bewies erfolgreich, dass Ammu Fr. Epens Tisch, und als der Priester sie erwischte, schlug sie ihn mit dem Kruzifix. Es war ein vorsätzlicher Mord. Ammu schwieg während des langen Prozesses; sie hatte nichts zu sagen und beantwortete die von der Staatsanwaltschaft aufgeworfenen Fragen nicht. »Hast du den Mord begangen?« Der Richter stellte ihr eine direkte Frage. Aber sie antwortete nicht, und der Richter war erstaunt. »Sie verdient die Todesstrafe«, beharrte die Staatsanwaltschaft.

"Weißt du nicht, dass ich die Macht habe, deine Strafe zu verhängen? Warum redest du dann nicht?«, fragte der Richter Ammu.

Sie schwieg tief.

„Die Angeklagte hat ihr Verbrechen, das vorsätzlich war, akzeptiert. Sie verdient die Todesstrafe ", argumentierte die Staatsanwaltschaft. „Es ist zweifelsfrei erwiesen, dass Sie den Mord begangen haben. Alle Beweise sind gegen dich. Viele haben Ihre Aktion miterlebt ", sagte der Richter. Für Ammu war das Schweigen ihre Wahrheit, und der Vorteil des Schweigens war, dass sie sich nicht daran erinnern musste, was sie sagte.

Der Richter verurteilte Ammu zu lebenslanger Haft ohne Bewährung, was bedeutete, dass sie bis zu ihrem Tod in den vier Wänden bleiben würde. Die lokalen Zeitungen berichteten üppig über den Fall, wetteiferten miteinander und sagten, der Priester sei heilig. Fr. Epen war für die Wohltätigkeits- und Entwicklungsarbeit in einer Diözese verantwortlich und beaufsichtigte über fünfundsiebzig Schulen und verschiedene Ingenieur-, Kunst- und Wissenschaftskollegien in verschiedenen Pfarreien. Er leitete auch mehr als dreißig Wohltätigkeitseinrichtungen und beaufsichtigte den Bau von Gebäuden wie Seminaren, Bildungseinrichtungen und Krankenhäusern, wobei er mit vielen Klöstern zusammenarbeitete.

"Fr. Epen unterhielt eine gesunde Beziehung zu allen anderen Priestern und Nonnen in der Diözese, und er war die rechte Hand des Bischofs ", schrieb eine Zeitung.

"Ein Mann bescheidener Herkunft aus einem kleinen Dorf namens Mattara, jenseits von Iritty, hatte er Hunderten von Kindern in Waisenhäusern,

Fraueneinrichtungen und Pflegeheimen der Diözese geholfen. Die Leute liebten und bewunderten ihn ", sagte eine andere Lokalzeitung.

"Fr. Epen hatte akribische Aufzeichnungen über das Geld geführt, das er handhabte. Er war ehrlich mit den ausländischen Geldern, die er von Spenderagenturen in den USA, Italien, Spanien, Irland, Deutschland und den Niederlanden erhielt, und er sehnte sich nie nach Werbung ", berichtete eine andere Zeitung.

"Ein Mann mit mageren Bedürfnissen und einem bescheidenen Lebensstil, Fr. Epen repräsentierte das Beste in der Menschheit ", sagte Mohammad Koya, sein langjähriger Freund und Baumeister. Koya hatte fast alle Bauarbeiten in der Diözese aufgenommen, einschließlich des Großen Seminars.

»Sein Tod ist ein großer Verlust - ein heiliger Mann, der von einer gierigen Frau brutal abgeschlachtet wird«, sagte eine andere Zeitung.

"Da der Priester des Exerzitienhauses für dringende Arbeiten abwesend war, Fr. Epen kam aus dem fernen Thalassery, um sich zwei Tage lang um die administrative Arbeit des Exerzitienhauses zu kümmern. Sicherlich würde der Vatikan ihn in Kürze heilig sprechen ", schrieb das diözesane Nachrichtenmagazin.

Ammus Tage im Gefängnis waren ereignisreich und ihr Verhalten war vorbildlich. Innerhalb von zehn Jahren, als ein neuer Superintendent eintraf, wurde sie gebeten, männliche Gefangene im Gefängnis zu unterrichten, eine erstmalige Veranstaltung in Kerala. Sie begann, die Sträflinge zu unterrichten, da etwa zehn Prozent von ihnen Analphabeten waren. Ammu verwendete die gleiche Methode, die sie bei den weiblichen Sträflingen angewandt hatte, und wählte gebildete Gefangene als Ausbilder aus. Sie teilte etwa 140 Schüler in sieben Gruppen ein und unterrichtete sie in Lesen, Schreiben und Rechnen. Innerhalb weniger Monate begannen die meisten von ihnen, Malayalam-Zeitungen zu lesen und konnten Briefe an ihre Häuser schreiben. Sie konnte allein um die Stationen der männlichen Gefangenen herumgehen, ohne eine begleitende männliche Wache, da sie viel Respekt von den männlichen Gefangenen und Vertrauen von den Gefängnisbeamten gewann. Alle Gefangenen nannten sie „Ammu-Lehrerin". Innerhalb von fünfzehn Jahren wurden ihre Alphabetisierungsprogramme für Erwachsene im Gefängnis in ganz Kerala bekannt, und Einzelheiten über den Unterricht wurden in den Jahresbericht der staatlichen Gefängnisse aufgenommen.

Der Gefängnisaufseher bat Ammu, männliche Gefangene auf die Prüfungen der fünften und zehnten Klasse vorzubereiten. Sie fand die Vorbereitung auf die fünfte Klasse viel einfacher, aber die zehnte Klasse war ein harter Job.

Die männlichen Häftlinge hatten viele andere Interessen, was die Konzentration auf die Abschlussprüfung erschwerte. Nur zwei von zehn waren in der ersten Gruppe männlicher Häftlinge, die zur Prüfung der zehnten Klasse erschienen, erfolgreich. Ammu gab jedoch nicht auf. Elf waren erfolgreich. Im darauffolgenden Jahr schrieb achtzehn die Prüfung. Der Gefängnisaufseher arrangierte alle drei Monate Treffen für alle verurteilten männlichen Gefangenen. Rund siebenhundert Gefangene baten Ammu, mit ihnen über das Familienleben, die Gesundheitsversorgung, die Alphabetisierung, die Erziehung der Kinder zu Hause und die Bedeutung der Aufrechterhaltung einer hervorragenden Kommunikation mit den Familienmitgliedern durch das Schreiben von Briefen zu sprechen. Die Gefängnisbehörden baten Ammu auch, mit den Sträflingen über die Notwendigkeit der Aufrechterhaltung der im Gefängnis angebotenen Fähigkeiten oder beruflichen Ausbildung, der täglichen körperlichen Bewegung, der Teilnahme an Sport und Spielen, die im Gefängnis organisiert werden, der Beteiligung an Kulturprogrammen und der Vermeidung von Rauchen, Drogenkonsum und Alkoholismus zu sprechen. Sowohl das Gefängnispersonal als auch die Gefangenen schätzten Ammus Gespräche. Sie hatte ein natürliches Talent, Probleme in einfacher Sprache zu erklären, und die Gefangenen warteten sehnsüchtig auf ihre Worte. Das Gefängnispersonal respektierte ihr Wissen und ihre Persönlichkeit, da Ammu Tausenden von Gefangenen anders helfen konnte.

Als Ammu achtzehn Jahre im Gefängnis verbrachte, gab es einen neuen Superintendenten. Eines Tages rief er Ammu in sein Büro und bat sie, sich zu setzen. Es war das erste Mal, dass ein Gefängnisbeamter sie gebeten hatte, sich vor ihn zu setzen. "Ich habe gehört, dass Sie ein hochgebildeter Mensch sind, und ich habe erfahren, dass Sie einen Doktortitel aus Schweden haben und Schwedisch und Englisch sprechen", sagte er ohne jede Einführung. Wie üblich schwieg Ammu.

„Ich habe eine Bitte. Könnten Sie meiner Frau bitte Englisch beibringen?" Er sah Ammu an, als er die Bitte stellte.

Ammu sprach nicht. Sie schaute nur den Superintendenten an.

»Du kannst sprechen. Ich erlaube Ihnen zu sprechen «, sagte der Superintendent.

"Sir, ich werde das gerne tun", antwortete Ammu.

„Das ist toll. Meine Frau wird hierher kommen; du kannst das Gefängnis nicht verlassen. Neben meinem Büro befindet sich ein Raum, und Sie können ihr innerhalb eines Jahres fließend Englisch beibringen. Sie können auch dazu beitragen, ihr Lesen und Schreiben zu verbessern ", sagte der Superintendent lächelnd.

»Ja, Sir«, sagte Ammu.

"Sehen Sie, wir bekommen oft Einladungen von Colleges, Institutionen und anderen Organisationen, um zu sprechen und an Meetings und Seminaren teilzunehmen, und gute Englischkenntnisse sind hilfreich", fügte der Superintendent hinzu.

Ammu begann am nächsten Tag, die Frau des Superintendenten in einem Raum neben seinem Büro zu coachen. Der Raum enthielt zwei Stühle, einen Tisch und eine Tafel. Ammus neuer Student war Sarita, die einen BA in Soziologie hatte. Zunächst stellte Ammu Sarita einige grundlegende Fragen und bat sie, diese auf Englisch zu beantworten. Dann bat er sie, bestimmte Passagen aus der Zeitung vorzulesen. Obwohl sie Anfang dreißig war, zeigte Sarita großes Interesse daran, die Nuancen des gesprochenen und geschriebenen Englisch von Ammu aufzunehmen. Ammu wies ihre zahlreichen Übungen jeden Tag als Hausaufgaben an, und Sarita erledigte sie immer zur Zufriedenheit von Ammu. Der Superintendent war mit dem Fortschritt zufrieden und lobte Ammu und seine Frau. Er kaufte ein halbes Dutzend Bücher für Leseübungen und einige Leser über grundlegende Grammatik und Komposition. Ammu verbrachte eine Stunde mit gesprochenem Englisch, eine halbe Stunde mit Lesen und eine weitere halbe Stunde mit Schreiben. Innerhalb von sechs Monaten konnte Sarita mühelos Englisch sprechen.

Ammu verbrachte den restlichen Tag damit, Alphabetisierungsprogramme für Erwachsene in den Frauen- und Männerabteilungen zu organisieren. Über vierzig Häftlinge schrieben ihre Immatrikulationsprüfungen jährlich; zehn bis fünfzehn schrieben ihre Abschlussprüfungen; und etwa vier bis fünf schrieben Nachdiplomprüfungen. Die Ergebnisse waren immer ermutigend. Mit ihrem zwanzigsten Lebensjahr waren fast alle Gefangenen, einschließlich Frauen, alphabetisiert, eine einzigartige Leistung. Sarita konnte gut Englisch sprechen und sagte Ammu, sie könne die BBC-Nachrichten verfolgen und jedes Wort verstehen, das die Nachrichtensprecher sagten. Ammu fühlte sich glücklich. Am Tag bevor der Superintendent in ein anderes Gefängnis verlegt wurde, rief er Ammu in sein Büro. Sarita war auch im Büro anwesend.

»Madam, wir sind Ihnen dankbar«, sagte der Superintendent zu Ammu.

Ammu war etwas perplex, als der Superintendent sie "Madam" nannte. Zum ersten Mal im Gefängnis sprach ein Beamter sie respektvoll an.

"Es war meine Pflicht, Sir", antwortete Ammu.

"Es war jenseits deiner Pflicht", fügte er hinzu.

Dann umarmte Sarita Ammu. »Madam, vielen Dank«, sagte sie. „Was können wir für Sie tun?" Fragte Sarita Ammu.

Ammu sah Sarita an. Sie wusste, dass ihr Ende innerhalb der Gefängnismauern sein würde, und ihre Begräbnisstätte würde unter einem Teakholzbaum innerhalb der Mauern liegen. »Wir können Ihnen helfen, Madam. Ich werde zum stellvertretenden Generalinspekteur der Gefängnisse befördert. Wenn ich nach Trivandrum gehe, werde ich dafür sorgen, dass deine lebenslange Haft in eine lebenslange Haft umgewandelt wird. Sie werden aus dem Gefängnis entlassen, da Sie die erforderliche Dauer der lebenslangen Freiheitsstrafe bereits abgeschlossen haben. Die Regierung kann eine solche Entscheidung treffen ", erklärte er. Ammu wusste nicht, was er sagen sollte. »Madam, wir werden Ihnen helfen«, sagte Sarita. Bevor sie ging, umarmte Sarita Ammu noch einmal.

Ammu setzte ihr Alphabetisierungsprogramm für Erwachsene fort. Der neue Superintendent war ein junger Mann. Eines Tages rief er Ammu in sein Büro. "Die Politik der Regierung ist Korrektur und Rehabilitation, nicht Bestrafung, und die Behörden erwägen ernsthaft, ob Sie aus dem Gefängnis entlassen werden könnten, damit Sie ein normales Leben führen können", sagte der Superintendent. Nach einer Woche traf sich ein Ausschuss von fünf Experten der Gefängnisabteilung mit Ammu, um zu untersuchen, ob die Regierung Ammus lebenslange Haft in lebenslange Haft umwandeln könnte. Sie stellten Ammu Fragen zu ihrer Arbeit an Alphabetisierungsprogrammen für Erwachsene, die sie in den letzten vierundzwanzig Jahren im Gefängnis organisiert hatte, und sie beantwortete alle Fragen. Der Ausschuss schien mit ihren Antworten einigermaßen zufrieden zu sein. Innerhalb eines Monats teilte der Superintendent Ammu mit, dass der Ausschuss bedingungslos einen positiven Bericht über ihre Entlassung aus dem Gefängnis abgegeben habe. Die Regierung billigte die Empfehlungen des Ausschusses und beschloss, Ammu nach fünfundzwanzig Jahren Haft bedingungslos aus dem Gefängnis zu entlassen. Am Vortag ihrer Freilassung ging Ammu durch die verschiedenen Bezirke des Gefängnisses. Alle Gefangenen kannten sie gut, da sie seit vielen Jahren ihre Lehrerin war, und sie respektierten sie alle. Sie war die einzige weibliche Verurteilte, die jemals eine männliche Abteilung innerhalb des Gefängnisses besuchen durfte. Sie unterrichtete fünfzehn und fünfundzwanzig Jahre lang in der Männerabteilung des Gefängnisses in der Frauenabteilung. Ihre Tage wurden Teil des Gefängnisses.

Viele Jahre lang konnte Ammu nachts nicht schlafen und dachte an die Sinnlosigkeit des Lebens. Sie wusste, dass ihr Ende unter einem

Teakholzbaum sein würde, da niemand ihren Körper beanspruchen würde, wenn sie im Alter starb. Aber Ammu freute sich über ihre Erwachsenenbildungsprogramme, da sie 25 Jahre lang Tausenden von Verurteilten helfen und ihr Leben grundlegend verändern konnte.

Ammu war einundsechzig Jahre alt und mit leeren Händen in die Welt zurückgekehrt. Für sie gab es keinen Ort, an den sie gehen konnte. Sie wäre eine Waise, die von Straße zu Straße oder von Dorf zu Dorf wandert, ohne jemandem zu begegnen. Sie hatte kein Zuhause und keine Verwandten und würde an ihrer Stelle eine Fremde sein, sogar in Kuttanad, wo sie ihre Kuttern viele Jahre lang angebaut hatte. Fünfundzwanzig Jahre lang war das Gefängnis ihr Zuhause gewesen, der einzige Ort, den sie für sich beanspruchen konnte, wo sie in Sicherheit war und wo sie als Mensch Respekt erhielt. Ammu wusste nie, wo ihr Sohn war, aber sie war sich sicher, dass er ein Leben für sich selbst gemacht und anderen geholfen hätte, ein besseres Leben wie sein Vater zu führen. Ammu hatte niemanden außer ihrem verstorbenen Ehemann zu treffen. Aus der Welt der Verurteilten entließen die Gefängnisbehörden sie in die Welt eines Toten.

Sie ging von einem Ort ohne Freiheit zu einem Ort, an dem nur noch Platz für die Toten war. Sie wollte herausfinden, wo ihr Mann schlief, Tag und Nacht endlos mit ihm reden und bis in alle Ewigkeit mit ihm schlafen. Das war ihre Sehnsucht in den letzten fünfundzwanzig Jahren gewesen.

Plötzlich war Ammu eine verlassene Frau geworden.

Es klopfte an der Tür, und Ammu stand plötzlich auf und öffnete die Tür. Es war ein strahlender Janaki. »Guten Morgen, Professor Mayer«, sagte Janaki. »Guten Morgen, lieber Janaki«, begrüßte Ammu sie. »Hast du gut geschlafen?«, stellte Janaki die dampfende Tasse Kaffee auf den Tisch. "Natürlich", antwortete Ammu. Nach dem Bettkaffee bereitete Ammu gemeinsam mit Janaki und Arun das Frühstück vor. »Guten Morgen, Professor Mayer«, sagte Arun. »Guten Morgen, Arun«, antwortete Ammu. Sie hatten *Idli, Vada*, Uppama, *Sambar, Chutney* und Obstsalat. Noch einmal eine Tasse Kaffee. „Wie sieht das Programm heute aus?" Fragte Ammu. »Morgen werden wir das ganze Haus putzen«, sagte Arun. „Dann geh und gib unsere Stimmen ab. Heute ist die Wahl zur Staatsversammlung ", sagte Arun. »Welches sind die Hauptparteien?«, fragte Ammu. "Wie üblich der Kongress, die Kommunistische Partei und die UNP", sagte Janaki. „Die Ultranationalisten haben noch nie einen einzigen Sitz in Kerala gewonnen. Es gibt einen Mann namens Dr. Bhat, der vor einigen Jahren eine politische Partei gegründet hat, die als *Bharat Premi Party* bekannt ist, und seit ihrer Gründung vor etwa zwanzig Jahren hatte er immer einen Sitz. Jetzt hat die

UNP darum gebeten, dass er ihr Anführer in Kerala wird. Und er hat seine Partei mit der UNP zusammengelegt. Politische Analysten sagen, dass er bei dieser Wahl vier bis fünf Sitze bekommen kann. Das wird ein großer Sieg für die UNP und ein Test für Dr. Bhats Fähigkeiten sein ", erklärte Arun.

Ammu reagierte nicht. "Es gibt einhundertvierzig Wahlkreise in Kerala, und der Kongress und die Kommunistische Partei sind mehr oder weniger gleich stark. Unter der Annahme, dass die UNP diesmal fünf Sitze erhält, könnten sie das gesamte politische Szenario in Kerala ändern ", sagte Janaki. »Das stimmt. Der Kongress hasst die Kommunistische Partei, und die Kommunistische Partei verabscheut den Kongress, und beide verabscheuen die UNP. Aber um eine Regierung zu bilden, wenn sie nicht unabhängig eine einfache Mehrheit bekommen hätten, bräuchten sie dringend die Unterstützung der UNP ", sagte Arun. „Die UNP wartet darauf, sowohl den Kongress als auch die Kommunistische Partei zu entwurzeln. Aber es ist begierig, sich mit beiden der Regierung anzuschließen. Der Kongress und die Kommunisten wissen sehr wohl, dass ohne die UNP keiner von beiden eine Regierung bilden kann ", erklärte Janaki. "Die UNP könnte sich also als die mächtigste Partei in Kerala herausstellen, wenn sie vier bis fünf Wahlkreise bekommen kann. Da sich die *Bharat Premi Party* mit der UNP zusammengeschlossen hat und Bhat ihre Führung übernommen hat, besteht jede Chance, dass die UNP als starke Kraft hervortritt und ihre neu gewonnene Stärke nutzt ", analysierte Arun. "Die politischen Experten behaupten, dass Bhat der stellvertretende Ministerpräsident der nächsten Regierung sein wird. Ohne ihn werden sowohl der Kongress als auch die Kommunisten machtlos sein, und mit seiner Unterstützung könnte jeder eine Regierung bilden und dennoch machtlos bleiben. Bhat wartet nur darauf, zuzuschlagen! Er ist brutal ", bemerkte Janaki.

"Wer ist der Führer der Kommunisten?" Fragte Ammu.

"Er ist Aditya Appukkuttan, ein sehr rationaler, engagierter und engagierter Mann. Er versteht den Puls der Menschen. Um der Partei willen distanzierte er sich vor langer Zeit von allen seinen Verwandten außer seiner Frau. Aditya ist bescheidenen Ursprungs und entschlossen, Kerala zu verändern. Er ist nicht wie die alten Kommunisten. Deng Xiaoping ist sein Ideal. Heutzutage lobt er die Politik von Xi ", erklärte Arun.

Nach einer Pause fragte Ammu: "Was ist mit seinen Eltern?"

»Sie sind nicht mehr«, sagte Arun.

"Aditya wird von seiner Frau Jennifer trainiert, einer bemerkenswerten politischen Manipulatorin und Ideologin. Einige politische Kommentatoren sagen, sie sei keine Kommunistin. Sie kann Bhat sogar die höchste Position anbieten, um ihren Ehemann zum stellvertretenden Chief Minister zu machen, aber das ist eine entfernte Möglichkeit ", erklärte Janaki, während sie ihren Kaffee trank.

Ammu schwieg einen Moment. Obwohl sie Aditya und Jennifer noch nie getroffen hatte, hatte Ravi ihr so viel über Aditya erzählt und Jennifers Namen erwähnt.

Ammu schloss sich Arun an, und Janaki reinigte das Haus, was etwa drei Stunden dauerte. Gegen Mittag beschlossen Janaki und Arun, Rindfleisch-Biryani zu machen, und Arun war der Koch. Er nahm eine bestimmte Menge Kardamom, Nelken, Zimt, Anis, Kreuzkümmel, Jeera, Muskatnuss und Muskatblüte, und Ammu half ihm, sie zu einem feinen Pulver zu mahlen. Dann brachte Janaki das marinierte Fleisch. Arun vermischte die Gewürze mit Rindfleisch, Ingwerpaste, Knoblauchpaste, Limettensaft, Quark, Koriander und Pudina-Blättern. Er legte die Gewürze, den halbgaren Reis und das Fleisch in ein Gefäß in Schichten und fügte leicht gebratene Cashewnüsse und geschnittene Zwiebeln hinzu. Arun schloss den Herd fest und stellte ihn auf ein niedriges Feuer, um den Biryani zu köcheln.

Sie hatten *vellayappam* mit Eintopf als Vorspeise. "Rindfleisch-Biryani hat einen einzigartigen Geschmack", sagte Ammu beim Essen. "Es ist die Quintessenz des Festmahls von Malabar", fügte Arun hinzu. „Die Gewürze sind ausgewogen und reduzieren den Geschmack des Rindfleischs nicht", stellte Ammu fest. „Rindfleisch ist ein Befreier und Equalizer", kommentierte Arun. "Es ist das beste und billigste nahrhafte Essen für Millionen von Indern. Dalits, Stämme, Muslime, Christen und viele andere genießen es. Aber die Eliten in der UNP wollen den Verzehr von Rindfleisch in ganz Indien verbieten und die Freiheit und Gleichheit der Rindfleischesser unterdrücken ", sagte Janaki. „Rindfleischessen gibt gewöhnlichen Menschen geistige und körperliche Kraft, aber die Machthaber in UNP verdauen sie nicht. Die Ultranationalisten wollen die Mehrheit dominieren, indem sie ihre Essgewohnheiten einschränken. Ideologische Herrschaft führt zu physischer Unterdrückung. Kuh-Vigilantismus, Mob-Gewalt und das Töten und Vergewaltigen von Frauen und Mädchen sind die Zeichen dieser Dominanz und Unterdrückung. Deshalb schweigen die Führer der UNP zu Kuhwachsamkeit und Lynchen. Durch die stillschweigende Unterstützung von Fanatikern und Fundamentalisten hat sich die UNP in einen indischen Taliban verwandelt ", analysierte Arun. „Die ursprünglichen Siedler Indiens waren Fleischesser wie alle anderen Menschen. Die ungehobelten Arier, die aus Kleinasien stammten und das ursprüngliche Volk Indiens angriffen, waren Rindfleischesser, und das Rindfleischessen dauerte jahrhundertelang an. Später erfanden die Priester unter den Ariern Geschichten gegen das

Essen von Rindfleisch, um die meisten Menschen zu dominieren ", versuchte Janaki einen historischen Standpunkt darzulegen.

„Rindfleisch liefert viel Eiweiß und man braucht nicht viel zu essen. Während der Produktion und des Konsums müssen keine Lebensmittel verschwendet werden ", fügte Ammu hinzu.

"Diejenigen, die behaupten, Vegetarier zu sein, verschwenden sogar die Hälfte der Menge an Lebensmitteln, die sie auf ihre Teller nehmen, da niemand das Recht hat, Ressourcen zu verschwenden, auch wenn das Geld ihnen gehört", sagte Ammu.

"Ich habe Leute in Singapur, Südkorea, Japan, Israel, vielen europäischen Ländern und den USA gesehen, sogar in Restaurants und Partys, die nicht einmal einen Bissen Essen verschwendet haben. Das ist ihre Kultur, da es keine Notwendigkeit gibt, nicht-vegetarisches Essen zu verschwenden. Während in Indien die meisten Menschen vierzig bis siebzig Prozent der Lebensmittel verschwenden, die sie auf ihre Teller nehmen, als ob die Verschwendung von vegetarischem Essen ein Teil ihrer Kultur oder ihres Rechts wäre. Das Land besteht also nur auf vegetarischem Essen und verschwendet eine enorme Menge an gekochtem Essen ", sagte Janaki kategorisch.

„Ich war Vegetarier, bis ich zum Indian Institute of Technology kam. Mein Freund Raman Namboodiri demonstrierte die Vorteile des Verzehrs von Rindfleisch. Das teure vegetarische Essen in der Kantine konnte er sich nicht leisten. Also fing er an, sein Essen in seinem kleinen Raum zu kochen: viel Rindfleisch, Brot, Eier, Milch und Obst. Er konnte weniger als ein Drittel der Kosten für das Essen in der Kantine bewältigen, und er blieb immer gesund und intelligent und hatte ein Guthaben in der Tasche, das ihm seine verwitwete Mutter jeden Monat schickte. Ich fing an, mit ihm zu essen, nicht weil ich kein Geld hatte, sondern weil ich von den positiven Ergebnissen seiner Experimente und der Ideologie hinter seinem Handeln überzeugt war. Ich war überrascht, die enorme Menge an Lebensmitteln zu sehen, die täglich von Vegetariern ohne Bedenken in der Kantine verschwendet wurden. Seit ich Raman beigetreten bin, bin ich immer gesund und wohlhabend geblieben und habe weder Schuld noch Scham gespürt ", sagte Arun mit entschlossener Stimme.

Janaki lachte herzlich. „Vor Rindfleisch gibt es keine Kaste oder kein Glaubensbekenntnis, keine Klasse oder keinen Club, keine Religion oder Sprache, keine Region oder Provinz. Alle sind gleich. Alle sind gleich ", fügte sie hinzu.

"Im indischen Kontext ist eine vollständig vegetarische Ernährung gegenüber den Armen, den Marginalisierten und der Mittelschicht voreingenommen, insbesondere gegenüber denen, die Handarbeit leisten, Frauen und wachsenden Kindern. Sie können sich nicht genug Gemüse und Obst leisten, da sie teuer und weniger nahrhaft sind ", sagte Ammu.

„Die sogenannten Vegetarier, die Kuhurin und Kuhmilch trinken, konsumieren täglich ungekochtes Rindfleisch, da jedes Glas Milch und Urin Millionen frischer Kuhzellen enthält. Es ist auch eine Tatsache, dass Wissenschaftler die von Kuhmilch und Urin getrennten Zellen klonen konnten, um gesunde Kuhnachkommen zu produzieren. Eine machthungrige Mafia unter den UNP verewigt den Mythos, dass der Verzehr von Rindfleisch eine Sünde ist. Die Fabel unterdrückt Millionen und unterwirft sie der Sklaverei ", erklärte Arun die wissenschaftlichen Fakten sehr lautstark.

Nach dem Abräumen des Tisches und dem Waschen des Geschirrs gingen Arun und Janaki zum Wahllokal, um ihre Stimme abzugeben, während Ammu in *"Enlightenment Now"* von Steven Pinker eintauchte. »Wie ist das Buch?« Fragte Janaki nach ihrer Rückkehr. »Eng begründet und faszinierend«, antwortete Ammu. "Der Autor hat Tausende von relevanten Fakten zitiert, um seine Argumente zu beweisen. Fakten können uns helfen, die Komplexität des sozialen Milieus zu verstehen, und zusammen mit Motivation, Liebe, Vertrauen, Zweck und Würde können uns Fakten helfen, ein glückliches Leben zu führen ", sagte Ammu. »Ich stimme Ihnen zu, Professor Mayer«, fügte Arun hinzu. „Deshalb können Computer keine Menschen sein. Sie kennen viele Fakten und können diese statistisch analysieren und interpretieren. Sie sind nackte Knochen, ohne Fleisch oder Blut. Außerdem haben sie nicht die intrinsische Leistungsmotivation." "Menschen sind anders ", sagte Janaki, während er auf dem Sofa neben Ammu saß. „Vom Australopithecus bis zum Homo sapiens ist diese Leistungsmotivation offensichtlich. Auf der Reise des Homo sapiens, sogar des Homo neanderthalensis, Homo rudolfensis, Homo floresiensis oder Homo Naledi, war die Motivation eine mächtige Kraft."

„Menschliche Motivation basiert auf unterschiedlichen Bedürfnisebenen. Zuerst kommen die biologischen Bedürfnisse, wie Nahrung und Sex. Wenn sie hungrig sind, können Menschen alles tun und zu Kannibalen werden, wie der Kapitän, der erste Offizier und der Matrose der schiffbrüchigen Mignonette im Sommer achtzehnhundertvierundachtzig. Am zwanzigsten Tag, in ihrem Rettungsboot, weit weg im Südatlantik, ohne Essen, töteten der Kapitän und zwei andere den Hüttenjungen Richard Parker und aßen ihn.

Der Hüttenjunge war erst siebzehn Jahre alt. Ein Computer kann niemanden für Essen oder Sex töten ", erklärte Ammu.

Arun und Janaki sahen Ammu an. „Sex motiviert alle Tiere, sogar Pflanzen, zu überleben. Da ein Computer keinen Sex mit einem anderen Computer haben kann, hängt das Überleben des Computers von menschlichen Entscheidungen ab ", analysierte Ammu weiter. "Ansonsten müssen Computer ein anderes Vergnügen als Sex erfinden, aber solche Bemühungen treten nie ohne Motivation auf", sagte Janaki. "In dem Moment, in dem ein Mensch isst und sich zufrieden fühlt, denkt er an Sicherheit, und ein Computer denkt nie an eine solche Eventualität, weil er nicht unabhängig denken kann", fügte Arun hinzu. „Wir Menschen tun Dinge, um sie zu erreichen und zu erleben. Wir wollen jemanden lieben, einem Lieben vertrauen und uns für andere opfern. Viele haben unterschiedliche Motivationen, und sowieso sind es Motivationen ", erklärte Ammu. "Es gibt eine starke Angst, dass mächtige künstliche Intelligenz Menschen überholen, unterwerfen und eliminieren kann", sagte Arun. „Aber künstliche Intelligenz hat keine Bedürfnisse, keinen Zweck, keine Ziele oder Leistungsmotivation. Künstliche Intelligenz kümmert sich nicht um sich selbst oder andere, da sie keine eigene Persönlichkeit, keine Individualität, keine Würde und keine Befriedigung durch ihr Handeln hat ", meinte Janaki. "Vasco de Gama kam in Calicut an, und Kolumbus landete auf dem amerikanischen Kontinent. Die Menschen gingen zum Mond, suchten den Mars und schauten sich die Sterne an. Aber künstliche Intelligenz hat keine Malabar, keine Amerikas und keine Sterne ", sagte Ammu lachend. Arun und Janaki lachten mit ihr. „Wenn Menschen Motivation in der künstlichen Intelligenz schaffen können, die als digitale Menschen wachsen und sich vermehren kann, muss der erste Schub von der menschlichen Intelligenz kommen", sagte Arun. »Das ist eine Möglichkeit«, sagte Janaki.

Nach einer kurzen Reflexion sagte Ammu: "Motivation ist ein Nebenprodukt von Millionen von Jahren der Evolution, und KI kann sie nicht innerhalb weniger Jahre erwerben. Nur der Mensch kann KI in der gegenwärtigen Situation motivieren, was viele Jahre an Experimenten und Forschung in Anspruch nehmen kann. Wir können nicht einfach davon ausgehen, was in Zukunft passieren wird, da dies von unserem Wertesystem abhängt. Nach dem biologischen Bedürfnis entwickelten sich Wertesysteme und verflochten sich mit unseren Emotionen und Gefühlen. Wenn die Schaffung eines digitalen Wesens gerechtfertigt ist, kann niemand es leugnen. Selbst das Wohlergehen der Gesellschaft kann die eigenständige Entscheidung eines Menschen, ein digitales Wesen mit Motivation zu schaffen, nicht außer Kraft setzen. Denn das ist Freiheit, und das ist unvermeidlich. Niemand kann die Freiheit eines anderen Menschen leugnen."

Dann tranken sie Kaffee und Snacks, und Arun ging aus. »Ich komme vor dem Abendessen wieder«, sagte er zu Ammu und Janaki. "Professor Mayer, jede Woche, wenn er zu Hause ist, wahrscheinlich donnerstags und sonntags, geht Arun auf die Suche nach seinem Vater. Er macht es, seit wir uns hier niedergelassen haben ", sagte Janaki zu Ammu. Ammu sah Janaki an. "Er hat mir oft erzählt, dass er seinen Vater vermisst hat. Er verpasste eine Vaterfigur und bekam keine Gelegenheit, von ihm zu lernen. Als er zwei Jahre alt war, erzählte ihm seine Mutter, dass sie Arun in der Nähe ihres Tors gefunden hatte. Sie adoptierte ihn und liebte ihn wie sich selbst. Auch er liebt sie und erzählt mir, dass Malathi Nambiar seine Mutter ist. Aber es gibt eine Leere. Die seines Vaters «, sagte Janaki.

„Kinder, vor allem Jungen, brauchen eine Vaterfigur. Es ist eine Sehnsucht, die bis ans Lebensende anhält ", fügte Ammu hinzu.

„Arun sucht überall. Er besucht Teehäuser, Restaurants, Kinosäle, Fisch- und Gemüsemärkte, Arbeitslager, Slums, ländliche Gebiete, Friedhöfe, Krematorien, Strände, Bergstationen, landwirtschaftliche Felder, Industrien und sogar Tempel, Moscheen, Kirchen und Häuser für Alte und Behinderte auf der Suche nach seinem Vater. Er träumt von seinem Vater und hat fast alle städtischen Aufzeichnungen durchlaufen. Leider kennt er den Namen, das Alter oder andere Details seines Vaters nicht, aber er hat ein geistiges Bild von ihm und glaubt, dass er wie er ausgesehen haben könnte. Arun ist zuversichtlich, dass er ihn eines Tages finden wird. Er versucht, eine App zu entwickeln, um vermisste Personen mit den DNA-Proben ihrer Kinder zu finden. Er ist sich sicher, dass er erfolgreich sein wird ", erklärte Janaki.

Wieder einmal war Ammu nachdenklich.

»Was ist mit seiner Mutter?«, fragte sie.

„Arun sagt, dass er seine biologische Mutter nicht vermisst, weil er eine Mutter hat. Aber er ist sehr rücksichtsvoll und respektvoll gegenüber allen Frauen, die er trifft. Er sieht seine Mutter in jedem ", fügte Janaki hinzu.

Ammu und Janaki diskutierten verschiedene Ereignisse und Themen und genossen die Gesellschaft des anderen. „Wir kennen den Grund nicht. Manchmal verlieben wir uns in Fremde. Der erste Auftritt schafft Zuneigung und eine intensive persönliche Beziehung. Es ist ein tiefes Gefühl, aber es hat keine Definition. Professor Mayer, Arun und ich fühlen uns genauso wie du ", sagte Janaki zu Ammu. »Danke, Janaki«, sagte Ammu. „Auch ich fühle eine ewige Intimität mit dir. Es beschäftigt sich mit meiner Existenz, meinen

Gefühlen und meiner Argumentation. Ihr zwei seid ein untrennbarer Teil meines Lebens geworden."

Die Türklingel klingelte. »Es ist Arun«, sagte Janaki, als sein Bild auf dem digitalen Glas der Tür aufleuchtete. "Hallo!" Janaki begrüßte Arun. „Professor Mayer, ich suche meinen Vater, den ich noch nie getroffen habe. Manchmal haben meine Eltern mich vielleicht wegen eines Problems zusammen gelassen, und sie sind vielleicht an einen fernen Ort gegangen. Aber ich vermisse meinen Vater «, sagte Arun und sah Ammu an. "Es ist natürlich. Aber ich bin sicher, dass du eines Tages Erfolg haben wirst ", antwortete Ammu.

Dann begannen sie alle, ihr Abendessen zuzubereiten. Nach dem Essen saßen Ammu, Janaki und Arun um den Teapoy auf dem Sofa. Janaki und Arun sangen zwei Mohammed Rafi Lieder, nämlich „*Kya Hua Tera Wada*" und „*Baharon Phool* Barsao". Dann baten sie Ammu, mit ihnen zu singen. Sie sangen „*Yeh* Duniya, *Yeh Mehfil*" und „Khoya, *Khoya* Chand".

»Sie haben eine schöne Stimme, Professor Mayer«, sagte Arun. »Bitte sing ein Lied für uns«, flehte Janaki Ammu an. Dann sang Ammu das Didrik-Lied, und Janaki und Arun sahen Ammu erstaunt an, als wären sie von ihrem Gesang völlig fasziniert. "Es ist fabelhaft, herzerwärmend und gleichzeitig herzzerreißend, auch wenn wir die Sprache nicht verstehen", sagte Arun.

Plötzlich kamen Arun und Janaki in die Nähe von Ammu und setzten sich auf beide Seiten von ihr. Sie nahmen ihre Hände und küssten sich.

»Vielen Dank, und lasst es uns gemeinsam singen«, sagte Janaki.

Sie legten ihre Hände um sie. »Wir lieben dich so sehr«, sagte Arun.

Dann sang Ammu es erneut, mit Tränen in den Augen von Janaki und Arun. „Professor Mayer, wir fahren nächste Woche nach Singapur. Als Einführung haben wir ein Projekt zur künstlichen Intelligenz mit einer Universität dort ", sagte Arun. "Wir werden drei Tage in Singapur sein und dann zurückkehren", fügte Janaki hinzu. „Alle zwei Monate besuchen wir Singapur, Südkorea oder Japan für offizielle Arbeiten. Wir laden Sie zu unserem Besuch in Singapur ein ", sagte Arun. "Wir werden deinen Pass und dein Visum sofort verwalten", sagte Janaki.

Ammu sah sie an und sagte: „Ich wäre gerne mit dir gereist, aber ich habe zwei Versprechen zu halten."

Es herrschte eine lange Stille.

"Wir dachten, du würdest für immer bei uns bleiben", sagte Janaki.

„Ich bin euch beiden auf ewig dankbar. Die drei Tage, die ich mit dir verbracht habe, waren golden. Ich weiß nicht, wie ich meine Dankbarkeit für die Liebe und das Vertrauen ausdrücken soll, das du mir gezeigt hast. Ihr beide werdet immer in meinem Herzen sein. Ich werde morgen früh gehen «, sagte Ammu.

Ammu war am Morgen fertig. Janaki und Arun umarmten Ammu und küssten ihre Wangen.

"Tschüss...", sagte Ammu, als sie langsam hinausging. Sie hatte geplant, zum etwa zwölf Kilometer entfernten Bahnhof zu gehen, um nach Trivandrum zu gehen und Aditya zu treffen, bevor sie zurückkehrte, um die Nacht mit Ravi auf dem Friedhof zu verbringen, wie sie es ihm versprochen hatte. Ravi hatte versprochen, Aditya und seine Frau zu treffen, und Ammu wollte dieses Versprechen einlösen. Der Zug war gegen sieben Uhr abends eingeplant."

Ammu ging spazieren und hielt ihre kleine Tasche mit einem Paar Kleider in der Hand. Die Morgensonne war angenehm, und sie ging eine Stunde. Am Straßenrand sah sie ein Brett: Haus für verlassene Frauen, und fünf Minuten lang stand Ammu vor dem Tor, dann ging sie hinein und schloss das Tor. Ein ansehnliches altes Gebäude stand gut gepflegt und seine Umgebung war sauber. Es hatte einen Garten, und Ammu sah einige Frauen mittleren Alters und ältere Frauen im Park. Ammu stand in der Nähe des Gartens und beobachtete, wie sie die Pflanzen beschnitten und herumgruben. Es gab Ann Maria, aber nicht in der Gewohnheit einer Nonne. »Ann Maria hat sich sehr verändert«, sagte Ammu zu sich selbst. »Ann Maria…?«, rief Ammu. Ammu sah, wie Ann Maria sie anstarrte, und sie stand ein paar Minuten still.

„Prof. Mayer!" Rief Ann Maria, als sie auf sie zulief. Sie umarmten sich lange Zeit fest.

"Wie geht es dir?" Fragte Ammu.

„Mir geht es gut. Wie geht es dir?" Antwortete Ann Maria.

Dann setzten sie sich zusammen auf die Stufen des Gebäudes. „Ich bin seit achtzehn Jahren hier. Ich bin seit zweiundzwanzig Jahren keine Nonne mehr. Ich habe die Gemeinde verlassen, also bin ich kein Mitglied der Töchter der Jungfrau ", sagte Ann Maria. »Wann bist du gekommen?« Fragte Ann Maria. »Ich wurde vor vier Tagen freigelassen«, sagte Ammu. Es herrschte eine lange Stille. "Oft fühlte ich mich schuldig, so schlecht. Ich hätte dich nicht ins Retreat-Zentrum bringen und dich zwingen sollen, die Krone zu tragen. Es war dumm von meiner Seite. Ich habe nie an die Konsequenzen gedacht ", sagte Ann Maria. »Vergiss es. Wir können nie zurückbekommen, was wir verloren haben ", sagte Ammu. »Du hast recht. Es ist sinnlos, darüber nachzudenken, was bereits geschehen ist. Wir sind machtlos gegenüber bestimmten Kräften ", kommentierte Ann Maria. "Aber du arbeitest jetzt, und das ist gut", sagte Ammu. „Wir haben angefangen. Meine erste Begleiterin ist hier, eine verlassene Frau wie ich. Ich traf sie auf der Straße, als ich aus dem Kloster kam. Sie war schwanger wie ich und konnte nirgendwohin gehen. Wir gingen beide in einen Slum hinter dem Bahnhof, wo wir eine Hütte bekamen. Wir kochten dort und schliefen dort. Am Morgen haben wir Schrott, Plastik, Altmetall, Zeitungen und alles, was wir bekommen haben, gesammelt und für unseren Lebensunterhalt verkauft ", erzählt Ann Maria.

Ammu sah Ann Maria an und konnte ihre hellen Augen sehen. Sie erinnerte sich an sie als aktive und intelligente Doktorandin in ihrer Klasse an der Universität. Ihr Feldforschungsprojekt war das beste.

"Das ist meine erste Begleiterin, Sunanda." Ann Maria sagte: „Wir haben es zusammen angefangen" und zeigte auf eine Frau am anderen Ende des Gartens. »Sunanda ist die älteste noch aktive«, dachte Ammu. »Wir sind hier achtundvierzig, und Sunanda kümmert sich um die Küche«, sagte Ann Maria. "Als sie etwa vierzig war, warf ihr Mann sie aus ihrem Haus, um eine jüngere Frau zu heiraten. Wie ich konnte sie nirgendwo hingehen, aber sie war im sechsten Monat schwanger, und wir trafen uns auf der Straße. Sie war die erste, die entbunden hat, und es gab kein Geld, um in ein Entbindungsheim zu gehen. Einige Frauen im Slum halfen uns, aber es war eine Totgeburt. Meine Tochter kam nach einem Monat ", fügte Ann Maria hinzu. »Wo ist sie?« Fragte Ammu. „Anita ist bei mir. Dann trafen wir zwei weitere Frauen, die alle verlassen wurden, weil sie älter waren. Sie blieben bei uns und unsere Familie wuchs. Wir wurden elf, und an unserem ursprünglichen Ort blieben wir etwa zwei Jahre. Nur vier Personen konnten arbeiten, andere waren krank oder körperlich schwach. Eines Tages bekam ich die Adresse einer deutschen Stiftung aus Altpapier und schrieb einen Brief an sie. Bald erhielt ich eine Antwort, in der ich aufgefordert wurde, alle Details einzureichen. Sofort registrierten wir, elf Frauen, eine NGO und nannten sie *Home for Abandoned Women*. Zwei Menschen aus Deutschland kamen uns entgegen und hatten ein langes Gespräch. Sie freuten sich so sehr über unseren Projektvorschlag. Innerhalb von drei Monaten war alles fertig und sie halfen uns, dieses Gebäude zu mieten. Wir haben in den letzten achtzehn Jahren Mittel von der Emilia Stefan Mayer Stiftung für verlassene Frauen *erhalten*. Sie haben uns geholfen, dieses Gebäude vor fünf Jahren zu kaufen ", erzählte Ann Maria.

Ammu hörte ihr schweigend zu. "Jetzt kann uns niemand von hier vertreiben. Es gehört uns ", sagte Ann Maria zuversichtlich. „Gefühle sind kostbar, da sie im Herzen entstehen. Wenn du dich um sie kümmerst, werden sie grün, stagnieren und welken weg, wenn du sie ablehnst. Sie bleiben ein Teil des Lebens, wenn man sie mit Liebe gießt, und Ann Maria tut dasselbe, um die bitteren Erfahrungen ihres Lebens zu überwinden ", dachte Ammu. Es gab eine Glocke, die alle darüber informierte, dass das Mittagessen fertig war. Ammu bemerkte, dass sie ein großes Refektorium und fünf Esstische mit fünf Stühlen auf jeder Seite hatten. Die Halle hatte zwei große Kühlschränke, Wasserkühler und Ventilatoren. Das Essen war nahrhaft. „Wir haben ein paar Kühe, Kaninchen, Schweine und eine kleine Geflügelfarm, also bekommen wir genug Eier, Fleisch und Milch für unseren Verzehr. Ann Maria sagte, dass es der *Emilia-Stiftung* sehr wichtig ist, die Räumlichkeiten sauber und ordentlich zu halten und gesundes und nahrhaftes Essen zu servieren ", sagte Ann Maria. „Wenn es keine Korruption, Vetternwirtschaft oder Rechtsverletzungen gibt, wird das Leben entspannter und glücklicher", kommentierte Ammu. »Sie haben recht, Professor Mayer. Die meisten Tragödien im menschlichen Leben ereignen sich aufgrund von Menschenrechtsverletzungen. Hier haben wir keine Diener, und wir machen unsere ganze Arbeit. Bei uns gibt es keine Hierarchie, da alle gleich sind. Wir genießen absolute Freiheit und erleben echte Gerechtigkeit. Wir lassen keinen Einfluss von außen zu, weder religiös noch politisch." Ann Marias Worte waren präzise.

Nach dem Mittagessen schloss sich Ammu den anderen an, um die Utensilien, Teller und das Geschirr zu reinigen. Dann stellte Ann Maria ihre Tochter Anita Ammu vor.

„Anita ist einundzwanzig Jahre alt und malerisch begabt. Es gibt eine Ausstellungshalle, in der man viele Gemälde von Anita sehen kann ", sagte Ann Maria.

Sie brachte Ammu dann in ein Eckzimmer im Erdgeschoss des Gebäudes. Anita begleitete sie. Ammu war erstaunt, die Gemälde von Anita zu sehen. Bei allen ging es um Frauen - die verlassenen Frauen - und die Themen, Farbkombinationen und Gefühle auf ihren Gesichtern waren hervorragend. Sie schufen ein herzzerreißendes Gefühl in einem Milieu von Unterdrückung und Unterwerfung und schufen Wahrhaftigkeit in furchterregenden, aber faszinierenden Lebenssituationen. Aber jedes Gemälde hatte einen Hoffnungsschimmer - nicht versteckt, nicht explizit. Ammu sah Anitas Gesicht an. Sie war ruhig und wachsam. »Anita ist taub und stumm, und ihr geistiges Alter ist etwa zwölf«, sagte Ann Maria.

Obwohl Ammu schockiert war zu hören, was Ann Maria sagte, zeigte sie keine Reaktion auf ihrem Gesicht.

„Als ich im fünften Monat schwanger war, wurde ich aus dem Kloster vertrieben. Ich konnte nirgendwohin gehen. Meine Eltern waren gestorben, und meine beiden Brüder wollten mich nicht in ihren Häusern haben. Meine Eltern waren arm, und meine beiden anderen Schwestern waren Nonnen in nordindischen Klöstern. Ich hatte kein Vermögen, auf das ich mich verlassen konnte", sagte Ann Maria.

"Es war eine erschütternde Erfahrung. Ich kann verstehen ", sagte Ammu.

„Viele Frauen erleben es. Nonnen fühlen sich unerwünscht, wenn sie aus Klöstern kommen. Sie haben schon immer eine Marginalisierung durch den Mainstream der katholischen Gesellschaft erlebt. Sie leben verlassen, führen ein elendes Leben und haben nicht die Würde der menschlichen Existenz ", erklärte Ann Maria.

»Du warst und bist immer noch ein starker Mensch«, sagte Ammu.

"Es waren die härtesten Zeiten in meinem Leben, die mich dazu brachten, meine Werte und Prioritäten zu bilden, und sie halfen mir, das Leben so zu gestalten, wie es ist", sagte Ann Maria.

»Ich stimme dir zu«, sagte Ammu.

Es herrschte Stille.

„Die Stärke der Frauen hängt vor allem vom Wertesystem der Gesellschaft ab. Es ist eine Herausforderung für eine Frau, sich gegen eine Gemeinschaft zu stellen, die Frauenrechte leugnet und ihre Gleichheit und Gerechtigkeit ignoriert ", erklärte Ann Maria. „Die männlich dominierte Gesellschaft glaubt nicht an die Würde der Frau."

"Frauen werden von anderen nicht geglaubt, wenn sie die nackte Wahrheit sagen; Männer denken, dass Frauen kein Recht haben, die Wahrheit zu sagen, weil sie für Männer die Hüter der Wahrheit sind", sagte Ammu.

„Es ist eine Tatsache, dass Marginalisierung, Kriminalisierung, sexuelle Ausbeutung und Isolation Waffen gegen Frauen sind. Frauen sind mit Entfremdung und Ohnmacht konfrontiert, insbesondere Nonnen, die Hauptprobleme, mit denen Frauen unter Katholiken konfrontiert sind. Ich ging mit großer Erwartung zum Mutterhaus, und mein Vorgesetzter bat mich, dem Bischof jeden Tag von sieben bis zehn Uhr bei seinen täglichen religiösen Pflichten zu helfen. Unsere Mutter Katharina hatte dem Bischof viele Jahre lang geholfen, aber ich musste ihre Arbeit im Bischofshaus erledigen, als sie krank wurde ", erzählt Ann Maria.

„Als Priester war der Bischof der Gründer der Gemeinde, die Töchter der Jungfrau. Als sein Schöpfer hatte er absolute Autorität über uns. Er war auch der Vorsitzende aller Entscheidungsgremien, und seine Worte waren endgültig. Niemand hat sie befragt. Wenn du dich ihm widersetzt, würde dein Leben zur Hölle werden. Er war als Heiliger bekannt, und auch ich glaubte, dass er einer war. Ich musste um sieben Uhr morgens in seinem Büro sein, um bei seiner Messe zu helfen, sein Frühstück in seiner privaten Küche neben seinem Schlafzimmer zuzubereiten, seine Gewänder zu reinigen und seine Kleidung zu bügeln. Mutter Katharina tat all dies mehrere Jahre lang ohne Beschwerden, und in der Tat war sie erfreut, dies zu tun, da sie ihn auf all seinen Auslandsreisen begleiten konnte ", hielt Ann Maria eine Minute inne und sah Ammu an.

Ihre Augen leuchteten, und es gab keine Anzeichen von Angst oder Scham. „Ann Maria, ich verstehe das Problem der totalen Dominanz der Männer über die Frauen. Wenn man der männlichen Herrschaft eine spirituelle oder politische Dimension gibt, wird es schrecklich, und Frauen haben keinen Ausweg ", reagierte Ammu. „Das Bischofshaus war ein großes zweistöckiges Gebäude. Das Bischofshauptbüro, der Versammlungssaal, der Seminarraum, die Hauptkapelle, der Konferenzraum, das Refektorium und etwa zehn Gästezimmer befanden sich im Erdgeschoss. Um zehn Uhr morgens war der Bischof normalerweise im Erdgeschoss und besuchte seine Versammlungen, Seminare und Konferenzen. Er hatte sein Mittagessen, Tee und Abendessen im Refektorium mit Priestern ", erklärte Ann Maria. »Sein Privatbüro befand sich im ersten Stock, und er blieb dort jeden Tag bis zehn Uhr morgens. Die ungeschriebene Regel war, dass er nicht gestört werden sollte, weil der Bischof im Gebet, in der Morgenmesse und bei einem leichten Frühstück war. Es war ein kleines Büro mit einem angeschlossenen Schlafzimmer, und auf der rechten Seite seines Schlafzimmers befand sich seine private Kapelle, in der er seine Messe hatte, und niemand durfte eintreten, außer der Person, die ihm bei seiner täglichen Messe half. Ich wurde in das Büro des Bischofs berufen, um ihm bei seiner täglichen heiligen Messe um sieben Uhr morgens zu helfen. Seine Küche war an einen kleinen Raum für die Waschmaschine und Bügelmöglichkeit auf der linken Seite seines Büros angeschlossen. Mein erster Tag verlief ziemlich reibungslos, und der Bischof lachte mit mir und machte viele Witze. Er klopfte mir ein paar Mal auf die Schultern, als wir in seiner privaten Küche mit Esszimmer frühstückten ", sagte Ann Maria.

Als Ammu sie ansah, sagte er: "Ann, ich kann es mir vorstellen."

„Am ersten Tag, als ich gegen 10 Uhr ins Kloster zurückkehrte, rief mich Mutter Katharina an und fragte, wie meine Arbeit mit dem Bischof gelaufen sei. Ich sagte ihr, dass es gut lief, und sie erinnerte mich daran, dass der Bischof unser Gründer und Vorsitzender der Gemeinde war. Sie betonte, dass ich all seinen Worten gehorchen müsse, und ich versprach ihr, dass ich tun würde, was sie wollte. Am zweiten Tag, nach der heiligen Messe, sah ich den Bischof nackt durch die leicht geöffnete Tür in seinem Zimmer herumlaufen, während er seinen Kaffee zubereitete. Ich war schockiert und dachte, er hätte die Tür versehentlich angelehnt gelassen. Als er zum Frühstück herauskam, war er voll angezogen und bestand darauf, dass ich täglich mit ihm frühstücke, so wie es Mutter Catherine von Anfang an getan hatte. Dann wollte er mich umarmen und küssen und mir sagen, dass ich jung und schön bin." Ann Maria blieb eine Minute stehen, als sie die Treppe hinaufgingen, die zu einem langen Korridor führte.

„Am dritten Tag, als der Bischof seine Kleidung bügelte, trat er hinter mich, umarmte mich und drückte seine Hände gegen meine Brüste. Dann hat er mich auf die Wangen geküsst."

Ammu konnte sich die Situation vorstellen. "" Du siehst klug und stark aus, Ann ", sagte er. Ich zitterte. Dann stand er an meiner Seite und sagte mir, er könne mich nach zwei Jahren an jede europäische Universität oder in die USA für ein Hochschulstudium schicken. Er sagte dann, dass er es lieben würde, Sex mit mir zu haben. Mutter Catherine hatte kein Problem. Er bat mich, seinen Vorschlag zu prüfen und ihn am nächsten Tag über meine Entscheidung zu informieren." Ann Maria blieb stehen, hielt inne und fügte hinzu: „Als ich ins Kloster zurückkehrte, rief mich Mutter Katharina in der Nähe ihres Bettes an und sagte mir, dass der Bischof ein Heiliger sei, also muss ich all seinen Worten gehorchen. „Als unser Gründer und Vorsitzender des Leitungsgremiums hat er über unsere Bildung, Ausbildung, Transfer, Karriere, finanzielle Ressourcen und alles, was mit unserem Leben zu tun hat, entschieden. Wir hatten keine anderen Optionen und konnten nirgendwo anders hingehen. Sie bat mich erneut, ihm voll und ganz zu gehorchen und das zu tun, was er mir aufgetragen hatte."

„Jeden Tag musste ich zum Bischofshaus, zu meiner Arbeit. Am vierten Tag, nach der heiligen Messe, noch vor dem Frühstück, trug er mich gewaltsam zu seinem Bett und vergewaltigte mich zweimal. Er genoss es, nackt vor mir zu bleiben, und ich fühlte mich verloren, machtlos und elend. Ich wusste, dass ich meine Würde und Entscheidungsbefugnis verloren hatte. Ich war in einer Situation ohne Flucht gefangen und hatte niemanden, der mir von meinen Schmerzen erzählen konnte. Der Bischof umarmte, küsste und sagte mir, dass ich frisch und fabelhaft sei und dass Sex mit mir eine aufregende Erfahrung sei. Dann gab er mir einige Pillen, die ich jeden Tag einnehmen sollte, und warnte mich, sie niemandem zu zeigen. An diesem Tag bereitete er das Frühstück vor und bat mich später, ihn zu begleiten, um die Kinder in Vorbereitung auf ihre erste heilige Kommunion anzusprechen. Als ich zum Kloster zurückkehrte, bat mich der Bischof, mit anderen Priestern zum

Mittagessen in sein Haus im Hauptrefektorium zurückzukehren, damit er mich ihnen vorstellen konnte." Ann Maria war sehr explizit.

Dann reagierte Ammu langsam: "Frauen verlieren ihre Freiheit, wenn Männer alle Entscheidungen über sie treffen, sogar ihre sexuellen Entscheidungen."

„Das war in meinem Fall richtig. Bald wurde ich der Sexsklave des Bischofs. Meine Genitalien wurden zum Privateigentum des Bischofs."

Es gab tiefe Qualen in Ann Marias Worten.

Innerhalb eines Monats wurde Mutter Katharina in ein anderes Kloster in einer weit entfernten Ecke der Diözese versetzt. Bevor sie ging, rief sie mich in ihr Zimmer und weinte und sagte, sie habe dem Bischof über zwanzig Jahre gedient. Als sie etwas älter wurde, verwarf der Bischof sie.

"Eine Frau wird in den Händen von Sex-Maniacs zu einem Spielzeug", sagte Ammu.

„An diesem Tag musste ich mit dem Bischof und den Priestern im Hauptrefektorium des Bischofshauses zu Mittag essen. Jeder dort behandelte den Bischof wie einen Heiligen, mit tiefer Verehrung. Er stellte mich anderen vor und sagte, ich sei ein Postgraduierter, sehr gut im Studium und plane, ins Ausland zu gehen, um zu promovieren. Er war stolz auf mich, da ich einer Gemeinde angehörte, die er gegründet hatte; also war ich seine geistliche Tochter. Er sagte, ich hätte eine glänzende Zukunft im Weinberg des Herrn. Er erinnerte sie daran, dass ich ihm jeden Tag bei seiner heiligen Messe assistierte. Alle Priester und Nonnen aus fernen Ländern klatschten und schätzten den Bischof. Dann erzählte er mir, dass ich mit Gymnasiasten über die Bedeutung der Jungfräulichkeit sprechen und der Heiligen Jungfrau in ihrem täglichen Leben folgen würde. Am nächsten Tag, auf dem Bett, sagte er, dass jeder mein Aussehen mochte und gratulierte ihm, dass er mich in seiner Gemeinde hatte."

„An bestimmten Tagen vergewaltigte er mich, sobald ich sein Büro erreichte und vor der Messe. Bei vielen Gelegenheiten küsste er meine Lippen, während er die heilige Kommunion gab ", sagte Ann Maria schluchzend.

„Ann Maria, du hattest die erschütterndste Erfahrung und hast schweigend gelitten. Ich weiß, dass du keinen Ort zum Entkommen hattest, und wenn du jemandem vom Bischof erzählt hättest, hätte dir niemand geglaubt, oder niemand wäre bereit, dir zu glauben, da sie dachten, dass du als Frau kein Recht hättest, einen Mann anzuklagen. Es ist unmöglich, Macht, Position und Geld gleichzeitig zu besiegen. Es ist, als würde man gegen Gott kämpfen, denn man kann sich nirgendwo verstecken und nirgendwo vor ihm fliehen ", kommentierte Ammu.

Beide gingen hinunter und setzten sich in den Garten. „Jeden Tag weinte ich leise. Meine Einsamkeit wurde meine Last, und der Bischof kettete mich mit Autorität. Ich wusste, dass er mich Tag für Tag ausgebeutet hatte, und Sex war seine Erholung. Nach zwei Jahren wurde mir klar, dass ich schwanger war und erzählte ihm davon. Der Bischof antwortete, dass Mutter Katharina zweimal schwanger geworden sei, obwohl sie regelmäßig die Pillen einnahm. Der Bischof sagte mir, dass der Embryo in einem Krankenhaus fünfhundert Kilometer von dort abgetrieben werden könnte, und er kannte dort einige Ärzte. Ich weigerte mich, mich der Abtreibung zu unterziehen. Dann, im Kloster, sagte ich der Mutter, dass ich schwanger sei, verriet aber nicht die Quelle der Schwangerschaft. Innerhalb einer Woche bat sie mich, das Kloster zu räumen und schloss seine Tür vor mir, und ich war auf der Straße ", erzählte Ann Maria.

„Es zeigt die Brutalität der Kirche. Es gibt keine Liebe, keine Gnade ", reagierte Ammu.

Ammu kannte Bischof George, als er ihren Vater besuchte, um Geld, Spenden und Geschenke während seiner ersten Jahre als Bischof zu sammeln, zusammen mit Katharina, als sie eine Anfängerin war. Nachdem sie Nonne geworden war, sprach Katharina über Jungfräulichkeit, Heiligkeit und die Notwendigkeit, der Jungfrau nachzueifern. Ammu erinnerte sich, dass sie in der High School war.

"Wenn ich zurückblicke, habe ich das Gefühl, dass es eine Gelegenheit war, der ewigen sexuellen Sklaverei zu entkommen", sagte Ann Maria und umarmte Ammu.

„Professor Mayer, vielen Dank, dass Sie mir geduldig zugehört haben. Ich hätte nie gedacht, dass ich dich treffen würde und wollte dir immer meine Geschichte erzählen. Ich habe auf dich gewartet. Jetzt fühle ich mich besser, und du hast mir geholfen, diesen Mühlstein von meinem Hals zu entfernen, um meine Schuld zu verringern. Jetzt fühle ich mich leichter. Aber ich sage euch, die katholische Kirche ist ein Betrug, und die Bischöfe, die Priester und die Nonnen verewigen den Betrug." Ann Marias Worte waren scharf.

Ammu küsste Ann Marias Wangen und sagte: „Ich wünsche dir alles Gute. Ich liebe Anita und schätze ihre Gemälde. Diese Institution hat meine Wahrnehmung von verlassenen Frauen verändert. Auch sie haben ein Leben. Du hast bewiesen, dass deine Fähigkeiten für andere sind und ihr Wohlergehen dir gehört." Ammu stand von der Zementbank im Garten auf und fuhr fort: "Ich muss mich zu einem besseren Menschen entwickeln, und dieser Prozess geht weiter." Ann Maria antwortete: "Ich weiß, wenn du das Schicksal überwindest, wirst du ein Sieger."

„Wenn du andere in dir siehst, verwandelst du dich; wenn du dich in anderen siehst, liebst du sie. Ann Maria, ich liebe dich ", sagte Ammu.

„Professor Mayer, bitte gehen Sie nicht weg, bleiben Sie bei uns. Seien Sie einer von uns. Wir haben ein schönes Leben vor uns ", flehte Ann Maria.

„Ann Maria, ich muss gehen. Ich habe zwei Versprechen zu halten «, sagte Ammu.

»Ich dachte, du würdest für immer bei uns bleiben«, sagte Ann Maria.

"Auf Wiedersehen...", sagte Ammu, als sie vorwärts ging.

Der Zug war pünktlich und eine angenehme Fahrt bis nach Trivandrum. Ravi hatte ihr versprochen, dass sie eines Tages Aditya und seine Frau treffen würden, da Ammu sie noch nie zuvor getroffen hatte. Ravi war jedoch nie in der Lage, sein Versprechen zu erfüllen, und nach ihrer Heirat erhielten sie keine Gelegenheit, sie zu treffen. Nun wollte Ammu Ravis Versprechen einlösen. Sie erinnerte sich daran, vor achtundzwanzig Jahren mit Ravi die Stadt besucht zu haben. Gegen neun Uhr morgens erreichte Ammu Trivandrum. Sie nahm einen Bus vom Bahnhof nach Sreekaryam, wo Aditya lebte. Von der Bushaltestelle ging sie zu seinem Tor. Viele Fahrzeuge waren im Eingangsbereich geparkt, und draußen wartete eine große Menschenmenge, wobei einige Polizisten den Mob kontrollierten. Ammu schrieb ihren vollständigen Namen auf ein Blatt Papier, gab ihn dem Pförtner und sagte ihm, er solle Aditya mitteilen, dass seine Schwägerin gekommen sei, um ihn zu sehen und draußen darauf warte, ihn zu treffen. Der Wächter bat sie, ihm zu folgen, und sie ging zur Haupttür. Als die Wache hereinkam, wartete Ammu draußen.

Nach einer Weile kam eine elegant gekleidete Frau mit der Wache.

»Ich bin Jennifer, die Frau von Aditya«, stellte sie sich vor und stand vor der Haustür.

"Ich bin Ammu." Jennifer sah sie an, und es herrschte eine lange Stille. »Ich bin Adityas Schwägerin«, stellte Ammu klar und stand draußen.

"Aber Aditya hat mir nie gesagt, dass er eine Schwägerin hat", antwortete Jennifer.

»Ich meine, Aditya ist der Bruder meines verstorbenen Mannes«, stellte Ammu klar.

„Wovon redest du? Soweit ich weiß, hat Aditya keinen Bruder «, klang Jennifer irritiert.

»Ich bin gekommen, um Aditya zu treffen«, sagte Ammu.

„Er ist voll und ganz mit Diskussionen mit den politischen Eliten beschäftigt. Du wirst ihn in den nächsten drei Monaten nicht treffen können. Außerdem musst du einen Termin vereinbaren, bevor du ihn erreichst ", erklärte Jennifer.

»Ich verstehe«, sagte Ammu und drehte sich um, um zu gehen.

"Komm nicht zurück, um ihn zu stören. Er will sich nicht mit Ex-Sträflingen in Verbindung bringen ", sagte Jennifer.

Ammu fühlte sich gedemütigt und es war schockierend. Aber was sie sagte, war sachlich, dachte Ammu.

"Wache, schließ das Tor ab und lass niemanden eintreten", hörte Ammu, wie Jennifer die Wache anwies.

Am Bahnhof kaufte Ammu eine Lokalzeitung. In dem Artikel heißt es: „Zwischen der Kommunistischen Partei und der UNP laufen ernsthafte Diskussionen über die Regierungsbildung. Die Kommunistische Partei hat achtundsechzig Sitze, der Kongress sechsundsechzig und die UNP sechs von einhundertvierzig. Ohne die Unterstützung der UNP ist keine Regierungsbildung möglich. Die Kommunistische Partei und der Kongress versuchen, die UNP in ihren Schoß zu bekommen. Die Position der UNP ist solide und sie kann entweder der Kommunistischen Partei oder dem Kongress beitreten. Der Kongress hatte der UNP den Posten des stellvertretenden Ministerpräsidenten und eine zusätzliche Regierungsposition angeboten. Dr. Bhat bespricht diese Entwicklungen in ihrer Residenz mit Aditya und seiner Frau Jennifer.

Es gab einen Nachtzug, und Ammu wartete bis zehn Uhr am Bahnhof. Am nächsten Tag erreichte sie die Stadt, von wo aus sie auf den Friedhof gehen wollte, auf dem Ravi schlief. Sie nahm einen Bus, der durch das Rückzugshaus fuhr, und als sie ankam, sah Ammu eine große Menschenmenge, und alle Straßen waren blockiert, weil sich Tausende und Abertausende von Menschen dort versammelten. Der Busfahrer bat alle Passagiere, dort auszusteigen, da der Bus nicht weiterfahren konnte, da die Straße aufgrund von Feierlichkeiten am Rückzugshaus unpassierbar war. Ammu konnte große Transparente in der Nähe der Kirche sehen: *"Papst erklärt Fr. Epen a Saint"*, *"Zeremonien im Vatikan"*, *"Saint Epen, Pray for Us Sinners"*, *"Saint Epen, the Devotee of the Blessed Virgin"* und *"Saint Epen Martyred while Protecting Keuschheit und Jungfräulichkeit"*. Ammu brauchte fast eine Stunde, um an der Menge vorbeizugehen, und in einer Ecke sah sie ein weiteres Banner: *"Bishop Emeritus Most Rev. Dr. George, der lebende Heilige, wird die Gebete leiten, obwohl er sehr alt ist."*

Wieder einmal ging Ammu eine Stunde zu Fuß, um eine kleine Stadt zu erreichen. Sie nahm einen Bus zum Friedhof. Vom Busbahnhof ging sie hinauf zum Grab, wo Ravi schlief. Als es dunkel wurde, kniete Ammu vor dem Begräbnis nieder, küsste es und erwies ihr Respekt.

»Ravi Stefan…«, sagte sie. „Ich bin zurück, wie ich es versprochen hatte. Lass mich mit dir schlafen, und hier ist mein Herz, das ich gerne mit dir begrabe ", sagte Ammu und warf sich auf das eingegrabene Grab nieder.

"Ravi, ich möchte einige glückliche Neuigkeiten mit dir teilen. Ich habe unseren Tejas getroffen, und genau wie du ist er ein guter Mensch, sehr erfolgreich und unternehmungslustig. Er hat einen liebevollen, gebildeten und charmanten Lebenspartner. Du wirst dich freuen, sie zu treffen «, murmelte Ammu, als würde sie ein Geheimnis teilen.

Sie hörte, wie Ravi mit ihr sprach.

Plötzlich hatte Ammu das Gefühl, mit Ravi in einem kleinen Kanu zu sein, im Meer zu schwimmen und für Tage, Monate und Jahre zusammen in ferne Länder zu reisen, wo Licht und Dunkelheit bis in alle Ewigkeit tanzten. Zu ihrer Überraschung konnte Ammu sehen, *wie* Kuttern auf beiden Seiten des Kanus sprang. Sie sang das Didrik-Lied in jedem Hafen, und sie konnte Ravis Stimme hören; er sang mit ihr. Manchmal war Ammu Gautama und Ravi war ihre Govinda.

Ammu sah Emilia, ihr Gesicht bemalt, in einem abgelegenen Hafen, in *den* Theyyam-Kostümen, und Stefan Mayer war der Kathivanur Veeran. Sie gingen um verschiedene Kaavu *herum*, und die Leute drängten sich mit Fackeln um sie herum, um ihnen beim *Theyyam* zuzusehen, aber sie waren bei Ammu und Ravi, was ein Rätsel war. Während sie im Kanu in der Tiefsee war, zog Ammu ihre Kleider aus und war nackt. Ihr Körper war eins mit dem Licht der fernen Sterne geworden, als ob sie sich mit Ravi in einer ewigen Umarmung umarmte und verschmolz. Sie waren alt, aber sie blieben jung. Ammu streckte ihre Hände aus, als stünde sie an einem Kreuz, und Ravi hielt sie fest. Er trug sie überall hin; wohin sie auch gingen, sie konnte Gottes Auge sehen, so groß wie der Himmel, und der Ozean war innerhalb des Auges. »Ich bin die Frau«, rief Ammu dreimal laut, und ihr Schrei hallte von Schmerz und Qual, Traurigkeit und Scham, Verzweiflung und Hoffnung, Leben und Tod wider. Dann schlief Ammu für die Ewigkeit mit ihrem geliebten Ravi.

Nach einem Monat gingen städtische Arbeiter auf den Friedhof, um eine verlassene Leiche zu begraben. Sie entdeckten einen schwer zersetzten Kadaver zwischen einem großen Felsbrocken und den Überresten eines alten Baumes. Der Körper war nackt. Sie konnten die Leiche nicht zur Untersuchung und Überprüfung in die örtliche Leichenhalle bringen, daher wurde ein Arzt auf den Friedhof gerufen, um die Todesursache zu bestätigen und das Geschlecht und das Alter des Verstorbenen zu bestätigen. Der Arzt stellte fest, dass der Tod auf natürliche Ursachen zurückzuführen war und dass es sich um die Überreste einer Frau zwischen sechzig und fünfundsechzig handelte. Aber er bemerkte nicht, dass ein altes Skelett den zersetzten Körper von unten umarmte.

Als die Leiche in einem eingestürzten Grab lag, wies der Stadtbeamte seine Arbeiter an, keine weitere Begräbnisgrube zu graben, sondern lockeren Schlamm über dem verwesenden Körper anzuhäufen. Vor der Beerdigung platzierten Arbeiter alte Zeitungen, um sie als Zeichen des Respekts zu bedecken, damit der Boden nicht direkt über die Leiche fallen würde. Plötzlich las der Beamte, der die Arbeit leitete, die großen Buchstaben in der Boulevardzeitung vor: "Dr. Bhat hat einen Eid als Chief Minister abgelegt, und Aditya ist sein Stellvertreter. Politische Analysten sagen voraus, dass Dr. Bhat innerhalb von fünf Jahren Premierminister sein wird."

ÜBER DEN AUTOR

Varghese V Devasia ist ehemaliger Professor und Dekan am Tata Institute of Social Sciences in Mumbai und Leiter des Tata Institute of Social Sciences auf dem Tuljapur Campus. Er war auch Professor und Principal am MSS Institute of Social Work an der Nagpur University, Nagpur.

Er erwarb sein Certificate of Achievement in Justice von Harvard, ein Diplom in Menschenrechtsrecht von der National Law School of India University Bengaluru, einen Abschluss in Philosophie vom Sacred Heart College, Shenbaganur, einen MA in Sozialarbeit vom Tata Institute of Social Sciences, Mumbai, MA in Soziologie von der Shivaji University Kolhapur und llb, MPhil und PhD von der Nagpur University. Er hat viele wissenschaftliche Nachschlagewerke in den Bereichen Kriminologie, Strafvollzug, Viktimologie, Menschenrechte, soziale Gerechtigkeit, partizipative Forschung und Forschungsartikel in begutachteten nationalen und internationalen Zeitschriften veröffentlicht.

Er ist Autor einer Anthologie von Kurzgeschichten, *A Woman with Large Eyes*, veröffentlicht von Olympia Publishers, London. Ukiyoto Publishing veröffentlichte seine beiden Romane *Amaya The Buddha* und *The Celibate*. White Falcon Publishers veröffentlichte seine Fiktion *The Prisoner's Silence*. Mulberry Publishers, Calicut, veröffentlichte seine Novelle in Malayalam, *Daivathinte Manasum Kurishuthakarthavante Koodavum*. Er lebt in Kozhikode, Kerala.

E-Mail: *vvdevasia@gmail.com*

www.ingramcontent.com/pod-product-compliance
Lightning Source LLC
LaVergne TN
LVHW091715070526
838199LV00050B/2414